Schwarze Madonna

Xaver Maria Gwaltinger ist im bayrischen Schwaben aufgewachsen und hat Germanistik, Theologie und Psychologie studiert und lange in Frankreich und Australien gelebt. Das Allgäu ist seine Heimat geblieben, vor allem wegen der Landschaft und der Sprache. Dort erholt er sich auf seiner Alm von seiner Tätigkeit in verschiedenen sozialen Feldern, indem er als Autor die Tiefen der Allgäuer Seele auslotet.

Josef Rauch, geboren 1968 in Eichstätt, lebt seit über zwanzig Jahren in Franken, wo er im Gesundheitswesen arbeitet. Seit 2007 ließ er seinen Fürther Privatdetektiv Philipp Marlein in drei Romanen und diversen Erzählungen vertrauliche Ermittlungen durchführen. »Schwarze Madonna«, sein erstes Werk bei Emons, ist ein »Duett-Krimi« zusammen mit Xaver Maria Gwaltinger, mit dem ihn ein früherer gemeinsamer Arbeitsplatz verbindet – und die literarische Vorliebe für hartgesottene Detektive.

Dieses Buch ist ein Roman. Handlungen und Personen sind frei erfunden. Ähnlichkeiten mit lebenden oder toten Personen sind nicht gewollt und rein zufällig.

XAVER MARIA GWALTINGER/JOSEF RAUCH

Schwarze Madonna

KRIMINALROMAN

emons:

Bibliografische Information der Deutschen Nationalbibliothek
Die Deutsche Nationalbibliothek verzeichnet diese Publikation
in der Deutschen Nationalbibliografie; detaillierte bibliografische
Daten sind im Internet über http://dnb.d-nb.de abrufbar.

© Emons Verlag GmbH
Alle Rechte vorbehalten
Umschlagmotiv: Peter Eberts/www.petereberts.de
Umschlaggestaltung: Tobias Doetsch
Gestaltung Innenteil: César Satz & Grafik GmbH, Köln
Lektorat: Carlos Westerkamp
Druck und Bindung: CPI – Clausen & Bosse, Leck
Printed in Germany 2014
ISBN 978-3-95451-442-7
Originalausgabe

Unser Newsletter informiert Sie
regelmäßig über Neues von emons:
Kostenlos bestellen unter
www.emons-verlag.de

Maria hilft immer!
Volksmund

1 Marlein und der unfreiwillige Auftrag

Piep – piep – piep – piep – piiiieeeppp. »*Es ist fünfzehn Uhr. Sie hören die Nachrichten des Bayerischen Rundfunks. Am Mikrofon: Xaver Maisbauer.*
Altötting. Der Diebstahl der berühmten Schwarzen Madonna in Altötting hat bayern- und deutschlandweit Bestürzung und Empörung hervorgerufen. Nachdem zuvor schon der Bundespräsident und die Bundeskanzlerin dieses Verbrechen mit scharfen Worten verurteilt hatten, meldete sich jetzt auch der zurückgetretene Papst Benedikt zu Wort. Er zeigte sich entsetzt über diesen Versuch, das – so wörtlich – ›spirituelle Herz des Christentums in Europa‹ zu entweihen.
Wie berichtet war die weltberühmte Figur der Gottesmutter Maria in der vergangenen Nacht von Unbekannten gewaltsam entwendet worden. Von den Tätern und ihrer Beute fehlt bisher jede Spur. Die ermittelnden Behörden gehen in einer ersten Stellungnahme von einem Kunstraub aus. Ein Polizeisprecher teilte mit, es gebe im Moment keine Anhaltspunkte für einen religiösen oder islamistischen Hintergrund, man ermittle aber trotzdem in alle Richtungen. Die Bevölkerung wird um Mithilfe bei der Aufklärung dieses Diebstahls gebeten; für sachdienliche Hinweise, die zur Wiederbeschaffung der Schwarzen Madonna führen, wurde eine Belohnung in Höhe von …«

In dem Moment klopfte es an meiner Bürotür.
Ich schaltete das Radio aus.
Ich war bereit.
Die Tür würde sich öffnen, und der große Boss persönlich würde hereinkommen – der Papst, bekleidet mit seiner superschicken Ausgehsoutane –, und er würde eskortiert werden von zwei hartgesottenen Jungs seiner knallharten Leibwache, der Schweizergarde (auch wenn sie in ihren bunten Kostümen immer ein bisschen aussahen, als kämen sie frisch vom Rosenmontagszug). Seine Heiligkeit würde mein kleines, heruntergekommenes Büro in der Fürther Blumenstraße betreten und mich, Philipp Marlein, Privatdetektiv, vertrauliche Ermittlungen

aller Art, beauftragen, mich auf die Suche nach der Schwarzen Madonna zu machen, sie den Händen der Heiden, die sie entwendet hatten, wieder zu entreißen und so das Christentum vor dem sicheren Untergang zu retten.

Wie gesagt, ich wäre bereit gewesen.

Die Person, die mein Büro betrat, war allerdings kein Mann, sondern eine Frau, sie trug kein sakrales Gewand, sondern eine schmutzige Küchenschürze, und sie würde von mir nicht die heilige und göttliche Mission der Rettung des Christentums fordern, sondern die profane und irdische Mission der Bezahlung der Miete, die ich ihr schuldete.

Frau Gaulstall baute sich breitbeinig vor meinem Schreibtisch auf – was gar nicht so leicht war bei ihren fetten, ödematösen Stampfern. Sie war nicht der Typ, der um den heißen Brei herumredete.

»Herr Marlein, Sie haben diesen Monat noch keine Miete bezahlt.«

»Tatsächlich? Sollte ich das verpasst haben?«

»Und die fünf Monate davor auch nicht.«

»Sapperlot. Ich werde immer vergesslicher. Ich muss unbedingt meine Ginseng-Kapseln wieder regelmäßig einnehmen.«

»Sie haben die Bezahlung also nur vergessen? Sie können die Miete also sofort nachzahlen?«

Ich zog die Stirn in Falten.

»Das ist eine Schlussfolgerung, die so nicht ganz korrekt ist.«

»Ich will Geld sehen, Herr Marlein, und zwar schnell.«

»Ich bin erstaunt, Frau Gaulstall, und, ja, ganz ehrlich, auch ein wenig enttäuscht von Ihnen. Wie können Sie in diesen dunklen Stunden nur an den schnöden Mammon denken?«

»Welche dunklen Stunden?«

»Hören Sie kein Radio? Sehen Sie nicht fern? Haben Sie noch nicht erfahren, was in Altötting Schreckliches passiert ist?«

»Sie meinen den Diebstahl der Schwarzen Madonna? Natürlich weiß ich das. Aber was hat das damit zu tun, dass Sie Ihre Miete nicht bezahlen wollen?«

Das war nun leider eine berechtigte Frage. Frau Gaulstall war eine äußerst pragmatisch denkende Frau, der Madonnenklau interessierte sie einen Scheißdreck. Was sie interessierte, war ihr monatlicher Kontoauszug.

Sie griff sich meinen Klientenstuhl und ließ sich darauf nieder. Er ächzte unter der Last.

»Reden wir Klartext, Herr Marlein. Wollen Sie die Miete nicht bezahlen – oder können Sie nicht?«

Ich versuchte mich an einem kindlichen, Unschuld suggerierenden, jedes noch so verhärmte Frauenherz erweichenden Bambi-Blick.

»Nun, Frau Gaulstall, das ist eine sehr komplexe Thematik. Im Privatdetektivgewerbe gibt es Höhen und Tiefen. Manchmal läuft es gut, und manchmal läuft es weniger gut. Es ist ein konjunkturelles Wechselbad, ein Auf und Ab der –«

»Bei Ihnen läuft es nie gut.«

Das mit dem Bambi-Blick hatte offenkundig nicht funktioniert.

»Das ist ein sehr hartes Urteil, Frau Gaulstall!«

»Es ist eine Tatsache. Können Sie die Miete zahlen? Und jetzt bitte nicht wieder irgendein Geschwafel, sondern ein einfaches Ja oder Nein.«

»Wenn Sie es partout auf diese beiden undifferenzierten Kategorien reduzieren wollen: nein.«

Sie fuhr sich mit ihren Wurstfingern durch ihre Schmalzlocken. »Eigentlich sollte ich Sie rausschmeißen.«

»Ich brauche nur einen einzigen lukrativen Auftrag, dann ist alles wieder im Lot. Vielleicht werde ich auf eigene Faust nach der Schwarzen Madonna suchen. Von der Belohnung könnte ich nicht nur die Miete bezahlen, sondern Ihnen den ganzen Schuppen hier abkaufen. Und halb Fürth dazu.«

»Eher geht ein Kamel durch ein Nadelöhr, als dass Sie die Schwarze Madonna finden.«

»Ihre Boshaftigkeit wird Sie schnurstracks in die Hölle führen, Frau Gaulstall. Da nutzen Ihnen auch Ihre biblischen Vergleiche nichts.«

»Wenn Sie jetzt auch noch unverschämt werden, Herr Marlein, überlege ich mir das mit der letzten Chance, die ich Ihnen noch geben wollte.«

»Letzte Chance? Was heißt das? Sie erlassen mir die ausstehenden Mieten?«

»Nein, natürlich nicht. Aber Sie könnten einen Teil Ihrer Schulden abarbeiten.«

»Abarbeiten? Und wie haben Sie sich das vorgestellt? Soll ich mich als Klofrau vor die Toilette unten in Ihrer Wirtschaft setzen und um Zwanzig-Cent-Stücke betteln? Oder einen Strip veranstalten, um Gäste anzulocken?«

Der Raum im ersten Stock über Frau Gaulstalls Wirtschaft, in dem ich mit meiner Ein-Mann-Privatdetektei residierte, war ursprünglich eines von drei Fremdenzimmern gewesen, aber da nie alle belegt waren, hatte sich Frau Gaulstall dazu entschieden, nur noch zwei davon für Gäste zu nutzen und das dritte fest zu vermieten. Die Miete war eigentlich lächerlich gering, aber in letzter Zeit verirrten sich so wenige Klienten zu mir, dass es momentan selbst für die Begleichung dieses Rechnungspostens nicht mehr reichte.

Frau Gaulstall schüttelte den Kopf. »Ich hätte einen Auftrag für Sie. Einen Ermittlungsjob.«

Mein Magen drehte sich um. Ein Auftrag von Frau Gaulstall. Das verhieß nichts Gutes.

»Und um was geht's? Soll ich die kriminelle Vergangenheit Ihres kasachischen Küchenhelfers durchleuchten, bevor Sie eine Scheinehe mit ihm eingehen, damit er nicht abgeschoben wird? Soll ich herausfinden, wer in der Schafskopfrunde am Stammtisch mit gezinkten Karten spielt? Oder soll ich die Burschen in den dunklen Anzügen und mit den schwarzen Sonnenbrillen einschüchtern, damit sie nicht mehr hier auftauchen und Schutzgelder einfordern?«

»Es geht gar nicht um mich, sondern um eine Bekannte. Ihr gehören ein paar Appartements, die sie vermietet. Eine ihrer Mieterinnen, eine junge Frau, war offenbar schwanger.«

»Das soll vorkommen, dass junge Frauen schwanger werden. Wenn dem nicht so wäre, würde die Menschheit aussterben. Wo liegt das Problem? Verdächtigt sie ihren Ehemann der Vaterschaft?«

»Jetzt ist sie nicht mehr schwanger.«

»Auch das scheint mir der natürliche Lauf der Dinge zu sein.

Neun Monate sind eh eine lange Zeit, bei fast allen anderen Lebewesen geht das schneller. Wo ist der Haken?«

»Der Haken ist: Es ist kein Kind da.«

»Was heißt das?«

»Das, was ich gesagt habe: Die junge Frau war offenbar schwanger, sie hatte einen Bauch, jetzt ist der Bauch weg, die junge Frau ist immer noch da, aber sie hat kein Kind bei sich.«

»Wie wär's, wenn sich Ihre Bekannte einfach mal ganz unverfänglich bei ihrer Mieterin nach deren süßem kleinen Nachwuchs erkundigt?«

»Das hat sie ja getan, sich erkundigt, schon als sie schwanger war. Aber sie hat abgestritten, überhaupt schwanger zu sein.«

»Vielleicht war sie auch gar nicht schwanger, sondern hat einfach nur zu viel Pommes und Popcorn in sich reingefuttert.«

»Nein. Meine Bekannte ist sich sicher, dass es eine Schwangerschaft war, auch wenn die junge Frau stets versucht hat, ihren Babybauch mit entsprechender Kleidung zu verbergen. Und jetzt ist der Bauch weg, aber kein Baby da.«

Ich versuchte, meiner Stimme den Klang des großen, alten, weisen Mannes zu verleihen, der ich nicht war. Wahrscheinlich würde es genauso in die Hose gehen wie die Bambi-Nummer.

»Frau Gaulstall, die Welt hat sich gewandelt in den letzten Jahren und Jahrzehnten. Dass eine Frau ein Kind bekommt, das sie eigentlich gar nicht will, und es dann nicht bei sich behält, ist keine Ausnahme mehr. Das kann alles Mögliche bedeuten. Vielleicht hat die Mieterin das Kind direkt nach der Geburt zur Adoption freigegeben.«

Ich sackte stimmlich noch mal eine Oktave tiefer.

»Und jetzt muss ich Ihnen noch etwas verraten, auch wenn Sie das schockieren wird: Sie können heutzutage kleine Kinder auf dieselbe Weise entsorgen wie Ihren Restmüll – indem Sie sie einfach in die dafür vorgesehene Öffnung reinwerfen. Man nennt das Babyklappe. Manche Eltern würden sich wünschen, dass es das auch noch für Teenager gäbe.«

»Das weiß ich alles, Herr Marlein, ich lebe ja nicht hinter dem Mond. Mich persönlich interessiert das Ganze ja auch gar nicht, aber meine Bekannte kann gar nicht mehr schlafen wegen

dieser Geschichte, und da sie eine sehr gute Freundin ist, würde ich ihr gerne helfen. Finden Sie einfach heraus, was mit dem Kind passiert ist, und ich erlasse Ihnen zwei Monatsmieten.«
Ich konnte sie in zähen und langwierigen Verhandlungen auf vier Monatsmieten hochhandeln.

Das war nun wahrlich kein Job, auf den ich mein Leben lang gewartet hatte, aber die Alternative wäre gewesen, mir ein neues Büro suchen zu müssen, und darauf hatte ich erst recht keinen Bock, zumal ich wusste, dass ich keines finden würde, das auch nur annähernd so billig war.

Wenn ich allerdings gewusst hätte, was mir dieser vordergründig so simple Routineauftrag am Ende an Strömen von Blut, Schweiß und Tränen bescheren würde, hätte ich ihn kategorisch abgelehnt und stattdessen jedes verfügbare andere Büro mit Kusshand genommen – und wenn es in einem havarierten Atomkraftwerk gewesen wäre.

2 Bär fröstelt

Ich schaue zuerst immer auf den Busen. *First things first.* Man muss Prioritäten setzen.
    Ihr schaute ich in die Augen.
    Was für ein Fehler.
    Sie irrlichterte mich an.
    Ich fror.
    Dreißig Grad im Schatten. Gleißende Alpensonne. Biselalm, Allgäu. Höhe: eintausendsiebzig Meter über dem Meeresspiegel. Sommer brutal. Und das schon im Mai.
    Ich fror.
    Sie war vielleicht zwanzig oder so.
    Braune, strähnige Haare. Könnten auch mal ein Schampon vertragen.
    Pummelig.
    Jeans.
    Joggingschuhe.

T-Shirt.
Volle Brüste. Kein BH.
Ich rief mich zur Ordnung: Schau nicht so lüstern, du alter Bock, das könnte deine Enkelin sein!
Über der Jeans wölbte sich ein Bauch.
Bäuchlein. Babybäuchlein?
Sie stand vor mir.
Siebzehn Jahr, blondes Haar, so stand sie vor mir ...
Ich fragte: »Willst dich nicht hinhocken?«
Im Allgäu duzt man sich über tausend Meter.
Deutete auf die Bank, neben mir war noch reichlich Platz.
»Bist du der Dr. Bär?«
Sie schaute sich um.
Gehetzt.
Gejagt.
Verfolgt.
»Ja, der bin ich.«
Sie schaute auf die Alm, das alte Bauernhaus mit den vielen Fenstern.
»Sind da noch Leut da?«
»Nein, niemand. Die Wohnungen sind gerade alle leer, nur ich wohn oben unterm Dach. Warum fragst du?«
»Ach ... nix.«
»Hock dich halt her, keine Angst, keiner ist da, keiner hört uns.«
Das Irrlichtern in ihren Augen dimmte etwas runter.
Ich fror noch immer.
Sie setzte sich auf den Rand der Bank. Fusselte nervös mit ihren Fingern.
Ich fragte: »Also, um was geht's denn?«
»Ich hab gehört, du bist so eine Art ... Pfarrer ... und so ein Psy...«
»Psychologe. Ja, so was. War ich einmal. Wo ich noch jung war.«
Sie schaute mich von oben bis unten an. Konnte sich wohl nicht vorstellen, dass ich einmal jung war.
»Ich muss beichten.«

»Und warum gehst dann nicht zu deinem Pfarrer?«
»Der kennt mich. Hat mich getauft, gefirmt, alles. Der kennt auch meine Mutter und meinen Vater ...«
»Aber er steht unter Schweigepflicht.«
»Vielleicht ...«
»Wie kommst dann ausgerechnet auf mich?«
»Du bist ein Fremder. Die Leut im Dorf sagen, du bist nicht ganz recht im Hirn.«
»Da kann was dran sein.«
»Sie sagen, du hast rausgefunden, wer den Pfarrer damals umgebracht hat ... aber du sagst es nicht.«
»Stimmt.«
»Deshalb.«
»Deshalb was?«
»Deshalb muss ich mit dir reden. Weil du nix sagst. Es darf nix rauskommen ... sonst schlagen die mich tot.«
»Wer ist ›die‹?«
»Alle.«
Oh Gott, oh Gott. Ist das Mädchen paranoid?
Sie schaute auf ihre Armbanduhr.
Sagte: »Ich muss wieder runter, sonst merken die was. Kann ich morgen zu dir kommen?«
»Ja. Mittag, wenn d' magst.«
»Lieber am Abend. Wenn uns keiner sieht.«
»Um achte wird's Nacht. Kommst halt um neune.«
»Ja.«
Sie stand auf.
»Ich geh jetzt. Pfüadi.«
Sie schaute mir kurz in die Augen.
Ich erwiderte ihren Blick. Kurz.
Fröstelte.
»Pfüadi! Und pass auf dich auf!«
Sie verließ den Hof, ging aber nicht auf der schmalen Asphaltstraße ins Tal. Sie rannte zum Waldrand und verschwand.
Die sanfte Hügellandschaft glühte in der Frühsommerhitze. Kühe ruhten im Schatten der Bäume. Wedelten aufdringliche Bremsen fort.

Mir war nach einem Glühwein.
Der See ruhte im Tal.
Der Grünten stand unbeweglich. Wie immer.
Der Grünten, der »Wächter des Allgäus«. Trotz seiner schlappen eintausendsiebenhundertachtunddreißig Meter ein erhabener Berg.
Mittagszeit. Zeit zum Mittagessen.
Ich hatte keinen Appetit.

3 Marlein und die erfolgreiche Anmache

Ich betrat das Café, in das die junge Frau, die ich beschattete, gegangen war, nahm an einem Tisch in ihrer Nähe Platz, bestellte ein Glas Mineralwasser und tat so, als würde ich über mein verpfuschtes Leben nachdenken.

Zuvor war ich ein paar Stunden vor einem kleinen Appartementhaus im Fürther Norden in meinem alten Ford gesessen und hatte darauf gewartet, dass sich die frisch gebackene Mutter ohne Kind zu irgendeiner Aktivität aufraffte und ihre Bude verließ. Was sie dann schließlich auch getan hatte. Ein kurzer Fußmarsch hatte sie hierhergeführt. Ich war ausgestiegen und ihr unauffällig gefolgt.

Tags zuvor, als ich den Auftrag angenommen hatte, hatte ich mir von Frau Gaulstall noch ein paar Basisinformationen über die junge Dame geben lassen. Sie hieß Lena Wiga, war Ende zwanzig, arbeitete als Krankenschwester, war ledig und lebte alleine. Praktischerweise konnte mir meine Auftraggeberin auch noch ein Foto vom Zielobjekt geben, das ihre besorgte Freundin heimlich geknipst hatte, sodass ich wusste, auf welche Person ich lauern musste, und sie identifizieren konnte.

Jetzt konnte ich sie, während ich meditative Versunkenheit vortäuschte, in Ruhe in natura betrachten.

Sie hatte eine gute Figur, war nicht dick, aber auch nicht so dürr, dass ihre weiblichen Kurven nicht zur Geltung gekommen wären. Sie hatte lange, leicht gelockte brünette Haare und ein hübsches Gesicht. Bekleidet war sie mit einer Bluse mit Blumenmuster, einer hellblauen Jeans und schwarzen Sportschuhen. Um ihren Hals trug sie ein goldenes Kettchen mit einem Medaillon.

Attraktive Frauen ihres Formates sah man bei jedem Gang durch die Fußgängerzone dutzendweise, aber sie hatte noch etwas an sich, das mich faszinierte. Ich konnte aber nicht genau sagen, was es war. Esoteriker hätten vermutlich von »Aura« gesprochen.

Sie hatte einen Tee und ein Stück Obstkuchen geordert und las jetzt in einem Buch.

Um etwas über sie herausfinden zu können, musste ich in irgendeiner Weise eine Beziehung zu ihr aufbauen. Ich musste sie ansprechen, musste Bekanntschaft mit ihr schließen, musste versuchen, einen Grund zu finden, um mich öfter mit ihr treffen und sie näher kennenzulernen.

Wenn man nicht gerade zufällig feststellte, dass man Mitglied im selben Kaninchenzüchterverein war, war es ziemlich schwierig, mit einem wildfremden Menschen spontan Freundschaft zu schließen.

Ich sah nur eine Möglichkeit, einen Zugang zu ihr zu bekommen: Sie war eine Frau, und ich war ein Mann.

Sie war offenbar beziehungstechnisch frei, also konnte ich versuchen, so zu tun, als wäre ich an ihr als meiner potenziellen zukünftigen Ehegattin interessiert.

Mit anderen Worten: Ich musste sie anbaggern.

Ich ging das Repertoire meiner Anmach- und Aufreißsprüche durch. Ich kannte keine wirklich guten. Ich hatte es schon mit Sachen wie »Glaubst du an Liebe auf den ersten Blick, oder soll ich noch mal reinkommen?«, »Ich habe meine Telefonnummer vergessen – kann ich deine haben?«, »Ich bin neu in der Stadt – kannst du mir den Weg zu deiner Wohnung zeigen?« oder »Dein Kleid würde wunderbar zu meinem Schlafzimmerfußboden passen« probiert und grandios Schiffbruch erlitten.

Während ich so überlegte, welche Masche am erfolgversprechendsten war – oder welche am wenigsten peinlich war –, konnte ich einen Blick auf das Cover des Buches erhaschen, das sie las. Es hatte den Titel »Marienwallfahrtsorte in Bayern«.

Bingo. Ab in die Mülltonne mit den bescheuerten Anmachsprüchen.

Dass sie ausgerechnet dieses Buch las an dem Tag, an dem der Diebstahl der Schwarzen Madonna überall Thema Nummer eins war, war fast wie ein Geschenk Gottes.

Ich ließ keine Zeit verstreichen, stand auf, ging zu ihrem Tisch und setzte mich neben sie.

»Entschuldigung, ich möchte Sie nicht belästigen, aber ich habe gesehen, dass Sie ein Buch über Marienwallfahrtsorte lesen, und ich bin noch völlig erschüttert vom Diebstahl der Schwarzen Madonna in Altötting. Ich würde mich gerne mit jemandem darüber austauschen. Wollen Sie mir vielleicht verraten, was Sie über diese Sache denken?«

Sie klappte ihr Buch zu und führte mit ihrem Blick einen Ganzkörperscan an mir durch.

»Interessieren Sie sich für unsere Gottesmutter Maria?«

Nicht die Bohne, Mädchen. Aber du scheinst es zu tun, und deshalb muss ich die Chance nutzen und über diese Schiene versuchen, mit dir anzubandeln. Wenn ich mich auch aktuell nicht mehr sonderlich für die Gottesmutter Maria interessierte, es hatte mal eine Zeit gegeben, in der das anders war: Ich war als Kind und Jugendlicher Messdiener gewesen. Das war allerdings schon eine ganze Weile her, und ich versuchte jetzt verzweifelt, in Sekundenschnelle mein Halbwissen von damals zusammenzukratzen.

»Ja, sehr. Ich habe sie wiederentdeckt als eine Quelle des Trostes und der Kraft in meinem Leben. Ich finde es toll, dass ihr hier in Bayern und besonders in Franken so hohe Verehrung entgegengebracht wird, dass sie die Schutzheilige unseres Landes ist, die ›Herzogin Frankens‹ und die ›Patrona Bavariae‹. Auch die Feste, die wir zu Ehren unserer Gottesmutter feiern, wie Mariä Namen, Mariä Geburt oder Mariä Himmelfahrt, haben für mich eine ganz besondere Bedeutung und stehen für mich beinahe auf einer Stufe mit Ostern, Pfingsten und Weihnachten. Der Mai als Marienmonat ist mir die liebste Zeit im ganzen Jahr, und ich möchte in den nächsten Wochen mehrere Wallfahrten unternehmen zu den großen Gnadenorten unserer Heiligen

Frau, unter anderem eben natürlich auch nach Altötting, wo für mich das spirituelle Herz des Christentums in Europa schlägt.«

Damit hatte ich alle Munition verpulvert. Ich hoffte, dass das reichen würde, um ihr Interesse an einer weiter gehenden Bekanntschaft mit mir zu wecken.

Und es schien zu reichen.

Sie musterte mich noch einmal ausgiebig – und zauberte dann ein verheißungsvolles Lächeln in ihr Gesicht.

»Ich wohne nicht weit von hier. Wollen wir unsere nette Unterhaltung nicht bei mir in meiner Wohnung fortsetzen?«

4 Bär wartet

Ich brauchte zwei Stunden, bis ich nicht mehr fröstelte.

Der Blick ... ihr Blick ...

Am nächsten Morgen gleißte die Sonne wieder. Wieder ein Bombentag. Man konnte nichts als rumhängen. Im Schatten.

Ich stand unter Strom.

Was wird sie mir beichten?

Was treibt sie um?

Ich schreckte von meinem Mittagsschlaf auf.

Ein Hubschrauber ackerte sich durch die Luft.

Unten. In Tal. Überm See.

Martinshörner.

Viele.

Muss wohl wieder ein Badeunfall gewesen sein.

Da fischen sie einen raus und fliegen ihn ins Krankenhaus nach Kempten.

Hoffentlich kein Kind.

Kinder waren immer das Schlimmste, wie ich noch im Krankenhaus gearbeitet hab. Tote Kinder. Tote Eltern. Mit dem Kind sterben die Eltern.

Nein, bitte irgendein Rentner. In meinem Alter. Entlastet die Rentenkasse. Krankenkasse. Sozialkasse. Ein Segen.

Die Sirenen wollten nicht aufhören.

Ist vielleicht ein ganzes Rudel ersoffen? Ein Rudel Rentner.
Dafür wäre ein Helikopter zu klein. Sie müssten einen Shuttleservice einrichten.
Kommt teuer. Zu teuer.
Und welchen Rentner nehmen sie dann mit? Zum Retten?
Den rüstigsten?
Den reichsten?
Den Nichtraucher?
Den privat Versicherten?
Am Klinikum Kempten haben sie sicher ein Ethik-Komitee, das das entscheiden kann. Dazu sind Ethik-Komitees ja da.
Ich war nie in einem. Solange ich Klinikseelsorger war.
Gequatsche.
Komitee. Das ist, wenn der Arsch mehr arbeitet als das Hirn.
Die Sirenen verebbten.
Ich nickte wieder ein auf meiner Rentnerbank vor der Alm.
Schreckte auf.
Nickte ein.
Und so weiter.
Bis ich die Schnauze voll hatte.
Ich zog mir meinen Trachtenjanker an. Trotz der Hitze.
Schaut offizieller aus.
Mal sehen.
Der See lag unbeteiligt und faul in seinem Bett.
Die Segelboote hatten aufgegeben zu segeln. Kein Wind. Flaute.
Kinder plätscherten am Ufer.
Mütter plärrten ab und zu in Richtung Kinder, sie sollen aufpassen.
Auf was?
Ich ging hinab zum Kiosk am Rande des Badebereiches, sagte: »A halbe Weizen, bitt schön.«
Der junge Mann gab sich Mühe, einen schönen Schaum hinzukriegen. Das dauert.
Ich sagte ganz beiläufig: »Der Unfall heut Nachmittag ... War ja eine Riesengaudi. Man hat's bis auf die Alm hinauf gehört. Weiß man, was passiert ist?«

»A Tote hams g'funden.«
»Ersoffen?«
»Keine Ahnung. Sie war tot. Sie ist aufm Wasser getrieben. Sie wollten sie noch reanimieren, aber keine Chance ... tot. Weiß Gott, wie lang die schon tot war.«
»Und weiß man, wer's war?«
»Keine Ahnung. A Frau halt ...«
»Alt, jung?«
Ich fror schon wieder.
Der junge Mann machte eine wunderbare Schaumkrone auf das Weizenglas.
»Net zu alt ... eher jung. Ich hab's selber nicht gesehen. Da sind so viele rumgestanden, Sanitäter, Notarzt ... Ham gearbeitet wie die Ochsen, ich hab denkt, wenn die nicht tot ist, dann machen die sie hin mit ihrem Wiederbeleben. Brechen ihr alle Rippen. Aber Tote kann man nicht wiederbeleben ...«
Ein reifer junger Mann.
Ich setzte mich mit meinem Weizen in der Hand auf die Bank und blickte über den See.
Er war schwarz geworden. Gewitterwolken zogen auf.
Die Sonne gleißte brutal hernieder. Eine schwarze Sonne.
Das Weizen schmeckte nach Brunze.
Ich schüttete es ins Gras.
Schleppte mich die drei Kilometer hoch zu meiner Alm.
Schaute auf die Uhr.
Alle fünf Minuten.
Noch zwei Stunden bis neun.
»Lieber Gott ... bitte nicht!«
Mein Gebet erfüllte sich nicht.
Dafür aber meine Befürchtung.
Sie kam nicht. Die junge, pummelige Irrlichternde.
Ich wartete eine Viertelstunde.
Ich wartete eine halbe Stunde.
Ich hielt das Warten nicht länger aus.
Ging vors Haus, im Haus war kein Empfang für mein Mobil.
Ich musste es wissen.
»Dr. Bär hier. Können Sie mich mit der Notaufnahme ver-

binden? ... Warum geht das nicht? ... Ich weiß, Sie haben viel Betrieb. Verbinden S' mich mit der Chefärztin, der Frau Dr. Graf.«
Die Krankenschwesternstimme wollte mich abwimmeln.
»Verbinden S' mich, es hat mit Ihrem Betrieb zu tun. Es ist wichtig. Lebenswichtig. Dr. Graf. Sagen S' ihr, der Dr. Bär ist da. Dringend. Sofort.«
Die Frau Dr. Vasthi Graf war eine alte Bekanntschaft von mir. Ihr Vater und ich waren befreundet. Er ist tot. Ich habe Dr. Grafs Tochter getauft. Eine lange, tragische Geschichte.
»Hallo, Vasthi!«
Sie: »Ich wollt dich auch grad anrufen. Bei uns ist der Teufel los.«
»Bei mir auch. Ich muss wissen, ob die Tote vom See bei euch ist ... Ja, ich weiß, dass sie tot ist ... Wie heißt sie ... Nein? ... Also doch! ... Weil die war gestern bei mir. Hat mir beichten wollen. War ganz verstört. Ich hab keine Ahnung, was sie wollte, ich weiß nur, sie hatte eine Himmelangst. Sie wollt heut Abend um neun da sein. Beichten. Sie ist nicht gekommen. Klar. ... Keine Ahnung, warum sie ins Wasser ist ... Nein, geh weiter, wegen einem Kind, einem unehelichen, geht doch keine junge Frau mehr ins Wasser. Das war vor hundert Jahr so ... Du, ich glaub, da ist was nicht ganz sauber. Sag dem Pathologen, er soll schauen, ob er Spuren von Gewalteinwirkung findet ... ja, vielleicht ist sie unfreiwillig ersoffen ... oder ersoffen worden ... oder schon vorher tot gewesen ... Ja, ruf mich an, wennst was weißt. Aber warum wolltst du mich anrufen?«
Sie erzählte mir gehetzt, dass das Personal auf ihrer Station mit den Nerven am Ende sei. Ob ich nicht Supervision oder so was machen könnte. Notfallseelsorge. Traumatherapie. Irgendwas.
»Die hocken nur noch rum und heulen und schreien sich an.«
»Ja, wieso denn?«
»Wir haben nach dem Einsatz in Tal noch einen Notarzteinsatz in Maria Rain gehabt. Das Kind war schon tot, der Notarzt hat's mitgebracht, und wie sie das Kind gesehen haben, da war's aus. Ich hab's gesehen und ...«

Ihre Stimme wurde dünn und weinerlich, sie schluchzte.
»Ich kann nimmer, ich hab so was noch nie gesehen ... und wenn man selber ein Kind hat ...«
Sie schluchzte hemmungslos.
»Was war so schlimm dran, du bist doch allerhand gewohnt?«
»Aber so was nicht.«
»Ja, was denn?«
»Das Herz ...«
Ich verstand sie nicht vor Schluchzen.
»Was war mit dem Herz? Plötzlicher Herzstillstand?«
Sie konnte kaum reden. Dann sagte sie es. Ein Wort nur.
»Herausgerissen!«
Mein Herz stoppte.
»Nein, das gibt's doch nicht!«
Sie schluchzte. »Wir sind alle so fertig hier ...«
Ich sagte: »Horch, ich mach eure Supervision. Gleich morgen früh. Von mir aus auch noch heut Nacht. Aber du musst mir auch einen Gefallen tun.«
Schluchz.
»Sag dem Pathologen, er soll die junge Leiche vom See in Tal auf Gewalteinwirkung untersuchen. Und auf Schwangerschaft. Und einen DNA-Abgleich mit dem Kind, das ihr gefunden habts.«
»Meinst ...«
»Kann sein, dass da was zusammenhängt. Die Polizei wird vermutlich auch drauf kommen und dasselbe wissen wollen. Aber ich will's schneller und von dir wissen. Für die Supervision. Okay?«
»Okay.«

5 Marlein und die seltsame Wohnung

Ich hatte gedacht, ich sei der Checker.

Ich hatte gedacht, ich hätte es nicht nur geschafft, die Aufmerksamkeit von Lena Wiga zu erwecken und sie in ein Gespräch zu verwickeln, sondern sie gleich dazu gebracht, mich abzuschleppen.

Ich hatte gedacht, sie wollte mich mit in ihre Wohnung nehmen, um vielleicht gleich mit mir in die Kiste zu hüpfen. All das hatte ich nach ihrem Angebot, das ich natürlich angenommen hatte, gedacht.

Bis ich ihre Wohnung betrat.

Von wegen Checker. Vollidiot.

Ich saß alleine auf dem Sofa in ihrem Wohnzimmer. Sie hatte mir einen Tee gemacht und gesagt, sie müsse mal kurz ins Bad.

Ich sah mich um.

Es sah nicht wie ein Wohnzimmer aus. Es sah auch nicht wie eine Wohnung aus. Ich hatte vielmehr das Gefühl, in einer Kapelle zu sitzen. Und zwar in einer von diesen Wallfahrtskapellen, deren Wände komplett mit Votivtafeln bedeckt sind. Auch im Flur und im Schlafzimmer, dessen Tür einen Spalt offen stand – überall hingen Bilder. Die Wände waren regelrecht zutapeziert mit Bildern.

Und all diese Bilder zeigten nur ein einziges Motiv: die Gottesmutter Maria. Maria in allen möglichen Varianten. Bilder, Drucke, Poster, Gemälde, Fotos von Gemälden, farbig und schwarz-weiß, Holzschnitte, Kupferstiche, altertümliche, mittelalterliche, neuzeitliche und moderne Darstellungen – in welcher Form diese göttliche Person auch immer verewigt worden war, hier schienen *alle* diese Darstellungen gesammelt worden zu sein.

Manche davon waren traditionell, konventionell, kitschig, altbekannt, andere waren ungewohnt, avantgardistisch, befremdlich, verstörend, aber alle zeigten ausschließlich die Himmelskönigin, manchmal mit einer Krone auf dem Kopf und einem Zepter in der einen Hand und dem Jesuskind auf dem anderen Arm, manchmal als einzelne Person, manchmal nur als Porträt, manchmal in Handlungsszenen.

Aber nicht nur die Wände waren komplett von der heiligen Maria eingenommen – es gab auch Skulpturen und sogar Schreine und Altäre, die auf dem Boden standen, jedes freie Fleckchen, das nicht von einem Möbelstück besetzt war, vereinnahmten und die Wohnung gänzlich in eine Marienhochburg verwandelten. Auch hier gab es Altes und Neues bunt gemischt. Bei einigen der Skulpturen hatten Mutter und Kind dunkelfarbige Gesichter, und ich fragte mich unwillkürlich, ob eine von ihnen vielleicht die gestohlene Schwarze Madonna aus Altötting sein konnte.

Ich hatte schon tiefreligiöse Menschen kennengelernt, die ihre Wohnungen reichlich mit sakralen Bildern, Symbolen und Gegenständen geschmückt hatten, aber ich war noch niemandem begegnet, der seine Verehrung einer göttlichen Person so extrem auslebte.

Verdammt, ich hatte gedacht, Lena Wiga sei ein offenherziges Mädchen, das mich mit in ihre Bude geschleppt hatte, um mit mir zu poppen.

In Wirklichkeit war ich offenkundig an eine Reinkarnation von Mutter Teresa geraten, die mich nur mit in ihre Wohnung genommen hatte, um mir ihre Marienbildchensammlung zu zeigen.

Eine peinliche Fehleinschätzung meinerseits, aber nicht weiter schlimm.

Mein erstes Teilziel war perfekt und in Rekordzeit erreicht worden: Es war mir bereits bei der ersten Begegnung mit ihr gelungen, einen Zugang zu ihr zu finden; ich saß in ihrer Wohnung, und gleich würde ich mich weiter mit ihr unterhalten und damit beginnen können, sie subtil nach ihren Lebensumständen auszufragen.

Vielleicht konnte ich die ganze Aufklärung schon an diesem Nachmittag erledigen. Nicht schlecht, vier ganze Monatsmieten in ein paar Stunden abgearbeitet. Vielleicht war ich ja doch der Checker.

Sie kam zurück ins Wohnzimmer.

Und haute mich komplett um.

Sie trug immer noch das goldene Kettchen mit dem Medaillon um den Hals.

Das war allerdings auch das Einzige, was sie noch trug.

Ansonsten war sie splitterfasernackt.

Lena Wiga kniete sich vor mich hin, öffnete den Reißverschluss meiner Hose und lächelte mich lasziv an.

»Ich lutsche jetzt deinen Schwanz, bis er knüppelhart ist, und dann gehen wir in mein Bettchen, und du fickst mich so richtig durch, okay?«

6 Bär supervidiert

Am nächsten Morgen marschierte ich runter ins Kaufhaus. Früh um sieben. Zeitung kaufen ...
Das Kaufhaus von Tal war ein altes beschindeltes Bauernhaus. Mit großen Lettern aus Gold stand überm Eingang: »Kaufhaus«. Wie »Kaufhaus des Westens«. Wie die großen Lettern »Forum Allgäu« in Kempten. Ein fotokopierter Pfeil zeigte um die Ecke. Zum Nebeneingang.
Ich öffnete die Tür. Sie quietschte. Stand in einem winzigen Laden.
Reichlich Konserven.
Knorr.
Maggi.
Mehl.
Teebeutel. Meßmer. Schwarz. Die einzige Marke. Da fällt die Entscheidung leicht.
Ein Korb voll Semmeln und Brezen.
Ein Tante-Emma-Laden.
Ich schaute die Ansichtskarten an.
Hübsch.
Tal.
Tal am See.
Der See.
Der Grünten.
Glückliche Kühe.
Die barocke Kirche St. Marien mit dem kuscheligen Zwiebelturm.
Eine ältere Frau von sechzig aufwärts, mehr auf siebzig zu, erschien.
»Ich hätt gern eine Zeitung.«

»Zeitung gibt's nicht«, sagte sie. »Die müssten Sie bestellen.«
Ach ja, hatte ich ganz vergessen.
»Zu spät. Ich brauch die heutige.«
Ein Mann schlurfte herein.
Das Kemptener Tagblatt unter die Achsel geklemmt. Zum Glück war es erst sieben und noch nicht so heiß. Die Zeitung war noch trocken. Nahm ich an.
Ich kaufte zwei Semmeln und eine Breze. Weil ich schon mal da war.
»Sie können aber unsere Zeitung haben, mein Mann hat's schon g'lesen. Wenn's Ihnen nix ausmacht.«
»Solang noch alles drinsteht ...«
Ich hasse gebrauchte Zeitungen mehr als gebrauchtes Klopapier.
Der Mann nahm die Zeitung aus seiner Achselhöhle und legte sie auf die Theke.
Ich sagte: »Ja, gern, die nehm ich.«
Sie berechnete mir zwanzig Cent weniger. Für die Zeitung. Sie war sogar noch trocken.
»Dank schön. Pfüad Gott!«
»Pfüad Gott.«
Im Gehen las ich die Zeitung.
Schlagzeile: *Schwarze Madonna von Altötting gestohlen!*
Was geht mich die Scheiß-Madonna von Altötting an ...
Die Polizei hat eine Belohnung von fünfhunderttausend Euro ausgesetzt. Sachdienliche Hinweise ...
Uninteressant. Ich blätterte ungeduldig weiter. Dann fand ich, was ich suchte.

Zwei Leichenfunde. Am gestrigen Sonntag wurde im See von Tal die Leiche einer jüngeren Frau gefunden. Rettungskräfte waren in großer Zahl im Einsatz. Man nimmt an, dass die Frau ertrunken ist. Näheres muss die Obduktion im Klinikum Kempten ergeben, die noch vorgenommen wird. – Am Abend wurde bei der Kirche Maria Rain die Leiche eines Kleinkindes entdeckt. Über die Todesursache hat das Klinikum Kempten keine Angaben gemacht. Aus unterrichteten Kreisen war zu erfahren, dass es sich um eine ungewöhnliche Todesursache handle, das Personal stehe noch unter Schock. In beiden Fällen ermittelt die Polizei.

Soso. Sie ermitteln. Ich wusste bereits von den gut unterrichteten Kreisen, dass die ertrunkene Frau jene war, die gestern Abend nicht zur Beichte erschienen war. Ich wusste auch, dass sie vor Kurzem noch schwanger gewesen war. Und ich wusste, dass die DNA dieser Frau mit der DNA des toten Kindes ohne Herz übereinstimmte. Und: keine Zeichen von Gewalteinwirkung an ihrem Körper.

Der gut unterrichtete Kreis war Dr. Vasthi Graf. Sie hatte mich noch mitten in der Nacht angerufen und informiert. Ihr Mann war der Chefredakteur vom Kemptener Tagblatt. Er hatte schnell gearbeitet.

Ich faltete meine Zeitung zusammen. Ich sollte schlafen.

Konnte ich nicht. War übermüdet wie ein kleines Kind. Es war niemand da, der mich ins Bett gebracht hätte.

Und einen eigenen Leibarzt konnte ich mir von meiner Rente nicht leisten.

Ich bin ja kein Bismarck.

Bismarck, der Reichskanzler, konnte auch nicht einschlafen.

Sein Leibarzt, ein Dr. Schweninger, hockte jeden Abend an seinem Bett.

Da konnte der Eiserne Kanzler schlafen.

War wahrscheinlich privat versichert.

Den größten Teil der Nacht hatte ich im Klinikum Kempten verbracht. Mein Versprechen an Dr. Vasthi Graf eingelöst: mich um die Krankenschwestern, Pfleger, Ärztinnen, Ärzte gekümmert.

»Supervision«. Nein, eher Notfallseelsorge. Krisenmanagement.

Jedenfalls hockten wir im Kreis.

Scheiß-Kreis. Aber wenn man mit einer Gruppe reden will, braucht man den Kreis. Was Besseres wurde noch nicht erfunden.

Meine erste Supervision nachts um zwei.
Schweigen.
Die Pfleger und Ärzte trugen steinerne Gesichter. Tough. Männer.
Die Krankenschwestern und Ärztinnen wie ägyptische Mumien.
Stumm.
Dann fing eine zu heulen an.
Am Ende heulten alle.
Sogar die Mannsbilder kriegten wässrige Augen.
Ein Kind. Herz herausgerissen.
Das hatten sie noch nie gehabt.
Tote Kinder schon. Tot geboren.
Aber das war eine andere Liga.
Nach dem Heulen phantasierten sie.
Suchten Zusammenhänge.
Gut.
Jeder Zusammenhang, noch so falsch, ist besser als gar kein Zusammenhang.
Der Zusammenhang war schnell klar.
Die Mutter hatte ihren Säugling gekriegt, gepanikt, ihn umgebracht, den winzigen Buben, an die Kirche gelegt, und dann ist sie in den See gesprungen. Sie musste verrückt gewesen sein. Ein Fall für die Psychiatrie. Aber selbst die Psychiatrie kann keine Toten behandeln. Die Psychopharmaka greifen einfach nicht. Nicht mehr. Und wer hatte dem Kind das Herz entrissen?
Dann kam die Wut.
Auf die Mutter.
Auf die Männer.
Auf mich.
In der Reihenfolge.
Fragen wie Maschinengewehrfeuer:
»Was wollen Sie überhaupt hier?«
»Was soll das Gerede?«
»Was soll das bringen?«
»Und einfach rumhocken und nix sagen nützt noch weniger!«
Sie meinten mich.

Ich sagte: »Was wollen Sie denn, dass ich sage?«
Hysterisches Aufheulen. Die Mannsbilder schauten verdutzt.
Eines von den Weibern schrie mich an: »Das müssen doch Sie wissen, was sie uns sagen sollen. Dafür sind Sie doch da. Was soll denn das, nachts um zwei nur rumhocken ... und überhaupt, eine Unverschämtheit ist das ... da geht man gescheiter raus eine rauchen.«
Ich: »Vielleicht hilft das.«
Giftige Tränenblicke trafen mich.
Zwei Krankenschwestern standen auf, ruckten laut mit den Stühlen, nahmen Gauloises- und Marlboroschachteln aus den Kitteln, Tür auf, Tür knallt zu.
»Herzlos«, sagte eine zur andern.
Als die Hälfte der Runde draußen war, sagte ich: »Die Gruppe löst sich auf.«
Um drei waren alle weg.
Ich saß allein in meinem Stuhlkreis.
Alleingelassen.
Nutzlos.
Sprachlos.
Ich blieb noch eine Weile sitzen, bis drei.
Drei Uhr war vereinbart.
Dann schlich ich mich davon.
Mission erfüllt.

7 Marlein und die große Irritation

Ich lag auf dem Bett, starrte an die Decke und versuchte, das Chaos in meinem Kopf irgendwie zu ordnen.

Mir entgegen starrte – wie sollte es auch anders sein – die Gottesmutter Maria.

Die Schlafzimmerdecke in Lena Wigas Wohnung war mit einem großen Fresko bemalt.

Und natürlich war auch das gesamte restliche Schlafzimmer mit Mariendarstellungen übersät.

Bevor das mit dem Ordnen im Kopf auch nur ansatzweise gelang, kam Lena Wiga zurück aus dem Bad, wohin sie sich kurz verzogen hatte. Sie trug jetzt einen Bademantel. Ich war noch nackt unter der Bettdecke.

Sie setzte sich auf die Bettkante und lächelte aufmunternd.

»Alles okay bei dir?«

Ich nickte. Offenbar nickte ich nicht überzeugend, denn sie runzelte die Stirn.

»Was ist los? War es nicht gut?«

Doch, es war gut. Verdammt gut sogar. Und zwar jede Minute der vergangenen zwei Stunden. Aber ich war irritiert.

»Doch, es war gut. Verdammt gut sogar. Ich bin nur etwas – wie soll ich sagen – irritiert.«

»Und wovon?«

»Zum einen von der Geschwindigkeit deines Vorgehens. Wir haben gerade mal ein paar Sätze gewechselt, und schon hast du mich ins Bett gezogen.«

»Das Leben ist zu kurz, um darauf zu warten, dass irgendwann Mr. Right auf einem weißen Schimmel dahergeritten kommt. Und solange auf Sex zu verzichten. Ich habe sowieso keine Lust auf diese Nur-wir-zwei-bis-ans-Ende-unserer-Tage-Nummer. Ich nehme mir die Freiheit, Sex zu haben, wann immer ich will und mit wem immer ich will – und ich will es nun mal mit ganz vielen verschiedenen Männern erleben. Als du mich angesprochen hast, hatte ich eben gerade Lust. Du warst ganz einfach zur richtigen Zeit am richtigen Ort, und ich habe mir dich gegönnt. Irgendein Problem damit?«

»Nein, nein, alles wunderbar.«

»Und zum anderen?«

»Bitte?«

»Du sagtest, zum einen wärest du irritiert von der Geschwindigkeit. Und was ist zum anderen?«

Ich ließ meinen Blick durch den Raum schweifen.

»Nun ja, deine Wohnung – all diese Marienbilder ...«

»Ich finde sie schön, aber über Geschmack lässt sich streiten. Was ist damit?«

»Ich meine nur, das ist doch ein Widerspruch. Einerseits

deine Frömmigkeit, andererseits deine große sexuelle Freizügigkeit. Das verstehe ich nicht. Das ist es, was mich irritiert, denn das passt doch nicht zusammen.«

Sie lachte.

»Dass Religiosität und Sexualität Widersprüche sind, ist einer der größten Irrtümer und Denkfehler der Menschheit. Aber diese Reaktion erlebe ich immer wieder. Die meisten Jungs, die ich mit in meine Wohnung nehme, finden es irgendwie shocking, in einem solchen Ambiente Sauereien zu veranstalten. Aber das liegt nur daran, dass ihr alle eine völlig falsche Vorstellung von Maria habt. In Wirklichkeit ist sie nämlich etwas völlig anderes als das, was ihr denkt.«

Ich schaute mich um, betrachtete einige der Darstellungen.

»Ja, mir ist schon aufgefallen, dass einige der Bilder sehr ungewöhnlich sind. Nicht so, wie man sich eine Gottesmutter vorstellt: fromm und ernst und puritanisch. Auf einigen wirkt sie eher – ja, aufreizend, erotisierend, sinneshungrig, ekstatisch. Erklär mir doch, was falsch an der herkömmlichen Marienvorstellung ist, das interessiert mich. Außerdem habe ich immer noch nicht deine Meinung zum Diebstahl in Altötting gehört ...«

Sie erhob sich, sammelte meine Klamotten zusammen, die auf dem Boden verstreut lagen, und legte sie mir auf die Bettdecke.

»Hör mal, mein Junge, das ist nett von dir, dass du versuchst, Interesse an Maria zu heucheln, und über diese Tour hast du mich ja auch ins Bett bekommen. Aber seien wir mal ehrlich, in Wirklichkeit interessiert dich Maria doch so viel wie ein Sack Reis, der in Peking umfällt, und was ich dir über Maria erzählen würde, würde dich nur verwirren, deshalb lassen wir das lieber. Wir müssen jetzt nicht krampfhaft Small Talk machen. Wir hatten zwei Stunden lang wilden, geilen Sex, daran ist nichts Ehrenrühriges, aber damit sollten wir es auch gut sein lassen. Ich würde vorschlagen, dass du dich jetzt anziehst und gehst.«

Ich war so perplex, dass ich genau das tat.

8 Bär trauert

Die Toten waren aus Tal.
Die Totenmesse war in Tal.
In der Kirche, die ich fürchtete.
Drei Tote hatte ich darin gesehen.
Drei Mal unnatürlicher Tod.
Gibt es einen natürlichen Tod? Jeder Tod ist gewaltsam.
Außer der von meiner Großmutter. Sie war beim Fernsehen eingeschlafen, wie viele Leute, die fernsehen, aber sie war nicht mehr aufgewacht, das ist nur wenigen vergönnt.
Ich zog meinen Trachtenjanker an, weißes Hemd, schwarze Krawatte, schwarze Feiertagsjeans.
Gerammelt voll war das Gotteshaus.
Die Frauen vorn, die Männer hinten.
Vor dem Altar ein Sarg. Groß. Weiß.
Auf dem Sarg ein Sarg. Klein. Weiß.
Der Anblick schon haute die meisten um.
Mich auch.
Ein schwangerer Sarg.
Der Priester fasste sich kurz, Gott segne ihn.
Er sprach von einem tragischen Tod.
Einer Mutter.
Die früher als Ministrantin in der Kirche von Tal gedient hatte.
Ihres Kindes.
Beide nun bei Gott.
Besser als im See. Vielleicht.
Geheimnis des Glaubens.
Die Orgel spielte wackelig, zittrig, weinerlich.
Die Männer schnäuzten sich.
Die Frauen schluchzten, wischten sich in einer Tour die Tränen ab.
Viele junge Frauen waren da.
In der ersten Reihe sah ich von hinten ein graues gebücktes, gedrücktes Paar mit Tonnen Trauer auf den Schultern.
Alt. Uralt. Sie konnten nicht viel älter als fünfzig sein. Vermutlich die Eltern. Großeltern?

Ich atmete schwer ein. Den Weihrauch. Weihrauch ist eine Droge. Vielleicht hilft sie.
Hilft nicht.
Macht alles nur schlimmer.
Nach einer Ewigkeit von vierzig Minuten wurden die beiden Särge hinausgetragen.
Der große weiße Sarg wurde hinabgelassen.
Ein Lied:

»Segne du, Maria, segne mich, dein Kind
Dass ich hier den Frieden, dort den Himmel find
Segne all mein Denken, segne all mein Tun
Lass in deiner Liebe Tag und Nacht mich ruhn.«

Dann der kleine Sarg.
Wie das Space Shuttle auf dem Trägerflugzeug.
Als sich der kleine weiße Sarg auf den großen weißen Sarg senkte, brachen die Dämme.
Selten eine so große Gemeinde so herzzerreißend schluchzen gesehen.
Auf den Leichenschmaus wurde verzichtet.
Es gab jedenfalls keinen.
Man stand auf dem kleinen Friedhof vor der Kirche herum.
Ich hörte:
»Ja, die Lea, wer hätte das gedacht ... sie ist einfach nicht damit fertiggeworden ...«
»Aber deswegen muss man doch nicht gleich ...«
»Wer weiß, was in die gefahren ist ...«
Ich dachte: der Teufel.
»... und ausgerechnet bei uns in Tal ...«
»So eine Schand!«
»Und die armen Eltern ... der Posserhofbauer und seine Frau ... das einzige Kind ... ihre Lea.«
»Wie kann man seinen Eltern nur so was antun ...«
Ich machte mir eine mentale Notiz: »Posserhof«.
Die Tote musste etliche Freundinnen gehabt haben. Jedenfalls stand ein halbes Dutzend junger Frauen herum. Alle mit weiten

Kleidern. Wie Umstandskleider. Aber die konnten nicht alle schwanger sein. Oder doch?
Sie schauten zu mir hin, unsere Blicke begegneten sich, ich konnte nicht mehr ausweichen.
Ich fror plötzlich.
So von innen raus.
Spürte die Kältewelle in der Hitzewelle.
Vielleicht war ich krank. Oder verrückt. Oder in den Wechseljahren. Verspätet.

9 Marlein und die philosophische Diskussion

Einen Tag später stand ich mit einem Blumenstrauß vor der Tür von Lena Wigas Wohnung.

An dem Blumenstrauß klebte ein Umschlag, in dem sich zwei Karten für das nächste Heimspiel der Spielvereinigung Greuther Fürth befanden.

Ich hatte sie von einem Spieler der Mannschaft bekommen, der mich vor einiger Zeit beauftragt hatte, zu überprüfen, ob in der Zeit, in der er zu Auswärtsspielen unterwegs war, seine Ehegattin nicht vielleicht auch auswärts spielte. Sie spielte tatsächlich auswärts, aber nicht in der Form, wie der Fußballer es befürchtet hatte. Es waren extrem harte Observationen für mich, die mich durch sämtliche Schuhläden in Fürth, Nürnberg und Erlangen führten, wobei ich an die Worte des großen Fußballphilosophen Mehmet Scholl denken musste, der auf die Frage, als was er im nächsten Leben gerne wiedergeboren werden würde, voller Weisheit mit »Als Spielerfrau« geantwortet hatte.

Es hatte sich am Vortag alles so gut angelassen – und dann hatte ich es vermasselt. Es war einfach alles zu verwirrend gewesen – diese Frau war zu verwirrend. Sie hatte mich überrascht und überrumpelt.

Erst hatte ich nicht damit gerechnet, dass sie mich so schnell ins Bett ziehen würde, und dann hatte ich nicht damit gerechnet, dass sie mich so schnell wieder rausschmeißen würde.

Und was dazwischen passierte, gehörte zum Groteskesten, was ich je erlebt hatte. So skurrilen Sex hatte ich noch nie gehabt. Nicht dass er schlecht gewesen wäre – ganz im Gegenteil, Lena Wiga war keine Anfängerin. Aber die Atmosphäre war irgendwie absurd – man hatte das Gefühl, es in einer Kirche zu tun und dabei von ganz oben beobachtet zu werden.

Und es war nicht nur die Umgebung, die seltsam war.

Diese ganze Person war ein einziges Rätsel. Irgendetwas stimmte nicht mit ihr. Das mit ihrer Marienverehrung war schon ziemlich krankhaft. Selbst auf ihrem Körper trug sie mehrere Marienbilder – als Tattoo, wie ich feststellen konnte, als sie nackt war.

Ich hatte natürlich auch darauf geachtet, ob vielleicht Schwangerschaftsstreifen auf ihrem Körper zu sehen waren, hatte aber keine erkennen können. Was allerdings nichts hieß. Ich war alles andere als ein Experte im Feststellen früherer Schwangerschaften. Genau genommen wusste ich noch nicht einmal, wie Schwangerschaftsstreifen aussahen.

Aber die fragliche Schwangerschaft war eben das Entscheidende in dieser Geschichte, nur um die ging es. Mein Auftrag lautete, zu klären, ob Lena Wiga ein Kind bekommen hatte, und falls ja, was mit diesem Kind passiert war. Nur die Beantwortung dieser Fragen zählte. Ihr Marienwahn konnte mir hingegen völlig egal sein.

Aber vielleicht hing das eine ja auch mit dem anderen zusammen?

Wie auch immer, ich hatte diesen Auftrag angenommen, und ich würde ihn erledigen, koste es, was es wolle.

Schade, dass ich am Vortag nicht souveräner gehandelt hatte. Aber noch war nichts verloren – ich musste nur zusehen, dass ich wieder in die Spur kam. Und genau das wollte ich mit meinem Überraschungsbesuch erreichen.

Ich klingelte.

Ich hörte näher kommende Schritte, dann wurde die Tür geöffnet.

Lena Wiga sah mich verdutzt an.

»Nanu? *Du?* Hast du deine Unterhose vergessen?«

Ich holte mein nettestes Frauenversteher-Lächeln aus der Mottenkiste.

»Nein, ich habe nichts vergessen. Aber ich habe dir was mitgebracht.«

Ich streckte ihr den Blumenstrauß mit dem Kuvert entgegen. Sie nahm ihn aber nicht an, sondern betrachtete ihn, als hätte er Cholera. Dann betrachtete sie mich, als hätte ich Cholera, Lepra, die Pest und die Krätze.

»Das ist nett gemeint, aber ich glaube, da liegt ein Missverständnis vor. Ich dachte eigentlich, ich hätte mich bereits eindeutig genug ausgedrückt, aber ich muss es wohl doch noch mal klarstellen. Ich suche keinen festen Partner und noch nicht einmal eine lockere Beziehung. Ich hole mir ab und zu mal einen Mann ins Bett, um mit ihm Sex zu haben – nicht weniger, aber auch nicht mehr. Dich fand ich süß, du hast eine sportliche Figur, bist gepflegt und hast auch keine Hackfresse, und du hast mich nett angesprochen. Der Sex mit dir war geil, ich habe ihn auf der Seite der besseren Ficks verbucht – aber das war's dann auch, mehr läuft nicht. Geh mit deinem Blumenstrauß zu einem normalen unbedarften Mädchen, das dich heiraten und dir Kinder schenken will, aber bei mir bist du da an der falschen Adresse. Und falls du mich nur noch mal bumsen willst: Ich penne nie zweimal mit demselben, um erst gar keine falschen Hoffnungen und Gefühle aufkommen zu lassen.«

Das klang nicht gut. Aber ich hatte den festen Willen, mich nicht abwimmeln zu lassen. Es standen schließlich vier ganze Monatsmieten auf dem Spiel.

»Ich suche ebenfalls keine Partnerin, und ich bin auch nicht gekommen, um mit dir zu schlafen. Du hast mir gestern unterstellt, ich hätte mein Interesse an Maria nur vorgetäuscht, um dich ins Bett zu kriegen, aber das stimmt nicht. Ich muss zugeben, dass ich sehr wenig über Maria weiß, was daran liegt, dass mein Interesse an ihr wirklich erst vor Kurzem erwacht ist. Ich möchte mehr über sie erfahren, gerne auch über die unbekannten und angeblich schockierenden Seiten an ihr, von denen du gesprochen hast. Ich bin mir sicher, dass es für meine Marienforschungen keine bessere Expertin als dich geben könnte, und deshalb würde ich unsere begonnene Unterhaltung sehr gerne fortsetzen. Ganz unverbindlich.«

Ich konnte die Räder in ihrem Gehirn förmlich rattern hören. Sie war hin- und hergerissen.

Mach sie fertig, Marlein. Knack sie.

»Und wozu dann das Gemüse da?«

»Die Blumen? Ein kleines Zeichen der Dankbarkeit für die schönen Stunden, die wir zusammen verbracht haben, und ein kleines Zeichen von Sympathie für dich. Nicht weniger, aber auch nicht mehr.«

Die Mauern ihres Widerstandes begannen zu bröckeln. Sie musterte den Strauß jetzt nicht mehr, als würde es sie für den Rest ihres Lebens in Ketten legen, wenn sie ihn annähme.

»Und was ist in dem Kuvert?«

»Das wird für immer ein Geheimnis bleiben – es sei denn, du machst es ganz einfach auf und siehst nach.«

Frauen können altmodisch oder fortschrittlich sein, sanft oder tough, prüde oder verrucht, Hausmütterchen oder Hardcore-Emanzen – neugierig sind sie alle.

Sie konnte nicht widerstehen, griff nach dem Kuvert, zupfte es vom Blumenstrauß, öffnete es, entnahm den Inhalt – und zog einen langen Flunsch.

»Karten für ein Fußballspiel?«

»Genau.«

»Und was soll ich damit?«

»Hingehen natürlich. Und da es zwei Karten sind, kannst du noch jemand mitnehmen. Eine Person deiner Wahl. Deine beste Freundin, einen Arbeitskollegen ... Und wenn dir partout niemand einfallen sollte und niemand pässlich ist, würde *ich* mich auch dafür opfern.«

»Ich war noch nie in einem Fußballstadion.«

»Dann wird's aber allerhöchste Zeit.«

»Aber ich interessiere mich nicht die Bohne für Fußball. Ich finde Fußball einfach nur schrecklich.«

»Wie kannst du zu so einem Urteil kommen, wenn du noch nie in einem Fußballstadion warst? Geh mit mir zu dem Spiel,

schau es dir einmal an – und dann kannst du mitreden und entscheiden, ob du es wirklich schrecklich findest oder vielleicht doch ganz amüsant.«
»Ich weiß, dass ich es schrecklich finde.«
»Milliarden Menschen gucken Fußball – können die alle irren?«
»Milliarden Fliegen fressen Scheiße – tust du es deswegen auch?«
»Wir befinden uns mitten in einer hochphilosophischen Diskussion über ein uraltes Menschheitsproblem, aber müssen wir die wirklich im Treppenhaus führen?«
Sie lachte.
»Also gut, du Spinner. Komm rein.«

10 Bär schaut

Der Posserhof liegt am Rande von Tal, ein paar hundert Meter vom See weg. Ein verhocktes Bauernhaus. Noch nicht mit EU-Mitteln renoviert. Stall. Kleiner Misthaufen. Scheune.
Kleinbauern.
Klein waren auch die beiden Possers.
Noch kleiner als in der Kirche.
Gebeugt, gebuckelt, gebeutelt.
Ich läutete die Kuhglocke, die am Eingang hing.
Trat zur Haustür. Sie ging einen Spaltweit auf.
Die Posserhofbäuerin schaute mich aus der dämmrigen Stube heraus an.
»Ja?«
»Bär heiß ich. Ich bin der Bär von der Biselalm. Ich tät gern mit Ihnen reden.«
»Warum?«
»Wegen der ... ah ... wegen Ihrer ... der Lea ... Mein Beileid.«
»Was gibt's da noch zum Reden? Das Reden bringt sie auch nimmer zurück.«

Aus der Dämmerung der Hütte kam eine Altmännerstimme:
»Wer isch es denn?«
»Der Bär von der Biselalm.«
»Was will denn der da?«
»Wegen der Lea, sagt er.«
»Lass ihn rein.«
Die Tür öffnete sich. Im trüben Licht, das durch die zugezogenen Vorhänge sickerte, saß unterm Herrgottswinkel der Posserhofbauer oder was noch von ihm übrig geblieben war.
Ich streckte ihm meine rechte Hand hin.
»Beileid.«
»Scho recht.«
Er ließ meine Hand unbenutzt in der Luft stehen. Sagte:
»Hock dich hin!«
Ich hockte mich auf die Eckbank.
Die Posserhofbäuerin hockte sich auf einen Stuhl in der anderen Ecke der Stube.
Wie sich's gehört.
»Und?«
»Es tut mir leid. Mit der Lea. Und ihrem Kind.«
»Und?«
»Ich will rausfinden, warum sie ... ertrunken ist ... und mit dem Kind ... und überhaupt.«
»Warum?«
»Weil sie am Tag vorher noch bei mir auf der Alm war. Sie hat gesagt, sie will bei mir beichten. Ich bin ... war ... doch Pfarrer.«
»Ja, wissen wir. Aber ein protestantischer ... Warum ist sie nicht zu unserem eigenen Pfarrer gegangen?«
»Angst«, sagte ich.
»Wieso Angst?«
»Das weiß ich auch nicht. Sie hat auf jeden Fall Angst gehabt. Sie wollte am nächsten Abend kommen und beichten. Ich hab auf sie gewartet, abends um neun. Aber sie ist nicht gekommen. Da war sie schon ... nicht mehr ...«
»Und was hat sie beichten wollen?«
»Das weiß ich nicht, und wenn ich's wüsst, tät ich nix sagen dürfen. Beichtgeheimnis.«

»Und woher soll ich das wissen, was sie beichten hat wollen? Mit uns hat sie ja nicht mehr geredet ...«

»Warum nicht?«

»Sie ist in letzter Zeit so komisch geworden. Man hat nicht mehr mit ihr reden können.«

Die Bäuerin meldete sich von der anderen Ecke: »Weil du sie so geschimpft hast!«

Er schnauzte sie an: »Sei still. Das Weib schweige in der Gemeinde!«

Die Ecke verstummte.

Er maulte: »Da soll ich vielleicht nix sagen, wenn das Mädle mit einem Balg im Bauch heimkommt. Das Einzige ... ein lediges Kind ... Die Schand!«

Der Bauer schaute verbittert ins Leere. Sagte: »Aber wegen so was geht man doch nicht ins Wasser!«

»Von wem war denn das Kind?«

»Das hat sie uns nicht gesagt. Das verratet sie uns nicht, hat sie gesagt ... Sie war die letzte Zeit wirklich komisch. Ist nimmer aus dem Haus gegangen, war immer in ihrem Zimmer. Bloß zu ihrer saudummen Gemeinschaft ist sie gegangen ... und dann war sie wieder ein paar Tage weg. Gott weiß wo ... uns hat sie nix gesagt. Gar nix. Da soll man nicht narrisch werden!«

»Hat sie Ihnen auch nichts gesagt?«, fragte ich in die Ecke.

Die Bäuerin schüttelte wortlos den Kopf.

»Und was ist das für eine Gemeinschaft, wo sie hingegangen ist?«

»So eine Weibergeschicht von der Kirch ... Viele Weiber sind da. Nur junge.«

»Und was machen die da?«

»Reden, singen, beten ...«

»In der Kirch?«

»Weiß ich nicht. Sie hat ja nix erzählt.«

»Vielleicht war sie depressiv?«

»Ich versteh nix von dem neumodischen Zeug. Komisch war sie halt.«

»Wo hat sie denn ihr Kind zur Welt gebracht?«

»Wissen wir auch nicht. Sie war einfach weg. Wir haben

das Kind gar nicht gesehen, überhaupt nicht gesehen. Nur den Sarg.«

Schweigen legte sich wie eine schwarze Decke auf das Gespräch.

Ein Gedanke fuhr mir ins Hirn.

Hat er sie etwa ... war das Kind von ihm? Dem Posserhofbauern?

Hat's alles schon gegeben.

Ich fragte: »Tät's Ihnen was ausmachen, wenn ich mal ihr Zimmer anschauen könnt?«

Er warf seine Stirn in Falten.

»Das hat die Polizei schon angeschaut.«

»Und?«

»Die haben nix gefunden. Ist ja auch nix drin.«

»Ich tät's trotzdem gern anschauen.«

Der Bauer schnaufte wie ein Pferd, das kurz vorm Ausschlagen ist.

»Dann zeig's ihm halt, Mutter!«

Die Bäuerin ging voraus, die Treppen hinauf, machte eine Zimmertür auf. Ein Zimmer wie das Gemälde »Van Goghs Zimmer in Arles«. Tisch. Stuhl. Kleiner alter Kleiderschrank.

Überm Bett am Kopfende die Jungfrau Maria.

An der langen Wand ein großes Bild. Eine Afrikanerin in Ekstase. Nicht vom Sex, sondern vom Beten. Drauf stand: »Die Göttin«.

11 Marlein und die neue Religion

Ich saß zum zweiten Mal auf ihrem Sofa, aber diesmal machte Lena Wiga keine Anstalten, mir an die Wäsche zu gehen, sondern saß züchtig neben mir und schlürfte Tee.

Ich ließ meinen Blick durch den Raum schweifen.

»Und wo hast du eigentlich die geklaute Altötting-Madonna stehen?«

Ein großartiger Spruch in einer Wohnung voller Marienbilder und Madonnenstatuen, fand ich. Eine witzige, geistreiche Bemerkung, die Gelächter und ebenso humorige Erwiderungen nach sich ziehen sollte.

Doch weit gefehlt. Lena Wiga schien in Sachen Maria keinen Spaß zu kennen. Sie funkelte mich mit leicht pikierter Miene an.

»Für die sind andere zuständig.«

Seltsame Antwort. Die Altötting-Geschichte war aus irgendeinem Grund kein Thema, das mir Sympathiepunkte bei ihr einbrachte. Also wechselte ich es.

Ich deutete auf den geöffneten dreiteiligen Schrein einer geschnitzten Marienfigur, die in ihrem Inneren neben gemalten biblischen Szenen zwei kleinere männliche Figuren barg, bei denen es sich höchstwahrscheinlich um Gottvater und Gottsohn handelte.

»Erklär mir doch mal dieses Teil. Wer sind die beiden Figuren im Inneren von Maria? Gott und Jesus?«

»Ganz genau.«

»Und was hat das zu bedeuten?«

»Das bedeutet, dass Gottvater und Gottsohn ein Teil von Maria sind. Und dass Maria über ihnen steht.«

»Ich bin kein Experte in dieser Angelegenheit, aber diese Ansicht scheint mir geringfügig von der gängigen Lehrmeinung der Kirche abzuweichen.«

»Sie weicht nicht nur geringfügig ab, sondern sie steht völlig konträr zum offiziellen Glauben. Es ist eine Revolution. Und es ist nicht nur irgendeine Meinung, es ist die Wahrheit. Gott wird als männliche Person verehrt, aber das ist ein Irrtum. Gott ist in Wirklichkeit weiblich. Gott ist in Wirklichkeit eine Göttin. Und diese Göttin ist Maria. Sie ist die Muttergottes und steht damit über allem.«

»Wie kommst du zu dieser Annahme – pardon, zu diesem Wissen?«

»Das ist eine lange Geschichte. Sie reicht weit zurück in die Vergangenheit – bis weit in die vorchristliche Zeit. Bis zu den Anfängen der Menschheit.«

»Dann erzähl mir die Geschichte.«

Sie nahm einen Schluck von ihrem Tee.
»Ich weiß nicht, ob du schon reif dafür bist.«
»Reif wofür?«
»Für die Wahrheit.«

Ich bin Detektiv und damit professioneller Wahrheitssucher, ich lebe vom Aufdecken der Wahrheit, ich liebe die Wahrheit – hätte ich beinahe gesagt, aber ich konnte mir im letzten Moment auf die Zunge beißen.

Wir saßen schon eine Stunde lang zusammen, hatten uns zunächst über Allgemeines unterhalten, über unsere Biografien und Familien, unsere Berufe und Arbeitsplätze, unsere Hobbys und Vorlieben – worüber man eben so spricht beim ersten richtigen Date.

Ich hatte ihr dabei natürlich nicht enthüllt, dass ich Privatdetektiv bin, sondern ihr die Story verkauft, dass ich Projektmanager sei – das klingt immer gut, kann alles und nichts bezeichnen und ist nicht mal gelogen: Jede Tätigkeit ist in gewisser Weise ein Projekt, und jeder, der daran arbeitet, ist in gewisser Weise ein Manager. Sind wir nicht alle Projektmanager?

Mein aktuelles Projekt hieß, den Verdacht einer Schwangerschaft und Geburt bei Lena Wiga zu bestätigen oder zu entkräften, und dieses Projekt managte ich nach Kräften. Aber auch das hatte ich ihr natürlich nicht auf die Nase gebunden, sondern auf ihre Nachfrage, in welcher Branche ich denn tätig sei, mit einem nicht weniger nebulösen »In der Kommunikation« geantwortet. Auch das war nicht gelogen, denn genau das machte ich ja gerade: mit ihr kommunizieren.

Von ihr hatte ich noch nicht sehr viel mehr erfahren, als ich eh schon wusste. Dass sie als Krankenschwester arbeitete – in einer Privatklinik in Nürnberg –, hatte mir schon Frau Gaulstall erzählt, und dass sie ungebunden war und sich stattdessen lieber häufige One-Night-Stands gönnte, hatte sie mir ja schon selbst ausführlich erläutert.

Ich hatte versucht, diese Thematik noch einmal aufzugreifen, und mich über diesen Weg möglich unauffällig und subtil an die Informationen heranzupirschen, die mich eigentlich ausschließlich interessierten.

Ich hatte Lena Wiga gefragt, ob sie sich denn nicht vorstellen könne, auch einmal Familie und *Kinder* zu haben, aber sie hatte nur mit einem Lachen reagiert. Ich hatte daraufhin, alle Subtilität über Bord werfend, den Holzhammer ausgepackt und sie einfach direkt gefragt, ob sie denn vielleicht gar schon Kinder habe, worauf sie mit der Gegenfrage geantwortet hatte, wie ich denn auf diese verrückte Idee komme. Mir war nichts Blöderes eingefallen als die Erwiderung, dass alle Frauen in ihrem Alter, die ich kannte, schon Kinder hätten, worauf sie entgegnete, sie sei eben ganz anders als die meisten Frauen. Und ja, sie könne sich schon vorstellen, Kinder zu haben, aber dann eben nur ohne festen männlichen Partner, was ja heute eh keine Seltenheit mehr sei, aber das müsse noch ein bisschen warten.

Eine klare und eindeutige Antwort also, aber sie hatte ja auch ihrer Vermieterin gegenüber schon bestritten, schwanger zu sein. Es galt jetzt, in den kommenden Tagen oder – was ich nicht hoffen wollte – Wochen den Wahrheitsgehalt dieser beiden Behauptungen herauszufinden.

Auf ihre Frage antwortete ich also: »Ich habe kein Problem mit der Wahrheit.«

»Auch nicht damit, dass Gott eine Frau ist? Dass Maria nicht die Randfigur ist, als die sie in der Bibel dargestellt wird, sondern die Hauptfigur, die im Zentrum steht?«

»Ich habe dir doch gesagt, dass ich ein Fan von Maria bin. Dass sie so bedeutend sein könnte, ist mir neu, aber umso besser.«

»Aber du bist doch Christ?«

Eine Fangfrage? Was wollte sie hören, ein Ja oder ein Nein?

»Nun ja ... in gewisser Weise ... wie gesagt, in erster Linie habe ich die Gestalt der Maria neu für mich entdeckt, und Maria ist ja nun mal im Christentum verwurzelt.«

»Genau das ist das Problem: Maria ist nämlich in Wirklichkeit überhaupt nicht im Christentum verwurzelt. Es geht hier nicht um eine abweichende Lehrmeinung, es geht hier auch nicht um Sektierertum – es geht hier um eine komplett andere Religion. Eine neue Religion – die in Wahrheit überhaupt nicht neu ist, sondern sehr alt, viel älter als das Christentum. Ich glaube dir, dass du dich für Maria interessierst, dass du sie verehrst, aber ich habe Zweifel, ob du ihr wahres Wesen wirklich erkennen kannst und überhaupt erkennen willst, und ich habe Zweifel, ob du auch bereit wärst für die radikalen Konsequenzen, die *diese* Religion fordert – denn du bist ein Mann, und für einen Mann wäre es ein besonders großer Paradigmenwechsel.«

»Und du bist also eine Anhängerin dieser neuen Religion?«

»Ja. Sie ist mein Lebensinhalt.«

»Und wie nennt sich diese Religion? Statt Christentum nun Marientum?«

»Religio Mariae Dea Magna Madonna Nigra.«

Oje. Die Religionen wurden auch immer komplizierter.

»Auf Deutsch?«

»Die Religion der Maria als Große Göttin und Schwarze Madonna.«

Ich musste leicht schlucken. Eine Religion der Schwarzen Madonna – und in Altötting war gerade eine berühmte Schwarze Madonna gestohlen worden. Welch seltsamer Zufall.

»Ist das deine Privatreligion, oder gibt es auch so etwas wie eine Kirche oder eine Glaubensgemeinschaft?«

»Ja, wir sind eine Glaubensgemeinschaft mit vielen Gläubigen in ganz Bayern. Aber wir sind keine offizielle Kirche, wir praktizieren unsere Religion lieber verborgen und sozusagen im Untergrund.«

»Wieso das denn? Das ist ein freies Land, und die Religionsfreiheit steht im Grundgesetz.«

»Die Religio Mariae ist eine ziemlich extreme und radikale Religion. Wir tun einige Dinge, die die Ungläubigen nicht verstehen würden – und die nicht allen gefallen würden.«

»Zum Beispiel?«

Sie zögerte.

»Das darf ich dir nicht erzählen. Die Gebote, Rituale und Zeremonien unserer Religion sind nur für die Mitglieder unserer Religionsgemeinschaft bestimmt.«

»Vielleicht möchte ich ja gerne Mitglied eurer Religionsgemeinschaft werden – oder nehmt ihr nur Frauen auf?«

»Nein, wir haben auch Männer in unseren Reihen – allerdings nur ausgewählte Männer. Ich finde dich sehr nett, Philipp, und ich könnte mir dich gut in unserer Mitte vorstellen, aber ich glaube, dafür ist es noch zu früh. Du bist noch nicht bereit dafür. Du musst erst die geschichtlichen Hintergründe der Großen Göttin und der Schwarzen Madonna kennen, um zu verstehen, dass es richtig und nötig ist, was wir tun. Und wie gesagt: Was wir tun, würde bei vielen Menschen Unverständnis und Missfallen hervorrufen.«

Mein Blick fiel auf das Medaillon, das an der Kette um ihren Hals baumelte. Ich betrachtete es zum ersten Mal genauer, und jetzt erkannte ich, was darauf dargestellt war: eine Madonna mit Kind – beide nackt und schwarz.

»Kannst du mir denn gar keinen Hinweis geben? Wie soll ich jemals bereit sein für eure Religion, wenn ich nie in die Inhalte dieser Religion eingeweiht werde?«

Sie überlegte.

»Es wäre beispielsweise für viele Menschen schockierend, zu erfahren, dass Maria in Wirklichkeit keine Ikone der Keuschheit und Enthaltsamkeit ist, sondern eine Göttin der Fruchtbarkeit. Sex ist Gottesdienst, und deshalb zelebrieren wir eine sehr offenherzige Sexualität.«

»Ich weiß. Ich habe kein Problem damit. Du hast dich ja selbst davon überzeugen können.«

»Oh, was wir beide gemacht haben, war ja noch sehr konventionell. In unserer Gemeinschaft praktizieren wir noch wesentlich freizügigere Formen der Erotik, die nicht jedermanns Sache sind. Es ist ein Hauptgebot Marias, dass wir Menschen uns so oft und so intensiv und so tabulos wie möglich lieben, geistig wie körperlich. Sie lässt uns in dieser Beziehung größtmögliche Freiheit, lässt uns alle unsere Wünsche, Vorlieben und Begierden hemmungslos ausleben. Andererseits stellt sie aber auch Forderungen: Forderungen, die vielen Menschen hart und unangenehm erscheinen würden – und zum Teil auch grausam.«

»Kannst du mir wenigstens andeuten, um was es da geht?«

In dem Moment klingelte ihr Handy, das auf dem Glastisch vor dem Sofa lag.

»Warte mal, ich bin gleich wieder da.«

Sie stand auf, griff sich das Handy und verschwand damit im Bad.

Ich entschied, dass es möglicherweise von Bedeutung für meine Ermittlungen sein könnte, den Inhalt dieses Telefonats zu erfahren, und schlich mich ebenfalls zum Bad, um an der verschlossenen Tür zu lauschen.

Mein Gefühl sollte mich nicht trügen.

Es war von ganz entscheidender Bedeutung.

»… ja, ja, alles in Ordnung bei mir … Natürlich, ich komme zum Ritual am nächsten Wochenende … Ja, und zur Großen Zeremonie in der Woche drauf selbstverständlich auch, da habe ich ja eine wichtige Rolle … Weil wir schon davon sprechen, wie geht's meinem Kleinen eigentlich? … Nein, nein, natürlich nicht, ich habe nur interessehalber gefragt … Ja, wie gesagt, alles in Ordnung bei mir, ich freue mich sogar darauf … Ja, bis bald dann …«

Ich wandte mich schnell von der Badtür ab und kehrte zum Sofa zurück.

Ich hatte gehört, was ich hören wollte.

Genauer gesagt, was ich eigentlich nicht hören wollte.

Friede, Freude, Eierkuchen wäre mir lieber gewesen.

Aber jetzt war es Gewissheit: Lena Wiga hatte mich angelogen.

Sie hatte ein Kind zur Welt gebracht, offenbar einen Jungen, und aus irgendwelchen Gründen verheimlichte sie sowohl die Schwangerschaft als auch die Geburt – zumindest bestimmten Personen gegenüber, wie ihrer Vermieterin oder mir, und wahrscheinlich auch den Behörden.

Aber warum? Und wo befand sich das Kind jetzt? Hatte diese obskure Mariensekte, der sie angehörte, etwas mit der ganzen Geschichte zu tun?

Ich hätte meinen Arsch darauf verwettet.

Ich überlegte.

Sollte ich die Polizei verständigen und erzählen, was ich gehört hatte? Würde das ausreichen, damit die Bullen irgendetwas unternehmen?

Nein, das würde es nicht – nur auf ein angeblich heimlich

mitgehörtes »Wie geht's meinem Kleinen?« würde keine Polizeibehörde der Welt Ermittlungen aufnehmen.

Zur Polizei zu gehen war definitiv der falsche Weg – ich würde Lena Wiga, die sicherlich sowieso alles abstreiten würde, damit nur warnen, und damit wiederum würde ich dem Kind eher schaden als helfen.

Ich musste das Spiel alleine spielen.

Ich musste weiter an Lena Wiga dranbleiben, weiter so tun, als wüsste ich von nichts, als wäre ich nur ein Verehrer und nicht ein Detektiv auf der Suche nach ihrem verschwundenen Nachwuchs, ich musste mir weiter ihr Vertrauen und ihre Zuneigung erschleichen, mich von ihr in ihre Sekte einweihen und einführen lassen – nur so konnte ich den Verbleib und das Schicksal eines unschuldigen Babys aufklären.

Lena Wiga kam zurück aus dem Bad.

»Ich muss dich für heute rausschmeißen, ich muss jetzt los zum Dienst.«

Ich erhob mich.

»Gehst du dafür mit mir zum Fußballspiel?«

12 Bär beichtet

»19.00 Uhr Mai-Andacht. Anschließend Beichte.«

Der Zettel an der Tür der prächtigen Barockkirche von Tal war ein PC-Ausdruck. Times New Roman. Die neue Allerweltsschrift. Schwarz auf Weiß.

Maiandacht ist schön. Erinnerte mich, wie wir als Buben vom Fußballspielen heimmussten und in die Maiandacht. Als protestantischer Bub hatte ich dort nichts zu suchen, aber alle meine Bolzfreunde waren katholisch, ich ging einfach mit. Volles Haus. Der Priester las eine interessante Fortsetzungsgeschichte vor von irgendwelchen guten Menschen. Man kriegte ein rotes durchsichtiges Marienbildchen mit nach Hause. Mit dem Marienbildchen in der Hand bolzten wir weiter auf dem Heimweg. Straßen, ohne Asphalt, waren noch zum Bolzen,

Autos gab es noch so gut wie nicht. Bei uns im Viertel. Am schönsten waren die Straßen nach dem Regen. Dann quoll der Schlamm durch die Zehen. Noch schöner war es, wenn auf dem Fußballplatz, auf dem Kühe weideten, der warme, dampfende Kuhmist durch die Zehen quoll.

Sechzig Jahre später war sogar der Feldweg hinauf zur Biselalm mit Asphalt gepflastert. Der Winter sorgte dafür, dass der Teerbelag Risse kriegte, und im Frühjahr spitzte das Gras heraus. Alle paar Schritte trat ich auf eine platt gefahrene Kröte. Zwischendurch sauste ein VW Golf oder ein Audi A3 hinauf zu dem Weiler, der fünfhundert Meter neben der Alm lag, oder hinunter nach Tal am See. Ich spürte meinen Meniskus im linken Knie. Ich war schon beim Arzt gewesen. »Verschleiß«, war die Diagnose.

»Und was kann man da machen?«

»Nix«, war die Antwort. Oder operieren. Also nix. Auch das Zauberwort »minimalinvasiv« konnte mich nicht überzeugen. In meinem Knie fummelt keiner herum. Nein. Lieber halt ich die Schmerzen aus. Heldenhaft. Wo kämen wir denn da hin, wenn man jedes Dreckszipperlein gleich reparieren ließe. Bin ich eine Waschmaschine? Nein! Die Selbstheilungskräfte des Körpers ... und so weiter.

Ich hatte einfach Schiss. Nur nicht unters Messer!

Ich machte einen Mittagsschlaf ohne Schlaf. Verscheuchte irre Gedanken. Was, wenn der Posserhofbauer seine Tochter ... und das Kind wäre seines ... und die Lea wollte sich und ihren Vater davor schützen, dass es rauskam. Also bringt sie das Kind um und stürzt sich in den See. Zwei Opfer. Sie und ihr Kind. Für den alten geilen Posserhofbock. So was hat's alles schon gegeben.

Ich wälzte mich in meinem Bett hin und her. Aber warum ist dem Kind das Herz rausgerissen worden? War die Lea mit ihrem Kind identifiziert? Musste sie dem Kind antun, körperlich, was sie in ihrer Seele erlitten hatte – dass ihr Herz tot war? Kalt. Die kalten Augen, die mich halb erfrieren haben lassen ... Ich wälzte mich wieder her und hin. Psychoanalytische Spinnereien.

Als ich von meinem schreckhaften Mittagsschlaf aufwachte, ging es schon auf sechs Uhr zu. Gott sei Dank.

Ich bin ein schlechter Warter.
Auf dem Weg hinunter nach Tal tat mir das linke Knie noch mehr weh. Bei jedem Schritt. Da half auch die romantische Abendstimmung nichts. Die Schatten wurden länger, die sanften Hänge noch sanfter. Die Glocken riefen zur Maiandacht.
Maiandacht war in meiner Erinnerung immer volles Haus. Viele Kinder. Viel Jugend. Ein paar alte Weiber. Null Männer.
Was in Tal geblieben war, waren: null Männer. Dafür eine Handvoll alte Weiber. Jugend: Fehlanzeige.
Sie sangen Marienlieder.

»Sagt an, wer ist doch diese, die auf am Himmel geht,
die überm Paradiese als Morgenröte steht?
Sie kommt hervor von ferne,
es schmückt sie Mond und Sterne, die Braut von Nazareth.«

Solche Sachen eben.
Dann verlief sich das Häuflein der letzten gebuckelten Aufrechten.
Ich wartete, bis sich alle verlaufen hatten.
Ging zum Beichtstuhl.
Zum ersten Mal in meinem Leben.
Wie macht man das? Beichten?
Bei uns Protestanten gibt es die *All-you-can-sin*-Beichte. Für alle:
»Bekennt ihr, dass ihr gesündigt habt in Gedanken, Worten und Werken?«
Ja, natürlich, passt schon.
»Glaubt ihr, dass ...«
»Ja.«
»... spreche ich euch frei, ledig und los.«
Ein kollektiver Schnellwaschgang.
Die Stimme vom Priester von Tal drang verhalten und gelangweilt durch das dunkle Gitter des Beichtstuhles.
»Ja?«
Ich kniete. Trotz Meniskus, der gegen das Beichten war. Sagte: »Hochwürden, ich muss Euch eine Sünde bekennen.«

»Ja?«
»Ich bin protestantisch.«
»Da kann man nix machen. Das ist zwar ein Fehler, aber keine Sünde.«
»Ich bin auch nicht zum Beichten hier.«
»Zu was dann?«
»Ich wollt Sie fragen, warum in der Maiandacht so wenig Leut sind. Und wo die jungen Leut sind.«
Tiefer Seufzer.
»Nicht einmal mehr zum Beichten kommen sie. Die Alten sündigen nicht mehr, und die Jungen beichten nicht mehr.«
»Warum? Haben die keinen Glauben mehr?«
»Doch. Zu viel. Das ist das Problem. Wir sind ihnen nicht fromm genug ... Nicht fanatisch genug ... Sie machen ihre eigenen Sachen.«
»Was für Sachen?«
»Sie haben ihre eigenen Andachten, ihre eigenen Maiandachten.«
Er klang verbittert.
Er war verbittert. Sagte: »Sie gehen in die Mariengrotte. Auf der andern Seite vom See ... in die Hexenhöhle.«
»Hexenhöhle?«
»So sagen sie im Dorf. Ich glaube, früher war das ein keltischer Kultort oder so was, ganz früher, und dann hat sich so eine Hexensage gehalten, inoffiziell, offiziell ist es die Mariengrotte.«
»Und da machen die jungen Leute Maiandacht?«
»Die jungen Weiber. Die Mannsbilder, die jungen, sind alle im Fußballverein. Das ist denen ihr Kult. Aber die Weiber, die jungen, die kommen in der Mariengrotte zusammen. Manchmal dürfen auch die Mannsbilder vom Fußballverein dazu, sagt man. Zur Andacht.«
»Ohne Priester? Ganz do it yourself?«
»Ich war auf jeden Fall noch nie dort. Und ich weiß auch nix von einem Kollegen ...«
»War die Lea auch dabei?«
»Die Lea?«

»Ja, die Lea, die ins Wasser gegangen ist und das tote Kind zurückgelassen hat.«

»Früher war die Lea immer bei uns in der Kirch. Aber seit zwei oder drei Jahren ist sie nicht mehr gekommen ... Ich weiß nicht, wo sie geblieben ist, aber es kann gut sein, dass sie auch mit den andern jungen Frauen beinander war ... Wahrscheinlich.«

»Haben Sie eine Ahnung, warum sie ins Wasser gegangen ist? Wegen dem Kind ...?«

»Ich weiß nur, was geredet wird.«

»Und was wird geredet?«

»Allerhand.«

»Zum Beispiel?«

Er zögerte.

Dann entschied er sich zu reden. Ich nahm an, weil er sonst kein Schwein zum Reden hatte.

»Ja mei, die einen sagen, sie hat sich so geschämt, weil es ein lediges Kind war ... und hat's deshalb vor die Kirch in Maria Rain gelegt ... und sich dann ...«

Er sagte nichts vom herausgerissenen Herzen des Säuglings.

»Vielleicht wollte sie den Vater schützen ...«

Er zögerte wieder.

»Manche sagen ja, das Kind ist von ihrem ...«

»Von ihrem eigenen Vater?«

»Ja.«

»Und? Sie kennen ihn doch. Trauen Sie ihm so was zu?«

»Nein. Er ist zwar manchmal streng und ein Ekel, wie die meisten Väter hier, aber so was ... Auf der andern Seite: Niemand sieht in des Menschen Herz hinein ... das sind Abgründe ... in jedem Menschen. Des Menschen Herz ist böse von Jugend auf. 1. Mose 8,21.«

Ich dachte: Soso. Wenn du ein Mensch bist, also auch in dir. Ich zuckte.

Ein Gedanke hatte mich überfallen. Was, wenn das Kind nicht vom Vater wäre, sondern vom Pater?

Ich sagte: »Wie gut kannten Sie denn die Lea?«

»Hab ich doch gesagt: Vor zwei Jahren war sie hier und dann nimmer.«

Was meine Frage nicht ganz genau beantwortete. Gar nicht.
»Die Beichte ist vorbei.«
»Gelobt sei Jesus Christus.«
»In Ewigkeit, amen.«

13 Marlein und das ruinierte Fußballspiel

»Fußball ist auch eine Religion.«
Wir saßen im Ronhof, auf der Gegengeraden. Es waren noch zwanzig Minuten bis zum Anpfiff. Lena Wiga hatte sich tatsächlich dazu durchgerungen, meine Einladung anzunehmen.
»Allerdings nur eine äußerst defizitäre Ersatzreligion.«
Mir schwante, dass das keine lustigen neunzig Minuten werden würden. Nicht einmal bei einem Kantersieg der Fürther – der zudem extrem unwahrscheinlich war. Vielleicht war das mit der Einladung doch keine so gute Idee gewesen.
Ich versuchte, die Brisanz aus der Unterhaltung zu nehmen.
»Eine Religion? Unsinn. Fußball ist Unterhaltung. Wie Theater oder Kino.«
Sie war auf Offensive ausgerichtet und ließ sich nicht stoppen.
»Das Stadion ist der Tempel, die Kirche, die Kathedrale. Der Ort, an dem sich die Gläubigen zu bestimmten Zeiten versammeln, um ihre Gottesdienste zu zelebrieren. Die Gottesdienste sind die Spiele. Die Gläubigen sind die Fans.«
Meinetwegen. Wenn sie darauf bestand, besuchten wir eben einen Gottesdienst.
Jetzt zogen die Fahnenträger ins Stadion, und aus den Lautsprechern ertönte die Vereinshymne. Überall im Stadion, außer natürlich im Gästeblock, wurden grün-weiße Fahnen und Schals geschwenkt, und Tausende von Kehlen sangen das Lied mit.
Lena Wigas Augen leuchteten.
»Wir haben hier alles, was wir in einem Gottesdienst auch haben: die Fanfaren, die Flaggen, die Farben. Die Fangesänge entsprechen den liturgischen Liedern. Und Symbole spielen, wie

in allen Religionen, eine wichtige Rolle: Was in der christlichen Kirche das Kreuz ist, ist hier in diesem Stadion das Kleeblatt.«

Auf der Anzeigetafel wurde die Aufstellung eingeblendet.

»Die Spieler und Trainer sind die Hohepriester, die die Gottesdienste und die kultischen Handlungen durchführen. Und die Heiligen, die Verehrung und Anbetung genießen.«

Und einen Haufen Kohle bekommen, dachte ich.

Jetzt erklang hymnische Musik, und die beiden Mannschaften kamen aus den Katakomben und marschierten auf das Spielfeld. Das war natürlich ein gefundenes Fressen für meine Begleiterin.

»Wenn in einer katholischen Kirche die Messdiener und Priester zu Beginn der Messe zu Orgelklängen in Richtung Altar einziehen, sieht das nicht sehr viel anders aus. Das Spielfeld ist der Altar, auf dem die Kulte und Rituale vollzogen werden.«

»Und was sind die Rituale?«

»Freistöße, Eckstöße, Schüsse, Pässe, Spielzüge, Kombinationen, all diese Dinge.«

Ich gab es auf, ihr ihre Fußball-ist-Religion-Einstellung ausreden zu wollen, und stimmte stattdessen mit in ihr Lied ein.

»Und wie in der Religion gibt es auch im Fußball Gebote. Sie wurden vom großen Propheten Sepp Herberger formuliert. Erstes Gebot: Der Ball ist rund. Zweites Gebot: Ein Spiel dauert neunzig Minuten. Drittes Gebot: Nach dem Spiel ist vor dem Spiel. Viertes Gebot: Der nächste Gegner ist immer der schwerste. Fünftes Gebot: Elf Freunde sollt ihr sein.«

Lena Wiga schüttelte den Kopf.

»Nein, die Gebote sind die Spielregeln. Dass man nicht foulen darf, wann Abseits ist und solche Sachen. Das, was dieser Sepp Herberger formuliert hat, ist eher Theologie und Religionsphilosophie. Er ist dann so eine Art Thomas von Aquin des Fußballs.«

Diese Frau konnte einem ein Fußballspiel echt ruinieren.

Ich beschloss, es trotzdem zu genießen, was dadurch erleichtert wurde, dass die Fürther nach fünf Minuten ihren ersten sehenswerten Angriff gleich mit dem Tor zur 1:0-Führung abschlossen. Die Fürther Fans rasten und tobten – soweit dies im Rahmen der fränkischen Mentalität überhaupt möglich war.

Doch selbst das war Wasser auf den Mühlen von Lena Wiga.
»Ekstatische Verzückung der Gläubigen durch Einswerden mit der Gottheit – das Ziel und der Höhepunkt des Gottesdienstes in den meisten Religionen.«

Ich unternahm einen letzten Gegenangriff und deutete in Richtung Gästeblock, vor dem Polizeieinheiten aufmarschierten, weil Hooligans am Zaun rüttelten, ihn einzureißen versuchten und Rauchbomben, abgerissene Sitzschalen, Bierbecher und andere Gegenstände in Richtung Spielfeld warfen.

»Und wie passen die in dein Bild?«

Sie konterte mich eiskalt aus.

»Perfekt. In jeder Religion gibt es gewaltbereite Fundamentalisten und Extremisten.«

Jetzt musste ich die Brechstange auspacken.

»Aber dein Vergleich trifft es trotzdem nicht. In einer echten Religion geht es um die elementaren Dinge, um Gott, um den Sinn unseres Daseins, um Unsterblichkeit und das ewige Leben nach dem Tod. Beim Fußball geht es hingegen nur um solche Banalitäten wie Tore, Punkte und Tabellenplätze.«

»Ja, vordergründig betrachtet. In Wirklichkeit geht es aber natürlich um viel mehr. Es geht um Siege – und damit doch um eine Form von Unsterblichkeit. Unsterblichkeit ist ein wunderbares Stichwort. Wir Menschen brauchen Religion, weil wir uns unserer Sterblichkeit bewusst sind und uns nach Unsterblichkeit sehnen. Wir wissen, dass wir alle Verlierer sind, denn irgendwann ereilt uns alle die ultimative Niederlage: der Tod. Und deshalb sehnen wir uns nach Siegen – und seien sie auch nur beim Sport.«

Ich musste an ein Zitat von Bill Shankly denken, dem Mann, der aus dem Provinzklub FC Liverpool eine Top-Adresse im europäischen Fußball gemacht hatte: »Es gibt Leute, die denken, Fußball sei eine Frage von Leben und Tod. Ich mag diese Einstellung nicht. Ich kann ihnen versichern, dass es in Wirklichkeit noch sehr viel ernster ist.«

Doch diese Weisheit behielt ich besser für mich.

»Aber ein Sieg in einem Fußballspiel ändert doch nichts an unserer Sterblichkeit.«

»Genau. Und deshalb ist, wie ich eingangs erwähnte, Sport im Allgemeinen und Fußball im Besonderen nur eine defizitäre Ersatzreligion, die lediglich ein kurzfristiges, substanzloses Unsterblichkeitsgefühl vorgaukelt – aber nicht wirklich Erlösung und ewiges Leben anbieten kann, wie es eine richtige Religion tut, die sich auf eine transzendente Schöpfergottheit bezieht.«

Ich hatte gedacht, ich hätte ihren Abwehrriegel geknackt, doch sie hatte mich ins Abseits laufen lassen. Ich beschloss, nun endgültig den Mund zu halten. Lena Wiga war ein religiöser Freak und war mir deshalb vermutlich in allen Themen, die religiöse Fragestellungen betrafen, haushoch überlegen.

Zu allem Überfluss traf genau dasselbe mit zunehmender Spielzeit auch auf den Gegner unten auf dem Platz zu, sodass die Fürther bis zur Pause noch drei Gegentreffer kassierten.

Der Halbzeitpfiff war eine Erlösung – zumindest eine vorläufige.

14 Bär schnüffelt

Die Mariengrotte liegt direkt gegenüber der Kirche von Tal auf der andern Seite des Sees. Sie sieht aus wie ein Haufen wildes Gebüsch. Wenn man dem Trampelpfad folgt, sieht man, dass Efeu und anderes Grünzeug einen großen Felsbrocken überwachsen haben. In der Mitte vom Felsen ist eine kleine Höhle, und hinter Glas steht darin die heilige Maria. Eine mit blauem Gürtel, einer Gipsperlenkette und drei roten Rosen an den Füßen. Wenn man nicht weiß, was man mit ihr reden soll, steht ein ergreifendes Gebet auf einer Blechtafel.

Auf der Oberseite des Felsens ist ein Kruzifix angebracht mit der Aufschrift: »Gelobt sei Jesus Christus«. Die Grotte hat noch einen kleinen Ableger, eine halbe Spazierstunde weiter am Ende des Sees, und auch sie ist dreistöckig: bewachsener Fels, Höhle mit Maria. Obendrauf Kruzifix.

Ich verkleidete mich mental als Spaziergänger, als einer der

Touristen, die ihre Verdauung nach dem Abendessen durch Dahinschleichen mit einem Spazierstock befördern.
Unauffällig.
Früher war ich oft vorbeigejoggt.
Früher. Als mein Knie noch intakt war.
Scheiß-Meniskus.
Ich war eine halbe Stunde um das Südende vom See gewandert, zügig.
Der Grünten stand stolz in der Abendsonne und war ganz damit beschäftigt, schön und erhaben zu sein.
Ich schaltete einen Gang runter, in den Touristen-Verdauungsmodus.
Tat so, als wäre ich von meiner Entdeckung überrascht: die Mariengrotte.
Sie lag in den Hügel gebettet, fünfzig Meter abseits vom Seeweg.
Eine Marienstatue, umrankt von dichtem Efeu, dahinter ein Loch, der Eingang zur Grotte.
Ich dachte: Schaut aus wie eine dicht behaarte Muschi.
In mir eine Stimme: Du alter geiler Sack, immer nur das eine im Kopf!
Marienlieder klangen aus dem Schoß der Natur.
Ich war noch nie drin gewesen.
Ich war schon an der Maria vorbei.
Ging dahin, wo die Marienlieder herkamen, um den Felsen herum.
Aha, da gab's einen Hintereingang!
Plötzlich stand ein Weibsbild vor mir.
Jung. Wuchtig. Busig. Blond. Lockig. Knackig.
Mein Blick riss sich gewaltsam von dem fülligen Allgäubusen los.
Ein Hals wie ein Kalb. Oder wie eine junge Milchkuh. Eine Färse.
Augen, groß wie bei einem Kalb.
Tiefbraun.
Sie hypnotisierten mich.
Ich fröstelte.

Wurde scharf gefragt: »Was willst denn du da?«

Sagte, Stimme wacklig: »Nix. Einfach einmal schauen. Weil da am Weg, da ist ein Schild, Mariengrotte, und da hab ich denkt, ich schau einmal her. Einfach so ... und der schöne Gesang ... Marienlieder. Kann man da einmal hineinschauen?«

»Nein. Geschlossene Gesellschaft.«

Sie wich keinen Millimeterbreit.

»Ich hab denkt, Maiandacht. Hat der Pfarrer da drüben gesagt, in Tal.«

Ich deutete über den See, man konnte den Kirchturm von Tal sehen.

»Soso, der Pfarrer. Der kann viel reden, wenn der Tag lang ist.«

Verachtung pur in ihrer Stimme.

»Das ist nur für Frauen.«

»Da hab ich dann wohl schlechte Karten. Und eine Geschlechtsumwandlung geht halt nicht in fünf Minuten.«

Sie verzog keine Miene.

An einem Überschuss von Humor litt sie jedenfalls nicht.

Ich, entschuldigend: »Kleiner Spaß.«

»Da gibt's nix zum Spaßen!«

»Also ... dann darf ich da nicht hinein?«

Ich schaute an ihr vorbei.

Hinter einem Eisengitter ging es eine Treppe hinunter. Sie sagte: »Wennst in die Maiandacht willst, gehst nach Tal in die Kirch.«

Sie nickte mit dem Kopf in Richtung des Kirchturmes, der sich im See spiegelte.

Eine zweite Kälberwalküre erschien neben der ersten.

Schaute mich an, sagte zu ihrer Kälberfreundin: »Was will denn *der* da?«

»Kennst du den?«

»Ja, freilich. Das ist doch der alte Depp von der Biselalm. Der Bär. Der ...«

Ich war auf einmal draußen aus dem Gespräch. Ich war ein Nichts, eine Non-Existenz. Luft.

Kein gutes Gefühl.

Trotzdem interessierte es mich, wie der Satz weiterging: »Der Bär. Der ...«
Der was?
»... der hat hier nix zum Suchen. Soll seine versoffene Nas wo anders hineinstecken.«
Sie hatte in zwei Worten meinen glorreichen Ruf in Tal umrissen. Ich hatte zwei Mordfälle aufgeklärt. Dann war ich abgestürzt in den Suff. Weil ich zwei Leichen auf dem Gewissen hatte. So ein Gewissen verträgt halt auch nicht alles.
»Außerdem«, sagte Kalb Nr. 2, das mich kannte, zu dem Nr. 1, das mich nicht kannte, »sind jetzt alle da. Du kannst absperren.«
Die beiden würdigten mich keines Blickes mehr.
Auch gut. Dann brauchte ich nicht frösteln.
Ein Eisengitter fiel ins Schloss, ein Schlüssel drehte sich, die beiden verschwanden im Schoß der Maria.
»*O Maria hilf*«, hallte es mir nach.
Ich verzupfte mich.
Zurück nach Tal.
Seltsamer Weiberverein. Maiandacht. Hinter Schloss und Riegel.

15 Marlein und das geheimnisvolle Büchlein

Lena Wiga erhob sich mit dem Hinweis, sie müsse dringend auf die Pipibox, von ihrem Sitz und tauchte ein in die zu den Bratwurstbuden und Toilettenhäuschen strömende Zuschauermasse.
Ich blieb auf meinem Platz sitzen.
Ich wusste, es würde ein Weilchen dauern, denn vor den Damentoiletten bildeten sich in der Halbzeitpause traditionell lange Schlangen. Ich hatte also Zeit – Zeit, ein bisschen in Lena Wigas Handtasche zu wühlen, die sie trotz meiner Warnung, dass sie sich mit diesem Mitbringsel Ärger und Wartezeit bei der Einlasskontrolle einhandeln würde, unbedingt hatte mitschleppen wollen und die sie jetzt mir zu treuen Händen zurückgelassen

hatte. Ein gutes Zeichen – sie hegte also keinerlei Verdacht, dass ich in Wahrheit weder an ihr noch an der heiligen Maria interessiert war, sondern dass alles, was ich mit ihr unternahm, nur dem Zweck diente, das Schicksal ihres Babys aufzuklären.

Der Inhalt der Handtaschen von Frauen ist eines der letzten großen Mysterien der Menschheit, und auch die schnelle Untersuchung von Lena Wigas sackartigem Gebilde offenbarte ein buntes Sammelsurium von einigen nützlichen, vielen unnützen und noch mehr gänzlich unidentifizierbaren Gegenständen.

Wenig überraschend schlug sich auch hier ihr Marienwahn nieder: Die Tasche enthielt diverse Marienbildchen und Marienfigürchen, dazu das Buch »Marienwallfahrtsorte in Bayern«, das sie vor ein paar Tagen bei unserem Erstkontakt im Café gelesen hatte und das mir so hilfreich als Ansprechvorwand gewesen war.

Mein Interesse erregte allerdings ein anderes, kleineres Büchlein. Es hatte einen schwarzen Softcover-Einband und trug den in goldenen Lettern eingeprägten Titel »Religio Mariae Dea Magna Madonna Nigra«. Es war abgegriffen und schiefgelesen, schien also sehr viel benutzt zu werden. Offenbar war es so eine Art Handbuch, ein Katechismus, eine Bibel der obskuren Mariensekte, der Lena Wiga anhing – und damit vielleicht eine Goldgrube für mich angesichts der Tatsache, dass sie mir die Glaubensinhalte ihrer Religion noch vorenthielt.

Ich schlug das Büchlein auf und suchte nach einem Inhaltsverzeichnis, aber bedauerlicherweise gab es keines. Schade, sonst hätte ich mir sofort das Kapitel »Was passiert mit meinem neugeborenen Kind?« reingezogen.

Ich warf einen kurzen Blick in Richtung Blockeingang, rechnete mir aus, dass Lena Wiga immer noch in der Schlange vor den Damentoiletten stehen musste, und las den Beginn des Buches.

VORWORT: DIE LÜGE VOM SIEG DES CHRISTENTUMS

Es hat den Anschein, als wäre Europa eine Hochburg des Christentums, als wäre Europa komplett in christlicher Hand, als hätte das Christentum in den ersten tausend Jahren nach seiner Gründung einen triumphalen Siegeszug durch Europa angetreten, alle Heiden missioniert und bekehrt und die alte Religion, zu der sich die Menschen vor dem Christentum in ganz Europa bekannten, komplett und unwiederbringlich ausgelöscht.

Diese Annahme, diese Behauptung, ist allerdings in Wirklichkeit ein großer Irrtum – ja mehr noch, sie ist eine dreiste Lüge. Wenn man die Riten und Bräuche des Christentums einmal kritisch hinterfragt und sie sich genauer ansieht, erkennt man den Schwindel.

In Wirklichkeit ist es dem Christentum nämlich niemals gelungen, die alte Religion zu besiegen oder auszulöschen oder auch nur zu verdrängen – denn diese alte Religion war seit Jahrtausenden in den Herzen und Seelen der Europäer verankert, und eine obskure orientalische Sekte, begründet auf der unsicher überlieferten Lehre eines charismatischen Predigers, bei dem zudem Unklarheit besteht, ob er überhaupt wirklich gelebt hat oder nicht doch nur eine märchenhafte Sagengestalt ist, hätte es mit normalen Mitteln niemals geschafft, mit dieser alten Religion konkurrieren, geschweige denn sie ablösen zu können.

Nein, um die alte Religion in die Knie zu zwingen, bedurfte es roher Gewalt in Form von Kreuzzügen und Kriegen, Sanktionen und Strafen. Aber selbst damit hätten die christlichen Missionare keinen Erfolg gehabt, denn auch wenn die Anhänger der alten Religion dadurch äußerlich bekehrt werden konnten, huldigten sie innerlich weiterhin ihrem bisherigen Glauben.

Und deshalb griff man zu dem erfolgreichen Trick, der europäischen Bevölkerung weiterhin ihre alten Glaubensinhalte, Bräuche und Rituale zu lassen – und diesen lediglich ein christliches Mäntelchen überzustülpen.

Für diese Praxis der »verkleidenden« Christianisierung, der Übernahme und Umwidmung von Kulten der alten in solche der neuen Religion, gibt es so viele Beispiele, dass man darüber ein eigenes dickleibiges Buch schreiben könnte. Einige wenige seien hier beispielhaft genannt:

Zahllose christliche Kirchen und Kapellen wurden auf den Ruinen oder an den Standorten alter heidnischer Tempel und Kultstätten errichtet.
Viele christliche Heiligenlegenden haben ihren Ursprung in alten Sagen über archaische Heroinnen und Heroen, Göttinnen und Götter, und oft wandelte man lokale Gottheiten heidnischer Völker einfach in christliche Heilige um, um dadurch ihre Anhänger für das Christentum zu gewinnen.
Fast alle christlichen Feste und Feiertage sind nichts anderes als Übernahmen alter heidnischer Kultfeierlichkeiten und finden an genau deren Terminen statt: Weihnachten, eines der beiden höchsten Feste der Christen, wird zur Zeit des alten Jul-Festes der Wintersonnenwende und der Geburt des Sonnengottes gefeiert; Ostern, das andere große Fest der Christenheit, wird zur Zeit des alten Ostara-Festes des Frühlingsbeginns und der Auferstehung der Vegetationsgöttin gefeiert und hat davon nicht nur den Namen, sondern auch viele Fruchtbarkeitssymbole wie zum Beispiel das Ei übernommen; und Allerseelen und Allerheiligen werden zur Zeit von Samhain (bzw. Halloween), des alten heidnischen Festes der Toten, gefeiert.
Die Praxis der Tier- und Menschenopfer der alten Religion hat ihren Eingang in die katholische Messe gefunden, deren Höhepunkt ja in der Eucharistiefeier gipfelt, in der Opferung von Fleisch und dem Blut Christi, symbolisiert durch Hostien und Wein.
Die dreisteste, elementarste und folgenreichste Umwandlung war allerdings die Degradierung der großen, über allem stehenden Göttin zur bloßen Gebärerin des männlichen Gottessohnes eines männlichen Hauptgottes; davon wird in diesem Buch noch ausführlicher die Rede sein.
Was diese Beispiele ganz klar belegen: Die alte Religion war nie tot, sie wurde nie besiegt, sie wurde lediglich vom Christentum vereinnahmt und ummantelt, da das Christentum sonst nie in Europa hätte Fuß fassen können. Doch jetzt, wo das zweitausendjährige Zeitalter des Fisches (eines alten christlichen Symbols) zu Ende gegangen ist und das neue, ebenfalls zweitausend Jahre währende Zeitalter des Wassermannes

begonnen hat, ist es an der Zeit, endlich dieses erstickende Deckmäntelchen abzuwerfen, die alte Religion wieder aus der Umklammerung, der Unterdrückung, der Vereinnahmung durch das Christentum zu befreien und sie in ihrer ganzen Ursprünglichkeit und Pracht und Macht wiederauferstehen zu lassen, auf dass sie wieder ihre originäre Funktion erfülle: als die einzige dem Wesen, dem Charakter und der Seele der Europäer entsprechende Religion, als die einzig wahre, echte und natürliche Religion Europas.

Die alte Religion trägt den (ihr von uns neu verliehenen) Namen »Religio Mariae Dea Magna Madonna Nigra«, und ich möchte in diesem Buch die Glaubensinhalte, Gebote und Gebräuche dieser Religion beschreiben, auf dass die Menschen, die den Verstand und den Mut haben, die Dinge so zu sehen, wie sie in Wahrheit sind, die Theorie der alten Religion verinnerlichen und sie durch die Praktizierung der im Buch genannten und geforderten Handlungen zu neuem Leben erwecken – und dann wird Europa bald keine Hochburg eines falschen fremden Gottes mehr sein, sondern endlich wieder die Hochburg der echten heimischen Göttin – das Königreich von MARIA.

Der Lärmpegel im Stadion stieg an.

Ich blickte kurz auf und sah, dass die beiden Mannschaften gerade wieder das Spielfeld betraten. Dann blickte ich kurz in Richtung Blockeingang und sah Lena Wiga in einem Pulk von zurückkehrenden Zuschauern.

Schnell stopfte ich das Büchlein in ihre Tasche.

Eine sehr ergiebige Quelle, die mich unter Umständen in meinen leicht festgefahrenen Ermittlungen entscheidend voranbringen konnte. Ich musste sie studieren, wann immer sich die Gelegenheit dazu bot.

Lena Wiga hatte sich durchgekämpft und wieder neben mir Platz genommen.

Ich lächelte sie an und gab ihr ihre Handtasche zurück. Ganz der edle weiße Ritter, der ihren kostbarsten Besitz gegen alle Angreifer verteidigt hatte – der Umstand, dass er auch ein bisschen darin herumgewühlt und herumgeschnüffelt hatte, hätte dieses schöne Bild nur zerstört, und deshalb war es gut, dass sie es nicht wusste. Und offenbar auch nicht im Geringsten ahnte, denn sie lächelte strahlend zurück.

»Es war sehr nett von dir, Philipp, mich zu dem Spiel einzuladen. Wie gesagt, Fußball ist nicht unbedingt mein Ding, aber ich finde es doch in gewisser Weise interessant – kulturphilosophisch gesehen.«

»Es ist mir eine Freude, dich dabeizuhaben.«

Das war natürlich gelogen. Ich wusste jetzt, dass es nichts Schlimmeres gab, als sich ein Fußballspiel zusammen mit einer Person anzusehen, die es ausschließlich unter kulturphilosophischen Aspekten betrachtete.

»Ich hoffe, ich vermiese dir das Spiel mit meinen Kommentaren nicht.«

»Nein, nein, ganz und gar nicht, deine Ansichten dazu sind sehr interessant.«

Noch eine brutale Lüge. Aber ich rief mir ins Gedächtnis, dass ich ja nicht zum Vergnügen im Stadion war, sondern im Rahmen meines Jobs und in Erledigung eines Auftrags.

»Ich würde mich gerne revanchieren. Ich habe am kommenden Wochenende frei und möchte an diesen Tagen einen kleinen Ausflug zu einigen Marienwallfahrtsorten in Bamberg und Umgebung machen. Würdest du mich dabei begleiten?«

»Oh ja, sehr gerne.«

Das war nun ausnahmsweise mal nicht gelogen. Ich witterte eine gute Möglichkeit, auf so einer Stippvisite endlich mehr über den Verbleib des Kindes zu erfahren.

Sie legte ihre rechte Hand auf meinen linken Oberschenkel und fuhr damit in eine bestimmte Region. Bei manchen Männern konnte so was schon mal die Herz- und Atemfrequenz beschleunigen.

»Und vielleicht hast du nach dem Spiel noch Lust auf eine Verlängerung in meinem Bettchen?«

Ich hatte. Ich fand, das war eine faire Wiedergutmachung für ein verleidetes Fußballspiel.

Die zweite Halbzeit war ein Grottenkick, und am Ende verlor die Spielvereinigung 1:4.

Dafür hatte die Verlängerung in Lena Wigas Bettchen Champions-League-Niveau.

Ich verschwendete kurzzeitig ein paar Gedanken daran, ob es moralisch okay war, Sex mit einer Frau zu haben, die ein Kind geboren hatte, dessen Schicksal mir noch unbekannt war, aber ich redete mir ein, dass ich mich ja nur deshalb regelrecht dazu zwang, mit ihr ins Bett zu gehen, um ebendieses Schicksal aufzuklären.

Kein Betrug funktioniert leichter als der Selbstbetrug.

16 Bär rast

Es dämmerte.

Nicht mir.

Leider.

Die glutrote Sonnenscheibe verschwand hinter den Hügeln im Westen, links von Kempten.

Ich trabte frustriert den brüchigen Teerweg zur Alm hinauf.

Der Tag hatte mindestens ein Dutzend Kröten das Leben gekostet. Wie frisch gebügelt klebten sie auf der Fahrbahn. Die Därme auch. Pfui Teufel.

Hinter mir ein Rauschen.

Es musste einer von den Nachbarn sein, da oben. Sie fahren wie der Teufel. Touristen schleichen im zweiten Gang hoch, sie müssen die Landschaft anschauen und schön finden.

Der Audi A4 hielt an. Meine Nachbarin.

»Magst mitfahren?«

Ich öffnete die Beifahrertür.

»Ja, gern. Ich bin kaputt wie ein geschlagener Hund.«

Ließ mich in den Sitz fallen.

Meine Nachbarin. Die Exbäuerin. Vor ein paar Jahren hat sie noch jeden Morgen und jeden Abend die Kühe auf die Weiden geführt.

Romantisch.

Vor allem ihr Top. Bauchfrei. Im Bauchnabel ein Piercing.

Inzwischen waren die Kühe verkauft und geschlachtet, sie paradierte nicht mehr morgens und abends vor der Alm bauchfrei. Weiß Gott, ob sie ihr Piercing noch am Bauch hatte.

Sehen konnte ich nichts. Sie war dezent bekleidet. Arbeitete in der Raiffeisen-Bank in Kempten, nicht mehr auf der Weide. Im Kostüm. Langweilig.

Ich werde sie mal nach dem Piercing fragen. Nicht jetzt. Irgendwann, wann es passt.

Wann passt es, eine Frau zu fragen: Hast du dein Piercing noch am Bauchnabel?

Sie fragte mich: »Von was bist denn du kaputt? Du bist doch im Ruhestand. Macht dich das Ausruhen so kaputt?«

»Die Geschichte mit der ersoffenen Lea vom Posserhof und ihrem Kind macht mir zu schaffen.«

»Warum? Hast du was damit zu tun?«

»Sie wollte bei mir beichten.«

»Was?«

»Das weiß ich eben nicht ... Warum denkst du, dass sie in den See gegangen ist und ihr totes Kind in der Kirch in Maria Rain abgelegt hat?«

»Woher soll ich das wissen?«

»Vielleicht hast du was gehört ... Was die Leut so reden ...«

»Die Leut reden immer. Nix Gescheites. Die wissen auch nix. Die einen sagen, sie hat sich umgebracht, weil das Kind gestorben ist, das hat sie nicht verkraftet ... An was ist das Kind eigentlich gestorben?«

»In der Zeitung steht, es hat was mit dem Herzen gehabt. Vielleicht einen Herzfehler.«

Ich dachte: Stimmt. Das Herz fehlte.

Sagte: »Ja, vielleicht hat sie das nicht verkraftet ... Das wär eine noble Theorie. Was sagen die Leut denn sonst noch?«

Sie druckste herum.

»Die Leut sind schlimm ... Manche sagen, sie wollt den Vater nicht verraten, von dem das Kind war, und ihre Eltern haben ihr Druck gemacht, und dann ist sie halt ins Wasser.«

»Deshalb geht man doch heutzutag nimmer ins Wasser!«

»Es kommt drauf an, wer der Vater war.«

»Wie ... wie meinst denn das, wer der Vater war?«

»Manche Leut sagen, der Pfarrer war der Vater ... weil sie so oft in der Kirch war und dem Pfarrer geholfen hat und herumgeschwanzelt ist und hin und her, und früher war sie Ministrantin bei ihm ...«

»A so ein Schmarrn, das ist wohl grad in Mode. An allem sind die katholischen Pfarrer schuld. Da könnt ja genauso gut der Fußballtrainer der Vater gewesen sein, weil sie früher in der Mädchenmannschaft gespielt hat, oder der Lehrer. Das ganze Dorf. Am End sagen die Leut noch, ich wär der Vater, weil –«

Meine Nachbarin lachte laut auf.

»Was gibt's jetzt da zum Lachen?«

»Du! Mit deinem Ruhestand.«

Sie machte zwischen Ruhe und Stand eine Pause, die sie vollkicherte.

»Und in deinem Alter!«

»Also horch, ich bin noch topfit. Das Einzige, wo nicht mehr so geht, ist das Springen, wegen meinem Meniskus.«

Sie kicherte weiter.

Blöde Kuh. Mit ihrem Piercing am Euter.

Ich schmollte.

Ein VW Golf raste uns entgegen, den Berg runter.

Was ihr blödes Kichern stoppte. Sie wich aus, gerade noch, schimpfte: »Was sind denn das für Verrückte?«

»Die Jugend«, sagte ich. Ich hatte vor Schreck nicht gesehen, welche Idioten den Wagen fuhren.

Langsam rollte sie an die Alm hin, blieb stehen, ich öffnete die Wagentür.

Sie sagte gegen die Windschutzscheibe: »Die Leut sagen, der Vater war ihr Vater.«

Ich zog die Autotür wieder zu.

»Wie? Das Kind war von ihrem eigenen Vater?«

»Sagen manche.«

»Glaubst du das?«

»Nein, glaub ich nicht. Aber es könnte ja sein ...«

»Die Familie ist sehr christlich. Gehen jeden Sonntag in die Kirche ... und in die Maiandacht ...«

»Ach, die Maiandacht ...«
»Was ist mit der Maiandacht?«
»Das möchte ich auch gern wissen.«
»Warum?«
»Weil seit Neuestem geht meine Maja auch in die Maiandacht.«
»Ist wohl eine neue Mode.«
»Ja, jedenfalls bei den jungen Mädchen. Meine Maja ist seit Jahren nicht mehr in der Kirche gewesen, und seit sie achtzehn ist, rennt sie dauernd hin ... Heut Abend ist sie auch wieder da. In der Maiandacht.«
»Und was machen die denn da?«
»Was wird man schon in einer Maiandacht machen? Aber sie sagt mir nichts. Sie sagt, sie ist erwachsen ... Aber aufführen tut sie sich wie ein Kind. Reißt alle Poster von ihren Rockstars von der Wand und hängt eine Maria an die Wand. Und ein Bild von einer Negerin ...«
»Göttin.«
»Was, Göttin?«
»Steht auf dem Bild mit der schwulen Negerin.«
»Ja, stimmt, woher weißt du das denn?«
»Im Zimmer von der Lea, Gott hab sie selig, hängt auch so ein Bild. Negerin in Ekstase. Göttin steht drauf. Und die Maria hängt auch da.«
Meine Nachbarin starrte mich an.
Sie war käseweis. Auf einmal. Sagte: »Ich krieg Angst ... Ich weiß gar nicht, warum und vor was. Aber ich krieg Angst ...«
»Hab ich schon. Aber ich weiß auch nicht, vor was.«
Es war finster geworden.
Ich stieg aus. Sie fuhr die paar hundert Meter weiter zu ihrem Hof. Nicht flott wie immer, sondern langsam wie noch nie.
Ich stieg die Treppen hoch durch den dunklen Hausflur, bis in den zweiten Stock, in meine Dachkammer, machte die Tür auf – und knallte auf den Boden.
Ich war über was gestolpert.
Schaltete das Licht an.

Nein.
Ich hatte Halluzinationen.
Schaltete das Licht wieder aus.
Tief durchatmen!
Schaltete wieder an.
Die Halluzination.
Stürzte ins Klo. Kotzen.
O Maria hilf!
Als nichts mehr hochkam, spülte ich.
Holte tief Luft.
Schaute.
Auf dem Fußabstreifer vor der Tür lag ein Bündel.
Aus Fell.
Voller Blut.
Auf dem Rücken.
Ohne Kopf.
Gedärme hängen aus dem Bauch.
Das Viech ist von oben bis unten aufgeschlitzt.
Auch da, wo keine Därme mehr sind.
Wo das Herz ist.
Bei einem Hund.
Es war ein Hund. Als er noch einen Kopf hatte.
Das Herz war weg.
Und der Kopf.
Kalter Schweiß trat mir auf die Stirn.
Ich grabschte die Autoschlüssel,
stürzte die Treppen runter,
warf mich ins Auto,
trat das Gas voll durch.
Nur weg hier.
Nichts wie weg.
Wohin auch immer.
Ich raste in meinem alten Golf Diesel durch die Nacht ins Tal.

17 Marlein und das gebluffte Pokermatch

Am nächsten Tag entschloss ich mich zu einem kleinen Pokerspiel.

Meine Gegnerin war, ohne es zu wissen, meine Vermieterin – die ja momentan in Personalunion auch meine Klientin war.

»Wir müssen reden, Frau Gaulstall.«

Sie sah von ihrer Pfanne auf, in der gerade ein Schnitzel brutzelte. Ich hatte sie in der Küche gestellt.

»Aber gern, Herr Marlein. Worüber möchten Sie denn reden? Und wie läuft's eigentlich mit meinem Auftrag?«

»Genau darum geht's. Um den Auftrag. Der hat sich nämlich als ganz große Nummer entpuppt. Ich ermittle praktisch Tag und Nacht, mit hohem persönlichen Einsatz. Es geht einfach nicht, dass ich das weiterhin umsonst mache. Es muss auch etwas dabei rausspringen für mich.«

»Sie machen es nicht umsonst. Sie arbeiten vier Monatsmieten ab, was einem Wert von mehreren hundert Euro entspricht.«

»Die habe ich mit meinen bisherigen Ermittlungen längst eingespielt. Ab sofort müsste ich eigentlich den üblichen Tagessatz von Ihnen beziehungsweise von Ihrer Bekannten erhalten.«

»Vergessen Sie's. Das war ein Pauschalangebot. Sie führen einen kleinen Auftrag aus und erhalten dafür vier ausstehende Monatsmieten erlassen.«

»Genau das ist der Punkt: Wie ich gerade schon erwähnte, hat sich der kleine Auftrag zu einem großen entwickelt, und deshalb müssen wir neu verhandeln. Es ist ja nicht nur so, dass ich arbeite und kein Honorar dafür bekomme, ich habe dadurch auch noch zusätzlich eklatante Verdienstausfälle. Da ich praktisch nur noch mit Ihrer Geschichte beschäftigt bin, kann ich keine anderen Aufträge annehmen.«

»Es gibt doch gar keine anderen Aufträge.«

»Ich kann keine annehmen, weil ich nicht im Büro bin, wenn Klienten kommen.«

»Es kommen keine, da können Sie unbesorgt sein. Das würde ich mitkriegen.«

»Sie rufen an und sprechen auf Band. Ich muss ihnen absagen.«

»Kann ich diese Anrufe mal hören?«

»Vertrauen Sie mir etwa nicht?«

»Nein.«

Eigentlich hätte ich auf diese Aussage mit einem Sturm der Entrüstung reagieren müssen, aber da es tatsächlich keine solchen Anrufe gab, verzichtete ich darauf, diese Thematik weiter zu vertiefen.

»Selbst wenn ich den Verdienstausfall unberücksichtigt lasse – ich kann unter diesen Bedingungen nicht weiterermitteln. Ich mache ja sogar Miese. Wie ebenfalls schon erwähnt, muss ich hohe Beträge für Spesen aufwenden.«

»Was sind das denn für Spesen, die Sie angeblich haben?«

»Gestern musste ich beispielsweise Eintrittskarten für ein Fußballspiel kaufen. Am kommenden Wochenende habe ich Ausgaben für eine Dienstreise nach Bamberg.«

»Was haben denn ein Fußballspiel und Bamberg mit dieser jungen Frau zu tun?«

»Ich begleite sie – unter anderem eben auch ins Fußballstadion und nach Bamberg. Das kostet.«

»Und warum müssen Sie sie begleiten? Sie sollten doch lediglich klären, ob sie schwanger war oder nicht.«

Irgendwie verliefen meine Versuche, ein bisschen Kohle aus dieser ganzen Lena-Wiga-Sache zu schlagen, im Sande. Ich musste andere Geschütze auffahren.

Es war an der Zeit, die Bombe zu zünden.

»Ich weiß mittlerweile, dass sie schwanger war. Jetzt geht es darum, den Verbleib des Babys herauszufinden.«

Die Bombe schlug ein.

Frau Gaulstall ließ die Gabel fallen, mit der sie das Schnitzel wendete, und glotzte mich mit großen Augen an.

»Sie war schwanger! Hatte meine Freundin also doch recht! Und was ist mit dem Kind?«

»Wie gesagt, das weiß ich nicht. Noch nicht. Die junge Frau ist Mitglied in einer obskuren Sekte, vermutlich gibt es da einen Zusammenhang. Um zu erfahren, was mit dem Kind passiert ist, muss ich weiter an ihr dranbleiben. Aber das kann ich nur, wenn ich auch in irgendeiner Form dafür entlohnt werde. Ansonsten muss ich meine Ermittlungen leider einstellen.«

Ich konnte sie regelrecht fühlen, die beiden konkurrierenden Formen der Gier, die in Frau Gaulstalls Seele gerade ein erbittertes Duell ausfochten. Die eine war die Habgier – es hätte ihr körperlich wehgetan, wenn sie mir Geld hätte geben müssen, anstatt es von mir einzukassieren. Und die andere war die Neugier – sie würde sterben, wenn sie nicht erfahren würde, was mit dem Baby der Mieterin ihrer Freundin passiert war.

Gespannt wartete ich den Ausgang des Kampfes ab.

Frau Gaulstall blickte auf das Schnitzel, als könnte es ihr die Entscheidung abnehmen. Und es nahm ihr die Entscheidung tatsächlich ab.

»Geld bekommen Sie definitiv keines, Herr Marlein. Wer weiß, ob Sie mir das mit den aufwendigen Ermittlungen nicht nur vorschwindeln, um mir Kohle aus der Tasche zu ziehen. Aber wenn Sie die Sache mit dem Kind aufklären können, erlasse ich Ihnen die kompletten sechs ausstehenden Monatsmieten. Und für die Dauer der Ermittlungen erhalten Sie freie Kost – das heißt, Sie können jederzeit runter in die Wirtschaft kommen und umsonst essen.«

Ich nickte.

»Okay. So machen wir's.«

Dann hob ich die Gabel vom Herd auf, die sie fallen gelassen hatte, fischte damit das nun fertig gebratene Schnitzel aus der Pfanne, platzierte es auf dem Teller mit dem Kartoffelsalat, der schon daneben bereitstand, und machte mich mit diesem Gericht auf den Weg in mein Büro.

In meinem Rücken hörte ich die schrille Stimme von Frau Gaulstall.

»Hey! Lassen Sie das da! Das ist für einen Gast!«

Ich wandte mich kurz um.

»Frau Gaulstall! Haben wir nicht gerade einen Deal vereinbart? Machen Sie ihm ein neues. Der Gast kann warten – Philipp Marlein hingegen muss gleich wieder losziehen, um die Welt zu retten.«

Ich hinterließ ihr einen pantomimischen Fingerpistolenschuss als Abschiedsgruß und verließ die Küche.

Immerhin – ich hatte die beiden restlichen Monatsmieten und eine essenstechnische Versorgung bei meinem Pokerspiel herausgeholt. Nicht gerade der Jackpot – aber auch besser als gar nichts.

Während ich in meinem Büro saß und das Schnitzel und den Kartoffelsalat aß, tauchte der Gedanke in meinem Kopf auf, dass die Suche nach einem verschwundenen Säugling mir nun also zwar kein Geld einbrachte, mir dafür aber die beiden großen menschlichen Grundbedürfnisse befriedigte: Fressen und Sex.

Das war irgendwie ziemlich pervers.

Aber es war so, weil das Leben an sich ziemlich pervers ist.

Wieso übrigens eigentlich Pokerspiel?

Weil ich geblufft hatte. Ich hatte nämlich gar kein Blatt in der Hand, mit dem ich irgendetwas hätte reißen können. Ich hatte gar nicht die Option, die Ermittlungen einzustellen. Ob mit oder ohne Bezahlung, ob mit oder ohne Schuldenerlass und Gratisessen – ich *musste* herausfinden, was mit diesem Kind passiert war.

Ich war kein Heiliger, kein Märtyrer und leider auch kein weißer Ritter in einer weißen Rüstung auf einem weißen Schimmel. Aber wenn ich das Verschwinden eines neugeborenen Babys als vielleicht Einziger aufklären konnte und es trotzdem einfach unterlassen hätte, hätte ich mir nie wieder im Spiegel ins Gesicht sehen können.

Ich musste herausfinden, was mit diesem Kind passiert war.

Es gab kein Zurück mehr.

18 Bär heult

Ich hatte Glück im Unglück: Dr. Graf, Leiterin der Unfallambulanz, war im Dienst. Sie machte oft Nachtdienst, damit sie ihre kleine Tochter untertags versorgen konnte. Anna. Ich hatte sie getauft. Bevor ich abstürzte. In den Suff.

Als stellvertretender Großvater sozusagen. Ihr echter Opa war tot. Durch meine Schuld. Mitschuld. Aber Schuld bleibt Schuld. Mit- und Ohne-Mit-Schuld kann man nicht halbieren.

»Wen wollen Sie sprechen?«, hatte mich die Krankenschwester hinter der Scheibe angeraunzt. Als wäre ich verrückt.

»Die Frau Dr. Graf!«

Sie schaute mich von oben bis unten und zurück an. Blieb an meinen zitternden Händen hängen. Dachte sicher, ich wär ein Alki auf Entzug. Halb hatte sie recht. Alki ja. Entzug hatte ich schon hinter mir.

»Die Frau Chefarzt?«

»Sagen Sie ihr, es ist wegen ihrer Tochter. Der Dr. Bär ist da ...«

»Ist was passiert mit der Tochter?«

»Sagen Sie es ihr ... sonst ...«

Ich wusste nicht, was sonst gewesen wäre. Sonst wäre ich blöd dagestanden.

Dr. Graf kam im Laufschritt.

Atemlos.

»Was ist los. Ist der Anna was passiert?«

»Nein. Mir ist was passiert.«

»Gott sei Dank! ... Oh, entschuldige ...«

»Hast ja recht, mir ist's auch lieber, dass mir was passiert ist als der Anna.«

»Deine Hände zittern ja ... Komm!«

Sie nahm mich mit auf ihr Dienstzimmer.

Die Krankenschwester schaute blöd.

Ich sank auf den Stuhl, sagte: »Du musst mir helfen. Ich bin völlig fertig.«

»Seh ich. Also, was ist passiert?«

Ich erzählte ihr von dem herzlosen Hund, über den ich vor meiner Tür gestolpert war.

»Warum ... Warum legt dir jemand einen Hund vor die Tür?«

Ich ergänzte: »Ohne Herz ... und direkt vor *meine* Tür. Der muss genau gewusst haben, wo ich in dem großen Haus wohn und wie er reinkommt.«

»Wer hat denn einen Schlüssel?«

»Meine Nachbarin. Ich hab mich schon ein paarmal ausgesperrt. Das ist ganz praktisch. Aber das ist Unsinn ... Wieso soll meine Nachbarin ...«

»Und mit dem Herz: das Kind, das wir neulich gefunden haben ...«

»Hat auch kein Herz gehabt. Rausgerissen.«

»Aber das weiß niemand. Die Polizei hat gesagt, wir sollen es nicht öffentlich machen, wegen der Ermittlungen.«

Meine Hände hörten nicht auf zu zittern. Sie steckten den Rest vom Körper an.

Ich sagte: »Hast mir nicht was gegen dieses blöde Zittern? Ich komm mir vor wie eine hysterische Wachtel.«

Sie reichte mir aus ihrem Schrank zwei kleine rote Tabletten. »Nimm die.«

»Nimm zwei ... kennst die Reklame?«

»Wenigstens dein Kopf geht noch.«

Wir schwiegen.

»Warum tun die das? Oder der. Oder die ... Mir einen Hund vor die Tür legen.«

»Sie wollen dich einschüchtern. Übersetzt heißt es wohl: Pass auf, sonst geht's dir wie dem Hund. Oder wie dem Kind ...«

»Ist ihm voll gelungen, diesem Sauhund ... Ich hab selten so Angst gehabt, wie wo ich den abgeschlachteten Hund gesehen hab. An meiner eigenen Türschwelle ... Wenn ich den erwisch, dem reiß ich den Arsch auf bis zum Kehlkopf!«

Dr. Graf lachte, sagte: »Schau, wie gut die Tabletten helfen.«

»Na ja ...«

»Ich muss jetzt wieder los. In Obertal ist Kirchweih ... Die machen um eins zu. Um zwei haben wir die halbe Landjugend hier, mit im Schnitt drei Promille, zwei Platzwunden pro Mann und ein paar eingeschlagenen Nasen.«

Ich schüttelte indigniert mein Haupt. »Früher war das anders ...«

»Ja, da sind sie net wegen jedem Kratzer gleich ins Krankenhaus gekommen.«

»Nein, wir haben uns mit Anstand bewusstlos gesoffen. Da gab's noch keine Drogen.«

»Außer Bier ...«

»Seit wann ist Bier eine Droge? In Bayern immer noch ein Grundnahrungsmittel ...«

Sie stand auf. Sagte: »Pass auf dich auf beim Heimfahren. Die Tabletten machen dich ein wenig langsamer.«

Ich blieb sitzen.

Sie: »Ich muss jetzt wirklich weitermachen!«

Ich schaute auf den Fußboden.

»Ich kann nicht fahren.«

»Warum nicht?«

»Ich hab Schiss.«

»Du ... Angst?«

Bei aller Dramatik behielt sie ihre gute Erziehung bei.

Ich schluckte. Schluckte meine Tränen runter. Ich hatte erbärmliche Angst. Zum In-die-Hosen-Scheißen.

Ich nickte. Sagte zum Fußboden: »Kann ich hierbleiben?«

Sie zögerte.

»Bitte!«

Der Fußboden sagte nichts. Sie auch nicht.

Ich schaute sie an.

Sie hatte Tränen in den Augen ... Weiß Gott, warum. Hoffentlich nicht aus Mitleid.

Resolut, aber mit rostiger Stimme sagte sie: »Zieh deine Schuh aus und leg dich in mein Bett. Ich muss sowieso den Rest der Nacht arbeiten.«

Sie kramte wieder in ihrem Giftschrank.

Ich zog meine Schuhe aus, sank auf das Bereitschaftsbett.

»Hier hast eine Schlaftablette!«

Sie nahm die Decke und deckte mich zu.

Ich drehte mich zur Wand.

»Schlaf dich aus!«, sagte sie, strich mir mit der Hand über den Hinterkopf und ging raus.

Ich drehte mein Gesicht zur Wand.

Endlich konnte ich losheulen.

19 Marlein und der alte Bekannte

Die Kapelle im Klinikum Fürth war ganz offenkundig kein Marienwallfahrtsort, denn es gab darin nur eine kleine, unscheinbare hölzerne Madonnenstatue, die schmuck- und lieblos irgendwo an der Seite an einer kahlen Wand befestigt worden war.

Die Kapelle war eine Miniversion einer Kirche mit allen wesentlichen Elementen, aber etwas gab es, das man in einem normalen Gotteshaus nicht fand: einen großen, achteckigen Glaskasten. Er war innen mit Vorhängen ausgekleidet, mit im Kreis aufgestellten Stühlen ausgestattet und diente als Meditations- und Gesprächsraum.

Und genau in diesem gläsernen Oktaeder saß ich nun.

Ich hatte mich dorthin begeben, um mich mit dem evangelischen Klinikseelsorger zu treffen. Er hieß Wendelin Wamanfogg. Ich hatte ihn kennengelernt, als ich bei einem Ermittlungsauftrag an unfreundliche Zeitgenossen geraten war, die mich ordentlich vermöbelt hatten, und einige Tage im Fürther Klinikum verbringen musste, um wieder zusammengeflickt zu werden. Bei meiner Entlassung waren wir zum Du übergegangen, und seitdem trafen wir uns sporadisch. Er war der einzige Geistliche, den ich persönlich kannte, und genau der Mann, den ich jetzt brauchte.

Ich studierte gerade einen Flyer für einen »Heilungsgottesdienst«, als Wendelin Wamanfogg den Glaskasten betrat.

Er trug einen dunklen Anzug und seinen üblichen Sigmund-Freud-Gedächtnis-Bart, vermutlich um seine Doppelfunktion als Geistlicher und Psychologe zu untermalen.

Er kam auf mich zu und drückte mir die Hand.

»Was verschafft mir die Ehre deines Besuches, Philipp? Ich hoffe doch, nichts, was mit dem Krankenhaus zu tun hätte.«

»Nein, Wendelin, ich bin völlig okay, zum Glück. Aber ich arbeite gerade an einem Fall, der ziemlich viel mit Religion zu tun hat. Ich dachte, vielleicht könnte ich in dieser Angelegenheit ja von dir ein bisschen Hintergrundwissen bekommen.«

Wendelin Wamanfogg setzte sich neben mich.

»Wenn ich kann, gerne. Worum geht's?«
»Hast du schon mal was von der ›Religio Mariae Dea Magna Madonna Nigra‹ gehört?«
»Was soll das sein? Eine neue Enzyklika des Papstes?«
»Eine Art Sekte.«
»Nein, das ist mir neu. Klingt nach einem Marienkult. Weißt du außer dem Namen noch mehr?«

Ich teilte ihm das bisschen, was ich darüber erfahren hatte, mit. Wendelin Wamanfogg nickte, als wäre ihm ein Lichtlein aufgegangen.

»Okay, alles klar. Eine weitere Gruppierung des Neuheidentums.«
»Neuheidentum?«
»Ja, Neuheidentum. Es gibt seit einigen Jahrzehnten Bemühungen von religiös gesinnten Menschen, die dem Christentum wegen seines nicht europäischen Ursprungs, seines Dogmatismus und seiner angeblichen Natur- und Frauenfeindlichkeit ablehnend gegenüberstehen, die alten vorchristlichen Naturreligionen Europas wiederzubeleben. Innerhalb dieser Bewegung gibt es die verschiedensten Richtungen. Die meisten sehen sich in der Tradition der alten europäischen Volksstämme der Germanen und Kelten. Andere kreieren aus Elementen, Praktiken, Vorstellungen und Versatzstücken verschiedenster, auch außereuropäischer Naturvölker-Religionen den sogenannten Neo-Schamanismus. Und vor allem Frauen haben das früher in Europa verbreitete und von der Kirche gnadenlos und brutal verfolgte Hexenwesen neu interpretiert als Priesterinnenkaste einer alten Religion, in der eine ›Große Göttin‹ verehrt wird, und diese alte Religion unter der Bezeichnung ›Wicca-Kult‹ reaktiviert. Die Sekte, von der du erzählt hast, ist eindeutig eine solche feministisch geprägte Glaubensgemeinschaft, denn sie führt die ›Große Göttin‹ ja schon im Titel.«

»Aber ich verstehe nicht, warum ausgerechnet Maria als diese Große Göttin gefeiert wird. Maria erscheint doch erst mit dem Christentum auf der Bildfläche, und wenn die Große Göttin angeblich schon lange vor dem Christentum existiert hat, kann Maria doch gar nicht gleichbedeutend mit diesem Wesen sein.«

»Nun, die Große Göttin hieß ursprünglich auch nicht Maria – sie hatte andere Namen wie Gaia, Isis, Ashera, Demeter oder Kybele. Das patriarchalische Christentum stürzte diese weibliche Muttergottes vom Thron und ersetzte sie durch einen männlichen Vatergott. Aber große Teile der Bevölkerung glaubten weiter an die Große Göttin, sie wollten an ihr festhalten, sie weiterhin anbeten und ihr huldigen. Und das tun sie bis heute – indem sie Gottvater und Gottsohn mehr oder weniger ignorieren und stattdessen Maria in den Mittelpunkt ihres Glaubens stellen. Das Ergebnis ist die Mariolatrie.«

»Die Mario-was?«

»Mariolatrie – der Fachausdruck für die katholische Verehrung der Jungfrau Maria. Die zahllosen Gebete, Lieder, Gemälde und Skulpturen, die Maria lobpreisen, stehen in einem krassen Widerspruch zu der Rolle, die sie in der Bibel spielt. Dort wird sie als eine rein menschliche Person beschrieben, die das göttliche Wesen lediglich austrägt, noch dazu ohne natürliche Befruchtung, wie eine moderne Leihmutter. Und nach der Geburtsgeschichte verschwindet sie mehr oder weniger von der Bildfläche und wird, von sporadischen Pflichtauftritten wie bei der Hinrichtung ihres Sohnes abgesehen, praktisch vollkommen ignoriert. Die an Vergötterung grenzende Beliebtheit und Popularität, die Maria trotz dieser biblischen Ignorierung und Degradierung in der Bevölkerung und auch bei vielen kirchlichen Würdenträgern genießt, ist manch anderen Kirchenmännern ein großer Dorn im Auge. Sie wissen, dass hier die alte Verehrung der Großen Göttin Einzug in die neue christliche Theologie gehalten hat. Dass die Figur der Maria ein Medium für die alten heidnischen Göttinnen ist, mit dessen Hilfe sie wieder Gestalt annehmen können. Und dass der Marienkult im Grunde nicht weit von einem Götzendienst entfernt ist – was auch in dem Begriff ›Mariolatrie‹ zum Ausdruck kommt, der eine Abwandlung von ›Idolatrie‹ ist, dem Fremdwort für Götzendienst. Dass Maria von Päpsten, Kardinälen, Priestern und Millionen Gläubigen als ›Regina Coeli‹, also als ›Königin des Himmels‹, gefeiert und angebetet wird, dass es sogar Überlegungen im Vatikan gab und gibt, sie offiziell zur ›corredemptrix‹, also zur ›Mit-Erlöserin‹, zu erklären und sie dadurch mit Jesus Christus gleichzustellen, ist für sie ein gotteslästerlicher Akt, eine heidnische Irrlehre, eine teuflische Todsünde, ein Versuch von Verrätern, die wahre biblische Botschaft zu sabotieren und Gott als Herr und Vater abzusetzen, und sie würden am liebsten die gesamte Mariolatrie in den Boden stampfen und mit Stumpf und Stiel ausrotten. Doch das Volk lässt sich seine Göttin nicht nehmen, und alle bisherigen Versuche, Maria von ihrem Himmelsthron wieder herunterzuholen, sie zu vermenschlichen und die Marienverehrung im Katholizismus auszulöschen, sind gescheitert.«

»Danke für deine Ausführungen, Wendelin, das war sehr hilfreich. Aber über diese Religio Mariae selbst weißt du auch nichts Genaueres?«

»Nein, das muss eine neue Gruppierung sein. Aber das ist nichts Ungewöhnliches. Im Neuheidentum schießen die Religionsgemeinschaften oft wie Pilze aus dem Boden, um sich dann meist ebenso schnell wieder aufzulösen und auf Nimmerwiedersehen von der Bildfläche zu verschwinden. Es gibt sehr wenig Konstanz in dieser Szene.«

»Du denkst also, die Religio Mariae wird auch nicht sehr langlebig sein?«

»Ja, denke ich, aber das muss nichts heißen. Man sollte nicht vergessen, dass auch das Christentum als winzige Splittersekte begonnen hat, deren Ende mit der Hinrichtung ihres Anführers besiegelt schien.«

»Wenn die Religio Mariae dann doch zur Staatsreligion aufsteigen sollte, bekommt ihr hier in diesem Laden ein Problem. Dann reicht eure Mini-Madonnenstatue nicht mehr. Dann müsst ihr nachrüsten.«

»Klar. Wir sind ja flexibel. Dann hängen wir das Kreuz ab und stellen eine riesige Schwarze Madonna auf.«

»Das habe ich auch noch nicht kapiert, was es mit diesen ominösen Schwarzen Madonnen auf sich hat.«

»Nun ja, es gibt eine ganze Anzahl von berühmten Marienstatuen und Marienbildern, die sich von den üblichen dadurch unterscheiden, dass Maria schwarz beziehungsweise dunkelhäutig ist. Die berühmtesten dieser Schwarzen Madonnen befinden sich in Altötting, in Einsiedeln in der Schweiz, in Tschenstochau in Polen, in Montserrat in Spanien und in Guadalupe in Mexiko, aber es gibt noch viel mehr davon, man findet sie in ganz Europa und auf der ganzen Welt.«

»Apropos Altötting: Hast du gehört, dass die dortige Schwarze Madonna gestohlen wurde?«

»Ja, es gibt ja kein anderes Thema mehr. Selbst die Patienten sprechen mich darauf an. Sag bloß, dass du hinter der gestohlenen Madonna von Altötting her bist!«

»Das nicht, aber diese Religio Mariae fährt auf jeden Fall voll auf Schwarze Madonnen ab.«

»Was hast du eigentlich mit dieser Sekte zu tun?«

»Ich observiere momentan eine Person, die da Mitglied ist.«

»Sicherlich kein angenehmer Job.«

»Ich versuche, ihn mir so angenehm wie möglich zu machen.«

Ja – indem ich ein bisschen mit der zu observierenden Person rumbumste. Aber das wollte ich Wendelin Wamanfogg nicht unbedingt auf die Nase binden.

»Und wie läuft dein Job? Betest du viele Patienten gesund?«

»Das liegt nicht in meiner Hand. Außerdem gehe ich bald in Rente.«

»Und was machst du dann mit deiner vielen freien Zeit? Sämtliche Jakobswege der Welt abwandern?«

»Ich weiß noch nicht so genau. Vielleicht was ganz anderes. Vielleicht schreibe ich Kriminalromane. Dabei könntest du mich ja dann beraten und mit Informationen versorgen. Oder du trittst gleich als Co-Autor auf.«

Ich lachte.

»Klar. Kirchen-Krimis, geschrieben von Wendelin Wamanfogg und Philipp Marlein. Das wären todsichere Bestseller – mit Auflagenzahlen, bei denen selbst dieser Zauberknilch Harry Potter vor Neid erblassen würde.«

20 Bär seelsorgt

Ich schlief.
   Lang.
   Gut.
   Tief.
   Wie schon ewig nicht mehr.
   Ich war sicher.
   Ein Krankenhaus ist der sicherste Ort der Welt.
   Solange man gesund ist.
   Krank war ich ja nicht.
   Hatte gestern Nacht nur einen hysterischen Anfall gehabt.
Angst pur.
   Schämte mich.
   Tat so, als wäre nichts gewesen.
   Die Schwester von der Frühschicht machte ein Gesicht wie ein Fragezeichen, als sie mich aus Dr. Grafs Zimmer kommen sah. Verkrumpelt, verschlafen, verwurschtelt.
   Ich grinste.
   Zwinkerte ihr mit einem Auge zu.
   Sie errötete.
   Süß!
   Dr. Graf war schon weg, zu Hause, Kind hüten. Ihr Mann saß in der Redaktion des Kemptener Tagblattes.
   Heilige Familie.
   Die Sonne nahm mich strahlend in Empfang.
   Regen wär mir lieber gewesen. Hätte besser zu meinem Innenwetter gepasst.
   Scheiß-Sonne.
   Ich musste zurück.
   Den Kadaver vor meiner Wohnungstür wegräumen. Hoffentlich stank er nicht schon.
   Mein verbeulter Golf Diesel fuhr widerwillig langsam auf der A7 Richtung Reutte. Auf der Autobahn brauchte ich nicht aufpassen. Da findet das Auto den Heimweg selber.
   Ich zuzelte im Windschatten eines Lastwagens an meiner Gauloises Blondes.

Wer will mich schockieren?
Und warum?
Vielleicht »die«, vor denen sich die tote Lea gefürchtet hatte. Hatte sie sterben müssen, damit sie mir nicht beichten konnte? Sie hatte Angst ... vor wem? Oder war es einfach ihr Verfolgungswahn?

Musste ich auch sterben, wenn ich rauskriegte, was sie mir hat beichten wollen? Oder denken »die«, dass sie mir vielleicht schon zu viel gebeichtet hatte bei unserem ersten kurzen Treffen?

Ein Blaulicht mit heulendem Tatütataa schreckte mich aus meinem Brüten. Die Polizei. Richtung Reutte. Oder Füssen. Wahrscheinlich ein Unfall am Grenztunnel.

Ich schaute zu meiner Rechten hinab zum Rottach-Speichersee. Dahinter der Grünten, von einem rosa Wölkchen gekrönt.

Schlimmer als jede Ansichtskarte. Kitsch pur.

Fette Wiesen, sanfte Hänge, am Busen der Natur wiederkäuten breitarschige Kühe mit sinnlichen Augen und langen Wimpern.

Wenn ich besoffen bin, rede ich immer mit ihnen, vor allem mit den jungen Kälbern. Sie sind besonders eitel. Ich bewundere sie maßlos, und sie zeigen, wie schön sie sind, baden sich in meiner Bewunderung. Idealisierte Übertragung hieß das früher in meinem Psychoanalytikerleben.

Ich schrak auf.
Nicht schon wieder!
Blaulicht, Martinshorn.
Der Notarztwagen heulte vorbei.
Schwerer Unfall.

Wahrscheinlich Holländer. Im Winter legen sie den Verkehr lahm, weil sie alle mit Sommerreifen unterwegs sind.

Im Sommer verstopfen sie die Straßen mit ihren Wohnwagen.

Verdammt noch mal. Jetzt tütet auch noch das Sanitätsauto vorbei.

Wo die wohl hinfahren?
Ich wachte aus meiner Grübel-Lethargie auf.
Hängte mich an das Sanitätsauto.

Immerhin hundertdreißig Stundenkilometer.
Bis zur Ausfahrt Tal am See hängte ich mich an. Mein altersschwacher Golf schaffte es mit Mühe im Windschatten.
Es ging flott dahin.
Ist das eigentlich verboten? Einem Blaulicht nachfahren?
Ist ja nur ein Sanitätsauto. Bei einem Polizeiauto wär ich vorsichtiger.
»Verdammt noch mal!«
Fast wäre ich ihm hintendrauf gefahren. Dem Sanitätsauto.
Es entschleunigte. Blinkte.
Ausfahrt Tal am See.
Hm. Jetzt wird's interessant!
Ich folgte unauffällig.
Wenn sie mich erwischen, sage ich, ich bin von der Notfallseelsorge.
Hat bisher immer geklappt.
Über die engen Straßen ging es langsamer. Er fuhr tatsächlich Richtung Tal.
An dem großen Kreuz mit der Maria von Medjugorje vorbei.
Heilige Maria!
Ich schaute in den Rückspiegel.
O Maria hilf!
Nein, keine Polizei.
Ein Leichenwagen!
Bringt Glück. Sagt man.
Ich folgte ihm.
Aus Neugierde.
Und aus Angst. Angst vor der Alm und meiner Wohnungstür mit dem Kadaver davor.
Und vor dem, der ihn dahingelegt hatte.
Der Leichenwagen nahm mit vorgeschriebener Geschwindigkeit, also unendlich langsam, den Weg nach Tal am See. Er hatte es nicht eilig. Wozu auch? Leichen laufen nicht weg.
Wir, ich und der Leichenwagen, kamen von der Anhöhe herunter nach Tal. Von oben sah ich schon die Blaulichter.
Plötzlich noch ein Heulen. Martinshorn.
Im Rückspiegel die Polizei. BMW.

»Jetzt schnappen sie dich!«
Sagte mein Über-Ich zu mir.
Ich checkte den Tacho.
Okay.
Griff mir an die Brust. Fühlte meine Brieftasche. Führerschein drin. Der alte graue Lappen. Mit einem bartlosen Kinderfoto von mir.
Alles klar. Aufatmen.
Mein Polizeikomplex.
Sie meinten nicht mich.
Sie sausten an mir und dem Leichenwagen vorbei.
Großer Aufruhr am Ortseingang.
Am Posserhof.
Ich parkte, nahm meine gelbe leuchtfarbene Unfallweste vom Beifahrersitz. Mit der Aufschrift: »Notfallseelsorge«.
Hatte sie mitgehen lassen, als sie mich in den Ruhestand schickten. *Just in case.*
Schob mich in die Menge der Neugierigen.
Erstarrte.
An der weiß gekalkten Wand des Posserhofes las ich mit Graffiti hingesprayt: »Kinderficker Tochtermörder«.
Oh Scheiß. *O Maria hilf.*
Die Sanitäter standen nutzlos herum.
Hängende Schultern.
Sie rauchten nicht.
Schlimmes Zeichen.
Der Notarzt stand rum.
Hängende Schultern.
Füllte Formulare aus.
Besser als nix.
Die Bestatter sahen, dass auf sie gewartet wurde.
Ich streifte meine Notfallseelsorgeweste über.
Setzte mein pastoral besorgtes Gesicht auf.
Folgte den Leichenmännern mit ihrem Stahlsarg.
Keiner hielt mich auf.
Sie versuchten, den Sarg die Treppen in den ersten Stock hinaufzubugsieren.

Ich kam ihnen zuvor, war mit dreistufigen Schritten oben.
Stumm schrie mein Meniskus auf.
Trat in die Schlafkammer.
Da lag er, der Posserhofbauer.
Den Strick noch um den Hals.
Blau im Gesicht.
Augen weit auf.
Zunge wie von einem Kalb.
Quoll aus dem Mund.
Stank.
Nach Scheiße.
Das kommt leicht vor beim Aufhängen.
Mein Magen fuhr aufwärts.
Nach fünf Minuten riecht man nichts mehr. Egal, was riecht. Das wusste ich aus Erfahrung. Zwanzig Jahre Krankenhauserfahrung.
Aber man muss erst die fünf Minuten überstehen.
Die Posserhofbäuerin roch nichts.
Sagte nichts.
Hockte in sich versunken auf dem Ehebett mit dem altmodischen Plumeau und schluchzte tonlos vor sich hin.
Schüttelte hin und wieder den Kopf.
Mann tot. Erhängt.
Tochter tot. Ersoffen.
Enkel tot. Er ... was?
Ich trat neben sie.
Wollte sagen: Beileid.
Nein.
Tut mir leid.
Nein.
Ist ja schlimm.
Das wusste sie selber.
Was sagt man da als Seelsorger?
Nix.
Ich sagte: nichts.
Soll ich ihr die Hand auf die Schulter legen?
Nein, dann bricht sie ganz zusammen.

Und ich auch.
Die Leichenmänner retteten mich.
Sie schnüffelten, hielten die Luft an, hievten den Leichnam in den Blechsarg, Deckel drauf, verschrauben, dass er nicht rausfällt, bei der steilen, engen Treppe.
Zurück blieben die Posserhofbäuerin, die ein Häuflein schluchzendes Elend war, und ich.
Ich öffnete das einzige Fenster.
Nicht wegen der Seele, dass die rauskann.
Sondern wegen der frischen Luft, damit die reinkonnte und der Gestank verging.
»Was?«, fragte ich.
Die Posserhofbäuerin hatte etwas gewispert.
Sie wisperte es immer wieder. Sie wisperte: »Sie haben ihn umgebracht!«
Ich dachte, er hätte sich erhängt. Fragte: »Wer ist ›sie‹?«
Sie schüttelte den Kopf.
Schluchzte wieder.
Nix zu machen.
Ich hockte mich neben sie auf den Bettrand.
Ich wollte fluchen,
schreien,
heulen,
toben,
schlagen.
Aber wen?
Ich schnaufte durch und sagte: »*Gegrüßet seist du, Maria ...*«
Sie schluchzte leise mit.
»*... voll der Gnade, der Herr ist mit dir. Du bist gebenedeit unter den Frauen, und gebenedeit ist die Frucht deines Leibes, Jesus. Heilige Maria, Muttergottes, bitte für uns Sünder, jetzt und in der Stunde unseres Todes ... Amen.*«
Sie flüsterte in sich hinein: »Erschlagen soll der Herrgott sie alle ... die Brut, die verreckte.«
Da war was. Aber was?
Ich fragte: »Welche Brut?«
»Die Marienbrut, die verreckte ... Seitdem die Lea dabei war,

war das Elend im Haus ... Da ist sie anders geworden ... und mein Mann ... Da war ein Fluch drauf ...«
»Wer ist die Marienbrut, die verreckte?«
»Lass die Finger davon ... halt dich da raus ... sonst ...«
»Sonst was?«
Ich dachte an den toten Hund auf dem Fußabstreifer vor meiner Wohnungstür auf der Alm.
Sie drehte sich weg.
Schrie: »Lass mich in Ruh ... Satan ... weiche von mir!«
Ich zuckte zusammen. Vor Schreck.
War sie jetzt durchgeknallt?
»Pfüad di!«, sagte ich, stand auf.
Sie war abgeschaltet. Nix mehr zu machen. Hinüber.
Ich trat vor die Tür des Posserhofes.
Der Leichenwagen fuhr gerade weg.
Ohne Blaulicht.
Polizei fuhr weg. Auch ohne.
Sanitäter zündeten sich Zigaretten an.
Die Bagage der Neugierigen verlief sich.
Ich setzte mich in mein Auto.
Letzter Blick zurück.
Auf die kalkweiße Hauswand.
»Kinderficker Tochtermörder«.

21 Marlein und die revolutionäre Krönung

»Kleine Sünden bestraft der liebe Gott sofort«, heißt es.
Ich hatte mich darüber lustig gemacht, dass es in der Kapelle im Klinikum Fürth zu wenig Maria gab.
Zur Strafe gab's am nächsten Tag Maria bis zum Erbrechen.
Lena Wiga hatte angekündigt, einen Ausflug nach »Bamberg und Umgebung« zu machen.
Was sie mit »Umgebung« wirklich meinte: halb Oberfranken.
Es war ein Samstag, ihr freies Wochenende, und wir brachen bereits frühmorgens um acht Uhr auf. Wir fuhren mit Lena

Wigas Wagen, einer alten, klapprigen Kiste, von der Größe her eher ein fahrendes Kofferradio als ein ernst zu nehmendes Auto. Sie saß am Steuer, ich auf dem Beifahrersitz.

Wir hatten am Vorabend noch mal miteinander telefoniert, und sie hatte mir die Bedingungen erklärt: Wir würden von Samstag auf Sonntag in der Nähe von Bamberg in einem Gasthaus übernachten, weil sie am Abend zu einem Treffen müsse, und ich könne zu diesem Treffen nicht mitkommen, sondern müsse in dem Gasthaus bleiben. Ich war damit einverstanden gewesen – denn ich würde natürlich den Teufel tun und untätig auf ihre Rückkehr warten, sondern vielmehr versuchen, sie zu verfolgen. Ich hatte große Hoffnungen, dort endlich etwas über den Verbleib des Kindes zu erfahren. Es musste einen triftigen Grund für diese Geheimniskrämerei geben – vielleicht war ja sogar das Kind selbst bei diesem Treffen anwesend.

Wir fuhren von Fürth auf die A 73 Richtung Bamberg und plauderten zwanglos über Nichtigkeiten, bis sie in Forchheim-Süd unerwarteterweise die Abfahrt nahm und die Autobahn verließ.

Ich guckte sie irritiert an.

»Ich dachte, wir wollen nach Bamberg?«

»Ja, wollen wir auch. Aber vorher machen wir noch Abstecher an zwei andere Orte.«

»Die da wären?«

»Jetzt geht's erst mal nach Gößweinstein.«

»Und was tun wir dort?«

»Wir gehen in die berühmte Wallfahrtskirche. Warte, ich gebe dir mal was zum Nachlesen darüber.«

Sie fummelte einen Prospekt aus dem Handschuhfach und reichte ihn mir. Er trug den Titel »Basilika Gößweinstein«, und ich studierte ihn, während Lena Wiga den Wagen durch Forchheim hindurch und dann auf der Bundesstraße 470 weiter in das Herz der Fränkischen Schweiz hineinsteuerte.

Und so wusste ich, als wir Ebermannstadt durchquert hatten und über eine kurvenreiche Serpentinenstraße nach Gößweinstein gelangt waren, voll Bescheid.

Ich wusste, dass Gößweinstein neben Vierzehnheiligen und

Marienweiher einer der meistbesuchten Wallfahrtsorte Frankens und Nordbayerns war, dass es ursprünglich ein reiner Marienwallfahrtsort war und später die Verehrung der Heiligsten Dreifaltigkeit dazukam, dass es alljährlich Ziel von vielen Tausenden von Touristen, Kunstfreunden, Gläubigen und Pilgern war und dass es zwischen Mai und Oktober kein Wochenende gab, an dem nicht Wallfahrergruppen von überall her zu diesem Gnadenort pilgerten und in das prachtvolle Gotteshaus einzogen, um dort Kraft und seelische Erbauung zu schöpfen.

Gößweinstein war ein malerisch gelegener Ort, der allerdings komplett verseucht war vom Tourismus und aus nichts anderem als Hotels, Pensionen, Cafés, Restaurants, Gaststätten, Gasthöfen und den unvermeidlichen Souvenirläden voller Kitsch und Ramsch und Staubfängern zu bestehen schien.

Wir stellten den Wagen auf einem Großparkplatz ab und erreichten nach einem kurzen Fußmarsch die Wallfahrtsbasilika.

Über dem großen Eingangsportal hing das Wappen des Papstes; ich hatte in dem Prospekt gelesen, dass die Gößweinsteiner Wallfahrtskirche 1948 von Papst Pius XII. in den Rang einer päpstlichen »Basilica minor« erhoben worden war, weshalb die Gößweinsteiner seitdem ihr Kirchenportal mit dem Wappen des jeweils amtierenden Papstes schmücken durften. ›Basilica minor‹, also kleinere Basilika, war ein Ehrentitel, den der Papst höchstpersönlich verlieh, und zwar nur an Kirchen, die eine besondere überregionale Bedeutung hatten.

Und durch dieses Portal traten wir nun in den lichtdurchfluteten und festlich gestalteten Innenraum der Kirche, Lena Wiga voraus, ich hinterher wie ein Dackel.

Wir schritten unter der Empore, die eine riesige Orgel beherbergte, hindurch den Mittelgang entlang, vorbei an diversen prachtvollen Seitenaltären. Die Bankreihen endeten vor einer größeren kreisrunden Fläche, an deren Seiten sich zwei weitere aufwendig gestaltete Nebenaltäre befanden, und diese endeten wiederum vor dem alles überstrahlenden Hauptaltar.

Lena Wiga blieb stehen, drehte sich zu mir um, drückte mir ihre Tasche in die Hand und deutete auf die Bänke.

»Setz dich doch schon mal. Ich komme gleich nach.«

Also setzte ich mich in eine der Bänke und beobachtete, wie Lena Wiga unmittelbar vor den Hochaltar trat, dort innehielt, sich dann flach mit dem Gesicht nach unten auf den Boden legte und die Hände vor ihrem Kopf faltete.

Diese extreme Anbetungsform sicherte ihr die Aufmerksamkeit und Neugier aller anderen Kirchenbesucher: Einige zeigten sich beeindruckt von so viel offenkundiger Frömmigkeit, andere schüttelten den Kopf.

Ich für meinen Teil sah diesen Akt der Huldigung und völligen Versunkenheit von Lena Wiga als eine willkommene Gelegenheit für die Fortsetzung meines speziellen Bibelstudiums.

Ich öffnete ihre Handtasche, zog das kleine schwarze Büchlein heraus, schlug es auf und las weiter, nicht ohne aus den Augenwinkeln zu gucken, ob Lena Wiga auch wirklich noch ausgestreckt und betend vor dem Altar lag.

DIE RÜCKKEHR DER GÖTTIN

Im Anfang war nicht Gott – im Anfang war Göttin.
Den Beweis für diese Behauptung hat die Archäologie erbracht, denn an den Fundstätten der frühesten Hochkulturen der Menschheit wurden stets nur Skulpturen und Darstellungen von Muttergottheiten gefunden, nie von männlichen Göttern. Diese Muttergöttin wurde als Quelle allen Lebens gefeiert, und die Figuren, die sie abbilden sollten, waren weibliche Körper, oft mit übertrieben hervorgehobenen Geschlechtsmerkmalen oder in schwangerem Zustand.
Die Große Göttin, die jahrtausendelang von den Menschen verehrt wurde, offenbarte sich in mannigfaltiger Gestalt und hatte viele verschiedene Namen, wie zum Beispiel Isis, Gaia, Demeter, Kybele, Hekate, Ceres, Ashera – und Maria. Doch es handelt sich dabei immer um dieselbe, um die eine universelle Große Göttin, in welcher Form und an welchem Ort sie auch immer in Erscheinung tritt.
Jahrtausendelang gab es also ein goldenes Zeitalter des Matriarchats und des Kultes der Großen Göttin, ehe es von Kulturen mit männlichen Göttern abgelöst wurde und eine Epoche der

Finsternis und der Gewalt einsetzte. Und mit roher Gewalt wurde auch diese Ablösung erzwungen: Nachdem Kaiser Konstantin das Christentum zur Staatsreligion erklärt und Kaiser Theodosius alle anderen Religionen und Mysterienkulte verboten hatte, wurden viele Kunstwerke, Statuen und Tempel, die zu Ehren von Göttinnen errichtet worden waren, angezündet und niedergerissen, und wenn sie nicht barbarisch zerstört wurden, wurden sie in christliche Kirchen und Gebetsstätten umgewandelt.

Doch obwohl streng verboten und mit drakonischen Strafen belegt, überlebte die Anbetung der Göttin, mitunter in seltsam anmutenden Ausdrucksformen, bis in die Moderne. Und heute haben die Menschen endgültig genug vom Patriarchat mit seiner Härte, seinem Machtstreben und seiner Freudlosigkeit, denn dessen Drang zur Unterdrückung und zur Zerstörung hat unseren Planeten an den Rande des Abgrunds geführt. Sie sehnen sich zurück nach der Großen Göttin, und ihre triumphale Rückkehr steht unmittelbar bevor.

Bald wird endlich wieder, nach Jahrhunderten, in denen Töten, Weinen und Hassen dominierten, ein neues goldenes Zeitalter für die Menschheit anbrechen, denn in einer auf einer Göttin-Religion basierenden Gesellschaft stehen Leben, Lachen und Lieben im Vordergrund.

Leider dauerte Lena Wigas Anbetungsperformance nicht so lange, wie ich es mir gewünscht hätte, denn nach diesem kurzen Kapitel musste ich die Sektenbibel schon wieder zurück in ihre Tasche stopfen.

Als sie zu mir in die Bank kam und sich neben mich setzte, starrte ich lammfromm zur Decke hoch und tat so, als betrachte ich hochinteressiert deren prächtige Gestaltung.

Lena Wiga nahm ihre Handtasche wieder an sich.

»Und – gefällt dir die Kirche?«

»Ja, sehr beeindruckend. Aber jetzt sag mir doch mal, warum wir ausgerechnet hierher einen Abstecher machen mussten?«

»Ganz einfach: weil die Basilika von Gößweinstein eine der bedeutendsten Kirchen für die Religio Mariae ist.«

»Und aus welchem Grund?«

»Das ist doch nicht schwer herauszufinden, wenn man ein bisschen seine Augen aufmacht. Was fällt dir an dieser Kirche auf? Wofür steht diese Kirche?«

Ich erinnerte mich an das, was ich während der Fahrt in dem Prospekt gelesen hatte.

»Die Basilika Gößweinstein ist der bedeutendste Wallfahrtsort in Deutschland zu Ehren der Heiligsten Dreifaltigkeit, das deutsche Zentrum der Dreifaltigkeitsverehrung sozusagen.«

Sie schüttelte energisch den Kopf, ja geradezu angewidert.

»Das ist völliger Bullshit. Es geht hier überhaupt nicht um die Verehrung der Dreifaltigkeit, sondern um etwas ganz anderes. Um was es in Wirklichkeit geht, werde ich dir jetzt mal ganz langsam und schonend beibringen, damit du nicht zu sehr geschockt bist. Was, lieber Philipp, würdest du sagen, ist das Herz, die Seele, das Zentrum jeder Kirche?«

»Der Altar?«

»Wunderbar! Der Kandidat erhält hundert Punkte! Ganz genau, der Altar, genauer gesagt der Hochaltar, also der sakrale Mittelpunkt dieser Basilika. Beschreib mir doch mal, was du siehst.«

Ich ließ den Anblick eine Weile auf mich wirken, ehe ich meine Eindrücke wiedergab. Der Altar hatte zugegebenermaßen durch seine Pracht eine starke Suggestivkraft, die noch dadurch verstärkt wurde, dass die direkt hinter ihm liegenden Fenster gelb getönt waren und so einer seiner zentralen Bestandteile, der goldene Strahlenkranz, durch die einfallenden Sonnenstrahlen auch noch in echtem goldenen Licht leuchtete.

»Ich sehe im Hintergrund einen riesigen goldenen Strahlenkranz, einen ebenso riesigen, weiten goldenen Vorhang oder Mantel und eine große goldene Krone. Davor eine Menge Personen, alle ganz in Weiß gehalten, versetzt mit goldenen Verzierungen, die meisten davon offenbar Engel, dazu einige ältere, meist bärtige Männer. Das Ganze ist nach oben hin spitz zulaufend und in Dreiecksform angeordnet, zu einer überdimensionalen Pyramide. Alle Personen sind einem von vier Engeln gehaltenen und auf einer großen goldenen Kugel aufsitzenden

Goldrahmen in der oberen Hälfte der Pyramide zugewandt, in dem sich eine Szenerie mit mehreren Figuren befindet.«

Sie nickte anerkennend.

»Gar nicht schlecht, Philipp, gar nicht schlecht. Der goldene Strahlenkranz, der goldene Mantel, die goldene Krone sollen zum Ausdruck bringen, dass hier etwas ganz Erhabenes, Einzigartiges, Epochales stattfindet: nämlich eine Krönung, und zwar die, die in der Szenerie in dem Goldrahmen dargestellt wird. Tatsächlich sind über fünfundzwanzig lebensgroße Figuren Bestandteile des Altars, und du hast recht, die meisten davon stellen Engel dar, die der Krönungszeremonie beiwohnen, ihr einen angemessen würdigen Rahmen verleihen und ihre große Bedeutung unterstreichen sollen. Bei den acht älteren Männern handelt es sich um verschiedene wichtige Protagonisten aus der Bibel und der Kirchengeschichte. Diese Männer machen, ebenso wie die Engel, der Person, die gekrönt wird, ihre Aufwartung, sie erweisen ihr ihre Ehrerbietung und huldigen ihr als ihrem neuen Oberhaupt. Die große goldene Kugel unter dem Goldrahmen ist natürlich die Erdkugel, was klarmachen soll, dass in der dargestellten Szene nicht irgendeine Person gekrönt wird, sondern die Person, die über die ganze Erde herrscht. So weit alles klar?«

»Ja, natürlich. Ich habe schließlich keinen frühkindlichen Hirnschaden.«

»Was du als ›Szenerie‹ beschrieben hast, nennt man das Gnadenbild, und dieses Gnadenbild ist der Mittelpunkt, das absolute Zentrum, das innerste Herz von Gößweinstein, das eigentliche Ziel aller Wallfahrten und Wallfahrer; alles andere ist nur Drumherum, Beiwerk, Ausschmückung. Und nun die alles entscheidende Frage: Was stellt dieses Gnadenbild dar?«

»Hast du doch schon gesagt: eine Krönung.«

»Genau. Und wer wird von wem zu was gekrönt?«

Auch das hatte ich im Prospekt gelesen, doch selbst ohne schriftliche Ausführungen war es eigentlich gut zu erkennen. Man musste nur wissen, wen die vier Figuren – die kniende Frau in der Mitte mit den gefalteten Händen und der goldenen Krone auf dem Haupt, der ältere Mann mit dem längeren Bart, der zu ihrer Rechten stand, der jüngere Mann mit dem kürzeren Bart zu ihrer Linken und die Taube mit den weit ausgebreiteten Flügeln, die über ihr schwebte – jeweils darstellen sollten.

»Maria wird von der Heiligsten Dreifaltigkeit, vom Vater, vom Sohn und vom Heiligen Geist, zur Königin gekrönt.«

Lena Wiga packte mich am Arm, in ihren Augen glänzten Begeisterung und Euphorie, und ihre Stimme zitterte leicht vor Erregung.

»Ist dir eigentlich klar, was das bedeutet?«

Da ich den Grund ihrer Hochstimmung nicht so recht nachvollziehen konnte, antwortete ich vorsichtig und ausweichend.

»Vermutlich nicht in voller Tragweite.«

Sie packte fester zu, um die Bedeutsamkeit dessen, was sie mir gerade mitteilte, zu unterstreichen.

»Dieses Gnadenbild zeigt einen historischen Machtwechsel und den Beginn einer neuen Epoche: Die alte patriarchalische Dreifaltigkeit in Gestalt von Gott-Vater, Gott-Sohn und Gott-Heiliger-Geist dankt ab, die bisherigen Regenten treten zurück, krönen die Gottesmutter Maria zur neuen Königin und übergeben ihr somit die Macht über Himmel und Erde. Es geht also hier in Gößweinstein nicht etwa um die Verehrung der Heiligsten Dreifaltigkeit, sondern vielmehr um ihre Abdankung zugunsten von Maria, die eindeutig ganz alleine im Mittelpunkt der Verehrung steht. Die Kernbotschaft des Gnadenbildes der Basilika Gößweinstein lautet: Das Patriarchat in Person der Heiligsten Dreifaltigkeit hat ausgedient, das Matriarchat in Person der Großen Göttin Maria kehrt nach Tausenden von Jahren im Exil triumphal zurück und übernimmt nun wieder die Herrschaft im Himmel.«

Sie krallte alle ihre zehn Finger in meine Oberarme, als wollte sie mir das, was sie mir zu sagen hatten, regelrecht körperlich infiltrieren, damit es auch wirklich den Weg in meine Hirnwindungen und in mein Denken fand.

»Philipp, ist dir denn nicht klar, welche Dimension das hat? Hier, in Gößweinstein, in diesem vom Papst persönlich zur Basilika erhobenen Gotteshaus, in einer der schönsten Kirchen an einem der beliebtesten Wallfahrtsorte des Christentums in

Europa, wird ganz offen ein Quantensprung vollzogen: der revolutionäre Paradigmenwechsel, dass wir keinen Gott mehr anbeten und verehren sollen – sondern eine Göttin.«

Ich versuchte, brennend interessiert zu klingen: »Und was folgt daraus?«

»Daraus folgt, was kaum einer laut auszusprechen wagt, was aber schon seit langer Zeit – diese Basilika hier beispielsweise wurde schon in den Jahren 1730 bis 1739 erbaut, und das Gnadenbild ist noch über zweihundert Jahre älter – unleugbare Realität ist: dass Bayern kein christliches Land mehr ist, sondern ein marianisches Land, ein Land, in dem kein Gott, sondern eine Göttin regiert. Nicht das Christentum ist die dominierende Religion in Bayern, sondern das Marientum, die Religio Mariae Dea Magna Madonna Nigra. Die Basilika Gößweinstein mit seinem Gnadenbild ist einer ihrer Tempel und ein Beweis für diese Behauptung.«

Sie erhob sich von der Bank.

»Und ein weiterer Beweis ist der nächste Ort, zu dem wir fahren.«

22 Bär schwindelt

Ich fuhr hinauf zur Biselalm, den engen asphaltierten Weg mit den Frostrissen, aus denen das Gras wuchs, und den hingebügelten Kröten.

Ich fuhr wie ein Tourist.

Langsam.

Ich wollte nicht ankommen.

Den blöden Hund entsorgen.

Mir war jetzt schon schlecht.

Ich schaltete die Alarmanlage am Haus aus.

Eine überflüssige Alarmanlage.

Wer sollte in ein uraltes Bauernhaus einbrechen? Da war nix zu holen außer vermieften Wolldecken und gebrauchten Klobürsten.

Vielleicht mein alter Laptop. Fürs Museum.

Wer auch immer den Hund vor meine Tür gelegt hatte: Er wusste, wie man die Alarmanlage überlistet. Er. Oder sie.

Unten war die Gemeinschaftsküche.

Es war nie Gemeinschaft da, außer mir, sie wurde nicht benutzt.

Ich ging trotzdem zum Kühlschrank.

Eine Flasche Sekt und eine Flasche Bodenseeobstler, halb leer, leisteten sich Gesellschaft.

Ich setzte die Obstlerflasche an die Lippen und zog mir einen Schluck hinein, der für einen Ochsen gereicht hätte.

»*VaterunserimHimmel* ...«

Ein Vaterunser lang ließ ich den Stoff wirken.

Ich bete nur, wenn ich Schiss habe.

Also relativ oft.

»*... Amen.*«

Der Stoff wirkte. Ruhe strömte durch den Magen, in den Bauch, erfüllte den Kopf.

Wie autogenes Training. Ohne Sprüche. Autogenes Training ist Einbildung. Alkohol ist echt.

Tief durchatmen.

Ich würde den Fußabstreifer einrollen, den Kadaver einwickeln in den Fußabstreifer, dann runtertragen und in die äußerste Ecke vom Garten werfen. Mit einer Schaufel Erde drüber. Steine.

Im ersten Stock machte ich eine Pause.

Schaute durchs Fenster hinunter zum See.

Er tat, was er immer tat, wenn die Sonne schien. Er glänzte.

Ich nahm mir lange Zeit zur Naturbetrachtung.

Tief Luft holen.

Die letzte Stiege hinauf und ...

Ein Schreckensschrei.

Kam aus mir.

Von selber.

Herzrasen.

Atemstillstand.

Nein!

Der Hund war weg.
Der Fußabstreifer lag da.
Sauber.
Seit drei Jahren hatte ich ihn weder gesaugt noch geklopft.
Ich kniete nieder.
Kein Haar. Nicht ein gotziges Hundehaar.
Ich roch.
Es roch nicht nach Hund.
Es roch nach Obstler. Klar.
Und nach Rei in der Tube.
Jesus, Maria und Josef!
Bin ich vielleicht übergeschnappt? Halluzinationen?
Die Angst, den Verstand zu verlieren, ist die schlimmste von allen.
Schlimmer als vorm Sterben.
Oder vor Impotenz.
Ich stürzte zurück in die Gemeinschaftsküche.
Schüttete mir den Rest vom Bodenseeobstler rein.
»*Vaterunser*...«
Ging ums Haus.
Kein zerbrochenes Fenster. Keine eingetretene Tür. Keine Kratzer am Türschloss.
Ich ging noch mal hoch.
Der Fußabstreifer war leer.
War ich verrückt?
Betrat meine kleine Dachwohnung.
Alles in gewohnter Unordnung.
Ging ins Klo. Pinkeln.
Stand vor der Kloschüssel, zielte zitternd hinein.
Hob den Blick. Brunzte daneben.
Ein Zettel klebte über der Kloschüssel an den blassgrünen Fliesen:
»MARIA WIRD BEI DIR SEIN IN DER STUNDE DEINES TODES DU ALTER WIXXER.«
Der Zettel drehte sich.
Mir schwindelte.
Die Kloschüssel kam auf mich zu.

Mein letzter Gedanke: Da stimmt was nicht mit der Schwerkraft.

23 Marlein und das unmoralische Angebot

Wir tuckerten von Gößweinstein aus quer durch die Fränkische Schweiz und eine Reihe von Kuhdörfern und Touri-Nestern wie Pottenstein, bis wir schließlich auf die A 9 auffuhren. Lena Wiga steuerte ihren Wagen eine Zeit lang Richtung Berlin. Als wir ungebremst an Bayreuth vorbeirauschten, erlaubte ich mir, mich nach dem nächsten Ziel zu erkundigen.
»Wohin geht's?«
»Nach Marienweiher.«
»Vor oder hinter Berlin?«
»Deutlich vor. Wir bleiben schon in Oberfranken, keine Angst. Marienweiher liegt im Frankenwald zwischen Kulmbach und Münchberg.«
»Was gibt's in Marienweiher zu sehen?«
»Die Wallfahrtsbasilika.«
Was für eine Überraschung.
»Und was ist das Besondere an dieser Kirche?«
»Marienweiher ist der älteste Marienwallfahrtsort in ganz Deutschland und hat deshalb natürlich eine herausragende Bedeutung für uns. Aber das allein ist es nicht, was die Faszination dieses Ortes ausmacht. Wir müssen dort sein, erst dann kann ich es dir erklären – wenn du es nicht selbst spürst.«
Kurze Zeit später fuhren wir tatsächlich runter von der A 9 – bezeichnenderweise an der Ausfahrt Himmelkron. Vorbei an der futuristischen Autobahnkirche von Himmelkron ging es weiter auf der B 303 und dann auf der B 289 nach Marktleugast, und nur einen einzigen Kilometer später befanden wir uns in einem kleinen, beschaulichen Ort namens Marienweiher.

Lena Wiga stellte ihre Karre auf einem Parkplatz am Fuße der auf einer Anhöhe gelegenen Wallfahrtsbasilika ab.

Diese Basilika war kleiner als die in Gößweinstein, hatte

auch nur einen Turm mit Zwiebelspitze, wirkte aber dennoch erhaben und stattlich, zumal sie den ganzen Ort überragte und weithin sichtbar war.

Wir stiegen eine vielstufige Treppenanlage zur Wallfahrtsbasilika hoch. Wie in Gößweinstein hing auch hier über der Eingangstür das Papstwappen.

Auch als wir den Innenraum der Wallfahrtsbasilika von Marienweiher betraten, drängte sich mir der Vergleich mit der von Gößweinstein auf.

Das Innere der Marienweiher'schen Variante war eine Nummer kleiner, einfacher und schlichter, es gab beispielsweise weitaus weniger Seitenaltäre. Doch dafür hatte diese Kirche zwei absolute Eyecatcher zu bieten, sodass sie sich keineswegs hinter Gößweinstein verstecken musste.

Der erste dieser beiden Blickfänge war die Decke, die verschnörkelter, detailverliebter und farbenfroher gestaltet war und so der Kirche eine andachtsvolle und feierliche, andererseits aber warme, ja fast familiäre Atmosphäre verlieh.

Was aber noch viel mehr ins Auge stach, war der Hochaltar – genauer gesagt die darin befindliche Marienstatue. Sie stand unter einem prächtigen Baldachin mit vergoldeten, wie bei einer festlichen Enthüllung zur Seite gerafften Stuckvorhängen, hielt in ihrer Linken ein Zepter und in ihrer Rechten das Jesuskind, trug eine dreigeteilte Krone und war in ein knallrotes goldbesticktes Prunkgewand gehüllt. Sie war wesentlich größer als die Maria des Gnadenbildes in Gößweinstein und stand absolut im Mittelpunkt – man hatte das Gefühl, als wäre die ganze Kirche nur zum Schutz und zur Verehrung dieser Marienfigur um sie herum erbaut worden.

Eigentlich konnte ich so langsam keine Madonnen mehr sehen, aber diese hier strahlte eine Anziehungskraft aus, der selbst ich mich nicht gänzlich erwehren konnte.

Lena Wiga zog auch hier ihr Anbetungsritual durch und legte sich flach auf den Boden vor dem Altar.

Als sie mit dieser Nummer fertig war, setzten wir uns auf eine der Bänke.

Lena Wiga sah mich herausfordernd an.

»Also, jetzt sag mal – was fällt dir hier in dieser Kirche auf? Was ist das Besondere an diesem Gotteshaus?«

Ich musste nicht lange überlegen, sondern wusste genau, worauf sie hinauswollte.

»Maria ist schon sehr präsent hier.«

Sie war nicht wirklich zufrieden mit dieser Antwort.

»Das ist ja wohl reichlich untertrieben, mein lieber Philipp. Maria ist hier nicht nur sehr präsent, Maria ist in dieser Basilika omnipräsent, sie allein ist Gegenstand der Verehrung. Du hast ja noch gar nicht alle Beweise dafür gesehen, dass Marienweiher eine Kirche der Religio Mariae ist. Bemerkt hast du sicherlich, dass der Hochaltar von einer faszinierenden Madonna dominiert wird. Dieses Marienweiher'sche Gnadenbild könnte man übrigens als Fortsetzung des Gößweinstein'schen sehen: Während dort noch Marias Krönung gefeiert wurde und Vater, Sohn und Heiliger Geist noch ganz nahe bei ihr sind, wird hier nun schon ihre Regentschaft dokumentiert: Sie steht nun ganz alleine im Zentrum der Macht. Vater, Sohn und Heiliger Geist sind zwar auch bei diesem Altar figürlich dargestellt, aber weit weg in die Peripherie entrückt. Doch Maria steht nicht nur ganz vorne im Altarraum absolut im Mittelpunkt, sondern in jeder Nische und in jeder Ecke dieser Kirche. Um nur eines von vielen Beispielen zu nennen: Die sechs Fresken, die sich oben an der Decke befinden, zeigen nacheinander Mariä Verkündigung, Mariä Heimsuchung, Maria bei der Geburt Jesu, Maria bei der Darstellung Jesu im Tempel, Marias Tod sowie die Aufnahme Mariens in den Himmel.«

Lena Wiga holte kurz Luft, um dann mit umso eindringlicherer Stimme fortzufahren.

»Das hier ist keine gewöhnliche Kirche. Hier steht auf dem Altar kein Kreuz im Mittelpunkt, sondern eine Madonnenstatue. Hier wird an der Decke nicht der Zyklus der Passion gezeigt, sondern der Zyklus des Marienlebens. Hier in dieser Kirche wird kein junger Mann verehrt, der am Kreuz starb, und auch kein alter Mann, der einen langen weißen Bart hat, sondern eine Frau. Hier in dieser Kirche wird kein Gott angebetet, sondern eine Göttin.«

Sie redete sich schon wieder in Ekstase, wie in Gößweinstein.
»Es existiert also innerhalb des Christentums im Volk noch eine andere Religion, nämlich das Marientum, um diese von dir ins Spiel gebrachte Bezeichnung aufzugreifen, die durchaus passend ist, eine eigenständige Religion mit eigenen Kirchen, Gebeten und Bräuchen. Das Marientum ist nichts anderes als eine verkappte Form der Religion der Großen Göttin; und nur weil die Menschen nicht den Mut haben, sich offen zu dieser Religion zu bekennen, tun sie's unter dem Deckmantel des Christentums. Aber bald wird die Zeit kommen, da sich die Große Göttin von der patriarchalischen Unterdrückung befreit, die männlichen Götzen vom Thron stößt, der eigentlich ihr zusteht, und wieder die Herrschaft übernimmt. Dann werden Kirchen wie Marienweiher die neuen religiösen Hochburgen werden.«

In diesem Moment kam eine Wallfahrergruppe, bestehend aus einem guten Dutzend überwiegend älterer Frauen, durch das Portal in die Kirche. Während sie zu den vorderen Bänken marschierten, um sich dort niederzulassen, sangen die Damen ein Lied:

»*Maria von Weiher, hell glänzende Sonn',*
Du bist ja die Nächste am göttlichen Thron,
Die Schönste im Himmel, die Größte auf Erd',
Maria von Weiher ist liebens wohl wert.«

Lena Wigas Augen leuchteten.

»Ja, das stimmt, die Marienweiher-Madonna mit ihrem sanften Lächeln ist wunderschön. Wobei sie ohne diesen komischen Mantel, den man ihr übergestülpt hat, noch viel schöner wäre.«

Ich runzelte die Stirn.

»Übergestülpt?«

»Ja klar. Das Gewand wurde ihr erst später verpasst. Warte, ich zeige dir mal, wie die Madonna ohne zusätzliche Klamotten aussieht.«

Sie fummelte aus ihrer Handtasche eine Postkarte, auf der die Marienweiher-Madonna ohne Stoffumhang abgebildet war.

»Es ist eine unselige Tendenz der Kirche, die Madonnenfiguren in lange Gewänder zu stecken, um ihre weiblichen Reize zu verbergen. Das ist beispielsweise in Altötting bei der berühmten Schwarzen Madonna der Fall, und es ist auch hier so. Sieh dir doch nur dieses Bild des unbekleideten Marienweiher-Gnadenbildes an. Ist die Frau im ursprünglichen Zustand nicht viel attraktiver? Man sieht, wie sich ihre Brüste unter ihrem Kleid abzeichnen, man sieht ihre langen, lockigen Haare und ihre weiblichen Rundungen. Ich hätte gute Lust, zum Altar zu gehen und ihr diesen roten Kartoffelsack, der sie in ein steriles Neutrum verwandeln soll, einfach herunterzureißen.«

Ich hob tadelnd die Augenbrauen, aber statt zurückzurudern, legte sie noch nach.

»Und um ehrlich zu sein, ich hätte auch Lust, mir selbst die Kleider vom Leib zu reißen und hier in der Kirche Sex mit dir zu haben.«

Ich musterte Lena Wiga prüfend und wusste, dass sie das durchaus ernst meinte. Sie war doch noch ein ganzes Stück verrückter, als ich gedacht hatte. Und sie war vollkommen überzeugt von ihrer Idee.

»Kirchen, insbesondere Marienkirchen, sind eigentlich sowieso der ideale Ort für Sex, denn Sex ist heilig. Wenn es nach mir ginge, hätten die Kirchen keine Bänke, sondern Matratzen, damit die Menschen sich in den Kirchen lieben könnten.«

Ich machte eine Geste des Bedauerns in Richtung der Wallfahrergruppe.

»Das ist in der Tat eine schöne Vorstellung, hier und jetzt Sex mit dir zu haben, aber ich befürchte, die Mädels da drüben hätten so ihre Probleme mit deiner Kirche-als-Spielwiese-Interpretation. Wenn wir heute noch nach Bamberg fahren wollen und den Tag nicht wegen Erregung öffentlichen Ärgernisses auf der nächstgelegenen Polizeiwache verbringen wollen, sollten wir das vielleicht doch besser bleiben lassen.«

Sie fasste mir mit einer Hand in den Schritt.

»Wir könnten es in einem der Beichtstühle treiben.«

Sie war nicht nur verrückt, sie war vollkommen durchgedreht. Ich musste irgendwie wieder aus dieser Nummer rauskommen.

»Um ehrlich zu sein, ich stehe nicht so auf den Kick, dabei beobachtet oder erwischt zu werden. Das stört meine Konzentration, und dann geht nichts.«
»Äußerst schade, Philipp. Ich würde nämlich jetzt sehr nette Sachen mit dir machen.«

Während sie mit ihrer Hand an meiner Hose herumknetete, flüsterte sie mir ins Ohr, welche netten Sachen das im Einzelnen und ganz konkret wären.

Kurz darauf gingen wir, und auch wenn es ziemlich bizarr war, ich konnte es nicht verhindern: Ich verließ die päpstliche Wallfahrtsbasilika Marienweiher mit einem Ständer.

24 Bär zögert

Der Spiegel sagte mir, obgleich seitenverkehrt, dass ich noch einigermaßen okay war.

Am nächsten Morgen.

Ich hatte mich irgendwann vom Boden des Klos aufgerappelt und war ins Bett gefallen.

Eine kleine Beule an der Stirn.

Das war alles, was die Kloschüssel von Villeroy & Boch an Eindruck hinterlassen hatte.

Die Beule an meiner Seele war weit größer.

Irgendwer ging bei mir aus und ein, wie es ihm passte.

Am besten lasse ich gleich die Haustür sperrangelweit offen.

Vielleicht saugt mir der Einbrecher nicht nur den Fußabstreifer, sondern den ganzen alten Teppichboden im Dachzimmer.

Ich rauchte bei einem Espresso meine Morgenzigarette.

In der ersten Sonne vor der Alm.

Das Frühsommerwetter wollte nicht aufhören. Ein gnadenloses Hoch trieb Menschen und Kühe in den Schatten.

Unten, wo der Weg aus dem Wald taucht, tauchte ein Auto auf.

Eilig.

Ein Audi. Meine Nachbarin.

Was macht denn die so früh unterwegs?
Ich winkte ihr zu.
Sie hielt an, stieg aus, eine Zeitung in der Hand.
Kam auf mich zu.
Ich sagte: »Was machst denn du so früh?«
Sie sagte: »Ich hab die Zeitung geholt. Kann grad schlecht schlafen.«
»Sorgen?«
»Ja.«
»Da hilft die Zeitung auch nicht. Die macht einem noch mehr Sorgen.«
»Ja, aber es sind andere Sorgen ...«
»Welche hast dann du?«
»Ach, wegen der Käsi ...«
»Die Käsi ... deine kleine Tochter?«
»Ja, die kleine. Sie ist jetzt sechzehn geworden. Macht, was sie will.«
»Das ist doch normal in dem Alter.«
»Ja, ich weiß. Und das ist auch nicht, was mir Sorgen macht. Was mir Sorgen macht, ist, dass sie auf einmal mit ihrer Schwester ein Herz und eine Seele ist. Die Maja und die Käsi haben sich seit ich weiß gestritten wie Hund und Katz. Und auf einmal macht die Käsi, was die Maja ihr sagt, die zwei gehen jeden Tag in die Maiandacht, die Käsi räumt ihr Zimmer auf, hängt eine Maria an die Wand und pappt ein Poster daneben, du weißt schon, von der gespinnerten Negerin ... und dann kommens nach der Maiandacht ewig nicht heim, und ich weiß nicht, wo sie sich rumtreiben.«
»Vielleicht studierens noch die Bibel?«
»Glaub ich nicht. Sie kommen spät heim ... und dann singens noch mehr Lieder, *O Maria hilf* und solche Sachen ...«
»Die ham halt ihren G'spinnerten.«
»Nein, das ist nicht normal. Ich hab Angst ...«
»Ja?«
»Ach, ich sollt dir das gar nicht sagen ... ich schäm mich so.«
»Wieso schämst du dich, wenn deine Weiber sich so aufführen?«

»Es fällt halt alles auf mich als Mutter zurück.«
»Sei froh, dass sie nicht jede Nacht in die Disco gehen ...«
»Das wär mir noch lieber ... Gestern hab ich die Wäsche zusammengesammelt, es war Waschtag, und dann nehm ich das Zeug von der Käsi und denk, was ist denn da so pappig ... und seh, dass der Slip ganz verpappt ist ...«
»Hats ihre Tage?«
»Nein, es war kein Blut.«
»Ja was dann ...?«
»Frag halt net so blöd. Was dann ... Wenn's kein Blut ist und pappt.«
»Mayonnaise?«
»Depp! Ihr Mannsbilder. Habts dauernd nur eines im Kopf, aber wenn's drauf ankommt, könnts ihr nicht zwei und zwei zusammenzählen.«
»Wieso zwei und zwei ...?«
»Ein sechzehnjähriges Mädchen geht weg, kommt spät in der Nach heim, und die Mutter findet am anderen Morgen ihren Slip verpappt.«
»A so ... du meinst, es war ... ah ... ähh ...«
»Genau das. Es hat auch so gerochen.«
»Aber die waren doch in der Maiandacht.«
»Aber eine Maiandacht dauert nicht bis nachts um zwei!«
»Ja, man weiß halt nix. Nimmt sie denn die Pille, die Käsi?«
»Ich glaub nicht. Drum mach ich mir ja solche Sorgen. Sie hat gesagt, sie nimmt keine Chemie und nix Künstliches.«
»Vielleicht passt sie auf die Mondphasen auf ... Manche behaupten, das geht ... Verhütung mit Mondphasen.«
»Schmarrn. Es geht bloß anstatt.«
»Wie anstatt?«
»Den Mond anschauen anstatt Sex.«
»Und was machst jetzt?«
»Nix. Was soll ich machen? Die folgt mir ja nimmer. Die hängt bloß noch mit ihrer Schwester, der Maja, zusammen. Nächste Woche wollen sie miteinander wegfahren. Sie sagen mir aber nicht, wohin ... Marienwallfahrt ... Am Ende fahrens bis nach Medjugorje.«

»Zur Maria von Medjugorje? Da brauchens nicht nach Medjugorje fahren, die steht zwischen Tal und Oy. Direkt an der Straß. Das große Kreuz ...«

»Ja, aber die wollen halt wegfahren. Ich hab gesagt, ich verbiete es, und die Maja hat gesagt, ich kann verbieten, solang ich will, sie ist achtzehn und volljährig, und die Käsi sagt, sie macht's trotzdem, und eine Marienwallfahrt ist ja kein Verbrechen.«

»Aber sie sagen dir nicht, wohin die Wallfahrt geht?«

»Nein. Da bring ich kein Wort raus von denen.«

»Kann man nix machen.«

»Kannst *du* denn nix machen?«

»Ich?«

»Du findest doch alles raus. Du hast sogar rausgefunden, wer unseren Pfarrer damals umgebracht hat ...«

Wenn die wüsste!

Sie sagte: »Ich geb dir einen Auftrag. Wie einem Privatdetektiv. Du findest raus, wo die hinfahren und was die da machen. Und ich zahl dir, was es kostet.«

»Hm. Ich überleg's mir einmal ...«

»Bitte! Ich komm bald um vor Angst um die Mädchen.«

Ich dachte: Ich komm bald um vor Angst um mich!

Sagte: »Da brauchst doch keine Angst haben. Ist doch alles harmlos. Junge Leut ... Wir waren auch nicht besser.«

»Das ist es ja. Wir waren schlimmer. Wenn die nur halb so viel krumme Dinger drehen wie wir damals, dann hab ich gleich noch mehr Angst ... und die Käsi ist halt noch so jung!«

Wir schwiegen.

Ich sagte: »Sag mal, warum heißt denn die Käsi eigentlich Käsi?«

»Ah so ... Getauft ist sie auf Katharina. Wir haben immer Kati zu ihr gesagt, und die andern Kinder auch. Dann ist sie in die Pubertät gekommen, und auf einmal hat ihr ›Kati‹ nicht mehr gepasst, das sei ein Altweibername, hat sie gesagt, und sie will einen normalen modernen Namen, natürlich englisch, sie hat gesagt, englisch heißt Katharina Käserin, und die moderne Abkürzung ist Käsi.«

Ich lachte. »Ah so, Cathy!«

Sie sagte: »Hast du einen Sprachfehler?«
»Warum?«
»Du spuckst so, wenn du Käsi sagst.«
»Das ist Englisch. Tee ätsch. Cathy.«
»Wir im Allgäu sprechen normal, net Englisch. Käsi.«
»Okay.«
»Bitte schau nach der Käsi. Was die machen. Überleg's dir nicht zu lang. Ich bin mit meinen Nerven am Ende.«
Natürlich nahm ich den Auftrag an.
Sagte es noch nicht.
Falls ich mir's doch noch anders überlegte.
Der Hund auf dem Fußabstreifer lag mir noch im Magen.
Und die Schrift überm Klo:
»MARIA WIRD BEI DIR SEIN IN DER STUNDE DEINES TODES DU ALTER WIXXER.«
Neugier kämpfte mit Angst.

25 Marlein und die billige Illusion

Als wir wieder auf der Autobahn waren, fragte ich Lea: »Wieso fahren wir eigentlich gerade nach Bamberg?«

»Weil Bamberg das bedeutendste Zentrum der Marienverehrung in Franken ist. Es gibt in Bamberg gleich mehrere Kirchen, die Marienwallfahrtsorte sind und Mariengnadenbilder oder Marienaltäre aufzuweisen haben und in denen Maria als Große Göttin uneingeschränkt im Mittelpunkt steht. Die beiden bedeutendsten, die Obere Pfarre und St. Getreu, sind unsere nächsten Ziele.«

»Und das Treffen, zu dem du heute Abend gehst, findet wohl auch in einer dieser Kirchen statt?«

»Nein, das findet nicht in Bamberg statt, dazu fahren wir nach Reutersbrunn, einem kleinen Ort ungefähr zwanzig Kilometer von Bamberg entfernt. Es ist dir vermutlich noch nicht aufgefallen, aber unsere kleine Wallfahrt steigert sich von Station zu Station und steuert auf einen Höhepunkt zu. Wir hatten zum Auftakt Gößweinstein, wo Maria zur Königin des Himmels gekrönt wird, gefolgt von Marienweiher, wo Maria als uneingeschränkte Herrscherin regiert und als alleiniges Objekt der Anbetung im Mittelpunkt steht. Mit welchen Steigerungen in der Bedeutsamkeit der Verehrung Mariens beziehungsweise der Größen Göttin die beiden erwähnten Bamberger Kirchen aufwarten können, werde ich dir dann vor Ort erläutern. Dasselbe würde ich eigentlich auch sehr gerne in Reutersbrunn tun, der fünften, letzten und zugleich wichtigsten Station unserer Wallfahrt zu heiligen Kultstätten der Religio Mariae Dea Magna Madonna Nigra in Oberfranken.«

»Dann tu's doch einfach.«

»Nein, das geht nicht. Noch nicht.«

»Und warum?«

»Wie schon gesagt: Ich glaube, du bist noch nicht bereit.«

»Bereit wofür?«

»Für das, was an diesem Ort passieren wird. Für die ganze Wahrheit. Die Religio Mariae ist eine wundervolle Religion des Lebens und der Liebe, aber sie hat auch einige Elemente, die für normale Menschen verstörend wirken könnten. Und ich will dich nicht verschrecken.«

»Ich bin hartgesotten, Mädchen, mich verschreckt so schnell nichts. Und zu den sogenannten normalen Menschen gehöre ich sicherlich auch nicht.«

»Trotzdem. Ich glaube, du brauchst noch ein bisschen Zeit. Ich finde es ziemlich nett, dass du mich auf dieser Fahrt begleitest, zu all diesen Orten, die mir so viel bedeuten. Ich habe schon lange nicht mehr so viel unternommen mit einem Mann, jenseits des Bettes. Und auch nicht im Bett. Weißt du eigentlich, dass ich mit keinem anderen Mann mehr Sex hatte, seit wir beide zum ersten Mal gefickt haben?«

»Um Gottes willen! Das ist ja ein Skandal! Geradezu ekelhaft! Dass du dich nicht schämst! Du wirst doch nicht etwa monogam werden?«

»Nein, ich glaube nicht. Aber das ist eine neue Erfahrung für mich – längere Zeit nur mit einem Typen zu vögeln. Und es gefällt mir besser, als ich gedacht hätte.«

»Gib's doch zu: In Wirklichkeit wartest auch du doch nur auf den Einen, den Richtigen, und denkst dauernd: Wann kommt jetzt endlich der Märchenprinz auf seinem verdammten Gaul?«

»Ich glaube nicht an den einen Richtigen. Ich habe lieber viel Spaß mit vielen Falschen. Deshalb ist das mit dir schon eine sehr schräge Nummer für mich. Ich mag dich, Philipp, wirklich. Und deshalb möchte ich dir die Geheimnisse meiner Religion langsam und schonend nahebringen.«

Sie warf mir einen Seitenblick zu, der von einem süßen Lächeln geschmückt wurde.

»Ich möchte dich nämlich nicht verlieren.«

Bei diesem Satz musste ich schlucken. Ups, dachte ich, das hört sich doch tatsächlich fast ein wenig so an, als hätte sich die gute Lena Wiga ein bisschen in mich verknallt.

Und unwillkürlich fragte ich mich, ob das im Gegenzug für mich vielleicht auch galt?

Aber da musste ich nicht lange überlegen, diese Frage konnte ich schnell mit einem klaren Nein beantworten. Lena Wiga war eine verrückte Fanatikerin, überhaupt nicht mein Typ. Ich hatte mich an sie herangemacht und musste an ihr dranbleiben, um ein verschwundenes Baby zu finden.

Ich musste allerdings zugeben, dass ich sie erotisch fand und den Sex mit ihr genoss – was zu einem Großteil aber auch einfach daran liegen mochte, dass ich diesbezüglich ziemlich ausgehungert war. Und ich musste zugeben, dass mir die Annahme schmeichelte, dass sie nur wegen mir monogam wurde.

Allerdings sollte sich diese Annahme schon sehr bald als billige Illusion erweisen.

26 Bär flunkert

Mittwochabend. Letzte Maiandacht.
   Mit Beichte.
   Ich war wieder der Einzige, der vor dem Beichtstuhl stand.

Trat hinein.
Kniete.
Horchte.
»Im Namen des Vaters und des Sohnes und des Heiligen Geistes, amen.«
Sagte: »Ich bin wieder da.«
»Du schon wieder!«, kam es durch das Gitter von Hochwürden Alois Allgeier.
Wusste gar nicht, dass wir schon beim Du waren.
»Ja, ich. Ich wollt was fragen.«
»Ja?«
»Geht eure Jungfrauengruppe zu irgendeiner Marienwallfahrt?«
»Ich weiß von nix. Wenigstens offiziell nicht.«
»Und inoffiziell?«
»Ich hab was gehört, dass sie eine Wallfahrt machen.«
»Und wohin?«
»Das weiß ich nicht.«
»Wohin gehen denn solchene Wallfahrten?«
»Überallhin ... Medjugorje. Lourdes. Altötting. Maria Birnbaum. Maria Lindenberg. Maria Laach. Maria Attersee. Maria Rain ... jede Menge.«
»Ja, da könnte man direkt eine ›Tour de Maria‹ machen ... Die Maria von Medjugorje ist ja schwer im Schwang hier, da steht sogar ein Kreuz an der Straß nach Tal hinunter ...«
»Ich glaub, das ist zu nah. Da sind sie ja in zehn Minuten dort, sogar wenn sie zu Fuß gehen. Die jungen Leut wollen weiter weg.«
»Und Maria Rain, bei Nesselwang drüben?«
»Auch zu nah. Eine gute Stunde zu Fuß. Das ist zu nah an den Alten. Die Jungen wollen weg, woandershin, wo sie nicht beaufsichtigt werden ... Aber ich weiß beim besten Willen nicht, wo die wirklich hingehen.«
»Haben Sie eine Ahnung, wie ich das rauskriegen könnte?«
Ich sagte Sie zu ihm. Irgendwie brachte ich das Du nicht raus. Du, Hochwürden! Außerdem war ich im Beichtstuhl ja der arme Sünder.

»Rumhorchen. Ich kann ja meine Haushälterin fragen.«
»Die Johanna?«
»Ja, oder die Toni.«
Ich kannte beide. Johanna und Toni. Ich war der Taufpate von Johannas Sohn Theo. Und hatte ihren Mann auf dem Gewissen.
Aber das ist eine andere Geschichte.
Johanna und Toni. Die beiden Lesben. Offiziell hatten sie eine WG. Wohngemeinschaft. Von wegen. Lebensgemeinschaft hatten sie. Sie waren Messnerinnen und Haushälterinnen für den Pfarrer. Lebten im alten Messnerhaus.
WG. Alle wussten, dass sie ein schwules Paar waren. Und taten so, also hätten sie keine Ahnung. Wahrscheinlich glaubten sie im Dorf inzwischen selber an die WG.
Die leiblose Stimme des Priesters sagte durch das Beichtgitter: »Und warum willst du das wissen?«
»Ich fahr vielleicht mit.«
»Du?«
»Warum nicht ich?«
»Du bist doch protestantisch.«
»Ich denk die letzte Zeit ... ich könnt ja katholisch werden. Konvertieren ... Ich hab die katholische Kirche schon immer bewundert ... das mit der Maria ... das Mütterliche, das gibt einem was ... was es bei uns Protestanten nicht gibt ...«, sülzte ich.
Meine Begeisterung für katholisch, mütterlich und marianisch war enden wollend.
Außerdem war das geflunkert mit dem Konvertieren.
Einen Dreck werd ich.
Von einer Kirche raus in die andere hinein. Nein, danke.
Aber er brauchte ja nicht alles wissen. Besonders nicht, warum ich wissen wollte, wo die Marienbrut hin wallfahrtete.
Ich sagte: »Gelobt sei Jesus Christus.«
Er sagte: »In Ewigkeit, amen.«
So geht das zwischen Stiefbrüdern in Christo. Gelernt ist gelernt.
Auf der Schwelle der Kirchentür klingelte mein Handy.

»Ja?«
Eine hysterische Frauenstimme quäkte in mein Ohr.
»Du musst kommen. Gleich. Es ist schon wieder passiert ... Ich pack's nimmer!«
Dr. med. Vasthi Graf. Chefärztin der Notfallaufnahme.
Sie verfiel ins Allgäuerische.
Es musste schlimm sein.
Bitte nicht schon wieder.
Bitte nicht schon wieder ein totes Kind.
Bitte nicht schon wieder Supervision.
Bitte ...
Der da oben hörte nichts. Tat jedenfalls nichts.
War wohl schon im Feierabend. Wandelte in der Kühle des Abendwindes.
Ich setzte mich in Trab.
»Ich komm, so schnell ich kann«, hatte ich ihr gesagt.
Von der Kirche in Tal hinauf zur Alm sind es drei Kilometer. Bergauf. Ziemlich bergauf.
Nach fünfhundert Metern aufwärts war kein Fetzen mehr trocken an mir.
Meine Lungen hauten die Gauloises Blondes heraus.
Nach tausend Metern aufwärts streikte mein Knie. Stach.
Der Meniskus!
Ich muss das Knie mal anschauen lassen. Vom Arzt.
Vorher geh ich zur Gesundbeterin.
Der ganze Fußballverein ging zur Gesundbeterin.
Ich hatte die Burschen mal bei einer Halbe Bier gefragt: »Glaubts ihr denn an so einen Scheiß?«
Sie lachten.
Antworteten: »Nein, natürlich nicht! Aber es hilft!«
Landlogik. Nicht schlecht. Ich lasse mich auch lieber gesundbeten als kaputtoperieren.
Ich muss mal mit der Dr. Graf drüber reden. Wenn sie wieder normal ist.
Sie hatten wieder einen Säugling gefunden.
Im städtischen Müll.
Säugling Nr. 2. Einen Jungen.

Nicht weit entfernt noch einen. Nr. 3.
Bei beiden:
Herztod.
Ohne Herz. Ohne Herz ist man tot.

27 Marlein und die riesige Mondsichel

Während wir durch das malerische Bamberg fuhren, räsonierte ich noch einmal über das, was Lena Wiga über den weiteren Ablauf unserer »Tour de Maria« von sich gegeben hatte.

Zwei Kirchen galt es also hier in Bamberg noch zu besichtigen, aber das würde ich auch noch irgendwie überstehen.

Und für den Abend hatte sie von einem Höhepunkt in einem Dorf namens Reutersbrunn gesprochen, und ich malte mir aus, dass dort auch für mich ein Höhepunkt stattfinden sollte – nämlich der Fund des Babys und damit die Aufklärung und Abschließung dieses Falles.

Sobald ich wusste, wo sich das Kind befand, würde ich meine Vermieterin darüber informieren, und damit war dann für mich der Keks gegessen und der Drops gelutscht. Was die Freundin von Frau Gaulstall mit diesen Informationen anfangen würde, ob sie zum Beispiel zur Polizei gehen und Lena Wiga anzeigen würde, war dann ihre Sache.

So hatte ich mir das zumindest in meinem Klein-Philipp-Hirn zurechtgezimmert. Leider hatte Klein Philipp ja nicht den Hauch einer Ahnung, was ihn da noch an Abgründen erwarten würde ...

Wir tuckerten einen Berg hoch – Lena Wiga erklärte mir, dass Bamberg wie Rom auf sieben Hügeln gebaut sei und deshalb auch das ›fränkische Rom‹ genannt werde – und hielten auf einem kleinen Parkplatz neben einer an ein gigantisches Schiff erinnernden Kirche mit vielen Rund- und Spitzbogenfenstern und einem mächtigen, weithin sichtbaren Turm.

Nachdem wir ausgestiegen waren, erzählte mir Lena Wiga, dass es sich hier um die Kirche Unsere Liebe Frau handele, die aber allgemein als Obere Pfarre bekannt sei.

Anschließend erhielt ich von ihr eine ausgedehnte Führung, bei der sie mir erneut Marianisches ohne Ende zeigte und erklärte: Marienstatuen und Mariendarstellungen auf dem Kirchdach, über einem Seitenportal, über der Kanzel, im Chorumgang, in den Seitenschiffen, an den Wänden, an der Decke.

Nachdem sie ihre Ich-werfe-mich-vor-dem-Altar-auf-den-Boden-Nummer abgezogen hatte und wir in der vordersten Bankreihe Platz genommen hatten, stellte sie mir die inzwischen sattsam bekannte Frage.

»Und, Philipp, was fällt dir in dieser Kirche besonders auf?«

Als neuerdings ausgewiesener Marienkirchen-Experte war das meine leichteste Übung.

»Ich muss eine gewisse Ähnlichkeit mit unserer vorherigen Station, mit Marienweiher, konstatieren. Auch hier wimmelt es nur so von künstlerischen Darstellungen Mariens. Auch in dieser Kirche ist nicht Gottvater oder Christus, sondern Maria die dominierende Gestalt.«

»Stimmt ganz genau. Und jetzt schau dir den Hochaltar an.«

Was ich sah, war ein Monumentalwerk, das bis an die Decke reichte, mit meterhohen Säulen, überquellendem Schmuck, haufenweise Engeln sowie Prunk, Glitzer und Gold. Und das alles nur als Dekoration und Umrahmung für die Figur im Zentrum des Altars: eine mild lächelnde, sitzende Maria, die in der rechten Hand ein Zepter hielt und in der linken das auf ihrem Knie stehende Jesuskind.

»Ich würde sagen, auch hier alles wie in Marienweiher: Maria ist absolut im Mittelpunkt, die Jungs sind, wenn überhaupt, nur Randfiguren.«

»Sehr richtig. Fällt dir auch noch etwas auf, das – bezüglich der Verehrung der Göttin – hier noch über Marienweiher hinausgeht?«

»Dieser Altar ist viel größer und noch viel prunkvoller gestaltet als der in Marienweiher – mit all den Säulen, dem Gold, den Engeln und Strahlen. Maria wird hier in höchstem Maße glorifiziert und als totale Triumphatorin dargestellt.«

»Auch das ist sehr gut beobachtet und äußerst richtig erkannt. Aber ich will auf ein Detail in diesem Altar hinaus, das der

Bedeutung Mariens noch eine andere Dimension verleiht. Was umgibt die Marienfigur unmittelbar?«

»Über ihrem Haupt befindet sich ein goldener Baldachin, von goldenen Engeln gehalten.«

»Eine Ehrerbietung für die Himmelskönigin. Aber das ist nichts Außergewöhnliches. Was ich meine, ist nicht der Baldachin, der über ihr schwebt, sondern das, was sich unter ihr befindet.«

»Die große goldene Sichel?«

»Ganz genau. Es ist eine Mondsichel, und sie ist nicht nur groß, sondern vergleichsweise riesig.«

»Das stimmt. Aber was ist daran so außergewöhnlich?«

»Durch diese Mondscheibe wird ganz unverhohlen der Kontext Mariens mit den großen Göttinnen der vorchristlichen Zeit hergestellt. Marienstatuen werden relativ häufig Mondsicheln beigegeben, wenn auch meist nicht in einer so überdimensionalen Größe wie hier, und die christlichen Theologen versuchen das oft mit einer Stelle in der Apokalypse des Johannes zu begründen, wo es in Kapitel zwölf heißt: *Ein großes Zeichen erschien am Himmel: Eine Frau mit der Sonne umkleidet, der Mond unter ihren Füßen und auf ihrem Haupte ein Kranz von zwölf Sternen.* Aber in Wirklichkeit geht es um etwas ganz anderes. Seit alters her wurden in fast allen Hochkulturen die weiblichen Gottheiten und die Erdenmütter mit dem Mond assoziiert – so trug beispielsweise die ägyptische Göttin Isis als Zeichen ihrer Hoheitsmacht die Mondsichel. Weil ein Zusammenhang des weiblichen Menstruationszyklus mit dem Zyklus des Mondes erkannt wurde, was sich unter anderem darin ausdrückt, dass in den meisten Sprachen Menstruation, Monat und Mond dieselbe Wurzel haben. Der Mond, so wurde angenommen, steuert und ermöglicht den monatlichen Zyklus der Frau, der wiederum für die Möglichkeit der Fortpflanzung und der Entstehung neuen Lebens sorgt. Aufgrund dieses Zusammenhangs ist der Mond ein Symbol für Fruchtbarkeit, Sexualität und weibliche Macht und damit das klassische Attribut einer Großen Göttin.«

Schon wieder ging es um Sexualität, während wir in einer Kirche saßen, und ich hatte schon Bedenken, dass Lena Wiga gleich damit anfangen würde, dass dieser Ort prädestiniert dafür sei, sich die Kleider vom Leib zu reißen und wie die Kaninchen zu rammeln, doch sie blieb zum Glück bei einer weniger verfänglichen Thematik.

»Maria mit einer Mondsichel darzustellen bedeutet nicht mehr und nicht weniger, als darauf hinzuweisen, dass sie die moderne Reinkarnation der alten Großen Göttin ist und ihre Herkunft und ihr Ursprung in vorchristlicher Zeit liegen. Und wenn die Mondsichel dabei so überproportional groß ist wie hier, ist das wie ein Schlag mit dem Vorschlaghammer auf das Bewusstsein der Kirchenbesucher, um ihnen klarzumachen, dass hier nicht eine Nebenfigur des Christentums verehrt wird, sondern die Hauptfigur einer viel älteren Religion. Und deshalb ist die Obere Pfarre in Bamberg eine der bedeutendsten Kirchen der Religio Mariae Dea Magna Madonna Nigra.«

Sie erhob sich und zog mich von der Bank hoch, auf der ich es mir gemütlich gemacht hatte.

»Aber es gibt in Bamberg eine noch wichtigere Kirche des Marientums, und die liegt ganz in der Nähe.«

Ich trottete ihr hinterher und war gespannt wie ein Flitzebogen.

Was würde wohl als Nächstes kommen?

Ein Altar, der Maria alias die Große Göttin beim Sex zeigte?

28 Bär entdeckt

Endlich oben. Alm in Sicht.
Der Schweiß brannte mir in den Augen.
Ich war tropfnass. Zum Auswinden.
Stürmte mit meinem kaputten Knie in meine Dachwohnung.
Autoschlüssel holen.
Sprang ins Auto.
Drehte den Zündschlüssel um.
Nix.
Verdammt noch mal.

Drehte noch mal rum.
Wieder nix.
Dritter Versuch: *Über allen Gipfeln ist Ruh* ... Im Motor auch. Er schwieg. Schweigepflicht. Hat sich alles gegen mich verschworen?
Ich riss die Kühlerhaube auf. Sah die Pfotenspuren drauf.
Marder!
Diese verdammten Marder! Ich hatte vergessen, ein Mardergitter unters Auto zu legen.
Dann sah ich:
Drei Kabel und ein Schlauch: durch.
Da muss eine ganze Marderkompanie am Werk gewesen sein.
Durchgeknabbert.
Müssen ganz schön scharfe Zähne haben, die verwichsten Marder.
Dann stutzte ich.
Irgendwas war an meiner Mardertheorie verkehrt.
Ich kramte meine Lesebrille aus dem Handschuhfach.
Pfiff durch die Zähne.
Nix Marder.
Mörder!
Die drei Kabel und der Schlauch waren glatt durchgeschnitten. Mit einem Messer. Oder mit einer scharfen Zwickzange.
Ich hatte keinen Schweiß mehr zum Auf-die-Stirn-Treten.
Wusste nicht, ob ich zuerst meine Wut oder meine Angst rausplärren sollte.
Hörte eine Autotür schlagen.
Erstarrte.
Jetzt holt mich der Teufel.
Jetzt holen sie mich.
Spürte schon ein Messer im Rücken.
Hoffentlich tut es nicht so arg weh.
Bitte kurz und schmerzlos ...
Bitte ...
»Isch's Auto kaputt?«
Meine Nachbarin. Gott sei Dank!
»Ja, die Marder ...«, log ich.

»Das ist wirklich eine Plage mit den Mardern!«
»Die gehören derschossen!«
»Darf man nicht.«
»Ich möchte auch ein Marder sein ...«
Ich machte die Motorhaube zu.
Kälber blökten.
Sagte: »Ich muss dringend nach Kempten ins Krankenhaus!«
»Bist krank?«
Sie schaute mich besorgt an.
»Du schwitzt ja wie die Sau! Hast was mit dem Herz? Soll ich dich fahren?«
Ich hatte es nicht mit dem Herzen.
Ich hatte Angst. Wo auch immer die Angst sitzt. Wahrscheinlich im Darm.
Wer war der Marder?
Ich sagte: »Kannst mir dein Auto leihen? Ich nehm dafür deinen Auftrag an. Rausfinden, wo die Mädchen hinfahren.«
»Oh Gott sei Dank ... Ja, nimm das Auto. Der Schlüssel steckt. Ich geh die paar Meter zu Fuß heim ... Schauen, ob die Mädchen schon da sind. Die werden immer komischer ... Die Maja kotzt jeden Morgen ...«
»Wirst bald Oma?«
»Hör auf! Und die Käsi malt sich an wie eine Vogelscheuche im Fasching.«
»Will halt schön sein, in dem Alter, mit sechzehn oder so, da spinnen sie doch alle. Schminken sich ... lassen sich die Haare färben ... tragen Piercings am Bauch ...«
Sie schaute unsicher. Lächelte.
Wollte weitererzählen.
Sie erzählte gern.
Besonders in letzter Zeit.
»Ich muss jetzt nach Kempten! Dank schön fürs Autoleihen!«
Der Audi schoss wie ein Wilder den Weg nach Tal hinunter. War ja auch ein einheimischer Audi. Kannte den Weg von selber.
Ich nahm die Autobahn. Surrte mit zweihundert Stundenkilometern Richtung Kempten. Halb Holland auf der Autobahn.
Ich wurde diesmal mit rotem Teppich empfangen.

»Die Frau Dr. Graf erwartet Sie schon, Herr Dr. Bär.«
Wow. So viel Manieren hatte ich im Klinikum Kempten noch nie erlebt.
Ich kostete es aus, gebraucht zu werden. Von meiner Nachbarin. Von der Dr. Graf.
Ist schon lange her. Das Gefühl. Die letzten zwei Jahre nach den Priestermorden wollte kein Schwein mehr was von mir wissen. Sie grüßten mich nicht einmal mehr.
»Die versoffene Sau!«, sagten sie in Hörweite. Meinten mich.
Da half nur noch: mehr Saufen.
Das war vorbei. Vergeben, vergessen, vorbei.
Ich war wieder wer.
Bis ich zur Dr. Graf ins Zimmer trat.
Sie saß verheult auf ihrem Bereitschaftsbett.
Ich schloss die Tür hinter mir.
Dammbruch.
»Ich kann nicht mehr. Ich mag nicht mehr. Ich hör auf. Ich kündige. Ich zieh weg aus dieser gottverdammten Gegend ... aus diesem Gruselkabinett hier. Zwei Krankenschwestern haben schon gekündigt, meine Assistenzärztin liegt mit Schock in der Psychiatrischen ... und ich schnapp auch bald über.«
Wieso bald?, dachte ich.
Sagte: »Wegen dem Kind ...?«
»Ja, wegen den Kindern ... heute gleich zwei. Tot. Und die Herzen ...«
»Rausgerissen.«
Heulkrämpfe schüttelten sie.
»Wie geht's denn der Anna?«
Anna war ihre kleine Tochter. Ich hatte sie getauft. Vor zwei Jahren. Vor meinem Absturz.
Dr. Vasthi Graf antwortete nicht. Sie heulte weiter. Schüttelte ab und zu den Kopf.
Was macht man da als Exseelsorger und Expsychoanalytiker?
Trost und gleichschwebende Aufmerksamkeit.
Ich griff zu meinem silbernen Flachmann.
Hatte ich im Freud-Museum in Salzburg erworben.
Schraubte ihn auf, roch, setzte an, nahm einen Zug.

Ja. Das Medikament war noch okay. Tiroler Obstler.
»Da, trink!«
Dr. Graf schüttelte den Kopf.
»Nein, ich bin im Dienst.«
»Du bist im Arsch, wenn du so weitermachst. Du brauchst einen klaren Kopf. Also trink!«
Sie schaute mich an.
Hatte mich in diesem Ton wohl noch nie gehört. Nix mit Trostgesülze und gleichschwebendem Unsinn.
»Trink!«
Hatte ich in der Notfallseelsorge gelernt. Von einem Sanitäter: »Wenn jemand hysterisch wird, gib ihm ein Glas Wasser zum Trinken. Das stoppt den Stromkreis.«
Stimmt. Die Steigerung von Wasser ist Obstler. Wasser, Obst, Obstler.
Sie schluckte und hustete sich die Seele aus dem Leib.
Hat physiologisch dieselbe Funktion, als wie wenn man sich vor Lachen schüttelt.
Anspannen – entspannen, anspannen – entspannen.
Jakobson erfand das schon um 1920 rum. »Progressive Entspannung«. Ist wie Zittern in Zeitlupe. Was lernen die jungen Mediziner nur in ihrem Studium?
Sie war außer Atem gekommen vor lauter Husten. Das heißt, sie atmete wahrscheinlich das erste Mal in vierundzwanzig Stunden wieder tief durch.
Ich fragte: »Was sagt denn die Polizei?«
»Nix!«
»Wahrscheinlich wissen sie nix.«
»Sie ermitteln in alle Richtungen, heißt es.«
»Eben.«
»Und ich weiß nicht, wie lang ich das noch aushalt ...«
»Wenn noch ein oder zwei Kinder so gefunden werden ...«
»Ich seh dann gleich meine Anna ...«
Sie schluchzte wieder, sagte: »Was müssen das für Tiere sein, die so was tun?«
»Tiere tun so was nicht. Nur Menschen.«
»Verrückte. Teufel ... Glaubst du an den Teufel?«

»Da brauch ich keinen Glauben. Die umgebrachten Kinder ohne Herzen sind der Beweis ...«

»Kannst du ihn oder sie umbringen?«

»Ich bin froh, wenn er oder sie mich nicht umbringen ... Aber finden muss ich sie ... dann bring ich ihn oder sie vielleicht um. Bevor sie mich umbringen.«

»Pass auf dich auf!«

Es ging ihr wieder besser. Sie machte sich um mich Sorgen. Wenn man sich um andere Sorgen machen kann, braucht man sich um sich selber keine zu machen.

»Danke, dass du so schnell gekommen bist.«

Auf Deutsch: Geh jetzt wieder.

»Keine Ursache ... Mach bald Feierabend. Fahr heim. Zur Anna. Und zu deinem Mann.«

Ich ging zur Tür.

Sie sagte in meinen Rücken: »Du humpelst ja.«

Ich sagte: »Ja, das ist wieder mein Knie, da ist was kaputt.«

»Lass dir ein CT machen. Soll ich dir einen schnellen Termin für eine Kernspin besorgen? Hier im Haus?«

Typisch Weib. Sie wollen einen immer gleich reparieren.

»Ein anderes Mal. Wenn der Zauber vorbei ist. Die paar Schmerzen kann ich schon aushalten.«

Sie sagte: »Typisch Mann!«

Ich sagte: »Wir Männer sind halt nicht so wehleidig.«

Sie sagte: »Sondern blöd!«

Ich drehte mich um und gab ihr den Blick.

Den Blick meiner Mutter. Habe ich von ihr geerbt.

Der Beleidigte-Leberwurst-Blick, der »Du hast bei mir verschissen bis in die Steinzeit«-Blick.

Sie sagte: »'tschuldigung. War nicht so gemeint.«

»Hast ja recht. Aber man kann halt nicht aus seiner Haut raus.«

Sie kam auf mich zu, Umarmung, Bussi auf Backe: »Du bist eine gute Haut.«

»Pfüadi!«, sagte ich schnell, drehte mich um, und draußen war ich.

Sie musste ja meine feuchten Augen nicht sehen.

Ich hasse solche Nettigkeiten. Sie hauen mich total um.
Es dämmerte schon. Ich stieg wieder in den Audi meiner Nachbarin. Auf dem Rücksitz lag eine Aldi-Tüte, ein paar Blatt Papier waren herausgerutscht. Wahrscheinlich in einer scharfen Kurve.
Ich schob sie wieder in die Tüte.
Stutzte.
»Marienwallfahrt« fiel mir ins Auge.
Ich schaute die Papiere an.
Computerausdrucke.
Mit Wallfahrtsorten.
Einer war rot umrandet.
Umrandet mit Lippenstift.
Ich pfiff durch die Zähne.
Auftrag erfüllt.
Dahin ging's also.
»Altötting.«
Ich schob die Ausdrucke wieder in die Aldi-Tüte, schaute neugierig hinein, was da sonst noch war.
Eine angebrochene Flasche Jack Daniel's.
Eine Flasche Klosterfrau Melissengeist.
Eine Packung Viagra.
Ein Rosenkranz.
O Maria hilf!
Ich legte die Aldi-Tüte auf den Rücksitz.
Wie unberührt.
Unbefleckt.
Bretterte über die A 7 von Kempten in Richtung Füssen, Reutte.
Viagra.
Etwas für alte Säcke.
Oder war es Viagra für Frauen? Jungfrauen?
Soll's ja geben. Viagra für Frauen, meine ich. Hab ich gelesen.
Haut aber nicht so richtig hin.
Frauen werden von Viagra für Frauen erregt. Feucht.
Aber sie wissen nicht, warum sie erregt sind. Oder auf was.
Vielleicht vom Wetter.

Oder vom neuen Meister Proper.
Oder vom Rosenkranzbeten.
Wenn Männer erregt sind, von Viagra, sind sie immer sexuell erregt.
Sie wissen, warum er ihnen steht.
Frauen nicht.
Hab ich gelesen.
Seltsame Wesen, diese Frauen.
Was passiert, wenn man Kühen Viagra ins Heu mischt?
Sie geben Milch mit Viagra. In homöopathischer Dosis.
Dann ist die ländliche Bevölkerung leicht erregt.
Dann gibt's Bauernkrieg.
Schwachsinn ...
Ich hätte fast die Ausfahrt nach Tal verpasst.
Die Scheinwerfer stachen durch die Dunkelheit zur Alm hinauf.
Meine Nachbarin saß noch in der milden Mailuft auf der Bank vor ihrem kleinen Bauernhaus.
Ich reichte ihr den Autoschlüssel.
»Danke!«
»Schon recht.«
»Sag, wer hat denn außer mir und dir dein Auto zuletzt gefahren?«
»Warum?«
»Der Sitz war verstellt. Zu nah dran. Und der Rückspiegel ...«, log ich.
»Hab ich gar nicht gemerkt. Also, die Mädchen fahren ab und zu damit ... Ja, richtig, gestern Abend sind die zwei zur Maiandacht gefahren. Sie waren spät dran, und da hab ich ihnen das Auto geliehen.«
»Nett von dir.«
»Ich erinner mich jetzt. Ich war dann stinksauer, weil sie so spät heimgekommen sind. Da macht man sich solche Sorgen!«
»Wann sind sie denn dann heimgekommen?«
»Ziemlich lang nach Mitternacht. Ham noch Marienlieder gesungen die Treppe rauf ... Die haben einen Schlag, die zwei.«
»Vielleicht gehens bald ins Kloster?«

Sie lachte.

»Ja, ins Männerkloster ... die zwei ... In der Früh hat die Maja gespieben, die Käsi war käsweis, ist nicht in die Schule ... Sie ham dann gesagt, dass sie nächste Woche wegfahren. Ich hab sie gefragt, wohin, und sie haben gesagt, zur Wallfahrt, und ich hab gefragt, welche Wallfahrt wohin. Marienwallfahrt zur Muttergottes. Es sei geheim. Sonst wirkt die Wallfahrt nicht. Hat die Maja gesagt, dann ist sie wieder raus zum Speien, und die Käsi ist wieder ins Bett. Aber wohin die Wallfahrt geht, haben sie mir nicht gesagt.«

»Ich weiß, wohin die Wallfahrt geht!«

»Wohin?«

»Altötting.«

»Soso. Warum die grad nach Altötting fahren ...?«

»Ist berühmt.«

»Lourdes ist auch berühmt.«

»Aber weiter weg. Und da spricht man Französisch. Das können nicht alle.«

»In Altötting spricht man Bairisch. Das können auch nicht alle.«

»Vielleicht gibt's da Dolmetscher.«

Sie schaute mich an, ob ich sie wohl verarsche. Fragte: »Was bin ich dir schuldig?«

Ich hätte gern ihr Piercing am Bauch angeschaut, aber genierte mich zu fragen, sagte: »Du hast mir dein Auto geliehen. Damit sind wir quitt.«

»A so ... Und wie hast du das mit Altötting rausgekriegt?«

»Ich hab so meine Quellen.«

Sie fragte nicht weiter, sagte: »Irgendwas stimmt da nicht. Kannst du nicht mit nach Altötting fahren? Schauen, was die da machen?«

»Ja, wie stellst du dir das vor? Soll ich zu dieser Jugendmariengruppe hingehen und sagen: Ich möchte mich bitt schön anmelden als Teilnehmer, als Jungsenior und Anstandswauwau ...«

»Nein, du kannst das doch ... Ich mein, so wie im Fernsehen. So heimlich, dass es nicht auffällt.«

»Die Maja und die Käsi kennen mich.«

»Musst dich halt verstellen.«
»Soll ich mich vielleicht liften lassen, dass ich ausseh wie zwanzig?«
Sie sah mich an.
Lachte.
»Nein, im Ernst. Bitte schau nach denen. Sonst komm ich um vor Sorgen. Ich zahl auch dafür ...«

29 Marlein und der unbekannte Schatz

Von der Oberen Pfarre aus fuhren wir mit dem Auto tatsächlich nur ein paar Minuten, ehe wir an der offenbar vorletzten Station unserer Marienorte-Tour angelangt waren.

Die Kirche St. Getreu lag ebenfalls hoch über der Stadt, auf einem Bergplateau neben einer Nervenheilanstalt.

Von außen sah sie eher schlicht aus: eine geradezu langweilige Fassade, weißer Anstrich mit ein paar gelben Klecksen, dazu ein Minitürmchen – das war nichts, was einen umgehauen hätte, da hatte ich an diesem Tag schon ganz anderes gesehen.

Doch wenn man das Innere der Kirche betrat, stieß man auf so viele Kunstschätze, dass man gar nicht wusste, wohin man zuerst schauen sollte. Überall befanden sich kunstvolle und geheimnisvolle Altäre, Gemälde, Skulpturen, Statuen, Reliefs, Wandmalereien, Verzierungen und Symbole.

Lena Wiga führte mich auch durch dieses Gotteshaus und zeigte und erklärte mir zumindest einige der Reichtümer. Die Motive waren Gott, Jesus, Engel, Evangelisten, Heilige, Kirchenväter und Ordensgründer.

Aber nirgendwo eine Spur von Maria.

Das sollte eine ganz besonders wichtige Kirche des Marientums und eine Steigerung zu Gößweinstein, Marienweiher und der Oberen Pfarre sein? Ich machte mir Sorgen um die geistige Verfassung und die Zurechnungsfähigkeit von Lena Wiga.

Doch als wir uns endlich dem Hauptaltar widmeten, war alles wieder im Lot. Jetzt wusste ich, warum wir hier waren.

Der Hochaltar bildete auch in dieser Kirche das Herzstück, das ungeachtet des kunstvollen Drumherums letztendlich alle Aufmerksamkeit und Konzentration auf sich zog. Und das Herz dieses Herzens, das innerste Zentrum des Altars, war eine auf einem Sockel stehende große Madonnenstatue mit Krone, Zepter und Jesuskind.

Es war mittlerweile die vierte Hochaltar-Marienstatue, die ich an diesem Tag sah, und sie schaffte es sofort von null auf Platz eins meiner persönlichen Marien-Rangliste. Sie hatte eine Ausstrahlungskraft, die die der anderen bei Weitem übertraf, einschließlich der von Marienweiher, die mich ja immerhin auch beeindruckt hatte.

Ich konnte nicht genau festmachen, woran das lag; wahrscheinlich einfach an der simplen Tatsache, dass die Maria von St. Getreu eindeutig die fraulichste, hübscheste und attraktivste von allen Madonnenfiguren war, die mir Lena Wiga vorgeführt hatte – man konnte sogar sagen, sie hatte eine gewisse Ähnlichkeit mit Lena Wiga selbst. Sie hatte eine schlanke Figur mit wohlgeformten Rundungen, die von keinem übergestülpten Stoffgewand verborgen wurden, und ihr Lächeln und ihre Körperhaltung wirkten kokett, ja fast lasziv.

Keine Maria beim Sex also – aber dafür eine sexy Maria.

Verdammt, Marlein, wenn du noch lange mit dieser Verrückten zusammen durch die Gegend ziehst, bist du bald selbst reif für den Psychiater und die Klapse – jetzt findest du schon Marienstatuen in Kirchen erotisch.

Nachdem Lena Wiga ihr Anbetungsritual vollendet hatte, kam ich ihrer Routinefrage zuvor.

»Sag nichts, ich weiß, warum wir hier sind: weil auch in dieser Kirche nicht Christus, sondern Maria die Hauptperson ist, weil auch dieser Altar ganz auf die Marienfigur zentriert ist und diese absolut im Mittelpunkt steht, eingerahmt von Gold, Strahlen, Säulen, Schmuck und Engeln, und weil damit auch diese Kirche in Wirklichkeit keine christliche, sondern eine Kirche der Großen-Göttin-Religion ist.«

Lena Wiga lächelte.

»Das ist natürlich alles richtig. Aber wir sind aus einem ganz anderen Grund hier: In dieser Kirche befindet sich ein unglaublich kostbarer Schatz, der viel bedeutender ist als all die anderen Kunstwerke, die ich dir gezeigt habe, den aber niemand so richtig wahrnimmt und dessen Bedeutung von niemandem außer den Gläubigen der Religio Mariae erkannt wurde.«

Statt wie üblich in die erste Bankreihe lotste Lena Wiga mich diesmal zum linken Seitenaltar und deutete auf einen kleinen hölzernen Schrein, der auf dem Altartisch stand.

»Schau dir mal an, was sich hier drin befindet!«

Ich schaute.

In dem Schrein befand sich eine ungefähr dreißig Zentimeter große Madonnenfigur. Sie saß, und auf ihrem Schoß lag ihr toter Sohn, den sie am Hinterkopf und an der linken Hand festhielt. Beide, Mutter und Sohn, hatten Edelmetallkronen auf dem Kopf, Maria zusätzlich einen großen Strahlenkranz dahinter. Umrahmt wurde die Skulptur von einem edelsteingeschmückten Rundbogen, in dem sieben Schwerter steckten, deren Spitzen in Richtung der Frau mit dem Leichnam zeigten.

»Ist dir klar, was das ist?« Lena Wigas Stimme war leise, und sie zitterte regelrecht vor Ehrfurcht. »Das ist eine Schwarze Madonna!«

Ich guckte noch mal genauer hin. Von mir hätte die geschnitzte Figur zwar eher das Etikett »dunkelbraun« verpasst bekommen, aber ich spürte, dass dieses Kleinod etwas war, das Lena Wiga heilig war und das sie sehr verehrte. Ich wusste, dass sie in dieser Beziehung keinen Spaß verstand, und da ich es mir mit ihr (noch) nicht verscherzen wollte, murmelte ich ein beeindrucktes: »Tatsächlich!«

Lena Wiga hatte die Hände gefaltet und die Augen geschlossen und verharrte in Andacht versunken vor dem Schrein.

Ich wartete, bis sich ihre Finger wieder lösten und ihre Lider sich wieder hoben.

»Was bedeuten die sieben Schwerter?«

»Sie symbolisieren die sieben Schmerzen Mariens, die sie im Laufe ihres Lebens erleiden musste: die Weissagung Simeons, die Flucht nach Ägypten, der Verlust des zwölfjährigen Jesus im Tempel, die Begegnung auf dem Kreuzweg, Jesu Tod am Kreuz, Jesu Leichnam in ihren Armen, Jesu Grablegung.«

»So eine Schwarze Madonna ist etwas ziemlich Seltenes, nicht wahr?«

»Es gibt in ganz Deutschland keine zwei Dutzend davon. Diese hier wird meist gar nicht dazu gezählt, aber es ist ganz eindeutig eine Schwarze Madonna.«

Jetzt wusste ich, warum St. Getreu in Lena Wigas Gunst noch über den anderen Kirchen stand, die wir zuvor besucht hatten. Diese Schwarzen Madonnen schienen eine noch größere Rolle in ihrem verqueren Weltbild zu spielen, als ich gedacht hatte.

»Was ist denn eigentlich so besonders an einer Schwarzen Madonna?«

Lena Wiga nahm mich an der Hand.

»Komm mit. Ich lese dir was darüber vor.«

Wir setzten uns in eine der Bänke, und sie zog das kleine Büchlein aus ihrer Handtasche. Es war das erste Mal, dass ich es offiziell zu Gesicht bekam.

Lena Wiga schlug es auf, suchte eine bestimmte Stelle und las:

»DAS GEHEIMNIS DER SCHWARZEN MADONNEN

Orientiert man sich streng an der Bibel, dann ist Maria nichts weiter als ein einfaches Bauernmädchen aus Nazareth, dem eben mehr oder weniger zufällig die Gnade zuteilwurde, als Theotokos, als Gottesgebärerin, fungieren zu dürfen, und dementsprechend wurde ihre Rolle immer wieder interpretiert. Frühe Kirchenväter wie Ambrosius oder Epiphanus betonten, dass Maria zwar der Tempel Gottes, aber nicht der Gott des Tempels sei, sie erklärten, dass der Körper Marias heilig sei, aber nur deshalb, weil Christus, der Herr, sich dazu herabgelassen hatte, vorübergehend in ihm zu wohnen, und sie mahnten, dass man Maria zwar ehren, dass die Anbetung aber nur dem Vater, dem Sohn und dem Heiligen Geist gelten dürfe.

Doch die Realität des christlichen Glaubens sieht anders aus: Maria ist zu einer Art Parallelgöttin neben der männlich ge-

prägten Dreifaltigkeit geworden, mit allen Attributen eines machtvollen göttlichen Wesens. Sie trägt Titel wie Gottesmutter und Himmelskönigin, und sie wird dargestellt mit den Insignien einer unumschränkten Herrscherin: Sie wird von der Sonne umhüllt und von Sonnenstrahlen umkränzt, sie hält ein Zepter in der Hand und trägt eine Krone auf dem Kopf, sie hat unter ihren Füßen den Mond und über ihrem Kopf die Sterne. Sie wird, wie es sich für einen Gott beziehungsweise eine Göttin geziemt, verehrt und angebetet, diese Verehrung und Anbetung erfolgt in ausschließlich für sie errichteten Tempeln, und diese Verehrung und Anbetung erfolgt an ausschließlich für sie eingerichteten Feiertagen. Der marianische Festezyklus ist umfangreicher als der messianische: Hochfest der Gottesmutter Maria am 1. Januar, Mariä Lichtmess am 2. Februar, Mariä Verkündigung am 25. März, Maria Patrona Bavariae am 1. Mai, Mariens Unbeflecktes Herz am dritten Samstag nach Pfingsten, Mariä Heimsuchung am 2. Juli, Gedächtnis der sieben Freuden Mariens am 5. Juli, Mariä Himmelfahrt am 15. August, Maria Königin am 22. August, Mariä Geburt am 8. September, Mariä Namen am 12. September, Gedächtnis der sieben Schmerzen Mariens am 15. September, Mariä Opferung am 21. November, Mariens Unbefleckte Empfängnis am 8. Dezember, dazu der komplette Mai als eigener Marien-Monat.
Wie passt das zusammen? Die Antwort ist einfach: In der Gestalt der Maria wird eben gerade nicht das einfache Bauernmädchen aus Nazareth verehrt, sondern die vorchristliche Große Göttin. Der Marienkult ist nichts anders als die christianisierte Fassung und Entsprechung des alten Göttin-Kultes.
Wie schon im Vorwort erwähnt, ist dieser Umstand vielen Patriarchen in der Amtskirche ein Dorn im Auge, und sie versuchen, ihn zu verleugnen und wegzudiskutieren. Doch es ist ein Leichtes, Beweise für diese Theorie zu erbringen. Man braucht sich nur die ersten Darstellungen Mariens aus dem 4. und 5. Jahrhundert anzusehen, um zu erkennen, das hier lediglich eine Transformation stattgefunden hat, wobei man besonders viele Symbole von der Verehrung der ägyptischen Göttin Isis übernommen hat: Wie Isis trägt Maria einen sternenbesetzten

Mantel, wie Isis hat Maria den Mond zu ihren Füßen, wie Isis sitzt Maria auf einem Thron, wie Isis hält Maria ihren Sohn auf dem Schoß. Man braucht nur nachzuforschen, wo die ersten Kirchen, die Maria geweiht waren, gebaut wurden, um zu erkennen, dass hier lediglich alte heidnische Kultstätten umfunktioniert wurden: So wurde beispielsweise Santa Maria Maggiore in Rom auf einem Platz errichtet, wo vorher ein Tempel der Göttin Kybele stand, die Kathedrale von Le Puy-en-Velay in Frankreich erhebt sich über einem ehemaligen Isis-Tempel, und das Maria-Haus in der griechischen Stadt Ephesus, wo die Marienverehrung durch ein Konzil im Jahr 431 ihren Ausgangspunkt nahm, trat an die Stelle eines riesigen Marmortempels der Göttin Artemis. Man braucht nur zu recherchieren, welchen Ursprung die erwähnten Marienfeste haben, um zu erkennen, dass auch hier alte heidnische Bräuche nur einen neuen Namen bekommen haben: So war zum Beispiel Mariä Lichtmess am 2. Februar ursprünglich ein Fest der keltischen Göttin Brigid und Mariä Himmelfahrt am 15. August der Festtag der alten griechischen Mutter- und Fruchtbarkeitsgöttin Artemis.
Und ein ganz besonderer Beweis dafür, dass Maria in Wirklichkeit eine Reinkarnation der Großen Göttin ist, sind die Schwarzen Madonnen.
Schwarze Madonnen sind religiöse Standbilder Marias mit dem Kind, bei denen Maria eine dunkle Hautfarbe hat. Sie kommen in ganz Europa vor, die meisten in Frankreich (ca. 300), Spanien (ca. 50), Italien (ca. 30) und Deutschland (ca. 20). Sie genießen eine besondere Verehrung, man schreibt ihnen magische Fähigkeiten und wundertätige Kräfte zu, besonders in Sachen Heilung und Fruchtbarkeit.
Als Grund der Schwarzfärbung dieser Madonnen, die im Gegensatz zur üblichen Tradition steht, Maria mit weißer bzw. heller Hautfarbe darzustellen, wurden vonseiten der Amtskirche, der die Verehrung der Schwarzen Madonnen ein Dorn im Auge ist, immer wieder Lächerlichkeiten wie Einrußung durch Kerzenrauch oder durch einen überstandenen Brand genannt – und das, obwohl die meisten Schwarzen Madonnen aus dunklem

Holz geschnitzt oder erkennbar schwarz bemalt wurden. Die wahre Erklärung lautet, dass viele der alten Großen Göttinnen sehr häufig entweder direkt schwarz dargestellt wurden oder zumindest an einem schwarzen Ort verehrt (z.B. einer Höhle oder Grotte) oder mit einem schwarzen Gegenstand (häufig einem schwarzen Stein) ausgestattet wurden – und eine Schwarze Madonna ist so das vielleicht klarste und eindeutigste Bekenntnis dazu, dass in der Person Maria kein galiläisches Bauernmädchen verehrt wird, das als Gebärmaschine für einen männlichen Gott herhalten musste, sondern dass Maria vielmehr die moderne Ausgabe der alten Großen Göttin ist.

Dafür, dass die Farbe Schwarz ein elementares Attribut der Großen Göttin ist, gibt es drei Hauptgründe.

Zum Ersten verweist die dunkle Hautfarbe auf das große Alter und die ferne Herkunft der Göttin, sie bezeugt den Umstand, dass sie schon von den ersten Hochkulturen der Menschheit verehrt wurde, und diese befanden sich nun mal in Afrika, wo dunkelhäutige Menschen leben.

Die Dunkelheit der Göttin steht zum Zweiten für die Dunkelheit des Mutterleibs, für den Ort, der den Anbeginn des Lebens markiert und von dem wir alle herkommen. In diesem Sinne ist die Dunkelheit also ein Symbol für Fruchtbarkeit, für Lebendigkeit, für Freude und Glück; es ist hier die Dunkelheit des zunehmenden Mondes, der alles Leben auf Erden wachsen und gedeihen lässt.

Zum Dritten symbolisiert die Schwärze aber ebenso die dunkle Seite der Göttin, die auch gar nicht geleugnet und wegdiskutiert werden soll, da sie zum Leben gehört, so wie die Dunkelheit der Nacht untrennbar zum Tag gehört; es ist die Dunkelheit des abnehmenden Mondes mit seiner destruktiven Wirkung. Was es mit dieser dunklen Seite genau auf sich hat, wird in einem eigenen Kapitel später ausführlich erläutert.«

Sie klappte das Buch wieder zu.

»Sehr interessant. Willst du mir dieses Kapitel über die dunkle Seite nicht auch noch vorlesen?«

Sie schüttelte den Kopf.

»Nein. Wir müssen dann auch weiter, damit ich rechtzeitig zu meinem Treffen komme.«

»Was ist das eigentlich für ein Buch, aus dem du da vorgelesen hast?«

»Unsere Bibel.«

Hatte ich also richtig angenommen. Marlein, der Meisterdetektiv, gegen den sich Sherlock Holmes ausnahm wie ein Waisenknabe, der zaghaft im Dunkeln herumstocherte.

»Und wer hat die verfasst?«

»Unsere Hohepriesterin.«

Aha – die Marientumssekte hatte also offenbar so etwas wie eine Führungsfigur.

»Leihst du mir diese Bibel mal aus, damit ich deine Religion besser kennenlernen und verstehen kann?«

Sie warf mir einen langen, durchdringenden Blick zu, als wollte sie abschätzen, inwieweit sie mir nun endlich ein gut gehütetes Geheimnis anvertrauen konnte. Bedauerlicherweise kam sie offensichtlich immer noch zu einem negativen Urteil.

»Nein, da stehen Dinge drin, für die bist du noch nicht reif. Die bedürfen der Erläuterung. Das braucht Zeit.«

Aber ich hatte keine Zeit. Ich wollte nicht noch wochenlang oder monatelang mit einer Verrückten über die Dörfer tingeln und mich durch sämtliche Marienkirchen Frankens schleifen lassen. Ich wollte so schnell wie möglich das Schicksal des Kindes herausfinden und dann endlich wieder aus dieser ganzen Mariennummer aussteigen.

Am besten am selben Tag noch, nach der letzten Station unserer Wallfahrt, die nun offenbar endlich anstand, denn Lena Wiga erhob sich, und wir verließen die Kirche St. Getreu und die unbekannte heimliche Schwarze Madonna von Bamberg.

30 Bär bläst

Der Eingang zur Mariengrotte war gesichert wie ein Hochsicherheitstrakt.

Stahlgitter. Mit zwei schweren Ketten versperrt.
Ich war als Wanderer verkleidet.
Kein Mensch weit und breit.
Ich tat, als hockte ich mich hin zur Brotzeit.
Zog eine Flasche Bier aus meinem Rucksack, eine Leberkässemmel.
Mach ma Brotzeit, Brotzeit ist die schönste Zeit …
Nein, es tauchte niemand auf.
War ja auch schon fast Nacht, die letzte Abenddämmerung gab noch ein wenig Licht her.
Die Touristen hockten alle vor dem Fernseher.
Die Einheimischen auch.
Ich beendete meine Brotzeit.
Dann zog ich meinen Bolzenschneider aus dem Rucksack.
Die Ketten ließen sich durchschneiden wie Butter.
Das Stahlgitter quietschte.
Dachte, ein Tröpfle Öl tät da nicht schaden. Aber die Marienjugend hatte für solche profanen Dinge keinen Sinn.
Fürs Aufräumen auch nicht.
Meine Taschenlampe, LED, gab einen Lichtkegel, der eine Art Höhle ausleuchtete.
Auf dem Boden lagen Flaschen herum.
Jack Daniel's. Ouzo. Bock vom Engelbräu in Rettenberg. Klosterfrau Melissengeist.
Schon vom abgestandenen Mief konnte man besoffen werden. Alkohol mit Weihrauch.
An der hinteren Wand stand eine Marienfigur. Madonna mit Christuskind.
Wie es sich gehört.
Dahinter ein riesiges Poster.
Wie es sich nicht gehört.
Eine Mischung aus Tina Turner, Pamela Anderson, Christine Neubauer und Regina Bavariae waren verdichtet zu einer Schwarzen Madonna.
In Ekstase.
Gloria in ekstasis!
Barbusig.

Ich brachte meine Augen nicht mehr weg von diesem Wummerbusen.
Schreckte auf, war da nicht ein Ge–?

Als ich wieder erwachte, lag ich am Busen.
Der Natur.
Der See glänzte silbern und lieblich im Vollmond.
Grillen zirpten.
Kuhglocken klangen durch die Nacht.
Heavy Metal einer Rockband dröhnte in meinem Kopf.
Mein Gesicht war verpappt, und es war leider kein Doppelbock vom Engelbräu.
Es war rot und schmeckte nach Blut.
Es war Blut.
Meins.
Ich drehte mich zur Seite, in meinem Kopf rutschte eine Geröllhalde.
Au! Au!
Ich kotzte ins Gras.
Dachte: Gehirnerschütterung.
Tastete nach meinem Handy.
Drückte.
Ich hatte vorgesorgt: ein Daumendruck, und ich war mit der Polizei Kempten verbunden.
»Hilfe ... Überfall ... am See ... bei der Mariengrotte ... andere Seite von Tal ... Sanitäter ...«
Dann war ich wieder weg.

Mein Rucksack war auch weg.
Dafür war die Polizei da.
Zwei Kinder in Uniform. Meine Enkel. Dem Alter nach.
Aber nett.
Sie mit Pferdeschwanz unter der Polizistinnenschirmmütze, er mit Bubigesicht unter der Polizistenschirmmütze. Schicke Unisex-Uniformen.
»Was ist passiert?«, fragte sie.
Ich sagte: »Man hat mich überfallen.«

Sie schauten sich an. Glaubten mir kein Wort.
»Wer ist ›man‹?«
»Weiß ich nicht.«
»Wo?«
»Dadrin.« Ich deutete mit meiner blutigen Nase zur Mariengrotte.
»In der Mariengrotte?«
»Ja.«
Sie schauten sich wieder an.
Der Polizist sagte in Richtung Pferdeschwanz: »B'soffen wird er halt sei!«
Sie übersetzte für mich: »Kann es nicht sein, dass Sie etwas getrunken haben und gegen einen Baum gelaufen sind?«
Er sagte zu ihr, ich wurde zu Luft: »Sollen wir ihn blasen lassen?«
Ich sagte: »Nein, ich war nicht besoffen, auch wenn ich so aussehe.«
Sie steckte ihr Blasgerät wieder weg. Er sagte: »Dann zeigen Sie uns einmal den Tathergang!«
Wie im »Tatort«!
Zu dritt marschierten wir von der feuchten Uferwiese die zehn Meter hinauf zur Grotte.
Der Polizist rüttelte am Stahlgitter. Zeigte auf zwei neue Ketten mit glänzenden Messingschlössern.
Mir wurde schwindlig.
War ich doch besoffen? Delirium tremens?
Der Morgen dämmerte. Um vier Uhr früh.
Ich sagte: »Aber drinnen!«
»Da kann man nicht hinein.«
»Aber ich bin dadrinnen überfallen worden.«
»Und wie sollen wir da hineinkommen?«
Ich zeigte auf meinen Rucksack in seiner Hand.
»Mit dem Bolzenschneider.«
»Das ist Einbruch!«
»Aber Sie ermitteln doch!«
Fragezeichen in den Polizeigesichtern.
»Hm ... Und wie sind dann Sie da hineingekommen?«

»Mit dem Bolzenschneider!«
»Dann war's ja Einbruch.«
»Nein, schauen S' doch! Die Schlösser sind unversehrt, die Ketten ohne Kratzer!«
Noch mehr Fragezeichen.
»Ich kann's nicht gewesen sein, sonst wären doch die Ketten durchgezwickt!«
Sie waren offenbar von meiner Logik überfordert.
Ich nutzte die Verwirrung, nahm den Bolzenschneider aus dem Rucksack und schnitt die Ketten durch.
»Jetzt werd's gleich schauen«, sagte ich.
Ich trat das Tor auf, es quietschte. Immer noch.
Ich hielt den Lichtkegel meiner LED-Taschenlampe in den Sakralraum.
Schaltete die Taschenlampe wieder aus.
Meine Stirn produzierte Schweißperlen.
Ich knipste die Taschenlampe wieder an.
Die Maria mit dem Christuskind stand unschuldig auf ihrem Podest.
Als wollte sie mich verarschen.
Zierliche Kirchenbänkchen zum Knien reihten sich davor.
»Ja Himmelherrgottsakrament!«, entfuhr es mir. Der Schweiß rann mir in die Augen und brannte.
Das heilige Polizistenpaar bekreuzigte sich.
Katholische Gegend, klar.
Alles blitzsauber.
Frisches Weihwasser in der Weihwasserschale.
Kein Fetzen von einem Tina-Turner-Pamela-Anderson-Christine-Neubauer-Regina-Bavariae-Poster.
»Jessas, Maria und Josef, Heilige Maria, Muttergottes! ... Aber ...«
Die beiden schauten sich an.
Sie reichte mir die Tüte zum Blasen.
»Blasen!«
Ich war verdattert.
»Aber ... aber ...«
»Jetzt blas halt endlich!«

Sie war beim Du angekommen. Unter tausend Metern.
Ich blies.
Sie las.
»Nüchtern«, sagte sie zu ihrem Kollegen. Enttäuscht.
Er sagte: »Kaufbeuren?«
In Kaufbeuren befindet sich die Irrenanstalt. Heute heißt sie bieder Bezirkskrankenhaus Kaufbeuren. Sollten sie mal aufmotzen. Wie wär's mit »Klapsmühle Allgäu«? Oder am besten gleich auf Englisch: »Allgäu loony bin«?
Die Polizisten, er und sie, fingen an, sich zu drehen.
Die Maria fing an, sich zu drehen.
Mein letzter Gedanke: Hoffentlich lässt sie ihr Jesuskind nicht fallen.
Hoffentlich lässt sie mich nicht fallen.

31 Marlein und der Hohle Stein

Auf der Fahrt zur abschließenden Etappe unserer »Tour de Maria« war Lena Wiga ungewohnt einsilbig und schweigsam; sie wirkte nervös und angespannt.

Ich beschloss, die getrübte Stimmung durch eine humoristische Einlage aufzuheitern.

»Mir ist ein Witz eingefallen, der gut zu unserem Ausflug passen würde. Soll ich ihn dir erzählen?«

Lena Wiga murmelte ein Hm-hm, das man sowohl als Ja-ja als auch als Nein-nein hätte deuten können. Begeisterung sah anders aus, aber ich ließ mich von dieser Halbherzigkeit nicht stoppen.

»Nach dem ersten Weltraumflug wird der Astronaut interviewt.

Journalist: Haben Sie bei Ihrem Ausflug ins All auch Gott gesehen?

Astronaut: Ja, natürlich.

Journalist: Und? Wie sieht er aus?

Astronaut: Sie ist schwarz.«

Nicht der Brüller, aber gut genug für ein amüsiertes Lächeln, fand ich.

Doch statt eines Schmunzelns erntete ich nur mehr oder weniger entsetztes Kopfschütteln von Lena Wiga.

»Und was soll daran lustig sein? Das ist doch kein Witz – das ist eine Tatsache!«

Dieses Urteil war natürlich der Super-GAU jeder Pointe und der Alptraum jedes Komödianten. Ich beschloss, dass dies mein letzter Versuch war, in Lena Wigas Gesellschaft lustig zu sein, und meine Bemühungen in Sachen Witzereißen einzustellen.

Wenn ich zu diesem Zeitpunkt schon gewusst hätte, wie extrem unlustig diese Geschichte noch weitergehen würde, wäre mir das Witzemachen sowieso schon längst vergangen.

Mittlerweile war es Abend geworden, aber es würde noch ein paar Stunden hell und warm sein.

Wir fuhren quer durch Bamberg auf die A 73 und auf der dann ein kurzes Stück in Richtung Coburg. Bei der Ausfahrt Breitengüßbach-Mitte fuhren wir wieder runter und weiter auf der B 79 Richtung Ebern. Kurz vor Ebern bogen wir links ab, durchquerten einen kleinen Ort namens Heubach und landeten ein paar Kilometer später in Reutersbrunn, dem Ziel unserer Fahrt.

Reutersbrunn war das, was böse Zungen ein »Kaff« oder auch ein »Kuhdorf« nannten. Es bestand aus drei Straßen, vielleicht fünfzig Häusern, mehreren Bauernhöfen, zwei Gasthäusern und einer Kirche.

Viele der Häuser waren ziemlich alt, aber es gab auch so etwas wie eine kleine Neubausiedlung mit durchaus ansehnlichen Ein- oder Zweifamilienhäusern. Nichtsdestotrotz war das Dorf sehr landwirtschaftlich geprägt und machte einen Eindruck, den man gemeinhin »idyllisch« nannte. Ein Ort, wo sich Fuchs und Hase noch Gute Nacht sagten.

Lena Wiga brachte ihre Karre vor einem der beiden Gasthäuser zum Stehen. Es trug den kuriosen Namen Gasthaus »Zum Hohlen Stein«, wie eine verschnörkelte Aufschrift an der Hauswand verkündete – das war zumindest doch mal was anderes als die üblichen »Zur Post«, »Zum Hirschen«, »Zur

Linde«, »Zum Grünen Baum«, »Zum Schwarzen Adler« oder »Zur Goldenen Sonne«.

Wir holten unser Reisegepäck aus dem Kofferraum – Lena Wiga eine größere Sporttasche, ich nur einen Kulturbeutel mit Waschzeug – und betraten die Gaststube, wo sich ein paar Männer gerade ihr Feierabendbier schmecken ließen. Lena Wiga ging zur Theke und erklärte dem Wirt, dass sie ein Fremdenzimmer für eine Nacht geordert hätte. Sie erhielt einen Schlüssel, wir verließen die Gaststube und gingen nach oben in den ersten Stock zu unserem Zimmer.

Es war das übliche Touristenloch: ein durchgelegenes Doppelbett mit Nachtkästchen und Nachttischlampe an beiden Seiten, ein wurmstichiger Kleiderschrank, zwei abgewetzte Sessel, ein Tisch, darauf ein alter Fernseher mit Röhrenbildschirm, in einem Nebenraum von der Größe einer Besenkammer das Bad. An der Wand hing kein Kreuz, dafür ein Porträtgemälde einer mir inzwischen wohlbekannten Frau.

Lena Wiga nahm den Beutel mit ihren Pflegeutensilien aus ihrer Sporttasche und verschwand damit im Bad, um sich frisch zu machen und ein bisschen aufzubrezeln, während ich mich aufs Bett warf und den Liegekomfort testete.

Nach einer Weile kam sie zurück, entnahm der Sporttasche einen Stoffsack und setzte sich neben mich.

»Ich mache jetzt gleich los, sonst komme ich noch zu spät. Und warte nicht auf mich mit dem Schlafengehen, es kann spät werden. Wahrscheinlich bin ich nicht vor Mitternacht zurück.«

Sie nickte in Richtung des Fernsehers.

»Du kannst ja Fußball gucken.«

Ich setzte mich auf.

»Und du bist dir sicher, dass du keinen Leibwächter brauchst?«

Sie gab ein komisches Lachen von sich.

»Oh ja, sehr sicher. Also gut, Philipp – dann bis später.«

Sie drückte mir ein Küsschen auf die Backe und verließ mit dem Stoffsack in der Hand das Zimmer.

Ich trat ans Fenster und blickte vorsichtig nach unten. Ich wollte sehen, in welche Richtung sie ging, um ihr dann unauffällig zu folgen. Sie schlug jedoch die ungünstigste aller

Richtungen ein – sie ging zu ihrem Wagen, schloss ihn auf und stieg ein. Ich hatte eigentlich damit gerechnet, dass sie sich in diesem Kuhdorf bis zu ihrem ominösen Versammlungsort – wo auch immer der sich befinden mochte – zu Fuß bewegen und nicht das Auto nehmen würde.

Ich stürzte aus dem Zimmer, eilte die Treppe hinunter, doch ich war so hastig unterwegs, dass ich auf den ersten Stufen stolperte und die Treppe hinunterpurzelte.

Unten angekommen, rappelte ich mich auf, überzeugte mich kurz davon, dass keine meiner Gliedmaßen in unnatürlichem Winkel abstanden, sprintete zur Tür und hüpfte ins Freie.

Doch ich kam zu spät: Lena Wiga war bereits weg.

Schöne Scheiße.

Ich rieb an den vom Sturz lädierten Körperstellen und überlegte. Ich war überzeugt, dass das Treffen trotzdem ganz in der Nähe stattfinden musste, denn sonst hätte Lena Wiga nicht ausgerechnet in diesem Kaff eingecheckt. Es musste also hier im Dorf irgendeinen besonderen Ort geben, der für die Sekte eine Bedeutung hatte, und diesen Ort musste ich finden.

Auf dem Weg zum Gasthaus »Zum Hohlen Stein« waren wir an einer Kirche vorbeigefahren. Da die ersten vier Stationen unseres Ausfluges aus dem Besuch von Kirchen bestanden hatten, wäre es nur logisch gewesen, wenn es sich beim Ziel der fünften auch um eine Kirche gehandelt hätte.

Also trabte ich die Dorfstraße entlang zur Kirche von Reutersbrunn, die nur ein paar Häuser weiter und ungefähr zwei Gehminuten entfernt auf der gegenüberliegenden Straßenseite lag.

Die Kirche war klarer Mittelpunkt von Reutersbrunn. Es war eigentlich, verglichen mit den Monumentalbauten, die wir zuvor besucht hatten, keine Kirche, eher ein Kirchlein, und zumindest von außen sehr schlicht: weiße Wände, an der Längsseite drei Fenster, rotes Ziegeldach, kleiner Kirchturm mit schwarzem Spitzdach. An der Mauer der Längsseite war eine Tafel angebracht: »St. Georg, erbaut 1451, zerstört 1525, wieder aufgebaut 1700, renoviert 1950«.

Sankt Georg?

Sollte ich am Ende dieses Tages tatsächlich noch ein Gotteshaus zu Gesicht bekommen, das nicht fest in marianischer Hand war? Sollte sich hier tatsächlich ein Tempel des heiligen Gerch befinden, des letzten unbeugsamen Vertreters des Patriarchats in einem ansonsten komplett matriarchal geprägten Bayern?

Doch schon als ich auf den Eingang des Kirchleins zusteuerte, ahnte ich, dass sich diese Hoffnung nicht bestätigen würde, denn über der Tür befand sich in einer Einbuchtung im Mauerwerk eine steinerne Madonnenfigur mit Kind.

Und als ich den Innenraum betrat, war alles klar: eine weitere Marienhochburg.

So klein und schlicht, wie die Kirche von außen wirkte, präsentierte sie sich auch innen. Der Platz reichte gerade für eine Empore mit Mini-Orgel, acht oder neun einfache Holzbankreihen, kleinformatige Bilder mit den Kreuzwegstationen sowie einen Tisch, ein Lesepult und ein paar Hocker im Altarraum.

Aber *ein* prunkvolles Element hatte das Kirchlein doch – den Altar.

Sein Herzstück war – wie sollte es auch anders sein – eine große Marienstatue, eingerahmt von einem aufwendig gestalteten Portal mit kunstvoll gewundenen Säulen. Und auch bei dieser Statue, die in der linken Hand das Jesuskind hielt und mit dem linken Fuß den Kopf einer schwarzen Schlange zertrat, hatte man keinen Zweifel gelassen, dass es sich hier um die Königin des Himmels handelte: die hohe Krone, die sie auf dem Kopf hatte, das lange Zepter, das sie in der rechten Hand hielt, das elegante Kleid, das sie trug, der vielstrahlige Sonnenkranz, der sie von Kopf bis Fuß umgab – alles war komplett goldfarben gehalten.

Das war so ganz nach dem Geschmack von Lena Wiga, und die Dorfkirche von Reutersbrunn war zweifelsohne ein würdiger Versammlungsort für ein Treffen einer lokalen Gruppe der Religio Mariae.

So weit, so gut.

Der einzige Haken an der Sache war, dass sich weder Lena Wiga noch sonst irgendeine Person in der Kirche aufhielt – von einem frustrierten und ziemlich ratlosen Privatdetektiv abgesehen.

Ich war also auf dem Holzweg. So marianesk dieses Gotteshaus sich auch präsentierte, hier war tote Hose, die Marienmeute inklusive Lena Wiga traf sich offenkundig irgendwo anders.
Verdammt – dabei hätte mir das so gut in den Kram gepasst.
Ich verließ die Kirche wieder, trat ins Freie und sah mich unschlüssig um.
Wo sollte ich nun weitersuchen? Die eine Richtung war so schlecht wie die andere.
Ich trabte zunächst zurück in Richtung Gasthaus »Zum Hohlen Stein« und beschloss, sämtliche Straßen von Reutersbrunn abzulaufen.
Es wurde ein Rundgang, der mich schockierte.
Der erste Schockfaktor war, dass ich feststellen musste, dass Reutersbrunn vollkommen »marienverseucht« war. Man konnte keine fünfzig Meter laufen, ohne auf ein Marienheiligtum zu stoßen. Es gab mehrere kleine Kapellen, die Madonnenstatuen beherbergten. Andere Marienfiguren standen in Minitempeln am Straßenrand oder in Hofeinfahrten. Und an der Frontseite vieler Gebäude, unter anderem auch des Gasthauses »Zum Hohlen Stein«, gab es im Mauerwerk einen kleinen Schrein mit Rundbogen-Glasfenster, in dem sich eine Hausmadonna-Statuette befand. Ich hatte noch niemals so viele Gedenkstätten für eine einzige Person auf so engem Raum gesehen.
Der zweite, wesentlich folgenreichere und schwerwiegendere Schockfaktor war, dass ich allerdings an keiner dieser vielen Marienstätten und überhaupt nirgendwo in dem ganzen Kaff eine Spur von Lena Wiga entdecken konnte. Nirgendwo stand ihr Auto, nirgendwo fand ich einen Hinweis, dass sich hier eine größere Gruppe von Menschen zusammenrottete. Offenbar fand das ominöse Treffen doch nicht in Reutersbrunn statt, obwohl dieser Ort doch ein wahres Eldorado für Marien-Freaks war.
Warum zum Teufel war Lena Wiga dann überhaupt hier abgestiegen? Um mich abhängen zu können? Wenn das ihr Plan gewesen war, hatte er auf jeden Fall super funktioniert.
Ich überlegte kurz voller Zynismus, ob ich es vielleicht auch mal mit der Maria-hilf-Nummer versuchen sollte. Doch statt-

dessen stieß ich ein paar marienlästerliche Flüche aus und stapfte als geschlagenes Häufchen Elend zurück zum Gasthaus.

Auf dem Weg dorthin spürte ich die triumphierenden Blicke der Millionen Madonnen von Reutersbrunn wie Nadelstiche in meinem Rücken.

32 Bär singt

Ich lag in Mariens Schoß.
    Mariens Schoß schaukelte mich.
    Ich ließ mich schaukeln. Wie früher beim Zugfahren. Sich durch die Gegend schaukeln lassen.
    Ich öffnete vorsichtig ein Auge.
    Neben mir stand ein Engel in Weiß.
    Passte wohl auf, dass ich nicht aus dem Bett fiel.
    Er brauchte nicht viel aufpassen.
    Ich war angeschnallt.
    Fixiert.
    Vom Engel in Weiß.
    Er hat seinen Engeln befohlen, dass sie dich behüten auf allen deinen Wegen ... Psalm 91.
    Die Halbgöttin.
    Die Notärztin.
    War sie in Not? Ich nicht.
    Rockkonzert im Kopf. Immer noch. Etwas entfernter.
    Draußen musste ein Gewitter sein.
    Blaue Blitze.
    Tonlos.
    O Maria hilf.
    Die Melodie durchströmte mich.
    Summte aus meinem Munde mit den aufgeschlagenen Lippen und den wackligen Zähnen.
    Maria, wir dich grüßen. O Maria hilf.
    Und fallen dir zu Füßen.
    Nein, ich bin fixiert.

O Maria hilf.
O Maria hilf uns all hier aus diesem Jammertal.
Jammertal am See.
Ich schlief wieder ein.
Dann Türenschlagen.
Die Himmelstore?
Ich Tor.
Nix Himmelstor.
Die Türen vom Sanitätsauto wurden aufgerissen.
Die Türen zu einer Anstalt wurden aufgerissen.
Kaufbeuren.
Irrenanstalt.
Und ich wollte eine Marienwallfahrt machen!
O Maria hilf.
Aus mir summte es.
Ich probierte, es etwas anschwellen zu lassen, das Mariensummen.
Vor Mord und Kriegsgefahren, o Maria hilf.
Wollst du dein Bär bewahren, o Maria hilf.
O Maria hilf uns all hier in diesem Jammertal.
Eine resolute Frauenstimme sagte: »Nicht schon wieder so eine ...«
Eine devote Männerstimme sagte: »Ein Mannsbild.«
»Haben die jetzt auch schon den Marienwahn, die Mannsbilder?«
Die devote Männerstimme schwieg.
Der »Neger« von der Oberärztin. Assistenzarzt.
Sie bugsierten mich auf einer Bahre ins Innere der Anstalt.
Es roch nach Desinfektion.
Dann bugsierten sie mich in einen Raum.
Ich wurde in einem Sessel mit Kunstlederüberzug niedergelassen.
Die Oberärztin, ganz in Weiß, ohne Blumenstrauß, aber mit einer schwarzen Hornbrille im Gesicht, ließ sich in einem Sessel schräg gegenüber nieder.
Der »Neger« stand in Habachtstellung. Weiß und blass. Mit einem Stenoblock in der Hand. Warum kein Notebook? Alt-

modischer Verein! Am Ende konnte er noch stenografieren. Deutsche Sütterlin-Steno-Kurzschrift. War ich im Mittelalter gelandet?

Die Oberärztin, vielleicht um die vierzig, klein von Statur, stattlich von Busen, erinnerte mich an das verschwundene TinaTurner-Pamela-Anderson-Christine-Neubauer-Regina-Bavariae-Plakat.

Sie sagte mit steriler Empathie: »Name?«

Ich sagte: »...«

Nichts.

Verschärfte Empathie: »Wie Sie heißen.«

Sie zischte das »heißen« heraus wie eine Schlange im Angriffsmodus.

Ich sang: »*In Trübsal, Angst und Leiden, o Maria hilf.*«

Sie rollte die Augen, sagte zu ihrem »Neger«: »Dieses Mariengesinge ist eine Epidemie. Ich hab geglaubt, nur die Weiber werden befallen. Wir haben schon drei davon hier, jetzt auch noch der da ...«

»Wie heißen Sie?«

Zwischen zwei Strophen von *O Maria hilf* sagte ich: »Josef.«

Sie rollte die Augen.

»Oh Maria und Josef ... Himmelherrgott ...«

Wieder zu ihrem Assi: »Hat er denn keinen Ausweis?«

Warum fragt sie mich das nicht?

Weil ich jetzt verrückt bin.

Der Assi sagte: »Die Polizei hat keinen gefunden.«

Wieder an mich: »Wo wohnen Sie?«

Ich stimmte an: »*Vom Himmel hoch, da komm ich her ...*«

Inzwischen lauter. Ich hatte noch nie singen können. Irgendein Ödipuskomplex war dran schuld. Singen ist Sex. Kultiviertes Stöhnen. Bin ja keine exhibitionistische Drecksau.

Das verriet ich den Deppen in Weiß natürlich nicht.

»*... ich bring euch gute neue Mär ...*«

»Der bringt mich noch ins Irrenhaus!«

Sagte die Oberärztin.

Ich kam aus dem Rhythmus ...

»*Der guten Mär weiß ich so viel ...*«

... weil ich einen Lacher unterdrücken musste.
Sie begriff die Ironie nicht. »Der bringt mich noch ins Irrenhaus.«
»Wann sind Sie geboren?«
»... *davon ich singen und sahagen will.*«
»Ihr Geburtstag?«
»... *uns ist ein Kindlein heut gebor'n.*«
»Vielleicht meint er den 24. Dezember?«
Scharfsinnig, der Assi.
»Aber das Jahr ...?«
Sie sagte mir direkt ins Gesicht: »1950?«
Ich grinste. Musste noch gut aussehen trotz meines verprügelten Gesichts.
Schüttelte den Kopf.
»1951?«
Summte.
Den wahren Glauben mehre, o Maria hilf!
»1952?«
Sang.
Tilg aus die falsche Lehre, o Maria hilf!
Übersang »1953?«.
Sie verpassten mir eine kalendarische Verjüngungskur.
Der Busen der Oberärztin wogte in Verzweiflung. Ihre Augen rollten nach oben.
Der Assi hatte eine Erleuchtung. Er sprang ein.
Schrie gegen meinen Mariengesang an: »1949?«
Ich wurde wieder leiser.
»1948?«
Grinste. Wenn man grinst, kann man nicht singen.
Nickte.
»1948 ist er geboren!«, jubilierte der Assi.
Es war ein schönes Spiel. Ich sehe was, was du nicht siehst, und dann wird der Sucher dirigiert: Warm, wärmer, kalt, wärmer ... wärmer ... heiß!
Der Assi hatte es als Erster kapiert.
Er sagte: »Dann schreib ich mal 24.12.48 ins Formular.«
Schrieb 24.12.48 ins Formular.

Die Oberärztin sagte: »Singen kann er. Hören kann er. Reden kann er nicht.«

»Partielle Aphasie«, sagte der Assi und schrieb die Diagnose ins Formular.

Die Oberärztin sagte: »Vielleicht auch Demenz.«

Sie mochte mich nicht.

Beruhte auf Gegenseitigkeit.

Ich plärrte ihr ein Kriegslied ins Gesicht: »*Ein feste Burg ist unser Gott. Ein gute Wehr und Wahahaffen!*«

Sie floh.

Ich stellte meine Beschallung ein.

Lächelte den Assi an.

Er fragte unsicher: »Können Sie mich jetzt hören? Verstehen Sie, was ich sage?«

Ich sagte: »Natürlich, ich bin doch nicht blöd!«

Er stotterte: »Aber Sie können ja reden!«

Ich sagte: »Schon. Mit wem ich will.« Zwinkerte ihn an.

Er schaute verdutzt. Dann lachte er.

Ich auch.

»Wir müssen Sie einen oder zwei Tage behalten. Zur Beobachtung. Diagnose stellen. Untersuchen.«

Ich sagte: »Klar, Sie müssen Ihren Arsch in Sicherheit bringen, versteh ich.«

»Es ist wegen Ihrer Sicherheit!«

»Und wegen Ihrer. Dann haben wir ja ein gemeinsames Interesse. Ich mach Ihnen einen Vorschlag. Ich tue was für Ihre Sicherheit und Sie was für meine. Ich sag Ihnen, was Sie wissen wollen, und Sie sagen mir, was ich wissen will.«

»Hm …«

»Was war da zum Beispiel mit der Marien-Epidemie?«

»Eigentlich dürfte ich nicht … Datenschutz und so …«

Ich intonierte: »*O Maria hilf uns all hier in diesem Jammertal!*«

»Also gut. Wir haben in den letzten Tagen drei junge Frauen hier aufgenommen. Die singen dauernd so ein Marienzeug. Reden nicht. Hocken rum, stumm wie ein Stockfisch.«

»Depression?«

»Ja, in der Richtung. Aber dann können sie wieder ganz

hysterisch werden ... und aggressiv ... man könnt sich gleich fürchten ... wenn die einen anschauen ...«

»Dann friert Sie's!«

»Ja, woher wissen Sie das?«

»Ist mir bloß grad mal eingefallen ... Und weiter?«

»Nix weiter. Ah ja, gestern sind sie ausgerastet. Sie haben eine ältere Patientin halb tot geschlagen ... Wir haben sie dann sediert. Jetzt ist wieder eine Ruh im Haus.«

»Und warum haben sie die ältere Patientin halb tot geschlagen?«

»Keine Ahnung ... Mutterkomplex vielleicht.«

Trottel.

»Warum ist denn die ältere Patientin hier?«

»Depression ... und Schizophrenie. Paranoide Schizophrenie. Die glaubt, dass es Teufelinnen gibt und Hexen ... Sie hat die andern drei Jungen dauernd angeplärrt: Ihr Teufelshexen ... ihr seid schuld ... ihr Teufelshexen!«

»Und was habt ihr dann mit ihr gemacht?«

»Sediert.«

»Hilft das?«

»Ja ... uns.«

»Werd ich auch sediert?«

»Das kommt drauf an.«

»Auf was?«

»Ob Sie kooperieren.«

»Ja, das haben wir doch ausgemacht ... Also ich sag euch meine Diagnose und was ihr sonst noch wissen wollt, und Sie geben mir die Unterlagen der drei hysterisch-depressiven Hühner.«

»Aber ...«

»Keine Angst, ich will bloß reinschauen. Bin von Natur aus neugierig. Ich kann es ja machen, wenn Sie in ihrem Büro sind ...«

»Ganz wohl ist mir nicht bei der Geschichte.«

»Was glauben S', wie wohl mir ist«, sagte ich und deutete auf mein verbeultes Gesicht. Sagte: »Also fangen wir an mit der Kooperation. Was wollen S' von mir wissen?«

»Das Geburtsdatum hab ich schon ...«
»Nicht ganz. Sie sind drauf gekommen, was das Spiel war. Ich sehe was, was du nicht siehst. Gratuliere. Also: 1948 stimmt. Aber nicht der 24. Dezember.«
»Sondern?«
»Der 25. Dezember.«
Er nahm eine blaue Plastikunterlage, klemmte ein vorgefertigtes Formular mit der Überschrift »Anamnese« darauf, zückte seinen Kugelschreiber und fing an zu schreiben, was ich ihm diktierte.
Wie sich's gehört. Schließlich hätte er mein Sohn sein können.

33 Marlein und die erhellende Lektüre

Völlig frustriert betrat ich unser Zimmer.

Da hatte ich mir einen ganzen Tag lang eine Marienkirche nach der anderen angetan, nur um am Ball zu bleiben, und jetzt, wo die große Sause und das große Finale stieg, war ich nicht mit von der Partie.

Missmutig stapfte ich zum Fernseher, um tatsächlich Lena Wigas Rat zu befolgen und Fußball zu gucken, als mein Blick auf die Sporttasche neben ihrem Bett fiel.

Ich setzte mich auf die Bettkante und begann die Tasche zu durchwühlen. Sie enthielt nicht mehr viel, nachdem Lena Wiga sie schon um zwei Dinge erleichtert hatte: den Kulturbeutel, den sie im Bad gelassen hatte, und die Stofftasche mit unbekanntem Inhalt, die sie mitgenommen hatte. Jetzt befanden sich darin nur noch eine Wasserflasche, ein paar Klamotten – und die Sektenbibel.

Meine Miene hellte sich auf. Das war doch mal ein Lichtblick. Endlich konnte ich dieses Werk in aller Ruhe studieren und zu Ende lesen.

Ich warf mich aufs Bett, blätterte bis zum nächsten Kapitel, das ich noch nicht kannte, und begann zu lesen.

BAYERN – MARY'S OWN COUNTRY

Amerika behauptet von sich, es sei »God's Own Country« – Gottes auserwähltes Land. Und analog gibt es auch ein Land, das »Mary's Own Country« ist, Marias auserwähltes Land – und das ist zweifelsohne Bayern, denn in keiner anderen Gegend auf der ganzen Welt ist die Marienverehrung so groß und so innig und hat eine so lange Tradition. Bayern ist kein Christenland – Bayern ist Marienland.

Das kommt zum einen darin zum Ausdruck, dass Bayern neben Ungarn, Polen und Portugal das vom Papst persönlich verliehene außerordentliche Privileg besitzt, die Gottesmutter und Himmelskönigin Maria als Landespatronin verehren zu dürfen – und das, obwohl Bayern ja gar kein eigenständiger Staat ist – und am 1. Mai den zusätzlichen Marienfesttag der »Patrona Bavariae« feiern zu dürfen, zum anderen in unzähligen Gebeten, die die besonders innige Beziehung der Bayern zu ihrer Landesmutter und Schutzpatronin zum Ausdruck bringen, wie zum Beispiel dieses:

Das ganze Bayernland ist Dein.
O lass es Dir empfohlen sein!
Maria, bitt für uns!
Wir bitten Dich all, groß und klein,
Du wollest unsre Schutzfrau sein.
Darum liebreiche Mutter,
Reich uns Dein' milde Hand,
Halt Deinen Mantel ausgespannt
Und schütze unser Bayernland!

Dass Bayern Marienland ist, äußert sich aber besonders in den unzähligen Marienheiligtümern, die das ganze Bayernland wie ein unsichtbares marianisches Netz überziehen. Massen von Hausmadonnen zieren Häuser und Gebäude, Bauernhöfe und Schlösser. Tausende von Säulen, Bildstöcken, Bildhäuschen und Wegkapellen mit Mariendarstellungen, Marienbildern, Marienfiguren und Marienstatuen stehen an allen Ecken und

Enden, und Hunderte von Klöstern, Dörfern und Städten sind nach Maria benannt – zum Beispiel Mariabuchen, Maria Ehrenberg, Mariaort, Maria Bürg, Marienberg, Maria Birnbaum, Mariabrunn, Maria Brünnlein, Maria Eck, Maria Eich, Maria Gern, Maria Thalheim und Marienfried, um nur einige wenige zu nennen. Vor allem aber gibt es in keiner Region der Welt eine so große Anzahl von Marienwallfahrtsorten wie in Bayern – Bücher, die versuchen, alle aufzulisten, kommen auf über fünfhundert (!) solcher Stätten.
Bemerkenswert und auffällig an dieser großen Zahl von Marienwallfahrtsorten ist auch, dass es, wenn man sich die bayerischen Wallfahrtsorte im Gesamten betrachtet, eben praktisch nur Marienwallfahrten gibt. Bei Wallfahrten pilgern die Gläubigen an Orte, an denen sie sich einen ganz besonderen Draht zu ihrer zentralen Anbetungsfigur erhoffen, und man sollte meinen, dass diese Figur im Christentum Jesus Christus ist. Nun, es gibt in Bayern tatsächlich auch einige Christus-Wallfahrtsorte wie Bergen, Bettbrunn, Biberach, Friedberg, Kreuzberg, Scheyern und Wies. Aber im Vergleich zu den mehr als fünfhundert Marienwallfahrtsorten ist das knappe Dutzend Christus-Wallfahrtsorte eine armselige Splittergruppe.
Dieser Umstand illustriert besser als alles andere den Widerspruch zwischen Marias Rolle in der Heiligen Schrift und ihrer Verehrung im Volk und in der Kirche. In den Evangelien des Neuen Testaments wird Maria erschreckend selten erwähnt – so selten, dass das wenige, was man über sie erfährt, auf einer Postkarte Platz hätte und dass jeder Versuch, eine Biografie Marias zu schreiben, nur über den Weg fiktiver und völlig spekulativer Belletristik möglich ist. Und das bisschen, das über sie berichtet wird, ist alles andere als schmeichelhaft: Sie wird dargestellt als naives, ungebildetes Dorfmädchen, das während ihrer Schwangerschaft des Ehebruchs verdächtigt wird und später als Mutter kein besonders gutes Verhältnis zu ihrem aufrührerischen Sohn hat, dessen Mission sie nicht versteht. Die Gläubigen hingegen verehren sie als unbefleckt empfangende Jungfrau, in den Himmel aufgefahrene Königin und Wunder wirkende Erlöserin. Dieser krasse Gegensatz lässt sich nur damit

erklären, dass in Maria nicht die blasse bedauernswerte Figur aus der Bibel verehrt wird, sondern die alte Große Göttin, die die Menschen nicht aufgeben wollten. Dass in der Person Maria die alten Erd-, Mutter- und Fruchtbarkeitsgöttinnen eine neue Inkarnation gefunden haben, unterstreicht auch die Tatsache, dass die meisten Marienkirchen an Orten errichtet wurden, die zuvor Heiligtümer der alten Göttinnen waren. Auch viele bayerische Marienwallfahrtsorte weisen örtliche Bindungen zu sakralen Plätzen der alten Göttinnen auf. So wie Bayern heute das auserwählte Land Marias ist, war es früher ein großes religiöses Zentrum der Verehrung der Großen Göttin. Besonders in Franken finden sich auffallend viele solcher heidnischen Kultstätten und Naturheiligtümer. Auch von diesen können an dieser Stelle nur einige besonders wichtige erwähnt werden: das Walberla bei Forchheim, der Druidenhain bei Wohlmannsgesees, der Teufelstisch bei Gräfenberg, der Rabenfels bei Neuhaus, die Jungfernhöhle bei Tiefenellern, das Zwergenloch bei Hollenberg, der Hohle Stein bei Reutersbrunn ...

Mir fiel beinahe das Buch aus der Hand, und ich dachte, ich hätte eine Halluzination gehabt.

Aber auch nach Augenreiben und Nochmallesen kam ich zum selben Ergebnis: Da stand tatsächlich »der Hohle Stein bei Reutersbrunn«.

Und wo zum Teufel befand ich mich gerade?

In Reutersbrunn, im Gasthaus »Zum Hohlen Stein«!

34 Bär spuckt

Speisesaal.

Roch nach Desinfektionsmittel und Käse.

Es gab Kässpatzen. Das Allgäuer Nationalgericht.

Die Dinger, die sich ziehen wie Rotz.

Die meisten sahen aus wie Zombies. Die die Kässpatzen aßen.

Bei manchen konnte ich nicht entscheiden, ob die Fäden

vom Teller zum Gesicht aus Käse oder Rotz waren. Wollte ich auch nicht. Lieber nicht hinschauen.

Mein Magen schob sich gefährlich in Richtung Kehlkopf.

Dumpfes Brüten erfüllte den desinfizierten Kässpatzenraum, nur unterbrochen von lautem Schmatzen.

Die Männer saßen auf der rechten Seite. Lange Tischreihen mit Plastikstühlen.

Die Frauen saßen auf der linken Seite.

Wie in der Kirche.

Rassentrennung.

Ich tat so, als wäre ich ganz locker, und schlenderte den Mittelgang entlang.

Links interessierte mich mehr als rechts.

Ich jonglierte mein Tablett mit den Kässpatzen und dem Tee in den hinteren Teil des Raumes. Der Raum hatte den Appeal einer Bahnhofshalle.

Kässpatzen und Tee.

Am helllichten Tag!

Erinnerte mich an meine Studentenzeit in der kirchlichen Hochschule Bethel.

Drei ewige Semester.

Ich lernte damals Hebräisch und Griechisch. Außerdem lernte ich, dass die Semester nur im Suff auszuhalten waren.

Drei versoffene Semester.

Mittags gab es auch immer Tee.

Der Tee sah aus wie evangelische Pferdebrunze. Schmeckte auch so.

Es ging das Gerücht, dass die Diakonissen in der Küche immer eine Ladung »Hängolin« reinschütteten.

Damit die Studenten keusch blieben und nicht halb oder ganz Bethel schwängerten.

Wir testeten das Gerücht auf seinen Wahrheitsgehalt.

Es stellte sich als Gerücht heraus.

Wenn etwas unsere jungen Hengstnaturen zähmte, war es der Alkohol.

Ich balancierte mein Tablett mit Kässpatzen, Pferdebrunze und Jugenderinnerungen bis an den letzten Tisch.

Wie es der Zufall wollte, saßen drei vollbusige Jungfrauen da und stierten in ihre Kässpatzen.
Körbchengröße 65H, 65F, 70H. Die Jungfrauen, nicht die Kässpatzen. Ich habe da einen Blick dafür. *Powers of observation* sagen die Engländer dazu.
Drei Ketten um drei junge Schwanenhälse. Mit Anhängern. Zwischen den Eutern baumelte die Jungfrau Maria. In Schwarz. Und nackt. Noch nie gesehen. Heiliger Josef!
Ich fragte die drei: »Noch frei hier?«
Sie schauten mich an, als käme ich vom Mond oder aus dem Puff.
Schauten wieder zurück in ihre Kässpatzen.
Kühl war's im Saal. Mich fröstelte.
Ich hockte mich hin.
Sagte: »Ich bin nämlich neu hier.«
Resonanz wie in einer Leichenhalle.
»Warum seid denn ihr hier?«
Das Schweigen der Lämmer.
»Christe, du Lamm Gottes«, sagte ich.
Sie schauten kurz auf.
Ich kaute eine Gabel voll Kässpatzen.
Wusste auf einmal, warum die vor dem Fraß hockten und nichts anrührten.
Spuckte die Kässpatzen zurück auf den Teller.
»'tschuldigung, den Fraß kann doch keiner fressen.«
Lächelte meine Nachbarin etwa?
Vielleicht lebte sie doch noch?
»Ich bin nämlich hier wegen Aphasie.«
Null Reaktion.
»Ich kann nicht reden.«
Ein kleiner Ruck ging durch die Drei. Sanftes Wogen in den Körbchen 65H, 65F, 70H.
»Und ihr?«
Nix.
»Schaut schwer nach Depression aus, was ihr da habts. Depression ist meistens die Reaktion auf einen schweren Verlust«, dozierte ich.

Schweigen.
Der Tee schmeckte tatsächlich nach Pferdebrunze. Auch die Farbe war passend.
Ich spuckte ihn in meine Tasse zurück. Lieber verdursten als sich vergiften.
Die Unterhaltung wurde allmählich anstrengend.
Die drei schauten in ihre Teller.
Der neben mir tropfte ein Tropfen von der Nase in die Kässpatzen.
Es war kein Rotz.
Es war eine Träne.
Ansteckend.
Die andern beiden fingen auch an zu tropfen.
»Außerdem«, sagte ich, »hab ich eine paranoide Schizophrenie. Sagen die hier. Mit religiösem Wahn. Marienwahn. Weil ich ihnen Lieder vorgesungen habe.«
Ich holte Luft und fing an zu singen:

»Segne du, Maria, segne mich, dein Kind
Dass ich hier den Frieden, dort den Himmel find
Segne all mein Denken, segne all mein Tun
Lass in deiner Liebe Tag und Nacht mich ruhn.«

Wie von der Tarantel gestochen sprangen die depressiven Jungfrauen auf und verließen fluchtartig den Bahnhofssaal.
Dabei wollte ich sie doch gar nicht anmachen, die jungen Dinger, die elenden!
Langsam leerte sich der Saal.
Der Auszug der Zombies.
Voll wie die Haubitzen.
Von Psychopharmaka.
Da helfen auch keine Kässpatzen dagegen.
Ich wartete.
Der Saal war leer.
Bis auf eine alte, verhockte Gestalt.
Ich nahm mein Tablett und ging an ihr vorbei.
Ihr Essen stand unberührt vor ihr. Es dampfte nicht mehr.

Sie hatte zwei blaue Augen. Blau geschlagen.
Getackerte Unterlippe.
Ich blieb stehen.
»Haben wir uns nicht schon mal wo gesehen?«
Sie schaute mich kurz an.
Ein Blitz traf mich. Der Blitz der Erkenntnis.
»Du ... das gibt's doch net ... die Posserhofbäuerin!«
Sie schaute mich an. Ob sie mich erkannte?
Ich setzte mich ihr gegenüber.
»Was machst denn du hier, Bäuerin?«
»Die Hexen haben sie umgebracht. Die Teufelshexen haben es umgebracht. Die Hexenteufel haben ihn umgebracht.«
Monoton. Tonlos.
»Die Hexen bringen mich auch noch um!«
Die Hexen oder der Fraß hier.
War sie auch paranoid? Wie ich? Angeblich.
Ich fragte: »Weißt du, wer ich bin? Erinnerst du dich an mich? ... *Gegrüßet seist du, Maria* ...«
Aus dem Nichts kam ein Schrei. Aus ihr. Mir ins Gesicht.
»Der Teufel. Du bist der Teufel ...!«
»Aber ...«
Bevor ich ein weiteres Wort herausbrachte, hatte ich einen Teller voll Kässpatzen vor dem Gesicht.
Ich duckte mich ab, der Teller streifte mein rechtes Ohr und zersplitterte an der Wand wie ein Geschoss.
Sie sank in sich zusammen.
Ich kratzte mir die Kässpatzen von der Backe.
»Was soll jetzt des?«
Sie sank in sich zusammen, rutschte vom Stuhl, blieb bewegungslos liegen.
Ein paar Pfleger stürmten herein.
»Was hast denn mit der Frau gemacht, du alter Drecksack?«
Ich schnappte tonlos wie ein Fisch ohne Wasser.
Einer der Pfleger sagte: »Das ist der Neue, mit der Aphasie.«
Zu mir sagte er: »Noch einmal, und du landest in der Gummizelle. Sonderbehandlung.«
Ich hörte auf mit meiner Schnappatmung.

Fing an: »*O Maria hilf* ...«
»Singen kann er. Der Depp. Mit seiner Maria.«
Dann kümmerten sie sich um die ohnmächtige Posserhofbäuerin.
Ich ging aufs Klo, wusch mir mein Kässpatzengesicht.
Trocknete es mit Klopapier.
Machte mich fein für meinen Termin.
Beim Assi.

35 Marlein und die heiße Spur

Wie von der Tarantel gestochen sprang ich vom Bett auf, rannte aus dem Zimmer und die Treppe hinunter in die Gaststube und schrie den Wirt hinter der Theke an: »Hey, Mann, sagen Sie mal, warum zum Teufel heißt Ihre Hütte eigentlich ›Zum Hohlen Stein‹?«

Der Wirt sah mich noch nicht einmal überrascht, sondern mit einem wissenden Blick an. Drogen oder Alkohol oder beides zusammen, sagten seine Augen.

»Wegen dem Heiligtum drüben im Wald.«

»Was für ein Heiligtum?«

»Na, der Hohle Stein, diese alte Kultstätte zu Ehren der Hertha.«

»Hertha? Sie wollen mich doch verscheißern. Hertha ist ein Berliner Fußballverein.«

»Unsinn. Hertha ist eine alte germanische Göttin. Aber wenn Sie's mir nicht glauben, ich habe irgendwo noch so eine Broschüre, da können Sie's nachlesen. Warten Sie mal.«

Er zog eine Schublade am Schrank hinter dem Tresen auf, die überquoll vor Papieren, wühlte eine Weile darin herum, zog schließlich ein zerknülltes Faltblatt heraus und drückte es mir in die Hand.

»Hier. Hat der Heimatverein herausgegeben. Können Sie behalten.«

Ich bedankte mich, bestellte mir eine Cola, bezahlte mit

reichlich Trinkgeld, setzte mich an den nächstgelegenen Tisch und sog sowohl die Cola als auch den Text des Infoblättchens gierig in mich rein.

DER »HOHLE STEIN« VON REUTERSBRUNN

Tief im Haßwald des Naturparks Haßberge versteckt, befindet sich in der Nähe des kleinen Ortes Reutersbrunn ein beeindruckendes Naturdenkmal: der »Hohle Stein«. Es handelt sich dabei um eine Formation von gewaltigen Felsblöcken, die auf einer Anhöhe am Rande des Friedrich-Rückert-Wanderweges liegt und aus der schönen umliegenden Waldlandschaft unerwartet und weithin sichtbar herausragt. Der Hohle Stein hat seinen Namen erhalten, weil sein Zentrum, ein riesiger überhängender Sandsteinfelsen, im wahrsten Sinne des Wortes hohl ist: In seinem Inneren befindet sich eine in den blanken Fels hineingemeißelte Höhle mit einem ummauerten Eingang und einer Art steinerner Liegestätte.
Der Hohle Stein diente in jüngerer Vergangenheit als Zufluchtsort in Kriegszeiten, als Wohnstätte für Einsiedler, als Feierstätte für Tanz- und Sommerfeste, als Ausflugsziel für Wanderer sowie als Lagerraum und Bierkeller. In vorchristlicher Zeit war der Hohle Stein allerdings eine heidnische Kultstätte, nämlich ein Heiligtum der germanischen Göttin Hertha.
Hertha war im germanischen Götterhimmel die »Mutter Erde«. Sie ist identisch mit der Göttin Nerthus, die der römische Schriftsteller und Historiker Tacitus in seinem Werk »Germania« als oberste Gottheit aller germanischen Stämme schilderte. Er beschrieb, wie sie in einem geweihten, von Kühen gezogenen Wagen durch die Lande fuhr, was überall, wo sie hinkam, großen Jubel und Freude auslöste, zur Einstellung aller Kriege und Feindseligkeiten führte und mit Festlichkeiten gefeiert wurde. Nach der Verdrängung des Heidentums durch das Christentum lebte Hertha in anderer Gestalt fort: nämlich im Weihnachtsmann. Der Sage nach flog Hertha zum Jul-Fest zur Zeit der Wintersonnenwende Ende Dezember in einem Wagen, der von einem Schwein gezogen wurde, durchs Land und brachte

den Kindern Geschenke. Daher stammt auch der Ausdruck »Schwein gehabt«: Wer von Hertha und ihrem Schwein besucht wurde, hatte Glück.
Der Hohle Stein war ein bedeutender Wallfahrtsort, zu dem die Heiden in Scharen pilgerten, um die Göttin Hertha anzubeten und anzurufen, um sich Heilung von Leiden, Schmerzen, Wunden, Gebrechen, Verletzungen und Krankheiten zu erbitten und um sich in der Höhle auf dem Steinlager niederzulegen und die legendären Heilkräfte der Göttin wirken zu lassen. Denn die Erdmutter war nicht nur für Wachstum und Fruchtbarkeit zuständig, sondern galt auch als Herrin der Heilkräuter und der Arzneikunde. Und es wird gemunkelt, dass der Glaube an die Existenz und die Macht der göttlichen Erdmutter Hertha nie ganz erloschen ist und dass selbst heute noch vereinzelt Menschen den Hohlen Stein aufsuchen, um Gesundung und Heilung zu erlangen, um für Ernte und Wachstum zu bitten oder um orgiastische Fruchtbarkeitsriten zu zelebrieren.

Ich steckte die Broschüre in die Hosentasche, trank meine Cola aus und ging zur Theke, wo der Wirt gerade damit beschäftigt war, Gläser abzutrocknen.

»Wie lange braucht man, wenn man zu diesem Hohlen Stein laufen will?«

»'ne gute halbe Stunde.«

Ich fragte ihn nach der Wegbeschreibung, bedankte mich noch mal – und verließ das Gasthaus, um schleunigst zum Hohlen Stein zu wandern.

Ein Kultplatz und Heiligtum einer alten Göttin.

Ich war mir ziemlich sicher, dass ich Lena Wiga und den restlichen Marienfanclub dort finden würde.

36 Bär behandelt

»Grüß Gott, Herr Dr. Guggemoos.«
»Ich bin noch kein Doktor. Ich schreib noch dran.«

»Und wo schreiben Sie ihn ab, Ihren Doktor?«
Er schaute, als hätte ich ihn gegen sein Schienbein getreten und sein Weisheitszahn hätte sich davon entzündet.
»Sorry. Kleiner Scherz. Im Ernst: An was arbeiten Sie denn?«
Die Zahnentzündung beruhigte sich augenblicklich, und sein Schienbein war kein Problem mehr. Eine Wunderheilung.
Er sagte, nicht ohne Stolz: »Der Arbeitstitel ist: Psychoanalytische Fokaltherapie in der Psychiatrie unter besonderer Berücksichtigung der Allgäuer Subkultur.«
»Oha. Das ist ja ein schönes Pfund! Vielleicht kann ich was dazu beitragen.«
»Wieso?«
»Ich bin Ihr Patient, ich bin in der Psychiatrie und ich bin Allgäuer. Und es muss schnell gehen. Das meint doch ›Fokaltherapie‹.«
»Genau, aber —«
»Ich leg mich auch gern auf Ihre Couch … wenn ich die Akten der drei Marias gesehen habe.«
»Ich weiß nicht …«
»War doch ausgemacht, oder? Sonst krieg ich wieder meine Aphasie und sing Ihren Laden voll Marienlieder.«
»Ich mein, wegen … Die Oberärztin supervidiert meine Doktorarbeit, und ich müsst sie vielleicht … äh … konsultieren.«
»Das können S' ja nachher machen. Wir überraschen Ihre Frau Oberärztin.«
»Aber wie …?«
»Ich sag's Ihnen schon. Also, was ist jetzt mit den Akten?«
»Hier.«
Er zeigte auf einen Stapel Papier auf seinem Schreibtisch.
Er zeigte so darauf, als wären die Akten verseucht, sagte: »Ich weiß von nix. Ich geh jetzt mal eine Viertelstunde raus. Dann komm ich wieder.«
»Schon recht. Gute Idee. Im Notfall hab ich mich heimlich in Ihr Behandlungszimmer hier reingeschlichen und unerlaubte Aktenkenntnis erworben.«
»Ja, so ähnlich … Also dann, servus.«

»Servus!«

Ich schnappte mir die Leitzordner und ließ mich im Therapeutensessel hinter der Couch nieder.

Die Akten hatten ein Verbrecherpassfoto auf dem ersten Blatt.

Ich pfiff durch die Zähne.

Meine drei Freundinnen mit ihren Hausnummern 65H, 65F, 70H und dem Tiefkühlblick. Die vom Mittagessen. Die Kässpatzenverweigerinnen.

Ich erfuhr aus den Akten:

Sie waren in den letzten Tagen eingeliefert worden. Eine nach der anderen.

Viele Daten. Alle nutzlos. Körpergröße, Schuhgröße. Die Körbchengröße war wohl übersehen worden. Körpergewicht. Alter. Symptome. Alle drei hatten:

Interessenverlust.

Angst.

Freudlosigkeit.

Schlafstörungen.

Appetitverlust.

Antriebslosigkeit.

Partieller Stupor.

Religiöse Halluzinationen.

Morgentief bis zum Abend.

Partielle Aphasie. Alles, was sie an Geräuschen von sich gaben, waren Marienlieder. Alte und moderne.

Und so weiter.

»Therapieresistent«, stand handschriftlich vermerkt.

Auf Deutsch: Sie hatten eine Fetzen-Depression und sagten kein Wort. Sie bockten.

Warum?

Warum waren sie so depressiv, und warum ließen sie nichts raus?

»Affektdurchbrüche«, war vermerkt.

Gemeint war wohl, dass sie die Posserhofbäuerin verprügelt hatten.

Ich notierte mir die Adressen.

Tal. Kempten. Maria Rain.
Und notierte einiges mehr.
Nach einer Viertelstunde kam der Assi Guggemoos wieder zur Tür herein.
Seine Akten lagen auf dem Schreibtisch.
Ich lag auf der Couch.
Sagte: »Sie können mich als geheilt entlassen.«
»Und wie soll ich das meiner Chefin gegenüber begründen?«
»Damit, dass Ihre Fokaltherapie so gut hinhaut.«
»Versteh ich nicht.«
»Sie haben mich auf die Couch gelegt und behandelt. Psychoanalytisch. Haben eine partielle Aphasie diagnostiziert, eine funktionelle. Früher hätte man gesagt: hysterisch. Das Symptom – also die Aphasie – ist ein Kompromiss zwischen zwei gegenläufigen Strebungen. Einerseits will der Patient – in dem Fall ich – was sagen, andererseits will er nichts sagen, und was raus kommt, ist das Singen.«

»So … und warum gerade Marienlieder?«

»Unter Ihrer genialen Behandlung kam dem Patienten – in dem Fall mir – eine Erinnerung zum Bewusstsein. Wie er als kleiner Bub auf dem Schoß seiner Mutter hockte, und sie brachte ihm das Singen bei, der Vater saß in der Ecke und las Zeitung und lachte die beiden aus, weil die Mutter so falsch sang.«

»Und von so was soll eine Aphasie kommen?«

»Nicht von so was, sondern von der Bedeutung, die so was hat. Das Singen mit der Mutter bedeutet, Sex mit der Mutter haben. Sie wissen ja, dass Sex mit ziemlichem Getöse verbunden sein kann, wenn beide kommen. Singen ist die Sublimation von orgasmischen Lauten. Also Sex. Mit der Mutter ist das Inzest, Tabu, verboten. Es wird vom Vater bestraft. Durch Lachen. Eine symbolische Kastration. Aus Schreck hört der Bub auf zu singen, ja überhaupt Laute von sich zu geben.«

»Aber warum singt er dann Marienlieder?«

»Wie gesagt ein Kompromiss. Marienlieder sind unbefleckte Lieder, fromme Laute, asexuell. Also erlaubt.«

»A so … und warum gerade jetzt?«

»Das ist eine gute Frage, Glückwunsch, das ist *die* Frage der Psychoanalytiker. Das fragen die immer: Warum gerade jetzt?«

»Und die Antwort?«

»Weil die Situation der Auslöser für die Erinnerung war. Die Situation war quasi eine Reinszenierung, eine Wiederaufführung des ursprünglichen Traumas.«

»Dass der Bub auf dem Schoß der Mutter sitzt und singen soll?«

»Ja, genau.«

»Aber wie ... wie geht das mit der Reinszenierung?«

»Als ich hier eingeliefert wurde, war ich in einem regredierten Zustand – wie ein kleiner Bub. Auf der Bahre, in der Wiege. Und dann kam die Mutter und wollte, dass ich singe ... Sie wissen schon ... wie die Ganoven ›singen‹ meinen. Ich sollte was erzählen ... der Mutter, die von der Oberärztin ›gespielt‹ wurde. Unbewusst natürlich alles.«

»Und der Vater?«

»Waren Sie!«

»Und wie bin ich dadrauf gekommen?«

»Weil Sie psychoanalytisch gedacht haben. Ihnen ist aufgefallen, dass es sich um eine unbewusste Reinszenierung handeln könnte – Vater, Mutter, Kind – Sie, die Oberärztin, ich, und es ist Ihnen zudem dadurch aufgefallen, dass sie väterliche Gefühle für mich spürten, ungewöhnlich starke und rivalisierende Gefühle – in ihrer Gegenübertragung.«

»Das ist ja der Ödipuskomplex pur!«

»Genau.«

»Und wie kam dann die Heilung?«

»Sie haben mir die geniale Interpretation gegeben ... Sie haben mir gesagt, was ich Ihnen gerade erklärt habe.«

»Aber Sie haben doch ... nicht ich.«

»Aber Sie hätten können. Das nehmen wird jetzt einmal nicht so genau. Sie können für Ihre Doktorarbeit jetzt ein wunderbares Fallbeispiel zitieren, der Oberärztin von Ihrer Wunderheilung berichten und mich entlassen.«

»So einfach ...?«

»Warum nicht?«

»Ja, warum eigentlich nicht …«
Er lachte. Zum ersten Mal.
Noch eine Wunderheilung.
Ich setzte mich auf. Er fragte: »Und was soll ich als Diagnose auf die Kurve schreiben?«
»Wie wär's mit: ›funktionelle Partialaphasie aufgrund ödipaler Fixierung mit religiösem Abwehrcharakter‹?«
»Wie?«
»Noch mal, zum Mitschreiben …«
Ich diktierte ihm langsam meine Diagnose.
»Entlassen kann Sie aber nur die Oberärztin.«
»Dann werde ich ihr mal meine Aufwartung machen.«

37 Marlein und die wilde Orgie

Ich marschierte aus Reutersbrunn hinaus in Richtung Unterpreppach, wie es mir der Wirt beschrieben hatte, und tatsächlich zweigte etwa hundert Meter nach dem Ortsende ein Feldweg nach links ab, an dem ein Schild stand: »Hohler Stein 2,5 km«.

Ich folgte dem Weg, der zunächst über einen Acker verlief und dann zu einem Wald führte. Es ging eine Weile auf ebener Strecke am Waldrand entlang, vorbei an einer großen Lichtung, dann direkt in den Wald hinein und steil bergauf.

Schließlich stand ich auf einer Anhöhe vor einer Gabelung. Ein Wegweiser steuerte mich nach links, und hundert Meter weiter wies ein weiteres Schild mit der Aufschrift »Hohler Stein 150 m« nach rechts auf einen Trampelpfad. Ich kämpfte mich durchs Gehölz nach oben, und schnell geriet der Hohle Stein in mein Blickfeld.

Was ich sah, bestätigte die Beschreibung aus dem Prospekt: eine Formation wuchtiger, steil aufragender Felsen, wobei sich am Fuße des zentralen Felsblocks der ummauerte Zugang zu einer Höhle befand.

Viel wichtiger war allerdings, dass hier wirklich der Ort zu sein schien, an dem Lena Wiga und Konsorten ihre Marienparty feierten: Ich hörte Stimmen und konnte erkennen, dass sich oben auf dem Plateau des großen Felsens Menschen befanden.

Jetzt musste ich größtmögliche Vorsicht walten lassen, um unliebsame Begegnungen zu verhindern.

Ich blieb auf dem Trampelpfad, der praktischerweise in ausreichender Entfernung verlief, und stapfte am Hohlen Stein und an einer Sitzgruppe, bestehend aus einem Holztisch und zwei Holzbänken, sowie einer Informationstafel vorbei weiter den Berg hoch.

Als ich den Hohlen Stein ein ganzes Stück hinter mir gelassen hatte, verließ ich den Weg und schlug mich zwischen Bäumen, Gebüsch und Gestrüpp hindurch wieder zurück in Richtung des Plateaus.

Ich fand einen Jägerstand in Sichtweite – der ideale Ort, um die Show zu verfolgen.

Ich kletterte hoch. Das Ding war total morsch und schien schon seit Ewigkeiten nicht mehr benutzt worden zu sein. Ich hatte zunächst starke Bedenken, dass mich die verwitterten Bretter überhaupt tragen würden, aber sie schienen zu halten, und so machte ich es mir auf der Minibank bequem.

Auf dem Dach des Hohlen Steines schien gerade so etwas wie eine Zeremonie zu beginnen – und ich hatte den perfekten Logenplatz, von dem aus ich alles überblicken konnte.

Was sich dann vor meinen Augen abspielte, war so speziell und schräg, dass ich mich nicht erinnern konnte, schon einmal etwas Vergleichbares gesehen zu haben.

Es gab auf dem Dach des Hohlen Steines zwei ebene Flächen: die größere des zentralen Felsblocks, in dem sich die Höhle befand, und ein Stück rechts davon die kleinere eines benachbarten Felsen, der etwas höher gelegen war.

Auf der größeren Ebene standen etwa zwei Dutzend Personen, zu gleichen Teilen Männer und Frauen. Sie hatten alle die goldene Kette um, die auch Lena Wiga immer trug, die mit dem Medaillon, das eine nackte Schwarze Madonna zeigte, und sie trugen alle schwarze Gesichtsmasken und lange Gewänder, deren Farbe bei den Frauen Rot und bei den Männern Blau war. Trotz dieser Verkleidung und Maskierung erkannte ich an ihrer Frisur und ihrer Figur, dass sich unter den Frauen auch Lena Wiga befand.

Alle hatten ihre Blicke zum kleineren, erhöhten Plateau gerichtet, auf dem eine einzelne Frau stand.

Sie hatte ebenfalls eine schwarze Gesichtsmaske auf, zusätzlich trug sie aber auch noch eine goldene Krone auf dem Kopf und hielt ein goldenes Zepter in der Hand, und ihr weißes Gewand war kunstvoll mit allerlei farbigen Blumen, Symbolen und Verzierungen bestickt.

Die Sektenchefin!

Sie machte mit der Hand, in der sie das Zepter hielt, eine langsame, weitschweifige Bewegung, wie eine Hohepriesterin, die die Gemeinde segnete, ehe sie mit salbungsvoller Stimme zu sprechen begann.

»Liebe Schwestern und Brüder in Maria! Nachdem wir der Großen Göttin unsere Gebete und Gesänge vorgetragen haben, kommen wir zum zentralen Ritual unseres Frühlings-Fruchtbarkeits-Festes hier auf der geweihten Erde des Hohlen Steines.«

Sie wartete einen Moment, bis sie die gespannte Aufmerksamkeit aller Zuhörer hatte, und fuhr dann fort.

»Wie wir wissen, begann vor einigen tausend Jahren ein bedauerlicher und verhängnisvoller Prozess: Eine gewaltbereite patriarchalische Vaterreligion zog in den Krieg gegen die vorherrschende friedliebende matriarchalische Mutterreligion und unterwarf sie schließlich. Allerdings merkten die siegreichen Patriarchen nach einiger Zeit, dass die Menschen ein tief verwurzeltes Bedürfnis nach einer übergeordneten Mutterfigur hatten, dass sie die alte Große Göttin nie ganz ausrotten konnten, dass sie vielmehr in Gestalt der Maria in neuem Gewande wieder zurückkehrte. Um zu verhindern, dass sie auch ihre alte Allmacht zurückgewann und wieder die Herrschaft im Himmel übernahm, beschlossen sie, Maria gewaltsam zu amputieren und sie ihrer natürlichen Weiblichkeit zu berauben, und erklärten sie zur ewig keuschen und reinen Jungfrau. Sie zerstückelten die eigentlich untrennbare Einheit von Sexualität, Geburt und Mutterschaft, indem sie Maria zwar den Status der großen Übermutter ließen, sie aber mit dem Mythos der

Jungfrauengeburt und ewigen Jungfräulichkeit belegten und sie so zu einem asexuellen Wesen, zu einer ›Venus ohne Unterleib‹, degradierten. Sie erniedrigten, verunglimpften und verteufelten damit nicht nur die Sexualität Mariens, sondern aller Frauen, bis zum heutigen Tage. Sexualität bringt Leben hervor, wer Leben spenden kann, hat Macht, und da die Patriarchen den Frauen ebendiese Macht entreißen wollten, setzten sie am Ursprung dieses Prozesses an, erfanden das Märchen von der Erbsünde, mit der angeblich seit Evas Sündenfall im Paradies jede Frau belastet sei, und erklärten die weibliche Sexualität zu etwas Unreinem, zu etwas Dämonischem, zu etwas Sündhaftem.«

Im Publikum regte sich Unmut und Empörung. Die Sektenchefin hielt kurz inne und wartete, bis sich die Gemüter wieder beruhigten, ehe sie weitersprach.

»Da aber die Sexualität als die Quelle und der Ursprung des menschlichen Lebens in Wahrheit nicht etwas Schlechtes, sondern etwas Gutes, nicht etwas Verachtenswertes, sondern etwas Ehrenhaftes, nicht etwas Abzulehnendes, sondern etwas Fördernswertes, nicht etwas Teuflisches, sondern etwas Heiliges ist, ist die absolute Bejahung von Fruchtbarkeit, Sinnesfreude und Sexualität schon immer ein elementarer Bestandteil der Religion der Großen Göttin gewesen, und die Verehrung der modernen Großen Göttin Maria muss deshalb immer auch den Lobpreis von Fruchtbarkeit, Sinnesfreude und Sexualität enthalten.«

Wieder zeigte die Zuhörerschaft eine Reaktion, nur war es dieses Mal Zustimmung und Begeisterung. Mit einer Geste verschaffte sich die Sektenchefin Ruhe.

»Und so lasst uns also die verstümmelte und amputierte Maria wieder ganz machen, indem wir ihr ihren Unterleib zurückgeben, indem wir ihr zu Ehren das schönste Loblied auf die Begierde und die Leidenschaft singen, das die Menschen ersonnen haben und das paradoxerweise ausgerechnet in der Heiligen Bibel zu finden ist: das Hohelied Salomons. Lasst uns der in Wahrheit nicht reinen, keuschen und jungfräulichen, sondern vielmehr sinnlichen, lustvollen und geilen Maria zu Ehren das alte erotische Ritual zelebrieren, das aus dem Kult um die Göttin Astarte stammt und das im Hohelied beschreiben wird, lasst uns den ›Hieros gamos‹ feiern, die heilige Hochzeit zwischen der Göttin und ihrem Geliebten. Ave Maria!«

Nicht nur, weil sie dazu ihren Arm mit dem Zepter ausstreckte, klang das offenbar obligatorische »Ave Maria« zum Abschluss ihrer Rede ein bisschen nach »Heil Hitler«.

Kaum hatte die Sektenchefin ihre Ansprache beendet, trennten sich die Frauen und Männer, die bisher gemischt zusammengestanden waren, voneinander, stellten sich in zwei Reihen an den Rändern des Plateaus auf, sodass mehrere Meter zwischen ihnen lagen, und drehten einander den Rücken zu. Dann begannen die Frauen im Chor zu sprechen:

»Wie ein Apfelbaum im Walde
ist mein Liebster unter Männern.
Seinen Schatten hab ich gerne,
um mich darin auszuruhen;
seine Frucht ist süß für mich.
Mein Liebster sieht blühend und kräftig aus,
nur einer von Tausenden ist wie er!
Sein Mund ist voll Süße, wenn er mich küsst –
ja, alles an ihm ist begehrenswert!
Nachts lieg ich auf dem Bett und kann nicht schlafen.
Ich sehne mich nach ihm und suche ihn,
doch nirgends kann mein Herz den Liebsten finden.«

Nun drehten sich die Frauen um, sodass sie zu den Männern schauten, die ihnen immer noch den Rücken zuwandten, und sprachen weiter:

»Komm doch, mein Liebster, zu mir und küss mich!
Deine Liebe berauscht mich
mehr noch als Wein.
Komm, lass uns eilen,
nimm mich mit dir nach Hause,
fass meine Hand!
Du bist mein König!
Deine Zärtlichkeit gibt mir

> *Freude und Glück.*
> *Am Abend, wenn es kühl wird*
> *und alle Schatten fliehn,*
> *dann komm zu mir, mein Liebster!«*

Jetzt drehten sich auch die Männer um, sodass sich die beiden Reihen gegenüberstanden und einander ansahen. Der Frauenchor fuhr fort:

> *»Mein Freund kommt zu mir!*
> *Ich spür's, ich hör ihn schon!*
> *Über Berge und Hügel*
> *eilt er herbei.*
> *Jetzt steht er vorm Haus!*
> *Er späht durch das Gitter,*
> *schaut zum Fenster herein.*
> *Durchs Fenster an der Tür greift seine Hand;*
> *ich höre, wie sie nach dem Riegel sucht.*
> *Mein Herz klopft laut und wild. Er ist so nah!*
> *Nun spricht er zu mir!«*

Die Männer bewegten sich einige Schritte auf die Frauen zu und begannen nun ebenfalls im Chor zu sprechen:

> *»Preisen will ich deine Schönheit,*
> *du bist lieblich, meine Freundin!*
> *Verzaubert hast du mich,*
> *Geliebte, meine Braut!*
> *Ein Blick aus deinen Augen,*
> *und ich war gebannt.*
> *Wie glücklich du mich machst*
> *mit deiner Zärtlichkeit!*
> *Deinen Atem will ich trinken,*
> *der wie frische Äpfel duftet,*
> *mich an deinem Mund berauschen,*
> *denn er schmeckt wie edler Wein ...«*

Die Männer brachen ab, und die Frauen setzten den Text übergangslos fort, während sie sich nun ihrerseits einige Schritte auf die Männer zubewegten, sodass die beiden Reihen sich nun fast direkt gegenüberstanden, mit höchstens einem Meter Abstand:

»*... der durch deine Kehle gleitet,*
dich im Schlaf noch murmeln lässt.
Nur dir gehöre ich!
Nur dir, meinem Liebsten, gehör ich,
und mir gilt dein ganzes Verlangen!
Komm, lass uns hinausgehn, mein Liebster,
die Nacht zwischen Blumen verbringen!
Komm, mein Geliebter,
betritt deinen Garten!
Komm doch und iss
seine köstlichen Früchte!«

Die Frauen nahmen ihre schwarzen Gesichtsmasken ab, schälten sich aus ihren Gewändern, und ließen beides zu Boden fallen.
Sie waren jetzt splitterfasernackt.
Es waren ausnahmslos Frauen in Lena Wigas Altersklasse.
Es gab schlimmere Anblicke als diesen.
Die Männer antworteten auf dieses Angebot im Chor:

»*Ich komm in den Garten,*
zu dir, meine Braut!
Ich pflücke die Myrrhe,
die würzigen Kräuter.
Ich öffne die Wabe
und esse den Honig.
Ich trinke den Wein,
ich trinke die Milch.«

Aus irgendeiner unsichtbaren Stereoanlage erklang Musik.
Ich kenne mich mit Klassik nicht besonders gut aus, aber dass es sich bei der getragenen, hymnischen, mit Klavier und Gesang intonierten Melodie, die jetzt machtvoll und inbrünstig durch

den Wald schallte, um das »Ave Maria« von Franz Schubert handelte, wusste sogar ich.

Die Männer ließen nun ebenfalls alle Hüllen fallen. Auch lauter junge Kerle.

Und dann stürzten sich die sich nackt gegenüberstehenden Mädels und Jungs aufeinander und fielen übereinander her.

Mehrere Gedanken schossen mir durch den Kopf.

Einer war: Das ist tatsächlich das Abgefahrenste, was du in deinem Detektivleben jemals gesehen hast, Philipp Marlein. Ein ganzes Rudel von Marienverehrerinnen und -verehrern, die es mitten im Wald auf einem Steinplateau zu den Klängen von Schuberts »Ave Maria« treiben und wild durcheinanderficken – denn genau das taten sie, alle lagen aufeinander, nebeneinander und übereinander, es war ein einziges riesiges menschliches Knäuel, bestehend aus unzähligen Köpfen, Beinen, Armen, Fingern, Zungen, Titten, Ärschen, Schwänzen und Mösen, jede schien mit jedem zu bumsen, jeder schien jede Gliedmaße in jede Körperöffnung zu stecken, es war eine maßlose, zügellose, hemmungslose Ausschweifung des Berührens, Streichelns, Küssens, Leckens, Lutschens, Blasens, Fistens und Penetrierens.

Ein anderer war: So viel zum Thema »Lena Wiga ist monogam geworden und steht nur noch auf dich«. Guckst du – hier lässt sie sich gerade von einem satten Dutzend anderer Jungs durchvögeln.

Ein dritter, vielleicht der dominanteste, war: Das ist ja ganz nett, dass du dir hier eine handfeste Gruppensex-Orgie live und in Farbe ansehen darfst – aber von dem verdammten Kind wieder keine Spur!

Das waren also meine letzten Gedanken, bevor der Bretterboden des Jägerstandes einbrach und ich nach unten stürzte.

38 Bär heilt

Die Oberärztin Dr. med. Tilly Turner bekam große Allgäuer Kuhaugen, als sie mich auf dem Gang erblickte.

Ihr Mund mit dem dezenten Lippenstift blieb offen, ihr Busen wogte, als ich sagte: »Gnädige Frau, Verehrung, ich darf Sie um meine Entlassung bitten.«
»Aber ...«
»Der Dr. Guggemoos hat mich geheilt. Ein Genie!«
Ihre Mundwinkel gaben der Schwerkraft nach, beiderseits.
»Man merkt, dass er bei Ihnen in Ausbildung ist!«
Die Schwerkraft schwächelte.
Fast wäre es ein Lächeln geworden.
»Sie können wieder sprechen!«
»Und mit der Singerei habe ich auch aufgehört.«
»Und wie ist das passiert?«
»Die Fokaltherapie von Dr. Guggemoos, der hat eine Menge von Ihnen gelernt ... Er macht eine Interpretation, mir geht ein Kronleuchter auf, und weg ist die Aphasie.«
»Und die Amnesie?«
»Auch gleich mit. Alles in einem Aufwasch.«
»Dann wissen Sie wieder, wie Sie heißen und wo Sie wohnen und wo Sie versichert sind?«
Eine empathische Seele, die Dr. Tilly Turner.
»Ja«, sagte ich, »Sie können die Rechnung an Dr. Emil Bär schicken, Biselalm, Tal am See. Privat versichert. Faktor zwei Komma drei.«
»Wunderbar!«, sagte sie. »Da bin ich aber froh.«
»Ich auch. Ich mag nämlich keine Kässpatzen. Und Tee mit Hängolin.«
»Wie ...?«
»Kleiner Scherz. Ich möchte mich dann verabschieden. Küss die Hand, gnädige Frau.«
Ich nahm ihre Hand. Verbeugung. Handkuss.
Comme il faut.
Ich kann auch vornehm, wenn ich will.
Sie errötete.
»Sie können Ihre Papiere in der Verwaltung abholen, in einer halben Stunde sind sie fertig.«
»*Merci, mon amour!*«
»Sie Charmeur, Sie ... Und jetzt erholen Sie sich gut!«

»Von was?«
»Einfach so ... Was machen Sie denn als Nächstes?«
»Ich tu was für meine Seele. Ich geh auf Wallfahrt. Nach Altötting. Marienwallfahrt.«
Ihr Lippenstiftmund blieb schon wieder offen.
Ich sah: Sie musste einen guten Zahnarzt haben.
Ich lächelte gequetscht.
Damit sie meine Zahnlücke nicht sah.
Verabschiedete mich mit einem »Adieu! Und machen Sie den Mund wieder zu, sonst wird die Scheiße kalt«.
Ich drehte mich um, mit einem Liedchen auf den Lippen.
»*Ave Maria, gratia plena* ...«
Von Franz Schubert. Zu Herzen gehend.
Aus dem Hintergrund holte mich eine schrille Stimme ein: »Du Lackel, du g'scherter, hau ab und lass dich nie mehr hier blicken!«
Oberärztin Dr. med. Tilly Turner hatte ihre Sprache wiedergefunden.
Noch eine Wunderheilung.

39 Marlein und das göttliche Geschenk

Jetzt hatte ich ein echtes Problem.
Das Problem bestand weniger in dem Sturz an sich. Der Jägerstand war nicht besonders hoch, und ich war in ein Gestrüpp gefallen. Ich hatte mir sicherlich Prellungen zugezogen, aber keine Extremität stand in unnatürlichem Winkel vom Körper ab.
Das Problem bestand darin, dass mein Sturz nicht unbemerkt geblieben war und die Aufmerksamkeit der rudelbumsenden Mariensekte auf mich gelenkt hatte. Das Problem bestand darin, dass ich durch das Gestrüpp hindurch, in dem ich lag, erkennen konnte, dass sich drei von den Jungs angekleidet hatten und auf mich zukamen.
Problematisch an diesem Umstand war wiederum weniger

meine Anwesenheit an sich. Eigentlich hätte ich sie ruhig kommen lassen können, ich musste mich für nichts rechtfertigen. Wir lebten in einem freien Land, der Wald war für alle da, ich hatte keine Absperrung überwunden – ich konnte einfach nur ein Schwammerlsucher sein, der über ihre Orgie gestolpert war. Aber ich wollte auf keinen Fall, dass Lena Wiga mitbekam, dass ich ihr gefolgt war. Ich wollte alles vermeiden, was meine Suche nach dem Kind gefährdet hätte.

Also rappelte ich mich hoch, nahm meine Beine in die Hände und machte mich aus dem Staub.

Sie rannten mir hinterher.

Ich hetzte quer durch den Wald, machte einen großen Bogen um den Hohlen Stein, um auszuschließen, dass mich Lena Wiga zu Gesicht bekam, und landete schließlich irgendwie wieder auf dem Weg, der mich hergeführt hatte.

Ich blickte mich um.

Die drei Männer waren weiter hinter mir her. Sie holten auf, kamen näher. Junge Männer, fitte Männer, durchtrainierte Männer. Es war nur eine Frage der Zeit, wann sie den alten unsportlichen Sack Philipp Marlein eingeholt hatten.

Es musste irgendetwas passieren.

Als ich an einem Tümpel vorbeilief, kamen mir Erinnerungen an Abenteuerfilme, die ich in meiner Jugend verschlungen hatte, in den Sinn, und ich spielte kurz mit dem Gedanken, ein Schilfrohr abzureißen, ins Wasser zu hüpfen, abzutauchen, über das Schilfrohr zu atmen und in Ruhe abzuwarten, bis meine Verfolger vorbeigelaufen waren.

Winnetou hatte es immer so gemacht.

Ein grandioser Plan, der nur daran scheiterte, dass meine Verfolger mir schon zu dicht auf den Fersen waren. Und daran, dass diese miese Pfütze wahrscheinlich gar nicht tief genug war, um darin unterzutauchen. Und daran, dass es in diesem Scheiß-Wald sicherlich überhaupt gar kein verdammtes Schilfrohr gab.

Also an allem.

Ich versuchte, meine Geschwindigkeit zu erhöhen, aber ich wusste, dass ich das nicht lange durchhalten würde.

Ich kam an eine Stelle, an der ein schmaler Weg nach links

oben abzweigte. Ein Pfeilschild zeigte an, wohin der Weg führte: »Schießanlage«.

Schießanlage?

Ich folgte der Abzweigung. Wie gesagt, irgendwas musste passieren, sonst hätten sie mich in Kürze einkassiert.

Der Wegwechsel entpuppte sich allerdings schnell als krasse Fehlentscheidung: Es ging jetzt wieder nur bergauf, und das war für meine mangelhafte Kondition verheerend. Während es den Berg runter ganz gut geflutscht war, kam ich jetzt immer mehr außer Atem, ich spürte Seitenstechen, und der Vorsprung auf meine Verfolger schmolz wie Butter auf einer heißen Herdplatte.

Das Ende meiner Flucht schien nahe, noch ein paar Minuten, dann würden sie mich stellen.

Und dann, als ich den Scheitelpunkt erreicht hatte, tauchte wie aus dem Nichts plötzlich ein riesiges, weitläufiges, freies Areal auf.

Das musste die Schießanlage sein!

Das Areal war komplett umgeben von einem Maschendrahtzaun mit Stacheldrahtaufsatz, an dem in regelmäßigen Abständen Schilder hingen mit der Aufschrift:

Achtung!
Grenze der Standortschießanlage
Betreten der Anlage für Unbefugte verboten
Der Bundesminister der Verteidigung

Der Waldweg, den ich mich hinaufgequält hatte, mündete hier in eine betonierte Straße, die von der anderen Seite heraufführte. Vor einem großen gusseisernes Tor, das ganz offenkundig der einzige Zugang zu dem Gelände war, wurde die Straße breiter und war vollgeparkt mit Autos – darunter das von Lena Wiga.

An dem Tor hing ein rotes Durchfahrt-verboten-Schild mit der Aufschrift: »Authorized vehicles only beyond this point«.

Hinter dem Tor befand sich ein kleines Wohnhaus, das allerdings völlig verlassen, verfallen und verwahrlost aussah. Ein Stückchen entfernt davon stand eine lange Baracke, die noch ganz gut in Schuss war.

Meine Verfolger würden gleich die Zufahrt erreichen.
Ich hatte nur eine Chance.
Ich schickte ein Stoßgebet zum Himmel.
Ich drückte die Klinke des Tores nach unten.
Das Tor ließ sich öffnen.
Ich betrat das Gelände, rannte auf die Baracke zu und versuchte es an der erstbesten Tür.
Sie ließ sich ebenfalls öffnen.
Der Raum, den ich betrat, war schlecht beleuchtet, aber ich konnte erkennen, was er beinhaltete.
Etwas, das mein Herz vor Freude hüpfen ließ, denn es konnte vielleicht meinen Arsch retten.
Ein Geschenk Gottes.
Oder eher ein Geschenk der Göttin?
Hatte Maria mein Flehen gehört und geholfen?
Wie auch immer, ich schnappte mir eines der Gewehre, die in Reih und Glied an der Wand des Raumes aufgestellt waren, und eilte damit zurück vor die Tür.
Die drei Jungs kamen bereits auf die Baracke zugerannt.
Ich legte das Gewehr an, nahm den vordersten der drei Männer aufs Korn und schrie aus vollem Hals: »Und jetzt knall ich euch ab, ihr perversen Schweine!«

40 Bär ermittelt

Ich bekam meinen Rucksack mit Bolzenschneider wieder ausgehändigt, ebenso meinen Gürtel und meine Schnürsenkel.
Sicherheitsmaßnahmen. Als hätte ich mich wegen der paar stinkigen Kässpatzen umbringen wollen!
Mit meinem »Ave Maria« von Schubert auf den Lippen nahm ich den roten Bahnbus von Kempten nach Tal. Er hielt an der Kirche. Aus ihrem barocken Zwiebelturm klang das Mittagsläuten.
Ich wanderte um den See zu der Stelle in der Nähe der Mariengrotte, wo ich mein Auto versteckt hatte.

Es stand noch da. Gelobt sei Jesus Christus.
»Kruzifix!«
Ein Reifen war platt. Der andere auch. Alle vier.
Zerstochen.
Zurück in Tal, ging ich gleich zur Autowerkstatt.
Mietete einen Toyota Yaris.
»'s Auto kaputt?«, fragte der Meister Kiechele.
»Alle vier Reifen zerstochen.«
»Was heutzutag alles passiert ...«
»Gleich bei der Mariengrotte.«
»Ich kümmer mich drum.«
»Dank schön.«
Ich händigte ihm meinen Autoschlüssel aus.
Setzte mich in den kleinen Toyota.
Fuhr nach:
Maria Rain.
Kempten.
Tal kam zuletzt.
Abends ist Tal am schönsten. Tiefe Sonne, lange Schatten, sanfte Hügel.
Die letzten Segelboote legten an.
Der See legte sich schlafen.
Der Meister Kiechele sperrte gerade seine Werkstatt ab.
Ich gab ihm die Schlüssel von meinem gemieteten Toyota zurück.
»Und?«
»Gutes Auto«, sagte ich.
»Schaut besser aus wie du!«
»Wieso?«
»Schaust aus wie ein nasser Putzlumpen.«
So kam ich mir auch vor.
Ausgelaugt und vollgesogen.
Vollgesogen mit Elend.
Das Elend von drei verwaisten Elternpaaren.
Kempten, Maria Rain, Tal.
Drei Mal kaputte Elternpaare, zornige Väterstimmen, verheulte Mütteraugen.

Die Eltern der drei Mädel aus der Psychiatrie.
Ratlos.
Komisch waren sie geworden, die Mädel, alle drei.
Zuerst dachten die Eltern, es sei die Schwangerschaft.
Dann dachten sie, es sei der Schwangerschaftsabbruch.
Aber was Genaues wussten sie nicht, die Eltern.
Nein, keine der drei hatte einen festen Freund.
Sie waren dauernd unterwegs. Nächtelang.
Wo?
In der Maiandacht.
»Kann ich mal ihr Zimmer sehen?«
Nein.
»Damit ich rausfind, was da los ist. Damit man ihrer Tochter helfen kann.«
»Also, kommen S' mit.«
Drei Zimmer wie Zellen. Im Kloster. Oder im Gefängnis.
»Sie hat alles hinausgeworfen ... die Bilder, die Stofftiere, die Bücher, die CDs ... alles.«
Drei Mal Maria an der Wand.
Drei Mal die schwarze Göttin in Ekstase.
»Sie hat nicht mehr mit uns geredet. Nur noch ihre Maiandacht hat sie im Kopf gehabt ... ihre Mariengruppe ... Sie hat auch nicht gesagt, von wem sie schwanger ist ... war ... Und dann war sie nimmer schwanger. Was passiert ist, wo das Kind ist, haben wir gefragt. ›Abgang‹, hat sie gesagt.«
»Abgang? Wenn man es schon sieht, dann geht kein Abgang mehr ...«
»Ach lass uns in Ruh mit deiner Fragerei.«
»Und dann?«
»Dann ist sie bloß noch im Bett gelegen, hat nix mehr gesagt, nix mehr gegessen, bloß noch geheult ... Wir haben den Doktor geholt, und der hat sie nach Kaufbeuren bringen lassen.«
»Wegen was? Hat er gesagt, was ihr fehlt?«
»Irgendwas mit Psycho... Depression ... und so Zeug, du weißt ja, die Doktoren, die reden immer so, dass man nix versteht.«
Drei Mal dasselbe.

»Wie ein nasser Putzlumpen«, sagte der Kfz-Meister noch mal. Es gefiel ihm, scheint's.
Dann nickte er mit dem Kopf meinem Golf zu.
»Vier neue Reifen. Eins-a-Reifen. Maxxis MA551. Neunundachtzig Euro achtzig.«
»Alle vier?«
»Jeder von den vier.«
»Ich brauch doch keine Reifen für die Formel 1!«
Er schmollte, meinte: »Und dabei ist das noch ein Sonderangebot. Außerdem ... billig ist teuer. Und die Sicherheit ist es wert!«
Ich kramte widerwillig vier Hunderter aus meiner Brieftasche. Fragte: »Sind die Reifen auch stichfest, wenigstens?«
»Mir können's ja mal ausprobieren!«
Ich dachte: Arsch!
Ich sagte: »Na gut, dank dir schön, dass es so schnell gegangen ist.«
»Scho recht. Aber ich tät das Auto nimmer bei der Mariengrotte parken.«
»Nächstes Mal fahr ich mit dem Fahrrad!«
»Fahrradreifen führ ich nicht.«
Arsch.

41 Marlein und der vorgetäuschte Schlaf

Ich eilte mit strammem Schritt zurück nach Reutersbrunn.
Ich wollte unbedingt vor Lena Wiga wieder in unserem Quartier sein.
Ich hatte noch einmal Dusel gehabt und war mit einem blauen Auge davongekommen. Die angelegte Knarre hatte bei den drei kleinen Fickbuben doch so viel Eindruck geschunden, dass sie schnurstracks kehrtgemacht hatten und dahin geflohen waren, wo sie hergekommen waren.
Damit hatte ich sie endlich abgeschüttelt, doch beinahe hätte es gleich anschließend eine Komplikation gegeben.

Als ich nämlich das Gewehr zurückgestellt hatte und die Baracke verließ, stand plötzlich ein Mann vor mir. Immerhin definitiv keiner von den Marienjüngern, denn er war alt, klein und dick und trug einen dunkelgrünen Trachtenanzug sowie einen Filzhut mit Gamsbart. Er hätte zu einer Sexorgie so gut gepasst wie Mahatma Gandhi in ein Terroristenausbildungscamp.

Der Fettsack raunzte mich an: »Hey, Freundchen, was machen Sie hier?«

Ich ließ mich davon aber nicht beeindrucken. Wenn man von jemandem in einer äußerst unschicklichen Situation erwischt wird, windet man sich immer noch am besten raus, indem man den Spieß umdreht und so tut, als hätte man selbst diesen Jemand in einer äußerst unschicklichen Situation erwischt.

»Falscher Bahnhof, Schweinchen Dick. Viel interessanter ist die Antwort auf die Frage: Was machen eigentlich *Sie* hier? Sich vor dem großen bösen Wolf verstecken?«

Diese Taktik kann allerdings ganz schön in die Hose gehen, wenn sich herausstellt, dass der Jemand einen triftigen Grund für seine Anwesenheit zu dieser Zeit an diesem Ort hat.

Und so war es in diesem Fall.

Wie sich herausstellte, befanden wir uns auf einem früheren Übungsgelände der Bundeswehr. Da der Bundeswehrstandort Ebern allerdings schon vor einigen Jahren aufgelöst worden war, war auch dieser Ort verwaist. Fatty gehörte zum örtlichen Schützenverein, der diese ehemalige Schießanlage unter seine Fittiche genommen hatte und sie als Trainingsgelände benutzte. Die Waffe, mit der ich meine Verfolger in die Flucht geschlagen hatte, war also nichts weiter als ein Sportgewehr, mit dem ich allenfalls auf der Kirmes eine Plastikrose hätte schießen können. Aber scheiß drauf. Wenn etwas funktioniert, ist es gut, auch wenn es ein Nepp ist. Die Pharmaindustrie scheffelt mit dem Placeboeffekt ja auch Milliarden.

Während dieser kleine Jägermeister also stichhaltige Argumente dafür vorbringen konnte, warum er sich auf dem Gelände aufhielt, sah es mit meiner Daseinsberechtigung wesentlich magerer aus. Ich fabulierte irgendetwas davon, dass ich im Wald spazieren gegangen sei und das Tor offen vorgefunden hätte und mich nur mal umsehen wollte, weil mich die Anlage hier schon immer interessiert hätte. Der dicke Sportschütze nahm mir das nicht ab, und einen Moment lang sah es so aus, als würde er seine anderen dicken trachtentragenden Sportschützenkumpels rufen, um mich festzunageln, aber dann ließ er mich doch ziehen, nicht ohne die Drohung, ich solle mich nicht noch einmal hier blicken lassen. Als ich durch das Tor hinausging, schickte ich ihm noch einen lautstarken Abschiedsgruß hinterher, der eine abwertende Bezeichnung für Übergewicht sowie einen umgangssprachlichen Ausdruck für die Körperöffnung am Ende des Verdauungstraktes enthielt.

Für den Rückweg benutzte ich die Straße, auf der ich dann zurück nach Reutersbrunn marschierte. Kein Marienjünger lauerte mir mehr auf, ich schien sie mit der Knarre ausreichend verschreckt zu haben.

Als ich am Gasthaus »Zum Hohlen Stein« ankam, war endgültig die Dunkelheit hereingebrochen.

Ich hatte bei dieser ganzen missratenen Beobachtung der Orgie Glück im Unglück gehabt, und auch jetzt blieb mir der Dusel hold: Lena Wigas Auto stand nicht da, sie war also noch nicht zurückgekehrt.

In unserem Zimmer begab ich mich als Erstes ins Bad, zog mich bis auf die Unterhose aus und inspizierte meinen Körper. Ich hatte mir bei dem Sturz ein paar Schürfwunden und blaue Flecken zugezogen, doch die würden nicht sonderlich auffallen.

Ich wusch mich, schnappte mir die Sektenbibel und legte mich ins Bett. Ich wollte die Zeit bis zu Lena Wigas Rückkehr nutzen, um weiterzulesen.

Und das nächste Kapitel passte wie die Faust aufs Auge, denn was ich am Hohlen Stein beobachtet hatte, war sozusagen die Umsetzung dessen, was darin beschrieben war.

SEX IST GÖTTIN-DIENST

Sex ist heilig.
Das Leben ist heilig, weil es ein göttliches Geschenk ist.

Ein neues Lebewesen ist das größte Wunder, das es gibt.
Neues Leben entsteht durch Sexualität.
Sexualität vollbringt ein Wunder, Sexualität schafft etwas Heiliges.
Und deshalb ist Sex heilig.
Doch das Christentum und die anderen patriarchalisch geprägten Weltreligionen haben die Sexualität als sündig proklamiert und als ekelerregend diffamiert.
Der Hintergrund ist klar: Eine Philosophie, die die Fortpflanzung und die Fruchtbarkeit als das erkennt, was sie ja de facto ist – nämlich die Grundlage unserer Existenz –, verehrt und vergöttert das Weibliche: Denn nur die Frau hat die Fähigkeit, neues Leben hervorzubringen. Eine solche Betrachtungsweise stellt das Weibliche über das Männliche. Um den Spieß umzudrehen und die Frauen herabzusetzen, zogen die alten Patriarchen die heilige Sexualität in den Dreck, stellten sie als die Ursünde und das Böse schlechthin dar.
Dies hat zu einem geradezu schizophrenen Umgang in unserer Zivilisation mit dem Geschlechtlichen und dem Sexuellen geführt: Wir wissen im Grunde unseres Wesens, dass Sexualität die natürlichste, schönste und heiligste Sache der Welt ist, wir sehnen uns, sie auszuleben, zu genießen, zu zelebrieren, aber wir haben sie gleichzeitig mit Unmengen von Tabus, Verboten, Dämonisierungen und Herabwürdigungen belegt. Herausgekommen ist eine verlogene Doppelmoral, in der das unterdrückte sexuelle Verlangen sich den Weg zu seiner Befriedigung oft auf unwürdige und degenerierte Weisen bahnen muss – in Pornografie, in Prostitution und in Perversionen.
Es ist eine der wichtigsten Aufgaben der Religio Mariae Dea Magna Madonna Nigra, diesen Bann über das Sexuelle zu brechen und der Sexualität wieder die Natürlichkeit und Heiligkeit zurückzugeben, die ihr per definitionem gebührt. Puritanische Prüderie ist Gottes-Dienst, freizügige orgiastische Sexualität ist Göttin-Dienst. Lasst uns die Heiligkeit des Lebens verehren, indem wir uns einander hingeben, so oft wie möglich, in allen Spielarten, jede mit jedem und jeder mit jeder. Lasst uns die Sexualität befreien vom Makel des Verbotenen, des Obszönen,

des Verderbten, des Niedrigen und des Unreinen und sie wieder als das begehen, was sie in Wirklichkeit ist: die einzig wahre Form der Spiritualität.
Liebe kann niemals Sünde sein. Das Sexuelle und das Göttliche sind keine widersprüchlichen Gegensätze, sondern sie sind eine Einheit und gehören untrennbar zusammen: Das Sexuelle ist der Weg zum Göttlichen. Die sexuelle Vereinigung von Mann und Frau ist ein heiliger schöpferischer Akt, und der menschliche Körper ist ein Tempel, in dem durch das spirituelle Ritual der Sexualität die Verbindung zum Göttlichen hergestellt wird.
Die Fruchtbarkeit und damit einhergehend eine extrovertierte, offensive Sexualität war das wichtigste Attribut aller alten Göttinnen wie Artemis, Astarte, Ashera, Aphrodite, Isis, Venus, Inanna und Kybele – und es ist natürlich auch das wichtigste Attribut Mariens. Maria wurde im Zuge ihrer Degradierung in der biblischen Lügengeschichte zu einer sterilen Gebärmaschine für den neuen männlichen Gott herabgestuft, die nicht einmal für diesen einen Vorgang Sex haben durfte – das Märchen der jungfräulichen Empfängnis wurde erfunden.
Doch die Wahrheit ist eine andere: Maria ist eine Ikone der Fruchtbarkeit, der Sinneslust, der Leidenschaft, der Erotik, der Hemmungslosigkeit, der Ekstase, der ungezügelten Sexualität, der tabulosen Orgie.
Lasst uns Göttin-Dienst feiern, lasst uns exzessiv lieben, küssen, ficken – im Namen und zu Ehren Marias!

In dem Moment hörte ich das Geräusch und sah die Lichtkegel eines ankommenden Autos.

Ich löschte die kleine Nachttischlampe, über die ich die Bettdecke gelegt hatte, sodass sie gerade genug Licht zum Lesen spendete, trat zum Fenster und spähte vorsichtig nach unten. Ich sah, dass Lena Wiga aus ihrem Auto stieg.

Ich legte die Sektenbibel zurück in ihre Tasche und hüllte mich in meine Decke ein. Ich würde mich schlafend stellen, wenn sie hereinkam.

Wahrscheinlich war ihr Bedarf an Sex für heute gedeckt, aber bei einer Verrückten wie ihr wusste man ja nie, und ich wollte kein Risiko eingehen. Ich hatte keine Lust, mit einer Frau zu schlafen, die gerade von einem Dutzend Männer durchgevögelt worden war.

Als Lena Wiga das Zimmer betrat, hörte sie mich so laut schnarchen, als ob ich einen ganzen Wald abholzen wollte.

42 Bär lernt

Frisch bereift hockte ich mich in meinen Golf.
Die Reifen waren jetzt wahrscheinlich mehr wert als der Rest vom Auto.
Ich fuhr an der Kirche vorbei.
Der Pfarrer von Tal am See stand vor seiner Kirche.
Hochwürden Alois Allgeier.
Um die Kirche herum lag der Friedhof.
Er stand einfach da. Schaute in die Luft. Der Allgeier. Der Geier.
Aber er konnte ja nichts für seinen Namen. Sonst war er ja ganz nett.
Ich bremste ab, schlug die Autotür zu, schaute mit Stolz auf meine neuen Reifen, ging auf den Pfarrer zu.
»Heut ist fei keine Beichte.«
»Wir können auch so reden.«
»Über was?«
»Über das, worüber Sie gerade nachdenken.«
Er schaute mich an, als wäre ich ein Hellseher. Sagte: »Wie schaust denn du aus?«
Das »mein Sohn« ließ er weg.
Er hätte mein Sohn sein können.
Mit seinen fünfundvierzig Jährchen oder so.
Ich sagte: »Die Maria hat mich überfallen.«
»Welche Maria?«
Ich erzählte ihm von meinen Recherchen in der Mariengrotte.
Und von meinem Besuch in Kaufbeuren.

Von den drei verstummten jungen Frauen, eine aus Tal.
»Ja, ja, die Resi ... die ist mir auch grad im Kopf rumgegangen.«
»Warum?«
»Ihre Mutter singt im Kirchenchor, und sie ist ganz verzweifelt wegen ihrer Tochter. Zuerst, weil sie schwanger war, und dann, weil sie nicht mehr schwanger war ... und überhaupt.«
»Was heißt überhaupt?«
»Ich mach mir Sorgen um unsere Jugend. Vor allem um die Mädchen. Ich hab ja nix gegen die Marienverehrung ... aber was die machen ...«
»Einen Kult?«
»Ja, einen Kult machen die draus. Die Jugend macht immer alles anders. Gegen uns Alte.«
Haha. Fünfundvierzig und alt. Angeber.
Er redete weiter in den Friedhof hinein: »Wir haben auch gegen die Alten protestiert, demonstriert, randaliert. Aber die sind anders. Die sind nicht gegen uns. Denen sind wir einfach nur wurscht! Das ist es. Sie machen, was sie wollen, sie sagen, sie machen's anders wie wir, aber sie sagen uns nicht, was sie machen, und wie und wo und warum. Sie tun so, als wären wir schon gestorben.«
Ich: »Wenn sie so weitermachen«, ich zeigte auf mein verbeultes Gesicht, »haben sie bald ihr erstes Opfer ...«
»Sie sagen, sie sind fromm. Sie wollen eine echte Marienverehrung. Nicht so verwaschen wie wir, wie ihre Eltern, die wo die Maria verehren, als wär sie ein zahnloser Haushund. Sie sagen, sie wollen eine richtige Religion. Wo was passiert ...«
»Wie in der Mariengrotte ... Aber was passiert da?«
Ich erzählte ihm nichts von der Aldi-Tüte, die ich im Auto meiner Nachbarin entdeckt hatte. Was passiert da, wo man Sachen braucht wie:
eine angebrochene Flasche Jack Daniel's.
Eine Flasche Klosterfrau Melissengeist.
Eine Packung Viagra.
Einen Rosenkranz.
Er sagte: »Ich weiß nicht, was da passiert. Ich weiß nur: Die

Eltern sind alle beunruhigt. Weil sie nix wissen. Weil ihre Kinder so komisch werden ...«
»Ich hab gehört, sie machen eine Wallfahrt nach Altötting ...«
»Ja, aber nicht mit den andern. Nicht mit unserem Bus, wir machen auch einen Gemeindeausflug nach Altötting.«
»Zur Schwarzen Madonna, zur nicht mehr vorhandenen ... Und wie kommen die Jungen dann dahin?«
»Das weiß ich nicht. Sie reden ja nimmer mit uns Alten. Alles, was ich weiß, ist, dass sie uns verachten, weil wir so lasch sind. Sie denken, sie haben die wahre Religion.«

Die Viagra-Religion, dachte ich, sagte: »Das finde ich das Schöne an der katholischen Kirche, dass da so viel Platz hat. Die hohe Theologie, die Philosophie und dann die Wallfahrten und die Marienverehrung, das Patriarchat und das Matriarchat ... Da war erst neulich so ein Artikel in der Süddeutschen. Über die neue Marienbewegung. Da gibt's in München eine katholische Professorin, die ist Expertin fürs Matriarchat, und die schreibt, das ist übertriebener Schmarrn, diese Marienbewegung ist nicht neu und völlig harmlos ... höchstens so eine romantische Zurück-zur-Natur-Nummer, weil die Ur-Religion, schreibt sie in dem Artikel, die Ur-Religion war eine Natur-Religion und eine Mutter-Religion. Sie hält aber nix davon, von dieser ganzen Muttersoße in der Religion, sie ist eine Hardlinerin. Für eine Männerkirche. Große Verehrerin der Pius-Brüder.«

»Ja«, sagte er begeistert, »das hab ich auch gelesen, und ihr Kollege von der gleichen Fakultät in München, der ist ausnahmsweise genau ihrer Meinung, dass dieser neue Marienfanatismus bei manchen Jugendlichen völlig harmlos ist. Im Gegensatz zu seiner Kollegin ist er allerdings ein großer Befürworter eines weiblichen Elements im christlichen Glauben in Form einer ausgeprägten Marienverehrung. Ein Professor mit so einem komischen Namen, mit sch fängt er an, Sch...«

»Schwein?«

»Nein, aber so ähnlich ... ah, Schowin, glaub ich. Fachmann für Sektenkunde. Aber ein Kreuz ist es schon, das Durcheinander, und jeder Depp glaubt, nur er hat recht. Und alle Vollidioten haben ihren Platz im Schoß der Mutter Kirche, auch die total Durchgeknallten.«

»Jaja, die Kirchen werden immer leerer und die Irrenanstalten immer voller. Die Religion ist eben die kultivierte Form des Irrsinns.«

Er sagte: »Richtig, aber das hilft alles nix. Theorie hin oder her – ich möchte wissen, was die da so treiben.«

Ich sagte: »Ich auch.«

»Aber wie, wie kann man das rausfinden?«

»Ich hab eine Idee.«

»Ja, welche?«

»Ich geh auch auf die Wallfahrt nach Altötting.«

»Aber du bist doch protestantisch!«

»Macht doch nix.«

»Die merken das. Da betet man den Rosenkranz, da bekreuzigt man sich, da singt man Marienlieder.«

Er hatte recht. Ich wusste nicht einmal, wie man in den Weihwassertopf hineinlangt, wie man sich richtig bekreuzigt, wie man den Kniefall macht.

»Du kannst es mir ja beibringen!«

»Was? Rosenkranz, Bekreuzigen, Marienlieder? Ich dir?«

»Wer sonst, wenn nicht du?«

»Du spinnst!«

»Dann pass ich ja ganz gut in die Wallfahrt hinein.«

Er lachte.

Sagte: »Trinken wir ein Bier?«

Mir verschlug es die Sprache.

Ich, der versoffene Fremde, mit dem Dorfpfarrer ein Bier?

Er sagte: »Komm, gehen wir in den ›Schwarzen Adler‹!«

Der »Schwarze Adler« war in Sichtweite, schräg gegenüber von der Kirche, nur die Friedenseiche vom 1870er-Krieg gegen die Franzosen trennte die Kirche und die Wirtschaft und die Hauptstraße dazwischen.

Im »Schwarzen Adler« ging es hoch her, das hörte man schon von außen.

»Die Alte Sau sticht.«

»Schelln Sau!«

Fäuste mit Karten klopften auf den Tisch.
»Du Depp, warum spielst jetzt den Ober?«
»Maria, noch a Bier!«
Und so weiter.
Ich folgte meinem neuen Protektor im Windschatten.
Er machte die Tür zur Gaststube auf.
Alles erstarrte.
Wie ein Film, der angehalten wird.
Alle starrten.
Auf den Pfarrer von Tal.
Auf mich. Den Alki von der Biselalm.
Sogar die Resopaltische erstarrten, die Kuchenvitrine ohne Kuchen erstarrte.

Die rothaarige Wirtin Maria stand wie eine griechische Statue da, mit dem leeren Bierkrug in der Hand.

Die Szene war wie ein Gemälde von Rembrandt. »Bäuerliches Leben«.

Nur der Fernseher lief weiter.

Der Pfarrer sagte in den Raum: »Grüß Gott beinand. Lassts euch nicht aufhalten. Oder ist hier gerade eine Maiandacht?«

Die Männer und die Wirtin lächelten pflichtschuldig.

Bewegten vorsichtig ihre Glieder aus der Starre.

Die Schelln Sau wurde auf einmal gehaucht: »Schelln Ass.«

Die Alte Sau wurde zu einem gesäuselten »Eichel Ass.«

Die Fäuste flogen auf die Tischplatte wie die Pfoten eines jungen Kätzchens.

»Himmel ...«

Das »...herrgottsakrament« entfiel.

Man benahm sich.

»Zwei Halbe!«, bestellte Hochwürden bei der Maria, die drei kleine Töchter hatte von zwei Männern, und die Empfängnis war nicht ganz ohne Flecken abgegangen. Knutschflecken zumindest.

Zwei Halbe Engelbräu brachte die Maria, sogar mit Schaum, und die Tautropfen rannen am Glas hinunter.

Die Kühlung funktionierte.

»Herr Pfarrer!«

Maria stellte es vor ihn hin, auf einen Bierdeckel.

»Da!«
Für mich. Ich hatte im Beisein des Allerheiligsten sogar wieder einen Namen. »Da.«
Eine Zeit lang hatte sie nicht mit mir gesprochen.
Ich hatte den Mord an dem Pfarrer von Tal aufgeklärt.
Und sie behandelten mich, als hätte ich ihn umgebracht.
Ich, der Alkoholiker.
Als wäre ich der Einzige im Dorf gewesen, der über Wochen nicht unter null Komma acht Promille kam.
Dann verzupfte sie sich.
»Dann willst wirklich von mir Katholisch lernen?«, fragte mich mein Stiefbruder im Herrn.
»Ja, sonst fall ich doch auf wie ein roter Hund, wenn ich auf der Wallfahrt bin. Wann fangen wir denn an?«
»Morgen früh!«
»Oha!«
»Vor der Frühmesse.«
»Und wann ist die Frühmesse?«
»Im Sommer immer um sechse.«
Mir verschlug es die Sprache.
Als ich sie wiederfand, rief ich in Richtung Maria: »An Schnaps!«
Mein Bruder im Herrn lachte, rief: »Zwei Schnaps! Aber doppelte!«
Ich hätte heulen können vor Rührung.
Der Kartlertisch war verstummt.
Bis einer sein Glas hob und sagte: »Prost, die Herrn!«
Alle sagten: »Prost, die Herrn!«
Hochwürden prostete ihnen zu.
Ich auch.
»Maria«, rief er, »eine Runde für den Stammtisch!«
»Gelobt sei Jesus Christus!«, kam es vom Stammtisch.
»In Ewigkeit, amen.«
Sagten wir. Ich auch. Laut.
Sie kartelten weiter.
»Nicht schlecht«, meinte mein Lehrmeister, »aus dir wird noch was. Mindestens ein Ministrant.«

Drei Halbe später, für jeden, gingen wir.
Hochgelobt vom Stammtisch.
»Kommts bald wieder!«
»Ihr auch!«, sagte Monsignore. »In die Kirch!«
Keinem fiel eine Antwort ein.
Sie lachten verlegen.
Draußen, vor der Kirche, vor meinem Golf, sagte er: »Pfüadi dann!«
»Servus!«
Ich verließ das Dorf rehabilitiert. Respektiert. Neu eingebürgert.
Mit wem der Pfarrer säuft, der hat die Absolution erhalten.
Ich schwebte am Rande der null Komma acht Promille den schmalen Asphaltweg hinauf.
Dreihundert Meter vor der Alm führt der Weg aus dem Wald über die letzte, steilste Steigung, und vor mir lag das alte Bauernhaus.
Ich erschrak.
Ich hatte Besuch.
Ein Auto stand in der Einfahrt.
Es war überwiegend grün, und als ich näher kam und meine müden Augen schärfer sahen, war es auch beschriftet. Wie es heute üblich ist, dachte ich, aus allem machen sie Geld, gesponsert von ...
Gesponsert von der Polizei.
Heilig's Blechle. Was wollen denn die hier?
Ich zwängte mich möglichst aufrecht aus dem Auto und hörte auf zu atmen.
Meine Fahne ...
»Grüßts euch Gott beinand!«
Sie waren ausgestiegen, hatten ihre Mützen aufgesetzt.
Auweh. Amtlich.
Es waren meine Enkel-Polizisten.
Ich wählte die Vorwärts-Verteidigung.
»Ja, ich weiß schon ... Ich hab eine Halbe getrunken drunt im ›Schwarzen Adler‹ ... oder zwei ... die paar Meter da rauf ...«
Sie schauten verstört.

Der Wirt, der Mann von der Maria, der sicher Josef hieß, hatte mal erzählt, dass die Polizei, wenn sie klamm ist, immer vor dem »Schwarzen Adler« wartet, die Autonummern notiert, sich die Adressen aus Kempten durchgeben lässt und die Promillefahrer dann zu Hause persönlich empfängt.

Der Polizeijüngling sagte: »Das ist uns wurscht, wie viel Halbe du hast.«

»Ja, warum seids ihr dann da?«

»Es ist Anzeige gegen dich erstattet worden.«

»Warum? Was hab ich angestellt?«

»Hausfriedensbruch. Einbruch. Sachbeschädigung.«

»Wie, wo ... ich?«

»Vor zwei Tag. In der Mariengrotte.«

»Jessas, Maria und Josef! Und wer zeigt mich an?«

»Unbekannt.«

»Dann zeig ich Unbekannt an!«

»Wegen was?«

»Schwere Körperverletzung. Ihr habts mich doch vor zwei Tag gefunden mitten in der Nacht. Und nach Kaufbeuren gebracht ...«

»Ja, schon. Aber die Geschicht mit dem Bolzenschneider ... Kann man ja nicht einfach sagen, du hast sie geträumt.«

»Freilich hab ich's geträumt. Ich hab euch doch erzählt, wie es dadrin in der Grotte ausgeschaut hat, und dann war nix mehr. Alles wie wenn nie jemand dadrin gewesen wäre.«

»Ja, schon ...«

»Also hab ich träumt. Außerdem spinn ich. Sonst wär ich ja nicht nach Kaufbeuren gekommen.«

»Und der Bolzenschneider und die durchgezwickte Kette?«

»Des müssen die Unbekannt gewesen sein. Die Frau Unbekannt oder der Herr Unbekannt.«

»A so ...«

Jetzt standen die beiden wie der Ochs am Berg.

»Dann ermitteln wir eben weiter ... Und am besten, Sie nehmen sich einen guten Anwalt. Mit so einer Anzeige ist nicht zu spaßen.«

»Mach ich.«

»Und mit dem Spinnen ... Was sagen die in Kaufbeuren?«
»Geheilt, sagen sie.«
»Na gut, dann fahren wir halt wieder.«
»Nach Kaufbeuren?«
»Sie, gell! Wir können Sie wegen Beamtenbeleidigung anzeigen!«
Sie waren wieder beim Sie. Ich auch.
»Ich mein doch bloß, ich denk, Sie fahren nach Kaufbeuren zum Ermitteln.«
»Egal, das geht Sie nix an!«
Und los quietschten sie.
Mit Humor waren sie jedenfalls nicht geschlagen.

43 Marlein und der absolute Nullpunkt

Als wir am nächsten Morgen nach einem kurzen Frühstück zurück nach Fürth fuhren, war die Atmosphäre so frostig, dass man damit die Hölle hätte zufrieren können.

Wir hatten weder beim Aufstehen noch beim Frühstück mehr als ein paar nichtssagende Floskeln gewechselt, und jetzt während der Fahrt herrschte eisiges Schweigen.

Lena Wiga sagte kein Wort dazu, wo sie am Vorabend gewesen war und was sie gemacht hatte, und ich fragte sie nicht danach. Und etwas anderes hatten wir uns im Moment anscheinend nicht zu sagen.

Ich wusste nicht, was bei ihr der Grund für das Schweigen war. Ich glaubte nicht, dass sie etwas von meiner Verfolgung mitbekommen hatte. Vielleicht hatte sie so was wie ein schlechtes Gewissen und wollte mir weder die Wahrheit noch irgendwelche Lügen auftischen. Vielleicht war sie in Gedanken aber auch noch bei ihrer Orgie und sehnte sich an den Hohlen Stein zurück.

Es war mir egal, was es war.

Den Grund bei mir kannte ich hingegen sehr wohl. Meine persönliche Stimmung war auf dem absoluten Nullpunkt. Der ganze gestrige Ausflug war für den Arsch gewesen. Ich hatte gefühlt alle Marienkirchen Nordbayerns gesehen, aber bei meinem eigentlichen Auftrag ging nix voran. Meine Undercover-Mission wäre beinahe aufgeflogen, mir tat alles weh durch die Prellungen vom Sturz, und entgegen meinen Erwartungen hatte das Treffen keinen Hinweis auf das verschwundene Kind gebracht. Ich hatte keine Lust mehr auf Versteckspielen und Verfolgungsjagden, ich hatte keine Lust mehr auf Marienkirchen, ich hatte keine Lust mehr mit einer zu schlafen, die es mit einem Dutzend Männer und Frauen gleichzeitig trieb.

Ich versuchte, die trübsinnigen Gedanken und die depressive Stimmung, die sich meiner bemächtigt hatten, zu vertreiben, einen klaren Kopf zu bewahren, die nächsten konkreten Schritte zu planen.

Einer der wichtigsten Schritte war: Ich musste endlich diese verdammte Sektenbibel *komplett* fertig lesen, denn da mussten irgendwelche schlimmen Dinge drinstehen, auf die ich noch nicht gestoßen war – das, »wofür ich noch nicht reif war«, wie Lena Wiga es formuliert hatte, und ich glaubte nicht, dass das bezogen war auf die Zelebrierung von Sexualriten als Gottesdienst. Was ich bisher gelesen hatte, war nicht so schrecklich, dass es mir vorenthalten werden musste.

In diesem Augenblick beschloss ich, bei nächstbester Gelegenheit in Lena Wigas Wohnung einzusteigen.

Ich durchbrach das Schweigen.

»Wie lautet unser Programm für die nächsten Tage?«

Sie schien erleichtert über die Beendigung der Stille.

»Morgen habe ich Frühdienst.«

Das war die nächstbeste Gelegenheit.

»Und danach?«

»Fahre ich ein paar Tage weg.«

»Wohin?«

»Nach Oberbayern. Zu Verwandten.«

Es war offenkundig, dass sie über diesen Ausflug noch weniger sprechen wollte als über den vergangenen Abend. Ich bohrte nicht weiter nach, denn das hätte sie nur misstrauisch gemacht.

Mir kam das Telefonat in ihrer Wohnung in den Sinn, bei dem ich sie belauscht hatte.

Sie hatte dabei von einem Ritual gesprochen, und damit war, wie sich herausgestellt hatte, die Orgie am Hohlen Stein gemeint.

Und sie hatte von einer Großen Zeremonie gesprochen, bei der sie eine tragende Rolle spielen würde und die in der darauffolgenden Woche stattfinden würde – die paar Tage, die sie wegfuhr, waren also für diese Zeremonie bestimmt. Ich konnte mich erinnern, dass sie bei der Erwähnung dieser Zeremonie auch auf das Kind zu sprechen gekommen war – diese Erwähnung war ja der Beweis gewesen, dass es dieses Kind tatsächlich gab.

Es war elementar für die Lösung dieses Falles, dass ich herausfand, was es mit dieser ominösen Zeremonie auf sich hatte und wo genau sie stattfand.

Ich hoffte, dass mir eine Durchsuchung von Lena Wigas Wohnung auch diesbezüglich weiterhelfen würde. Und diese Durchsuchung würde ich am nächsten Vormittag vornehmen, wenn sie zum Frühdienst in ihrem Krankenhaus war.

Der Gedanke, dass es dann vielleicht doch endlich vorangehen würde, heiterte mich ein bisschen auf.

Mein Blick fiel auf die Ablage zwischen den beiden Sitzen. Darin lagen diverse Musikkassetten, Lena Wigas Auto hatte tatsächlich noch ein Kassettendeck.

Ich zeigte auf das vorsintflutliche Gerät.

»Können wir nicht ein bisschen Musik hören?«

Lena Wiga runzelte die Stirn.

»Ich habe aber nur Marienlieder.«

»Egal. Hauptsache Musik.«

Sie nahm eine Kassette aus der Ablage, schob sie in den Schlitz des Rekorders und schaltete an.

Eine bekannte Melodie erklang. Jetzt war es an mir, die Stirn zu runzeln.

»Das ist ›Let It Be‹ von den Beatles!«

»Ja und?«

»Du hast gesagt, du hast nur Marienlieder.«

Sie lächelte süffisant.
»Philipp, du solltest auch mal ein bisschen auf den Text der Lieder achten, die du anhörst, und nicht nur auf die Musik.« Sie drückte die Stop-Taste, spulte zurück, startete noch mal neu und sang laut mit:

»*When I find myself in times of trouble*
MOTHER MARY comes to me
Speaking words of wisdom
Let it be
And in my hour of darkness
SHE is standing right in front of me
Speaking words of wisdom
Let it be.«

Während das Lied weiterlief, erklärte sie: »›Let It Be‹ ist ein vertontes Mariengebet. Die Beatles waren große Marienverehrer. Ihr gesamtes Werk ist von Maria beeinflusst und auf Maria bezogen.«

»Das ist ja eine Überraschung – die Beatles als verkappte Marienfans.«

»Das ist überhaupt keine Überraschung. Alle großen Komponisten waren glühende Anhänger der Gottesmutter. Schubert, Händel, Mozart, Bach, Brahms, Puccini, Haydn, Vivaldi, Liszt, Wagner, Verdi – sie alle haben Maria in ihren Werken verherrlicht. Und Maria ist auch in der modernen Unterhaltungsmusik allgegenwärtig. Die erfolgreichste Popsängerin aller Zeiten hat sich zu Ehren Mariens den Künstlernamen ›Madonna‹ zugelegt, und auch die erfolgreichste Popband aller Zeiten – und das sind die Beatles nun mal unbestritten – stand total auf Maria.«

»Und ich hatte immer gedacht, die Beatles standen mehr auf östliche Gurus, Meditation und Bewusstseinserweiterung.«

»Sich endlich wieder auf die Große Göttin rückzubesinnen *ist* Bewusstseinserweiterung. Und die Musik der Beatles ist nichts anderes als Meditationsmusik zu Ehren Marias.«

»Ich habe schon öfter gelesen, dass in Beatles-Songs satanische Botschaften versteckt sein sollen – und jetzt erzählst du mir, dass es in Wirklichkeit nicht satanische, sondern marianische sind.«

»Du wirst gleich noch mehr Beispiele hören. Auf dieser Kassette sind nur Sachen von den Beatles.«

Auf »Let It Be« folgte »Lady Madonna«, zu dem Lena Wiga nur triumphierend grinste. Bei »Help!« klärte sie mich auf, dass es sich hier um ein klassisches Maria-hilf-Bittgebet handele, und »All You Need Is Love« verkaufte sie mir als das Grundgebot der Religio Mariae.

Immerhin musste ich in Erinnerung an das am Vorabend Gesehene innerlich zugeben, dass die Sekte das Gebot »Alles, was man braucht, ist Liebe« tatsächlich ernst nahm und fleißig umsetzte – zumindest die körperliche Form der Liebe.

Auch wenn ich die Um-Interpretation der Beatles-Klassiker in marianische Gebete und Gebote für hanebüchenen Unsinn hielt, die Musik war, obwohl sie schon einige Jahrzehnte auf dem Buckel hatte, immer noch geil, und Songs wie »Love Me Do«, »Eight Days A Week« oder »Yellow Submarine« schmolzen das Eis und brachten wieder Stimmung in die Kiste.

Lena Wiga wurde so sehr dadurch aufgeheitert, dass sie nach einer Weile sogar anfing, von sich aus über den Vorabend zu sprechen.

»Was hast du eigentlich gestern Abend gemacht, während ich weg war? Ferngesehen?«

»Nein, ich habe mir Reutersbrunn ein bisschen angeschaut. Das ist ja voll das Mariennest, an jeder Ecke steht eine Madonnenstatue.«

»Das ist kein Zufall. Da haben wir wieder den altbekannten Zusammenhang zwischen Orten der Marienverehrung und Orten, an denen früher die Große Göttin verehrt wurde.«

»Reutersbrunn ist ein Ort, an dem früher die Große Göttin verehrt wurde?«

»Ja. In der Nähe von Reutersbrunn gibt es ein Heiligtum einer alten germanischen Göttin.«

»Und an diesem Heiligtum warst du wohl gestern?«

»Ja.«

Ich dachte schon, ich hatte sie jetzt an dem Punkt, dass

sie mir etwas von der Versammlung und der Orgie erzählen würde.
Pustekuchen. Einen Scheißdreck tat sie.
Was sie tat, war, flugs das Thema zu wechseln.
»Sag mal, Philipp: Welche von den Kirchen und Marienstatuen, die wir gestern gesehen haben, haben dich eigentlich am meisten beeindruckt?«
Na gut. Dann sprechen wir eben wieder über Marienkirchen und Marienstatuen. Ich hatte ja jetzt einen Plan, wie ich mir die Informationen, die ich haben wollte, anderweitig holen würde.
»Am besten hat mir St. Getreu in Bamberg gefallen. Allerdings, ehrlich gesagt, weniger die Schwarze Madonna, sondern mehr die Altarfigur. Ich finde, sie hat etwas Erotisches.«
»Ja, das stimmt. Maria ist dort als attraktive Frau gestaltet, was beileibe nicht immer der Fall ist. Andererseits ist das gar nichts, was erotische Mariendarstellungen betrifft – da gibt es noch viel weiter gehende Varianten.«
»Es gibt erotischere Mariendarstellungen?«
»Na klar. Da muss ich dir was drüber vorlesen, wenn wir zurück in Fürth sind.«
»Apropos Fürth: Wir sind gestern weit gefahren, um uns Marienkirchen anzusehen. Gibt es denn in Fürth oder Nürnberg keine?«
»Doch, doch. Aber ich musste ja zu unserer Versammlung nach Reutersbrunn, und da dachte ich, wenn wir schon nach Oberfranken fahren, können wir uns doch gleich die anderen Marienheiligtümer in dieser Gegend mit ansehen. Aber das heißt natürlich nicht, dass es bei uns keine gäbe. Ich habe heute noch frei, wir könnten also unsere Wallfahrt noch um einen Tag verlängern, und ich könnte dir die schönsten Marienkirchen in Fürth und Nürnberg zeigen. Möchtest du das wohl gerne?«
Um Gottes willen, nein, nicht noch ein Marientag, mein Bedarf an Kirchen ist für die nächsten zehn Jahre gedeckt – meckerte mein Gefühl.
Du darfst es dir jetzt nicht mit ihr verscherzen, du musst das Spiel noch ein bisschen weiterspielen und sie in Sicherheit wiegen; du solltest die Zähne zusammenbeißen, den einen Tag

überstehst du auch noch, und morgen wirst du dann mit der Wahrheit belohnt, wenn du ihre Bude auf den Kopf stellst – mahnte mein Verstand.
»Ja, sehr gerne, nichts lieber als das, eine wunderbare Idee«, flötete meine Stimme.

44 Bär übt

Am nächsten Morgen um halb sechs stand ich an der Kirchentür von Tal.
Für meine erste Lehrstunde in Katholisch.
Mich bekreuzigen.
Mich beweihwassern.
Kniefall.
Ein Training wie zwischen Fußball und Ballett.
Mein Meniskus war dagegen. Er zwickte störrisch. Er ist ja auch protestantisch.
Danach sagte mein Meister, der Pfarrer Alois Allgeier: »Komm, trinken wir Kaffee.«
Er nahm mich mit in seine Wohnung. Im Pfarrhaus.
»Meine Haushälterin macht einen ordentlichen Kaffee. Meistens kriegt man sowieso bloß noch Brunze.«
Die Haushälterin sah mich, ließ fast ihr Tablett fallen, das Kaffeegeschirr klirrte hysterisch.
»Du?«, sagte sie. Dann schaute sie auf ihren Chef, sagte: »Der?«
Die Johanna.
Wir hatten ein angespanntes Verhältnis.
Ich hatte den Mord an dem Pfarrer von Tal, Theodor Amadagio, aufgedeckt.
Ihr Mann Adolf, der Messner, hatte seine letzte Ölung von mir gekriegt. Auf der Urologie in Kempten. Bevor er starb.
Alle dachten, der Adolf war am Mord mit schuld.
Dann hatte ich sie mit ihrer schwulen Freundin verheiratet, der Toni.

Ihr Kind getauft. »Theo.«
War Pate vom Theo.
Hatte mich nicht mehr um das Kind gekümmert.
Um niemanden mehr.
War abgestürzt.
Wurde der Alki vom Dorf.
Und jetzt hockte ich mit dem Pfarrer von Tal bei ihm im Wohnzimmer zum Kaffeetrinken.
Ich sagte, empathisch: »Gell, da schaust!«
Sie widersprach nicht. War ja nicht gelogen.
Mein Protektor sagte: »Ja, der. Mit dem muss ich jetzt was reden. Geistlich ...«
Sie blieb stehen.
»Vertraulich.«
Sie wich nicht von der Stelle.
»Geheim!«
Sie verstand nicht.
»Jetzt schwing dich endlich!«
Sie drehte sich um und schlug die Tür zu.
»Weiber!«, sagte er.
Er hatte aber keine Ahnung von »Weibern«.
Sonst hätte er wissen müssen, dass sie an der Tür horchte.
Der Kaffee war schwarz wie die CSU.
Brachte meinen Puls vom Stand auf hundertzwanzig.
Mit einem Schuss irischem Whiskey wäre er das Himmelreich gewesen.
Du kannst nicht alles haben ...
Ich sagte: »Morgen fahr ich nach München. Hab am Montag einen Termin an der Uni bei der Professorin, von der ich dir gestern erzählt habe. Die Matriarchats-Expertin. Zullinger heißt sie. Hab mich gestern telefonisch angemeldet. Und in München meld ich mich dann noch wo an. Zur Wallfahrt nach Altötting. Dürfen da eigentlich nur Katholiken mitmachen?«
»Kommt drauf an. Es gibt viele Wallfahrten. Welche machst denn du?«
»Die mit den Pius-Brüdern.«
Er pfiff durch die Zähne.

»Die ganz Hartgesottenen. Die wo die Messe noch lateinisch lesen.«

»Ja wenn schon, dann gleich richtig. Man geht net zum Schmiedle, man geht zum Schmied.«

»Da kann's schon sein, dass sie wissen wollen, wo du herkommst und so weiter. Die lassen bestimmt nicht jeden Depp mitlaufen bei der Wallfahrt.«

»Danke ... Aber ich hab das große Latinum gemacht. Vor fünfundvierzig Jahr.«

»Heilige Maria ... da war ich ja noch in Abrahams Wurschtkessel.«

»Ja, ich hätte dich schon wickeln können, damals ...«

Die Vorstellung, er hätte von mir gewickelt werden können, war ihm offensichtlich doch nicht so angenehm.

Er sagte: »Also wenns dich fragen, ob du katholisch bist und wo und wie und was: Gib ihnen mein Kärtle.«

Er gab mir eine Visitenkarte. Schwarz mit weißer Schrift. Und Kreuz.

»Bist halt ein Katholik z.A.«

»Was heißt das? Ich war einmal Pfarrer z.A. Vor vierzig Jahr. Zur Anstellung.«

»Zur Ausbildung. Katholik zur Ausbildung. Ist nicht einmal gelogen.«

»Okay. Dann pack ich's.«

»Fahrst mit dem Auto?«

»Nein. Ich möchte unauffällig bleiben. Inkognito. Ich nehm den Bus nach Kempten und dann den Zug nach München, meld mich an bei den staubigen Pius-Brüdern und dann mach ich eine Probewallfahrt.«

»Was? Gibt's das auch? Wohin denn?«

»Ins Hofbräuhaus.«

Er lachte.

»Aha, deshalb fahrst du nicht mit dem Auto. Aber pass auf dich auf.«

»Keine Sorge. Ich bin nicht umzubringen!«

»Pfüadi.«

»Pfüadi! ... Und ach, was ich noch sagen wollt ...«

Ich ging schnell zur Tür, riss sie auf.
Johanna stand verdattert davor. Stotterte: »Ach ... Hochwürden ... Ich wollt bloß fragen, was Sie heut zum Mittagessen wollen.«
Er sagte: »Wieso, heut ist doch Samstag. Und jeden Samstag gibt's Schweinsbraten, was sonst?«
»Hätt ja sein können.«
Ich ging an ihr vorbei.
»Pfüadi, Johanna!«
Kühl sagte sie: »Auf Wiedersehen!«

45 Marlein und die erotische Kunst

Wir fuhren in ein Parkhaus in der Nürnberger Innenstadt, liefen zu Fuß zum Hauptmarkt und blieben vor einem großen Gebäude stehen, das von zahlreichen Touristen betreten und verlassen wurde.
Lena Wigas Augen leuchteten.
»Voilà – die Frauenkirche zu Nürnberg. Genauer gesagt die katholische Pfarrkirche Zu Unserer Lieben Frau.«
Ich sah an den Mauern der Kirche hoch.
»Ist dieser Balkon nicht auch der Ort, von wo aus das Nürnberger Christkind jedes Jahr diese Rede hält?«
»Du meinst den Prolog zur Eröffnung des weltberühmten Christkindlesmarktes. Ja, das stimmt, er wird traditionell auf dem Balkon der Frauenkirche vorgetragen. Dieser Brauch in Nürnberg und vielen anderen Städten, ein junges Mädchen zum Christkind zu küren, ist nebenbei bemerkt ein weiterer Beweis dafür, dass sich die Menschen nach einer weiblichen Göttin sehnen.«
»Verstehe ich nicht – was hat das Christkind damit zu tun?«
»Aber das ist doch eindeutig. Das Christkind soll doch eigentlich, wie der Name schon sagt, Christus als Kind sein. Und da Jesus Christus ein Mann war, müsste er als Kind, als Christkind, doch auch von einem Jungen verkörpert werden.

Dass man sich das Christkind aber überall weiblich vorstellt, lässt sich nur damit begründen, dass man sich in dieser Figur eine weitere Ersatz-Göttin geschaffen hat. Aber unabhängig vom Christkind ist die Nürnberger Frauenkirche in allererster Linie ein Marienheiligtum, und man begegnet Maria an diesem Ort in mannigfaltigen Variationen. Komm, ich zeige sie dir.«

Und wieder leuchteten ihre Augen regelrecht, was einen weiteren Madonnen-Trip verhieß. Sie war richtig süchtig nach diesem Marienscheiß.

Wir traten durch eine der beiden Türen des Hauptportals in einen kleinen Vorraum, dessen Wände bedeckt waren von zahlreichen in Gold gefassten Skulpturen.

Lena Wiga erklärte mir, dass es schon hier nur so wimmelte von Mariendarstellungen, und zeigte mir Szenen wie Maria nach der Geburt, Maria bei der Darstellung Jesu im Tempel und Maria mit einer Taube auf dem Bauch. Außerdem wies sie mich auf sechs gekrönte Frauenstatuen hin, die Allegorien seien für die sechs Tugenden Marias: Prudentia, die Klugheit; Humilitas, die Demut; Solitudo, die Einsamkeit im Gebet; Pudicitia, die Schamhaftigkeit; Vigilitas, die Jungfräulichkeit; und Oboedientia, der Gehorsam. Wobei sie nicht unerwähnt ließ, dass diese Tugenden ein völlig falsches Bild von Maria zeichneten, denn als Göttin müsse sie weder gehorsam noch demütig sein, und als Fruchtbarkeitsgöttin verkörpere sie das Gegenteil von Schamhaftigkeit und Jungfräulichkeit. Zum Glück relativiere der Schlussstein, also die Stelle, an der die Gewölbebogen zusammenliefen und die deshalb der bedeutendste Ort im ganzen Vorraum sei, dies wieder: Das Relief zeige die von musizierenden und beweihräuchernden Engeln umgebene Maria bei der Krönung im Himmel und unterstreiche ihren göttlichen Status.

Nachdem wir den Vorraum abgehandelt hatten, betraten wir das Innere der Kirche. Es folgte das Unvermeidliche: Lena Wiga legte sich vor dem absoluten Blickfang der Kirche, der Strahlenkranzmadonna über dem Tucher-Altar im Scheitelpunkt des Chorraums, flach.

Anschließend wollte sie mich zu den zahlreichen weiteren Marienkunstwerken durch den Innenraum schleifen. Allerdings hatte ich echt keinen Bock mehr auf Kirchenführungen und überlegte krampfhaft, wie ich sie auf einen anderen Trip bringen könnte.

Zum Glück fiel mir auch etwas ein.

»Ach Lena, du hast mir doch auf der Herfahrt versprochen, mir etwas über erotische Mariendarstellungen vorzulesen.«

»Ja, stimmt.«

»Willst du dein Versprechen nicht einlösen?«

»Jetzt sofort?«

»Ja.«

Sie ließ mir durchgehen, dass ich ihre Führung abwürgte, aber vermutlich nur, weil ich mit meinem Wunsch im Rahmen der Marienthematik blieb.

Wir setzten uns auf eine der schlichten hölzernen Bänke, die die Kirche ausfüllten, ein wenig abseits von den umherstreifenden Touristen.

Lena Wiga holte die Sektenbibel aus ihrer Handtasche, und ich bekam ein weiteres Kapitel daraus zu hören.

»*MARIA IN DER KUNST: EROTISCH, FRUCHTBAR, MÄCHTIG*

Das Volk verehrt Maria als ihre Göttin, und die Künstler trugen diesem Umstand schon immer Rechnung, indem sie Maria in ihren Statuen und auf ihren Gemälden mit allen Attributen der Großen Göttin darstellten – und dazu gehören auch Fruchtbarkeit, Sinnlichkeit und Erotik. Natürlich wurden solche Tendenzen vonseiten des Klerus, der ja die meisten Bilder und Skulpturen in Auftrag gab, um damit Kapellen, Kirchen und Kathedralen auszustatten, unterdrückt und sanktioniert, aber er konnte sie nicht gänzlich verhindern.

Es existieren verschiedene Archetypen bei den Mariendarstellungen, die sich immer wieder wiederholen, wie zum Beispiel die ›Schutzmantelmadonna‹, bei der die Gläubigen unter dem weit ausgebreiteten Mantel einer überdimensional großen Muttergottes Schutz und Zuflucht finden; die ›Pieta‹, bei der Maria ihren toten Sohn auf ihrem Schoß oder in ihren Armen

hält; die ›Immaculata‹, also die Unbefleckte, bei der Maria eine weiße Tunika, einen blauen Mantel, ein Kopftuch und einen Rosenkranz trägt; oder die ›Himmelskönigin‹, bei der Maria mit Krone und Zepter ausgestattet ist.
Ein weiterer dieser Archetypen ist die ›Maria lactans‹, die Milch spendende Maria, bei der Maria dem neugeborenen Jesuskind die Brust gibt. In bayerischen Kirchen ist eine stillende Madonna beispielsweise in Ainhofen und in St. Emmeran in Regensburg zu sehen, und viele berühmte Künstler wie Jan van Eyck, Rogier van der Weyden, Orazio Gentileschi oder Marc Chagall haben dieses Motiv gestaltet. Der fleißigste Maria-lactans-Produzent war der große Albrecht Dürer, der als glühender Marienverehrer die Gottesmutter unzählige Male im Bild festgehalten hat.
Natürlich soll die Maria lactans eigentlich die Fürsorge und Mutterliebe Marias zum Ausdruck bringen. Aber die Maler und Bildhauer haben dieses Motiv der Entblößung eines sekundären Geschlechtsteils auch immer wieder benutzt, um ein erotisches Element ins Spiel zu bringen und den nackten Busen der Maria nicht nur als Mutterbrust, sondern als sexuellen Reiz darzustellen.
Berühmt-berüchtigt ist beispielsweise das Gemälde ›Maria mit Kind‹ des französischen Malers Jean Fouquet aus dem Jahre 1453, auf dem Maria ein eng anliegendes blaues Gewand trägt, das ihre weiblichen Reize sehr stark betont, und auf dem sie ihre linke Brust entblößt hat, obwohl das auf ihrem Schoß sitzende nackte Jesuskind überhaupt keine Anstalten macht, daraus trinken zu wollen. Auf diesem Bild wird Maria eindeutig nicht als fürsorgliche Mutter, sondern als sinnliche Sexgöttin dargestellt. Ähnlich verhält es sich bei dem Gemälde von Jan Gossaert mit demselben Titel aus der Zeit um 1530. Auch hier wendet sich das Jesuskind eher von der entblößten Brust der Maria ab, die zudem als höchst attraktive Frau mit langen, lockigen Haaren gestaltet ist. Die Maria-lactans-Interpretationen von Joos van Cleve und Hans Baldung Grien zeigen den Säugling gar schlafend in Marias Armen, und dass sie ihren Busen dennoch unverhüllt zur Schau stellt, wirkt auf den Betrachter eindeutig in einem erotischen Kontext.

Neben der Maria lactans gibt es aber natürlich auch noch andere Möglichkeiten, Maria als Fruchtbarkeitsgöttin darzustellen, und dazu muss man sie keineswegs nackt zeigen. Ein weiterer in Bayern besonders beliebter Archetypus der Mariendarstellungen ist die sogenannte ›Ährenkleidmadonna‹ oder auch ›Kornährenmadonna‹. Hier trägt Maria ein bodenlanges, in tiefdunklem Blaugrün gehaltenes, überreich mit goldenen Bildern von sprossendem Getreide verziertes Gewand, und obwohl sie dabei züchtig und hochgeschlossen bekleidet ist, hat diese Darstellung eine hocherotische Komponente, denn die sprießenden Ähren sind ein Symbol für Fruchtbarkeit. Hinzu kommt, dass auf diesen Darstellungen fast immer der Halsausschnitt und die Ärmelränder von Marias Kleid von goldenen Strahlen gesäumt werden. Diese symbolisieren die Sonne, die die Körner bescheint und sie dadurch befruchtet und zum Wachsen, Reifen und Aufplatzen bringt – eine eindeutige Metaphorik auf den Vorgang des Geschlechtsverkehrs und der Geburt.
Im Prinzip waren aber alle Darstellungen, die Maria mit dem normalen körperlichen Zyklus von Fortpflanzung, Schwangerschaft und Geburt in Verbindung brachten, unerwünscht und verpönt. Dazu gehörten natürlich Darstellungen ihrer Empfängnis – aber auch solche mit Babybauch, einer sogenannten ›mater gravida‹. Dieser Marien-Archetypus war früher sehr beliebt, da er aber dem Klerus ein Dorn im Auge war, wurden die meisten Exemplare im Laufe der Zeit entfernt. Ein ganz besonderes Gnadenbild vom Typ der mater gravida ist allerdings erhalten geblieben, und zwar in der gotischen Wallfahrtskirche in Bogenberg nordöstlich von Straubing. Die dortige Sandstein-Madonna steht aufrecht und hält beide Hände an ihren Bauch – in den ein Fenster eingelassen ist, durch das man das ungeborene Jesuskind sehen kann. Vermutlich ›überlebte‹ diese waghalsige Darstellung nur, weil der ›Skandal-Bauch‹ in früheren Zeiten einfach durch einen Stoffmantel verhüllt wurde.
Es gab allerdings eine noch blasphemischere Gestaltungsform der schwangeren Maria, die sogar über die Erhebung Mariens zu einer Fruchtbarkeitsgöttin hinausging. Gemeint ist die

sogenannte ›Schreinmadonna‹, eine Statue, die man aufklappen kann und in deren Inneren sich nicht nur das Jesuskind, sondern die gesamte Dreifaltigkeit befindet, also Vater, Sohn und Heiliger Geist. Die christlichen Theologen argwöhnten, dass dies impliziere, die Muttergottes habe nicht nur Christus, sondern die gesamte Trinität geboren und stehe deshalb als oberste Himmelskönigin in der himmlischen Hierarchie weit über dieser. In der Tat weist die Schreinmadonna in vorchristliche Zeiten zurück, als die Große Muttergöttin als Urheberin alle männlichen Gottheiten hervorgebracht hatte und diese ihr untergeordnet waren, und deshalb wurde die Anfertigung solcher Schreinmadonnen, die eine Trinitätsdarstellung in sich bargen, 1745 von Papst Benedikt XIV. verboten, die meisten vorhandenen Exemplare wurden zerstört. Eine der wenigen erhaltenen Schreinmadonnen befindet sich im Germanischen Nationalmuseum in Nürnberg.«

Ich zog ein strenges Gesicht.

»Und so was hast du in deiner Wohnung stehen, obwohl es der Papst verboten hat.«

Lena Wiga blickte mich angewidert an.

»Der Papst ist nicht mein Herr, er hat mir nichts zu verbieten; meine Herrin ist die große allmächtige Göttin, und eine Schreinmadonna ist eine der schönsten Ausdrucksformen ihrer Allmacht. Der Papst ist ein Symbol der patriarchalen Schreckensherrschaft; er gehört abgesetzt, abgeschafft, vernichtet.«

Ihre letzten Worte hatte sie mit hasserfüllter und vor allem sehr bestimmter Stimme gesprochen, als ob die Vernichtung des Papstes ihre ureigene Mission wäre. Das irritierte mich etwas, denn bisher hatte ich sie zwar durchaus als Fanatikerin kennengelernt, aber als eine, deren Fanatismus sozusagen positiv ausgerichtet war, *für* etwas, nämlich Maria, so wie ein Fußballfan für seinen Verein schwärmte – jetzt spürte ich zum ersten Mal, dass sie genauso fanatisch *gegen* etwas sein konnte und dass sie, um beim Fußballvergleich zu bleiben, dabei vielleicht auch zum gewalttätigen Hooligan werden konnte.

Um sie wieder in friedlichere Fahrwasser zu lenken, sagte

ich: »Und dann besuchen wir jetzt wohl als Nächstes das Germanische Nationalmuseum?«
Lena Wiga schüttelte den Kopf.
»Nein, ein andermal. Ich möchte dir noch zwei allerletzte Marienkirchen zeigen, eine in Nürnberg und eine Fürth. Die nächste wird dich umhauen, denn sie ist völlig anders als alles, was du bisher an Kirchen gesehen hast.«

46 Bär fällt

Der Bahnsteig in Kempten war zugig.
Besonders an dem gelb eingerandeten Quadratmeter am Ende vom Bahnsteig.
Mit dem Aschenbecher aus Blech.
Für die Aussätzigen. Die Sünder. Die Volksfeinde. Die Raucher eben.
Wieder einmal Zug fahren. Mich ganz gemütlich nach München schaukeln lassen.
Null Stress.
Eine Flasche Engelbräu in der Hand.
War ja auch eine geistliche Reise.
Geistliches Getränk aus dem Flachmann. Tiroler Obstler.
Ich zündete mir meine Vormittagszigarette an. Weihrauch.
Ich rauchte meine Zigarette zu Ende, goss noch einen Schluck Obstler drauf. Aus meinem geliebten Flachmann. Aus dem Freud-Museum in Salzburg. Gelobt sei Sigmund Freud.
Der Lautsprecher quäkte etwas Unverständliches.
Wahrscheinlich, dass gleich der Zug kam.
Ich mischte mich wieder unters Volk.
Stand kampfbereit am Bahnsteig.
Erstaunlich, wie viele Leute nach München fuhren an einem Sonntag.
Wenn die sich alle zur Wallfahrt anmeldeten ...
Der Zug kam langsam herangerollt, »München«, leuchtete von der Stirn der Lokomotive.

Die Lokomotive, die in meinen Rücken rammte, hatte hingegen einen solchen Affenzahn drauf, dass ich sie gar nicht hatte kommen sehen.

47 Marlein und die moderne Kirche

Lena Wiga lotste mich in den Stadtteil Röthenbach im Süden Nürnbergs. Dort parkten wir in der Herrieder Straße neben einem hohen, aus nackten Stahlträgern zusammengesetzten Turm und stiegen aus.
Ich blickte zu dem Turm hoch.
»Falls das hier so was wie ein Kletterpark sein sollte, vergiss es. Ich bin nicht schwindelfrei.«
Lena Wiga ließ meine Bemerkung unkommentiert und steuerte auf ein großes Betongebäude neben dem Turm zu, das äußerlich verblüffend einem Volksfest-Bierzelt ähnelte.

Im Inneren war es ziemlich düster, denn es gab keine großen Fenster, sondern bloß schmale, schlitzartige Glasbänder, die nur wenig Licht hereinfallen ließen. Wir setzten uns auf eine der schlichten langen Holzbänke, mit denen der Raum vollgestellt war.

Ich flüsterte Lena Wiga zu: »Ziemlich tote Hose hier im Festzelt. Aber es wird ja auch kaum was geboten: keine Blaskapelle, kein Hähnchengrill, und ich sehe auch keine Bedienungen, bei denen man wenigstens eine ordentliche Maß bestellen könnte. Was ist das hier? Die Röthenbacher Volkstrauer-Kirmes? Oder läuft gerade die Jahreshauptversammlung des fränkischen Abstinenzlerverbandes?«

Lena Wiga schüttelte missbilligend den Kopf. »Philipp, bitte! Wir sind hier in einer Kirche.«

Ich war ehrlich überrascht und sah mich um – und tatsächlich, bei genauerem Hinsehen konnte ich eine Madonna auf einem Sockel, ein Kreuz und mehrere religiöse Mosaike an den Wänden sowie die Pfeifen einer Orgel auf einer Art Empore erkennen.

»Man hat sich aber alle Mühe gegeben, das zu verheimlichen.«

»Klar, das wirkt hier natürlich alles sehr spartanisch und pragmatisch nach all den prunkvollen Kirchen, die wir zuvor gesehen haben. Aber ›Maria am Hauch‹ ist eben eine moderne Kirche. Sie wurde 1968 errichtet und ist damit die erste neu gebaute Marienkirche in Deutschland seit der Reformation. Auch wenn sie dir vielleicht nicht gefällt – ich wollte sie dir unbedingt zeigen, um dir zu beweisen, dass die Marienverehrung kein Relikt der Vergangenheit ist, sondern dass sie modern ist, dass auch in der heutigen Zeit noch Kirchen der Maria geweiht werden.«

»Schön sieht in der Tat anders aus. Und einen ausgeprägten Marienbezug kann ich hier auch nicht erkennen.«

Lena Wiga deutete in Richtung der lebensgroßen, auf einem Steinsockel stehenden Marienfigur links neben dem, was wohl der Altar sein sollte. »Aber siehst du denn nicht die Madonnenstatue dort vorne?«

»Doch, natürlich. Die passt in diese Großraummensa wie eine Sonnenblume in eine Leichenhalle.«

»Du hast recht damit, dass sie ein gewisser Stilbruch ist. Während alle anderen der wenigen Ausstattungsstücke dieser Kirche zeitgenössische Werke sind, stammt diese gotische Strahlenkranzmadonna aus der Zeit um 1500. Was einerseits künstlerisch wie ein Widerspruch aussieht, ist andererseits eine perfekte Bestätigung der Lehren der Religio Mariae. Mögen die Kirchengebäude auch neuartig sein – das Objekt ihrer Verehrung, Maria als eine Verkörperung der Großen Göttin, ist ja uralt, und deshalb passt eine Mariendarstellung, die ein paar Jahrhunderte auf dem Buckel hat, perfekt auch in eine moderne Kirche.«

Sie musterte mich und suchte nach Zeichen von Verständnis und Zustimmung in meinem Gesicht. Sie fand keine.

»Aber du hast schon recht. Meine Lieblings-Marienkirche ist das hier auch nicht.«

»Welche ist denn eigentlich deine Lieblings-Marienkirche?«

»Da gilt der Spruch: Warum in die Ferne schweifen – das Gute liegt so nah. Es ist die katholische Stadtpfarrkirche Unsere

Liebe Frau in Fürth. Die möchte ich jetzt zum Abschluss noch mit dir besuchen. Und damit schließt sich dann wunderbar der Kreis: Wir haben uns gestern von Fürth aus auf große Marienwallfahrt durch Nordbayern begeben, und diese Wallfahrt endet heute wieder am Ausgangspunkt, in Fürth.«

»Und was ist an dieser Fürther Kirche so besonders, dass sie dein Favorit ist?«

Lena Wiga sah mich an, zögerte, ehe sie mit der Sprache herausrückte, als ginge es darum, zu überlegen, ob sie ein gut gehütetes Geheimnis wirklich lüften sollte.

»Ich habe darin etwas ganz Außergewöhnliches erlebt.«

Ihr Blick bekam etwas Glasiges, Verträumtes, war regelrecht entrückt.

»Ich habe darin ein Wunder erlebt.«

48 Bär erkennt

Als ich wieder zu mir kam, sah ich einen Engel.

Von Angesicht zu Angesicht.

Dann aber werde ich erkennen, wie ich erkannt bin. 1. Korinther 13.

Ich kannte den Engel.

Blondes Haar, Mitte dreißig, Fielmann-Brille. *Ganz in Weiß* ... ohne einen Blumenstrauß.

Dafür eine Spritze in der Hand.

»Du?«, sagte ich.

»Du?«, sagte er. Der Engel.

Oder sie. Die Dr. med. Vasthi Graf.

Neugierige standen herum.

Als hätten sie mich noch nie gesehen. Hatten sie auch nicht.

Die Polizei sperrte das Gelände mit gestreiften Plastikbändern ab. Wie im »Tatort«.

»Wo bin ich? Im Krankenhaus?«

»Schmarrn«, sagte Dr. Vasthi, »auf dem Bahnhof in Kempten.«

»Warum?«

»Das möchte ich von dir wissen!«
Ein Polizeiauto verstreute Blaulicht.
Ein Sanitätsauto machte es ihm nach.
Sogar der Notarztwagen leuchtete blau.
»Warst blau?«, fragte meine Freundin, die Unfallmedizinerin.
»Wieso, riecht man's?«
»Ja. Wolltest dich umbringen?«
»Im Gegenteil. Ich wollt ins Hofbräuhaus.«
»Das Brauhaus ist doch nicht am Bahnhof Kempten.«
»Nach München ins Hofbräuhaus.«
»Warum liegst dann neben dem Bahngleis?«
Die Polizei nahte.
Zwei. Meine Enkel-Polizei.
Dr. Vasthi stach mir mit ihrer Spritze in den Bizeps.
»Au!«
»Sei halt nicht so wehleidig!«
Sie hatte ihre Empathie zu Hause gelassen.
Der Jungpolizist schaute mich an, übersah mich, sagte zur Dr. Graf: »Wir haben Zeugen befragt. Sie sagen, der Zug ist eingefahren, dann gab es einen Schrei, dann ist einer aufs Gleis, und mit einem Satz war er auf der andern Seite, eine Sache von Millimetern, sonst hätt ihn der Zug erwischt.«
Er meinte mich.
Mir dämmerte.
Ich erinnerte.
Der Zug fuhr ein. »München«, leuchtete über dem Führerfenster. Ein Stoß in meinem Kreuz, mich haut's vom Bahnsteig, und ich denk: Jetzt bin ich gleich hin. Das Fallen war in Zeitlupe, ich kannte es vom Joggen, wenn's einen hinhaut, und man weiß nicht, ob man sich noch mal derfangt oder nicht. Ich derfing mich, kam mit einem Fuß auf den Schotter zwischen den Geleisen. Und machte einen Satz. Einen Satz um mein Leben. Auf die andere Seite. Und das mit meinem rechten Fuß. Mein Sprungbein war meiner Lebtag das linke. Aber seit der Sache mit meinem Meniskus nahm ich mein schwächeres rechtes als Sprungbein. Dann riss der Film.
Ich sagte zu dem Polizisten: »Einer hat mich vorn Zug stoßen

wollen. Hat er auch. Ich vermute, der Herr Unbekannt. Die Sau, wenn ich den derwisch!«

»Den derwischen wir schon«, sagte der Polizist.

Seine Kollegin sagte: »Zeugen haben gesehen, wie zwei oder drei junge Mannsbilder weggesprungen sind.«

Der Polizist zu mir, endlich sprach wieder mal jemand mit mir, nicht über mich: »Können Sie sich an den Tathergang erinnern?«

Ich hockte inzwischen da, auf einer Isodecke von den Sanitätern, die Dr. Graf fummelte an meinem Puls herum.

Ich erzählte den beiden Polizisten, an was ich mich erinnern konnte.

Sie sagten: »Wir nehmen dich mit aufs Revier, da musst die Aussagen unterschreiben. Und der Chef muss dich auch noch ausfragen.«

Dr. Graf schritt ein: »Der kommt zuerst mit mir! Der muss erst medizinisch versorgt werden. Untersucht nach inneren Verletzungen!«

Meine einzige innere Verletzung war, dass ich heute wohl nicht mehr ins Hofbräuhaus nach München kam. Die verpasste Wallfahrtsanmeldung bei den Pius-Brüdern war mir wurscht.

»Der kommt mit mir!« Dr. Vasthi ließ nicht mit sich verhandeln.

Es war schön, wieder mal begehrt zu sein. Jeder wollte mich haben. Man braucht sich nur vor einen Zug werfen. Oder geworfen werden.

Die Polizisten wollten ihr Gesicht nicht verlieren, sagten: »Dann fahren wir hinterher, und wenn er medizinisch versorgt ist, nehmen wir ihn mit aufs Revier.«

Jagdrevier.

49 Marlein und die wundersame Erscheinung

Zurück in Fürth.

Wir waren keine vierzig Stunden weg gewesen, aber gefühlt waren es vierzig Tage.

Die katholische Stadtpfarrkirche Unsere Liebe Frau sah wieder so aus, wie man sich eine klassische Kirche vorstellte, außen wie innen.

Ich musste mir eingestehen, dass ich sie, obwohl sie nur einen Steinwurf von meinem Büro entfernt lag, noch nie besucht hatte – und dass ich verstehen konnte, warum sie Lena Wigas Lieblingskirche war: Es war alles da, was man von einer Kirche erwartete, aber dennoch war sie nicht überfrachtet, sondern zeichnete sich durch eine wunderbare Klarheit, Schlichtheit und Überschaubarkeit aus, eine Konzentration auf das Wesentliche.

Und das Wesentliche war auch in diesem Gotteshaus die Gottesmutter Maria, was neben den beiden großen Deckenfresken vor allem der Hochaltar bewies, wie mir Lena Wiga mit nicht nachlassender Begeisterung erläuterte.

Das Altarbild war in der Tat äußerst ungewöhnlich und gänzlich anders als alle, die ich bisher gesehen hatte.

Es handelte sich um eine ungefähr zwei Meter breite und zehn Meter hohe, in dunklen erdigen Farben gehaltene, einen stilisierten Rosenstrauch mit Blüten darstellende Mosaikwand, in deren Mitte es eine rundliche Einbuchtung gab, und in dieser Einbuchtung stand eine holzgeschnitzte Madonnenfigur.

Lena Wiga erklärte mir, dass diese Marienfigur ihre persönliche Favoritin sei, da sie zum einen mit Krone, Zepter, goldenem Umhang, Jesuskind, Mondsichel, Erdball und vergoldetem Sonnenstrahlenkranz *alle* Insignien der Himmelskönigin aufweise und da sie zum anderen hier so eindeutig wie nirgendwo sonst als die alte weibliche Große Göttin »geoutet« werde, da ihre Lage in der höhlenartigen Einbuchtung der dunklen Mosaikwand frappierend an die eines Kindes in der Gebärmutter einer Frau erinnere und dieses Altarbild damit – auch wegen der Eiform der Einbuchtung – ein einziges großes Fruchtbarkeitssymbol sei.

Ich dachte zunächst, dass Lena Wigas Begeisterung für diese Kirche vor allem auf diesen »Embryo-Altar« zurückzuführen sei, bis mir einfiel, was sie mir in Maria am Hauch erzählt hatte.

»Du hast angedeutet, dass du in dieser Kirche ein Wunder erlebt hast.«

Lena Wiga, die gerade ihr übliches Hinwerfungsritual vor dem Altar zelebriert hatte, deutete auf die vorderste Bankreihe, und wir setzten uns.

»Maria ist eine lebendige, aktive Göttin, die sich den Menschen immer wieder zeigt. Manche dieser Erscheinungen haben Berühmtheit erlangt, weil die Personen, denen Maria sich offenbart hat, dieses Ereignis publik gemacht haben: zum Beispiel dem Indio Juan Diego 1531 in Guadalupe in Mexiko, der vierzehnjährigen Bernadette Soubirous 1858 in Lourdes in Frankreich, drei Bauernkindern 1917 in Fátima in Portugal, fünf Jugendlichen 1981 in Medjugorje im damaligen Jugoslawien – oder auch mehreren jungen Mädchen zwischen 1949 und 1952 ganz in unserer Nähe, im fränkischen Heroldsbach. Es gibt Hunderte solcher Marienerscheinungen, die sogar von der Amtskirche nach jahrelanger strenger Prüfung offiziell als echt anerkannt wurden.«

Sie machte eine Pause.

Als sie wieder sprach, war ihr Ton feierlich.

»Und auch mir ist Maria leibhaftig erschienen. Hier, in dieser Kirche.«

Mir klappte die Kinnlade runter. Das musste man Frau Wiga lassen, sie schaffte es immer wieder aufs Neue, mich zu verblüffen.

»Es war letztes Jahr, am Festtag Maria Königin. Ich war ganz alleine hier in der Kirche. Ich habe gerade gebetet, als ich plötzlich Musik hörte. Es war eine verzaubernde, wunderschöne Melodie, und sie erklang so mächtig, als würden unzählige himmlische Heerscharen sie singen. Dann leuchtete ein riesiger Feuerball im Chorraum auf, der ein gleißendes weißes Licht ausstrahlte und heller als tausend Sonnen schien. Diesem Feuerball entstieg eine Frau von überwältigender Schönheit. Sie hatte langes goldfarbenes Haar und kornblumenblaue Augen, und sie war vollkommen nackt, und ihr Körper war von vollendeter Perfektion. Sie schritt auf mich zu und blieb vor mir stehen. Sie sagte, ich solle keine Angst haben, sie sei die Große Göttin Maria. Sie erscheine mir, weil ich eine ihrer treusten Dienerinnen sei, aber bald werde sie sich allen Menschen offenbaren. Sie prophezeite, dass die jahrtausendelange Vorherrschaft des Patriarchats in Bälde Geschichte sein werde. Sie versprach, dass sie in einem grandiosen Triumphzug aus ihrer Verbannung zurückkehren und wieder das Regiment über die Erde antreten werde und dass sie uns Frauen von der männlichen Bevormundung, Unterordnung und Unterdrückung befreien werde. Sie prognostizierte, dass die Verteufelung der weiblichen Sexualität ein Ende haben werde und dass ein neues Zeitalter des Auslebens von Liebe, Lust und Leidenschaft anbrechen werde. Zum Schluss ihrer Rede forderte sie mich auf, an der Vorbereitung für ihre Rückkehr mitzuwirken; sie rief mich dazu auf, die letzten Ketten meines alten Lebens zu sprengen, mich ganz in den Dienst der Religion der Großen Göttin zu stellen und eine ihrer Hohepriesterinnen zu werden. Sie forderte von mir, ihre Gebote streng zu befolgen, und sie verlangte von mir, Opfer für sie darzubringen – nur so könne der Sturz des alten männlichen Gottes gelingen und sie, Maria, die neue weibliche Göttin, inthronisiert werden. Dann ging sie zurück und verschwand in den Feuerball, und kurz darauf verschwand auch der Feuerball selbst wieder.«

Lena Wiga packte mich an den Schultern und rüttelte an mir, als müsse sie mich aus einem komatösen Schlaf aufwecken.

»Verstehst du, was an diesem Tag hier, an diesem Ort, in dieser Kirche, passiert ist? Maria, die Große Göttin höchstpersönlich, ist mir, Lena Wiga, einer unwürdigen Magd, leibhaftig erschienen! Ich hatte zwar auch zuvor eigentlich nie Zweifel, aber seitdem die Große Göttin mir ihre Existenz, ihre Gebote und ihre Pläne persönlich offenbart hat, habe ich die absolute Gewissheit, dass mein Weg, ihr zu folgen, richtig ist. Die Große Göttin hat mich als ihre Dienerin auserwählt – und ich würde alles für sie tun. Ich würde für sie sterben, und ich würde für sie töten!«

Sie ließ meine Schultern wieder los, und ihre Stimme wurde wieder etwas sanfter und verlor die schrille Dissonanz des Fanatismus, die bei ihren letzten Worten mitgeschwungen war.

»Na, ich hab dir nicht zu viel versprochen, oder? Ich durfte ein echtes, ein wahres, ein wirkliches Wunder erleben! Was sagst du dazu, dass die Gottesmutter Maria mir erschienen ist?«

Ich stotterte wie ein Examensprüfling, der beim Lernen Mut zur Lücke bewiesen hatte und nun genau über diese Lücke befragt wurde.

»Also ... mir ... mir fehlen echt die Worte. Das ... das ist echt ... total beeindruckend. Ich bin ... überwältigt!«

Und das war auch gar nicht gelogen. Ich war tatsächlich überwältigt – allerdings nicht von der wundersamen Offenbarung Mariens, sondern von der offenkundigen Wahnhaftigkeit der Lena Wiga. Sie war ja noch viel mehr plemplem, als ich gedacht hatte.

Es wurde jetzt wirklich allerhöchste Zeit, diesen Fall endlich zu beenden.

Ich wollte mit so einer Verrückten nichts mehr zu tun haben – und ich wollte vor allem mit so einer Verrückten nicht mehr ins Bett gehen. Ich fragte mich sowieso immer mehr, wie ich überhaupt mit einer offenkundig Geistesgestörten hatte schlafen können. Ich hatte nicht gedacht, dass mir das mal passieren würde, aber es war offenbar so: Manchmal triumphierte der Schwanz über den Verstand und schaltete ihn aus.

Doch damit war jetzt endgültig Schluss.

Wir verließen die Kirche und gingen zu Lena Wigas Auto, das sie auf dem Hallplatz direkt vor dem Gotteshaus geparkt hatte.

»Soll ich dich noch nach Hause fahren, Philipp?«

Ich winkte ab.

»Nein, ich kann zu Fuß gehen, ist nicht weit.«

Kein Widerspruch. Kein Angebot, noch mit zu ihr zu kommen. Kein Bock auf Poppen.

Gut so.

»Wir werden uns jetzt eine Weile nicht sehen. Morgen habe ich Frühdienst, und danach fahre ich wie gesagt für ein paar Tage zu Verwandten nach Oberbayern.«

»Ist okay.«

Ja, ist okay – kann ich in Ruhe in deine Wohnung einbrechen und mich umsehen.

Sie druckste ein bisschen herum, und einen Moment lang hatte ich das Gefühl, dass sie mir noch etwas mitteilen wollte, etwas, das über alles hinausging, was bisher zwischen uns gesprochen worden war.

Doch am Ende sagte sie nur: »Vielen Dank für deine Begleitung gestern und heute. Mach's gut, Philipp. Ich melde mich bei dir, sobald ich wieder zurück bin. Bis bald!«

»Bis dann, Lena. Ich wünsche dir eine schöne Reise. Und ich freue mich sehr auf unser Wiedersehen!«

Das war so oder so gelogen, aber wenn ich zu diesem Zeitpunkt schon gewusst hätte, wie übel unser Wiedersehen ausfallen würde, hätte ich mir diesen Spruch echt gespart.

50 Bär kränkelt

Schon wieder im Sanka.

Diesmal nicht nach Kaufbeuren unterwegs. Nach Kempten. Klinikum.

Wenigstens nicht in die Klapse.

»Mir fehlt nix. Jedenfalls nix, was ich im Krankenhaus Kempten kriegen könnte«, sagte ich.

Fixiert wie ich war, damit ich nicht aus dem Stretcher fiel in einer scharfen Kurve.

Dr. Vasthi Graf hielt sich neben mir auf den Füßen.

Sie hatte den Sani auf den Beifahrersitz geschickt. Wollte wohl ein Tête-à-Tête mit mir.

Sie sah aus wie gespieben.

Ich sagte: »Siehst a bissle mitgenommen aus. Ist's Kind krank daheim?«

»Das auch. Aber was mich wirklich beutelt, ist, dass schon wieder ...«

Ihre Stimme verschwand.

Dafür erschienen Tränen in ihren Augen.

»Schon wieder ... Das vierte ...?

»Ja, und wieder ...«

»... mit dem Herz herausgerissen.«

Sie nickte. Sagte: »Ich glaub, ich lass mich versetzen.«

»Und die Polizei?«
»Ermittelt.«
»Ah so, sie wissen wieder mal nix.«
»Weißt du was?«
»Alles, was ich weiß, ist, dass irgendjemand was gegen mich hat. Durchgeschnittene Kabel im Auto, zerstochene Reifen, ich werd mitten in der Nacht überfallen und verhaut. Man wirft einen toten Hund vor meine Tür und mich vor den Zug ...«
»Wollen sie dich umbringen?«
»Schaut so aus, oder? Erst einschüchtern, dann umbringen. Was sagt uns das?«
»Was?«
»Ich bin auf der richtigen Spur.«
»Und was ist die Spur?«
»Das muss ich noch rausfinden. Bald. Bevor sie mich zu meinem Schöpfer zurückschicken.«
»Wie lang soll ich das noch aushalten? Ich hab Angst bei jedem Notarztauto, das in die Notaufnahme kommt, dass es schon wieder ...«
»Warum steht eigentlich nix davon in der Zeitung?«
»Wegen der laufenden Ermittlungen, sagt die Polizei.«
»Und was sagt dein Mann dazu, der Magnus, der macht doch die Zeitung.«
»Der will sich nicht mit der Polizei anlegen. Die ham ihm gesagt, wenn er was schreibt, dann kann er seine Allgäuer Rundschau zumachen, dann hetzen sie ihre Juristen auf ihn, wegen Behinderung der Ermittlungen und was weiß ich noch.«
»Falschparken.«
Ihr war nicht zum Lachen zumute.
»Ist irgendeine Mutter aufgetaucht von dem Kind?«
»Nein. Die Mütter verschwinden einfach ... Bis auf die eine, die Lea vom Posserhof, die Einzige, die aufgetaucht ist ...«
»Ja, aus dem See. Tot ... Übrigens, ich hab ihre Mutter getroffen, die Posserhofbäuerin ... oder was von ihr übrig geblieben ist.«
»Wieso?«
»Ich bin ihr in Kaufbeuren in der Irrenanstalt begegnet, vor

drei Tag, wo sie mich eingeliefert haben. Sie ist völlig fertig. Übergeschnappt. Dazu ist sie noch verprügelt worden von drei jungen Dingern in der Anstalt. Das einzige Lebenszeichen, das sie von sich gegeben hat, war, dass sie mir ihre Kässpatzen ins Gesicht geschmissen hat.«

»Warum?«

»Weil ich der Teufel bin ... mit seinen bösen Engeln.«

»Paranoia?«

»Ja, Paranoia. Aber jede Paranoia hat ihre Logik.«

»Und die wäre?«

»Vielleicht hat sie gedacht, ich steck mit den jungen Walküren unter einer Decke.«

»Aber sie hat auch viel mitgemacht. Die Geschichte mit ihrem Mann, der sich aufgehängt hat, weil er mit seiner Tochter ...«

»Eine gute Geschichte. Wenn man's glaubt.«

»Glaubst du's nicht?«

»Nein.«

»Warum nicht?«

»Weil sie so praktisch ist. Weil's eine Mode ist. Die Missbrauchs-Mode. Da kannst jeden Mann hinmachen damit. Brauchst bloß sagen, der hat was mit seiner Tochter ... oder mit irgendeinem unschuldigen Ding ... Wie ich noch meine Praxis gehabt hab, da hat mir mehr als eine Patientin gesagt: ›Was tun S' denn, wenn ich aus Ihrem Haus lauf und schrei: Vergewaltigung!‹«

»Was hast dann g'sagt?«

»Ich hab g'sagt: Dann kann ich meinen Laden zumachen. Das hab ich g'sagt.«

»Und hat jemals eine ...?«

»Nein, sie ham gesagt, dass sie könnten ... und ich hab gesagt, dass sie mich damit in der Hand haben, und das hat ihnen schon gelangt ... Was man sagt, muss man nicht tun.«

»Und was soll ich jetzt tun?«

»Bleib noch bei deiner Arbeit. Wenn was ist, ruf mich an. Jederzeit. Und halt die Augen und Ohren auf ... Es dauert nicht mehr lang, vielleicht noch vierzehn Tag ... Ich bin auf der Spur, sonst wär ich nicht vor dem Zug gelandet.«

Das Sanitätsauto hielt an.
Ich wurde von den Sanitätern auf der Bahre hineingetragen.
Als wär ich schon tot.
Sie legten mich auf den Untersuchungstisch der Notaufnahme.
Dr. Graf horchte mich ab. Mein Herz.
»Tut was weh?«
»Ja. Mein Meniskus. Links.«
»Wie kannst dann vorm Zug wegspringen, wenn der Meniskus kaputt ist?«
»Mit dem andern Fuß ... Ich war früher Fußballer. Da lernt man so was. Und wenn ein Zug auf dich zukommt, springst dreimal so schnell und dreimal so hoch, wie wenn kein Zug auf dich zukommt.«
Sie fummelte an meinem Knie rum.
Beugte es.
»Au!«
Drehte es.
»Au!«
»Der Meniskus«, sagte sie.
»Sag ich doch!«
»Da machen wir eine CT.«
»In die Röhre geh ich nicht!«
»Musst ja nicht gehen, da wirst hineingeschoben.«
»Ja, aber nicht jetzt. Mir fehlt nix. Außer ein paar Informationen. Aber die krieg ich noch. Die Informationen und die Dreckskerle, die mich vor den Zug geschmissen haben.«
Ich stand auf. Sagte: »Du solltest heimgehen. Schlafen. Das fehlt dir. Insomnie.«
»Was?«
»Insomnie. Schlafmangel.«
»Danke für die Diagnose.«
»Pfüadi dann.«
»Pfüadi. Und pass auf dich auf!«

51 Marlein und der effektive Einbruch

Am darauffolgenden Montag lauerte ich schon frühmorgens ab fünf Uhr in der Nähe von Lena Wigas Domizil.

Kurz vor halb sechs verließ sie ihre Wohnung, um den Frühdienst im Krankenhaus anzutreten. Sie hatte eine große Reisetasche bei sich, offenbar hatte sie vor, nach der Arbeit gleich weiterzufahren zu ihrem Ziel in Oberbayern.

Verdammt, hoffentlich hatte sie nicht ihre Sektenbibel mitgenommen, denn sie fertig zu lesen war ja eines der Hauptziele dessen, was ich vorhatte. Aber selbst wenn: Vom Einbruch in ihre Bude erhoffte ich mir auch ohne dieses Buch einen Durchbruch bei der Suche nach Lena Wigas verschwundenem Kind.

Ich ging zu ihrer Wohnungstür, achtete darauf, dass niemand in der Nähe war, der mich sah. Dann zog ich mein kleines Werkzeugset, das mit allem ausgestattet war, was man für diese spezielle Tätigkeit brauchte, aus der Manteltasche und machte mich am Türschloss zu schaffen.

Zwei Minuten später hatte ich mir erfolgreich Zutritt zu Lena Wigas Räumlichkeiten verschafft.

Ich durchsuchte ihre Wohnung langsam und gründlich.

In Bad, Küche, Wohnzimmer und Schlafzimmer fand ich nichts, was für mich von Interesse gewesen wäre, lediglich das übliche Mobiliar und die üblichen Gebrauchsgegenstände – und natürlich Marien-Nippes ohne Ende.

Blieb noch ein Raum, den ich bei meinen bisherigen Besuchen bei Lena Wiga noch nicht betreten hatte und von dem ich auch nicht wusste, was sich in ihm befand, da seine Tür stets verschlossen gewesen war.

Ich betrat das Zimmer.

Es war nur ein kleines Kämmerchen, fungierte offenbar als eine Art Büro oder Arbeitszimmer und war ausgestattet mit einem Regal voller Bücher und einem Schreibtisch voller Allerlei.

Ich warf einen Blick auf die Titel der Bücher.

Das Spektrum der Thematiken war stark eingeschränkt: »Das geheime Wissen der Frauen«, »Geheimbünde von Frauen«, »Der Kult der Großen Göttin«, »Als Gott eine Frau war«, »Göttin –

Mutter des Lebens«, »Lexikon der Göttinnen«, »Die Große Göttin lebt«, »Göttinnen großer Kulturen«, »Die Weiblichkeit Gottes«, »Die unheilige Jungfrau«, »Das Geheimnis der Schwarzen Madonnen«, »Maria – die geheime Göttin im Christentum«, »Maria – Kirche in weiblicher Gestalt« und so weiter.

Das Büchlein »Religio Mariae Dea Magna Madonna Nigra« war leider nicht dabei.

Ich setzte mich auf den Bürostuhl und wandte mich dem Schreibtisch zu.

Er war ziemlich zugemüllt. Auf ihm befanden sich, neben den obligatorischen Marienbildern und Marienstatuen, allerlei Schreibwaren und Schriftstücke.

Mein Blick fiel auf einen Ringbuch-Terminkalender.

Sehr gut. So was suchte ich. Vielleicht fand sich darin etwas Aufschlussreiches.

Ich blätterte den Kalender durch. Er enthielt diverse Eintragungen mit Kugelschreiber. Jeder Tag war mit einem von fünf Buchstaben markiert: »F«, »S«, »O«, »N« oder »U«, wobei die »F« und die »S« dominierten.

Ich war kein Kryptologe, brauchte aber trotzdem nicht lange, um diesen Code zu entschlüsseln: Die Buchstaben bezogen sich auf ihren Dienstplan im Krankenhaus. F stand für Frühdienst, S für Spätdienst, N für Nachtdienst. Das O war in Wirklichkeit eine Null und markierte einen freien Tag, und das U musste Urlaub bedeuten. Das passte auch mit meinen Kenntnissen zusammen: Das vergangene Wochenende, das wir für die Marientour genutzt hatten, war mit »O« markiert, für den aktuellen Frühdiensttag stand tatsächlich ein »F« neben dem Montag, und an den darauffolgenden Tagen, die sie in Oberbayern verbringen wollte, jeweils ein »U«.

Neben diesen Kürzeln gab es diverse Eintragungen, darunter immer wieder mal verschiedene Männernamen (zuletzt des Öfteren »Philipp« ...), und natürlich waren alle Marienfeiertage dick unterstrichen.

Am interessantesten war aber der Eintrag für diesen Tag: »21 UHR GROSSE ZEREMONIE IN DER MARIENWALLFAHRTSKIRCHE IN ALTÖTTING«.

Hatte sich der kleine Einbruch doch tatsächlich schon mal fett gelohnt. Jetzt wusste ich also, wo die Reise nach Oberbayern genau hinging.

Es gab keine Überlegung: Ich beschloss sofort, ebenfalls einen Ausflug nach Altötting zu unternehmen.

Ich hatte so im Gefühl, dass ich dort endlich das verschwundene Kind finden würde.

Ich wühlte noch ein bisschen weiter auf dem Schreibtisch herum – und fand in einer Klarsichtfolie einen Artikel, der offenbar aus einer Zeitschrift ausgeschnitten worden war. Ich überflog ihn grob – und bemerkte dabei, dass es darin um Lena Wigas Sekte ging.

Also las ich ihn von Anfang an und ganz:

EINE NEUE MARIANISCHE VEREINIGUNG

Eine besonders beliebte Form von Orden und Gemeinschaften innerhalb des Christentums sind Schwestern- und Bruderschaften, die Maria besonders verehren. Es gibt sie seit dem frühen Mittelalter, und noch heute existieren etwa fünfhundert solcher Vereinigungen mit päpstlichem Segen und eine ebenso große Zahl von Gruppen ohne kirchenrechtliche Legitimierung.

Viele tragen die Gottesmutter im Namen, wie zum Beispiel die »Maristen«, die »Legio Mariae«, die »Bruderschaft der Sklaven Marias«, die »Schwestern vom Mitleiden Marias«, die »Söhne des Unbefleckten Herzens Mariens«, die »Töchter der allerseligsten Jungfrau Maria von der Unbefleckten Empfängnis«, der »Orden von der Heimsuchung Mariens«, die »Oblaten der seligen Jungfrau Maria« oder die »Weiß-blaue Armee Mariens, der Patrona Bavariae«.

Viele große Orden bringen es zwar nicht in ihrer Bezeichnung zum Ausdruck, sind aber nichtsdestotrotz ebenfalls stark marianisch geprägt und der Maria gewidmet oder ihrem Schutz unterstellt, so zum Beispiel die Johanniter, Karthäuser, Zisterzienser, Dominikaner, Franziskaner und Jesuiten.

Eine besonders ergiebige »Brutstätte« für Marienorden und marianische Vereinigungen ist das »Mariennest« in der

Münchner Innenstadt, wo auf engem Raum viele Kirchen mit Madonnenfiguren und Mariengnadenbildern konzentriert sind, darunter die Bürgersaalkirche, die Herzogspitalkirche, die Heilig-Geist-Pfarrkirche, die Sankt-Peter-Pfarrkirche mit einer Kopie des berühmten Maria-hilf-Bildes von Lukas Cranach und natürlich der als Frauenkirche bekannte Dom Zu Unserer Lieben Frau mit seinen Dutzenden Marienbildern und Marienstatuen.

Sein 100 Meter hoher Nordturm bildet den Achsen-Nullpunkt des bayrischen Vermessungssystems, sodass jede Kilometerangabe in Bayern einen Bezug zur Landespatronin hat.

Jede dieser Kirchen ist die Heimstatt für eine auf Maria ausgerichtete Gemeinschaft – die Frauenkirche sogar für eine ganze Reihe von marianischen Bruderschaften, von denen die bekannteste die »Erzbruderschaft von Unserer Lieben Frau von Altötting« ist, für die in einer Seitenkapelle eine Kopie der weltberühmten Altöttinger »Schwarzen Madonna« aus weißem Elfenbein gestiftet und aufgestellt wurde.

Und nun hat eine ganz neue marianische Gruppierung die Bühne betreten, die offenbar ebenfalls in München ihre Wurzeln hat.

Der Name der Gruppierung ist ein wahres Wortungetüm: »Religio Mariae Dea Magna Madonna Nigra«, aber damit steht sie in guter Tradition von anderen Marienvereinigungen wie zum Beispiel der 1848 gegründeten »Congregatio Sancti Spiritus sub tutela Immaculati Cordis Beatissimae Virginis Mariae«.

Der wichtigste Glaubensgrundsatz dieser neuen Sekte steckt schon in ihrem Namen: Sie wertet Maria deutlich auf, zu einer »Dea Magna«, einer »Großen Göttin«, und erhebt sie damit, wie schon viele Marienverehrer vor ihr, praktisch in die Position der vierten Person der Heiligen Dreifaltigkeit (die damit zu einer »Vierfaltigkeit« werden würde).

Auch das Erkennungszeichen und Symbol der Gruppe ist in ihrem Namen enthalten: Es ist die Figur einer nackten Schwarzen Madonna mit Kind, und die Sektenmitglieder tragen ein entsprechendes Medaillon um den Hals.

Über Gebote, Gebräuche und Aktivitäten der »Religio Mariae Dea Magna Madonna Nigra« ist bekannt, dass ihre Anhän-

ger gerne die großen und kleinen Marienwallfahrtskirchen in Bayern aufsuchen und dort durch exzessive Anbetungsrituale auffallen. Ein weiterer Schwerpunkt scheint auf kultischen Feiern an besonderen Orten in der freien Natur zu liegen (z.B. Grotten und Höhlen). Das Halsmedaillon als Erkennungszeichen impliziert natürlich auch eine besondere Verehrung von Schwarze-Madonna-Darstellungen sowie eine gewisse körperliche Freizügigkeit.

Bezüglich der Mitgliederstruktur lässt sich beobachten, dass es wesentlich mehr Frauen als Männer gibt und wesentlich mehr Jüngere als Ältere. Es handelt sich bei der »Religio Mariae« um keine kirchlich legitimierte Vereinigung, sondern um eine sozusagen inoffizielle Laienbewegung, die eher im Verborgenen agiert. Daher und aufgrund der Tatsache, dass sie offensichtlich auch keine offensiven Rekrutierungs- und Missionierungsaktivitäten betreibt, ist noch relativ wenig über diesen »Newcomer« in der Marienfan-Szene bekannt. Und so wird erst die Zukunft zeigen, ob es sich hier nur um eine weitere temporäre Splittergruppen-Sekte handelt, die sich so schnell wieder auflöst, wie sie entstanden ist, oder ob sich die »Religio Mariae« zu einer größeren Bewegung ausweiten kann.

Am Ende des Artikels stand noch eine Angabe zum Verfasser:

Professor Manhard Schowin lehrt an der katholischen Fakultät der Ludwig-Maximilians-Universität München und ist bundesweit anerkannter Experte für Sektenwesen und Marienverehrung. Er hat zu beiden Themen bereits mehrere Bücher veröffentlicht.

Das war mein Mann! Endlich ein Außenstehender, der Lena Wigas Verein kannte. Und er wusste mit Sicherheit noch viel mehr über die Sekte, als in diesem kurzen Artikel stand. Ich musste ihn unbedingt sprechen.

Ich erhob mich und ging zur Tür.

Ich hatte zwei wichtige Informationen ergattert – die Hinweise auf Altötting und auf Professor Schowin – und wollte die

Durchsuchung von Lena Wigas Wohnung schon beenden, als mich eine Eingebung noch mal ins Schlafzimmer treten ließ. Mir war nämlich eingefallen, dass ich das Nachtkästchen gar nicht inspiziert hatte.

Was sich im Nachhinein als unverzeihlicher Fehler erwiesen hätte, denn darin lag tatsächlich die Sektenbibel.

Ich setzte mich auf den Bettrand und blätterte das Buch durch. Soweit ich es auf die Schnelle überblicken konnte, hatte ich mittlerweile doch tatsächlich bereits alle Kapitel gelesen oder vorgelesen bekommen – nur das allerletzte noch nicht.

Das holte ich jetzt nach.

52 Bär sitzt

Ich ging zur Tür. Schob die Schiebetür auf. Humpelte durch. Mein Meniskus. Schob die Tür wieder zu. Schaute hoch.

In zwei Polizeigesichter. Meine Schutzengel.

Sie nahmen mich in die Mitte.

Führten mich zu ihrem Dienstwagen.

Als hätte *ich* einen vor den Zug gestoßen.

Der Polizist machte die hintere Tür vom BMW auf, die Polizistin nahm mich bei meiner schicken Stoppelfrisur und drückte mich rein, damit ich meine Birne nicht anstoße und ihr schönes Auto verdelle.

Wie einen Verbrecher.

»Und jetzt?«, fragte ich den Beamtenanwärter, der sich neben mich in den Sitz fallen ließ.

»Auf die Inspektion.«

Seine Kollegin sauste wie die Feuerwehr, als würde die Inspektion in Flammen stehen.

In der Inspektion wurde ich einem neuen Paar übergeben.

»Ihr arbeitet wohl bloß noch paarweis!«

»Wieso?«, fragte der Kommissar.

Er stellte also die Fragen.

Ich kannte ihn noch vom Einsatz am Posserhof. Vom Sehen.

Schräg hinter ihm stand eine Frau. Es war wahrscheinlich nicht seine, sondern die Kommissarin.
Körbchengröße G, schätzte ich.
Jeans. Größe zweiundvierzig. Allgäu-Komfortgröße.
Aber knackig.
Blick: minus zwanzig Grad. Sie hätte ein Frostschutzmittel zum Frühstück trinken sollen.
Ich sagte auf die »Wieso«-Frage des Kommissars: »Weil ich bloß noch Polizei im Doppelpack seh. Obwohl ich nicht doppelt seh. Aber es hat wohl seinen Sinn. In die Arche Noah sind sie auch paarweise gegangen. Die Viecher.«
»Sie, gell, keine Beleidigungen ...«
»Man wird ja noch was von der Bibel sagen dürfen. Wenn schon das Kreuz bei euch an der Wand hängt.«
Er folgte meinem Blick.
»Ah richtig ...«
Er sah es wohl zum ersten Mal. Es hing neben dem Horst. Dem Ministerpräsidenten.
»Fehlt bloß noch die Maria!«
Eine Kreissäge ertönte.
Sie gehörte der Kommissarin.
Kakofonie pur.
Wie kann aus so einem schönen Busen eine so grausige Stimme kommen?
»Herr Dr. Bär!«
Wenigstens Manieren hatte sie.
Sie sprach von oben herab.
Ich saß nämlich auf dem Stuhl.
Nicht auf dem Heiligen Stuhl, auch nicht auf dem Beichtstuhl, oder fast: auf dem Vernehmungsstuhl.
»Ja?«
»Es liegen Anzeigen gegen Sie vor!«
»So.«
»Sie sind in die Mariengrotte eingebrochen.«
»Schmarrn!«
»Was haben Sie denn dadrin wollen?«
»Halt einmal schauen. Wird man doch noch dürfen.«

»Ja schon, aber nur wenn's auf ist.«
»Ohne meinen Anwalt sag ich gar nix mehr!«
»Und was ham S' denn da gesehen, in der Grotte?«
»Die Maria.«
»Und sonst?«
»Nix.«
»Aber Sie wollten doch den Polizisten was zeigen?«
»Ich hab Halluzinationen gehabt. Deshalb hams mich auch nach Kaufbeuren gebracht.«
»Was für Halluzinationen?«
»Weiß nimmer. Die ham mir die Halluzinationen genommen in der Anstalt. Geheilt.«
Die Frau Kommissarin kam mit mir nicht weiter.
Der Kommissar mandelte sich vor mir auf.
»Sie haben sich am Posserhof als Seelsorger ausgegeben. Notfallseelsorger. In der Diözese Kempten gibt's keinen Notfallseelsorger namens Bär.«
»Klar. In der Kirche, wenn ich arbeit, hab ich einen Künstlernamen. So wie der ehemalige Papst. Der heißt auch Ratzinger, aber als er Papst machte, hieß er Benedikt, und der Papst Franziskus hat vorher Jorge Mario Bergoglio geheißen, und wenn ich Seelsorge mach, heiß ich auch anders.«
»Und wie?«
»Geheimnis des Glaubens. Schweigepflicht. Sie können ja den Bischof fragen.«
»Das werden wir auch tun! Und dann ermitteln wir wegen Amtsanmaßung. Irreführung. Behinderung der Polizei.«
»Falschparken.«
»Wieso?«
»Am Eingang vom Posserhof ist ein Halteverbot. Da hab ich geparkt. Direkt unterm Schild. Hinter dem Polizeiauto.«
»Wollen S' mich auf den Arm nehmen?«
Die Kommissarin schob ihren Push-up-Wonderbra resolut zurecht.
»Wir könnten Sie festnehmen. In Beugehaft nehmen.«
Ich lachte, sagte: »Sich beugen und zeugen.«
»Was?«

»Kleiner Scherz. Nur für Erwachsene. Aber warum verhaften Sie mich denn nicht?«

»Wir haben unsere Gründe.«

»Wie ich meine Halluzinationen hab ...«

»Noch eins: Was haben Sie denn am Bahnhof angestellt?«

»Mit dem Zug fahren hab ich wollen!«

»Und dann sind Sie vor den Zug gesprungen.«

»Ich wollt mich umbringen!«

»Warum?«

»Weil ich wieder eine Halluzination hatte. Ich hab mir eingebildet, jemand schubst mich von hinten auf das Bahngleis.«

»Aber Sie sind dann – nach unseren Informationen – grad noch weggesprungen ...«

»Ja, ich hab mir's beim Runterfallen anders überlegt. Ich wollt mich dann doch nicht umbringen.«

»Warum nicht?«

»Weil ich vorher noch rauskriegen wollt, wer mich umbringen hat wollen.«

»Haben S' eine Idee?«

»Nein«, log ich. »Nicht die leiseste Ahnung.«

»Der Zug fuhr nach München. Was haben S' denn vorgehabt in München?«

»Ich wollt ins Hofbräuhaus.«

Kommissar und Kommissarin schauten sich an.

Er sagte: »Wir lassen Sie laufen. Diesmal noch.«

Sie sagte: »Und stecken S' Ihre Nas nicht hinein in Sachen, die wo Sie nix angehen!«

»Klar ... Da fällt mir grad noch ein, was ist denn aus den Kindern geworden, die man tot aufgefunden hat ...«

»Welche Kinder?«

»Gehen S' zu, die Säuglinge, die man gefunden hat, vier Stück inzwischen, des erste war von der Lea vom Posserhof in Tal.«

»Woher wissen S' denn das?«

»Aus der Zeitung.«

»Und die andern drei?«

»Nicht aus der Zeitung.«

»Mann, Sie haben wirklich Halluzinationen!«

»Ja, die kommen immer wieder!«
Ich erhob mich, reichte der Kommissarin die Hand, sagte: »Einen wunderschönen Anhänger ham S' da ... die heilige Maria ... und dazu noch eine schwarze ... und nackert ... oder ist das auch eine Halluzination?«
»Jetzt hau ab«, sagte die Kommissarin.
Wandte sich ab.
Er sagte: »Da wird man ganz durcheinander mit dem Depp, dem protestantischen.«
»Habe die Ehre!«, sagte ich und ließ die beiden stehen.

53 Marlein und der schreckliche Verdacht

DIE DUNKLE SEITE DER GÖTTIN UND DIE NOT-
WENDIGKEIT DES OPFERS

Die Große Göttin ist eine Göttin des Lebens und damit eine »gute«, friedliebende Göttin. Doch man darf auch die Ambivalenz des Lebens nicht vergessen. Zum Leben gehört untrennbar der Tod, und Leben erhält sich stets nur durch die Vernichtung und Einverleibung anderen Lebens. Leben nährt sich vom Tod, und der Kreislauf der Natur besteht darin, dass Lebewesen andere Lebewesen erhalten, indem sie ihnen als Opfer dienen. Die Große Göttin als Ursprung, Quelle und Sinnbild allen Lebens und aller Fruchtbarkeit ist also eine ambivalente Persönlichkeit, die neben der hellen und lebendigen auch eine dunkle und todbringende Seite hat. Sie ist diejenige, die das Leben schenkt, aber auch diejenige, die es wieder einfordert. Sie ist, wie es der Mythenforscher Joseph Campbell einmal treffend formuliert hat, »Schoß und Grab zugleich: das Muttertier, das ihr eigenes Junges verschlingt«.
Die Schwärze der Madonna steht also sowohl für die Dunkelheit des Leben spendenden Schoßes als auch für die Dunkelheit des Leben beendenden Grabes. Diesem Umstand müssen wir auch Rechnung tragen, wenn wir Maria als die moderne Große Göt-

tin verehren. *Alle alten Verkörperungen der weiblichen Gottheit forderten einen Tribut, einen Blutzoll dafür, dass sie Leben spendeten, so wie es die Natur eben auch tut. Und deshalb müssen wir auch Maria Leben opfern.*
Papst Gregor der Große stellte im Mittelalter den Kanon der berühmten sieben Todsünden auf: Neid, Zorn, Habgier, Wollust, Trägheit, Eitelkeit und Maßlosigkeit. Der indische Freiheitskämpfer und Mystiker Mahatma Gandhi hat diese in die Jahre gekommene Liste einer Aktualisierung unterzogen und die »Sieben Todsünden der Moderne« formuliert: Reichtum ohne Arbeit, Genuss ohne Gewissen, Wissen ohne Charakter, Geschäft ohne Moral, Wissenschaft ohne Menschlichkeit, Politik ohne Prinzipien und Religion ohne Opferbereitschaft. Vor allem diese letzte ist besonders interessant: Ja, eine Religion ohne Opferbereitschaft ist purer Opportunismus und damit in der Tat eine Todsünde. Wir müssen der Großen Göttin unsere Opferbereitschaft beweisen, um uns nicht an ihr zu versündigen. In Wiederaufnahme alter Traditionen und um zum Ausdruck zu bringen, dass das Weibliche dem Männlichen übergeordnet ist, ist es daher verbindliche Pflicht, dass jede Anhängerin der Religio Mariae Dea Magna Madonna Nigra ihren männlichen Erstgeborenen der Großen Göttin Maria als Blutopfer darbringt. Die Opferung muss zeitnah nach der Geburt erfolgen, und dem Kind muss das Herz entnommen und der Glaubensgemeinschaft als Beweis übergeben werden. Von dieser Regelung gibt es keine Ausnahme. Es gibt lediglich einen Sonderfall: Einmal im Jahr wird ein ausgewähltes männliches neugeborenes Kind einer Anhängerin zunächst verschont und der Gemeinschaftsältesten zur Obhut übergeben, um dann bei der jährlichen Großen Zeremonie in unserer Marienwallfahrtskirche in Altötting von seiner Mutter im Beisein aller Schwestern und Brüder feierlich geopfert zu werden.

Ich ließ das Buch geschockt aus der Hand fallen.
    Ich konnte zunächst nicht glauben, was ich las.
    Aber es stand da, schwarz auf weiß.
    Hatte Lena Wiga etwa vor …?

Nein, das konnte nicht sein – das war zu absurd, um wahr zu sein. Keine Mutter würde ihrem eigenen Kind das Herz herausschneiden, nur um die Forderung einer Religionsgemeinschaft zu erfüllen.

Andererseits: War die Weltgeschichte nicht voll von absurden Grausamkeiten, die eigentlich nicht sein konnten?

Und ich musste mir eingestehen, dass eigentlich alles zusammenpasste, dass jetzt endlich alles einen – wenn auch schrecklichen – Sinn ergab: das spurlose Verschwinden von Lena Wigas Kind, die »grausamen Forderungen«, von denen sie gesprochen hatte und die sie mir nicht offenbaren wollte, weil ich »noch nicht reif dafür« sei, das Telefonat im Bad ihrer Wohnung, das ich belauscht hatte, der erwähnte »Ausflug nach Oberbayern«, der Kalendereintrag der »Großen Zeremonie in der Marienwallfahrtskirche in Altötting« …

War das Baby von Lena Wiga also tatsächlich das in der Sektenbibel erwähnte auserwählte Kind, das bei der Zeremonie in Altötting geopfert werden sollte?

Ich konnte es nicht glauben, so verrückt Lena Wiga auch war.

Ich konnte es aber auch nicht ausschließen.

Ich musste es herausfinden. So schnell wie möglich.

Und vor allem an Ort und Stelle.

54 Bär reist

Montagvormittag.

München leuchtete.

Die Filiale der Pius-Bruderschaft lag im Schatten eines Hinterhofes von Schwabing.

Angenehm kühl.

Ich war anders als am Tag zuvor ohne besondere Sprungtechnik in den Zug gekommen. Hatte mich hinten angestellt. Und als der Zug stand und die Leute sich mit ihren Ellbogen hineindrängten, rollte ich das Feld von hinten auf und stieg als Letzter ein. Alte Taktik aus meiner Marathon-Zeit.

Ein junges Ding im Dirndl erhob sich, lächelte mich an, fragte: »Wollen Sie sich setzen?«

Scheiße, wie alt seh ich denn eigentlich aus? Sicher nicht wie achtundsechzig. Höchstens fünfundsechzig.

Ich stemmte meine Augen weg von der sauberen Dirndlfüllung hinauf auf Augenhöhe, sagte: »Ja, dank schön, das ist aber nett von Ihnen!«

Ich kam mir vor wie im Mittelalter. Als die Jungen den Alten noch Platz machten.

Eine Mutter hatte ihr Kind auf dem Schoß. Alle anderen hatten ihr iPad in der Hand und streichelten ihn zärtlich rauf und runter.

Ein junger Mann in Lederhosen plärrte so laut in sein Handy, dass der am anderen Ende es auch ohne Handy verstanden hätte: »Mir fahren jetzt von Kempten weg. Pünktlich. Drei viertel sieben. Um halb neun sind wir in München ... Nein, ich vergess es nicht ... Bring ich dir mit. Klar.«

Wem bringt er was mit?

Ich kramte eine Flasche Engelbräu aus meinem Rucksack.

Schutzengelbräu.

Sicher ist sicher.

Ich nahm einen Schluck, die Mutter mit dem Kind auf dem Schoß schaute, als wär ich ein Exhibitionist in Aktion.

Mein Blick fiel auf eine BILD-Zeitung. Weit ausgebreitet.

Schlagzeile: *Madonna-Klau in Altötting – Setzt Vatikan Kopfgeld aus?*

Mein Gott. Sie haben die Schwarze Madonna also immer noch nicht gefunden.

Wo sie sich nur herumtrieb?

Dann schrak ich auf: wenn die Marienjungfrauen deshalb ihre Wallfahrt abblasen?

Wenn überhaupt alle Wallfahrten abgeblasen werden?

Ach nein, sicher haben sie noch ein Double in der Sakristei.

Ich beruhigte mich mit einem Schluck Obstler.

Vielleicht wird sie ja vorher gefunden.

Oder zurückgegeben.

Was fängt man schon mit einer Schwarzen Madonna an?

Ich ließ die Landschaft vorbeifahren, zog mir meine Schutzengelmilch hinein ...

Ich schreckte schon wieder auf. Eine Stimme schrie mich an: »In Kürze erreichen wir München Hauptbahnhof. Der Zug endet hier. Die Crew der Deutschen Bahn verabschiedet sich von Ihnen und wünscht Ihnen guten Aufenthalt in München.«

Die iPads wurden zu Ende gestreichelt, ich sagte zu dem Dirndl: »Pfüadi!«

Sie lachte mich an, sagte: »Pfüadi.«

Als ich an der Filiale im Hinterhof der Pius-Bruderschaft ankam, tropfte mir der Schweiß von der Stirn und brannte in den Augen.

Ich blinzelte, las an der Tür: »Pius-Bruderschaft. Wallfahrten. 9–12 Uhr und 16–18 Uhr werktags«.

Glück gehabt.

Es war kurz nach neun. Ich drückte die Klingel.

Ein Schlüssel drehte sich in der Tür.

Ich war gespannt, wie so ein Pius-Bruder aussieht.

Alt. Blass. Mürrisch. Verdorrt. Pius.

Die Tür öffnete sich, mein Herz stolperte, ich verfiel in Schnappatmung und Panik. Ja, ich hatte Halluzinationen. Ich war verrückt.

In der Tür stand kein Pius.

In der Tür stand eine Pia.

Im Dirndl. Himmlische Füllung.

Blonde Zöpfe im Kreis geflochten.

Zwanzig Jahre jung vielleicht.

Die aus dem Zug. Wo mir den Sitzplatz frei gemacht hatte.

Sie lachte, sagte: »Gell, da schauen S'!«

»Ja, da schau ich!«

Sie saß am Schreibtisch, ich stand davor. Ich schaute. Ihr in den Ausschnitt. Allgäu von der schönsten Seite.

»Nehmen S' doch Platz.«

Ich nahm.

»Was kann ich für Sie tun?«

Ich dachte, was sie alles für mich tun könnte, sagte dann: »Ich möchte mich auf die Wallfahrt nach Altötting anmelden.«

Sie schaute mich an. Ungläubig.
»Sie?«
»Ja, warum nicht ich?«
»Weil ... weil ... weil ich hab gesehn, dass Sie ein bisschen hinken. Und es sind doch dreißig Kilometer am Tag. Genau gesagt jeden Tag zwischen zweiunddreißig und siebenunddreißig Kilometer. Nach zwei Stunden gibt's immer eine Pause.«
»Pinkelpause«, sagte ich. Sie lächelte gequält. Ich ergänzte: »Raucherpause«.
»Geraucht wird nicht. Das ist eine Nichtraucherwallfahrt. Sie werden Ihre Luft zum Laufen brauchen!«
Ja, Mama. Zum Glück ist es keine Nichtpinkelwallfahrt.
Wusste gar nicht, dass die Pius-Brüder zur Gesundheitsreligion umgeschwenkt sind. Wahrscheinlich haben sie inzwischen den Weihrauch in der Messe auch abgeschafft. Wegen Passivrauchens.
Ich behielt meine Maulerei für mich, machte auf positiv, sagte: »Ich war früher Marathonläufer. Das Hinken ist nur vorübergehend.«
Hoffte ich.
»Mein Meniskus.«
»Der wird aber nicht besser, wenn Sie über dreißig Kilometer am Tag auf der Landstraß gehen.«
»Das sagt mein Doktor auch. Aber deshalb geh ich ja. Die Madonna von Altötting wird ihn schon heilen. Es werden doch dauernd Leute geheilt. In Altötting. Wie in Lourdes.«
Dagegen konnte sie nichts sagen. Sie sagte nichts.
Ich sagte: »Ich hab in der Zeitung gelesen, dass sie die Madonna gestohlen haben. Da wird's wohl nix mit der Wunderheilung.«
Sie, geschäftstüchtig: »Die Wallfahrten gehen trotzdem weiter. Und die Wunder. Es ist ja nicht die Statue, die heilt, sondern der Geist!« Sie sagte »Goischd«.
Ich fragte: »Und den Goischd, den hams wohl nicht geklaut?«
Sie lächelte, sagte: »Kein Dieb kann einen Goischd klauen!«
Wow. Clever war sie also auch noch.
Sie nahm einen Kugelschreiber in die Hand, legte ein Formular zurecht.
»Sie sind natürlich katholisch. Wenn Sie aus Kempten kom-

men. Aber Sie brauchen eine Bestätigung von Ihrem Pfarrer. Dass Sie katholisch sind und in der Kirche und am kirchlichen Leben teilnehmen.«

Ja, ich nahm am kirchlichen Leben teil. Jeden Morgen um sechs. Kniefall üben. Ich hätte lieber am kirchlichen Leben in der Mariengrotte teilgenommen. Hätte sogar mein eigenes Viagra mitgebracht.

»Kein Problem«, sagte ich. »Der Pfarrer von Tal ist quasi mein Freund, der Alois Allgeier.«

Sie zog die hübschen Augenbrauen hoch.

»Freund und Mentor.«

»Der gehört aber nicht zur Pius-Bruderschaft.«

»Aber ist ihr sehr zugetan!«

»Soso, das ist ja neu.«

»Er hat mir ja die Wallfahrt empfohlen.«

»Na gut. Jetzt muss ich Sie noch auf ein paar wichtige Sachen hinweisen. Es wird jeden Tag über dreißig Kilometer gegangen. In Gruppen von ungefähr vierzig Leuten. Übernachtet wird im Zelt. Sie müssen ein Zelt mitbringen.«

Ich fragte: »Wallfahren Sie auch mit?«

Sie sagte: »Männer und Frauen getrennt.«

»Getrennt gehen?«

»Getrennt zelten.«

»Auf dem Zeltplatz ... Gibt's da so viele Zeltplätze auf dem Weg?«

»Die Menschen in der Gegend sind sehr fromm. Die Bauern stellen Wiesen zum Zelten zur Verfügung.«

»Und wenn man mal ... dem Ruf der Natur folgen muss?«

Sie errötete bis zum Brustansatz.

Ich sagte: »Ich meine ... aufs Klo. Nachts.«

»Ah so ... ja, da gibt's die Klohäusle von TOI.«

»Auch getrennt?«

»Ja, eines für die Frauen, eines für die Männer.«

»Und wie viel Leute gehen da eigentlich mit auf die Wallfahrt?«

»Bisher haben wir zweihundertfünfzig Anmeldungen, es werden wohl über dreihundert werden.«

»Das gibt aber dann lange Schlangen.«
»Wieso?«
»Vor den Klohäusle. Besonders vor dem weiblichen.«
»A bissle warten muss man schon. Aber da kann man ja derweil einen Rosenkranz beten.«
»Hilft das?«
»Wenn man stark genug betet, schon.«
Ich dachte an Martin Luther. Er hatte ja seine reformatorische Erkenntnis »Allein aus Gnade« auch aufm Klo gehabt. Wahrscheinlich ist er so lange angestanden. Wo der Druck mächtig ist, ist die Gnade übermächtig. Frei nach Paulus. Aber das behielt ich für mich. Sie war zu jung für zu viel Theologie.
Außerdem fuhr sie fort: »Und kein Alkohol.«
»Ah ... gar keiner?«
»Gar keiner.«
»Auch kein Bier?«
»Auch kein Bier. Bier ist auch Alkohol.«
»Früher war Bier kein Alkohol.«
»Was dann?«
»Ein Grundnahrungsmittel.«
»Da hätten S' früher kommen müssen ...«
»Auch nicht Klosterfrau Melissengeist?«
»Wieso nicht Klosterfrau Melissengeist?«
»Weil ... weil ... ist mir grad so eingefallen. Meine Oma hat gesagt, wenn es einem nicht gut geht oder man nervös ist, hilft Klosterfrau Melissengeist. Mit Würfelzucker.«
»Ja, das hat meine Oma auch gesagt.«
»Die Omas, die haben halt noch eine Ahnung von Medizin gehabt. Dann kann ich ja meiner Oma ihren Melissengeist mitnehmen. Und Würfelzucker.«
»Klar.«
Klosterfrau Melissengeist besteht zu neunzig Prozent aus Alkohol. Gut, dass die jungen Dinger nicht alles in der Schule lernen. Nur das Unwichtige.
Ich musste das Formular unterschreiben.
»Das macht dann sechzig Euro. Falls Sie vor dem 1.7.94 geboren sind.«

»Ich bin sogar vor dem 1.7.49 geboren.«
»Oh ... dann erst recht sechzig Euro. Oder wollen Sie nicht lieber an der Seniorenwallfahrt teilnehmen?«
»Gibt's das auch?«
»Ja, mit dem Bus. Dauert nur einen Tag.«
»Für knapp hundert Kilometer – ein Tag. Fahrt der Bus denn über Innsbruck, Salzburg?«
»Nein, direkt, aber wissen S', die Senioren brauchen mehr Pausen.«
Pinkelpausen. Die Prostata-Prozession.
Ich sagte: »Klar, ältere Menschen beten öfters, und mehr ... und langsamer.«
»Ja, genau ... Also?«
»Ich mach doch lieber die richtige Wallfahrt zu Fuß. Alle zwei Stunden Pause langt.«
»Dann sechzig Euro. In bar. Die Bestätigung kriegen Sie, wenn wir die Bescheinigung von Ihrem Pfarrer in Tal haben.«
»Und gibt's da eine Ermäßigung?«
»Wofür eine Ermäßigung?«
»Weil die Madonna geklaut ist. Das ist ja, wie wenn im Nationaltheater der Hauptdarsteller fehlt.«
»Ich hab Ihnen doch gesagt, der Goischd von der Madonna ist da. Auf den kommt es an. Und außerdem ist die ganze bayerische Polizei auf den Füßen, die finden die Madonna schon. Bis Sie in Altötting sind, ist die Madonna wieder zurück.«
»Na gut ...«
»So, dann wünsch ich Ihnen noch einen schönen Tag in München. Schauen S' noch was an?«
»Ja, das Hofbräuhaus. Von innen.«
Sie lachte mit ihren Sensodyne-Zähnen.
»Da hätt ich noch einen guten Tipp für Sie. Wenn Sie sich auf die Schwarze Madonna von Altötting einstimmen wollen, brauchen S' bloß hier in München in die Frauenkirche gehen. Da ist an der Ostseite hinter dem Hauptaltar ein Marienschrein. Und dort steht ein Ebenbild von der Madonna von Altötting. Nicht in Schwarz, sondern in Elfenbein. Aber sonst alles gleich. Auf Wiedersehen. Kommen S' gut heim auf Ihre Biselalm!«

Ich sagte »Pfüad Gott« und trat hinaus in den Schwabinger Hinterhof.
Irgendwas war nicht in Ordnung.
Aber ich wusste nicht, was.

55 Marlein und die unerschütterliche Hoffnung

Eine Stunde später saß ich in meinem Auto und war unterwegs Richtung Altötting.
Und diesmal war ich bewaffnet bis an die Zähne: Ich hatte mein Schweizer Taschenmesser und meine Knarre eingesteckt.
Ich fuhr auf der A 9 Richtung München. Da München auf dem Weg nach Altötting lag, wollte ich dort einen kurzen Zwischenstopp einlegen und diesen Professor Schowin aufsuchen, um mehr über Lena Wigas Sekte zu erfahren. Zeitlich konnte ich mir das leisten, denn Lena Wiga musste ja erst noch ihren Frühdienst absolvieren, bevor sie nach Altötting aufbrechen konnte.
Ich hatte das Radio an. Gerade lief »A Light That Never Comes« von Linkin Park, der besten Band der Welt. Saugeiler Song.

The nights go on – waiting for a light that never comes
I chase the sun – waiting for a light that never comes

Der Text passte wie die Faust aufs Auge, denn genauso ging es mir gerade: Ich wartete auch auf ein Licht, das irgendwie aber nie kam.
Das Licht war das verschwundene Kind.
Aber ich hatte die Hoffnung nicht verloren, es doch noch zu finden.
In Altötting.
Wo es wahrscheinlich geopfert werden sollte.
Mir ging das letzte Kapitel der Sektenbibel nicht aus dem Kopf. In dem sich die Religio Mariae als gewalttätig und mör-

derisch entpuppte. Von wegen nur Marienlieder und Gruppensex, von wegen nur leben, lachen und lieben – dieser Verein von Verrückten propagierte auch das Schlachten männlicher Säuglinge. Und das offenbar nur, um die Überlegenheit des Weiblichen gegenüber dem Männlichen zu demonstrieren.

Es ging also, worum es immer ging: um Macht.

Ich drehte den Lautstärkeregler auf und drückte das Gaspedal durch – beides bis zum Anschlag.

Wenig später fuhr ich an der Allianz-Arena, die wie ein gestrandetes Raumschiff aus einem Science-Fiction-Film aus der flachen Landschaft ragte, von der A9 ab und steuerte das Park-and-ride-Parkhaus in Fröttmaning an.

Ich stellte meine Karre ab, holte mir einen München-Stadtführer mit Stadtplan an einem Kiosk, zog eine Fahrkarte am Automaten und fuhr mit der U-Bahn-Linie U6 bis zur Haltestelle »Universität«. Dort stieg ich aus und ging die Treppe nach oben.

Ich steuerte auf einen riesigen weißen Gebäudekomplex zu, über dessen Eingang der Schriftzug »Universitas Ludovico Maximilianea« stand. Ich betrat eine Vorhalle mit Säulen und studierte eine Wandtafel, auf der aufgeführt war, wo sich welche Fakultät befand.

Ich suchte nach der katholischen und hoffte, dass sich Professor Schowin, Experte für Sektenwesen und Marienverehrung, über Besuch aus Franken freuen würde.

56 Bär studiert

Natürlich ging ich nicht ins Hofbräuhaus.
Ich ging in die Uni.
Wie vor über vierzig Jahren.
Die Leopoldstraße entlang.
Geschwister-Scholl-Platz. Der Springbrunnen sprang noch immer.
Es wuselte vor Menschen.

Vor allem junge. Studentinnen. Jung und knackig. Studenten. Jung und knackig. Und zwischendurch grauhaarige Methusalems. Sie waren bei der Jugend nicht immer beliebt. Weil sie zu den Vorlesungen immer früh dran waren und die besten Plätze wegnahmen. Unsere Senioren. Deutschlands Zukunft.

Ich schritt durch den Lichthof, zwischen König Ludwig I. und Prinzregent Luitpold, beide in Stein gemeißelt, die Treppen hoch, an einem splitternackten Steinjüngling vorbei, erster Stock, rechts.

Katholische Fakultät.

»Dr. Zilli Zullinger«, stand auf dem Schild neben der ersten Tür.

Ich schaute auf meine Armbanduhr.

Genau zehn Uhr.

Wartete noch eine Minute. C.t. Cum tempore. Wusste mich zu benehmen. Hatte schließlich auch mal die Uni besucht.

Klopfte.

Die Tür öffnete sich.

Für eine Frau war sie groß, etwa so klein wie ich, ein Meter fünfundsiebzig.

Sie war gekleidet wie ein Mann.

Hosenanzug. Schwarz. Bluse weiß. Oben geschlossen. Fehlte nur noch die Krawatte.

Haar: schwarz mit grauen Strähnen. In einem Knoten zusammengebunden. Sie sah aus wie eine protestantische Pfarrfrau vor dem Karfreitagsgottesdienst.

»Herr Bär?«

»Ja, Emil Bär, grüß Gott, Frau Professor.«

Sie reichte mir eine kühle Hand.

Ich nahm sie, die Hand, blickte ihr in die grauen Augen. Wurde klein und brav und vergaß, auf den Busen zu schauen. War sowieso keiner vorhanden. Jedenfalls nicht sichtbar. Vielleicht trug sie keine Körbchen.

Sie sagte: »Ich bin keine Frau Professor. Ich habe keinen Professor geheiratet, und ich habe keinen Lehrstuhl.«

»Aber Sie sind bekannt – weltweit – führend – in der Forschung. Außerdem haben Sie einen PD. Privatdozent.«

Sie lachte bitter.

»Bekannt hin oder her. PD, ja. Aber mit dem Matriarchat als Forschungsschwerpunkt wird man nicht Professor mit Lehrstuhl, und in der katholischen Fakultät schon gleich gar nicht. Als Frau.«

Sie bot mir einen Stuhl an. Nicht den Heiligen, sondern einen ganz harten Holzstuhl am Besprechungstisch. Sie setzte sich mir gegenüber.

Ich sagte: »Sie standen in der Süddeutschen ... Da bin ich drauf gekommen, dass ich mit Ihnen reden könnte. Dank Ihnen für den Termin! Die Süddeutsche hat geschrieben, Sie sind konservativer und dogmatischer und überhaupt knallhärter als alle Erzbischöfe und Kurienkardinäle zusammen.«

»Stimmt. Aber das ist keine Kunst. Die meisten von ihnen sind Weicheier. Sie ruinieren die katholische Kirche. Das Markenzeichen unserer Kirche ... Sind Sie auch katholisch?«

Die Frage hob mich aus dem Sattel. Ich sagte: »Ah, mein Vater war katholisch ... Und ich ging als Bub immer in die Maiandacht.«

»Und Sie, sind Sie katholisch?«

Sie ließ nicht locker, die Wadlbeißerin.

»Nein, noch nicht. Ich denke daran, zu konvertieren. Ich übe gerade ...«

Jetzt war sie aus dem Sattel.

»Üben ... kann man das üben?«

Ich blieb nah an der Wahrheit, sagte: »Ich wohne in Tal, bei Kempten. Ich finde die katholische Messe faszinierend. Sinnlich. Gewaltig. Farbig. Ich geh jeden ... Sonntag in die Kirche in Tal.«

Ich sagte nicht, jeden wievielten Sonntag. Jeden zwanzigsten.

Weiter: »Und nehme Unterricht beim Pfarrer von Tal, Alois Allgeier. Vor der Frühmesse.«

Sie verzog das Gesicht, sagte: »Respekt!«

Ich wurde für einen Augenblick zum Bub, und meine Mama lobte mich.

»Und ich habe mich heute Vormittag zu einer Wallfahrt nach Altötting angemeldet.«

»Bei wem?«

»Bei der Pius-Bruderschaft.«

Sie hob ihre schwarzen Augenbrauen, sagte: »Respekt, die Pius-Bruderschaft. Die Knallharten. Die Hoffnung unserer Kirche ... Wissen Sie, die Leute halten noch zur katholischen Kirche, weil sie eine Orientierung wollen. Orientierung. Führung. Klarheit. Wahrheit. Männer.«

Ich sekundierte: »Keine Weicheier!«

»Genau.«

Wir spielten uns ganz gut aufeinander ein.

Sie schlug die Beine übereinander.

In ihrem Hosenanzug. Ich hätte sie lieber im Rock gesehen.

»In der SZ steht auch, dass Sie von den Feministinnen angefeindet werden.«

Sie lachte. Verbittert.

»Natürlich. Die Feministinnen. Die meisten sind völlig abhängig von den Männern. Sie wollen werden wie die Männer. Sie negieren sich als Frauen. Sie wollen Priesterinnen werden, Kardinälinnen, Bischöfinnen, bemannt, gevö...«

Sie bremste sich.

Ich sagte: »Wie bei den Protestanten.«

»Und die Protestanten, ziehen die die Massen an?«

Ich sagte: »Da haben S' recht. Wie ich noch gearbeitet hab, bin ich Sonntag immer an zwei Kirchen vorbeigefahren. In die katholische Kirche sind die Massen geströmt, die Parkplätze waren überfüllt. Auf dem Parkplatz der evangelischen Kirche konnte man Fußball spielen. Kein Schwa... ah ... kein Mensch weit und breit.«

Sie nickte. War sehr zufrieden mit mir, sagte: »Es ist so offensichtlich. Aber offenen Auges sehen sie nicht, die Feministinnen, und die Kardinäle und das ganze Zweite Vatikanische Konzil, dieser Weicheierkongress ...«

Vorsichtig warf ich ein: »Andererseits besteht doch eine große Verehrung der Frau in der katholischen Kirche. Die Maria ...«

»Ja. Zu der wallfahren Sie ja auch. Zur Schwarzen Madonna von Altötting!«

»Die Protestanten halten das ja alles für einen Kult.«

»Und recht haben sie. Es ist ein Kult. Ein Ur-Kult. Aus diesem Kult ist die katholische Religion entstanden.«

»Wieso?«

»Sie kennen ja das Alte Testament, als Theologe ...«

»Extheologe ... Übrigens, woher wissen Sie ...?«

»Ich hatte vor unserem Interview noch fünf Minuten Zeit und dachte, ich schau mal, wer da zu mir kommt, und habe gegoogelt. Emil Bär. Dr. Emil Bär. Extheologe, protestantischer Pfarrer, Seelsorger ...«

Und da fragt sie mich, ob ich katholisch bin, die alte Schlampe. Ein Test war das. Gut, dass ich sie nicht angelogen habe!

»... und, wie gesagt, als Theologe ist Ihnen das Alte Testament vertraut. Besonders als evangelischer Theologe. Ex hin oder her. Und da ist Ihnen sicher was aufgefallen.«

»Ja, schon ... aber ich weiß jetzt nicht so genau, was Sie meinen ...«

»Die Geschichte Israels ist die Geschichte des Kampfes Patriarchat gegen Matriarchat. Die israelitischen Stämme eroberten Kanaan. Die Kanaanäer, also die Ureinwohner, hatten Muttergöttinnen und entsprechende Kulte. Am bekanntesten ist die Göttin Ashera, eine Fruchtbarkeitsgöttin ... Sie taucht immer wieder auf, in den Geschichtsbüchern, in den Propheten, und besonders die Propheten kämpften immer gegen diese matriarchalischen Kulte. *Reißt ihre Altäre nieder, zerstört ihre heiligen Felsen und werft ihre Ashera-Säulen um!*, heißt es schon in Exodus 34. Die israelitischen Stämme brachten die Eroberer-Religion mit, den Jahwe-Kult, die Religion des Gesetzes, des Vaters. Und warum bekämpften die Jahwe-Propheten die Kulte der Ureinwohner? Weil sie so attraktiv waren. Die populärste Geschichte dazu ist die vom Goldenen Kalb, das wahrscheinlich ein junger in Gold gegossener Stier war, und Luther hat ja auch so genial die Stelle über die Stier-Kultfeier in Exodus 32 übersetzt: ... *sie standen auf, um ihre Lust zu treiben*. Bis in die Königshäuser hinauf verfielen die Israeliten immer wieder dem Sog dieser Fruchtbarkeitskulte ...«

»Und was machte diese Kulte so attraktiv?«

»Sex and crime!«
»Wie, versteh ich nicht.«
»Die Lust eben. Schon mal was gehört von Tempelprostitution?«
Ich stellte mir die Dr. Zilli Zullinger als Priesterin vor oder als Tempelprostituierte ... denkbar ... wenn sie ihren Haarknoten löste und diesen blöden Hosenanzug vom Leib riss, wer weiß, was drunter war ...
»Folgen Sie mir noch?«
Ich merkte, wie ich rot wurde, kam mir vor wie ein Knabe, der beim Wichsen erwischt wird, stotterte: »Ah ... ja natürlich ... ja, äh ... Tempelprostitution ... ja, da steht was drin, aber ich hab mich nie viel drum gekümmert ...«
»Das war nicht Prostitution, wie wir sie heute kennen. Puff, zahlen, bumsen ...«
Oh, là, là, die Frau Doktor konnte ja ganz deftig werden.
»... das waren Kultfeiern, Gottesdienste, in denen Fruchtbarkeitsriten zelebriert wurden, denn Fruchtbarkeit war Leben, Kinderkriegen, Früchteernten. Übrigens wurden alle Aktivitäten außer dem Jahwe-Kult als ›Prostitution‹ bezeichnet. Man könnte sagen, fürs Alte Testament gilt: Prostitution ist gleich Gottesdienst der Ureinwohner. Entsprechend wurde der Gottesdienst der Israeliten immer mit einer ordentlichen Ehe zwischen Jahwe und seinem Volk verglichen, denken Sie nur an den Propheten Hosea!«
Ich schob ein: »Der mit einer Hure verheiratet war ... Er sprach aus Erfahrung!«
Sie nickte. »Richtig! Aber die Gleichung ›Gottesdienst der Ureinwohner ist gleich Prostitution‹ sagt ja auch etwas über das religiöse Erleben aus. Das war in den Ur-Kulten immer auch ekstatisches Erleben, weit weg von der späteren jüdischen Synagoge und vom neuzeitlichen protestantischen Gottesdienst, der ja eine rein patriarchalische Veranstaltung ist, mit homöopathischen Spuren von Ekstase. Das Einzige, was an Sex erinnert, ist das Organ, mit dem Musik gemacht wird. Die Orgel. Orgel. Wie Orgasmus. Wie Orgeln. Sie wissen ja, was in der Gossensprache ›orgeln‹ bedeutet ...«

»Jaja ... natürlich ... selbstverständlich.«
Ich dachte: ob die Frau Doktor wohl auch orgelt?
Fragte: »Spielen Sie auch Orgel?«
Sie lächelte, sagte: »Sie Schelm, Sie alter!«
Ich wurde rot. Schon wieder.

Sie dozierte weiter: »Diese Kultfeste, oder Gottesdienste, waren sehr lebensfroh, die Priesterinnen gewährten anderen Priestern, zum Beispiel den Baalspriestern, den Koitus, aber das Wort trifft die Sache nicht, Koitus klingt nach Waschmaschine, steril, das Gegenteil war der Fall, es war die Feier einer unio mystica sexualis, einer göttlichen Vereinigung im Sexualakt, und alle stimmten ein und feierten ein ekstatisches, orgiastisches Fest.«

Ich sagte: »Klingt wirklich gut. Wenn Sie das so anschaulich erzählen – als wären Sie dabei gewesen, Respekt! –, dann wird mir klar, warum diese Ur-Mutter-Religion so attraktiv war ... gerade für die Israeliten mit ihrem Gesetz. Die höchste Lust für die war, das Gesetz zu lesen, die zwei Gesetzestafeln lagen tot in der Bundeslade, wie zwei Tote in einem Sarg, und alle Lust lag im Gesetz, ja, richtig, das geht ja schon im Psalm eins los: *Wohl dem, der Lust hat am Gesetz des Herrn und sinnt über seinem Gesetz Tag und Nacht!* Die Gesetzesreligion ... die Israeliten waren wohl ein Volk von Einserjuristen!«

Sie lächelte: »Genau so ist es. Wie Sie sagen, Herr Bär, es war ein Kampf der patriarchalischen Religion gegen die Versuchungen der matriarchalischen Religion. Verstand gegen Lust ...«

»Hirn gegen Bauch«, warf ich ein.

»Mann gegen Frau«, zirpte sie.

Wir waren ein schönes Duett. Hörte sich an wie Mozarts »Krönungsmesse«. Sie in ihrem schwarzen Hosenanzug, ich in meinem durchschwitzen Bauernjanker.

Ich sagte: »Sex and crime. Das mit dem Sex habe ich verstanden. Wo bleibt crime?«

»Man warf den Ur-Kulten von Kanaan vor, sie würden Opfer bringen – nicht nur Tieropfer, das taten die Israeliten auch. Nein, Menschenopfer. Kinder. Der erstgeborene Sohn wurde der Göttin geopfert.«

»Wie Isaak, der Abraham sollte ja auch den Isaak opfern ...«

»Schauen Sie, da haben wir den ›Clash of Cultures‹. Die Geschichte von der Isaak-Opferung ist ganz deutlich gegen die Matriarchatskulte gerichtet. Eine Sublimierung sozusagen: Der Isaak wird durch einen Bock eingewechselt. Das heißt doch nichts anderes als: Wir sind nicht so schlimm wie ihr, wir opfern nicht Menschen, sondern Tiere.«

»Ja ... aber da kommt mir gerade die Idee ... Christus wurde doch auch geopfert ...«

»Das Lamm Gottes. Oder der Bock Gottes. Da sehen wir noch mal, wie sich das alte Matriarchat wieder durchsetzt, das Menschenopfer. Aber der Sohn wird dem Patriarchen geopfert, nicht der Matriarchin. Man hat einfach in der Religion die Führungsriege ausgewechselt. Die Mutter durch den Vater ersetzt.«

»Grausig ... die meisten Gläubigen ekeln sich heute bei der Vorstellung, dass Christus geopfert wird ... und dann gefressen ...«

Sie lachte.

»Wir meinen, wir sind diesen ›primitiven‹ Religionen Lichtjahre voraus. Menschenopfer! Huch, wie primitiv! Aber denken Sie an die Opfer von heute. Verkehrsopfer. Tausende im Jahr. Kriegsopfer. Zehntausende im Jahr. In manchen Jahren Millionen, in den Weltkriegen. Und ist das nicht eine Massenschlachtung, wenn zigtausend junge Männer eingezogen und in den Krieg geschickt werden? Nicht umsonst heißt es, dass sie in die Schlacht ziehen. Schlacht kommt von Schlachten, sie werden von den Alten, den Vätern, auf dem Altar des Vaterlandes geopfert werden ...«

»Aber eine Frage: Die Frauen ... wurden die nicht geopfert, die Mädchen?«

»Nicht im Kult. Nicht in den archaischen Kulten. Sie waren zu wichtig. Frauen gebären. Männer zeugen, sie werden nicht gebraucht, außer in den fünf Minuten, wenn sie zeugen. Männer sind austauschbar. Samenspender. Es reicht, wenn sie ein paar Tage auf Heimaturlaub kommen und für Nachwuchs sorgen. Wichtig sind die Frauen, die müssen die Kinder gebären und großziehen.«

»In der Zeitung steht, Sie sind eine scharfe Verfechterin des Patriarchates, Sie sind drakonischer in Ihren Ansichten als die konservativsten Pius-Brüder.«

»Ja, das stimmt. Die katholische Kirche ist eine patriarchalische Kirche, und das macht sie so attraktiv und mächtig.«

»Aber Sie ... als Frau ... Sie sind Expertin für Matriarchatsforschung – und sind die Vorkämpferin für das Patriarchat ... Wie passt das zusammen?«

»Schauen Sie, Herr Bär, Sie sind doch Psychoanalytiker.«

»Gewesen.«

»So was bleibt man. Wie man katholisch bleibt. Und deshalb wissen Sie, wie wichtig die Väter für die Entwicklung der Kinder sind. Psychologisch erleben wir im Einzelschicksal das Matriarchat – die Symbiose von Mutter und Kind, die Dualunion, die Verschmelzung. Und wenn ein Kind dadrin stecken bleibt, dann ist es für den Rest seines Lebens gestört.«

»Hängt sozusagen lebenslänglich am Rockzipfel der Mutter.«

»Genau. Und hier kommt der Vater rein. Der Vater ist der Störenfried, der Zerstörer. Er zerstört die heilige Symbiose von Mutter und Säugling. Aber dadurch befreit er das Kind auch von dem symbiotischen Drachen, der Mutter. Der Vater rettet das Kind vor der Mutter und vor dem Wahnsinn.«

»Ja, das ist gängige psychoanalytische Entwicklungspsychologie.«

»Und die Gesetze der Entwicklungspsychologie gelten auch für die Religionspsychologie. Die Mutterkulte werden abgelöst von den Vaterkulten. Die Menschen werden befreit von der Mutter. Deshalb ist die katholische Kirche die Kirche der Freiheit. Wir brauchen keine Priesterinnen, wir haben genug von der Mutter gehabt, Frauen wie Männer. Wir brauchen Priester, Männer, Väter, die uns zur Religion der Freiheit verhelfen.«

Ihre Augen glühten. Irrlichterten. Sie war psychisch auf Kreuzzug. Sie predigte.

Ich sagte: »Aber wie ist das dann mit der Marienverehrung? Die nimmt doch ständig zu. In Altötting zum Beispiel kann man sich kaum mehr retten vor Wallfahrten. Besonders bei der

Jugend kommt die Maria an. Man munkelt, neue Gruppen wachsen aus dem Boden wie die Schwammerl.«
»Ihr Blick wurde abweisend.
»Alles Quatsch. Da ist nichts dran. Die Marienverehrung ist ein Residuum der matriarchalischen Religionen, ein regressiver Quatsch. Die ist nur so populär, weil die Männer in der Kirche keine Männer mehr sind, sondern ...«
»Weicheier?«
»Ja, Weicheier und Schlappschwänze. Was wir brauchen in der Kirche, sind keine Kuscheltiere, sondern Männer mit klaren Ansagen. Ein starker Papst, traditionsbewusst, patriarchalisch. Die einzige Gruppe, die das erkannt hat, ist die Pius-Bruderschaft.«
»Dass Sie als Frau so eine extreme patriarchalische Position beziehen ... da werden Sie nicht viele Freundinnen bei den Feministinnen haben ...«
»Sie hassen mich. Sie merken nicht, wie sie die Frauen, die Frau an sich, verraten und verkaufen. Sie wollen werden wie die Männer. Wie Männer, als wäre das so toll ...«
Ich schaute sie an in ihrem schwarzen Hosenanzug, ein Männeranzug. Sie sah aus wie ein Mann. Da passte doch was nicht zusammen. Aber das war mir wurscht. Ich wollte mehr über die Marienkulte rauskriegen, fragte: »Noch mal wegen der Maria ... Man sagt, da gäbe es neue Gruppen, aber man weiß nichts darüber ... Ist da was dran?«
»Unsinn. Das sind Altmännerphantasien. Sie werden sehen, in Altötting, da werden Sie keine extremen Marienkulte finden, kaum junge Leute ...«
Soso. Eine Altmännerphantasie. Dann waren die Marienzimmer von der Maja und der Käsi und der Lea meine Altmännerphantasie. Und die Mariengrotte, die verwüstete, verrottete, eine Halluzination, und dass ein toter Hund vor meiner Tür lag und dass ich nachts vor der Mariengrotte eins auf die Rübe gekriegt hab und einen Tritt in den Hintern, dass ich vor den Zug fiel – alles das waren Altmännerphantasien.
Ich dachte: Einer von uns zweien spinnt!
Ich sagte: »Das ist sehr beruhigend, von Ihnen zu hören,

dass da nichts dran ist an dem Marienzeug. Sie als Expertin, in Bayern, in Deutschland, weltweit ...«
Ich bedankte mich artig und verabschiedete mich mit einem Handschlag.
Ihr Händedruck erinnerte mich an den Schmied von Kochel.
Ich stieg die Treppen runter, massierte meine zerquetschte Rechte und rumpelte fast in einen Typ hinein, der die Treppen raufkam. Er trug einen Schlapphut mit breiter Krempe.
Ich sagte: »Sorry.«
Er sagte: »Allmächt!«
Oh Gott, ein Franke.
Ob der auch zu der Frau Dr. Zilli Zullinger ging?
Vielleicht war er ein Student von ihr, der Z.Z.?
Oder ein Doktorand?
Zu viele Fragen. Ich hörte auf zu denken.
Endlich Zeit fürs Hofbräuhaus.

57 Marlein und der ahnungslose Professor

Auf dem Weg in den ersten Stock wurde ich fast von einem Typen über den Haufen gerannt, der es eilig zu haben schien. Schon ein älteres Semester. Vielleicht der Hausmeister.
 Oben angekommen, suchte ich nach dem richtigen Büro. Ich sah auf das Schild neben der ersten Tür. Dr. Zilli Zullinger. Falsch. Ich ging weiter zur nächsten Tür. Professor Manhard Schowin. Richtig.
 Ich klopfte und betrat den Raum, ohne eine Aufforderung abzuwarten.
 Es war ein großes Büro mit einem wuchtigen Schreibtisch und vollgestopften Bücherregalen. An der Wand hing eine ganze Reihe von gerahmten Kupferstichen, die, soweit ich das auf die Schnelle erkennen konnte, den Zyklus der Passion Christi zeigten.
 Hinter dem Schreibtisch saß in einem breiten Ledersessel

ein Mann. Er hatte dünnes, schon langsam ergrauendes Haar, das nach hinten gekämmt war, ein markantes, von Furchen durchzogenes Gesicht und eine auffällige Habichtsnase, auf der eine dickrandige Hornbrille thronte. Er trug einen schwarzen Anzug, an dessen Brusttasche ein silbernes Kreuz steckte.

Er schrieb gerade etwas mit einem Kugelschreiber auf ein Blatt Papier, als ich mich seinem Schreibtisch näherte.

Als ich ihn erreicht hatte, blickte er zu mir auf.

»Ja bitte?«

»Professor Schowin?«

Er nickte. »Höchstpersönlich. Was kann ich für Sie tun, Herr ...?«

»Marlein ist mein Name. Philipp Marlein. Ich hätte gerne Auskunft von Ihnen zu einer Sekte.«

»Sind Sie Student?«

»Nein. Ich betreibe ... nun, sagen wir mal, private Nachforschungen.«

Er wandte sich wieder seinem Blatt Papier zu und schrieb weiter. »Tut mir leid, Herr Marlein, aber ich bin kein Auskunftsbüro. Ich bin sehr beschäftigt. Gehen Sie zur Sekten-Beratungsstelle der Landeskirche, die wird Ihnen sicherlich weiterhelfen können.«

Ich beobachtete ihn einen Moment lang beim Schreiben. Er hatte eine markante Handschrift, sehr raumfordernd, mit Strichen, die weit nach oben und nach unten gingen.

Ich überlegte kurz, ob ich ihm die Lena-Wiga-Geschichte auftischen sollte, entschied mich aber dagegen und versuchte es anderweitig.

»Es geht um die Religio Mariae Dea Magna Madonna Nigra.«

Ich hatte auf das richtige Pferd gesetzt. Er legte seinen Stift beiseite, rückte seine Hornbrille zurecht und sah mich zum ersten Mal *richtig* an.

»Das ist ja interessant. Nehmen Sie Platz. Ich glaube, ein paar Minuten kann ich doch für Sie erübrigen.«

Er deutete auf einen gepolsterten Stuhl, der vor dem Schreibtisch stand.

Ich setzte mich. Professor Schowin räumte sein Schreibzeug beiseite. Ich hatte nun seine ungeteilte Aufmerksamkeit.

»Darf ich fragen, wieso Sie in dieser Angelegenheit ausgerechnet zu mir kommen?«

»Ich habe einen Artikel von Ihnen über diese Gruppierung gelesen und dachte, Sie verfügen offenbar über Insiderwissen und könnten mir weitere Auskünfte über sie geben.«

»Das ist richtig und falsch zugleich. Natürlich, ich weiß ein paar Dinge über diesen Verein, und da ich ja sowohl Experte für Sektenwesen als auch für Marienverehrung bin, ist eine Mariensekte für mich natürlich ganz besonders von Interesse. Allerdings ist die Religio Mariae noch relativ neu und auch eher esoterisch – im Sinne von verschlossen und geheimniskrämerisch – veranlagt, sodass es sich schwierig gestaltet, ein profundes Profil zu erstellen. Was haben Sie denn für ein Problem mit dieser marianischen Vereinigung?«

»Eine Bekannte von mir ist in den Dunstkreis dieser Sekte geraten, und ich mache mir nun ein bisschen Sorgen um sie. Sie hat etwas über seltsame Praktiken angedeutet, und ich habe so das Gefühl, dass dieser Verein gefährlich sein könnte. Ich möchte verhindern, dass meine Bekannte in etwas Übles hineingezogen wird.«

Das war nicht die ganze Wahrheit, aber auch nicht komplett erfunden.

Professor Schowin lächelte mich freundlich an.

»Nun, wenn's weiter nichts ist, da kann ich Sie komplett beruhigen. Die Religio Mariae Dea Magna Madonna Nigra ist völlig ungefährlich und harmlos. Sie können Ihre Bekannte ihre religiösen Bedürfnisse guten Gewissens dort ausleben lassen.«

Das war nun überhaupt nicht das, was ich hören wollte.

»Wie können Sie das so sicher behaupten, wenn Sie doch selbst zugeben, noch zu wenige Informationen über die Sekte zu haben?«

Professor Schowin faltete die Hände, als wollte er für mich beten, weil ich so ein ungläubiger Thomas war.

»Weil die Religio Mariae in einer ganz bestimmten Tradition steht, nämlich der Tradition von Zusammenschlüssen von Verehrern unserer Gottesmutter Maria, und diese Tradition von jeher eine der positivsten, frommsten und friedfertigsten Strömungen innerhalb des Christentums ist.«

»Aber widerspricht die exzessive Verehrung der Maria denn nicht den Glaubensgrundsätzen der katholischen Kirche?«

»Diese immer wieder geäußerte Befürchtung kann man mit vier einfachen Worten entkräften: ohne Maria kein Jesus. So einfach ist das. Maria ist keine Konkurrentin des göttlichen Heilsplans, sondern einer seiner elementaren Bestandteile.«

»Aber wie Sie in Ihrem Artikel ja schon erläutert haben, wird Maria von dieser Gruppe als Göttin verehrt. Und das schießt ja wohl über die Rolle der Gebärerin Christi, die ihr im göttlichen Heilsplan zugedacht ist, weit hinaus. Das ist doch eine neue Dimension der Marienverehrung.«

»Nein, neu ist das keineswegs. Es ist vielmehr uralt. Schon ab 150 nach Christus gab es eine als ›Marianiten‹, ›Philomarianiten‹ oder – nach ihrem Gründer Montanus – ›Montaniten‹ bezeichnete Bewegung, deren Anhänger Maria als dritte göttliche Person neben Gott und Jesus verehrten. Im vierten Jahrhundert berichtete der Kirchenvater Epiphanios, der Patriarch von Konstantinopel, in seinem Werk ›Panarion‹ von der Sekte der Kollyridianerinnen, die so genannt wurden, weil sie in Nachahmung und Pervertierung des christlichen Abendmahls der Maria Brotkuchen, Kollyrides, opferten – wie sie es zuvor der heidnischen Muttergöttin Demeter getan hatten. Epiphanios wetterte scharf gegen diesen Aberglauben und wies darauf hin, dass Maria heilig und ehrenwert sei, dass man sie aber nicht als Göttin anbeten dürfe. Und in jüngster Zeit taucht immer wieder die These auf, dass die rätselhafte Zerschlagung und Ausrottung des berühmten und mächtigen Ordens der Tempelritter ihren Hintergrund in der Tatsache hat, dass sich die Templer von Gott abgewandt und stattdessen Maria zu ihrer neuen Göttin erkoren hatten.«

»Aber Sie sagen doch jetzt selbst, dass die Kirche gegen die Marienverehrung vorgegangen ist, weil sie eine Gefahr darin sah.«

»Ja, doch das liegt lange zurück, heute ist das gänzlich anders. Die Marienverehrung hat eine lange und wechselhafte Geschichte hinter sich. Anfangs war überhaupt keine Verehrung der Maria vorgesehen. Sie nimmt in den Evangelien keinen besonderen Platz ein, wird kaum erwähnt, ihr Sohn distanziert sich gar an manchen Stellen von ihr. Doch als sich das Christentum unter den Heiden ausbreiten und diese bekehren wollte, musste es erkennen, dass es Elemente und Aspekte, die sich nicht verdrängen und ausrotten ließen, aus den heidnischen Glaubensvorstellungen übernehmen und sie in das Christentum integrieren musste, wenn es denn erfolgreich sein wollte. In den darauffolgenden Jahrhunderten machte Maria sozusagen weiter Karriere, vor allem in der Volksfrömmigkeit: Sie wurde zur Fürsprecherin des Menschen vor Gott, zur Madonna, unter deren Schutzmantel jeder Zuflucht fand. Sie rückte von der Peripherie ins Zentrum des christlichen Glaubens. Und ein Ende ihres steilen Aufstieges ist nicht abzusehen: Ihr jüngster Erfolg war 1950 das Dogma der ›leiblichen Aufnahme Mariens in den Himmel‹, womit sie nach der kirchlichen Lehre neben Christus die einzig offiziell anerkannte Person ist, die mit Seele *und* irdischem Leib in den Himmel aufgenommen wurde.«

»Was sind die Gründe für diese kometenhafte Karriere?«

»Die Marienverehrung erfüllt – auch in der modernen Kirche – viele unverzichtbare psychologische Funktionen. Zum einen verkörpert Maria die mütterliche, weiche, verständnisvolle Seite, die man im patriarchisch geprägten christlichen Gottesbild mitunter vermisst. ›Maria hilft immer‹, heißt es im Volksmund. Zum Zweiten fungiert Maria als eine perfekte Identifikationsfigur für alle Leidenden und Unglücklichen: Sie musste unendlich viel erdulden, die berühmten ›sieben Schmerzen‹ ertragen, sie ist die ›mater dolorosa‹, die ihren Sohn verlor – und wurde am Ende mit der Aufnahme in den Himmel für all ihr Leid und Unglück entschädigt. Und zum Dritten wird Maria sowohl von konservativen Zölibatfanatikern wie auch von progressiven Feministinnen für ihre Zwecke beansprucht: Die einen kanalisieren in der Marienverehrung ihre unterdrückte Sexualität, die anderen feiern sie als Galionsfigur der Frauenbefreiung.«

»Sie wollen damit also sagen, dass die Marienverehrung eine super Sache ist.«

»Ich denke, die gerade genannten Argumente sprechen ganz klar für diese Einschätzung.«

»Und dass von der Religio Mariae keinerlei Gefahr droht.«

»Ich wüsste nicht, welche.«

Ich wusste, welche. Aber ich musste sie vorläufig noch für mich behalten.

Ich erhob mich und reichte Professor Schowin die Hand.

»Danke für Ihre Zeit. Sie haben mir sehr weitergeholfen.«

Das war gelogen. »Danke für nichts«, hätte es richtigerweise heißen müssen.

Schowin ergriff meine Hand und drückte sie.

»Gern geschehen. Und falls Sie über Ihre Bekannte neue Erkenntnisse über die Religio Mariae gewinnen, lassen Sie es mich wissen. Ich bin weiterhin brennend daran interessiert.«

Ich sagte, dass ich das tun würde, und verließ sein Büro. Enttäuscht.

Die Stippvisite bei Professor Schowin war ein netter Versuch gewesen, aber nicht mehr. Der selbst ernannte superschlaue Sektenexperte wusste noch viel weniger über die Religio Mariae als ich.

Ich musste die Wahrheit also ganz alleine herausfinden. Und das würde ich auch tun. Ich brauchte keinen Professor dazu.

Was ich jedoch vor der Weiterfahrt nach Altötting unbedingt noch brauchte, war etwas zu beißen, wie mir mein knurrender Magen unmissverständlich mitteilte.

58 Bär säuft

Hundert Jahre und noch mehr wirst du leben ... Hundert Jahre und noch mehr ...

Hundert Jahre und noch mehr steht das Hofbräuhaus schon am Platzl Hausnummer 9. *Das* Platzl. Das Mekka der Biertrinker. Von allen Enden der Welt kommen sie.

Eine urbayerische Einrichtung. Mit dreitausendfünfhundert Stammgästen. Und tausenddreihundert Sitzplätzen.
Ich drehte mich auf der Stelle um. Raus hier.
Ich musste mich getäuscht haben.
Ich war in der Japanischen Botschaft gelandet.
Nix wie Japaner.
Man erkennt sie so gut an den Augen. Mandelförmig.
Hunderte.
Aber nein, ich hatte mich vielleicht doch nicht geirrt: Die Hälfte der japanischen Bevölkerung saß vor dicken Maßkrügen und arbeitete sich an Schweinshaxn ab.
Auf den Maßkrügen stand ein großes »H«. »Hofbräu«.
Also: zweiter Anlauf.
Ich atmete tief ein.
Was für ein Fehler!
Bierdunst, Deodorants, Schnapsfahnen, Käsfüße, Achselschweiß, Weißwurstsenf verbündeten sich zu etwas, wovon mein Opa immer erzählt hatte.
Giftgas im Ersten Weltkrieg. Das konnte man nur mit Bier aushalten.
Der Schallpegel war so, als würde die Isar die Niagarafälle hinabstürzen.
Der Saal hieß: Schwemme.
Passte.
Kein Platz mehr zu kriegen.
Ich wühlte mich durch die anderen Platzsucher hindurch in den anschließenden Saal.
Stieß mit einem Kellner zusammen.
Er balancierte ein Tablett mit mehreren Portionen Schweinshaxn über den Köpfen der Leute.
Er sagte: »Mach halt deine Augen auf, du Saupreiß!«
Endlich vertraute Laute.
Ein Schwall Bratensoße schwappte mir ins Genick.
»'tschuldigung«, sagte ich.
Warum eigentlich ich?
Als Entschädigung erblickte ich einen Platz am Rande des wuseligen Saales.

An einem blanken Holztisch. Mit kunstvollen Eingravierungen. Von besoffenen Taschenmesserhelden.
Ich fragte die Besatzung vom Tisch: »Ist hier noch ein Platz frei?«
Eine ältere Dame mit rosa Frisur, in Dirndl und mit Maßkrug in der Hand sagte: »*Do sit down, please.*«
Ich ließ mich nieder.
Zwischen der Schwemme und dem Raum mit dem anrüchigen Gefängnisnamen »Stadelheim« war ein kleines Podest aufgebaut. Vier Männer in Trachtenhemden und Lederhosen machten Töne. Zwei Trompeter, ein Akkordeon, eine Posaune. Es klang bayerisch. Böhmisch. Umtata. Ab und zu sangen sie.
Wo man singt, da lass dich ruhig nieder. Böse Menschen haben keine Lieder.
Ein altes Lied von Johann Gottfried Seume, seines Zeichens Theologe, Musketier, Reiseschriftsteller, er wäre heute zweihunderteinundfünfzig Jahre alt. Meine Oma hatte dieses Lied immer in der Waschküche gesungen. So laut, dass man es bis auf die Straße hörte. Ich, der kleine Bub, schämte mich dafür. Und wunderte mich, wer dieser »Homan« war, der da singt.
Ich bestellte mir eine Maß.
Noch eine. Auf einem Fuß steht man nicht.
Eine dritte Maß. Vestigia Trinitatis. Die Spuren der Dreifaltigkeit. Augustin, der Kirchenvater, erfand die Idee der Vestigia Trinitatis. Sie besagt: Das Geheimnis der Dreieinigkeit oder Dreifaltigkeit hinterlässt Spuren im Leben. Eine ziemlich einfältige Idee.
Aber sie rechtfertigte meine dritte Maß.
Es war im Böhmerwald, wo meine Wiege stand, im schönen grünen Böhmerwald ...
Ich dachte, ich hab eine Halluzination.
Ich sah einen Schlapphut.
Wo hatte ich so einen Schlapphut gesehen?
Irgendwo.
Die drei Maß halfen auch nicht beim Erinnern.
Er kam näher.
Die Erinnerung leider nicht.

Er steuerte meinen Tisch an.
Deutete auf den Platz mir gegenüber, eher ein halber Platz, aber für ihn langte es noch immer, sagte: »Frei?«
Es klang nach »fraj«.
Fränkisch.
Er setzte sich.
Ich sagte, bierselig: »Kann es sein, dass wir uns schon mal gesehen ham?«
Er geriet in Rücklage.
Meine Fahne.
Er sagte: »Kann schon sein.«
Wieder mit fränkischem Akzent.
Es klickte in meinem bierigen Kopf: Schlapphut – fränkisch – ahhh! Es war der »Allmächt«-Typ von der Uni. Als ich die Treppen runterging und er rauf.
Ich sagte, wieder mit Rücklage-Effekt: »Jetzt weiß ich, wo wir uns gesehen haben: an der Uni! Ich bin grad runter, und Sie sind grad rauf.«
»Kann schon sein.«
Er war nicht der Gesprächigste. Dafür liebte er Wiederholungen.
Ich fragte ihn: »Was machen S' denn an der Uni?«
Er schaute mich angeekelt an, sagte: »Schon ganz schön was weggeschluckt heute, nicht wahr?«
Ich sagte: »Ja, drei Maß. Und was machen S' an der Uni? Lassen S' mich raten: Sie sind der Hausmeister!«
»Wieso sollte ich der Hausmeister sein?«
»Wegen Ihrem Schlapphut. Der schaut so nach Hausmeister aus.«
Er sagte, gereizt: »Du liegst falsch, Suffkopf: Ich bin nicht der Hausmeister der Universität, sondern der Kanzler! Und jetzt erklär mir doch mal, was du in *meiner* Uni überhaupt zu suchen hast.«
»Also, da oben, am Ende vom ersten Stock, wo die katholische Fakultät ist, ist das Herrenklo. Und ich hab gar nix mit der Uni zu tun, ich bin nur da hoch zum Schiffen. Ist kostenlos. Heißer Tipp. Wo gibt's das sonst in München?«

Er schaute richtig angepisst aus. Und brunzdumm. Von wegen Kanzler.

In München steht ein Hofbräuhaus, oans, zwoa, gsuffa ...

Der Kellner erschien, baute sich eilig vor dem neuen Gast aus Franken auf, sagte: »Zum Trinken?«

Der Schlapphut gab seine Bestellung auf.

Der Kellner schaute, schluckte, schüttelte den Kopf, ging.

Ich glaubte nicht, was ich gehört hatte. Musste an meinem fortgeschrittenen Zustand liegen.

Das Bier hatte mich gesprächig und leutselig gemacht.

Ich sagte: »So wie Sie reden, kommen S' aus Franken.«

Er nickte.

Ich sagte: »Ich bin ein Schwab. Aus dem Allgäu. Auch fremd hier.«

Er sagte: »Hm.« Er fremdelte noch immer.

Hoffentlich kriegte er bald was zum Trinken. Wenn man nix trinkt, wird man so. Das Hirn dehydriert.

Ich trank einen tiefen Zug aus meinem Krug, sagte: »Da gibt's einen netten Spruch, den kenn ich schon aus meiner Kindheit: Aus dem Bayer und dem Schwab sein G'stank entstand der Frank. Gut, oder?«

Seine Reaktion klang eher nach »oder?«. Er verzog das Gesicht.

Ich dachte: Arschloch!

Sagte: »Sie gehen wohl zum Lachen in den Keller? Macht man das so in Franken?«

»Nein, aber in Franken lachen wir nur über richtig guten Humor, nicht über grottenschlechte Sparwitze. Sparwitze heißen übrigens so, weil man sie sich echt sparen sollte.«

Er schaute sich um, als suchte er einen anderen Platz. Wir waren noch nicht ganz auf der gleichen Wellenlänge.

Der Kellner kam.

Stellte eine Halbe glasklarer Flüssigkeit vor mein Gegenüber.

Ich sagte: »Respekt: So ein schönes großes Stamperl Obstwasser hab ich noch nie gesehen. Ihr Franken vertragts halt was. Alle Achtung!«

Mehr an gutem Willen konnte ich wirklich nicht zeigen.

Der Kellner sagte: »Ihr Mineralwasser!«
Ich sagte: »Mineralwasser, Wasser ... Wahnsinn! Trinkts ihr das in Franken?«
»Natürlich.«
Ich schüttelte den Kopf, sagte: »Wie die Rindviecher!«
»Wie was?«
Ich wiederholte, wie zum Mitschreiben: »Wie die Rindviecher!«
»Warum wie die Rindviecher?«
»Bei uns im Allgäu saufen nur die Rindviecher Wasser.«
»Sind halt intelligente Tiere. Wissen im Gegensatz zum menschlichen Allgäuer, dass Alkoholkonsum die Gehirnzellen abtötet.«
Ein Prosit, ein Prosit, ein Prosit der Ge-müt-lich-KEIT ...
Ich erblickte beim Trinken schon wieder den Boden vom Bierkrug.
Er nippte an seinem Mineralwasser.
Ich entschloss mich zur Schlussoffensive. Sagte: »Wissen S', ich bin nämlich beruflich hier ...«
Null Resonanz.
»... und Sie?«
Er konterte mit einer Frage, vielleicht war er Rabbi oder Psychoanalytiker: »Was machen *Sie* denn beruflich?«
Immerhin. Ich sagte: »Ich bin in der Forschung tätig!«
Er runzelte die Stirn. Glaubte mir nicht recht.
Sagte: »In der Forschung, klar. Und bei welchem Arbeitgeber? Bei den Anonymen Alkoholikern?«
»Nein, eher in einer privaten Angelegenheit ... Und Sie?«
Er quälte sich einen ganzen Satz raus, typisch anal-retentiv: »Nun, in gewisser Weise bin ich auch in der Forschung tätig. Und witzigerweise auch in einer privaten Angelegenheit.«
Ich blickte mich um.
Wenn man ins Hofbräuhaus geht, erspart man sich das Nationaltheater. Hofbräuhaus ist Theater. Internationaltheater.
Ich sagte zu meinem einsilbigen Gegenüber: »Da kann man schon Forschungen treiben ... hier im Hofbräuhaus ... Da, schauen S' ...«

Ein weibliches Unwesen schob sich an unserem Tisch vorbei. Rote Haare wie der Pumuckl. Dünn wie die Leopoldin. Beine bis zu den Schultern. Freier Bauch. Stöckelschuhe. Nein, Stöckelschuhe waren platte Latschen gegen diese High Heels. Die höchsten, die ich je an eines Menschen Fuß gesehen hatte. Eine Augenweide für jeden Orthopäden.

Ich sagte: »Sexy, gell?«

Er tat, als hätte ich Japanisch gesprochen.

Er schaute sie an, dann mich, sagte: »Frisch aus dem Kindergarten.«

Er hatte recht.

Unter der Pumucklfrisur schaute das Gesicht einer Dreizehnjährigen heraus.

Ich sagte: »Da ham S' recht. Das ist eher was für Pädophile.«

Sein Gesicht verzog sich leicht. Ein Optimist hätte es für den Anflug eines Lächelns halten können. Ein Pessimist für den Anfang eines epileptischen Anfalls.

Ich sagte: »Das ist fast so schön wie die Fürther Kerwa!«

»Wie kommen Sie auf die Fürther Kerwa?«

Bingo!

In seinen Augen erschien ein Leuchten.

Das Auge ist das Licht des Leibes. Matthäus. 6,22.

Er fing an zu leben.

Ich sagte: »Ich hab mal ein paar Jahre in Fürth gelebt ... von daher kenn ich die Kerwa. Die Kultveranstaltung der Fürther. Als ich hinkam, wusste ich nicht einmal, dass ›Kerwa‹ auf Deutsch ›Kirchweih‹ heißt. Sie sind doch auch aus Franken, Ihrer Sprache nach, kennen Sie denn Fürth?«

Es wurde doch kein epileptischer Anfall. Sondern ein Lächeln.

Franken. Land des Lächelns.

Er sagte: »Ich lebe und arbeite in Fürth. Fürth ist nicht der verkehrteste Platz auf der Welt.«

Leidenschaft pur!

Sein Ausbruch wurde jäh unterbrochen von dem Kellner.

»Ihre Bestellungen!«

Er stellte ein halbes Grillhähnchen vor den Frankenfan.

»Und ein Paar Weißwürst für den Herrn.«

Damit war ich gemeint.
»Und hier das Besteck!«
Wir legten das Besteck neben die Teller.
»An Guten!«, sagte ich, griff zu meiner Weißwurst, zog sie mit den Fingern aus dem warmen Wasser.
Auch er ignorierte Messer und Gabel, attackierte mit den Fingern den armen Vogel, als hätte der ihm großes Leid angetan.
»Ham S' Hunger, gell!«, sagte ich.
Er nickte, fraß weiter, als pflegte er mit dem Gockel eine innige Feindschaft.
Ich zuzelte an meiner Weißwurst, tauchte sie ab und zu in den süßen Senf aus den Schnapsgläschen. Die Musik spielte wieder. Ich konnte ungehemmt geräuschvoll zuzeln.
Er hatte seinen Vogel
zerlegt,
zerfleischt,
zerfetzt.
Vielleicht forschte er in der Pathologie? Da nimmt man auch alle möglichen Kadaver auseinander. Das Tier tat mir leid, obwohl es schon tot war. Aber was der Schlapphut da aufführte, grenzte an Leichenschändung.
Mit einer halben Weißwurst im Gebiss deutete ich mit dem Finger auf seinen Teller, sagte: »Wenn ich das dem Tierschutzverein meld ...!«
Er putzte sich seine Waffel mit der Papierserviette ab, sagte: »Was hätte ich denn Ihrer Meinung nach tun sollen? Das Hendl zum Tierarzt bringen und fragen, ob da noch was zu retten ist?«
Ich konterte: »Schon mal was von der Erfindung von Messer und Gabel gehört?«
»Klar. Bei uns in Fürth verwendet man das beispielsweise zum Weißwurstessen.«
»Ich dachte, in Franken frisst man nur Bratwürste. Sex auf Kraut.«
»Falsch. Drei im Weckla. Ein Weckla ist übrigens ein Brötchen.«
»Danke, ich bin des Fränkischen mächtig. Hab Talent für Fremdsprachen.«

Er konnte seinen fettigen Mund nicht halten, sagte: »Nur leider kein Talent fürs Weißwurstessen. Und übrigens: Wir fressen nicht, wir essen. Aber wahrscheinlich tun das bei euch auch nur die Rindviecher ...«

Der Rechthaber, der fränkische! Ich sagte: »Aber richtig gemacht wird's eben so ...«

Und zuzelte provokativ laut weiter.

Der Kellner räumte ab. Nahm die unberührten Bestecke wieder mit.

Ich trank mein Bier aus.

Es langte mir.

Sagte zum Frankenforscher: »Ich pack's jetzt. Ich muss noch was erforschen.«

Er sagte: »Kleine Mädchen mit hohen Stiefeln?«

Ich sagte: »Nein, erforschen, wo das Klo ist. Meine drei Maß retournieren.«

Er nippte an seinem Wässerchen.

»Servus dann«, sagte ich.

Er: »Ade, Suffkopf!«

Auf dem Rückweg vom Pissoir durch das Hofbräuhaus ging ich noch mal an ihm vorbei, sagte: »Ich hab's rausgekriegt!«

»Wo man Lolitas aufgabelt?«

»Wo's Klo ist. Gradaus hinter, dann rechts. Die Tür mit dem Männchen drauf ist es ... für die Analphabeten. Sie ham zwar fast nix zum Verbrunzen mit ihrem Schluck Wasser, aber bis Fürth ist es weit ... und man sagt, die Fürther haben eine schwache Blase. Servus!«

Drehte ab und ging.

Wenn Blicke töten könnten, hätte ich den Ausgang vom Hofbräuhaus nicht mehr erreicht.

59 Marlein und der unterschätzte Suffkopf

Ich trank mein Wasser aus und verließ kopfschüttelnd das Hofbräuhaus.

Jetzt hatte ich es also mal erlebt, das »berühmteste Wirtshaus der Welt«. Aber anstatt in Ruhe essen und trinken zu können, musste ich mich mit einem betrunkenen Schwaben herumärgern, der auf der Suche nach jemandem war, den er volltexten konnte, und sich dabei blöderweise ausgerechnet mich ausgesucht hatte. Gegen eine normale Unterhaltung hätte ich nichts einzuwenden gehabt, aber irgendwie hatte mich der Typ in seinem Suff ja nur dumm angemacht. Aber wahrscheinlich war eine normale Kommunikation an diesem Ort gar nicht möglich, da man entweder an Japaner oder an Betrunkene geriet. Im schlimmsten Fall an betrunkene Japaner. Und betrunkene Allgäuer kamen gleich danach.

Ich sah auf die Uhr. Zwölf Uhr mittags. High Noon. Ich lag gut in der Zeit.

Ich beschloss, vor meiner Weiterfahrt nach Altötting noch einen kurzen Abstecher in die Frauenkirche zu machen. Zur Einstimmung. In dem Artikel, den ich in Lena Wigas Wohnung gelesen hatte, war ja die Rede davon gewesen, dass es in der Münchner Frauenkirche so was wie einen Altötting-Fanclub-Altar gab.

Der Weg zur Frauenkirche führte mich zum zentralen Platz Münchens.

Ich warf einen kurzen Blick in meinen Stadtführer und schüttelte ungläubig den Kopf. Ich musste an das denken, was ich in der Sektenbibel von Lena Wiga gelesen hatte.

Man konnte das natürlich alles als kompletten Unsinn abtun – dass in Bayern das Marientum beliebter war als das Christentum, dass Bayern »Mary's Own Country« war, dass in Bayern eine weibliche Göttin regierte und nicht ein männlicher Gott.

Der Umstand, dass der zentrale Platz im Herzen der Landeshauptstadt den Namen »Marienplatz« trug und dass sich auf diesem Platz eine zwölf Meter hohe Marmorsäule befand, auf der die überlebensgroße, komplett vergoldete Marienstatue »Patrona Bavariae« stand, die, mit einem Zepter und einer Kaiserkrone ausgestattet, nicht nur wie eine Landespatronin, sondern auch wie eine Landesherrscherin wirkte, war aber nicht gerade ein schlagkräftiges Argument gegen diese These.

Ich ging ein Stück die Kaufingerstraße hinein, bog dann nach rechts ab und stand vor der Frauenkirche.

Ich hatte ja auf meinem Ausflug mit Lena Wiga einige durchaus monumentale Kirchen gesehen, wie die Basilika in Gößweinstein oder die Frauenkirche in Nürnberg, aber im Vergleich zu diesem Gerät hier waren es dann doch nur Zwerge gewesen.

Ich betrat den überdimensional großen Innenraum der Kirche und sah mich erst einmal um. Ich war nicht alleine, sondern in Gesellschaft von einigen Kohorten an Touristen.

Ich erblickte einen älteren dicken Mann mit Mütze und Uniform, der ein bisschen aussah wie ein Fahrstuhlführer in einem alten Film. Er schien ein Art Aufseher zu sein. Ich quatschte ihn an und fragte, ob es hier so was wie einen Kirchenführer zu kaufen gäbe. Es gab, und für drei Euro erwarb ich ein kleines farbiges Heftchen.

Ich setzte mich in eine Bank und blätterte ein bisschen darin.

Mit ihren mächtigen Türmen und den sie bekrönenden »welschen Hauben« ist die Frauenkirche heute in aller Welt das Wahrzeichen Münchens und Bayerns.
Zentrale Gestalt im Bildprogramm der Frauenkirche ist, im Äußeren wie im Inneren, die Kirchenpatronin, die Gottesmutter Maria. Die Frauenkirche ist seit ihren Anfängen die wichtigste Marienkirche Münchens, und in ihr finden sich Dutzende von Darstellungen der Heiligen Jungfrau. Die schönsten, prunkvollsten und meistverehrten befinden sich im Presbyterium (Mariensäule mit dem vergoldeten Standbild der Maria Immaculata sowie zwölf vergoldete Reliefs mit Szenen aus dem Marienleben) und in der Chorscheitelkapelle (Nachbildung der Altöttinger Madonna).

Das erinnerte mich daran, warum ich überhaupt hierhergekommen war. Ich erhob mich und marschierte durch die Kirche, all die anderen unzähligen Marienkunstwerke mit Verachtung strafend, bis ich an der Chorscheitelkapelle ankam.

Die Chorscheitelkapelle befand sich direkt hinter der beschriebenen Mariensäule und war, wie alle übrigen der gut zwei Dutzend Seitenkapellen in der Frauenkirche, vom großen Kircheninnenraum durch ein Gitter abgetrennt, in dem sich allerdings eine offene Tür befand, durch die man die Kapelle betreten konnte – was ich auch tat.

In der Kapelle stand eine lange Holzbank, auf der ich Platz nahm. Ich blickte mich um. An einer Seitenwand hing ein großes Gemälde. Mein geschultes Auge erkannte, dass es sich bei dem darauf Dargestellten um eine Kombination zweier Marien-Archetypen handelte: eine Schutzmantelmadonna, die gleichzeitig ein Kornährenkleid trug. Philipp Marlein, der Marienexperte. Eine absolute Koryphäe auf diesem Gebiet. Vielleicht sollte ich die Schnüffelei an den Nagel hängen und mich stattdessen als Marienkirchen-Führer verdingen.

Doch die Schutzmantel-Kornähren-Kombi war nur ein Nebenschauplatz in dieser Kapelle; die Hauptattraktion war eine direkt gegenüber der Bank auf dem Altar stehende Statue, der ich nun meine Aufmerksamkeit zuwandte.

Ich zog meine Broschüre zurate, in der ich noch einmal nachlesen konnte, was in Kurzform schon in dem Zeitungsartikel gestanden hatte: Dass der Altar dieser Kapelle 1658 der marianischen Vereinigung der »Erzbruderschaft von Unserer Lieben Frau zu Altötting« zugewiesen wurde und dass ein Jahr später Münchner Bürger die in kostbare Brokatgewänder gehüllte Kopie der Altöttinger Madonnenfigur aus Elfenbein stifteten.

Ich lehnte mich zurück, betrachtete das Gnadenbild, ließ es intensiv auf mich wirken. Auch dieser Madonna konnte man eine gewisse Suggestionskraft nicht absprechen. Ich geriet fast in eine meditative Stimmung. Ich schloss die Augen, und verschiedene Fragen schossen durch meinen Kopf.

Die gestohlene Madonna von Altötting war bekanntermaßen schwarz; wieso war dann diese hier, angeblich eine Nachahmung, weiß? Lag das nur am Material Elfenbein? Oder sollten die beiden Figuren die verschiedenen Kehrseiten derselben Medaille symbolisieren? Stellte die Münchner Madonna die helle Seite der Großen Göttin Maria dar und die Altöttinger

Madonna die dunkle? Waren die Mitglieder der einen marianischen Vereinigung, der »Erzbruderschaft von Unserer Lieben Frau zu Altötting«, die Guten, die Rosenkränze beteten und karitative Werke taten, und die der anderen, der Religio Mariae, die Bösen, die Gruppensexorgien feierten und Säuglinge schlachteten?

Ein Geräusch schreckte mich aus meinen Gedanken.

Ich öffnete die Augen. Neben mir hatte ein Mann auf der Bank Platz genommen.

Ich schielte zu ihm rüber – und wäre beinahe explodiert! Meine meditative Stimmung löste sich schneller auf als ein Stück weiche Butter auf einer heißen Herdplatte.

Es war der Allgäuer aus dem Hofbräuhaus!

Unglaublich.

Ich packte ihn am Kragen und zog seinen Kopf ganz nah an meinen heran, sodass sich unsere Stirnen fast berührten.

»Jetzt hör mir mal gut zu, Suffkopf: Ich weiß nicht, warum du mich verfolgst, aber wenn du nicht augenblicklich die Fliege machst und mich in Ruhe lässt, prügel ich dir deine Weißwürste wieder zu den Ohren raus!«

Er packte mich am Arm und funkelte mich zornig an.

»Lass mich los, du Arschloch! Wir sind hier in einer Kirche!«

Er nickte in Richtung der Marienstatue.

»Was soll die Gottesmutter denken, wenn direkt vor ihren Augen geprügelt wird?«

Die verkraftet es auch, wenn direkt vor ihren Augen gefickt wird, dachte ich in Erinnerung an meine Besuche bei Lena Wiga.

Aber ich ließ ihn los. Er zupfte an seinem Trachtenjanker herum. Ich hatte ihn in Unordnung gebracht.

»Außerdem verfolge ich Sie überhaupt nicht.«

Ich lachte höhnisch.

»Und das ist wohl reiner Zufall, dass Sie mir erst an der Uni über den Weg laufen, dann im Hofbräuhaus und jetzt auch noch hier, in der Frauenkirche, und genau in dieser Kapelle.«

»Sachen gibt's, die gibt's gar nicht.«

»Oh, ein Klugscheißer. Also gut, alles nur Zufall. Und darf

ich fragen, was zum Teufel Sie rein zufällig ausgerechnet hierhergeführt hat?«

»Sie dürfen fragen, aber ich muss Ihnen nicht antworten. Wir leben in einem freien Land, und ich kann hingehen, wohin ich will.«

Er grinste frech.

»Aber damit Sie keine schlaflosen Nächte haben: Ich mache eine Wallfahrt nach Altötting. Jemand hat mir den Tipp gegeben, dass man sich in der Frauenkirche gut auf eine Altötting-Wallfahrt einstimmen kann. Weil hier auch eine Schwarze Madonna steht. In Weiß. Ist ja wurscht.«

»Wieso wollen Sie denn nach Altötting? Sie sehen nicht so aus, als ob Sie die Jungfrau Maria von Lady Gaga unterscheiden könnten.«

»Kann ich. Ich war schließlich mal Pfarrer ...«

Mir fiel die Kinnlade runter. Ich hätte mit allem gerechnet, aber nicht damit.

»Im Ernst?«

»Ja.«

Die Pfaffen sind auch nicht mehr das, was sie mal waren, dachte ich mir.

»Und rausgeschmissen haben sie Sie wegen dieser Geschichten mit den kleinen Mädchen, stimmt's?«

»Nein. Ich bin ehrenvoll entlassen worden. In den Altersruhestand.«

Altersruhestand? Der Typ verblüffte mich immer mehr. Klar, er war älter als ich, aber als so alt, dass er schon in Rente gehen konnte, hätte ich ihn auf keinen Fall eingeschätzt. Er hatte sich ziemlich gut gehalten. Alkohol konserviert eben doch.

»Und was machen Sie dann in Altötting? Die Schwarze Madonna anbeten? Oder doch eher dreizehnjährigen Nachwuchsmadonnen nachsteigen?«

»Sie werden lachen: Ich bin tatsächlich auf der Suche nach jungen Mädchen. Allerdings nicht wegen Nachsteigen oder Anbeten ...«

»In einer privaten Forschungsangelegenheit?«

»Genau. Ich bin im Moment so eine Art Privatdetektiv.«

Ich runzelte die Stirn und schwieg eine Weile. Ich dachte über ein paar Dinge nach, auf die ich mir keinen Reim machen konnte. Nachdem ich darüber nachgedacht hatte, konnte ich mir immer noch keinen Reim darauf machen.

Ich blickte meinen Banknachbarn an wie etwas, das gerade aus einer fliegenden Untertasse gestiegen war.

»Das ist alles sehr, sehr seltsam.«

»Was ist seltsam?«

»Dass Sie als Privatdetektiv nach Altötting fahren wollen, um junge Frauen zu suchen.«

»Warum ist das so seltsam?«

Ich wandte meinen Blick zur weißen Madonna.

»Weil ich auch Privatdetektiv bin, der auf dem Weg nach Altötting ist, um dort eine junge Frau zu suchen.«

Das haute nun ihn um. Das musste er erst einmal sacken lassen.

»Sie sind ... Privatdetektiv?«

»Ja.«

»So einer wie ich?«

»Nein. Ein echter.«

»Ein echter?«

»Ja. Ich mache das beruflich. Professionell. Ich lebe davon.«

»Wow! Wär ich nicht drauf gekommen. Aber passt. Ich hätte fast schon gedacht, Sie sind Analytiker.«

»Wieso ausgerechnet Analytiker?«

»Ich kenne die Typen.«

»Woher?«

»Ich war selbst mal einer.«

»Sie? Analytiker?«

»Ja.«

»Ich dachte, Sie waren Pfarrer?«

»Ich war beides. Gestatten: Emil Bär, Expfarrer, Expsychoanalytiker.«

Er reichte mir die Hand.

Ich streckte ihm meine entgegen.

»Angenehm. Philipp Marlein, echter Privatdetektiv.«

Wir schüttelten die Hände.

Soso. Emil Bär, Expfarrer und Expsychoanalytiker. Ich hatte

den Typen total unterschätzt. Der Suffkopf hatte sich als Intellektueller entpuppt.

Nachdem wir uns einander vorgestellt hatten, schwiegen wir eine Weile. Zu viele Enthüllungen und Überraschungen auf einmal, die verarbeitet werden wollten.

Wir starrten beide die weiße Madonna an, als erwarteten wir eine Erklärung für all das von ihr.

Bär fand als Erster die Sprache wieder.

»Und Sie sind also auch unterwegs nach Altötting?«

»Ja.«

»Machen Sie eine Wallfahrt mit?«

»Nein. Ich fahre mit dem Auto hin.«

»Und was suchen Sie dann hier in München? Warum dann Uni und Hofbräuhaus und Frauenkirche?«

»Das Hofbräuhaus einfach nur, weil ich noch nie drin war und es auf dem Weg lag und ich Hunger hatte. Die Frauenkirche, weil ich genau wie Sie von dieser Altötting-Kopie gehört habe. Aber in erster Linie habe ich einen Zwischenstopp in München eingelegt, um Professor Schowin einen Besuch abzustatten. Er lehrt an der Ludwig-Maximilians-Universität. Waren Sie etwa auch bei ihm?«

»Nein, ich war bei Frau Dr. Zullinger.«

»Wer ist das?«

»Sie ist Dozentin an der katholischen Fakultät. Die führende Expertin in Deutschland zum Thema Matriarchat. Weiß auch viel über die Marienverehrung. Und wer ist dieser Professor Schowin?«

»Er ist Dozent an der katholischen Fakultät. Der führende Experte in Deutschland zum Thema Sekten. Weiß auch viel über die Marienverehrung.«

»Warum haben Sie einen Marienexperten aufgesucht?«

»Warum haben Sie eine Marienexpertin aufgesucht?«

»Weil die Mädchen, die ich suche, ganz wild auf die Maria sind. Deswegen fahren sie auch nach Altötting.«

»Die junge Frau, die ich verfolge, ist auch ein Marienfan.«

»Maria ist wohl wieder schwer in Mode bei den jungen Leuten.«

»Ja, offenbar.«

Wie auf Kommando blickten wir wieder beide auf die prachtvolle Maria vor uns. Ich fragte mich, ob es vielleicht in Wirklichkeit die originale Altötting-Madonna war, die die Diebe hier versteckt und zur Tarnung weiß gefärbt hatten.

Was für ein Unsinn. Ich wurde bei dieser ganzen Mariengeschichte langsam, aber sicher reif für die Klapse.

Wir schwiegen. Es lagen noch viele unausgesprochene Fragen im Raum, aber offenbar wollte sie keiner von uns mehr stellen.

Wir waren uns als einander völlig Unbekannte in einer fremden Stadt binnen kürzester Zeit dreimal begegnet, und es hatte sich herausgestellt, dass hinter diesem Umstand weniger der Zufall steckte als vielmehr die Tatsache, dass wir beide ähnliche Aufträge hatten. Wir hatten uns über dieses Kuriosum oberflächlich ausgetauscht, aber damit schien die Sache nun auch erledigt zu sein.

Nach einer Weile stand Bär auf und strich seine Musikantenstadel-für-Arme-Klamotten glatt.

»Also dann, ich muss wieder weiter.«

»Okay. Ich wünsche Ihnen eine schöne Wallfahrt.«

»Danke. Vielleicht sehen wir uns ja in Altötting.«

»Glaube ich weniger. Bis Sie da hingewallfahrtet sind, habe ich meinen Auftrag hoffentlich schon längst erledigt.«

»Na dann viel Erfolg dabei. Ave Maria!«

»Ave Maria!«

Emil Bär verließ die Chorscheitelkapelle und ging Richtung Ausgang.

Ich blickte ihm nachdenklich hinterher.

60 Bär fällt

Wenn das so weiterging, glaubte ich auch noch an den Marienschmarrn.

Ein Wunder war passiert.

Das Wunder der Himmelsgöttin in der Frauenkirche München.
Vielleicht waren es auch nur die drei Maß vom Hofbräuhaus.
Vor einer Stunde noch hatte ich diesen Philipp Marlein für den Top-Vollpfosten Frankens gehalten.
Zu Füßen der Maria hatte sich unsere »Du Arschloch«-Beziehung verwandelt.
In so was wie eine »Der ist auch nicht auf der Brennsuppn dahergeschwommen«-Beziehung.
Kollegial.
Wir waren beide Privatdetektiv.
Wir waren beide in Sachen Maria unterwegs.
Wir waren beide auf dem Weg nach Altötting.
Ich war noch völlig marianisiert, als ich durch das Portal des Domes ins Freie schritt.
Die Sonne blendete mich.
Mein Blick fiel auf ein Schaufenster genau gegenüber dem Haupteingang vom Dom. Auffallender Schriftzug: »Kann denn schöne Wäsche Sünde sein?«.
Daneben eine Dame mit Idealfigur ohne Bekleidung. Bis auf BH, Höschen und Reizfluff. »Lise Charmel«.
Ein Name zum Merken. Wenn ich wieder mal privat in München sein sollte.
Eine passende Gespielin suchen.
Ich vertiefte mich in noch mehr Reizwäsche.
Ob die Maria im Dom drinnen auch so was unter ihrem Barockkostüm anhatte?
»Wir sind stark in großen Größen«.
Ich war auch stark interessiert an großen Größen.
»Große Cups bis H«.
H war groß. Ich hatte nie begriffen, nach welcher Logik BH-Größen entstehen. Aber dass H von den schwereren Kalibern war, wusste ich.
H wie Hofbräu. Haha. BH-Model Hofbräu.
In Klammern stand: »(aber auch Cup A)«.
Wahrscheinlich bedeutete A: A bissle kleiner. Oder Anfänger. Wie die Pumuckl-Tussi im Hofbräuhaus.

Über dem Schaufenster stand in güldenen Lettern: »Peintners Wäsche & Mieder am Dom«.

Dazu die interessante Information: »80 % der Frauen tragen die falsche BH-Größe.«

Ich dachte, ich habe den falschen Beruf ergriffen. Würde gerne in der Beratung des Ladens arbeiten. Vielleicht haben sie noch eine freie Stelle in ihrer »kompetenten Beratung mit viel Liebe zum Detail«. Teilzeit. Für mich. Ich würde auch als Lehrling antreten ...

Wie ein Schlafwandler war ich mit stierem Blick auf die weibliche Wäsche die Stufen vor der Frauenkirche hinuntergeschwebt.

Es war ein plötzliches Erwachen.

Ich flog dem Schaufenster entgegen und knallte auf das Pflaster.

In meinem linken Knie tat es einen Schlag.

Ich wusste sofort: Jetzt hat's ihn endgültig erwischt, den Hurenbock von Meniskus.

Ich rappelte mich hoch.

Fluchte.

Leute in Lodenmänteln und Gamsbarthüten und Einkaufstüten von Ludwig Beck, Dallmayr, Feinkost Käfer, Lodenfrey, Oberpollinger, Dior, Chanel, Hermès blieben stehen.

Schauten.

Gingen weiter.

Ich war zur Attraktion geworden.

Ich rieb mein Knie.

Ein Typ blieb stehen.

Ging nicht weiter.

Es war Marlein.

»Verfolgen Sie jetzt etwa mich?«, fragte ich.

Er schüttelte den Kopf.

»Zufall. Ich wollte auch grade raus. Und so viele Ausgänge hat die Kirche ja nun auch nicht.«

Er musterte mein Bein.

»Was ist passiert?«, fragte er.

Besorgt.

»Hing'haut hat's mich halt. Diese Vollidioten haben da eine Falle aufgebaut. Da machens ein halbes Dutzend Stufen vor den Ausgang vom Dom und gegenüber so ein geiles Schaufenster, wo den Blick nimmer wegkriegst.«

Marlein schaute, sah, lachte. Sagte: »Das ist allerdings kein Zufall.«

»Der Dom und das Miedergeschäft?«

»Ja. Es passt zu einer Theorie, von der ich gehört habe.«

»Und wie lautet die?«

»Religiöse Heiligtümer und Kultstätten für Fruchtbarkeit gehörten schon immer zusammen. Eine archaische Kombination.«

Denken konnte er, der Hundling.

Ich sagte: »Theorie hin oder her, ich kann auf jeden Fall nicht mehr hatschen.«

Marlein befingerte mein Knie.

Ich schrie ein paarmal: »Au!«

Er sagte: »Der Meniskus.«

Ich sagte: »Das hätt ich mir jetzt fast auch gedacht. Aber pfeif auf den Meniskus, das Schlimmste ist: Meine Wallfahrt nach Altötting ist jetzt im Arsch. Sechzig Euro umsonst bezahlt. Aber vielleicht krieg ich's zurück. Auch ohne Rücktrittsversicherung.«

»Ihre Sorgen möchte ich haben. Schwaben! Als wären sechzig Euro wichtiger als alles andere. Ja, mit einem solchen Knie kann man keine hundert Kilometer traben. Nicht einmal zehn. Höchstens einen – mit Krücken.«

»Vielleicht wird's wieder von selber besser. Die Selbstheilungskräfte ...«

»Und die Maria ... wer weiß, sind schon Dümmere durch Wunderheilungen geheilt worden.«

Das mit den Dümmeren überhörte ich.

Ich rappelte mich wieder auf.

Er stützte mich. War ja auch zwanzig Jahre jünger.

Ich sagte: »Da bleibt mir nix übrig, als den Fall abzugeben und nach Tal zurückzufahren. Ich ruf ein Taxi, zum Bahnhof.«

Ich hätte heulen können. Vor Enttäuschung.

Sagte: »Alles nicht so schlimm.«
Er sagte: »Sie müssen den Fall nicht abgeben. Sie müssen auch nicht zum Bahnhof fahren.«
»Wieso nicht?«
»Sie können mit mir zu meinem Auto kommen.«
»Was mach ich bei Ihrem Auto?« .
»Sie können mit mir nach Altötting fahren.«
»Was?«
»Sie wollen nach Altötting, ich will nach Altötting. Es spricht eigentlich nichts dagegen, dass ich Sie mitnehme – es sei denn, Sie haben so viel gebechert, dass sie mir während der Fahrt ins Auto kotzen.«
»Muss ich mir noch überlegen.«
Heulen hätte ich können.
Vor Freude.
Rührung.
Dass Franken so noble Typen hervorbringen kann. Wer hätte das gedacht?
Marlein sagte: »Ich bin gleich wieder da. Warten Sie hier und schauen Sie sich Ihren Wäscheladen noch mal ganz in Ruhe an. Und setzen Sie sich dazu am besten hin. Dann können Sie nicht wieder fallen vor lauter Geilheit.«
Er drückte mich auf meinen Hosenboden und verschwand.
Vielleicht ließ er mich einfach sitzen? Ich kam mir vor wie ein ausgesetztes Kind. Wie einem so ein Meniskus das Hirn versauen kann ...
In gefühlten fünf Minuten war er wieder da.
Mit Fahrzeug.
Ich sagte: »Was wollen Sie denn mit dem Dings da?«
Er sagte: »Das ist ein Rollstuhl. Die haben so was in den Touristenzentren immer parat. Für alte Deppen, die die Augen nicht von der Reizwäsche wegkriegen.«
Die alten Deppen überhörte ich. Wenn Fürther einen mögen, reden sie so. Original Fürther Charme.
Ich sagte: »Das seh ich. Aber zu was brauchen Sie einen Rollstuhl?«
»Sehr witzig, Bär! Der ist natürlich für Sie.«

»In so was hock ich mich nicht hinein!«

Marlein drehte sich mit seinem Rollstuhl um, schob Richtung Dom davon.

Ich schrie ihm nach: »He ... halt ... ich hab mir's überlegt. Ich hock mich doch nei!«

Marlein kam zurück.

»Warum nicht gleich vernünftig?«

Sagte er, als wär er mein Papa, der junge Spund!

Ich hievte mich mit seiner Hilfe in den Rollstuhl.

»Aber lenken S' fei gscheit!«, ermahnte ich ihn.

»Halten Sie die Waffel, Bär!«, sagte er und schob.

Schweigend.

Er schob gut.

Er schob phantastisch.

Er konnte das. Als hätte er einen Führerschein für Rollstuhl gemacht.

Ich kam mir vor wie auf der Couch. Mobile Couch. Als Analysand. Man schaut ins Leere. Oder zum Fenster hinaus. Oder in die Landschaft.

Mehr als tausendfünfhundert Stunden hatte ich zugebracht. Auf der Couch. In meinem früheren Leben.

Lehranalyse I bei einem Chinesen aus Malaysia. In Australien. Wo einen das Leben so rumirren lässt!

Lehranalyse II bei einer strengen Kleinianerin in Sydney. Natürlich lange schwarze Haare, wie Melanie Klein. Klein wie Melanie Klein. Humorlos wie Melanie Klein.

Lehranalyse III bei einer großen Strengen in Würzburg. Ich wusste, ich würde sie wiedersehen, vielleicht für den Rest meines beruflichen Lebens, am Institut. Das behinderte meine Mitteilungsfreude. Alles im Liegen. Wenn man sich nicht sieht, redet man anders miteinander. Oder aneinander vorbei. Jedenfalls anders.

Hinter mir mein Schlapphut-Analytiker. Er redete nicht viel, wie alle Analytiker. Obwohl er keiner war. Aber von der Gesprächigkeit her hätte er einer sein können.

Meine Hände lösten langsam die eiserne Verklammerung mit den Stuhllehnen.

München leuchtete wieder.
Ich kam mir vor wie der Papst auf einer Sänfte, von einem Dutzend Eunuchen getragen.
Begann, mich mit meinem Schicksal zu versöhnen.
Man gönnt sich ja sonst nichts.

61 Marlein und das zusammengesetzte Puzzle

Zwei Stunden später waren wir unterwegs Richtung Altötting.
Ich hatte Emil Bär mittels Rollstuhl und U-Bahn zu meinem Auto geschafft. Den Rollstuhl hatte ich in meinem Kofferraum verfrachtet. Ich hatte eine Kaution dafür hinterlegen müssen und wollte ihn auf dem Rückweg von Altötting nach Fürth wieder abliefern.

Nachdem wir anfangs während der Fahrt Small Talk gemacht und einige Banalitäten und Plattitüden ausgetauscht hatten, schwiegen wir nun schon eine Weile.

Wahrscheinlich grübelten wir beide darüber nach, was uns wohl zu dieser unerwarteten Fahrgemeinschaft zusammengeführt hatte: der Zufall, das Schicksal, gemeinsame Interessen – oder die göttliche Fügung der Jungfrau Maria.

Ich hatte Bär nicht ganz die Wahrheit gesagt, als ich ihn vor dem Dessousgeschäft aufgelesen hatte. Ich war nämlich nicht zufällig des Weges gekommen, sondern ich war ihm tatsächlich gefolgt. Mir war in der Frauenkirche nach unserem Gespräch urplötzlich der Gedanke in den Kopf geschossen, dass ich einen wie Bär eigentlich ganz gut als Kompagnon gebrauchen konnte: Als Expfarrer und Expsychologe brachte er beste Eigenschaften mit für Ermittlungen in einem Fall, in dem es um völlig durchgeknallte Marienjüngerinnen ging.

Das überraschte mich selbst, denn eigentlich war ich ein klassischer Einzelgänger. Ich konnte es nicht leiden, wenn mir jemand ins Handwerk pfuschte, und deshalb liebte ich auch meinen Status als selbstständiger und alleine agierender Privatdetektiv so sehr, trotz der vielen Widrigkeiten dieses Berufes: Ich war mein eigener Herr, ich konnte *mein* Ding durchziehen, ich musste keine Rücksicht nehmen und keine faulen Kompromisse eingehen. Umso mehr wunderte mich dieser plötzliche Wunsch nach einem Partner bei diesem Job.

Doch wenn ich jetzt darüber nachdachte und das Ganze analysierte, war es weniger das Bedürfnis nach Zweisamkeit gewesen, das den Ausschlag für meine Entscheidung gegeben hatte, als vielmehr das Gefühl, dass Bär und ich nicht nur ähnliche Aufträge hatten, sondern dass wir vielleicht hinter genau derselben Sache her waren – es gab einfach zu viele Parallelen, als dass es Zufall sein konnte.

Ich beschloss, dieses Gefühl auf seinen Wahrheitsgehalt zu überprüfen, und nahm den Faden unserer unvollendeten Unterhaltung in der Frauenkirche wieder auf.

»Wir hatten vorhin über die neue Beliebtheit der Gottesmutter Maria gesprochen.«

Ich schien Bär aus tiefer gedanklicher Versunkenheit gerissen zu haben. Er brauchte einen Moment, bis er geistig anwesend war und antworten konnte.

»Ja, diese Marienverehrung grassiert wie eine Epidemie. Jedenfalls bei uns im Allgäu. Kempten. Füssen. Sonthofen. Und es sind hauptsächlich junge Leut ... die sich abkapseln von den älteren in den Pfarrgemeinden. Maiandachten sind im Schwang ...«

»Und hinter solchen jungen Leuten sind Sie wohl her?«

»Ja. Meine Nachbarin im Allgäu, die hat zwei Töchter. Maja heißt die eine, die ältere. Grad über achtzehn. Käsi die jüngere. Sechzehn. Das sind solche, die sich abkapseln. Die sind nach Altötting gefahren.«

»Ganz alleine?«

»Nein, mit ihren Marienfreundinnen, mit denen sie immer wie die Vergifteten ihre privaten Maiandachten feiern. Meine Nachbarin hat eine Riesenangst, was die so treiben. Sie möchte wissen, wo genau ihre Töchter stecken. Und was sie vorhaben.«

»Andere Mütter wären froh und glücklich, wenn ihre Töchter auf Wallfahrt gehen und Maiandachten feiern würden.«

»Ja, schon, aber diese Maiandachten sind anders als andere. Sie dauern auch ganz schön lang. Bis nach Mitternacht.«

»Die Mädels sind halt besonders fromm.«
»Von wegen fromm.«
Und Emil Bär schilderte mir ausführlich seine Erlebnisse mit der Allgäuer Dorfjugend.
Als ich hörte, dass die jungen Gören dort in irgendwelchen abgelegenen Mariengrotten offenbar wahre Sexorgien feierten, klingelte es in meinem Hirn wie bei einem Feueralarm. Die Übereinstimmungen wurden immer augenfälliger. Und der Verdacht, dass wir beide hinter Angehörigen derselben Sekte her waren, erhärtete sich immer mehr.
Als er mit seiner Erzählung fertig war, sah mich Bär erwartungsfroh an.
»Okay. Und jetzt sind Sie dran, Marlein.«
»Womit?«
»Verarschen Sie mich nicht. Ich habe Ihnen gerade alles über meinen Fall berichtet. Jetzt will ich auch etwas über Ihren wissen.«
»Da gibt's nicht viel zu berichten. Es ist im Prinzip alles genau wie bei Ihnen. Eine Marienverehrerin, die mit Gleichgesinnten Orgien feiert und jetzt nach Altötting gefahren ist.«
»Und warum verfolgen Sie diese Frau?«
Ich überlegte einen Moment.
»Das darf ich Ihnen leider nicht erzählen. Sie wissen ja, ich bin von uns beiden der Typ, der das professionell macht. Ich habe eine Schweigepflicht meinen Klienten gegenüber.«
»Das ist nicht Ihr Ernst, Marlein! Ich schütte Ihnen mein Herz aus, und Sie sind stumm wie ein Stockfisch. Ich spiele mit offenen Karten, und Sie tricksen herum. So geht das nicht!«
»Erzählen Sie mir doch keinen Bullshit, Bär! Sie spielen so wenig mit offenen Karten, wie San Marino die nächste Fußballweltmeisterschaft gewinnen wird. Ich würde Ihnen alles sagen, was ich weiß, wenn Sie das auch tun würden.«
»Wie meinen Sie das?«
»Genau so, wie ich es sage. Sie verschweigen mir etwas. Sie glauben doch nicht ernsthaft, dass ich Ihnen abnehme, dass eine Mutter Sie ihren Töchtern – von denen noch dazu eine schon volljährig ist – bis nach Altötting hinterherschickt, nur weil sie

ab und zu ein bisschen was trinken und ein bisschen mit Jungs rummachen. Da muss doch noch etwas anderes dahinterstecken! Entweder wir holen jetzt beide unsere Asse aus dem Ärmel und legen alles auf den Tisch, was wir an Wissen haben, oder wir lassen es ganz bleiben.«

Er faltete seine Hände. Vielleicht, um für sein Seelenheil zu beten. Vielleicht, um für mein Seelenheil zu beten. Vielleicht, um einfach nur seine Finger aufzuräumen.

Dann nickte er.

»Also gut. Sie haben recht. Aber ich warne Sie: Die Geschichte ist ziemlich unappetitlich. Zum Kotzen.«

»Ich bin kein Ponyhofbewohner, Bär. Raus mit der Sprache.«

Und er erzählte mir die Geschichte von der Posserhofbäuerin und der ersoffenen Lea und den gefundenen Säuglingen mit den herausgerissenen Herzen und den kinderlosen jungen Müttern und dem Hund vor seiner Tür und den durchgeschnittenen Kabeln an seinem Auto und wie er fast unter den Zug gekommen wäre.

Ich riss das Auto abrupt nach rechts rüber auf den Standstreifen und hielt an.

Ich brüllte: »So eine Scheiße! So eine gottverdammte Scheiße!«

Bär blickte mich verwirrt an.

»Warum regen Sie sich so auf, Marlein? Mir ist doch nichts passiert. Noch lebe ich!«

Ich schüttelte verärgert den Kopf.

»Es geht doch nicht um Sie, Bär! Sie sind mir scheißegal. Ein Rentner weniger, sozialverträgliches Frühableben, wunderbar. Es geht um die Säuglinge! Diese verdammten Marienpsychopathen tun es tatsächlich: Sie murksen kleine Kinder ab!«

Bär zog eine Schnute. Dann öffnete er die Tür und machte Anstalten, auszusteigen.

»He, Bär! Wo wollen Sie denn hin?«

»Ich hole den Rollstuhl aus dem Kofferraum und fahre damit alleine weiter nach Altötting.«

Ich zog ihn zurück auf den Beifahrersitz.

»Jetzt seien Sie doch nicht gleich eingeschnappt! So habe

ich das nicht gemeint. Tut mir leid. Aber das mit den ermordeten Säuglingen hat mich so sehr erschüttert, dass ich anhalten musste, sonst hätte ich einen Unfall gebaut.«

Bär zog die Tür wieder zu.

»Wieso hat Sie das so erschüttert? Sie machen nicht den Eindruck, als wären Sie der große Kinderfreund. Haben S' wohl selbst eine ganze Rasselbande zu Hause?«

»Nein, ich habe kein einziges Kind – zumindest keines, von dem ich wüsste. Aber was Sie mir gerade erzählt haben, hat fundamentale Auswirkungen auf meinen Fall. Es macht das, was bisher nur eine graue Theorie war, zu einer grausamen Wirklichkeit.«

Und ich erzählte ihm meine ganze Geschichte. Vom Auftrag von Frau Gaulstall. Von Lena Wiga und ihrem verschwundenen Babybauch. Von dem Telefonat, das ich belauscht hatte. Von unserer Marientour und der Gruppensexorgie. Von der Religio Mariae und was ich darüber von Lena Wiga selbst und von Professor Schowin erfahren hatte. Von den Kapiteln der Sektenbibel, die ich gelesen hatte. Von der Durchsuchung von Lena Wigas Wohnung und dem Hinweis auf die Große Zeremonie, die in der Altöttinger Marienwallfahrtskirche stattfinden würde.

Als ich fertig war, hielt ich erschöpft inne.

Bär starrte betreten vor sich hin.

Die Autos rasten an uns vorbei.

Nach einer Weile sagte ich: »Wir haben verschiedene Puzzleteile. Sie haben Marienverehrerinnen und tote Säuglinge und wissen nicht, warum und von wem sie ermordet wurden. Ich habe eine Marienverehrerin und ein verschwundenes Kind und weiß nicht, was mit ihm passiert ist. Und wir haben das Wissen über eine Sekte, die Maria als Große Göttin verehrt. Dieses Teil ist das, das die beiden anderen miteinander verbindet. Wir müssen das Puzzle einfach nur noch zusammensetzen.«

Ich trommelte mit meinen Fingern auf das Lenkrad.

»Ich bin mir sicher, dass sowohl Lena Wiga als auch Ihre Teenager lokalen Gruppen der Religio-Mariae-Sekte angehören. Dass es bei dieser Sekte Brauch ist, wilde Orgien zu feiern, und dass diese Sekte von ihren überwiegend weiblichen Angehörigen

verlangt, ihre männlichen Erstgeborenen zu töten. Dass in diesen Tagen alle Mitglieder der Sekte aus ganz Bayern nach Altötting kommen, um sich dort zu treffen. Dass sie in der dortigen Wallfahrtskirche eine Große Zeremonie feiern wollen.«
 Ich stockte kurz, dann sprach ich es aus.
 »Und dass sie bei dieser Zeremonie Lena Wigas Kind rituell schlachten werden.«

62 Bär betet

Ein Hundling war er schon. Ein sturer. Der Marlein. Aber ein Hundling mit Hirn. Denken konnte er wie ein Fuchs. Kombinieren wie ein Schachcomputer. Schlussfolgern wie Sherlock Holmes.
 Er hatte es auf den Punkt gebracht: »… und dass sie bei dieser Zeremonie Lena Wigas Kind rituell schlachten werden«.
 Den Nagel auf den Kopf getroffen. Unglaublich!
 Ich sagte: »Da könnt was dran sein.«
 Er warf mir einen schrägen Blick zu.
 Hatte wohl mehr Begeisterungsstürme von mir erwartet.
 Es *war* ein Begeisterungssturm.
 Marke Allgäu.
 Seine Sturheit siegte über seinen Stolz.
 Er sagte: »Dieser Professor Schowin ist eine totale Null. Schätzt diese Sekte völlig falsch ein. Hält sie für harmlos und die Marienverehrung für positiv. Was hat eigentlich Ihre Frau Doktor zu dem Thema gesagt?«
 »Die Dr. Zullinger? Sie meint, die Ur-Religion ist eine Weiberreligion gewesen, der katholische Marienkult ist ein Ableger davon, ein degenerierter, domestizierter, sublimierter. Auf Deutsch heißt das: Aus der großen Göttin ist eine kleine Maria gemacht worden. Aus der Himmelskönigin eine Stallmagd. Die Tigerin ist zu einem Hauskätzchen geschrumpft …«
 Marlein warf ein: »Ja, und die Religio Mariae will aus dem Hauskätzchen wieder eine Tigerin machen. Sie will die alte

Weiberreligion wieder einführen. Sie behauptet, mit dem Matriarchat wäre das Leben friedlicher, glücklicher, lustvoller.«

Ich fragte: »Ist sie eigentlich auch lustvoll ... ich meine sexy, Ihre Lena Wiga?«

Er hatte plötzlich Sprachstörungen.

»Äh ... na ja ... sie sagt, sie glaubt an eine Religion, die dem Sex positiv gegenübersteht.«

»Das ist keine Antwort auf meine Frage.«

»Sagen wir mal so: Sie ist keine, die man nur mit verbundenen Augen vögeln könnte.«

»Haben Sie sie denn gevögelt?«

Er schwieg, wechselte dann abrupt das Thema.

»Was spielt das für eine Rolle, ob sie ein Barbiegesicht hat oder eine Hackfresse, ob ich sie flachgelegt oder mit ihr Schach gespielt habe? Fakt ist, dass sie schwanger war und es nicht mehr ist und dass ihr Kind verschwunden ist und dass ich es finden will, bevor ihm auch das Herz herausgerissen wird.«

Gut, das mit dem Sex war wohl nicht so sein Thema. Ich schnaufte durch und sagte: »Fassen wir noch mal zusammen, Marlein. Sie haben eine junge Frau ohne Kind, aber mit einer neuen geilen Religion. Ich hab junge Frauen ohne Kinder, eine davon tot, tote Kinder ohne Mütter, exschwangere Frauen, und der gemeinsame Nenner ist ...«

»... die Maria. Der neue Kult. Ob tot oder lebendig, schwanger oder noch nicht, ob Fürth, Tal oder Kempten – immer spielt die Maria eine Rolle.«

»Ja, richtig. Und jetzt die Schwarze Madonna. Von Altötting. Ob die in Altötting ein Nest haben? Da fallen sie nicht so auf, da pilgern Tausende hin, in den Gnadenort Altötting.«

»Wir werden das Problem schon noch lösen.«

Mein Schlapphut überholte einen Laster, ich faltete meine Hände zum Gebet, bremste, mental, sagte: »Bis jetzt haben wir eine ganz interessante Theorie. Ziemlich gewagt. Unglaublich gewagt. Und ein paar Indizien, die dafürsprechen.«

Er lächelte wieder.

Ich sagte: »Aber auf Ihre wunderbare Theorie ist g'schissen, solange wir keine Beweise haben.«

»Warum glauben Sie, lieber Bär, steh ich auf dem Gas? Wir müssen Beweise finden. Schnell. Handfest. Wasserdicht.«
»Also. Dann Tempo. Nach Altötting. Gnadenort. Hoffentlich ist uns die Maria gnädig. Bei der Fahrweise!«
Marlein sagte nichts. Zog seinen Schlapphut tiefer. Die Entschlossenheit in Person.
Er gab Gas.
Vollgas.

63 Marlein und das spirituelle Herz

Wir fuhren in Altötting ein.
Winnetou und Old Shatterhand ritten auf ihrem Stahlross in die vom Bösen besetzte heilige Stadt, um sie zu befreien.
Die letzten edlen Ritter, unterwegs im Auftrag des Herrn.
Allerdings eher zwei Ritter von der traurigen Gestalt.
Aber man kann eben nicht alles haben.
Wir stellten mein Auto auf einem Park-and-ride-Parkplatz am Bahnhof ab. Ich holte den Rollstuhl aus dem Kofferraum und verfrachtete Bär hinein. Am Bahnhof gab es einen kleinen Kiosk, an dem ich mir einen Kurzführer über den Wallfahrtsort Altötting kaufte. Mein Blick fiel auf die dicken schwarzen Lettern der Schlagzeile einer Boulevardzeitung: *Gestohlene Schwarze Madonna – steckt al-Qaida dahinter?*
Ich fragte die Kioskverkäuferin, welchen Weg wir nehmen müssten, um zum Wallfahrtszentrum zu kommen. Sie sagte, wir bräuchten nur die Bahnhofsstraße entlanggehen, die würde direkt dorthin führen.
Also taten wir das, und fünfhundert Meter Fußmarsch und Rollstuhlschieben später standen wir auf dem Kapellplatz.
Es wuselte nur so vor Menschen, aber wir fanden noch einen freien Eckplatz auf einer der zahlreichen Bänke. Ich stellte den Rollstuhl daneben ab, setzte mich und las aus dem Kurzführer vor, während Emil Bär andächtig zuhörte.

»Altötting ist der bedeutendste Marienwallfahrtsort Deutschlands und einer der bekanntesten Wallfahrtsorte der Welt, das bayerische Nationalheiligtum und das spirituelle Herz des Christentums in Europa.
Der Kapellplatz, Zentrum und Mittelpunkt der Stadt, ist seine innere Herzkammer. Aus jeder Richtung mündet ein Zugang auf diesen Platz, getreu dem alten bayrischen Spruch ›Von jeder Haustür geht ein Weg nach Altötting‹. Beherrscht wird der weitläufige barock gestaltete Platz mit seinen vielen großen Rasenflächen von der Heiligen Kapelle bzw. der Gnadenkapelle, die zwar klein und bescheiden an Gestalt, aber groß und mächtig an Bedeutung ist und mehr beeindruckt als all die imposanten kirchlichen und weltlichen Repräsentationsgebäude verschiedener Stilrichtungen, die den Kapellplatz einrahmen und ihn schützend umgeben.
Der Kernbau dieser Kapelle, das Oktogon (ein achteckiger Turm), ist um das Jahr 700 entstanden und damit einer der ältesten bestehenden Kirchenbauten Deutschlands. Das Oktogon beherbergt seit ca. 1380 das Gnadenbild, die weltberühmte ›Schwarze Madonna‹, eine 64 cm hohe, aus Lindenholz geschnitzte, seit 1518 gekrönte und kostbar gewandete Marienstatue aus der Frühgotik, der wundersame helfende und heilende Kräfte zugeschrieben werden und zu der die Menschen seit mehr als 500 Jahren ihre Nöte, Sorgen und Krankheiten tragen.
Sie ist das eigentliche Ziel der über eine Million Wallfahrer, die alljährlich nach Altötting pilgern (darunter auch bereits drei Päpste: Pius VI. 1782, Johannes Paul II. 1980 und Benedikt XVI. 2006).
Neben der ›Schwarzen Madonna‹ befinden sich im Oktogon noch zahlreiche wertvolle Kunstgegenstände aus Silber sowie die berühmten silbernen Herzurnen, in denen insgesamt 28 bayerische Könige (unter anderem auch ›Märchenkönig‹ Ludwig II.) und Kurfürsten nach ihrem Tod ihre Herzen bestatten ließen.
Der Altöttinger Kapellplatz mit der Heiligen Kapelle gilt als einer der schönsten Plätze Deutschlands und ist ein wahrhaft magischer Ort.«

Ich klappte das Büchlein zu und stieß meinen Ellbogen in die Seite von Emil Bär, um ihn aus der tiefen Meditation zu reißen, in die er versunken zu sein schien.

»Kommen Sie, Bär, wir sehen uns die Schwarze Madonna an.«

»Die ist doch gar nicht da. Ist doch geklaut.«

»Macht aber gar nicht so den Eindruck. Hier ist die Hölle los, und in die Gnadenkapelle strömen unentwegt Menschen.«

»Die wollen alle die Gestohlene sehen, bevor sie wieder auftaucht und als Nicht-Gestohlene zu sehen ist. Ihre Abwesenheit macht die Schwarze Madonna anscheinend noch attraktiver als ihre Anwesenheit. *Selig, die nicht sehen und doch glauben.*«

Ich schipperte mit Bär hinüber zur Gnadenkapelle.

Wir drehten zunächst eine Runde in dem überdachten Umgang, der das Kirchlein umgab. Seine Wände und sogar seine Dachschrägen waren komplett mit Votivtafeln zugepflastert, was alleine schon diesem Ort eine ganz eigene Atmosphäre verlieh. Es waren gerahmte Gemälde unterschiedlichster Art: kleine und größere, ganz alte und ganz neue, manche in matten und dunklen, andere in grellbunten und schrillen Farben gemalt, manche Darstellungen so ungelenk, einfach und naiv wie Kinderzeichnungen, andere komplex und künstlerisch hochwertig. Aber den grundsätzlichen Aufbau und einige Merkmale hatten praktisch alle gemeinsam: Am oberen Bildrand war die Schwarze Madonna abgebildet, in der Mitte des Bildes wurde ein Unfall, eine Krankheit oder ein anderes schreckliches Ereignis dargestellt, und am unteren Bildrand stand ein Erläuterungstext mit einer Datierung.

Die Gemälde zeigten teilweise dramatische Szenen: von Erschießungen bedrohte Kriegsgefangene, Raubüberfälle, Hundebisse, Schiffsuntergänge, Flugzeugabstürze, Eisenbahnentgleisungen, Kinder in eisernen Lungen, Auto- und Motorradunfälle, Operationen am offenen Herzen, Mordversuche, Geburtskomplikationen, in Köperöffnungen kriechende Schlangen, allerlei Gemetzel und Massaker aus diversen Kriegen, Pfählungsverletzungen, Stürze aus Fenstern und von Pferden, Naturkatastrophen wie Brände, Überschwemmungen und

Erdbeben, psychische Erkrankungen, von Traktoren überrollte Landwirte – und in allen Fällen hatte Maria geholfen und gerettet.

Superman war ein Dreck dagegen – mit Superwoman Maria konnten weder er noch James Bond mithalten. Noch nicht einmal ihr eigener Sohn mit seinen Wunderheilungen, die man an zwei Händen abzählen konnte. Mama rechnete in Kategorien mit ein paar Nullen mehr dran.

Ich klopfte Bär auf die Schulter.

»Na, Bär, wollen wir auch ein solches Ding malen? Vielleicht hilft uns die Schwarze Madonna dann bei unserer Suche.«

Bär stöhnte.

»Sie haben das Prinzip nicht kapiert, Marlein. Eine Votivtafel steht nicht für eine Bitte, sondern für einen Dank. Das können wir machen, wenn wir erfolgreich waren.«

»Und was sind das für Dinger?«

Ich deutete auf einige Krücken, Prothesen sowie aus Holz, Wachs, Metall und Keramik nachgebildete Körperteile, die an einer Stelle der Wand angebracht waren.

»Geformte Votivgaben.«

»Ziemlich schräg.«

»Das hier ist noch viel schräger.«

Bär nickte in Richtung zweier Frauen, die gerade an uns vorbeigingen. Wobei nur eine von beiden wirklich ging – die andere rutschte auf Knien an uns vorbei. Beide trugen große, schwere Holzkreuze auf den Schultern und murmelten Gebete.

»Das wär doch was für Sie, Marlein. Schauen Sie, hier unten liegen die Holzkreuze. Sie können sich auch eines nehmen und damit die Gnadenkapelle umrunden, so wie diese frommen Damen hier. Am besten auch auf den Knien, das wirkt demütiger. Und dabei können Sie ja die Schwarze Madonna um Erfolg für unsere Mission bitten. Und Buße tun für Ihre Sünden.«

»Und Sie, Bär?«

»Ich sitze schon im Rollstuhl, das ist Buße genug. Und ein schweres Kreuz habe ich auch: Ich muss Ihre Gesellschaft ertragen.«

Ich überlegte einen Moment, ob ich ihm für diese Frechheit

eine der Beinprothesen über den Schädel ziehen sollte, ließ es aber dann doch bleiben.
Wir wollten schließlich kein Aufsehen erregen.
Das mit dem Auffallen war sowieso ein Problem, das ich noch mit Bär besprechen musste.
Aber jetzt war ich trotzdem erst einmal neugierig auf das Innerste der »inneren Herzkammer«. Ich wollte in das Zentrum des Heiligtums hinein, wollte endlich den Grund für diesen ganzen Hype sehen.
Vor dem Eingang zur Gnadenkapelle hatte sich eine lange Menschenschlange gebildet, und wir mussten uns hinten anstellen. So lästig das Rollstuhlgeschiebe auch war, jetzt brachte es einen Vorteil: Wir wurden von den meisten Anstehenden vorgelassen.
Vor der Tür, die in die Gnadenkapelle führte, stand ein Mann, der Flugblätter verteilte. Er drückte auch mir eines in die Hand. Ich überflog den Text, der in Deutsch und Englisch verfasst war:

Verehrte Gläubige,
wie Sie sicherlich aus den Medien erfahren haben, wurde die »Schwarze Madonna« entwendet.
Bis zu ihrer Wiederbeschaffung haben wir sie durch eine originalgetreue Kopie ersetzt, die bisher im Wallfahrtsmuseum am Rande des Kapellplatzes ausgestellt war. Diese Kopie trägt auch das originale Gewand und die originale Krone der »Schwarzen Madonna«, da die Täter diese Dinge zurückgelassen haben.
Wir sind überzeugt, dass die Wundertätigkeit der Gottesmutter Maria in Altötting durch diesen Umstand keine Einschränkung erfährt, ja im Gegenteil, dass durch diese boshafte Tat die Verbindung zwischen den Gläubigen und Unserer Heiligen Frau nur noch enger und intensiver wird.
Wir wünschen Ihnen einen gnaden- und segensreichen Besuch in der Heiligen Kapelle in Altötting.
Ave Maria!

Ich reichte das Blatt an Bär weiter.
»Schau her, ist doch eine Schwarze Madonna da. Und manchmal ist die Kopie ja besser als das Original.«

Bär las den Flyer und schüttelte den Kopf.
»Seltsam, dass die Diebe das Gewand und die Krone dagelassen haben.«
Ich nickte. »Ja, das finde ich auch.«
Und dann betraten wir den Kultort.
Und tauchten ein in mystisches Halbdunkel.
Das war der erste Eindruck: Es war verdammt düster in der Gnadenkapelle von Altötting. Es gab nur einige schmale Fensterchen hoch oben in Deckennähe, die sehr wenig Tageslicht hereinließen, und die Wände waren doch tatsächlich komplett mit schwarzer Farbe gestrichen. Wenn ich es nicht besser gewusst hätte, hätte ich mich spontan in einer Satanskirche gewähnt, in der schwarze Messen zelebriert wurden.

Wir fanden uns zunächst in einer Art Vorraum wieder.

Ein Mittelgang lief auf ein schmales Rundbogenportal zu, durch das man dann wohl endlich ins innerste Heiligtum gelangte.

Rechts und links neben dem Zugang zum Innersten befanden sich hohe marmorne Seitenaltäre mit großformatigen Gemälden, die von brennenden Kerzen beschienen wurden. Auf dem Gemälde auf der rechten Seite hielt Maria den neugeborenen Jesus in ihren Armen, auf dem Gemälde auf der linken Seite hielt Maria den toten Jesus in ihren Armen.

Da war sie wieder, die Mariendominanz: Maria war die zentrale Figur, die herrschende Göttin; Jesus war entweder zu jung oder zu tot, um als göttlicher Protagonist eine handelnde Rolle zu spielen und eine Wirkung auszuüben. Maria war schon da, bevor Jesus diese Welt betrat, und Maria war immer noch da, nachdem Jesus diese Welt wieder verlassen hatte.

Rechts und links des Mittelgangs, vor den Seitenaltären, standen gut gefüllte Bankreihen. Es herrschte andächtiges Schweigen, kein Mensch sprach ein Wort oder gab auch nur irgendeinen Mucks von sich.

Die Seitenwände waren komplett mit Votivtafeln zutapeziert, nur dass diese hier allesamt älteren Datums waren und eine eher gedeckte und erdige Farbgebung aufwiesen. Wer auch immer für die Innenarchitektur und die Dekoration in diesem Raum verantwortlich war, er hatte das mit der Düsternis konsequent durchgezogen.

Ich schob Bär im Rollstuhl auf das Portal zu.

An der Wand über dem Portal standen Dutzende aufwendig verzierte Votivkerzen, und im Giebelfeld direkt über dem Eingang war eine Schutzmantelmadonna abgebildet – als würde sie ihren Mantel heben, um die Gläubigen in ihre heilige Grotte hineinzulassen.

Vor ihr baumelte, an Ketten und einem langen Seil von der Decke herunterhängend, eine fette silberne herzförmige Urne, und ich fragte mich unwillkürlich, was sie wohl beinhaltete.

Die Mitleidstour zog erneut, denn das Oktogon war zwar gerammelt voll, aber für den armen Behindi im Rollstuhl machte man Platz, und so konnte ich mit Bär in den nur wenige Quadratmeter großen Raum einrollen.

Da waren wir also endlich: im ursprünglichsten und ältesten Teil der Kapelle, im achteckigen Turm, im Zentrum der bayerischen und deutschen Marienfrömmigkeit, im spirituellen Herzen Europas, im innersten Heiligtum Altöttings, im Allerheiligsten der Gnadenkapelle.

Ich hatte ja in den Tagen zuvor einiges an Kirchen gesehen, aber in keiner hatte ich eine solch außergewöhnliche Aura gespürt wie an diesem Kultort.

Drei Farben beherrschten diesen Raum und verliehen ihm eine einzigartige, magische Atmosphäre.

Die alles dominierende Farbe war Schwarz. Alle Wände waren komplett schwarz gehalten, und der Umstand, dass die hoch oben gelegenen Fenster hier noch schmaler waren und nur minimal Tageslicht hereinfallen ließen, tauchte den Raum in eine mystische Dunkelheit.

Die zweite wichtige Farbe war Silber. Unzählige silberne Dinge sorgten vor dem dunklen Hintergrund für kühle, edle Eleganz: zahlreiche silberne Votivgaben, die in großen gläsernen Schreinen aufbewahrt wurden; zu beiden Seiten des Altares kniende, beinahe lebensgroße Silberfiguren; und natürlich die vielen silbernen Herzurnen in den Nischen und an den Wänden des Achtecks.

Und die dritte Farbe, die ausschließlich dem Zentrum dieses Raumes, nämlich dem Altar, vorbehalten war, war – natürlich – Gold. Der Altar, dessen detailverliebte Reliefs von brennenden Kerzen beschienen wurden, erstrahlte in überwältigender Pracht und in himmlischem Glanz, sodass man inmitten der sonstigen Düsternis fast davon geblendet wurde.

Doch auch dieser Altar war noch nicht der allerletzte Mittelpunkt, sondern diente, wie der Kapellplatz und die Gnadenkapelle und das Oktogon, letztendlich nur als schöne Umrahmung des Gegenstandes, der in einem Schrein im Zentrum des Altares stand und der Ur-Grund und das Ziel aller Verehrung war: die Schwarze Madonna.

Der Name traf zu: Ihr Gesicht – und auch das des Jesuskindes, das sie auf dem Arm trug – war schwarz, was durch die gänzlich goldfarbene Umgebung noch betont wurde.

Madonna Nigra.

Ich betrachtete die Schwarze Madonna eine ganze Weile lang, und auf ihre Wirkung traf genau das zu, was ich auch über die Gnadenkapelle gelesen hatte: zwar klein und bescheiden an Gestalt, aber groß und mächtig an Bedeutung.

Sie beherrschte den Raum, die Kapelle, den Platz, die Stadt, das Land, den Kontinent.

Ihr Gewand und ihre überdimensionale Krone waren mit Gold, Perlen, Diamanten und Stickereien kunst- und prunkvoll verziert, und sie wirkte darin wie eine Königin.

Regina Bavariae.

Und wie eine Göttin.

Dea Magna.

Sie zog ihre Betrachter in den Bann, und niemand hier drinnen schien sich darum zu scheren, dass es sich nur um eine Kopie handelte und das Original gestohlen worden war.

Und sie zog selbst mich so in den Bann, dass es eine Weile dauerte, bis ich es schaffte, mich von ihrem Anblick loszureißen und mir wieder ins Bewusstsein zu rufen, warum wir eigentlich hier waren.

Dass wegen dieser Holzstatue neugeborenen Kindern die Herzen herausgerissen worden waren.

Und dass wegen dieser mittelalterlichen Kirchen-Barbie das Kind von Lena Wiga rituell geschlachtet werden sollte.

Ich packte den Rollstuhl und bahnte mir den Weg zurück aus dieser Gebärmutter-Grotte ans Tageslicht.

Draußen schob ich zu einer Bank etwas abseits, stellte Bär ab und setzte mich.

Ich blinzelte ein paarmal, um mich wieder an die Helligkeit zu gewöhnen, und klopfte meinem Kompagnon jovial auf die Schulter.

»Na, Bär, noch ganz ergriffen, was? Bei Ihnen als Expfaffe muss das doch einen spirituellen Orgasmus auslösen, einer solchen Ikone wie der Schwarzen Madonna so nahe zu kommen.«

»Überhaupt nix hat's ausgelöst. So viel Bigotterie schreckt mich eher ab.«

»Aber Bär, wie sind Sie denn drauf? Sind Sie vom Glauben abgefallen? Läuft bei Ihnen spirituell nichts mehr?«

»Ich bin spirituell voll potent, da läuft noch jede Menge. Aber nicht hier, in diesem überlaufenen Religionspuff.«

»Sie nennen Altötting ein geistliches Bordell? Wieso das denn?«

»Weil sich hier Abertausende die Klinke in die Hand geben und jeder mal drüberrutschen darf. Das ist kein Ort, wo mir einer abgeht, spirituell gesehen.«

»Und wo geht Ihnen einer ab, spirituell gesehen?«

»In den Bergen.«

»In den Bergen?«

»Ja.«

»Und warum gerade dort?«

»Ich weiß es nicht. Die Einsamkeit. Die Ruhe. Die Majestät der Natur. Die Nähe zum Himmel. Irgendwas davon. Oder alles zusammen. Oder etwas ganz anders, das ich noch nicht begriffen habe.«

Ein komischer Heiliger, dieser Emil Bär. Ich hatte tatsächlich gedacht, der Besuch der Heiligen Kapelle würde ihn tief beeindrucken und ihm runtergehen wie Öl, doch er schien ihn ziemlich kaltgelassen zu haben. Stattdessen war erstaunlicherweise ich derjenige, der ergriffen und fasziniert war.

Allerdings auch verstört – über ein bizarres Detail der Innenausstattung.
»Haben Sie diese Urnen an den Wänden gesehen?«
»Klar.«
»Da sind Herzen drin. Von bayerischen Königen.«
»Ja. Haben Sie vorgelesen.«
»Irgendwie makaber, oder? Das heißt ja auch, dass der Körper separat an einem anderen Ort beigesetzt wurde. Und das Herz hat man herausgeschnitten und hierhergebracht.«
»Und das erinnert an die toten Säuglinge im Allgäu. Da mussten die Körper zwangsläufig auch ohne Herz bestattet werden. Weil die Herzen herausgerissen worden waren. Wo sind sie? Man hat sie nicht gefunden.«
»Sie werden wohl kaum in Silberurnen aufbewahrt in einer Marienkapelle hängen.«

Die Erwähnung der toten Säuglinge rief mir den Zweck unseres Aufenthaltes in Altötting wieder ins Gedächtnis.

Und einen Gedanken, der mir bei unserem Gespräch im Umgang gekommen war.

»Wir haben ein Problem, Bär.«
»Nur eines?«
»Wir sind hier so auffällig wie ein Blauwal in einem Zierfischbecken. Es kann theoretisch jeden Moment passieren, dass uns Lena Wiga oder Ihre Mädels über den Weg laufen, und wenn sie merken, dass wir hinter ihnen her sind, ist alles verloren. Wir müssten es irgendwie einrichten, dass sie uns nicht erkennen.«

Bär zog die Stirn in Falten, dachte angestrengt nach.

Und dann hellte sich sein Gesicht auf.

Als hätte ihn die falsche Schwarze Madonna erleuchtet.

64 Bär klaut

Ich reckte mich in meinem Rollstuhl auf. Eine Idee hatte mich besucht. Vom Heiligen Geist. Oder der Jungfrau Maria.

»He, Kollege Marlein, ich hab da eine Idee!«

»So, welche denn?«

Ich sagte sie ihm, leise, damit niemand sie hörte. Er beugte sich zu mir runter. Lauschte.

Haute mir auf die Schulter.

»Klasse, Alter!«

So was von intim! Als hätten wir schon ein paar Hektoliter Bier miteinander getrunken.

Er schob mich wieder zurück Richtung Kapelle. Ich war jetzt allerdings nicht mehr der Einzige im Rollstuhl. Viele Stühle rollten. Zur Gnadenkapelle. Auf ein Wunder warten. So ein angerissener Meniskus müsste doch für die Schwarze Madonna eine Routine-OP sein. Spirituell.

Wir stellten uns in die Schlange, sie hatte sich mittlerweile verdreifacht, es war schlimmer als auf dem Oktoberfest.

Wir warteten.

Alle zehn Minuten schob mich Marlein einen halben Meter weiter. Dann wieder Stehen. Warten.

Ich sagte: »Das wird eine Lebensstellung hier.«

Er sagte nichts.

Ich nahm es als Zustimmung. Sagte: »Wenn ich etwas hasse, ist es Warten!«

»Sie müssen halt Geduld haben, Bär.«

»Eine Bärengeduld braucht man da. In Ihrem Alter hab ich auch noch Geduld gehabt. Sie haben zwanzig Jahre mehr Zeit übrig als ich, wenn wir uns sterbemäßig an die Statistik halten. Die paar Jährchen, die ich noch hab, will ich nicht meine Stunden damit vergeuden, Arschlöcher anzuschauen.«

»Wieso Arschlöcher?«

»Da sieht man, Marlein, dass Sie noch nie im Rollstuhl gesessen sind. Ich seh nur Ärsche. Tausende frommer Ärsche. Wenn das keine Arschkarte ist ... Und überhaupt, wie sollen wir dann durch diese Massen in die Sakristei kommen, falls wir es heute überhaupt noch bis dahin schaffen ...«

Marlein tat, was er am liebsten tat: Er schwieg.

Vielleicht war er auch im Stehen eingeschlafen.

Nein, auf einmal sagte er hinter mir: »Ich hab eine Idee. Es gibt hier doch Kirchen wie Sand am Meer. Und jede Kirche hat eine Sakristei. Und nicht alle sind so überlaufen wie dieses Häuschen im spirituellen Herzen Europas.«

Er schob mich westwärts, sagte: »Sehen Sie ...?«

»Die Basilika?«

»Ja, die Basilika. Die hat sicherlich eine Sakristei, die viermal so groß ist wie die in der Gnadenkapelle, da haben wir mehr Auswahl als in München beim Beck am Rathauseck!«

»Mensch, warum bin ich nicht auf die Idee gekommen? Nix wie hin!«

Marlein schob mich weiter in Richtung Basilika. Es ging leicht abwärts, er schob im Trab. Der und Geduld!

Ich sagte: »Wir sind fei net bei der Formel-1-WM ... lassen S' mich ja net los!«

»Keine Angst, ich brauch Sie noch.«

Es ist beruhigend, gebraucht zu werden.

»Da, linksrum«, dirigierte ich meinen Chauffeur, »da muss die Sakristei sein.«

Ich kannte mich aus mit Sakristeien und Kirchen, ich hatte vierzig Jahre als Pfarrer auf dem Buckel, da entwickelt man einen siebten Sinn für Kirchen und Sakristeien.

»Halt, hier muss sie sein. Oha, die Tür ist ja offen, nur hineinspaziert!«

Marlein sagte: »Jetzt ist es auch schon wurscht, wer da hineingeht oder raus, wo sie doch schon geklaut ist, die Madonna.«

»Vielleicht haben sie die Tür aufgelassen, dass der reumütige Räuber sie wieder zurückbringen kann.«

Am Haupteingang der Gnadenkapelle prügelten sich die Pilger fast um den Einlass, hier aber war tote Hose. Null Interesse.

Ich sagte: »Sie stehen Schmiere. Wenn wer kommt, zum Beispiel die Polizei oder einer, der ausschaut wie ein Messner, dann pfeifen S' einfach.«

»Was?«

»Wie, was?«

»Was soll ich pfeifen?«

»Ist doch wurscht, halt irgendwas, damit ich mich nicht erwischen lass.«

»*O Maria hilf?*«

»Nein, das singen die dauernd überall. Die ›Internationale‹ wär besser, die hebt sich deutlicher von dem Mariengedudel ab, da bin ich dann gleich voll alarmiert. Kennen Sie überhaupt die ›Internationale‹?«

Er sah mich verächtlich an. Pfiff: die ›Internationale‹. Astrein. Zwar ohne Text, aber Pfeifen geht auch nur ohne.

Ich sagte: »Respekt! Passt.«

»Und wenn wir erwischt werden?«

»Also, Sie pfeifen, und wenn ich die ›Internationale‹ hör, komm ich raus und mach mein Hosentürl zu, und wir sagen, wir hätten gedacht, das wär das Pissoir von der Basilika, und ich kann doch nicht meinen geliehenen Rollstuhl vollbrunzen … und so einen Schmarrn. Das glaubt man uns schon.«

»Ihnen auf alle Fälle!«

War das eine Beleidigung?

Ich würde das später klären. Sagte: »Los!«

Ich katapultierte mich aus meinem Rollstuhl.

»Au … verreck … mein Meniskus! Mein Knie!«

Marlein schaute stoisch mit seinem Leck-mich-am-Arsch-Blick. Er hatte auch noch zwei gute Knie, da schaut man noch lockerer.

Er hatte seinen Schlapphut wieder auf, damit keiner merkte, dass er unauffällig wie ein Radar im Dreihundertsechzig-Grad-Winkel Umschau hielt. Raffiniert.

Ich hinkte eilig Richtung Sakristei, tauchte in den Schatten der Basilika, war noch geblendet von der Sonne draußen. Ich erahnte einen Schrank. Alle Sakristeien dieser Welt, jedenfalls des christlichen Teils davon, sind gleich. Du machst den Schrank auf, und drin hängen eine Menge Kutten. Ganz ähnlich, wie in allen Notaufnahmen und Intensivstationen Bleigewänder für die Röntgenaufnahmen hängen.

Ich machte den Schrank auf. Hurra, da hingen sie, eine Auswahl wie beim NKD. Gierig griff ich danach.

Erstarrte.

Eine Stimme schallte mich aus dem Halbdunkel an: »Was machen S' denn da?«

Ich schaute mich um.

Die Stimme war in eine Uniform gehüllt.
Polizei.
Ich holte tief Luft.
Der Schmerz im Knie war auf wunderbare Weise verschwunden. Dafür erschienen Schweißperlen auf meiner Stirn.
Ich sagte: »Gelobt sei Jesus Christus!«
Der Polizist, totaler Ignorant, fragte: »Wer sind Sie?«
Ich lächelte milde. Senil.
»Gestatten: Pater Benefiz. Von den Pius-Brüdern. Die Münchner Wallfahrt kommt gerade an, und ich muss eine Messe lesen, und da brauch ich das Gewand.«
»A so!«
Gott segne seine Ignoranz.
Ich zog die Kutte drüber. Passte einigermaßen. Er wusste offenbar nicht, dass man zur Messe ein Messgewand anzieht und keine Mönchskutte.
Ich sagte: »Gut, dass Sie hier sind, Herr Kommissar. Nicht dass noch was geklaut wird. Weiß man denn schon was über die Schwarze Madonna?«
»Nein.«
»Auch keine heiße Spur?«
»Kein Kommentar. Wir ermitteln in alle Richtungen.«
Sie hatten also keine Ahnung.
Ich fragte scheinheilig: »Aber Sie haben doch sicher eine persönliche Theorie – mit Ihrer Erfahrung!«
Er war Streifenpolizist. Hätte mein Enkel sein können.
Ich nahm eine zweite Kutte aus dem Schrank.
Er sagte: »Ich glaub, das war irgend so ein Irrer. Da kommen doch jede Menge Übergeschnappte bei den Tausenden von Wallfahrern jeden Tag.«
»Ja, da ham S' recht.«
»Weil ein normaler Mensch klaut doch keine Schwarze Madonna. Die ist bekannt wie ein roter Hund, die kriegt er doch nirgends los.«
»Genau. Aber vielleicht hat sie einer geklaut, der sie daheim in seinem Schlafzimmer aufstellen will, dann hat er sie Tag und Nacht bei sich.«

»Pervers! Im Schlafzimmer!«

Ich nahm die zweite Kutte in den Arm, sagte: »Ich muss jetzt zur Messe!«

»Und zu was brauchen S' des da?«

Er deutete auf die Kutte unter meinem Arm.

»Die ist für meinen Mitbruder. Benefiz der Zweite. Der feiert nämlich auch Messe.«

»Zu zweit?«

»Ja, wir sind Stellenteiler.«

»Ja, gibt's des bei euch auch schon?«

»Ja …« Ich machte eine Pause, lächelte verschämt, hauchte: »Wir sind ein Paar!«

Er kriegte Augen wie Spiegeleier, ich sagte: »Mei, bin ich froh, dass Sie hier aufpassen, da kann wenigstens nichts mehr passieren, da ist man sicher vor den Irren.«

Ich verschwand, hörte ihn noch murmeln: »Pervers! Ein Paar!«

Die Sonne blendete mich.

Ich warf mich in den Rollstuhl.

»Wo bleiben Sie denn so ewig«, maulte mich mein Chauffeur an. »Und warum schwitzen Sie denn so, ist das Gewand so heiß?«

Ich reichte ihm die zweite Kutte nach hinten. Sagte: »Ich hab grad eine reizende Unterhaltung gehabt dadrin in der Sakristei.«

»Mit wem?«

»Mit der Polizei!«

»Verarschen Sie mich nicht, Bär!«

»Ehrlich!«

Ich berichtete ihm kurz, sagte dann: »Jetzt ziehen Sie Ihre Kutte an, da hinter der Kirchenmauer, ich sitz derweil Schmiere.«

Im Nu war er zurück, bekuttet, Kapuze auf, schaute aus wie der Quasimodo von Notre-Dame.

Ich zog mir die Kapuze über den Kopf, setzte meine Sonnenbrille auf, und Benefiz der Zweite schob mich durch die Menge zurück zur Gnadenkapelle.

65 Marlein und die vergebliche Suche

Verkleidet als Betbrüder machten wir uns auf die Suche nach Lena Wiga aus Fürth und nach Käsi und Maja aus dem Allgäu.
Doch sosehr wir auch rund um die Heilige Kapelle Ausschau hielten: von den gesuchten Damen keine Spur.
Die Zeit lief uns so langsam davon.
Wenn hier tatsächlich eine Große Zeremonie stattfinden sollte, hätten sie schon längst auftauchen müssen.
Nach einer Weile beschlossen wir, unseren Suchradius auszuweiten. Wir klapperten zunächst alle Kirchen ab, die sich in der Umgebung des Kapellplatzes befanden.
Dann suchten wir die in der Nähe liegenden Museen und Sehenswürdigkeiten auf.
Schließlich durchstreiften wir die zahllosen Devotionalienläden, die ein breit gefächertes Angebot an religiösen Gebrauchsgegenständen sowie Kunst und Kitsch für Touristen und Wallfahrer anboten.
Aber wir fanden keine Lena Wiga und keine Käsi und keine Maja.
Wir steuerten ein Café an und bestellten Wasser und Bier, wie zuvor im Hofbräuhaus.
Schweigend brüteten wir eine Weile vor unseren Getränken. Wir waren frustriert und deprimiert. Es sah so aus, als würde unsere Mission scheitern. Winnetou und Old Shatterhand waren in Altötting eingeritten, um den Bösewichten das Handwerk zu legen. Dumm nur, dass sich die Bösewichte erst gar nicht von ihnen finden ließen.
Nur um das bedrückende Schweigen zu brechen und überhaupt irgendwas zu sagen, fragte ich: »Wie geht's Ihnen, Bär?«
»Ich fühle mich wie der Tod von Eding.«
»Wie wer?«
»Der Tod von Eding. Haben Sie den nicht gesehen? Das sensenschwingende Gerippe auf der riesigen Schrankuhr in der Stiftskirche?«
»Doch, jetzt wo Sie's sagen. Mir ist gleich eine gewisse Ähnlichkeit mit Ihnen aufgefallen.«

»Die Stiftskirche heißt ja übrigens St. Philippus.«
»Ja, toll.«
»Ist Ihnen eigentlich bewusst, Marlein, dass Ihr Vornamensgeber einer der zwölf Apostel Jesu war?«
»Natürlich. Was man von Emil nicht behaupten kann. Wer war Ihr Namenspatron eigentlich? Ein heidnischer Barbarenführer?«
»Nein, ein Detektiv. Aus einem Kinderbuch von Erich Kästner. ›Emil und die Detektive‹. Deswegen zieht's mich ja auch so ins Detektivgewerbe.«
Wir laberten Scheiße. Vermutlich, um nicht über unser Scheitern sprechen zu müssen. Das war angenehm. Also machten wir weiter damit.
Bär deutete in Richtung eines der Devotionalienläden.
»Unsäglich, dieser abergläubische Schund, nicht wahr?«
»Find ich nicht weiter schlimm. Wenn Sie im Fußballstadion sitzen und dabei einen Fanschal ihres Vereins tragen, ist das im Prinzip auch nichts anderes. Ist nur eine andere Form von Devotionalie. Oder ist Ihnen Fußball zu profan?«
»Ich habe früher selbst Fußball gespielt. Ziemlich gut. In einer ziemlich hochklassigen Liga.«
»Sie? Was haben Sie früher eigentlich nicht gemacht? Emil Bär – Expfarrer, Expsychoanalytiker, Exfußballprofi. Was kommt noch alles? Exastronaut? Exzuhälter?«
Ein junger Mann kam zu uns und drückte uns beiden einen Flyer in die Hand. Wir überflogen ihn. Es war ein Angebot eines Reisebüros.

AUF DEN SPUREN DER MADONNA DURCH EUROPA

Große Bus-Wallfahrt zu den »Shrines of Europe«
Mit Altötting, Mariazell (Österreich), Tschenstochau (Polen), Loreto (Italien), Lourdes (Frankreich) und Fátima (Portugal) haben sich 1996 die sechs bedeutendsten Marienwallfahrtsorte Europas zum Verbund »Shrines of Europe« zusammengeschlossen.
Unternehmen Sie mit uns eine unvergessliche Reise zu den

»Schwestern« der Altöttinger Schwarzen Madonna und besuchen Sie die anderen Gnadenorte der »Shrines of Europe«. Wir bieten Ihnen:

Und es folgten die Details eines Pauschalangebots für eine zweiwöchige Rundreise mit Busfahrt, Hotelunterbringung und Halbpension.

Eine willkommene Vorlage für Bär für die nächste Stichelei.

»Na, Marlein, das wäre doch mal eine *richtige* Marientour für Sie und Ihre Lena Wiga.«

Die Erwähnung von Lena Wiga rief mir schmerzlich in Erinnerung, warum wir uns eigentlich in Altötting aufhielten. Ich warf den Prospekt auf den Tisch.

»Lassen Sie uns mit diesem Dummgelaber aufhören, Bär, und stattdessen überlegen, was wir sinnvollerweise machen können, um unsere Mädels doch noch zu finden.«

»Warum sind Sie überhaupt so sicher, dass die Mädels sich genau hier aufhalten?«

»Weil hier die Zeremonie stattfinden soll.«

»Woher wissen Sie denn das?«

»Mensch, Bär, müssen wir jetzt wieder im Urschleim wühlen? Das habe ich Ihnen doch erzählt: Bei der Durchsuchung von Lena Wigas Wohnung habe ich in ihrem Kalender für heute Abend folgenden Eintrag gefunden: *Große Zeremonie in der Marienwallfahrtskirche in Altötting* – und wo zum Teufel sind wir hier? Im Kreml? Am Südpol? Auf der Route 66? Nein, wir sind vor der Marienwallfahrtskirche in Altötting. Also sind wir hundertprozentig am richtigen Ort.«

Bär runzelte die Stirn.

»Ich glaube Ihnen ja, dass Sie diesen Eintrag in Lena Wigas Kalender gelesen haben. Aber das muss noch nicht bedeuten, dass das, was wir verhindern wollen, auch wirklich hier stattfindet. Es ist bei diesem Massenauflauf unmöglich, eine Zeremonie abzuhalten, bei der ein Kind getötet wird – wie soll denn das funktionieren?«

»Verdammt noch mal, Bär, das weiß ich auch nicht. Aber es ist nun mal die einzige Spur, die wir haben. Was schlagen

Sie denn vor? Im Kaffeesatz lesen? Tarotkarten legen? In die Kristallkugel schauen? Der Wünschelrute folgen? Das Orakel von Delphi befragen? Wenn Sie jetzt alles in Frage stellen, hilft uns das nicht gerade weiter.«

»Aber Fakt ist, dass hier weit und breit keine Lena Wiga und keine Käsi und keine Maja zu sehen sind.«

»Es wird aber ja auch gerade erst langsam Abend. Vielleicht dauert es noch. Vielleicht müssen wir einfach nur noch ein bisschen warten, bis sie kommen.«

Bär guckte so glücklich wie ein frisch geschorenes Schaf.

»Und wenn sie nicht kommen? Wenn sie kurzfristig den Ort geändert haben? Dann warten wir hier, und irgendwo in der Gegend wird ein Kind geschlachtet.«

Ich nippte an meinem Wasser.

»Stimmt. Das dürfen wir nicht riskieren. Wir müssen die Marienbrut so schnell wie möglich finden. Aber hier unter den Tausenden von Menschen ist das wie die Suche nach der berüchtigten Nadel im Heuhaufen.«

Bär rutschte unruhig in seinem Rollstuhl herum.

»Ich habe eine Idee: Vielleicht sollten wir nicht nur nach Lena Wiga und Käsi und Maja suchen, sondern überhaupt nach Sektenmitgliedern dieser Religio Mariae – es müssten ja eigentlich viele hier sein, wenn sie eine Große Zeremonie abhalten wollen. *Ein* Sektenmitglied würde uns schon reichen. Wenn wir eines haben, brauchen wir ihm nur zu folgen, und es wird uns zu den anderen und zur Zeremonie führen. Ganz einfach.«

»Klar, ganz einfach. Super Idee, Bär! Hat nur einen kleinen, aber entscheidenden Haken: Wir kennen keine anderen Sektenmitglieder.«

Bär zog einen verärgerten Flunsch.

»Sie sind ein ekelhafter Miesmacher, Marlein. Ich war gerade so optimistisch ...«

»Im Alter wird man wohl optimistischer?«

»Ja, man hat sich schon so ans Versagen gewöhnt, dass es wurscht ist ...«

Er konnte einen so richtig aufbauen, dieser Bär.

Aber Versagen war das passende Stichwort.
Bär und Marlein waren nicht nur Ritter von der traurigen Gestalt, sondern mehr noch: elende Versager.

66 Bär begeistert

Mein Optimismus war geschmolzen wie Himbeereis in der Sommersonne.
Marlein und ich hatten uns nichts mehr zu sagen. Wir verließen das Cafe, schleppten uns zu einer Bank, saßen schweigend da und brüteten dumpf nebeneinander hin.
Drei Frauen setzten sich an den Nebentisch.
Leider waren sie mit Sicherheit keine Anhängerinnen der Religio Mariae. Sie waren alle drei über siebzig.
Sie unterhielten sich angeregt.
Die, die am jüngsten von den dreien aussah, sagte: »Schauts, ich hab mir eine hübsche kleine Madonna zum um den Hals hängen gekauft in dem Laden da drüben.«
Die zwei anderen schauten, und eine sagte: »Die hat ja das gleiche Gwandl an wie die Schwarze Madonna in der Gnadenkapelle.«
Die junge Alte sagte: »Was glaubst, wia schön des zu meim Dirndl passt.«
Die dritte im Bunde sagte: »Is dees schee! Ich häng's dir glei um die Gurgel!«
So geschah es.
Die beiden bewunderten ihre junge Freundin.
Ich schaute auch hin.
Marlein schaute auch hin.
Ich konnte nicht mehr wegschauen.
Marlein konnte nicht mehr wegschauen.
Wir waren elektrisiert.
Eine der drei Jungfrauen sagte: »Schau, sogar den Herren Geistlichen da gefällt der Anhänger. Steht er ihr nicht gut, Hochwürden?«

Marlein sagte: »Wahnsinn!«
Ich sagte: »Wahnsinn!«
Sie freuten sich wahnsinnig.
Marlein stand auf und schob mich eilig weg.
Fragte, als wir außer Hörweite waren: »Bär, haben Sie denselben Wahnsinn im Kopf?«
Ich sagte: »Ich weiß nicht, was für ein Wahn in Ihrem Sinn weht, aber wenn es der gleiche ist wie in meinem, sind wir unseren Jungfrauen ein Stück näher.«
Marlein sagte: »Die drei Omas haben mich daran erinnert, dass Lena Wiga fast immer ein Marienmedaillon um den Hals trug – allerdings ein ganz exquisites, denn die Madonna und das Kind darauf waren schwarz und nackt. Und bei der Orgie, von der ich Ihnen erzählt habe, haben auch alle genau dieses Medaillon getragen.«
»Ob Sie's glauben oder nicht, Marlein: Käsi und Maja tragen auch eine nackerte schwarze Maria um den Hals. Auch mir ist das gerade eingefallen. Wahnsinn, oder?«
»Maria hat geholfen. Jetzt müssen wir eine Votivtafel für sie malen. Sie hat uns die drei Damen geschickt, um uns auf das Erkennungszeichen der Religio Mariae zu stoßen.«
»Genau, und jetzt brauchen wir nur allen jungen Frauen auf die Brust schauen, ob da die nackerte Schwarze Madonna baumelt.«
Marlein sagte: »Worauf warten wir noch?«
Er hatte seine Ungeduld entdeckt. Oder war er binnen einer Stunde um zwanzig Jahre gealtert?
Und so schob er mich durch die Menge auf dem Platz um die Gnadenkapelle. Augen offen.
Ich sagte: »Hoffentlich finden wir so schnell keine!«
Er fragte: »Warum?«
»Weil es sooo schön ist, den jungen Weibern auf den Ausschnitt zu schauen. Lassen Sie sich ruhig Zeit!«
Von hinten hörte ich: »Und so was war mal Pfarrer ...«
Ich dachte: Lass ihn reden, solang er schiebt ...

67 Marlein und die schnelle Entscheidung

Also machten wir genau das: Wir schauten jungen Weibern auf den Ausschnitt.
Es gibt schlimmere Missionen.
Entgegen Bärs Hoffnung war sie schneller vorüber als gedacht: Schon kurze Zeit später sahen wir am großen Marienbrunnen auf dem Kapellplatz vier junge Frauen, die tatsächlich allesamt das fragliche Medaillon gut sichtbar um den Hals baumeln hatten.
Wir hatten eine Gruppe der Religio Mariae Dea Magna Madonna Nigra gefunden! Und auch wenn Bär kotzte, ich war heilfroh, dass wir auf Mitglieder der Sekte gestoßen waren.
Die vier jungen Frauen umarmten sich gerade, und dann trennten sie sich: Drei der Frauen gingen in Richtung Basilika, die andere schlug die entgegengesetzte Richtung ein. Jetzt hatten wir schon das nächste Problem. Wir mussten uns schnell entscheiden.
»Was machen wir, Bär? Wem folgen wir? Der einzelnen Frau? Oder der Dreiergruppe?«
Bär kratzte sich am Kinn.
»Am besten beiden. Das erhöht die Chance, dass wir auch wirklich zur Zeremonie geführt werden.«
»Aber wie soll das funktionieren?«
»Ganz einfach. Wir trennen uns auch.«
»Sehr witzig. Wie wollen Sie im Rollstuhl sitzend alleine eine Verfolgungsjagd hinbekommen?«
Bär stand auf.
»Zum Teufel mit dem Rollstuhl. Ich gehe wieder zu Fuß. Ich übernehme die Einzelne und Sie die Dreiergruppe. Wenn wir Glück haben und unsere Theorie stimmt, treffen wir uns irgendwo wieder.«
»Können Sie denn schon wieder richtig laufen mit Ihrem Meniskus?«
»Nicht wirklich. Eigentlich kann ich nur humpeln. Aber Maria wird schon helfen.«
»Was machen wir mit dem Rollstuhl?«

»Stehen lassen. Findet sicher einen Abnehmer. Wir müssen los, Marlein, sonst verlieren wir unsere Objekte aus den Augen.«
Na toll – damit ging meine Kaution flöten. Aber Bär hatte recht. Wir mussten uns an die Fersen der Mädels heften, sonst würden sie in den Menschenmassen verschwinden.
»Viel Glück, Bär! Passen Sie auf sich auf.«
»Sie auch, Marlein. Und treiben Sie's nicht zu bunt mit den drei Grazien! Wahrscheinlich feiern die wieder so eine Orgie. Wenn ich nur zehn Jahre jünger wäre, hätte *ich* mir das Trio gesichert. Aber wenigstens hat meine Hüften, da möchte man niederknien.«
Und er humpelte seinem Observationsobjekt hinterher.
Dieser alte geile Bock!

68 Bär verfolgt

Ich hinkte der Marienbraut mit den schwungvollen Hüften hinterher. Mit Mühe.
Wie Quasimodo.
Sie hatte es nicht eilig, aber ging doch zielbewusst.
Was war ihr Ziel?
Die vielen Pilger, die durcheinanderschwirrten, boten mir Sichtschutz.
Die meisten Häuser in Altötting sind Kirchen. Dazu ein paar Wirtschaften. Dazu ein paar Geschäfte, wo man Devotionalien kaufen konnte, Madonnenkram ... Die meisten Ladeninhaber hatten den gleichen Namen: Anton. Anton Braunmüller. Anton Lang. Anton Barbarino. Und so weiter. Gegenüber dem »Altöttinger Hof« eine Apotheke für Ohnmächtige und Fußkranke. Die Marien-Apotheke. Wie auch sonst?
Auf einmal war es weg. Mein Objekt mit den wiegenden Hüften.
Wie vom Erdboden verschluckt.
Das ging ja schon gut los.
Sie war vielleicht in einem der Geschäfte verschwunden.

Ich ging in den Devotionalienladen. Dürers »Betende Hände« aus Blech, Dürers »Betende Hände« aus imitiertem Silber. Weihwasserkessel, Schutzengel, heilige Josefs lackiert und lacklos, das Jesuskind holzgeschnitzt, Haussegen, Anstecknadeln, Schutzengel, Krippen aus Holz, Krippen aus Pappmaschee, Krippenesel, Krippenschafe, Krippenochsen, Christophorus-Plaketten, Grablichter, Kreuze ohne Gekreuzigten, Kreuze mit Gekreuzigtem, Rosenkränze, Rosenkränze, Rosenkränze, das ganze sakrosankte Klimbim.

Nix von ihr zu sehen.

Ich ging an der Marien-Apotheke vorbei.

Da war sie sicher nicht drin.

Sie war noch so jung. Da braucht man keine Apotheke.

Dann warf ich doch einen Blick durchs Schaufenster.

Eine Kundin stand an der Theke.

Eine junge Frau.

Sie!

Ich öffnete die Tür zur Apotheke.

Eine Klingel klingelte altmodisch. Wie zur Wandlung.

Ich wandelte zum Tresen.

Zum Glück kannte sie mich nicht.

Ich stellte mich an, hinter sie.

Mit Abstand. Mit Anstand. Minimale Diskretionszone.

Die Apothekerin war eine gestandene Frau, vielleicht um die fünfzig, Haar streng zurück, Knoten. Weißer Kittel.

Sie sagte zu meinem Objekt, das mich noch nicht zur Kenntnis genommen hatte: »War's das dann?«

»Ja, das war's.«

»Ich pack sie Ihnen zusammen in die Tüte, die Sachen. Ich hab Ihnen ja erklärt, wie's geht. Ganz einfach. Eintauchen, warten, schauen ... Und hier der Melissengeist, leider haben wir nicht mehr davon, ausverkauft ... und eine Packung *davon*.«

Ich versuchte einen Blick auf die »Packung *davon*« zu erheischen. Ohne Brille ging leider nichts.

Alles verschwand in der Tüte.

Zusammen mit dem apothekenüblichen Tempo-Taschentücher-Päckchen.

»Macht neunundvierzig fünfzig.«
Mein Objekt zahlte und ging. An mir vorbei. Als gäbe es mich nicht.
Ganz recht so.
»Und Sie?«, fragte mich die Apothekerin.
Ich hatte anstandshalber meine Sonnenbrille abgenommen. Sie musterte mich von oben bis unten, als hätte sie noch nie einen Bettelmönch in Kutte in ihrem Laden gesehen.
»Ich möchte gern ein so ein … so ein … Dings … ah jetzt fällt mir doch der Name nicht ein, ich brauch's für meine Haushälterin … a so ein … was die junge Frau grad eben gekauft hat … so ein Ding zum Eintauchen, Warten, Schauen …«
»Sie meinen doch nicht etwa einen Schwangerschaftstest?«
»Ja, genau das ist es, was mir nicht eingefallen ist. Ja, bitte einen Schwangerschaftstest!«
»Sie?«, rutschte es ihr raus.
»Meine Haushälterin …«
Ihre Augen wurden nicht kleiner, ihre kritischen Falten auf der hohen Stirn nicht weniger.
Ich erklärte: »Genauer gesagt meiner Haushälterin ihre Tochter … Sie wissen schon, die jungen Mädchen heutzutag …«
»Ah so.«
Ihre Welt war wieder in Ordnung.
Ich sagte: »Einen Melissengeist ham S' ja nimmer.«
»Stimmt, der ist leider ausverkauft. Der geht seit zwei Tag weg wie warme Semmeln.«
»Dann bräucht ich nur noch eine Packung so … so … Sie wissen schon, so eine Packung wie die junge Frau grad eben … Dass mir der Namen nimmer einfallt …! Eine Packung … ›davon‹, hat es geheißen. ›Eine Packung *davon*‹.«
»*Davon? Davon* kenn ich nicht, das Medikament.«
»Aber Sie ham's der jungen Frau doch grad eben verkauft.«
»Sie meinen doch nicht etwa das da!«
Ihre Pupillen weiteten sich wieder. Meine auch.
Sie hielt mir eine Packung hin. Darauf stand: »Viagra«.
Ich sagte: »Genau das ist es, ich hab doch glatt den Namen vergessen.«

»Aber ... Sie ...«

Ich lächelte mein debiles Unschuldslächeln, sagte: »Das ist für den Mann von meiner Haushälterin ... Der ist schon ein bissle älter, da ... braucht man etwas gegen die Schwerkraft ... Wenn Sie verstehen, was ich meine.«

Sie schüttelte indigniert den Kopf, packte alles in eine Apothekentüte hinein. Dazu die obligatorische Packung Tempo-Taschentücher. Umsonst.

Ich zahlte.

Ging.

»He, Sie kriegen noch was raus!«

»Trinkgeld«, rief ich, ich war schon in der Tür, »mir pressiert's, die warten auf die Sachen ...«

Ich hinterließ sie mit offenem Mund.

Stand wieder auf dem Platz mit den vielen Kirchen und Kapellen und suchte nach einer jungen Frau im Dirndl mit einer Apothekentüte.

Scheiße. Weg war sie. Ich wusste zwar, was sie in ihrer Tüte hatte, aber nicht, wo sie mit ihrer Tüte steckte.

Sie war von der Apothekentür hinaus nach rechts verschwunden.

Ich ging nach rechts. Bis zum Rand vom Stadtkern der Gnadenstadt.

Die Leute wurden weniger.

Stand vor einem Edeka auf dem Weg.

Im Weg.

Im Radweg.

Es klingelte wild.

»Steh halt net so dumm im Weg, du Doldi!«

Eine Engelsstimme.

Ein Engel.

Mein Objekt. Walküre mit wehendem Haar. »Doldi« ist Fränkisch. Für »Depp«.

Mein Objekt fuhr mich fast mit ihrem Fahrrad zusammen. Sie hatte es eilig.

Wohin auch immer. Viagra mit Melissengeist verteilen.

Ich schaute ihr nach.

Ich war ein schneller Läufer. Elf Komma null auf hundert Meter.
Vor fünfzig Jahren.
Ich konnte ihr nicht nachlaufen. Nicht mehr. Zumal mit meinem kaputten Knie.
Ein Fahrrad.
Hatte ich nicht.
Noch nicht.
Vor dem Edeka stand ein Fahrradständer.
Ich brauchte keine Erleuchtung.
Die Lösung lag auf der Hand.
Sie stand im Fahrradständer.
Ein Mountainbike, das nach tausend Euro aussah, lachte mich an.
Mit einer dicken Kette abgesperrt.
Ich checkte die Fahrräder nach Fahrradketten.
Ein altes Damenfahrrad vereinsamte unter den modernen Rennmaschinen und Elektrorädern.

Ich schnappte es mir, dachte: Gut, dass es ein Damenfahrrad ist, da krieg ich keine Probleme mit meiner Kutte, warf meine Apothekentüte in den Korb an der Lenkstange, schwang mich hinauf und trat in die Pedale.

Hinter mir aufgeregtes Geplärre: »He ... Sie ... das ist mein Fahrrad ... Sie, kommen S' sofort zurück ... Haltets ihn ... der klaut mein Fahrrad, der Bruder, der staubige ... Polizei!«

Ich schaute mich kurz um. Eine Hausfrau mit Einkaufstasche tobte, lief mir nach.

Ist auch schon lang nicht mehr passiert, dass mir eine Frau nachläuft.

Zum Glück kümmerte sich niemand um die Hausfrau mit ihrem Fahrradgeschrei, am wenigsten die Polizei. Die Polizei kümmerte sich bis auf den letzten Mann um die geklaute Madonna. Da ist ein alter Pater auf einem geklauten Rad Peanuts.

In der Ferne sah ich einen Punkt, der am Entschwinden war. Mein Objekt. Ich trat in die Pedale, duckte mich unter dem Luftwiderstand durch, trat. Mein Arzt hat mir gesagt, Radfahren ist gut fürs Knie. Das Fahrrad trug mich anstandslos und schmerzfrei durch den Sommerwind. Einer jungen Frau hinterher. Sehr belebend.

69 Marlein und die ungewöhnliche Wallfahrt

Die drei Mädels gingen in Richtung Basilika. Ich holte sie ein, überholte sie, blieb vor ihnen stehen.

»Entschuldigung, die Damen. Ich bin Journalist beim Mönch-Magazin und schreibe gerade eine Serie über die unterschiedlichen Wallfahrtsgruppen, die hierherkommen. Mir scheint, Sie sind eine kleine und ganz besondere und damit auch ganz besonders interessante Pilgertruppe. Dürfte ich Sie vielleicht ein bisschen begleiten? Falls daraus ein Artikel werden sollte, bekämen Sie den selbstverständlich vorher zu lesen.«

Sie sahen mich überrascht an, tauschten dann untereinander fragende Blicke aus. Eine Blonde, eine Brünette und eine Schwarzhaarige. Alle drei jung, schlank und nicht hässlich. Eine Dreifaltigkeit, wie man sie gerne sah.

Nach einer Weile sagte die Schwarzhaarige: »Aber wir sind keine gewöhnlichen Wallfahrer.«

»Das habe ich mir gedacht.«

»Sie wollen wahrscheinlich über Leute schreiben, die zur Gnadenkapelle pilgern.«

»Tendenziell.«

»Aber unsere Wallfahrt geht nicht zur Gnadenkapelle, sondern eher weg von ihr. Anderswohin.«

Das war ja hochinteressant. Anderswohin. Dann fand die Zeremonie vielleicht doch nicht da statt, wo wir gedacht hatten? Ich musste unbedingt am Ball bleiben.

»Eigentlich schreibe ich primär über den Vorgang des Wallfahrens, weniger über das Ziel.«

Sie tauschten erneut Blicke aus und verständigten sich nonverbal, dann sagte die Schwarze, offenbar die Wortführerin innerhalb dieser Kleingruppe: »Also gut. Sie können ja ein bisschen mit uns mitlaufen.«

»Wunderbar. Vielen Dank. Wo geht's denn hin?«
»Zunächst mal in den Gries.«
»Was ist denn der Gries?«
»Das ist ein Naturpark ganz in der Nähe. Wir wollen dort beten.«
»Okay. Ich folge Ihnen unauffällig. Tun Sie einfach so, als wäre ich nicht vorhanden.«
Die drei Grazien fassten einander an den Händen und marschierten weiter, ich trottete ihnen hinterher. Es ging den Berg hinunter und die Konventstraße entlang. Wir ließen die große Basilika links liegen, bogen nach rechts in die Griesstraße ein und überquerten die Wöhrstraße. Links von uns lag ein großer Gebäudekomplex, das Kreiskrankenhaus Altötting, und rechts führte ein Weg in den Gries, das Ziel der Damen.
Während des Fußmarsches sangen sie lautstark Wallfahrtslieder wie:

»O Maria hilf! O Maria hilf! O Maria hilf doch mir!
Ein armer Sünder kommt zu dir.
Im Leben und im Sterben – lass mich nicht verderben!
Lass mich in keiner Todsünd sterben!
Steh mir bei im letzten Streit, o Mutter der Barmherzigkeit!«

Das war durchaus in meinem Sinne – dass dies endlich der letzte Streit in dieser verdammten Geschichte war.
Und Beistand von oben konnte ich bei diesem Streit mit Sicherheit gebrauchen.

70 Bär badet

Mein Orientierungssinn sagte mir, dass wir Richtung Süden radelten. Falls er noch stimmte. Der Sinn.
Meine Kutte verwandelte sich in eine Ein-Mann-Sauna.
Alles pappte.
Da half auch der Fahrtwind nichts.

Gegenwind natürlich.
Fahrräder erzeugen immer Gegenwind. Nach meiner Erfahrung.
Auf dem Rückweg würde ich dann Rückenwind haben. Deshalb Rückweg.
Falls er sich nicht drehte, der Wind. Was er meistens tut.
Die Straße führte durch irgendeinen Vorort von Altötting, vermutlich Altötting Süd. Wie Aldi Süd.
Eine Sammlung von beschissenen einfallslosen Hütten reihte sich aneinander. Manche mit Garten, mit blauen Gummiplanschbecken.
Ein Autohaus mit neuen Modellen.
Ein Haus für alte Auslaufmodelle mit dem Schild: »Ambulante Alten- und Krankenpflege Herbstsonne«.
Wie lieblich.
In so was bringen die mich nie rein! Wer auch immer »die« sind. Junge Gutmeiner. Nein. Lieber noch »Wintergarten« als »Herbstsonne«.
Ein Straßenschild informierte mich, dass ich mich auf der Trostberger Straße abstrampelte.
Trost brauchte man in der Gegend.
Zwei weitere Schilder hatten Kirchen aufgemalt.
»Evang.-Luth. Pfarramt Altötting«. Kirche »Zum guten Hirten«.
Die marienfreie Zone. Wahrscheinlich die einzige in Altötting.
Sonntagsgottesdienst 10.30
Daneben:
St. Josef. Der Mann von der Maria. Immerhin.
Heilige Messe
Dienstag 19.00
Donnerstag 19.00
Freitag 8.15
Samstag 19.00
Sonntag 9.30
Es lebe der kleine Unterschied. 5:1 für den 1. FC Katholisch.
Die Straße war zum Glück ziemlich gerade, in der Ferne sah

ich ihn, meinen blonden Engel. Auf dem Rad. Gut drauf. Ich konnte bei unserem Verfolgungsrennen den Abstand kaum halten.
  Die Häuser wurden weniger.
  Felder und Äcker.
  Mein Objekt bog in der Ferne rechts ab.
  Ich trat mit letzter Kraft in die Pedale.
  Kam an eine Kreuzung.
  Wegweiser nach rechts: »Freibad St. Georgen«. Sogar das Freibad hatte einen heiligen Namen. St. Georg. War wohl ein Männerbad. Ich hätte eher so was wie »Marienbad« erwartet. Oder »Madonnenteich«. Oder »Muttergottestümpel«.
  Wegweiser nach links: »Parkfriedhof«.
  Soso. Ein Friedhof mit Parkgelegenheit. Ziemlich weltlich, so was, für Altötting. Wenigstens »St. Parkfriedhof« hätten sie ihn nennen können.
  Mein Objekt musste es auf den St. Georg und sein Bad abgesehen haben.
  Es lächelt der See, er ladet zum Bade.
  Friedrich Schiller, »Wilhelm Tell«.
  Ich trat auf die Bremse. Altdeutsche Rücktrittbremse.
  Sah, wie sie ihr Fahrrad am Fahrradständer abstellte.
  Verschwand im Freibad.
  Ach Scheiße. Ich hatte keine Badehose dabei. Und war mir sicher: Das ist kein FKK-Bad. Nicht in Altötting.
  Ich stellte mein Fahrrad, das nicht meines war, ein Leihrad dann eben, abseits an einen Baum.
  Zog meine Kutte aus.
  Alles, was ich noch anhatte, Hemd, Hose, Unterwäsche, war tropfnass geschwitzt.
  Der kühle Wind und der warme Schweiß sorgten für pappige Abkühlung. Der Schweiß wurde kalt. Ich schauderte.
  Fror.
  Bei fünfundzwanzig Grad.
  Vielleicht hatte ich einen Virus. Oder einen Vogel.
  Ich wollte das Rad absperren, aber fand kein Schloss. Wenn ich schon Fahrräder klaute, wollte ich nicht, dass mir meines geklaut wird.

Ich warf meine Kutte drüber. Übers Fahrrad.

Vielleicht gibt es noch gottesfürchtige Fahrraddiebe, die einen Geistlichen nicht beklauen. Sonst trifft sie der Blitz aufm Scheißhaus. Aber das wussten die Jungen nicht mehr. Kein Sinn für Gerechtigkeit. Ich musste das Risiko wagen.

Ich ging zum Eingang.

Schon von der Ferne sah ich sie. Erkannte sie an ihrer langen blonden Mähne.

Sie stand ganz hinten im gepflegten Altöttinger Rasen unter einem Baum.

Baum der Erkenntnis.

Ich erkannte über zweihundert Meter, dass sie eine klasse Figur hatte.

Kriegte Stielaugen.

Sie entblätterte ihre Figur.

Ungeniert.

Gab's denn hier keine Umkleidekabinen? Vielleicht waren sie wegen Überfüllung geschlossen.

Sie schwang ihren BH zur Seite, wo ihre Dirndlbluse lag.

Ein Traum von einem Busen erschien wie die Herrlichkeit des Herrn.

Dutzende von Männeraugen weiteten sich.

Frauenaugen genauso.

Sicher auch Badehosen.

Aller Augen warten auf dich ... Psalm 145,15.

Sie zog ihr Bikini-Oberteil an.

Mir wurde noch mal schmerzlich klar: Ich hatte keine Badehose dabei.

Kriegte meinen Blick nicht von ihr.

Sie hatte ihren Dirndlrock noch an.

Stieg aus ihrem Slip.

Zog das Bikini-Unterteil an.

Dann stieg sie aus ihrem Rock.

Ich bedauerte die Reihenfolge.

Sie ließ sich auf ihrem Handtuch nieder.

Nahm ein kleines Buch aus ihrer Tasche, vertiefte sich darin.

Die Sonne beschien sie, wärmte ihre bronzene Haut.

Ich wollte, ich wäre die Sonne.
Sonne, Wonne ...
Jemand trat mir auf die Fersen.
»Wuisst 'leicht Wurzln schlong?«
Oh Gott, ein Ureinwohner. Oberbayer. Ein Dialekt wie ein Holzhammer.
Ich trat zur Seite.
Sagte: »'tschuldigung.«
Wieso eigentlich?
Der junge Ureinwohner ging wortlos an mir vorbei, an die Kasse. Zahlte. Verschwand.
Ich dachte: Hoffentlich ersäuft er, der bayerische Depp!
Die Dame an der Kasse war keine Dame, sondern ein Altöttinger Trampel.
Wahrscheinlich zugleich die Bademeisterin.
Sie brauchte kein Mikrofon, kein Megafon. Sie hatte eine Stimme wie ein Panzerregiment beim Angriff, die mich frontal traf: »Ja?«
»Einmal Baden.«
»Was denn sonst?«
Sie riss von einer Rolle eine Karte ab, groß wie eine Kinokarte, schob sie mir hin.
»Zwoa Oiro.«
Eine verdrehte Sprache.
Im Allgäu sagen wir dazu: »Zwoi Eiro.«
Ich rührte mich nicht von der Stelle.
»Sonst noch was?«
»Ich wollt fragen, ob's hier einen Badehosenverleih gibt.«
»Wooos wuist?«
»Ich habe meine Badehose vergessen und wollt fragen, ob ich mir eine leihen kann von Ihnen.«
»Ja hast du denn an Vogel? Von mir meine Badehosn leihen?«
Sie schüttelte indigniert ihr Haupt mit dem Kurzhaarschnitt.
Ich dachte, jetzt weiß ich, warum so eine Frisur früher »Bürste« hieß.
»Pervers!«
»Nein, ich hab nur gemeint, vielleicht kommt das öfter

vor, dass jemand seine Badehose vergessen hat und eine leihen will ...«

»Vergessen tun's manche schon ... aber leihen ... Da schaun S', da liegt ein ganzer Haufen Badehosen. Alle vergessen. Von den Mannsbildern. Nur die Mannsbilder lassen ihre Badehosen liegen ... Weiß Gott, was die dauernd im Kopf haben.«

Ich, brav: »Ja, Frauen sind halt zuverlässiger, klar ...«

Sie schaute mir zum ersten Mal ins Gesicht. Ihr Lächeln blieb tiefgefroren. Ich schauderte. Der kalte Schweiß auf dem Rücken.

Sagte: »Könnten S' mir nicht eine von denen leihen?«

»Aber das sind keine Leihbadehosen!«

»Ja, klar. Aber Sie haben doch die Autorität, eine davon temporär zu einer Leihbadehose zu deklarieren, und ich würde das auch finanziell großzügig honorieren ...«

»Ha? Bist du a Ausländer ... Bei uns wird deitsch gred, mei Liaba!«

So kam ich nicht weiter. Ich musste die Sprachebene wechseln. Hatte vergessen, dass wir uns nicht auf einem Doktorandenseminar an der Uni von Konstanz befanden, sondern im Freibad von Altötting.

Ich griff in meine Brusttasche, zog einen Zehner raus, schob ihn unter der Trennscheibe durch, sagte: »Inra Stund bring i die Hosn zruck.«

Sie nahm den Zehner, schob ihn sich in den BH, sagte: »Hättst hoit glei gsogt, wosd wuist«, und schob mir eine von den vergessenen Hosen unterm Fenster durch.

71 Marlein und der archaische Ort

Der Gries war ein Stück wilde Natur mitten in der Stadt. Eine Schlucht, in der Mitte ein Bachlauf, daneben ein Weg, zur linken Seite ein steiler Hang, zur rechten Seite Wiesen und Felder, und alles überwuchert von großen Bäumen, Büschen,

Sträuchern und Unterholz. Ein geradezu archaischer Ort in unmittelbarer Nähe der so gestylten und akkuraten Kirchen und Plätze rund um die Gnadenkapelle.

Ein Ort der Ruhe inmitten des Trubels.
Ein Ort der Wildnis inmitten der Ordnung.
Ein Ort der Natur inmitten der Zivilisation.
Ein Ort der Vegetation inmitten des Betons.
Ein Ort der Dunkelheit inmitten des Lichts.

Wahrscheinlich der Ort, an dem die Altöttinger heimlich ihre unterdrückten Triebe auslebten, an den sie sich begaben, um die erste Zigarette, das erste Bier, den ersten Kuss und den ersten Fick zu erleben.

Wir folgten einem Kiesweg, der hinunter in die Schlucht führte. Am Anfang der Schlucht stand links am Wegrand der Rumpf eines massiven Baumstammes, aus dem man eine Madonnenfigur geschnitzt hatte. Eine neue Variante: die Naturversion der Maria. Meine drei Marienjüngerinnen knieten, immer noch händchenhaltend, vor der Baumstamm-Madonna nieder und trällerten ein weiteres Liedchen.

Dann erhoben sie sich wieder und gingen tiefer hinein in die Waldschlucht. Sie steuerten eine kleine Halbinsel an, die der Bach bildete, indem er einen nicht ganz kompletten Kreis formte.

Dort kniete die Blonde vor einem Baumstamm nieder und umarmte ihn, die Brünette kniete vor einem großen Felsblock nieder und umschlang ihn ebenfalls, und die Schwarzhaarige legte sich am Rande des Baches flach auf den Boden und streckte ihre Arme ins Wasser.

In diesen Positionen sprachen sie nacheinander jeweils ein Gebet oder was es auch immer sein sollte.

Die Schwarze am Wasser begann.

»Große Maria, so wie der alte verstorbene männliche Gott sich aus der Dreifaltigkeit von Vater, Sohn und Heiligem Geist zusammensetzte, so begegnest auch du uns als dreigestaltige Göttin. Wobei du nicht drei verschiedene Personen bist, die eine Einheit bilden, du bist vielmehr *eine* Person, die uns in drei Formen erscheint, in den drei Phasen der weiblichen Lebenszeit.

Oh Maria, wir verehren dich als Jungfrau, du bist das junge vorpubertäre Mädchen, das die Reinheit verkörpert. Du stehst für die moralische Unschuld und die Friedfertigkeit des Kindes, das aber auch bereits das Potenzial der kommenden Mutter und ihrer Fruchtbarkeit in sich trägt. Dein Symbol ist das Wasser, das rein und klar ist. Wir verehren dich als Jungfrau, oh Maria.«

Die Blonde, die den Baumstamm umarmte, fuhr fort.

»Oh Maria, wir verehren dich als Mutter, du bist die sexuell aktive und gebärende Frau, die die Fruchtbarkeit verkörpert. Du stehst für die erotische Sinneslust und die Fortpflanzungsfähigkeit der geschlechtsreifen Frau, die aber auch bereits das Potenzial der kommenden Greisin und ihrer Weisheit in sich trägt. Dein Symbol ist der Baum, der lebendig und blühend ist. Wir verehren dich als Mutter, oh Maria.«

Die Brünette, die mit dem Felsen kuschelte, bildete den Abschluss.

»Oh Maria, wir verehren dich als Greisin, du bist die reife Alte, die die Weisheit verkörpert. Du stehst für den reichhaltigen Erfahrungsschatz und die Vorbildfunktion des alten Weibes, das aber auch bereits das Potenzial des durch die Wiedergeburt zurückkommenden Kindes und seiner Reinheit in sich trägt. Dein Symbol ist der Fels, der fest und verlässlich ist. Wir verehren dich als Greisin, oh Maria.«

Als Zugabe gab's noch einen dreistimmigen Mariensong, dann war der Spuk wieder vorbei, und die drei Grazien wanderten weiter durch den Gries.

Sie nahmen meine gut gemeinte Aufforderung wortwörtlich: Sie taten so, als wäre ich nicht vorhanden. Sie sprachen auch kein Wort mit mir. Was mir durchaus recht war – solange sie mich ans Ziel führten. Mein Bedarf an sinnfreier Kommunikation mit verrückten Marienverehrerinnen war noch vom Lena-Wiga-Wochenende mehr als gedeckt.

Also trottete ich ihnen schweigend hinterher, während sie erneut Marien-Evergreens durch den Wald schmetterten. Der Weg machte irgendwann eine Hundertachtzig-Grad-Kurve, führte über eine Brücke und dann auf der gegenüberliegenden Seite des Baches wieder zurück zum Ausgangspunkt. Wir kamen erneut am Kreiskrankenhaus vorbei, überquerten die Wöhrstraße und landeten schließlich auf einem Großparkplatz an der Ecke Wöhrstraße/Griesstraße.

Die Mädchen steuerten auf ein Auto zu. Die Schwarze schloss auf und setzte sich ans Steuer. Die anderen beiden setzten sich auf die Rücksitzbank. Ich ging wie selbstverständlich zur Beifahrertür, öffnete sie und wollte Platz nehmen.

Die Schwarze beugte sich rüber und legte ihre Hand auf den Sitz.

»Die Wallfahrt ist zu Ende. Schönen Tag noch.«

Okay. War ein netter Versuch. Ich versuchte es trotzdem weiter mit Nettigkeit.

»Sieht mir aber nicht so aus. Ich würde gerne auch die nächste Station mitmachen. Außerdem müssen wir noch ein kleines Interview führen und über den Inhalt des Artikels sprechen und Adressen austauschen und solche Sachen.«

Die fromme Marienschwester hingegen war auf einmal überhaupt nicht mehr nett.

»Ich sagte, die Wallfahrt ist zu Ende. Was jetzt noch kommt, ist nur für Auserwählte.«

Und sie zog mir die Beifahrertür vor der Nase zu, ließ den Motor an, drückte aufs Gas und fuhr davon.

72 Bär flirtet

Ich näherte mich dem Baum der Erkenntnis.
Unauffällig.
Als suchte ich einen Platz. Irgendeinen.
Irgendeinen im Umkreis von circa zehn Metern meines Objektes.
Schaute den Baum an.
Schaute an meinem Objekt vorbei.
Prüfte den Rasen.
Taxierte den Einfallswinkel der Sonnenstrahlen.
Sie schaute von ihrem Traktat auf.

Ich sagte: »Ach, entschuldigen S', ist der Platz vielleicht noch frei hier?«
Fünf Meter von ihr.
Sie lachte. Hell wie eine Allgäuer Kuhglocke.
Sagte: »Allmächt!«
Mit zwei »l«, die nur ein Ureinwohner von Mittelfranken in der fünften Generation so züngeln konnte.
»Aus Franken!«, rief ich.
Sie sagte noch mal: »Allmächt! Du bist ein Hellseher. Aus dem vorigen Jahrhundert. Wennst mich anmachen willst, brauchst dich nicht so anstellen wie ein Dinosaurier. Komm, hock dich her.«
Sie rutschte auf ihrem Handtuch zur Seite. Machte mir Platz.
»A...a...aber das ist sehr freundlich von Ihnen.«
»Uschi heiß ich. Und du?«
»A ... ja ... Emil.«
Sie lachte.
»Bist aus der Türkei«?
»Nein, wieso?«
»Klingt nach Em Üll.«
»Nein, ich bin nicht aus der Türkei, und Emil ist ein alter deutscher Name. Kommt ursprünglich aus dem Lateinischen. Aemilius.«
»Süß!«
Ich kam mir vor wie ein Museumsstück. Oder zumindest ihr Opa.
Sie sagte: »Setz dich halt.«
»Ich muss mich noch umziehen. Badehose.«
Ich zeigte die Bermudashorts. Die Leihgabe.
»Ich geh gleich mal in die Umkleidekabinen.«
Sie schaute, als hätte ich gesagt: Ich fahr mal geschwind zurück nach München.
Ich ging mich umziehen.
Kam zurück.
Sie lachte mich an.
Ihre vollen Brüste lachten mit.

Ohne Oberteil.
Wo sollte ich bloß hinschauen?
Sie sagte, erklärend: »Man muss die Sonne ausnützen!«
»Ja, natürlich.«
Sie schaute mich mit blankem Interesse an.
Ich zog meinen Bauch ein.
Damit sie meinen Sixpack bewundern konnte.
Und meinen durchtrainierten Body.
In Falten gehüllt.
Aber für einen Mittsechziger immer noch eins a.
Dachte ich.
»Schickes Outfit«, sagte sie. »Retro.«
Ach ja. Retro. Altmodisch.
Ich hockte mich neben sie.
Ihre Brüste und meine Augen schauten in die gleiche Richtung. Nach vorn.
Meine Herzfrequenz stabilisierte sich bei knapp unter hundert.
»Bist auf Wallfahrt?«, fragte ich.
»Ja, wir machen eine Marienwallfahrt.«
Ich sah ein Traktatbüchlein neben ihr liegen. Sagte: »Ich hoff, ich hab dich nicht beim Lesen gestört.«
»Nein, macht nix.«
»Was liest denn da? Was Wallfahrtsmäßiges?«
»Ja. Über die Maria.«
»Interessant!«
»Interessiert dich die Maria auch?«
»Mich interessiert alles über die Religion. Ist mein Hobby.«
»Wirklich?«
»Ja! Die Maria. Die echte Göttin. *Die* Göttin. Total verkannt.«
»Allmächt! Geil, dass du so was sagst!«
Ihre Brüste hüpften vor Begeisterung.
Ich legte nach: »Wenn du aus Franken kommst, da kennst du vielleicht die Kirche Unsere Liebe Frau in Fürth!«
»Ich bin zwar aus Nürnberg, aber wenn's sein muss, gehen wir auch nach Fürth. Ja, ich erinner mich …«

»Weißt, in der Königstraße. Beim Stadttheater. Die mit dem Turm. Dem phallischen.«

»Ja, dieser Phallustempel! Über den hab ich mich schon immer geärgert. Typisch Männer. Müssen überall ihren Ständer aufrichten.«

»Es könnte ein weiblicher Phallus sein.«

»Wieso?«

»Warst schon mal drin in der Kirch?«

»Natürlich. Wie ich noch klein war. Jede Woche. Zur Maiandacht. Und sonst ... Da war ich sogar Ministrantin! Bevor wir nach Nürnberg gezogen sind.«

»Respekt! Dann weißt du auch, was an der Ostseite über dem Altar ist.«

»Die Maria natürlich.«

»Ja, eine Maria beherrscht die ganze Kirche. So wie es ursprünglich war: eine Muttergottheit ... Und weißt du, was sie im Arm hat?«

»Das Jesuskind natürlich!«

»Genau. Wenn man die Augen zusammenkneift und hinten vom Eingang her nach vorn auf den Altarraum schaut, da sieht man, dass das goldene Jesuskind ausschaut wie ein Phallus.«

»Geil! Wie kommst du denn dadrauf?«

»Das ist nicht auf meinem eigenen Mist gewachsen. Eine Idee von Freud. Der meinte, weil die Frau keinen Penis hat, braucht sie einen, und wenn sie ein Kind kriegt, ist das ihr Penis. Oder Phallus. Is ja wurscht ...«

»Der Freud, der Chauvi? Ist das nicht der, der nix als nur Sex im Kopf hat und nur über Sex schreibt, der geile alte Sack, mit seiner Pornografie ...?«

»Das stimmt so nicht ganz. Wenn du Freud liest, wirst du das ziemlich trocken und verkopft finden, nix Pornografisches.«

»Hirnwichsen?«

»Mindfucking klingt besser. Wenn du wirklich geile Geschichten lesen willst, musst du schon zur Bibel greifen.«

»Wirklich? Zum Beispiel?«

»Na schau, das Bekannteste ist sogar mit einem Wort in unsere Umgangssprache hineingelangt ... Onanieren.«

»Und was hat Onanieren mit der Bibel zu tun?«

»Onanieren ist benannt nach einem Mannsbild, dem Onan, ein hebräischer Vorname, der kommt im ersten Buch Mose vor. Kapitel 38. Onan hatte einen Bruder, und der verstarb. Und damals war es üblich, dass, wenn einer gestorben ist, sein Bruder mit der Witwe schlafen musste, damit Nachkommen da waren, die die Familie, vor allem die Witwe, versorgen konnten. Das war gesetzlich so geregelt. Aber dieser Onan war ein Geizhals, und er wollte nicht, dass der Clan seines Bruders weiterbesteht. Und da hat er pro forma mit seiner verwitweten Schwägerin gepennt, aber bevor er gekommen ist, hat er seinen Schwanz rausgezogen und die ganze Herrlichkeit ist auf den Boden geklatscht. Das hat ihn dann Kopf und Kragen gekostet, er kam um. Gottesurteil. Der Geizhals!«

»Dann hat der Onan also gar nicht onaniert?«

»Nein. Technisch gesprochen war es ein Coitus interruptus. Aber moralisch war es eine Schweinerei, weil er seinem Bruder und dessen Witwe keine Kinder gegönnt hat, und deshalb ist er gestraft worden.«

»Nicht, weil er gewichst hat?«

»Das war überhaupt nix mit Wichsen. Das hat sich dann im Laufe der Zeit so verdreht, also wäre der Onan mit dem Tod bestraft worden, weil er onaniert hat. Und so ist Onanieren zur Sünde geworden. Todsünde.«

»Typisch. Und typisch Männer. Eine Männererfindung. Unsere Oberschwester meint, die Männer haben immer nur Sex im Kopf und dann Angst davor. Und nach der Onan-Geschichte betrifft Onanieren ja nur Männer, nicht Frauen.«

»Interessant. Ja, genau genommen dürfen dann Frauen straffrei wichsen.«

»Ja, Frauen sind unkomplizierter. Die machen's einfach, die tun da nicht so lang rum wegen Sünde und so. Meint auch die Oberschwester.«

»Deine Schwester?«

»Nicht direkt, aber eine Schwester von unserer Vereinigung. Wir sagen alle ›Schwester‹ zueinander, wir sind so eine Marien-Schwesternschaft.«

»Und die Oberschwester?«
»Die ist unsere Chefin. Oberin. Tolle Frau.«
»Ist die auch hier auf Wallfahrt?«
»Ja, wir sind alle hier. Die meisten.«
»Und was macht ihr hier?«
»Ach ... nix Besonderes ...«
Sie wurde einsilbig. Sagte: »Erzähl mir lieber noch eine von den sexy Geschichten aus der Bibel!«
»Kennst du die von Lots Töchtern?«
»Nein. Ich bin nicht so bibelfest. Erzähl!«
»Der Lot hatte zwei Töchter. Es waren aber weit und breit keine Männer da. Sie brauchten aber welche.«
»Wozu?«
»Gute Frage. Wozu braucht man Männer? Damals jedenfalls zum Überleben. Sonst wär die Sippe ausgestorben. Da hatte die ältere Tochter eine geniale Idee. Sie erinnerte sich, dass da doch ein Mann in Reichweite war, nämlich ihr Vater. Sie füllten ihn ab, und als er dann sturzbesoffen in seinem Zelt dahinsank, schlüpfte die ältere Tochter unter seine Decke und vernaschte ihn. In der nächsten Nacht kam die jüngere an die Reihe. Beide wurden schwanger und kriegten je einen Sohn. Stamm gerettet. Erster Mose neunzehn.«
»Wahnsinn. Nur eines versteh ich nicht: Wenn der Alte so besoffen war, dass er es nicht merkte, wie konnte er dann ... wie hat er ihn hochgekriegt? Oder sie ihn?«
»Das steht nicht geschrieben. Ist ja auch kein Porno, sondern die Heilige Schrift. Entweder die Mädels waren so raffiniert ... oder sie hatten ein Mittel, das ihn anregte, oder Knockout-Tropfen in den Wein getan ...«
»So was wie Viagra?«
Ich schaute auf ihre Apothekentüte.
»Viagra gab's damals noch nicht. Aber wahrscheinlich natürliche Mittel. Aphrodisiaka – wie Austern, Pfeffer, Spargel, Sellerie, Lachs, Sardinen, Makrelen, Knoblauch ...«
»Pfui Teufel!«
»In der Not frisst der Teufel Fliegen!«
Sie lachte. Die Sonne brannte heiß auf uns herab, zwischen

ihren Brüsten, die beim Lachen keck wippten, rannen Schweißtropfen hinab. War ja auch ein heißes Thema!
»Ich geh jetzt mal ins Wasser. Deine Geschichten machen mich so heiß, dass ich Abkühlung brauche. Du auch?«
»Ich bleib noch hier, ich pass auf deine Sachen auf!«
Sie zog sich ihr Oberteil über. Wiegte mit ihren Hüften auf und davon.
Nach zehn Minuten wogte sie lachend zu mir zurück.
»So, jetzt bin ich wieder abgekühlt«, sagte sie.
Ich schaute ihr in die Augen.
»Willst nicht auch abkühlen im Wasser? Dann pass ich auf deine Sachen auf.«
Ich sagte: »Ich find's gar nicht so heiß. Ich glaub, mich friert's.«
Sie lachte.
Sagte: »Muss wohl das Alter sein! Da gibt's ein biblisches Mittel dagegen, das hat uns unsere Oberschwester verraten!«
»Und das wäre?«
»Der König David, wie der alt war, den hat es dauernd gefroren. Und da haben seine Berater und Ärzte und Priester sich den Kopf zerbrochen, wie sie ihn wärmen konnten. Decken und Betten haben nix geholfen, eine Wärmflasche hatten sie damals wohl noch nicht – oder doch irgendwie: Sie suchten im Königreich ein junges Mädchen, und das legten sie ihm ins Bett.«
»Und?«
»Dann hat's ihn nicht mehr gefroren!«
Sie lachte. Nahm ihr Bikini-Oberteil wieder ab, ließ sich auf ihrem Handtuch nieder.
Ich kriegte irgendwie meine Augen nicht mehr von ihrem Busen weg. Ein Prachtexemplar, wie wenn man den Grünten und das Wertacher Hörnle zusammennimmt. Vollendet. Voll. Ein Traumtittenpaar. Ob sie wohl Silikon drinhatte?
»Gell, da schaust. Alles echt!«
Ich spürte mein Gesicht rot werden.
Konnte sie Gedanken lesen?
Auf einmal ging ihr Blick an mir vorbei.

Sie sagte: »Allmächt! Da kommen ja die andern. Ich glaube, wir müssen jetzt dann gehen.«
Ich folgte ihrem Blick.
Mein Gesicht wechselte von Rot auf Weiß.
Ein kleines Grüppchen von jungen Frauen kam auf uns zu. Sie winkten. Schwester Uschi winkte zurück. Ich dachte, hoffentlich ist keine dabei, die mich kennt!
»Mensch!«, rief ich aus und klatschte mir mit der flachen Hand gegen die Stirn, »ich muss auch gehen, sofort, ich hab mein Schäufele im Rohr und vergessen, den Herd auszuschalten. Hoffentlich brennt's nicht schon ...«
Schwester Uschi schaute konsterniert.
Als wäre ich verrückt.
Ich packte mit einem Griff meine Sachen zusammen, warf sie in die Apothekentüte und humpelte eilig in die Umkleidekabinen.
Am Ausgang schaute ich mich schnell um.
Die Mädchen begrüßten sich, als hätten sie sich ein Jahrhundert nicht mehr gesehen.
Mich hätte interessiert, ob die andern auch oben ohne badeten.
Vielleicht war das der neue Marienstil.
Ich schlich mich.
Kein Risiko!
Ich reichte der Panzerstimme an der Kasse die geliehene Hose.
Hätte sie auch mitgehen lassen können. Für zehn Euro. Aber mehr als einmal Klauen am Tag mag ich nicht. Ich habe meine Prinzipien.
Mein geklautes Rad lehnte noch immer am Baum. Das geistliche Gewand hatte es gut beschützt.
Ich zog die Kutte über.
Die Sonnenbrille an.
So. Jetzt war ich wieder inkognito.

73 Marlein und der letzte Strohhalm

Verdammte Marien-Fotze!
Sie fuhr zur Parkplatzausfahrt, bog nach links ab auf die Griesstraße und dann gleich wieder nach rechts auf die Wöhrstraße. Ich rannte zur Wöhrstraße. Ich musste schnell handeln, sonst war mein letzter Strohhalm untergegangen und jede Hoffnung verloren.

Immerhin hatte mir ihre Bemerkung bestätigt, dass noch etwas folgte – und das konnte nur die große Sekten-Zusammenkunft sein. Und wo auch immer sie stattfand – ich musste dabei sein, koste es, was es wolle.

Ein Opel kam die Straße entlanggeschippt. Ich sprang auf die Fahrbahn und bedeutete dem Fahrer anzuhalten. Er kurbelte das Seitenfenster runter. Ein älterer Herr mit Trachtenhut, der mich überrascht musterte.

»Was ist los, Pater?«

»Ich bin gar kein Pater, ich bin Beamter des Bundesnachrichtendienstes im Undercovereinsatz. Ich muss leider Ihr Auto konfiszieren, um ein feindliches Objekt zu verfolgen. Es geht um die nationale Sicherheit.«

Gerade noch Mönch und Journalist, jetzt schon Geheimagent – Marlein, der Verwandlungskünstler.

Der ältere Herr sah mich an, als wäre ich der große böse Wolf in Großmutter-Verkleidung.

»Soll das ein Witz sein?«

»Sehe ich aus, als würde ich scherzen? Bitte überlassen Sie mir sofort Ihren Wagen.«

»Jetzt zeigen Sie mir erst einmal Ihren Ausweis, junger Mann.«

Das Auto der Marienjüngerinnen entfernte sich.

Der Trachtenhut-Opi tat mir leid, aber ich hatte keine andere Wahl. Ich riss die Knarre aus der Manteltasche und drückte sie an seine Stirn.

»Ich hab's im Guten versucht – also raus jetzt, aber zack, zack!«

Er starrte mit schreckensgeweiteten Augen auf meine Artil-

lerie. Ich öffnete die Tür, zog ihn aus dem Auto, setzte mich ans Steuer und gab Zunder. Ich bretterte die Straße mit Vollgas entlang. Und ich hatte Glück. Nach einer guten Minute war ich am Wagen der drei Sektenmitglieder dran. Sie waren nur geradeaus gefahren und nicht in irgendwelche Seitenstraßen abgebogen.
Okay, ihr Marienhexen. Jetzt werdet ihr mich nicht mehr los. Jetzt bleibe ich an euch kleben, egal, wohin die Reise geht. Selbst wenn sie direkt in die Hölle führt.

74 Bär radelt

Ich blieb inkognito. In meiner Kutte. Kapuze. Sonnenbrille.
Die Sonne stand schon tief. Die Schatten wurden länger.
Familienväter schleppten Campingliegen und Sonnenschirme aus dem Bad zum Parkplatz.
Familienmütter schleppten Kühltruhen, in jeder Hand eine. Ein Kleinumzug.
Die Kleinen quengelten: »Mama, noch ein Eis!«
Mamas keiften: »Du hast schon vier Eis g'habt heut Nachmittag. Nix da! Sonst kotzt bloß wieder das Auto voll.«
Die Kleinen: »Papa, noch ein Eis!«
»Hast nicht gehört, was die Mama g'sagt hat?«
Sie maulten.
Das Mädchen sagte zu seiner Mama: »Wenn ich kein Eis krieg, sag ich's morgen in der Schule ...«
Die Mama raunzte: »Das kannst ruhig in der Schule sagen, dass das fünfte Eis nimmer gekriegt hast. Die andern Kinder dürfen auch nicht Eis fressen, bis sie eine Vergiftung haben ... Die sollen ruhig hören, dass bei uns in der Familie noch Zucht und Ordnung herrscht, das schad gar nix!«
Das Mädchen sagte: »Ich mein nicht das mit dem Eis ... was ich sag!«
»Was dann?«
»Dann sag ich, dass du dem Papa einen geblasen hast ... in der Umkleide!«

Die Familie erstarrte. Wie ein Stummfilm, der stehen bleibt.
Stille.
Mama und Papa schauen sich entgeistert an.
Der Mama fallen die Kühltruhen aus den Händen.
Auf die Füße.
Ein Knall erschüttert die Stille.
Der Mama ist die Hand ausgerutscht.
Das Mädchen heult laut auf, reibt sich die Wange, schreit: »Das ist verboten, das ist Körperverletzung, Missbrauch, Gewalt gegen Minder...!«
Es knallt noch einmal.
Papa hat zugelangt, sagt: »Und jetzt ist absolute Ruhe, sonst ersäuf ich dich eigenhändig im Freibad.«
Ruhe.
Mama schaut den Papa an.
Stolz. Sagt: »Zucht und Ordnung ist bei uns. Merk's dir.«
Das Mädchen duckt sich. Vorsichtshalber.
In einer Schweigeprozession pilgert die heilige Familie zum Parkplatz.
Ach, warum habe ich kein Familienleben?
Familienleben ist gut.
Jedenfalls für die anderen.
Jäh wurde ich aus meinen wehleidigen Betrachtungen zum Für und Wider von Familienleben gerissen.
Die Marienjungfrauen kamen aus dem Bad.
Sahen und hörten nichts vor lauter lebhafter Unterhaltung.
Bestiegen ihre Fahrräder.
Ich hielt mich auf Sicherheitsabstand. Nur aus den Augen durfte ich sie nicht verlieren.
Sie fuhren zwei und zwei nebeneinander dahin, lachten, quatschten.
Sie fuhren Richtung Altötting-Zentrum, unter der Eisenbahnbrücke durch.
Dann aber ließen sie das Zentrum rechts liegen.
Der Verkehr war dicht, das war gut für mich.
Ich fing schon wieder an zu schwitzen.
Ich hätte beim Edeka doch das Mountainbike klauen sollen.

Mit dem alten Drahtesel war es eine einzige Schinderei. Obwohl alles eben war. Noch.

Die Verfolgung wurde schwieriger. Am nordwestlichen Stadtrand dünnte der Verkehr aus.

Ich musste meinen Abstand vergrößern, wurde nervös.

Wenn ich sie verliere, war alles umsonst.

Außerdem dämmerte es.

Hatte mein Museumsrad Licht?

Einen Dynamo hatte es. Aber dann wird die Plagerei noch größer.

Die Mädchen kannten sich aus. Sie fuhren zielbewusst. Aber wohin?

Ein Schild tat in der Abendsonne kund: »Mariä Heimsuchung. Unterholzhausen. 4 km«.

Aha. Ins Unterholz. Zur Heimsuchung. Oje! Nomen est omen.

Es ging unter einer Autobahnbrücke durch.

In die Pampa.

Ich verlor sie in den Abwärtskurven aus den Augen.

Trat in die Pedale mit der Wut der Verzweiflung.

Nicht verlieren. Nicht erwischen lassen!

Die Gegend war gottverlassen. Wo sich Fuchs und Has Gute Nacht sagen. Hier und dort ein Einödshof.

Mitten in der Fläche erhob sich ein Turm.

Ein steiler Kirchturm.

War das ihr Ziel?

Die Gegend war übersichtlich. Ich ließ mich zurückfallen. Sicher ist sicher.

Der weiße Kirchturm kam näher.

Er war von ein paar Häusern umgeben.

Ich stieg am Eingang des Örtchens ab.

Unterholzhausen.

Jetzt nichts mehr anbrennen lassen.

Und dann waren sie weg.

Ich war in Panik. Wenn ich sie nicht mehr finde?

Ich schob mein Rad. Als hätte ich einen Platten.

Wer sein Rad liebt, der schiebt.

Tat so, als wäre ich ein platter Spazierfahrer, schaute mir die Häuser an, an denen es nichts anzuschauen gab.
 Robbte mich von Haus zu Haus näher an die Kirche ran.
 Wie beim Häuserkampf.
 Der Kirchturm wurde kitschig rosarot von der letzten Abendsonne geküsst.
 Abendrot, leuchtest mir zum frühen Tod ...
 Die Mädchen waren weg. Einfach verschwunden.
 Mir wurde noch heißer unter meiner Kapuze, da half auch die Abendkühle nichts.
 Ich bog vorsichtig um die letzte Hausecke.
 Erstarrte.
 Erschrak.
 Blaue Blitze zuckten durch das linde Abendsonnenlicht.
 Die Kirche Mariä Heimsuchung.
 Ein Friedhof davor.
 Ein Eisengitter davor.
 Davor: die Polizei!
 Ein Stich in meiner Herzgegend.
 Jetzt haben sie mich erwischt.
 Jetzt werde ich verhaftet wegen Fahrraddiebstahls.
 Und die Mädchen sind weg.
 Alles aus!
 Der grün-graue BMW mit dem Sponsor-Namen »Polizei« stand breit vor dem schmiedeeisernen Tor. Der Eingang zum Friedhof und zur Kirche.
 Das Polizeiauto war mit zwei Weibern bemannt.
 Eine untersetzt, dunkle Locken.
 Eine schlank, blonder Pferdeschwanz.
 Dreckbraune Hosen. Schuhe wie der Papst Franziskus. Marke Bauhaus. Sandfarbene Hemden, Halbarm. Gut gefüllt.
 Zwei Frauen.
 Sie hatten mich sofort im Blick.
 Ich kam ihnen nicht mehr aus.
 Zurück hätte nach Flucht ausgesehen. Verdächtig.
 Da gab es nur eines: Flucht nach vorn.
 Ich schob mein Fahrrad frontal auf den BMW zu.

Im Tempo eines Rentnerausflugs.
Sagte: »Gelobt sei Jesus Christus!«
Das passte zu meiner Kutte.
Keine Reaktion.
Sie schauten mich an wie zwei Allgäuer Kühe.
Mit großen Augen.
Push-up-Eutern.
Ich liebe Allgäuer Kühe.
Aber nur ohne Uniform.
Ich versuchte es noch mal: »Gegrüßet seist du, Maria ...«
Tatsächlich: »... voll der Gnade, der Herr ist mit dir ...«
Sie lächelten unsicher.
Wussten wohl nicht, was sie von der Begrüßung halten sollten.

Ich sagte: »Der Herr hat vorübergehend eine Pause eingelegt. Wo auch immer er gerade ist, bei mir ist er nicht. Ich hab mich nämlich verfahren. Er hat seinen Heiligen Geist von mir genommen. Das himmlische Navi.«

»Wo kommen S' denn her?«, fragte die Ältere, Fülligere. Ihr Gesicht erinnerte mich an jemanden. Déjà-vu oder so.

Ich sagte: »Aus Kempten!«

Sie kriegten große Augen, die Jüngere sagte: »Alles mit dem Rad gefahren ...?«

Schaute auf mein Rad, legte nach: »Mit *dem* Rad?«

Ich zuckte entschuldigend die Schultern: »Es gehört nicht mir. Es ist ein Leihrad.«

Die Junge fragte: »Aus dem Deutschen Museum?«

»Nein, vom Edeka. Aber es ist voll ökologisch. Hat noch einen Dynamo. Wenn man recht fest in die Pedale tritt, geht das Licht an. Vorn und hinten. Ohne Batterie und LED und so ein Glump. Total nachhaltig. Ich spür jetzt noch die Treterei in den Muskeln.«

Die Mollige zog die Luft ein, die Bluse hob sich, fragte: »Und wohin hätten S' denn wolln?«

Ein vertrauter Klang. Ich konnte ihn aber nicht recht einordnen. Sagte: »Ich bin auf der Suche nach der Gnadenkapelle von Altötting.«

Die beiden lachten.
»Da sind S' aber ziemlich abgekommen vom Ziel. Altötting ist dahinten. Wenn S' aufs freie Feld hinauskommen, sehen S' die Türme von der Stiftskirche und der Basilika.«
»Und die Gnadenkapelle?«
»Die sieht man nicht so weit. Die ist nicht so hoch.«
»Aber grad da müsst ich hin. Ich brauch nämlich eine Wunderheilung. Wegen meinem linken Knie. Der Meniskus ist im A... im Argen. Angerissen. Und der Doktor, wo ich herkomm, der sagt, das muss man operieren. Aber ich glaub nicht an Operieren. Und die Gesundbeterin bei uns, die hat grad Urlaub, und der Doktor sagt, Radfahren ist gut fürs Knie, und ich glaub an die Heilkraft der Muttergottes, und deshalb hab ich denkt, Radfahren und Wunderheilung passen gut zusammen, und deshalb bin ich nach Altötting gefahren, zur Gnadenkapelle. Unsere Jungfrau Maria... Ich glaub an die, jetzt und in der Stunde unseres Todes!«
Die beiden schauten sich an.
Vielsagend.
Ich hätte gern gewusst, was sie viel zu sagen hätten. Die Mollige sagte nur: »Wenn S' gleich fahren, schaffen Sie es noch, bevor es Nacht wird, die paar Kilometer, halbe Stunde oder so.«
Ich wollte mich nicht so schnell abwimmeln lassen.
Fragte: »Was ist denn eigentlich das hier für eine Kirche?«
Die Junge sagte: »Mariä Heimsuchung.«
»Ist was passiert?«
»Wieso?«
»Weil die Polizei da ist.«
»Nein, es ist nix passiert.«
»Warum ist dann die Polizei da? Mit Blaulicht.«
Sie druckst en rum.
Die Dienstältere sagte: »Das ist ein Sondereinsatz.«
Ich, ganz naiv: »Ich tät gern einmal hineinschauen, die Maria heimsuchen. Für eine kurze Zwischenbehandlung, damit ich's vollends schaff nach Altötting zur Gnadenkapelle.«
»Geht nicht!«
»Warum nicht?«

»Geschlossene Gesellschaft.«
»Was macht die da? Die geschlossene Gesellschaft? Messe?«
»Die Gesellschaft ist geschlossen, damit Leut, die nicht dazugehören, nicht wissen, was sie macht. Die Gesellschaft.«
»Eine Geheimgesellschaft?«
»Nein. Geschlossen. Punkt. Basta.«
»Kann ich net amal gschwind neischauen, bloß ein kurzer Blick, ein kurzes Stoßgebet im Angesicht der Heiligen Jungfrau?«

Die Vorgesetzte sagte: »Jetzt nicht und auch nicht in der Stunde unseres Todes!«

Die beiden bauten sich unmissverständlich vor mir auf.

Die Titten wie Festungstürme gegen einen feindlichen Ansturm aufgeblasen.

Ich beugte mich vor, sagte: »Was ham Sie denn da für einen schönen Anhänger, ich seh nur das Band …«

Ich langte nach dem Anhänger am Hals der Molligen.

Bevor meine Hand das Geheimnis lüften konnte, hatte ich ihre Hand im Gesicht.

Eine schallende Ohrfeige.

Sie schlug so fest zu, dass ihr der Anhänger zur Polizeibluse raussprang.

Sie atmete heftig.

Sagte: »Das war Notwehr, die Kollegin wird es bezeugen!«

Ich sagte: »Keine Angst … aber dieser Anhänger … einfach wunderbar. So was Schönes hab ich noch nie gesehen«, log ich.

Es war die Schwarze Madonna.

Nackt.

Mein Herz jubilierte. *Gegrüßet seist du, Maria, voll der Gnade.*

Dann ein Schock. Die Ohrfeige hatte mein Gedächtnis aktiviert.

Ich erinnerte mich: Ich hatte die Polizistin schon einmal gesehen.

In Kempten.

Auf dem Polizeirevier.

Bei der Vernehmung. Die Kommissarin mit Kreissägenstimme.

Nichts wie weg hier.
Bevor ihr Gedächtnis wieder anspringt.
Ich schwang mich auf mein Fahrrad.
»Pfüads euch. Ich pack's jetzt. Zur Gnadenkapelle.«
Ein Auto fuhr auf den Platz, mit drei jungen Damen drin.
Parkte neben dem Polizeiauto.
Ich drehte noch eine Ehrenrunde, vorbei an der Kirche.
Fiel fast vom Rad.
An der Seitenmauer des Friedhofs standen vier Damenfahrräder.
Mit Badezeug.
Und dann brach es aus mir raus: *»Jaaaaah, mir san mitm Radl da, jahhhhh, mir san mitm Radl da ...«*
Die beiden Beamtinnen in Mariens Diensten schauten entgeistert.
Ich winkte ihnen zu, rief: »Auf Wiedersehen!!!«

75 Marlein und die geschlossene Gesellschaft

Die Verfolgung der Marienjüngerinnen führte aus Altötting heraus, hinaus aufs Land. Noch mehr aufs Land. Altötting war schon abgelegen, aber jetzt ging's wirklich ans gefühlte Ende der Welt.

Ich schaltete die Scheinwerfer ein, es wurde langsam dunkel.

Nach knapp vier Kilometern fuhren wir in ein Dorf namens Unterholzhausen ein. Wenn sich die Produzenten einer TV-Soap für ihre Serie einen archetypischen Namen für ein Kuhdorf ausdenken müssten, würde der mit Sicherheit »Unterholzhausen« lauten.

Dieser Ort erinnerte mich verblüffend an Reutersbrunn. Die Marienanhängerinnen schienen abgeschiedene Käffer zu schätzen. Aber kein Wunder bei den Aktionen, die sie veranstalteten. Bei Gruppensexorgien und Säuglingsmorden hatte man eben nicht unbedingt gerne ein großes Publikum mit dabei.

Das Auto der Damen steuerte in die Richtung eines Kirchturms. War das ihr Ziel? Ich ließ mich ein wenig zurückfallen, damit sie nicht bemerkten, dass ich ihnen folgte.

Plötzlich tauchte ein Fahrrad im Licht meiner Scheinwerfer auf.

Der Fahrer war mit einem Affenzahn unterwegs und schwankte bedenklich mit seinem Drahtesel. Wahrscheinlich ein Besoffener.

Das Fahrrad steuerte frontal auf mich zu.

Ich riss das Lenkrad herum, um auszuweichen. Was auch grandios funktioniert hätte, wenn nicht der Fahrradfahrer den gleichen Gedanken gehabt und sein Gefährt ebenfalls zur Seite gelenkt hätte – dummerweise genau in die Richtung, in die ich auch auswich.

Und obwohl ich gleichzeitig eine Vollbremsung hinlegte, stießen wir zusammen.

Meine Kiste krachte gegen einen hohen Bordstein und kam dadurch endgültig zum Stehen.

Ich stieg sofort aus.

Das Fahrrad und sein Fahrer lagen auf der Straße. Das Fahrrad war völlig verbeult. Der Fahrer schien glimpflicher davongekommen zu sein, rappelte sich stöhnend auf.

Ich gab ebenfalls einen lauten Seufzer von mir. So langsam fragte ich mich, ob es wirklich eine gute Idee gewesen war, diesen Typen mit nach Altötting zu nehmen. Erst hatte er mit seinem Rollstuhl die Verfolgung der Marienjüngerinnen erschwert, und jetzt stoppte er sie, indem er mir vors Auto fuhr.

»Verdammt noch mal, Bär – was machen Sie hier? Und wo haben Sie plötzlich ein Fahrrad her?«

Er stand wieder, blickte an sich herab, suchte nach Blutungsquellen und unnatürlich abstehenden Gliedmaßen.

»Ähh ... ausgeliehen.«

Ich musterte ihn ebenfalls.

»Haben Sie sich verletzt?«

»Ich glaube nicht.«

»Unkraut vergeht halt nicht.«

»Vielen Dank für die Anteilnahme, Marlein. Sie haben so viel Feingefühl wie ein Vorschlaghammer. Gut, dass Sie Privatdetektiv geworden sind, als Krankenpfleger wären Sie zum Beispiel völlig ungeeignet. Sie hätten mich gerade um ein Haar über den Haufen gefahren! Und wo bitte schön haben Sie plötzlich ein Auto her?«

»Beschlagnahmt im Namen der nationalen Sicherheit. Ich bin während unserer Trennung zum Geheimagenten aufgestiegen. Aber wenn ich Sie tatsächlich über den Jordan befördert hätte, wäre das einzig und alleine Ihre Schuld gewesen. Warum waren Sie wie ein vom Teufel Gejagter unterwegs?«

»Nicht vom Teufel. Schlimmer. Von der Polizei! Sie hätten mich fast erwischt. Ich bin einfach auf und davon, bevor sie mich vielleicht in Sicherheitsverwahrung genommen hätten.«

»Was hat Sie überhaupt hierhergeführt?«

»Vermutlich dasselbe wie Sie – die Marienjüngerin, die ich verfolge. Die Brut scheint sich in dieser Kirche da vorne zu treffen.«

Ich atmete erleichtert auf. Wenn hier das Ziel der drei Mädels war, war alles gut.

»Dann kommen Sie schnell ins Auto, Bär. Nicht dass wir noch die Aufmerksamkeit der Damen oder der Polizei auf uns lenken.«

Ich packte das schrottreife Fahrrad und warf es auf einen Grünstreifen am Straßenrand.

Ich stieg ein, Bär kletterte stöhnend auf den Beifahrersitz.

»Ich habe Prellungen und Verstauchungen. Und für meinen lädierten Meniskus war der Sturz vom Rad auch nicht gerade das Gesündeste.«

»Hören Sie auf zu jammern, Bär. Denken Sie daran, dass wir ein Kind retten müssen. Sind Sie sicher, dass die Kirche der Treffpunkt ist?«

»Ja. Aber wir müssen höllisch aufpassen. Vor der Kirche steht die Bullerei.«

»Vielleicht ist ein Unfall passiert?«

»Nein. Da ist nur die Kirche und ein Friedhof, und Tote sterben nicht. Die Besatzung des Streifenwagens besteht aus zwei jungen Frauen. Und raten Sie mal, was die um den Hals tragen!«

»Medaillons mit einer nackten Schwarzen Madonna?«
»Bingo! Die stehen als Wachhunde da. Ich wollte in die Kirche, aber sie haben mich nicht hineingelassen. Geschlossene Gesellschaft, haben sie gesagt.«
»Kindermord unter Polizeischutz! Das hat uns gerade noch gefehlt. Das macht das Ganze nicht leichter. Wir müssen mal die Lage checken.«

Ich ließ die Karre an und wollte zurückstoßen, aber sie bewegte sich nicht. Ich fluchte, öffnete die Tür und sah die Bescherung: Die Kollision mit dem Bordstein hatte dem Reifen den Rest gegeben.

»Scheiße! Die Karre macht's nicht mehr. Aussteigen, Bär, wir müssen zu Fuß weiter.«

»Kein Problem, wir sind ja praktisch da. Sind nur ein paar Meter.«

Wir stiegen aus und gingen die Straße entlang, bis wir an eine Stelle kamen, von der aus man die Kirche und den Platz davor sehen konnte.

Ich betrachtete die hell erleuchtete Kirche. Sie war größer als die Gnadenkapelle, aber insgesamt vergleichsweise klein, ein Dorfkirchlein eben. Es war umgeben von den Gräbern eines Friedhofs und einer Mauer, in der sich auch das offenbar einzige Zugangstor befand, zu dem einige Treppenstufen hochführten. Das Polizeiauto stand praktisch direkt vor dem Treppenaufgang. Zwei Frauen in Uniform standen vor dem Polizeiauto und unterhielten sich. Links und rechts neben dem Streifenwagen standen weitere Autos, darunter das, das ich verfolgt hatte.

Ich nickte zufrieden und schlug Bär auf die Schulter, was ihn schmerzhaft zusammenzucken ließ.

»Gute Arbeit, Bär. Es sieht so aus, als wären wir mit unseren Verfolgungen erfolgreich gewesen. Anscheinend ist hier tatsächlich der Ort, wo sich die Anhänger der Religio Mariae treffen – und der Ort der Großen Zeremonie.«

Bär rieb sich die Schulter.

»Ein seltsamer Platz. Mariä Heimsuchung in Unterholzhausen. Ist irgendwas besonders an der heiligen Hütte? Steht vielleicht in Ihrem komischen Stadtführer was drin?«

Ich zog das Heftchen aus der Mantelinnentasche und blätterte darin.
Und tatsächlich, ich fand ein passendes Kapitel:

»Mariä Heimsuchung« in Unterholzhausen – Altöttings kleine Wallfahrt

Jeder kennt die Gnadenkapelle, jeder kennt die Schwarze Madonna – darüber ist leider etwas in Vergessenheit geraten, dass es, nur drei Kilometer Luftlinie vom Zentrum entfernt, neben dem weltberühmten noch einen zweiten Wallfahrtsort in Altötting gibt: die spätgotische, um 1460 erbaute Kirche »Mariä Heimsuchung« in Unterholzhausen.
Unterholzhausen liegt im Inntal und wurde bei der letzten Gebietsreform eingemeindet, ist also ein Stadtteil von Altötting. Mittelpunkt des kleinen Marienkirchleins in Unterholzhausen ist ein frühbarocker Marienaltar mit einer gotischen Madonnenstatue, die seit Jahrhunderten verehrt wird und ebenfalls Wallfahrtsziel ist.
Im 17. und 18. Jahrhundert hatte die Wallfahrt nach »Mariä Heimsuchung« ihre Blüte, heutzutage führt sie eher ein Mauerblümchendasein im Schatten der übermächtigen Schwester im Zentrum Altöttings. Doch trotz – oder gerade wegen – ihrer Abgeschiedenheit, ihrer Ruhe und ihrer relativen Unbekanntheit ist »Mariä Heimsuchung« ein lohnendes Ausflugsziel, das im Gegensatz zum oftmals überlaufenen Kapellplatz Ungestörtheit in ländlicher Idylle bietet – und für den Kunstliebhaber viele kostbare und sehenswerte Plastiken bereithält.
Diese »kleine« Marienwallfahrtskirche Altöttings ist vielleicht die Kirche mit dem höchsten »Frauenanteil« in ganz Deutschland, denn sie ist fast ausschließlich mit weiblichen Heiligenfiguren (Agnes, Barbara, Katharina, Kunigunde, Elisabeth, Anna und mehrfach Maria) ausgestattet.

Ich klappte das Büchlein zu und verpasste Bär einen Rempler mit dem Ellbogen. Wenn es ihm wehtat, ließ er es sich nicht anmerken.

»Mensch, Bär! Jetzt ist alles sonnenklar! Jetzt fügt sich alles ineinander!«

Bär sah verdattert aus.

»Was ist sonnenklar? Was fügt sich ineinander?«

»Überlegen Sie doch mal, Bär! Jetzt ist klar, warum wir niemanden von der Mariensekte bei der Gnadenkapelle gefunden haben. ›Große Zeremonie in der Marienwallfahrtskirche Altötting‹, so lautete der Eintrag im Kalender von Lena Wiga, und wir haben wie selbstverständlich angenommen, dass mit ›Marienwallfahrtskirche Altötting‹ nur die heilige Kapelle mit der Schwarzen Madonna gemeint sein kann. Die Zeremonie findet tatsächlich in einer Altöttinger Marienwallfahrtskirche statt, allerdings nicht im Zentrum, sondern im kleinen unbekannten Wallfahrtsort Mariä Heimsuchung. Hier ist tote Hose, und sie können in Ruhe ihr Opferritual zelebrieren. Und dass die Anhänger einer Religion, die eine weibliche Göttin verehrt, ihre zentrale Zusammenkunft in der Kirche mit der größten Frauendichte Deutschlands abhalten, rundet das Bild ab. Wir sind am Ziel, Bär! Wir haben das Hauptquartier der Marienbrut gefunden!«

Bär nickte zustimmend, doch überschäumende Euphorie sah anders aus.

»Okay. Schön und gut. Aber was machen wir jetzt?«

Ich rief mich zur Ordnung und kam runter von meiner Erfolgswolke. Bär hatte recht. Noch hatten wir nichts gewonnen, noch hatten wir nichts erreicht, noch war das Kind nicht gerettet.

Ich dachte laut nach.

»Wir könnten die Polizei rufen. Aber dummerweise ist die Polizei ja schon da – und steht auf der falschen Seite. Die beiden Damen würden sicher alles erklären und vertuschen können. Nein, damit würden wir das Kind nur gefährden. Wie müssen die Sache selbst durchziehen.«

»Aber wir wissen nicht, ob das Kind überhaupt hier ist. Vielleicht zelebrieren die wirklich nur eine stinknormale Marienandacht. Und wie stehen wir dann da, wenn wir einen gewöhnlichen Gottesdienst wie ein Sondereinsatzkommando stürmen? Ganz schön blöd.«

»Klar, Bär, eine ganz gewöhnlichen Marienandacht – unter Polizeischutz und unter Ausschluss der Öffentlichkeit. Aber trotzdem haben Sie recht. Wir brauchen Klarheit – und dazu müssen wir rein in die Kirche.«

»Und wie wollen Sie an den Damen von der Polizei vorbeikommen?«

»Wir versuchen, auf der gegenüberliegenden Seite reinzukommen. Die Mauer scheint mir nicht so hoch zu sein, dass man nicht drüberklettern könnte.«

»Und wenn wir drin sind und dann den Bullenmädels in die Hände fallen?«

»Wir müssen uns tarnen.«

»Aber wir sind doch schon getarnt.«

»Mensch, Bär, benutzen Sie ihr Hirn auch mal für was anderes, als nur an Weiber zu denken! Die haben Sie doch schon gesehen und trotz Ihrer Kutte weggeschickt. Nein, wir brauchen etwas anderes. Einen Vorwand, warum wir uns dort aufhalten.«

»Rund um die Kirche ist ein Friedhof. Wir könnten so tun, als wären wir schon vor ihnen da gewesen. Die Gräber pflegen.«

Ich hieb ihm erneut auf die Schulter, und erneut zuckte er zusammen.

»Na wer sagt's denn, Bär, geht doch mit dem Denken! Gute Idee.«

Ich schaute mich um.

»Aber dazu bräuchten wir noch das entsprechende Equipment. Was meinen Sie, sollen wir mal in diesem einsamen Gartenhäuschen dort vorne nachsehen, ob sich da was Passendes für uns findet?«

76 Bär gräbt

Wir hatten die Mönchsgewänder abgelegt und waren jetzt ausgestattet wie Profigärtner.

Mit Plastikgießkannen.

Rechen.
Besen.
Eimern.
Das volle Programm. Das Gartenhäuschen hatte alles hergegeben, was man als professioneller Grabpfleger brauchte.
Unser vierter Diebstahl am heutigen Tag. Erst der Rollstuhl, dann die Kutten, dann das Fahrrad und das Auto, jetzt die Gartenausrüstung. Einbruch inklusive. Unser Straftatenkonto wuchs exponentiell.
Wir hatten uns um die Kirche herumgeschlichen und hinter dem Gebäude tatsächlich eine Stelle gefunden, wo die Mauer ziemlich niedrig war und wir drüberklettern konnten.
Wir bewegten uns zwischen den Gräbern hindurch in Richtung Kircheneingang. Ein weiteres Auto fuhr vor, Leute stiegen aus, betraten die Kirche. Wir versteckten uns hinter einem großen Grabstein.
Marlein grinste zufrieden.
»Da kommen noch welche. Das heißt, die Veranstaltung ist noch nicht eröffnet. Sehr gut. Wir sind also nicht zu spät dran. Warten wir, bis alle da sind.«
Wir machten es uns auf einem Grab bequem.
Makaber.
Ich zündete mir eine Zigarette an.
Bediente mich an meinem Flachmann.
Zum Glück hatte ich einen einstecken.
Allgäuer Enzian. Gegen das Heimweh.
Die eiserne Ration für Notfälle.
Jetzt war ein Notfall.
Ich reichte Marlein das Fläschchen.
»Auch ein Schluck?«
Er schüttelte den Kopf.
»Ich trinke nur Wasser.«
Ich sagte: »Richtig. Hab ich ganz vergessen. Sie haben wohl gar kein Laster im Leben?«
Er rauchte nicht.
Er trank nicht. Außer Wasser.
Er sagte: »Meine Arbeit.«

»Ah so, ich wusste doch, da gibt's noch was Drittes außer Rauchen und Saufen.«
Er schwieg. Das konnte er gut.
»Sie wollen wohl mal heiliggesprochen werden.«
Er grinste. Immerhin.
Er schaute in die Ferne.
Sagte: »Da kommen die Nächsten.«
Eine weitere Gruppe von einem halben Dutzend Marienverehrerinnen lief ein.
Verschwanden alle in der Kapelle.
Marlein sagte: »Die müssen gestapelt sitzen, in der kleinen Kapelle.«
»Man sollte mal schauen ...«
»Unsere Stunde ist noch nicht gekommen.«
Zitat Marlein.
Meine Stunde ist noch nicht gekommen.
Zitat Jesus.
Mittlerweile war es stockdunkel geworden.
Ich saß mitten in der Nacht auf einem Grab des Friedhofs irgendeines Kuhdorfs irgendwo in der oberbayerischen Pampa. Zusammen mit einem Typen aus Fürth, den ich kaum kannte. Um einen Haufen geiler Weiber statt ins Bett in den Knast zu befördern.
Gottes Wege sind unergründlich.
Ich fluchte.
»Scheiße. Ich hoffe, wir müssen hier nicht mehr ewig warten. Ich hasse Friedhöfe nämlich.«
Marlein fragte: »Warum?«
Ich sagte: »Meine Mutter und meine Großmutter waren leidenschaftliche Grabpflegerinnen. Sie pflegten mindestens einmal in der Woche das Grab. Familiengrab. Ohne Familie. Kein Schwein lag dadrin. Aber wegen der Nachbarn. Man tat damals alles wegen der Nachbarn. Es herrschte Terror. Nachbarschaftsterror. Und ich musste als Bub mit zum Friedhof.«
Marlein fragte: »Was tun?«
»Brav sein.«
»Scheiße, oder?«

»Genau!«

Ein echter Kumpel, dieser Marlein!

Nach einer Ewigkeit hörten wir die Abendglocken läuten. Marlein erzählte mir von seiner »Tour de Maria« durch das fränkische Outback.

Er hatte ein Gedächtnis wie ein Elefant. Konnte nichts vergessen. Keine Madonna, er hatte die Maße der Kirchenräume und Altäre zentimetergenau im Kopf.

Ich dachte: Der arme Hund muss mit einem jungen Weib durch alle Kirchen laufen und Geschichten anhören und Kirchenmobiliar anschauen, ich tät mich zu Tode langweilen.

Ich sagte: »Interessant!«

Kriegte gleich noch eine Marienkirche um die Ohren in allen Einzelheiten. Mit Jahreszahlen, Geschichte rauf und runter, Papst hin und her.

Wir ergänzten uns großartig. Ich konnte mir nichts merken. Besondern nichts mit Kirchen, Altären, Fresken, Ornamenten, Glocken. Die einzigen Glocken, die mich interessiert hätten, wären die von dieser Lena Wiga gewesen.

Die beiden übertrafen sich offensichtlich. Marlein und seine Begleiterin. Rannten von Kirche zu Kirche und unterhielten sich fromm und gebildet. Er verdiente sein Geld schon schwer, der Marlein. Hätte Priester werden sollen. Nüchtern. Trocken. Keusch.

Oder hatte mir der Saukerl etwas verschwiegen? War da was gelaufen mit der Lena Wiga?

Am Eingang zum Friedhof erschien ein Mercedes Kombi.

Eine Frauengestalt in wallenden schwarzen Gewändern entstieg ihm, eskortiert von zwei Männern, die respektvoll einen Schritt Abstand hielten.

Buckelten.

Devot.

Männliche Devotionalien, die sich bewegten.

Die Wallende mit ihrem Escortservice von Devotionaldeppen verschwand in der Kapelle.

Ich sagte zu Marlein: »Jetzt wird's bald Zeit, dass die anbauen.«

Dann betraten die beiden Polizistinnen den Friedhof. Sie

schlossen das Tor ab, verschwanden in der Kapelle und schlugen die Tür hinter sich zu.
Peng.
Marleins Stimme zitterte leicht.
»Die geschlossene Gesellschaft scheint komplett zu sein. Wir warten noch zehn Minuten, und dann schauen wir mal, ob wir die Marienparty ein bisschen aufmischen können.«

77 Marlein und der leere Raum

Ich zog erneut meine Knarre aus der Manteltasche.
Bär machte große Augen.
»Sie haben ja ein Schießeisen dabei.«
Ich hob die Augenbrauen.
»Was haben Sie denn gedacht? Dass wir fünfzig Marienanhängerinnen und ihre Gorillas alleine mit unseren Kung-Fu-Künsten erledigen?«
Bär musterte die Waffe.
»Ist die echt?«
Ich stöhnte.
»Nein, das ist nur eine Wasserspritzpistole. Aber wenn wir beide laut ›Buh!‹ rufen, werden wir mit ihr sicherlich trotzdem Angst und Schrecken verbreiten können. Mensch, Bär! Natürlich ist die echt! Haben Sie schon wieder vergessen, dass ich ein *echter* Privatdetektiv bin? Und jetzt los, nicht dass wir doch noch zu spät kommen.«
Wir pirschten uns an den kleinen Anbau heran, in dem sich das Eingangsportal befand. Meine Pistole im Anschlag, öffnete ich die Tür – ganz langsam, in Zeitlupe, Millimeter für Millimeter. Schließlich war sie so weit offen, dass wir uns ins Innere schieben konnten.
Keine Maschinengewehrsalven begrüßten uns.
Wir sahen uns um.
Wir sahen das übliche Interieur einer Kirche – die hölzernen Bankreihen rechts und links, den Mittelgang dazwischen, den

großen prunkvollen Altar mit dem Gnadenbild. Wir sahen die Frauenstatuen, die in der Broschüre erwähnt worden waren, und, natürlich, im Zentrum des Altares, die Himmelskönigin Maria mit den Insignien der Macht.
Ansonsten sahen wir – nichts!
Die Kirche war leer. Kein Mensch befand sich darin. Noch nicht einmal eine arme Kirchenmaus.
Bär schüttelte ungläubig den Kopf.
»Die haben sich in Luft aufgelöst!«
Wir schritten auf leisen Sohlen durch die Kirche. Es gab ein von einem Gittertor abgetrenntes kleines Turmzimmer, das aber nur Votivgaben – Kerzen und Bilder – beherbergte. Es gab eine Empore mit Orgel, die ebenfalls menschenleer war. Und es gab, im Chorraum vor dem Altar, auf der rechten Seite in der Wand einen Durchbruch, der zu einer großen, schweren Tür führte. Vor dieser Tür blieben wir stehen.
Bär nickte wissend.
»Das muss der Zugang zur Sakristei sein.«
Ich nickte ebenfalls.
»Ja, hier muss es zu dem größeren der beiden Anbauten gehen, die man von außen sieht.«
Bär starrte auf die Tür, als wollte er durch sie hindurchgucken.
»Dadrin müssen sie sein.«
Ich hielt meine Knarre auf die Tür gerichtet.
»Schwer zu glauben. Dann müsste es dadrin so eng zugehen wie in einer Sardinenbüchse.«
Bär kratzte sich am Kinn.
»Vielleicht führt von dort ja eine Treppe in ein Kellergewölbe. Das haben viele Kirchen. Unterirdische Krypten. Sie können nur hier reingegangen sein. Es sei denn, Maria hat sie in den Himmel auffahren lassen.«
Ich legte meine andere Hand auf die Klinke der Tür, drückte sie vorsichtig nach unten. Abgeschlossen. Scheiße.
Ich wandte meinen Blick zu Bär.
»Es gibt noch einen zweiten Zugang zu diesem Raum. Die Tür draußen am Anbau. Wir versuchen da mal unser Glück.«
Bär sah nicht glücklich aus.

»Und wenn da auch zu ist?«
Ich streichelte meinen Bleispucker.
»Dann müssen wir eben das Schloss aufschießen.«

78 Bär staunt

Wir gingen aus der Kapelle raus, um die Kapelle rum.
Auf einmal haute es mich hin. Bäuchlings. Auf die Schnauze.
»Himmelherrgottsakra...!«
»Schnauze!«, zischte Marlein. »Sie können ja gleich ein Megafon nehmen und plärren: Hier sind wir!«
Ich war über den Rand eines Betonschachtes gestolpert.
Ich schaute hinein. Flüsterte: »Ich sehe was, was Sie nicht sehen!«
Marlein flüsterte: »Und ich höre was, was Sie nicht hören.«
»Kein Wunder, Ihre Ohren sind ja auch über zwanzig Jahre jünger! Ich seh so was wie Licht. Und was hören Sie?«
»Marienlieder und ... tatsächlich Rock dazwischen. Heavy Metal.«
»Die feiern da ihre Orgie. Wahrscheinlich.«
Marlein sagte: »Das hier muss der Entlüftungsschacht sein für ein großes Kellergewölbe. Ihre Theorie stimmt. Glückwunsch, Bär! Sie sind doch ein Schlauer!«
»Die Marienbrut ist also im Keller. Auerbachs Keller. Barcarole in der Nacht. Jacques Offenbach.«
Marlein interessierte sich einen Dreck für mein Bildungsgequatsche, schnupperte in die Luft wie ein Polizeihund, der Fährte aufnimmt.
Sagte: »Außerdem mieft's da rauf.«
Ich: »Die rauchen. Weihrauch.«
Marlein sagte fachkundig: »Und Joints.«
»Woher wollen Sie das wissen?«
»Das riecht man doch.«
Soso. Mein asketischer Kollege hatte es doch dicker hinter den Ohren, als ich dachte. Joints. Ich konnte kaum Weihrauch

von Marlboro unterscheiden. War mal in einem katholischen Jugendheim mit einer Schulklasse vom Gymnasium. Am Anfang meiner Karriere als Lehrer. Meditation und so. Die Jungs fragten mich, ob sie Räucherstäbchen anzünden dürfen. Ja, warum nicht? Fördert die Meditation. Die Bude qualmte. Räucherstäbchen. Auf einmal stand der Padre in der Tür. »Hier wird nicht gekifft!«, plärrte er. Ich sagte: »Das sind doch nur Räucherstäbchen.« Er schaute mich an. Sagte: »Und du bist nur ein Depp mit null Ahnung.« Dann warf er uns raus. Der Direktor von der Schule stellte mich zur Rede, wegen Drogen und so. Ich sagte: Es waren nur Räucherstäbchen. Wir einigten uns auf Räucherstäbchen. Ersparte uns viel Ärger. Ihm und mir. Denn es war das Ende meiner Lehrerkarriere.

Ich rappelte mich wieder auf.

Rüttelte am Gitterrost vom Schacht.

Marlein, Realist von Beruf, griff in die Hosentasche.

Hatte ein Messer in der Hand. Ein Schweizer Taschenmesser. Rot mit weißem Kreuz.

Er fummelte damit rum, kniete sich nieder, schraubte am Gitterrost wie ein professioneller Klempner.

»So«, sagte er, »fassen Sie mit an!«

Wir lupften den Gitterrost weg.

Ich sagte: »Respekt! Da sieht man halt, dass Sie vom Fach sind. Echter Privatdetektiv.«

»Dafür sind Sie ein Seelenklempner. Schrauben Seelen auf.«

Kollegial war er wie die Sau! Netter Kerl.

Aus dem Schacht drang Licht und Rauch. Weihrauch und Joints. Die Marienmischung.

Mariengesang hob wieder an.

O Maria hilf. Nach der Melodie von »Marmor, Stein und Eisen bricht«.

Ich sagte: »Krass.«

Marlein unbeirrt: »Da lassen wir uns jetzt runter, vielleicht sehen wir, was da los ist.«

»Meinen Sie? Dann sind wir in fünf Minuten geräuchert wie die Bücklinge.«

»Da steckt man nicht drin. Da muss man durch.«

Fränkische Weisheit.
Ich sagte: »Steigen Sie zuerst runter. Jugend vor Alter.«
Er sagte ungerührt: »Nein, Sie. Alter vor Schönheit.«
»Danke. Aber mein Knie ...«
»Wir sind hier nicht in der Geriatrie.«
Er wurde ungehalten. Die Nerven. Wenn man so jung ist, passiert so was leicht.
Ich sagte cool: »Ich übernehm die Sicherung.«
»Welche Sicherung?«
»Ich seil Sie ab, und wenn was ist, zieh ich Sie wieder hoch.«
»Mit welchem Seil?«
»Mit dem hier!«
Ich deutete auf einen Gartenschlauch, der in der Nähe lag und offenbar zur Bewässerung der Gräber benutzt wurde. Ich holte ihn. Dann stellte ich mich breitbeinig über den Schacht, Marlein band sich unser »Seil« um den Bauch und ließ sich dann sachkundig, abgestützt und gespreizt durch Schulter und Beine, runter. Wie ein Bergsteiger durch einen Kamin. Musste er wohl in der Fränkischen Schweiz gelernt haben. Am Walberla. Das Walberla – der Mount Everest der Fränkischen Schweiz.

Durch das Mariengedudel hörte ich seine Stimme, aufgeregt: »Kommen Sie runter, geile Show!«

Ich befestigte den Gartenschlauch an einem schmalen Grabstein, ließ mich dann hinab auf seine Schultern und dann auf den Grund vom Schacht.

»Da, schauen Sie«, flüsterte er.

In einem quadratischen Fenstergitter war ein Ventilator eingelassen. Durch die freien Ecksegmente konnte man durchschauen. Es war wie ein Fernseher mit eingebautem Ventilator.

Ich mochte zwar keine Zugluft, aber wir hockten ja auch nicht in der Luft, sondern wurden von Weihrauch und Hasch geräuchert.

Die Sicht war es wert.

»Das ist ja wie in der Pathologie im Krankenhaus. Ein Tisch für die Sektion.«

»Der Altar!«, erklärte Marlein.

Er kannte sich ja mit Sakralräumen aus. Hatte mit seiner

Fürther Flamme sämtliche fränkischen Mariengaragen durchstudiert.

»Und dahinter der Kardinalssessel. Knallrot. Meine Psychoanalytikerin hatte auch so einen.«

»Na ja, Psychoanalyse ist auch so was wie Kult.«

Da konnte ich schlecht was gegen sagen. Er hatte recht.

Ich sagte: »Aber die Hocker daneben, die kleineren, links fünf und rechts fünf, schauen aus wie bei der Prunksitzung der Mainzer Fassenacht.«

»Das wird für die Ministranten sein. Wir werden ja sehen. Die scheinen sich noch aufzuwärmen.«

»Ja, die Marienjungfrauen ... die Walküren, in wallenden Gewändern ... Mensch, so viele junge, pralle Weiber ...«

»Die kiffen nicht schlecht ... und seh ich recht, die Flaschen auf den Tischen ... ist das das Zeug, das Sie immer aus Ihrem Flachmann saufen?«

»Klosterfrau Melissengeist ...«

»Ach so. Und die andern Flaschen ... das ist wohl der Farbe nach Apfelsaft.«

»Der Apfelsaft heißt Jack Daniel's. Die Party erinnert mich an meine Vision in Tal am See in der Mariengrotte ... wo sie mich dann nach Kaufbeuren in die Irrenanstalt geschafft haben ...«

Wir konnten uns gut unterhalten, die Damen waren mit Kiffen, Saufen und Singen beschäftigt.

»Fehlt nur noch, dass sie schunkeln«, sagte ich.

»Vielleicht kommt das noch.«

»Ich glaub, ich seh schon wieder was, was Sie nicht sehen. Schauen Sie mal die Mädels genau an. Brustbild. Fällt Ihnen was auf?«

Marlein zwickte die Augen zusammen.

»Mit den Scheiß-Fackeln an der Wand sieht man nicht gescheit, die flackern so ... Neonlicht wäre besser.«

»Neonlicht gehört vielleicht in Ihr Detektivbüro in Fürth, aber nicht in einen Sakralraum.«

»Sakrament ... Ich glaub, jetzt sehe ich, was Sie meinen. Die haben alle keinen ...«

Ich sagte: »BH ist das Wort, das Sie suchen. Büstenhalter. Da wallt und knospt es ganz gewaltig unter den Seidengewändern.«
»Was die sonst noch alles nicht anhaben? Drunter mein ich.«
»*Wenn Ihr's nicht fühlt, ihr werdet's nicht erjagen.* Goethe.«
Er schaute mich irritiert an.
»Ich glaub, Sie sind schon besoffen von dem Dunst ...«
»Und der Aussicht!«
Ich dachte, er trinkt nicht nur Wasser, er denkt auch Wasser. Immer nüchtern. Gut zu wissen.
Ich nahm einen Schluck aus meinem Flachmann. Allgäuer Enzian.
Man gönnt sich ja sonst nichts.

79 Marlein und der falsche Dampfer

Ich wurde nicht schlau aus diesem Bär.
Der hatte echt Nerven! Hatte selbst in dieser Situation nichts Besseres zu tun, als Alkohol zu bechern. Und den Weibern auf den Busen zu schauen.
Ich hatte ganz andere Sorgen. Ich musterte die Reihen der Marienanhängerinnen.
Keine Lena Wiga.
Kein Kind.
Das machte mich nervös. Verdammt, waren wir am Ende doch am falschen Ort?
Ich packte Bär am Arm.
»Bär, hören Sie auf zu saufen und schauen Sie statt auf die Titten in die Gesichter. Sind Ihre Mädels aus dem Allgäu unter den Anwesenden?«
Er kniff die Augen zusammen.
»Also, ich seh die Maja ... und die Pia aus Maria Rain ... und ja, die drei Jungfrauen, die depressiven ... Was machen die denn hier? Die waren doch vor drei Tagen noch völlig fertig in der Irrenanstalt von Kaufbeuren ... Das reinste Heimattreffen ... und

die schauen alle schon so verklärt wie die Jungfrau Maria bei der Empfängnis ...«
»Und die Käsi?«
»Nein, die seh ich nicht.«
Ich schaute sicherlich ganz und gar nicht verklärt.
»Na super. Diejenigen, die wir eigentlich suchen, sind gar nicht da. Lena Wiga ist nämlich auch nicht dabei.«
»Sie vermissen sie wohl?«
»Natürlich.«
»Verknallt in sie?«
Ich dachte, ich höre nicht recht.
»Bitte was?«
Bär grinste mich anzüglich an.
»Machen Sie mir doch nichts vor, Marlein. Sie sind unsterblich in Lena Wiga verliebt. Persönlich freut mich das für Sie. Beruflich beunruhigt es mich. Verliebt ist schlimmer als besoffen. Weiß ich aus Erfahrung. War ja schließlich auch mal jung.«
Ich machte die Scheibenwischer-Bewegung.
»Ich glaube, Sie haben ein bisschen zu viel an Ihrem Enzianfläschchen genuckelt, Bär. Sie sind auf dem völlig falschen Dampfer. Also gut, damit Sie Ihren Seelenfrieden haben, weil Sie es ja unbedingt wissen wollten: Ja, ich habe sie gefickt. Aber das war, bevor ich erkannt habe, dass diese Lena Wiga völlig durchgedreht ist. Ich vermisse sie – aber nur, weil ich ihr verschwundenes Kind finden will, und wenn Lena Wiga nicht hier ist, ist das Kind vermutlich auch nicht hier, und das ist scheiße. Geht das in Ihren senilen Greisenschädel rein, Bär?«
Er murmelte irgendwas von »Wer's glaubt, wird selig«.
Sturschädel, alter!
Ich ließ meinen Blick erneut durch den Kellergewölberaum schweifen – und blieb an der Wand hängen.
Was ich sah, schnürte mir fast die Kehle zu.

80 Bär kommt

Marlein packte mich am Arm, mit einem Griff wie ein Schraubstock.
Am Arm, der mir noch wehtat von dem Sturz vom Fahrrad.
Marlein, außer sich vor Aufregung: »Um Gottes willen, Bär, sehen Sie diese Dinger an der Wand?«
»Welche Dinger?«
»Die silbernen Teile, die an den Wänden montiert sind!«
Ich schaute.
Und dann sah ich sie auch.
O Maria hilf ...!
Marlein, mit Grabesstimme: »Silberne Herzurnen, wie in der Gnadenkapelle – nur viel kleiner –, wie für Kinderherzen ...«
Ich sagte tonlos: »Die herausgerissenen Herzen der toten Säuglinge im Allgäu wurden nie gefunden ...«
Marleins Blick ging ins Leere.
»Und ich habe auf dem Kapellplatz noch gesagt, sie werden ja wohl kaum in Silberurnen aufbewahrt in einer Marienkapelle hängen. Aber genau das tun sie wahrscheinlich – nämlich hier unten! Dieses verdammte Teufelspack!«
Während wir versuchten, uns vom Schock der Miniherzurnen zu erholen, ging die Feier weiter.
The show must go on.
Die Jungfrauen bildeten einen Halbkreis um den Altartisch.
Das Stimmengewirr wurde immer berauschender.
Zwischendurch sangen sie lauthals und alkoholisch Marienlieder.
Marlein sagte, nicht ganz ohne Verachtung: »Nur Weiber! Hexenpack!«
Ich sagte: »Aber vorher sind doch auch Mannsbilder in die Kapelle gegangen. In schwarzen Kutten. So devote Hengste ... Da schauen S', ich glaub, da kommt einer.«
Eine gebückte devote Gestalt in Kutte wedelte mit einem Weihrauchkessel herein.
Stellte ihn dampfend auf dem Altar ab.
»Hoppla, sehen S': Der Altar hat in der Mitte ein Loch.«

»Ja, richtig. Wie in der Pathologie. Damit das Blut abfließen kann.«

Die Walküren mit Joints in den Fingern erhoben sich, ihre Stimmen auch.

Ein zweiter Devotling trug auf einem Kissen ein Instrument herein, legte es auf dem Stein mit dem Loch ab, vor dem Weihrauchkessel.

Ein Messer.

Die Stimmen erklommen noch eine Oktave.

Ich sagte: »Das ist der Introitus.«

»Der was?«

Marlein mochte sich seit seiner Marientour mit Lena Wiga ganz gut mit Kirchen auskennen, aber mit der Messfeier hatte er nicht viel am Hut. Das merkte man.

»Introitus: der Eingangsteil der Messe. Sie bereiten sich auf was Größeres vor. Das Messopfer.«

»Das Messeropfer?«

Ich überging die theologische Unschärfe meines jungen Freundes. Er war schließlich Privatdetektiv und nicht Theologieprofessor.

»Ja, recht ham S'. Das Messeropfer«, sagte ich.

Schweigend verfolgten wir das Schauspiel.

Und ein Schauspiel war es.

Die Fackeln flackerten im Windzug.

Heavy Metal wummerte.

Die weißseiden gewandeten, BH-losen, kiffenden Nymphen erhoben sich.

Ihre Körper zuckten in Vorekstase zum Rhythmus von »The Final Countdown«.

Ein zog die Hohepriesterin.

Sie sah ein bisschen aus wie die, die ich in den Zimmern der depressiven Mädchen, in dem Zimmer von der ertrunkenen Lea, in den Zimmern von Maja und Käsi, in der Mariengrotte von Tal gesehen hatte.

Die Tina-Turner-Pamela-Anderson-Christine-Neubauer-Regina-Bavariae-Hohepriesterin. Wallendes schwarzes Haar. Gehüllt in wallendes güldenes Gewand.

Umgeben von vier devoten Schlappschwänzen in schwarzen Kutten.

War wohl eine matriarchalische Version vom Einzug des Priesters mit seinen Ministranten.

Ich raunte Marlein ins Ohr: »Das ist ja wie bei den Tüpfelhyänen in der Serengeti!«

»Wieso? Versteh ich nicht.«

»Tüpfelhyänen leben in großen Clans mit klaren Hierarchien, in denen Mütter den Ton angeben. Eine Art Hyänen-Matriarchat. Das Rudel wird beherrscht von einem Alphaweibchen, und es gibt eine strenge Hierarchie, und alle Männchen stehen im Rang noch unter dem untersten Weibchen.«

»Genau wie hier.«

»Sag ich ja. Und sie sind nicht zimperlich, die Tüpfelhyänen. Sie reißen die Tiere, und dann fressen sie sich durch die Eingeweide, bis das gefallene Tier verendet.«

Marlein verzog das Gesicht.

»Eklig! Tierisch!«

Ich sagte: »Ja, hier ist wenigstens mehr Kultur. Hoffe ich.«

Die ekstatischen Jungfrauen riefen: »Heil illi heil illi heil illi ...«

»Was plärren die da?«, fragte ich Marlein. Er litt noch nicht an Altersschwerhörigkeit. Hoffentlich. »›Heil Hitler‹ ist es nicht. ›Heil Kräuter‹ auch nicht ...«

Marlein spitzte die Ohren.

»Klingt wie Willi ... Aber ›Heil Willi‹ wäre irgendwie albern ... Da ist noch irgendein Zischlaut dabei ...«

Die Hohepriesterin ließ sich auf ihrem Thron nieder.

Umwuselt von den Devotionalien.

Noch leckten sie ihr nicht die Füße.

Ich konnte ihr Gesicht nicht sehen.

Weil mein Blick gefangen war von ihrem Busen.

Er lag frei, gestützt von einem antiken Push-up-Wonderbra. Wogte.

Die Spitzen ihrer Titten rot wie reife Erdbeeren.

Ich ermahnte mich, dass ich dienstlich hier war und nicht auf einer privaten Peepshow.

Stemmte den Blick meiner Augen wie ein Gewichtheber nach oben.
Sah ein weiß getünchtes Gesicht.
Kalkweiß.
Blutrote Lippen.
Schwarze Mähne, graue Streifen.
Ich fragte Marlein: »Sehen Sie sie? Kennen Sie sie? Irgendwie kommt sie mir bekannt vor!«
Marlein murmelte: »Ja, ich hab sie schon mal gesehen – bei der Orgie am Hohlen Stein in Reutersbrunn. Aber ich weiß nicht, wer sie ist.«
Die Jüngerinnen und rangunterten Jünger huldigten weiter ihrer Hohepriesterin.
»Heil ... illi ... heil ... illi ... heil illi.«
Ich war kurz vorm Kommen.
Mit einer Einsicht.
»Illi ... illi ... illi.«
Zisch ...
Illi und zisch.
2 + 2 = 4.
Dann kam ich: »Zilli!«
Zilli Zullinger.
Das gibt's doch nicht ...!
Die Dr. Zilli Zullinger von der Ludwig-Maximilians-Universität München!

81 Marlein und die Schwarze Madonna

Bär war fassungslos.
Ich sah ihn fragend an.
»Sie kennen die Dame wohl?«
Er rang nach Worten.
»Ja, das ist ... ich hab Ihnen doch während der Autofahrt von ihr erzählt, wir haben doch darüber gesprochen ... das ist die Dr. Zullinger von der katholischen Fakultät in der Uni

München … Sie wissen, da wo wir uns auf der Treppe zum ersten Mal begegnet sind …«

»Ja, ich erinnere mich, sie haben erwähnt, dass Sie bei ihr waren, weil sie eine anerkannte Expertin in der Matriarchatsforschung ist und Sie von ihr etwas über neue Marienkulte erfahren wollten.«

Bär war kaum zu beruhigen.

»Unglaublich, sie hat mich komplett verarscht … Und nicht nur mich, sie hält die ganze Welt zum Narren … Sie macht auf erzkonservativ, gibt sich als Verfechterin des Patriarchats, lässt sich von Feministinnen anfeinden, bezeichnet die Marienverehrung wörtlich als ›regressiven Quatsch‹ und neue radikale Marienkulte als ›Altmännerphantasien‹ … In Wahrheit ist das alles nur Show, alles nur ein Blendwerk, ein gigantischer Fake, um davon abzulenken, dass sie in Wirklichkeit die radikalste Marienverehrerin überhaupt ist und selbst als Chefin einer Sekte fungiert, die das Matriarchat wieder einführen will und dabei offenbar vor nichts zurückschreckt. Wahnsinn, was hier abläuft …«

Was *mich* in den Wahnsinn trieb von all dem, was hier ablief, war weniger der Umstand, dass eine Doktorin der katholischen Fakultät anscheinend die Fronten gewechselt hatte und vom patriarchalen ins matriarchale Lager übergelaufen war, sondern vielmehr, dass mit dem Einzug der Anführerin die Versammlung anscheinend komplett, aber weiterhin weit und breit keine Lena Wiga zu sehen war.

Und auch keine Käsi, was eigentlich Bär in den Wahnsinn hätte treiben müssen. Stattdessen schien das Einzige, was ihn schockte, die Tatsache zu sein, dass seine Dr. Zullinger ihm, dem Bär, einen ebensolchen aufgebunden hatte.

Ob er wohl auf diese Zullinger abfuhr? Hatte fast so den Anschein. Aber andererseits: Auf welche Frau mit nackten Titten fuhr dieser alte Bock nicht ab?

Er brabbelte weiter wie paralysiert vor sich hin.

»… hier tun sich Abgründe auf …«

Ich rammte ihm den Ellbogen in die Seite, dass er das Gesicht vor Schmerz verzog. Gut so. Schmerz schärft die Sinne fürs Wesentliche.

»Still, Bär! Da tut sich kein Abgrund auf, sondern der Mund der Zullinger. Die Hohepriesterin spricht zum Volk.«

Tatsächlich war jetzt alles still, Musik und Gesang waren verstummt, und alle Anwesenden hatten sich auf dem Boden niedergelassen, um der Ansprache ihrer Anführerin zu lauschen.

Bär und ich lauschten im Lüftungsschacht mit.

»Meine lieben Schwestern und Brüder in Maria, ihr seid aus allen Teilen Bayerns hierher nach Altötting gekommen, um gemeinsam die Große Zeremonie zu Ehren unserer Großen Göttin Maria zu feiern. Wir werden heute Abend die Verehrung für unsere Gottesmutter mit drei ganz unterschiedlichen Huldigungsakten zum Ausdruck bringen, die alle euer marianisches Herz werden höherschlagen lassen.«

Sie hielt kurz inne.

»Es gibt keinen Platz in ganz Deutschland, der prädestinierter wäre für unsere Feier als genau der, an dem wir uns gerade befinden. Altötting ist mit gleich zwei Marienwallfahrtskirchen eine absolute Hochburg der Großen Göttin. Altötting ist die Heimat einer berühmten Schwarzen Madonna, die sich im Oktogon auf dem Kapellplatz befindet. Und genau wie der Kapellplatz früher eine heidnische Kultstätte und das Oktogon ein heidnischer Tempel war, befand sich auch an dieser Stelle hier in alten Zeiten ein Heiligtum der Großen Göttin, das zu einer Marienkirche umgeweiht wurde. Und obwohl die Schwarze Madonna nicht hier verehrt wird, ist diese Kirche der Gnadenkapelle als Göttinheimstatt überlegen, denn sie verkörpert durch die Dominanz weiblicher Gestalten in ihr die neue Macht des Matriarchats. Und dass wir unsere Zeremonie im Kellergewölbe dieser Frauenkirche par excellence und damit sozusagen in ihrem dunklen Schoß, ihrem Unterleib, ihrer Gebärmutter, ihrer Lustgrotte, austragen, macht diesen Ort zum ultimativen spirituellen Kraftort der Religio Mariae Dea Magna Madonna Nigra.«

Eine weitere dramaturgische Pause. Ihre Jüngerinnen und Jünger hingen wie gebannt an ihren Lippen.

»Eigentlich auch ein guter Ort für die Schwarze Madonna.

Ein besserer als die Gnadenkapelle. Der perfekte Ort, um genau zu sein. Die Schwarze Madonna als Abbild der Muttergottes gehört in die Schwärze des Schoßes der Mutter Erde.«

Sie ließ sich jedes Wort auf der Zunge zergehen, genoss den großen Auftritt, die große Show.

»Und deshalb haben wir sie uns einfach geholt, um sie dahin zu bringen, wohin sie gehört. Willkommen zu Hause, Schwarze Madonna!«

Die Tür zum Gewölbe öffnete sich, und einer der Bodyguards trug eine Statue herein. Mein Unterkiefer fiel fast bis auf den Boden.

Und Bär bekam den nächsten Rempler.

»Bär, sehen Sie! Ich fass es nicht! Unglaublich! Das ist die geklaute Schwarze Madonna, nach der die ganze Welt sucht! Von wegen al-Qaida oder Kunstraub! Die verrückten Marienhühner haben sie gestohlen!«

Bär war schwer beeindruckt.

Doch noch schwerer beeindruckt waren die Sektenmitglieder. Die Jungfrauengesellschaft schnappte schier über. Alle waren aufgesprungen, es gab ein Gekreische, als hätten sich gerade die Beatles wiedervereint, sie fielen einander um die Hälse, es gab Standing Ovations. Und alle wollten die Statue berühren, eine große Traube bildete sich um sie. Nachdem sie endlich jeder einmal betatscht hatte, stellte der Bodyguard sie auf den Altar.

Jetzt rempelte Bär zur Abwechslung mal mich.

»Die sieht aber ganz anders aus als die Kopie in der Gnadenkapelle oder auf all den Ansichtskarten.«

Ich nickte. Er hatte recht. Irgendwie sah die Schwarze Madonna verändert aus. Sie wirkte schlanker, düsterer, fraulicher, archaischer ... und plötzlich fiel mir ein, warum das so war.

»Klar, Bär – weil ihr dieses prunkvolle, weite, mit Gold und Perlen verzierte Gewand und die Krone fehlen. Das stand doch auf dem Flugblatt, das vor der Gnadenkapelle verteilt wurde, dass die Diebe das zurückgelassen haben. So sieht die Schwarze Madonna also unbekleidet aus, im Urzustand sozusagen. Ich frage mich bloß, warum sie das Gewand und die Krone nicht mitgenommen haben, das ist doch beides sicher auch sehr wertvoll.«

Als hätte sie meine Frage gehört, lieferte Frau Dr. Zullinger im nächsten Moment die Erklärung.

»Da ist sie also. Die Schwarze Madonna. *Unsere* Madonna. Jetzt ist sie endlich da, wo sie hingehört – in der Mitte derer, die ihre wahre Natur kennen und sie zu würdigen wissen. Und aus diesem Grund haben wir sie nicht nur von dieser unwürdigen Zurschaustellung vor gaffenden und ihre Bedeutung völlig verkennenden Touristen in der Gnadenkapelle befreit, sondern auch von diesem unsäglichen Mantel, der ihre Weiblichkeit, ihre Fruchtbarkeit, ihre Sinnlichkeit verbergen und sie zu einem sterilen Neutrum machen soll. Hier ist sie, die Schwarze Madonna, in ihrer ganzen Pracht, in ihrer Ursprünglichkeit, erdverbunden und erotisch – die wahre Große Göttin!«

Frenetischer Beifall brandete auf.

Ich sah zu Bär.

»Was wird die wohl wert sein, was schätzen Sie?«

Bär erwiderte meinen Blick.

»Eine Million mindestens. Wenn nicht noch mehr.«

»Und wie hoch war doch gleich noch mal der Finderlohn?«

Wir blickten einander an und sahen für einen kurzen Moment die Dollarzeichen in den Augen des anderen.

Ich wusste nicht, was Bär dachte, aber was mich betraf, konnte ich die Attraktivität der Vorstellung, mich nie wieder mit Mietrückständen herumschlagen zu müssen, nicht verleugnen.

Meine Träume wurden beiseitegewischt von Frau Zullingers Stimme, die nun wieder durch das Kellergewölbe hallte.

»Ab heute Abend wird die Schwarze Madonna all unsere Zeremonien mit ihrem Segen, ihrer Aura und ihrer Magie begleiten und heiligen. Ein Meilenstein in der Geschichte der Religio Mariae Dea Magna Madonna Nigra, den wir dem Wagemut und der genialen Planung und perfekt gelungenen Ausführung unserer Oberbayern-Gruppe verdanken!«

Erneut setzte tosender Beifall ein, der nicht enden wollte, bis die Chefin mit einer Handbewegung ihre Schäfchen zum Schweigen brachte.

»Lasst uns nun – nach der Schwarzen Madonna – unseren nächsten Gast begrüßen.«

82 Bär lacht

Die Mädels sangen wieder.
Es ging zu wie auf einem Fußballplatz.
Auch besoffen waren die meisten schon, aber sie merkten es nicht.
Ein heiliger Rausch ist was anderes als ein ordinärer Suff. Besonders wenn er mit Klosterfrau Melissengeist, Jack Daniel's, Weihrauch und Joints angeworfen wird. Da kommt ordinäres Bier nicht mit. Es ist nur gut zum An-die-Wand-Brunzen.
Marienlieder.
A cappella und mit Heavy Metal. Abwechselnd.
Ich wusste gar nicht, dass es so viele Marienlieder gibt. Massenhaft.
Und im Zweifelsfall fingen sie einfach noch mal von vorn an.
Die Hohepriesterin mit dem baren Busen in ihrem goldenen Gewand erhob sich.
Ruhe.
»Wir feiern heute die Initiation einer Novizin. Sie hat mit uns das heilige Werk ›Religio Mariae Dea Magna Madonna Nigra‹ studiert und es in ihrem Herzen aufgenommen und bewegt. Sie hat ihre Prüfung summa cum laude bestanden und ist nun bereit und berechtigt, das Opfer in sich aufzunehmen.«
Ich stieß Marlein mit dem Ellbogen an, flüsterte: »Das ist ja wie bei der Konfirmation.«
»Oder Messopfer.«
Ein bisschen kannte er sich also doch mit der Messe aus. Vielleicht war er ja mal Ministrant gewesen.
»Da bin ich ja gespannt!«
Ich bemerkte eine gewisse Unruhe in den Reihen der Hofgarde in den schwarzen Kutten.

Die Hohepriesterin sprach weiter: »Bringt die Jungfrau her, damit sie geweiht werde.«
Sie war eine Wucht. Die Jungfrau.
Sie war in Weiß gekleidet wie eine Braut.
Sie war wunderbar frisiert, ihre Haare berührten ihre Schultern.
Sie war bleich geschminkt mit knallroten Lippen.
Sie stand vor der Hohepriesterin, warf sich auf den Bauch.
Platt vor den Thron der Chefin.
Schad ums schöne Kleid, dachte ich.
Ich suchte nach dem Wort für die heilige Handlung. Da gab es eines ...
Prostata fiel mir ein. Nein, das war was anderes. Pro... pro... Prostration – jetzt hatte ich es.
Die Festgemeinde ging in die Knie.
Die Hohepriesterin setzte ihren rechten Fuß auf das Genick der Braut.
Alles klar.
Dann erhob sich das Mädchen wieder aus der Bauchlage.
Sie wandte sich der Gemeinde zu.
Sie war schön.
Sie war ergriffen.
Sie war jung.
Sie war – Käsi!
Oh Jesus, Maria und Josef.
Gut, dass ihre Mutter das nicht sah.
»Das ist die Käsi!«, raunte ich Marlein ins Ohr.
Er nickte. Zufrieden. Es schien ihm zu gefallen, dass Käsi aufgetaucht war.
Heavy Metal setzte wieder ein, wummerte.
Ich dachte, ich krieg Hiebe in den Magen.
Der Lärm war ohrenbetäubend.
Es wurde im Rhythmus mitgeklatscht.
Zwei Brautjungfern standen Käsi zur Seite.
Auf der andern Seite des Altars, der nun aussah wie die Liege im Ordinationsraum eines Arztes, erschien eine schwarze Kutte.
Flankiert von zwei weiteren Brautjungfern.

Die schwarze Gestalt legte sich auf den Altar.
Die beiden Brautjungfern öffneten die Kutte, deckten die Gestalt auf.
Kreischen.
Ein Mann!
Eindeutig.
Er stand.
Sein Schwanz.
Die beiden Brautjungfern von Käsi nahmen ihr das Brautkleid ab.
Sie war ein Hingucker.
Ich konnte nicht anders, als Marlein noch mal in die Rippen zu stoßen.
»Für *die* Opferrolle melde ich mich freiwillig.«
Er schaute mich an, als käme ich vom Mond.
Sagte: »Sie? In Ihrem Alter?«
Ich sagte: »Sie haben überhaupt keine Ahnung, Marlein! Außerdem gibt's ja noch Viagra. Jetzt können Sie sich denken, wozu die Weiber kübelweise Viagra kaufen, aber, was mich betrifft, lieber Marlein, ich brauch kein Viagra!«
»Angeber!«
Die Assistentinnen bugsierten Käsi routiniert in Position.
Zum Ausritt.
Sie machten den Job offensichtlich nicht zum ersten Mal.
Führten den Phallus in Käsis Mariengrotte ein.
Käsi verdrehte die Augen, stieß einen Überraschungsseufzer aus.
Sie fing an, den Devotionalienhengst zu reiten, mit dem Gesicht und dem Rest ihres hübschen Körpers dem Publikum zugewandt.
Sie ritt ihn im Rhythmus von Maurice Ravels »Boléro«.
Von 1928. Schon eine Weile her.
Ravels Kommentar damals: »Ich habe nur ein Meisterwerk gemacht, das ist der ›Boléro‹; leider enthält er keine Musik.«
Hätte auch nur abgelenkt.
Die Mädels wiegten sich verzückt und entrückt in dem Ostinato-Rhythmus im Dreivierteltakt.

Crescendo in einer Tour.
Das Finale des »Boléro« versank in einem kollektiven Stöhnen.
Nicht nur Käsi kam in wilden Zuckungen, auch viele der Mädels.
In protestantischen, pietistischen und charismatischen Kreisen werden während des Gottesdienstes kleine Gebetsgruppen gebildet aus Leuten, die im Kreis stehen, und jeder darf mal.
Beten.
Das fiel mir ein, als die Mädchen Kreise bildeten, Decken ausbreiteten. Jeder Kreis kriegte einen Deviotionalienmann, und nun durften alle das nachmachen, was die Käsi vorgemacht hatte.
Eine Demokratisierung des Mysteriums.
Marlein raunte: »Das ist ja eine nette Art von Friedensgruß.«
Ein Lacher rutschte mir raus.
Ich sagte: »Ich stelle mir vor, wie in der Dorfkirche von Tal oder in der Kirche Unsere Liebe Frau in Fürth diese Art von Friedensgruß ankommen würde. Wahrscheinlich müssten sie ein Schild aufstellen: Wegen Überfüllung geschlossen.«
Marlein lachte.
Doch das Lachen sollte uns ganz schnell vergehen.

83 Marlein und die tödliche Gewissheit

Als der Massenfick vorbei war und die Beteiligten im wahrsten Sinne des Wortes wieder runtergekommen waren, erhob die Zullinger – die den Rudelbums mit stoischer Miene und ohne irgendeine Gefühlsregung verfolgt hatte – wieder ihre Stimme.

»Meine lieben Schwestern und Brüder in Maria, nachdem wir die hellen Seiten der Großen Göttin zelebriert haben, wollen wir uns nun ihrer dunklen Seite zuwenden. Die schwarze Farbe der Madonna steht für die Dunkelheit ihres Schoßes, der die Quelle der Lust und der Entstehungsort neuen Lebens ist, aber auch für die Dunkelheit des Grabes, den Zielort des Todes. Die Große Göttin hat die Macht, Leben zu geben *und* Leben zu nehmen; sie schenkt Leben, aber sie fordert auch Leben ein. Und deshalb werden wir ihr jetzt den ihr zustehenden Bluttribut entrichten. Als Zeichen, dass nunmehr wieder das Weibliche die Welt regiert, werden wir ihr das Herz eines weiteren männlichen Erstgeborenen aus unserer Mitte opfern, und die Schwester, die die Frucht ihres Leibes der Großen Göttin Maria darbringen wird, möge nun ihres Amtes walten.«

Sie machte ein Zeichen, und einer der Kapuzenmänner öffnete die Tür.

Eine lebensgroße Schwarze Madonna betrat den Raum. Sie trug ein langes schwarzes Kleid, eine schwarze Krone und auch eine schwarze Gesichtsmaske, aber ich erkannte sie trotzdem.

Es war Lena Wiga.

Sie hielt ihre Arme ausgestreckt, und auf ihnen lag ein nacktes Kind, ein paar Monate alt. Es schien zu schlafen, aber wahrscheinlich war es betäubt worden.

Lena Wiga schritt durch die Menge der Anwesenden, die alle ihr Haupt vor ihr neigten, zum Altar und legte das Kind darauf, vor die geraubte Schwarze Madonna, das Weihrauchfass und das Kissen mit dem Messer, genau auf die Stelle, wo sich das Loch befand.

Mir stellten sich sämtliche Körperhaare zu Berge.

Jetzt hatte ich Gewissheit.

Tödliche Gewissheit.

Dieser unglaubliche Verdacht, von dem ich mir klammheimlich trotzdem immer gewünscht hatte, dass er sich als reines Horror-Hirngespinst meiner Phantasie entpuppen würde, war in diesem Moment zur Tatsache geworden: Lena Wiga wollte ihrem eigenen Kind das Herz aus dem Leib schneiden.

Ich nahm schemenhaft wahr, dass einer der Kuttenmänner zum Altar schritt und in den Händen ein weiteres Kissen trug, auf dem eine geöffnete silberne Herzurne lag. Ich hörte wie aus weiter Ferne, dass die Zullinger irgendwas von »Gesegnet sei deine heilige Tat« und »Maria Muttergottes, nimm unser Opfer an« brabbelte und dass die ganze Brut irgendein Mariengebet herunterleierte.

Und ich sah, wie Lena Wigas Hand zum Messer griff.

Meine Hand griff in die Mantelinnentasche und zog die Knarre heraus.

Ich wandte mich an Bär, der wie paralysiert wirkte.

»Sie bleiben hier und tun, was ich Ihnen sage, okay?«

Er nickte kaum merklich mit dem Kopf.

Ich wollte ihm noch mit dem Fuß in den Arsch treten, um ihn aus seiner Schockstarre zu holen, aber dafür blieb keine Zeit mehr.

Stattdessen trat ich mit dem Fuß mit aller Gewalt gegen das Gitter, sodass es aus der maroden Fassung brach und mit lautem Getöse mitsamt dem Ventilator auf den Steinboden des Raumes krachte.

Ich sprang aus dem Schacht, rannte zur Zullinger und drückte ihr meine Knarre an die Schläfe.

Ich brüllte wie am Spieß: »Sofort aufhören, oder ich puste ihr das Gehirn aus dem Kopf!«

Mehrere Dutzend Augenpaare starrten mich an, als wäre ich eine fliegende Untertasse, die gerade vom Himmel gestürzt war.

Und genau das war meine einzige Chance: Ich musste den Überraschungsmoment nutzen, musste die ganze Aktion über die Bühne bringen, bevor sie aus ihrer Schockstarre aufgewacht waren.

Mein Auftritt hatte bisher ungefähr zehn Sekunden gedauert, und mir würden ungefähr noch zwanzig weitere bleiben, ehe das Inferno über mich hereinbrach.

Ich schrie Lena Wiga an: »Wirf das Messer auf den Boden!«

Sie ließ das Messer fallen.

»Bring mir die Schwarze Madonna!«

Sie rührte sich nicht.

Ich schrie lauter: »Wenn ich die Schwarze Madonna nicht in fünf Sekunden habe, ist der Kopf euerer Chefin Matsch!«

Ich zählte von fünf rückwärts.

Bei zwei hielt ich die Statue in der Hand.

»Bär! Ich werfe Ihnen jetzt die Schwarze Madonna zu, und

Sie werfen sie nach oben aus dem Schacht. Dann warten Sie im Schacht auf mich.«

Ich warf die Statue in Richtung Schacht, ohne hinzugucken. Einen Augenblick lang hatte ich Angst, es würde keine Reaktion kommen, die Statue würde einfach zu Boden poltern. Aber dann sah ich aus den Augenwinkeln, wie Bär die Statue auffing, so sicher und elegant wie einst die »Katze von Anzing«, Fußball-Nationaltorwart Sepp Maier, die Bälle.

Ich unterschätzte ihn, diesen Bär.

Bär verschwand wieder im Schacht, und ich herrschte Lena Wiga an, während ich meine Knarre noch fester an die Stirn von Frau Zullinger drückte: »Und jetzt das Kind! Bring mir sofort das Kind!«

Sie brachte mir das Kind. Ich umfasste es mit meinem linken Arm. Mit dem rechten Arm hielt ich weiter die Waffe auf den Kopf der Sektenführerin gerichtet, entfernte mich dabei aber langsam von ihr Richtung Schacht.

Ich kreischte, dass sich meine Stimme überschlug: »Wenn sich irgendjemand auch nur einen Millimeter bewegt und irgendjemand auch nur ›Piep‹ sagt, gibt es ein Blutbad, ein Massaker. Dann erschieße ich zuerst eure Zilli und danach so viele von euch, wie ich erwische.«

Ich bewegte mich weiter zum Schacht, das Kind in der einen, die auf die Zullinger zielende Knarre in der anderen Hand, mit den Augen die Meute beobachtend, die zum Glück immer noch gelähmt war, mich regungslos und mit offenen Mündern anstarrte.

Als ich am Schacht angekommen war, flüsterte ich: »Okay, Bär, und jetzt nichts wie raus hier.«

84 Bär türmt

Stille.
Eisesstille.
Die Hohepriesterin starrte uns an.

Ihre Devotionalien starrten uns an.
Die Heil-Zilli-Fans starrten uns an.
Aller Augen warten auf dich, und du gibest ihnen ... Psalm 145,15.
Ich ergänzte im Kopf: *... und du gibest ihnen Saures!*
Alle standen da wie im Schaufenster.
Erstarrt wie Schaufensterpuppen.
Wie ausgestopfte Vogelscheuchen.
Über allen Wipfeln ist Ruh ...
Das Einzige, was sich bewegte, war der Busen der Hohepriesterin.
Er wogte.
Bebte.
Sprich nur ein Wort, so wird meine Seele gesund ...
Und sie sprach ein Wort aus ihren knallroten Lippen: »Packt sie!«
Auf einmal schrien alle durcheinander wie die Papageien: »Packt sie! Packt sie!«
Sie meinten uns. Marlein und mich. Und das Kind.
Marlein ging in die Hocke, sagte: »Steigen Sie auf meine Schultern und klettern Sie hoch. Wenn Sie oben sind, werfe ich Ihnen das Kind hoch, dann komme ich nach. Und die hier halte ich solange in Schach.«
Er feuerte dreimal knapp über die Köpfe der Marienbrut.
Geschrei. Chaos.
Sie wichen zurück, stoben auseinander.
Ich stieg auf seine Schultern.
Hangelte mich an dem Gartenschlauch nach oben.
Spürte die Betoneinfassung des Schachtes mit meinen Fingern.
Gott sei Dank.
Und jetzt ein Klimmzug.
Ich war ein geübter Klimmzieher.
Jeden Morgen am Türrahmen.
Zum Glück war der kaputte Meniskus im Knie, nicht in der Schulter oder im Ellbogen.
Glückshormone wurden aktiv.
Vielleicht hatten wir Glück.

Auf einmal spürte ich meine Finger nicht mehr.
Einen Augenblick drauf spürte ich tausend Finger, die von einem gigantischen Dampfhammer zerquetscht wurden.
Ich hörte meinen Schrei nicht mehr.
Denn mein Kopf wurde mit einem Schlag leer.
Ich sank ins Nirwana.
Aus der Ferne kam eine schwindende Stimme, wahrscheinlich ein Engel oder die Jungfrau Maria höchstpersönlich: »Die Drecksau aus Kempten, hau noch mal drauf!«

85 Marlein und der vereitelte Plan

Die drei Schüsse verschafften uns wieder ein bisschen Zeit.
Als sich der Mob auf uns zubewegte, dachte ich schon, alles ist aus, jetzt massakrieren sie uns.
Vielleicht hatten sie gedacht, ich bluffe nur, ich würde nicht wirklich schießen, aber der Luftzug der Kugeln, die über ihre Köpfe hinwegpfiffen, machte ihnen klar, dass das hier kein Kindergeburtstag war.
Wir mussten raus und weg, jetzt, sofort, auf der Stelle.
Ich warf einen ganz schnellen Blick nach oben. Es sah gut aus. Bär hatte sich nach oben gehangelt, bereits die Öffnung des Schachtes erreicht. Gleich würde er sich hinausziehen und das Kind in Empfang nehmen.
Ich feuerte zwei weitere Schüsse in die Decke des Kellergewölbes.
Erneut lautstarkes Gekreische.
Dann steckte ich die Knarre in die Manteltasche und fasste mit beiden Händen unter den Körper des Kindes, um es mit einem katapultartigen Wurf nach oben zu Bär befördern zu können. Wenn Bär es aufgefangen hatte, würde ich mich am Gartenschlauch hochziehen, und wir würden uns mit Kind und Madonna aus dem Staub machen.
Genialer Plan.
Jammerschade, dass er dadurch vereitelt wurde, dass plötz-

lich irgendetwas mit dem Gewicht eines Eisenbahnwagons von oben auf meinen Kopf knallte und mich ins große schwarze Nirgendwo beförderte.

86 Bär schmollt

Heavy Metal. Es war im Kopf. Blei.
Wummerte.
Tobte.
Ich sagte ins Dunkel: »Kann man denn nicht den Krach abstellen?«
Keine Antwort.
Ich wollte mir an meine tobende Birne greifen.
Ging nicht.
Meine Hände waren gebunden.
Auf den Rücken.
Ich fingerte herum.
Fand Finger, die nicht mir gehörten.
Eine Stimme sagte: »Verdammt, Bär, hören Sie auf damit, das kitzelt.«
Fränkisch.
Marlein.
Ich sagte: »Wo sind wir hier?«
Er sagte: »Das wollt ich Sie auch grad fragen. Ich schätze, in einem Nebenraum des Kellergewölbes. Wir haben's nicht geschafft.«
»Aber wir waren nahe dran.«
»Wir hätten's geschafft, wenn mir nicht eine Garage auf den Schädel geplumpst wäre.«
»Das war ich.«
»Wohl nicht genug in den Muckis gehabt?«
»Schmarrn. Mir hat jemand von oben auf die Hände getreten. Wahrscheinlich sind welche durch die Kirche raus und haben uns von hinten angegriffen.«
»Verdammtes Pech.«

Ich sagte: »Ich glaub, wir sind gefesselt.«
»Ich glaub's nicht. Ich weiß es. Wir *sind* gefesselt.«
»Woher wissen Sie das?«
»Weil ich meine Pfoten nicht benutzen kann. Wir sind aneinandergebunden, an irgendeine Stange. Wie Winnetou und Old Shatterhand. An irgend so einen Marterpfahl.«
»Und wenn ich pinkeln muss, ich mein gefesselt ...?«
»Um Himmels willen, Bär! Wir haben doch momentan wirklich andere Sorgen als das Pissen!«
Er hatte keine Ahnung. Er war einfach noch zu jung. Mit über sechzig muss man doppelt so oft pinkeln wie mit über vierzig. Prostata. Das einzige Organ, das in dem Alter noch wächst. Die Prostata.
Ich sagte: »Und was wären dann Ihre Sorgen, falls Sie welche haben?«
»Das wird eine lange Aufzählung. Haben Sie zwei Stunden Zeit?«
»Nur zu, Marlein.«
»Ich stehe gefesselt an einem Marterpfahl.«
»Ich auch.«
»Das ist die nächste Sorge. Ich stehe *mit Ihnen* gefesselt an einem Marterpfahl.«
»Gibt Ihnen das kein Gefühl der Sicherheit?«
»Mein Kopf brummt wie ein Presslufthammer, und wenn ich richtig informiert bin, kommt das daher, dass *Sie* auf ihn draufgefallen sind.«
»Aber von meiner Gesellschaft abgesehen fühlen Sie sich gut?«
»Wir sind von Verrückten umzingelt.«
»Das sind Sie auch in jedem Einkaufszentrum.«
»Wir konnten das Kind nicht befreien.«
»Aber wir haben die Opferung verhindert.«
»Nur vorläufig. Die werden das schon noch nachholen, wenn wieder Ruhe eingekehrt ist. Und wer weiß, was die Weiber mit *uns* noch anstellen? Wenn sie uns schon an einen Marterpfahl fesseln.«
»Vielleicht mästen sie uns und schlachten uns dann ab.«

»Oder noch schlimmer ...«
»Was wär noch schlimmer als Abschlachten?«
»Kastrieren.«
»Mein Gott, Ihre Sorgen möchte ich haben!«
»Möchten Sie denn kastriert werden?«
»Nein, nicht direkt ... Ich bin von Natur aus kein Sitzbiesler ...«
»Ihre Sorgen möchte ich haben.«
»Wir können ja tauschen.«
Schweigen.
Plötzlich ging die Tür auf.
Fackelschein erhellte mühsam unsere Rumpelkammer.
Im Türrahmen stand eine Walküre in ihrem liturgischen Seidengewand.
In ihrer Hand blitzte ein Messer.
Hinter ihr eine noch größere Walküre.
In Polizeiuniform.
Riesenmarienanhänger um die Gurgel.
Alte Bekannte.
Ich sagte: »Oh, die Frau Kommissarin ...«
Sie sagte: »Schnauze. Oder es gibt 'ne Anzeige wegen Hausfriedensbruch, Störung einer religiösen Feier, Einbruch, Sachbeschädigung, Diebstahl, Nötigung, Kindesentführung und versuchten Massenmordes!«
Marlein, extrem cool: »Ich bitte darum!«
Ich hängte mich an, sagte: »Ich bin geständig in allen Punkten. Bitte verhaften Sie uns!«
»Schon passiert«, raunzte die Polizei. Und weiter: »Wir regeln das hier auf unsere Art.«
Das Messer in der jungfräulichen Hand blitzte.
Die Polizei erklärte: »Ihr habt unsere höchste Feier im Jahr gestört. Unterbrochen. Die Opferung der männlichen Erstgeburt. Die Hohepriesterin zürnt. Sie wird mit euch reden, bevor ...«
Marlein fragte: »Bevor was?«
»Das wird sie euch selber sagen.«
Ich sagte: »Die Spannung halt ich nicht aus. Ich brauch was zum Trinken, sonst kipp ich um.«

Die Polizei nickte ihrer Kollegin mit dem Messer zu, sagte: »Hol ihm was. Die Hohepriesterin braucht ihn noch.«
Ich sagte: »Aber bitte kein Wasser. Ich reagier allergisch auf Wasser. Aber mein Kollege, der mag Wasser, der reagiert nämlich allergisch auf Alkohol.«
»Ja, sind wir denn hier ein Hotel oder was?«, sagte die Polizeimaria.
In dem Moment ging die Tür erneut auf.
Ein trat – die Hohepriesterin.
Persönlich.
Dr. Zilli Zullinger. PD.
Busen verhüllt.
Schade.
Sie wandte sich an die Kommissarin.
»Mach den Alten los. Der ist ungefährlich.«
Sie band mich los, schob mich zu einer Holzbank an der Wand und drückte mich drauf. Ich rieb mir die aufgescheuerten Handgelenke.
Ich dachte, jetzt kann ich endlich wieder pinkeln, wenn ich muss.
Musste aber nicht.
Unter Stress nie.
Die Hohepriesterin trat vor mich, stierte mich an, zischte mit ihrem Zilli-Zullinger-Zischen: »Du!«
So vertraut. Du. Was sollte ich darauf sagen? Ich sagte: »Hallo!«
Nicht »Hallo du«. Nicht »Hallo Sie«. Einfach: »Hallo«.
Raffiniert von mir, oder?
Sie fragte: »Was wollt ihr beiden hier?«
Marlein, vom Marterpfahl her: »Wir suchen Kinder.«
Ich ergänzte: »Kinder und ihre Mütter.«
Zilli, die Hohepriesterin, sagte: »Wir sind hier aber kein Heim für entlaufene Kinder.«
»Was dann?«
»Wir zelebrieren die neue Religion. Die wahre Religion. Die Religion der Göttin.«
Ich sagte: »Ich dachte von unserem Treffen an der Uni in

München her, Sie sind für die Religion des Gottes. Gottvater. Der die armen Würstchen aus den Fängen der Großen Mutter befreit.«

Sie fuhr mir übers Maul: »Unsinn. Das ist nur Fassade. Das ist für die Uni. Die Männerkirche. Die Karriere.«

Sie schaute triumphierend.

Pause.

Sie holte Luft, der Busen hob sich: »In Wirklichkeit feiern wir die wahre Religion, die Ur-Religion, die Religion Kanaans, die Religion der Ashera, die Religion der Astarte, die Religion der Höhen –«

Ich warf ein: »Wo gebumst wird und wo Kinder geschlachtet werden ...«

Marlein legte noch eins drauf: »Und Orgien gefeiert und gekifft und gesoffen und –«

Zullinger fuhr ihm in die Parade: »Schnauze. Ich kann's nicht mehr hören, dieses Männergeschwätz. Keine Ahnung habt ihr. Wir zelebrieren das Leben! Ja, und wir opfern, aber nicht nur so ein läppisches Messopfer wie in der katholischen Kastratenkirche. Wir zelebrieren die Ur-Messe. Nicht mit verwässerten Symbolen. Hostie, hahaha, dass ich nicht lache ...«

Sie grinste mit ihrer fanatischen Fratze, und ich dachte: Sie sieht aus wie die alten Frankenwichser, wenn sie Sonntagmittag Schäufele fressen, geil und gierig, fehlt bloß noch, dass ihr der Saft aus dem Maul trieft.

Ich sagte: »Wunderbar. Sinnlich. Haptisch. Oral. So was hab ich mir schon immer gewünscht. Die Transsubstantiation und Realisation des Symbolischen in totaler korporaler Passion. Kann man da beitreten?«

Sie lachte verächtlich.

»Dein junger Freund vielleicht.«

»Warum er, nicht ich?«

»Weil wir nur junge Männer nehmen, keine alten, impotenten Deppen.«

Sie schaute Marlein an.

Als wollte sie ihn fressen. Sicher war er saftiger als eine vertrocknete Hostie.

Ich sagte: »Das ist Gerontismus. Altersdiskriminierung. Und außerdem falsch. Ich kann immer noch ...«
Aber sie hörte mir schon gar nicht mehr zu.
Sie war zu Marlein getreten, der gefesselt am Marterpfahl stand.
Stand ihm gegenüber.
So nahe, dass sich fast ihre Nasenspitzen berührten.
Jetzt war er dran.

87 Marlein und der fehlende Intellekt

Die Sektenchefin stand so dicht vor mir, dass ich ihren Atem spüren konnte.
»Sie sind anscheinend die impulsivere Hälfte dieses Komikerduos. Wie heißen Sie?«
Ich fletschte die Zähne.
»Arnold Schwarzenegger.«
Sie wandte den Kopf zu den Polizistinnen.
»Hab ich's doch gesagt: ein Komiker!«
Dann schenkte sie ihre Aufmerksamkeit wieder mir.
»Aber das kriegen wir auch anders raus.«
Sie schob ihre Hand in meine Manteltasche und förderte meine Brieftasche zutage. Sie studierte interessiert den Inhalt. Dann steckte sie sie wieder zurück.

»Dass Sie ein Schnüffler sind, Herr Marlein, wird der armen Lena Wiga gar nicht gefallen. Wie ich gerade von ihr erfahren habe, hat sie nämlich tatsächlich geglaubt, dass Sie privat an ihr interessiert seien.«
»Stimmt. Drum heißt es auch Privat-Detektiv.«
»In Wirklichkeit haben Sie sie nur ausspionieren wollen. Sie haben sie auf das Schändlichste hintergangen. Lena Wiga ist abgrundtief enttäuscht. Ich denke, wenn ich sie auf Sie loslasse, wird sie Ihnen die Augen auskratzen.«
»Nur zu. Dann muss ich wenigstens nicht mit ansehen, wie Sie kleine Kinder abschlachten.«

Sie funkelte mich giftig an.

»Ihre Großmäuligkeit werden wir Ihnen schon noch austreiben. Schade eigentlich. Ein Schnuckelchen wie Sie könnten wir durchaus gebrauchen.«

Sie musterte mich.

»Wieso habe ich eigentlich das Gefühl, dass ich Sie irgendwo schon einmal gesehen habe?«

»Vielleicht, weil ich Zaungast bei Ihrer kleinen Orgie in Reutersbrunn war?«

Sie stemmte eine Hand in die Hüfte.

»Soso ... Der Dummkopf, der vom Baum gefallen ist, das waren also Sie.«

»Der Dummkopf konnte Ihre Gorillas mit einer Jahrmarktsflinte in die Flucht schlagen. Sie sollten wirklich besseres Personal einstellen.«

»Wie Sie?«

»Besser als die Waschlappen, die bei Ihnen Bückling spielen, allemal.«

Frau Dr. Zullinger ging ein paar Schritte von mir weg, fuhrwerkte mit beiden Händen in ihrem Haar herum – eine klassische Übersprungshandlung, um Zeit zum Nachdenken zu gewinnen –, kehrte wieder zu mir zurück.

»Was wissen Sie über unsere Religion?«

»Alles.«

»Alles?«

»Ja. Ich habe Ihre Sektenbibel gelesen. Komplett.«

Sie zog ein kleines schwarzes Büchlein aus einer Tasche ihres Gewandes.

»Diese hier?«

»Korrekt.«

»Wie sind Sie da rangekommen? Über Lena?«

»Ja. Ich bin in ihre Wohnung eingebrochen, als sie Dienst im Krankenhaus hatte.«

»Und? Wie hat Ihnen das wahre Buch der Bücher gefallen, das Werk, das die Welt revolutionieren wird, das den patriarchalen Tyrann vom Thron stoßen wird?«

»Nun ja, Frau Dr. Zullinger, eines muss man Ihnen lassen,

Sie können schon ziemlich gut schreiben und formulieren – nur der Inhalt ist natürlich gequirlte Scheiße.«
Sie zog eine Schnute.
»Da irrt sich der Superdetektiv aber mal ordentlich. Ich habe dieses Buch nicht geschrieben.«
»So? Wer denn dann?«
»Wir wissen es nicht. Der Verfasser ist anonym. Ich habe das Werk von einem Kollegen geschenkt bekommen, und dem ist es auch nur durch äußerst skurrile Umstände in die Hände gefallen. Aber es spielt auch gar keine Rolle, wer es verfasst hat – wobei in diesem Werk so viel Weisheit steckt, dass meiner Ansicht nach kein Sterblicher, sondern nur die Gottesmutter Maria selbst es geschrieben haben kann. Wichtig ist, dass mir die Lektüre dieses Buches endgültig die Augen geöffnet hat. Ich war schon immer eine Verehrerin der Großen Göttin Maria, aber dieser Text ist *die* Offenbarung, die mir den Weg gewiesen hat. Ich habe mein Leben der Verbreitung der Inhalte dieses Buches gewidmet. Ich wäre bereit, für die Religio Mariae Dea Magna Madonna Nigra zu sterben.«
»Ich sehe nur, dass Sie bereit sind, für Ihre völlig verquere Marienreligion zu töten – und zwar unschuldige Babys.«
Zilli Zullinger zischte wie eine Schlange.
»Sie beide sind wirklich nur ein Komikerduo, tumbe Tore, die die Zusammenhänge nicht verstehen. Ich werde versuchen, sie Ihnen zu erklären, aber ich glaube, Ihnen beiden fehlt schlicht und ergreifend der nötige Intellekt, um die tiefere Bedeutung des Matriarchats zu erfassen. Männer sind Schweine, und Männer sind dumm.«
Sie blieb vor den beiden Polizistinnen stehen.
»In der matriarchalen Gesellschaft führten die Menschen ein geradezu paradiesisches Dasein, das geprägt war von Friedfertigkeit und Gleichberechtigung, Zusammenarbeit und Kooperation, der Entwicklung der Zivilisation und der Förderung der Künste, der Harmonie von Mensch, Tier und Natur, der Akzeptanz von Sexualität, Geburt und Tod als elementare und natürliche Bestandteile des Lebens. Und vor allem war es eine Religion der Liebe in allen ihren Ausprägungen: der Mut-

terliebe, der Nächstenliebe und natürlich auch der erotischen Liebe. Die Liebe war kein abstraktes theoretisches Konstrukt, sondern wurde praktisch gelebt, jeden Tag, konkret, körperlich.«

Sie schritt wieder umher.

»Doch dann kam die patriarchalische Revolte, die Abschaffung der frauenorientierten Religion und die Anbetung ausschließlich männlicher Gottheiten. Es wurde das Modell der Erbsünde eingeführt, an der die Ur-Frau Eva die alleinige Schuld trug, und als Freibrief benutzt, um Frauen zu demütigen, zu quälen, missbrauchen, vergewaltigen, erniedrigen und zu foltern.«

Sie blieb vor Bär stehen.

»Doch es gelang den Patriarchen nicht, die Welt wirklich komplett zu christianisieren. Die Große Göttin ging sozusagen in den Untergrund, überlebte im Brauchtum, im Hexenwesen, in Mythen und Sagen und Märchen, im Aberglauben und Okkultismus und in der Esoterik – und, witzigerweise, selbst in der Religion, die sie auslöschen wollte: als Jungfrau Maria, kaum versteckt, mit allen alten heidnischen Ehrentiteln wie Himmelskönigin oder Muttergottes ausgestattet. Und sie erstarkte in ihrem Exil, wurde immer mächtiger, immer einflussreicher, selbst die Päpste fühlten sich zuletzt mehr von ihr angezogen als von ihrem blutleeren asketischen Sohn. Die Zeichen ihrer Wiederkunft häuften sich, auch mir und vielen meiner Schwestern offenbarte sie sich – und sie verkündete uns, dass die männliche Schreckensherrschaft endlich zu Ende sei, dass sie zurückkehre und dass wir ihre Ankunft vorbereiten sollten.«

Sie setzte sich wieder in Bewegung.

»Wir Frauen haben Jahrtausende der Demütigung hinter uns, aber jetzt ist die Zeit der Wende gekommen. Jetzt regiert die Große Göttin, und dass wir ihr jeden männlichen Erstgeborenen opfern, ist nur ein äußeres Zeichen für diesen historischen Wandel – und der Blutzoll, den die Göttin für ihre lange Verbannung fordert. Jetzt sind *wir* dran. Und ihr Männer solltet froh und dankbar sein, dass es so ist. Euer männlicher Gott des Zorns hat die Welt an den Rand des Abgrunds geführt, und nur die weibliche Göttin der Liebe kann noch verhindern, dass sie komplett abstürzt.«

Sie blieb vor mir stehen und sah mich fordernd an, als erwarte sie eine Stellungnahme von mir.
Ich spuckte ihr ins Gesicht.
Die beiden Polizistinnen wollten mich anspringen, aber die Zullinger hielt sie zurück.
»Lasst ihn. Er versteht es nicht. Er ist zu dumm dafür.«
Ich nickte.
»Stimmt. Ich bin zu dumm dafür, zu verstehen, dass es etwas mit Liebe zu tun hat, Säuglingen das Herz herauszureißen.«
Sie wischte sich die Spucke mit dem Ärmel ihres Gewandes ab.
»Es ist dumm, dass Sie unsere Religion auf diesen einen rituellen Akt reduzieren. Nach zweitausend Jahren Demütigung und Unterdrückung haben wir das Recht, ein symbolisches Zeichen gegen die patriarchale Herrschaft und den Männlichkeitswahn zu setzen.«
»Kindermord ist nichts Symbolisches. Es ist eine konkret begangene Grausamkeit.«
»Wir töten Lebewesen, die den Entwicklungsstand einer Kaulquappe haben. Es sind noch keine Menschen, noch keine Individuen. Wäre es Ihnen lieber, wir würden sie dreißig oder vierzig Jahre lang unterdrücken, tyrannisieren, missbrauchen und vergewaltigen, um sie dann bei lebendigem Leibe auf dem Scheiterhaufen zu verbrennen? Sollten wir uns lieber dieser seit ewigen Zeiten bewährten subtilen Vorgehensweise des Patriarchismus bedienen?«
Ich wollte etwas erwidern, doch ich ließ es bleiben. Es ist einfach sinnfrei, mit Verrückten vernünftig diskutieren zu wollen.
Stattdessen fragte ich: »Und was haben Sie jetzt mit uns vor?«

88 Bär klappert

Sie lächelte Marlein an.
Aber es war ein diabolisches Lächeln.

»Ihr werdet Zeugen sein für die Reinkarnation der Ur-Religion, für das Pfingsten der neuen alten Religion, für die Auferstehung der Göttin und die Huldigung ihrer Gläubigen, und über die ganze Ökumene wird bald das Banner der Großen Mutter wehen, und es wird kein Mann mehr herrschen und kein Patriarchat mehr sein –«

Ich rief dazwischen: »*Und die Göttin wird abwischen alle Tränen von ihren Augen, und der Tod wird nicht mehr sein noch Leid noch Geschrei noch Schmerz ... und siehe, ich mache alles neu.* Offenbarung 21. Matriarchalische Fassung.«

Nun nahm sie auch mal wieder von mir Notiz.

»Ja!«

Sie war begeistert. Wenigstens meine geistige Potenz beeindruckte sie.

Nicht so Marlein. Er sagte, gelangweilt: »Von einem Keller einer Kapelle in Unterholzhausen die Weltkirche erobern ... Kommt mir vor wie in einem durchgeknallten Superman-Comic.«

Sie fuhr ihn an wie eine Furie, zischte: »Wir werden siegen! Wir werden die Welt erobern! Und um die Menschheit wachzurütteln, um sie auf den bevorstehenden Paradigmenwandel aufmerksam zu machen, müssen wir leider auch zu Mitteln greifen, die eigentlich gegen unsere Prinzipien sind. Morgen werden wir zuschlagen. Morgen ab fünf Uhr fünfundvierzig werden wir das Patriarchat in seinen Grundfesten erschüttern.«

Ich sagte: »Wieso fünf Uhr fünfundvierzig?«

Marlein sagte: »Zweiter Weltkrieg, Polen. ›Ab fünf Uhr fünfundvierzig wird zurückgeschossen.‹ Um diese Uhrzeit wollte schon mal ein Verrückter mit der Eroberung der Welt beginnen.«

Ich fragte: »Was ist denn morgen um fünf Uhr fünfundvierzig?«

Die Zullinger bedachte die beiden Polizistinnen mit einem verschwörerischen Seitenblick.

»Wir haben aus einer gut unterrichteten Quelle die vertrauliche Information bekommen, dass morgen ein großer Patriarch an diesem Gnadenort erscheinen wird.«

Sie grinste diebisch.
»Ein Papst. Ein Expapst, genauer gesagt. Ein geheimer Überraschungsbesuch. Er wird um fünf Uhr fünfundvierzig einziehen und ab sechs Uhr eine Frühmesse für die gestohlene Schwarze Madonna lesen. Sechstausend Gläubige werden da sein, und das Fernsehen wird übertragen.«
Das Grinsen verzerrte sich zu einer hässlichen Fratze.
»Es wird seine letzte Messe sein und die letzte für viele, viele Götzendiener der alten Religion.«
Ich schluckte.
»Warum die letzte?«
Sie lächelte, machte ein Zeichen mit dem Kopf, sagte zu den Polizeimatronen: »Den Hund!«
Eine Matrone ging aus dem Raum, kam kurz darauf mit einem Hund zurück.
Sah aus wie der Bruder von dem, den ich vor meiner Tür in Tal mit rausgerissenem Herz gefunden hatte.
Er wedelte mit dem Schwanz, winselte.
Die Hohepriesterin Zilli griff in ihren Busen, fischte etwas heraus, was aussah wie ein plattes weißes Weihnachtsplätzchen.
Eine Hostie.
Sie hielt die Hostie dem Hund vor die Schnauze. Er schnappte gierig danach, schluckte die Hostie.
Die Hohepriesterin lächelte erwartungsvoll.
Ich fror.
Marlein bibberte.
Der Hund jaulte auf und fiel in sich zusammen.
Die Zillinger schaute triumphierend, fragte: »Verstanden?«
Marlein sagte zu mir: »Sie wollen den Papst vergiften ...«
Ich ergänzte: »Den armen Hund ... und die Leute, die zur Kommunion gehen und die Hostien nehmen ... sechstausend Menschen ...«
Marlein sagte: »Und das alles vor laufenden Kameras.«
Ich sagte: »Bin gespannt auf die Einschaltquote.«
Die Hohepriesterin erhob wieder ihre Stimme, zu ihren Füßen der tote Hund: »Leider werdet ihr die Einschaltquote nicht mehr erfahren.«

»Warum nicht?«
»Ihr werdet nicht mehr sein.«
»Wollen Sie uns umbringen?«
»Nein, nicht so banal, nicht so profan. Ihr dürft unserer Feier beiwohnen – und sogar aktiv daran teilhaben.«
Sie machte eine Pause, wie beim Theater, die Spannung stieg, bis sie sagte: »Ihr werdet eine herausragende Rolle spielen ...«
Noch mal Spannungspause.
»... als Opfer!«
Ich, geistesgegenwärtig wie selten, sagte: »Aber in den alten Ur-Kulten gab es nur Kinderopfer.«
Sie, ungerührt, unbeeindruckt: »Tempora mutantur.«
Ich übersetzte für Marlein: »Sie sagt: Die Zeiten ändern sich.«
Er sagte: »Leider nicht zum Besseren. Für uns beide jedenfalls.«
Die Zullinger nickte den beiden Matronen zu.
»Bindet den Alten noch mal an. Und dann lasst uns nachsehen, ob es schon weitergehen kann.«
Ich wurde wieder an den Marterpfahl gefesselt, und die drei Frauen verließen den Raum.
Marlein und ich rutschten in die Hocke und saßen nun auf dem Steinboden.
Ich klapperte mit den Zähnen.
»Kalt hier«, sagte ich.
»Wirklich? Ich find's eher heiß. Heiß wie in der Hölle.«
Ich sagte: »Einer von uns beiden ist wohl in den Wechseljahren.«
Ich legte meine gefesselten Hände in den Schoß.
Damit er den riesigen Fleck nicht sah.
Pipi. Vor lauter Angst.
Ich schämte mich.
Zu Tode.
Wie wahr!
Marlein sagte: »Die wollen uns tatsächlich hinrichten.«
Ich: »Sieht so aus.«
Marlein: »Ich wüsste nicht, wie wir aus der Nummer noch mal rauskommen sollen.«

Ich: »Ich auch nicht.«
Marlein: »Unsere Zusammenarbeit war kurz.«
Ich: »Ja. Schade.«
Marlein: »Dabei hatte ich gerade angefangen, mich an Sie zu gewöhnen.«
Ich: »Tragisch.«
Marlein: »Unsere Zusammenarbeit war nicht besonders erfolgreich.«
Ich: »Aber wir haben uns aufrichtig bemüht.«
Marlein: »Der Schüler war stets bemüht – das ist die schlimmste Beurteilung, die man bekommen kann. Heißt übersetzt: Er war stets bemüht – hat aber trotzdem nie irgendwas auf die Reihe bekommen.«
Ich: »Wir haben's denen so richtig gezeigt!«
Marlein: »Fühlt sich momentan aber gar nicht so an.«
Ich: »Sie hätten sie alle abknallen können, wenn Sie gewollt hätten.«
Marlein: »Ich hätte gar nicht so viel Munition gehabt.«
Ich: »Wir sind die moralischen Sieger.«
Marlein: »Hoffentlich schreiben sie das wenigstens auf unsere Grabsteine.«
Ich: »Immerhin sterben wir zusammen. Alleine sterben ist schlimm. Weiß ich aus meiner Zeit als Seelsorger.«
Marlein: »Zusammen. Wie Winnetou und Old Shatterhand. Wir sollten vorher noch Blutsbrüderschaft schließen.«
Ich: »Ja, aber das scheitert an technischen Gründen.«
Marlein: »Wieso?«
Ich: »Haben Sie den Film nicht gesehen? Dazu muss man die Handgelenke anritzen, Blut tauschen. Aber wir haben kein Messer und sind außerdem gefesselt. Und mit der Blutgruppe ...«
Marlein: »Quatsch ... Aber wir könnten etwas anderes machen.«
Ich: »Was denn?«
Marlein: »Verdammt, Bär, wir werden gleich zusammen gegrillt und siezen uns immer noch! Das ist doch albern! Also – ich heiße Philipp.«
Ich: »Und ich Emil.«

Marlein, mit belegter Stimme: »War cool, Emil.«
Wir drückten unsere Hände, soweit das die Fesseln zuließen.
Ich war sehr gerührt.
Dachte, jetzt hab ich endlich einen Bruder. Oder hab meinen Bruder wieder. Der nie geboren wurde. Ich lernte ihn nur kurzzeitig kennen, da war ich zwölf. Als Blut im Klo. Abgang. Ich kam erst später drauf. Es wurde nie darüber geredet.
Spät, aber immerhin überhaupt. Der Bruder.
Leider konnte ich das Gefühl der Bruderschaft nicht lange genießen.
Denn in diesem Augenblick kamen die Polizeimatronen zur Tür herein, um mich und meinen neuen Bruder Philipp zur Hinrichtung abzuführen.

89 Marlein und das nahende Ende

Sie waren mit Messern bewaffnet.
Sie machten uns vom Marterpfahl ab, ließen aber unsere Hände gefesselt und führten uns zurück in den großen Saal. Wie ich vermutet hatte, waren wir in einem Nebenraum des Kellergewölbes zwischengelagert gewesen.
Ich versuchte, diskret und unauffällig meinen Mantel abzutasten. Meine Hoffnung, dass sie freundlicherweise meine Knarre aufgesammelt und sie mir wieder in die Manteltasche gesteckt hatten, erfüllte sich aber überraschenderweise nicht.
Im Saal war alles wieder so aufgeräumt wie vor unserer Erstürmung, die Dinge wie die Menschen. Die Schwarze Madonna stand wieder auf dem Altar, und vor ihr lag das nackte Kind, immer noch bewusstlos. Offenbar hatte es beim Sturz von Bär auf uns keine Blessuren davongetragen.
Die Hohepriesterin saß wieder auf ihrem Thron, jetzt wieder barbusig. Die Jüngerinnen skandierten wieder ihre Marienlieder und »Heil Zilli!«-Rufe. Weihrauchschwaden waberten durch den Raum. Die Stimmung war aufgeheizt und ekstatisch.
So viel zum Thema »Denen haben wir's aber gezeigt«.

Wir hatten sie so sehr beeindruckt wie ein Mückenstich.
Kaum hatten wir den Saal betreten, kam eine junge Frau auf mich zu.
Es war Lena Wiga.
Ich sagte: »Eine schöne Verwandtschaft hast du da beisammen.«
Sie stellte sich direkt vor mich und schlug mir mit voller Wucht ins Gesicht. Und als Zugabe grub sie ihre Fingernägel in meine Wange, bohrte sie in meine Haut und zog sie nach unten.
Lena Wiga sprach so leise, dass die anderen es nicht hören konnten, aber so intensiv, als wollte sie mich mit ihren Worten aufspießen.
»Du miese Drecksau! Du hast dich also nur an mich rangemacht, um mich auszuspionieren! Du hast nur mit mir geschlafen, um mich auszuhorchen! Du hast dir nur die Marienkirchen mit mir angeschaut, um mich auszuschnüffeln! Du bist ein hinterhältiger Lügner! Und ich dumme Kuh hatte tatsächlich geglaubt, du wärst an Maria interessiert, du hättest Gefühle für mich, du wärst anders als all die anderen Männer. Dabei bist du in Wirklichkeit das größte Schwein, dem ich jemals begegnet bin!«
Ich spürte, wie Blut aus den lang gezogenen Kratzern in meinem Gesicht trat und nach unten rann, Richtung Hals.
»Ich fand dich eigentlich tatsächlich ganz nett. Und es hätte alles anders laufen können, wenn sich nicht herausgestellt hätte, dass du eine gottverdammte Kindsmörderin bist. Wie kann man das nur – seinen eigenen Sohn abschlachten?«
»Es ist ganz einfach – ich muss mir nur vorstellen, dass er so ein Arschloch werden würde wie du, wenn ich ihn am Leben lasse. Und jetzt entschuldige mich bitte, ich muss meines Amtes walten.«
Sie wandte sich von mir ab, ging ein paar Schritte – und drehte sich noch mal zu mir um.
»Sieh es dir gut an – denn danach wird mit dir dasselbe passieren.«
Lena Wiga ging zum Altar.

Der Gesang verebbte, und die Zullinger trat an den Altar, zückte ihre kleine schwarze Bibel, las irgendeinen Text daraus vor, dessen Inhalt ich aber nicht mitbekam, da ich in Gedanken versunken war.

Was hatte ich erwartet? Dass Lena Wiga heimlich meine Fesseln durchschneiden und mir eine Pistole in die Hand drücken würde? Dass sie plante, dass wir uns das Kind schnappen, den Weg freischießen, zur Polizei gehen und mit dem Finderlohn für die Schwarze Madonna eine neue Existenz in Südamerika aufbauen?

Nein, natürlich nicht.

Aber es wäre die einzige Möglichkeit gewesen, das Leben des Kindes zu retten.

Und das von Emil Bär.

Und mein eigenes.

Aber so war jetzt alles vorbei.

Auch die Ansprache der Zullinger.

Sie hatte ihre Bibel neben das Kind auf den Altar gelegt und hatte sich zurück auf ihren Thron gesetzt.

Ich nahm verschwommen wahr, wie Lena Wiga nach dem Messer griff.

Das Ende war da.

90 Bär schließt

Das Messer schwebte über dem Kind.

Grabesstille.

Philipp Marlein zerrte an seinen Fesseln.

Ich zerrte an meinen Fesseln.

Handfesseln.

Mit einem Blick auf unsere Füße verständigten wir uns:

Die Füße sind frei!

Die Gedanken sind frei!

Notfalls mussten wir mit den Füßen kämpfen.

Ich war früher Fußballer.

Hoffentlich Marlein auch.
Wenn man mit Füßen Tore schießen kann, kann man mit Füßen auch Knochen brechen.
»Gehts auf die Knochen!«, plärrte mein Trainer beim FC Diedorf immer, wenn wir hoffnungslos zurücklagen.
Ich sah, wie Bruder Philipp sich sprungbereit machte.
Ich war sprungbereit.
Aller Augen waren auf das Messer über dem Kind gerichtet.
Auch die Augen unserer Bewacherinnen.
Auf einmal ein Schrei!
Ein hysterischer Schrei.
Tierisch.
Alle schauten dahin, woher der Schrei kam.
Aus dem Dunkel zwischen den Fackeln tauchte eine Gestalt auf.
Hinter der Hohepriesterin.
In Kutte.
Einer der Devotionaltypen.
Die Gestalt schrie: »Du Teufelin! Du Teufelin! Du verreckte Teufelin!«
Und stürzte von hinten auf die Zillinger zu.
In den Händen einen länglichen Gegenstand.
Mit drei eisernen Spitzen.
Eine Mistgabel.
Schrie: »Du Teufelin, hast mein Kind und meinen Mann auf dem G'wissen!«
Die Kapuze rutschte vom Kopf der kleinen Gestalt.
Ich sagte zu Marlein: »Das gibt's doch nicht! Die Posserhofbäuerin!«
Sie wuchtete die Mistgabel von hinten in die Hohepriesterin.
Drei eiserne Spitzen erschienen vorne aus der Brust der Zillinger.
Ihre Augen verglasten.
Ihr roter Mund stand offen, als wollte sie etwas sagen.
Zu spät.
Blut quoll aus ihrem roten Mund und strömte über ihren Busen.

Alle Marienschwestern schrien hysterisch durcheinander, rannten zur Hohepriesterin hin.

Auch Lena Wiga und unsere beiden Polizistinnen ließen ihre Messer fallen und stürmten zu ihrer Chefin.

Und ebenso die Devotionaltypen.

Niemand interessierte sich mehr für Marlein und mich.

Ich schrie, so laut ich konnte: »He, Posserhofbäuerin, he!!!«

Nachdem ich der einzige Männertenor im Raum war, muss sie mich wohl gehört haben.

»Posserhofbäuerin, komm her ...«

Sie schaute.

Sah mich.

Ich schrie: »Ave Maria ...«

Irgendwas in ihrem Blick sagte mir, dass sie mich erkannte.

Sie rannte her.

Ich sagte: »Wir sind auf deiner Seite. Schneid uns die Fesseln auf! Da auf dem Boden liegen die Messer.«

Die kleine Posserhofbäuerin schnitt uns die Fesseln auf.

Wortlos.

Professionell.

So eine Allgäuer Bäuerin kann vieles. Wenn nicht alles.

Ich sagte: »Komm mit!«

Sie fragte: »Wieso?«

Ich sagte: »Deinen Arsch retten.«

Sie sagte: »Es ist vollbracht. Ich will nicht gerettet werden.«

»Was willst denn dann?«

Sie wusste es nicht.

Ich nahm sie an der Hand und zerrte sie mit.

Hinter Marlein her.

Der wühlte sich zum Altar durch.

Alle waren mit der verendenden Hohepriesterin beschäftigt.

Das Kind lag auf dem Altar.

Still.

Tot?

Nein.

Es schlief.

Den Seinen gibt's der Herr im Schlaf. Psalm 127.

Marlein nahm die Schwarze Madonna, drückte sie mir in die Hand, schnappte sich selbst das Kind, drückte es an sich, schnauzte mich an: »Schnell raus hier!«
Er hatte seine guten Manieren hinter sich gelassen.
Und eine hysterische Meute von Marienfetischistinnen.
Er griff sich noch schnell die Bibel der Zullinger, die auf dem Altar lag, steckte sie in seine Manteltasche und stürmte voran.
Mit dem Kind im Arm.
Wer trampelt so spät durch Nacht und Wind ... es ist der Marlein mit seinem Kind ...
Er rannte die Kellertreppe hoch.
Ich hinterher.
Mit der Posserhofbäuerin im Schlepptau.
Sie stellte sich an wie ein störrischer Esel.
Wir landeten in der Sakristei.
Marlein öffnete die Tür und stürmte in den Kircheninnenraum.
Ich schob die Posserhofbäuerin hinterher.
Zog den Schlüssel ab, der innen steckte.
Schlug die Tür hinter mir zu, steckte den Schlüssel rein und drehte ihn rum.
Triumphierte: »Wir haben die Marienbrut eingesperrt!«

91 Marlein und die verrückte Szenerie

Ich zerrte an Bärs Jacke.
»Ja, aber wir müssen trotzdem so schnell wie möglich abhauen. Noch ist nichts gewonnen. Sobald sie registrieren, dass wir mit Kind und Madonna getürmt sind, werden sie versuchen, uns zu verfolgen. Und sie können immer noch über den Schacht raus.«
»Dann gehen wir zum Einstieg und ziehen den Schlauch hoch.«
»Nein, das ist zu gefährlich. Wir müssen sofort weg von hier.«
»Und wie?«

»Zu Fuß. Mein Auto hat einen Platten, und dein Fahrrad trägt keine dreieinhalb Personen.«
Bär jammerte: »Des derlauf i net! Mit meinem Meniskus.«
Ich bellte ihn an: »Scheiß auf deinen Meniskus. Denk nicht dran, dann spürst du ihn nicht.«
»Außerdem: Wie sollen wir aus dem Friedhof rauskommen? Das Tor ist abgesperrt.«
»So, wie wir reingekommen sind: Wir klettern über die Mauer.«
»Aber da hatten wir noch keine Frau und noch kein kleines Kind dabei. Das geht jetzt nicht mehr.«
»Es *muss* gehen. Wir werden versuchen, dass wir –«
Ich wurde unterbrochen von einem lauten Schlag gegen die Sakristeitür. Von innen. Die Schläge wiederholten sich in kurzen Abständen.
Ich fluchte.
»Ist eh zu spät. Sie kommen schon. Sie rammen die Tür von innen auf!«
Ich streckte der Bäuerin das Kind entgegen.
»Los, verstecken Sie sich dort, im Beichtstuhl!«
Sie drückte das Kind an ihre Brust und verschwand.
Ich spurtete zum Altar und kam mit zwei großen metallenen Kerzenständern zurück.
Ich hielt Bär einen hin.
»Leg die Madonna weg und nimm das. Wir müssen kämpfen, Old Shatterhand.«
»Old Shatterhand – sehr passend. Das heißt ›alte Schmetterhand‹.«
»Weiß ich selber, Klugscheißer. Halt jetzt deine Waffel und schlag zu, sobald jemand aus der Tür kommt.«
Eine Sekunde später brach die Sakristeitür krachend aus der Verankerung. Mir ihr stürzten die beiden Polizeimatronen in den Kirchenraum. Durch die Wucht, mit der sie die Tür aufgebrochen hatten, landeten sie erst mal auf dem Boden.
Und als sie aufstehen wollten, schickten Bär und ich sie postwendend wieder dorthin zurück, indem wir ihnen die Kerzenständer über ihre Birnen zogen.

Wir hatten sie ausgeknockt und für eine Weile ins Reich der Träume geschickt. Wir hielten die Sakralgegenstände fest umklammert, bereit, sie ein weiteres Mal als Waffen zu missbrauchen, warteten auf die nächsten Angreifer. Aber es kamen keine.
Bär sah mich fragend an.
»War das schon alles?«
»Offenbar. Gute Arbeit, alte Schmetterhand.«
»Was ist mit den Gorillas? Den Kuttenmännern?«
»Die heulen sicher immer noch um ihre Hohepriesterin. Wahrscheinlich mehr als die Mädels.«
Bär nickte.
»Wusste ich doch gleich, dass das Schlappschwänze sind. Total devot. Werden ganz kleingehalten von diesen dominanten Weibern. Können kleine Mädchen ficken, mehr aber auch nicht.«
Ich warf den Kerzenständer beiseite, bückte mich über die Polizistinnen und fummelte in ihren Taschen herum.
Hinter mir hörte ich Bärs Stimme: »Was machst du da? Du willst dich doch nicht etwa an diesen Furien vergreifen?«
Diesmal streckte ich ihm triumphierend die Hand entgegen. Ich hielt in ihr zwei Schlüssel.
»Damit können wir das Friedhofstor öffnen. Und ein Auto haben wir jetzt auch wieder!«
Ein paar Minuten später waren wir unterwegs Richtung Altötting.
Was für eine Szenerie: Ich saß am Steuer eines gestohlenen Polizei-BMW, neben mir auf dem Beifahrersitz ein Expfarrer und Expsychologe aus dem Allgäu, den ich noch keine vierundzwanzig Stunden kannte, mit dem ich aber bereits Blutsbrüderschaft gefeiert hatte, hinten auf dem Rücksitz eine Bäuerin, die gerade eine berühmte Theologin der Universität München mit einer Mistgabel erstochen hatte, ein schlafendes Kind, das seiner Hinrichtung entronnen war, und die Schwarze Madonna aus der Gnadenkapelle in Altötting, die die ganze Welt seit Wochen suchte.
Wenn mir das vorher jemand erzählt hätte, hätte ich ihn zwangseinweisen lassen. Und wenn ich diese ganze Geschichte

überleben und sie eines Tages meinen Enkeln erzählen würde, würden sie sagen: »Opa phantasiert wieder! Schlimm, diese Altersdemenz!«

Bär fragte: »Was machen wir jetzt?«

Ich sah auf die Uhr.

»Es ist bald fünf Uhr fünfundvierzig. Wir müssen das Attentat auf die Basilika verhindern. Aber vorher müssen wir noch das Kind in ein Krankenhaus bringen. Es hat anscheinend starke Narkosemittel erhalten. Es muss unbedingt in ärztliche Betreuung.«

»Und wo gibt's hier ein Krankenhaus?«

»Nicht weit vom Zentrum. Ich weiß, wo es ist. Ich bin daran vorbeigelaufen, als ich die Sektenanhängerinnen verfolgt habe.«

In Richtung Rückbank sagte ich: »Posserhofbäuerin?«

»Ja?«

»Hören Sie mir gut zu: Wir fahren jetzt zum Krankenhaus von Altötting. Sie bringen das Kind direkt in die Notaufnahme. Sie erzählen dort, dass Sie es gefunden haben. Ausgesetzt. Auf einer Parkbank. Und dass ein Zettel dabeilag, dass das Kind Betäubungsmittel erhalten habe. Von der ganzen Geschichte in der Kirche erzählen Sie kein Sterbenswörtchen, okay? Wir regeln das bei der Polizei für Sie. Es war Notwehr, Sie müssen also keine Angst vor Konsequenzen haben. Haben Sie das alles verstanden?«

»Ja.«

Ich blickte in den Rückspiegel. Sie hatte ihre Kutte ausgezogen und das Baby darin eingewickelt. Maria mit dem Jesuskind war ein Dreck dagegen.

Bär drehte sich zu ihr um.

»Eines würde mich noch interessieren, Posserhofbäuerin.«

»Was?«

»Wie hast du die Marienbrut gefunden? Woher wusstest du, dass sie sich heute hier in Unterholzhausen treffen?«

»In Kaufbeuren, in der Anstalt, da waren doch drei von denen. Hab sie so lang gepiesackt, bis sie mir alles erzählt haben, was sie über ihre Sekte wissen. Auch von dem Treffen hier haben sie erzählt. Also bin ich mit dem Zug hierhergefahren. Um die Lea zu rächen. Und ihr Baby. Und meinen Mann.«

»Und wie hast du's geschafft, dich als vermeintlicher Leibwächter einzuschleichen?«

»War schon am Vormittag in der Kirche, als von den Sektenleuten noch niemand da war. Die Weiber in der Anstalt haben mir von dem unterirdischen Gewölbe erzählt. Und dass hinter dem Altar ein Schlüssel versteckt ist, mit dem man in die Sakristei und in den Keller kommt. Hab den Schlüssel gefunden und bin runter und hab mir alles angeschaut. Dann hab ich diese Kutten entdeckt und hab mir eine angezogen. Dann hab ich mich im Beichtstuhl der Kirche versteckt und gewartet, bis die ganzen Sektenmitglieder gekommen sind. Hab mich unter sie gemischt und bin mit ihnen runter und hab so unerkannt die Zeremonie verfolgen können.«

»Du bist ganz schön gerissen, Posserhofbäuerin! Und wie war das mit der Mistgabel?«

»Hab mir heute morgen die Umgebung der Kirche und den Friedhof angeschaut. Die Mistgabel hat in einem Komposthaufen an der Friedhofsmauer gesteckt. Als die Zeremonie abgelaufen ist und ich kapiert hab, was die da veranstalten, dass die schon wieder ein Kind ermorden wollen, hab ich überlegt, dass ich eine Waffe brauch, und da ist mir die Mistgabel wieder eingefallen, und ich bin hochgegangen und hab sie geholt.«

Wir erreichten das Kreiskrankenhaus.

Ich drehte mich zur Posserhofbäuerin um.

»Also los. Und warten Sie auf uns, wir kommen wieder hierher.«

»Gut. Bis später.«

Sie stieg aus und ging zum Eingang. Ich beobachtete vom Auto aus, wie sie mit einer Dame an der Pforte sprach, wie diese zum Telefon griff, wie kurz darauf mehrere Personen in weißen Kitteln auftauchten, mit einer Trage im Schlepptau, das Kind darauflegten und mit ihm wegliefen.

Geschafft. Der arme Wurm war gerettet.

Zumindest vor dem Schlachten.

Ich atmete einmal tief durch.

»Okay, das Kind ist in Sicherheit. Dann fahren wir jetzt zur Basilika, verhindern das Attentat, lassen die Polizei die Mari-

enbrut einsammeln, übergeben die Schwarze Madonna dem Expapst, streichen den Finderlohn ein, schildern der Weltpresse unsere Heldentaten und leben glücklich und zufrieden bis ans Ende unsere Tage.«
Bär nickte wohlwollend.
»Guter Plan!«
Ja, es war wirklich ein guter Plan.
Genauer gesagt: ein perfekter Plan.
Aber was nützt einem der perfekteste Plan, wenn seine Umsetzung völlig in die Hose geht?

92 Bär weiht

Wir öffneten das Portal der Basilika.
Überfüllt. Ganz großes Kino.
Die Messe war in vollem Gange.
Unser Blick fiel auf ein kleines weißhaariges Männlein.
In seinem niederbayrischen Akzent, der auch als Italienisch durchgegangen wäre, singsangelte er mit erhobenen Armen: »Erhebet die Herzen.«
Sechstausend Stimmen respondierten: »Wir erheben sie zum Herrn.«
Ich atmete tief durch. Raunte Marlein zu: »Gott sei Dank. Gerade noch rechtzeitig. Er ist erst bei der Präfation. Bis er durchs Sanctus und das Hochgebet bei den Einsetzungsworten angekommen ist, haben wir noch Luft.«
Marlein nickte verständig. Hatte wohl Erinnerungsspuren aus seiner Ministrantenzeit entdeckt.
Ich sagte zu ihm: »Das Wichtigste ist, dass die Leute nicht an die Hostien kommen.«
Die Hostien lagen in silbernen Salatschüsseln auf dem Altar.
Schon wieder ein Opfer.
Bald viele. Todesopfer. Hoffentlich nicht.
»Heilig, heilig, heilig ... heilig ist der Herr ...«
Das Sanctus. Monumental. Zum Gänsehautkriegen. Wenn

uns nichts einfiel, wohnten wir einer Totenmesse bei. Einem eucharistischen Massaker.

Marlein, ganz cool, analytisch: »Die Hostien und die Leute dürfen nicht zusammenkommen. Nicht mal der Papst darf eine nehmen.«

»In dem Alter wär's wurscht ...«

Marlein schaute mich missbilligend an.

Irgendwo war er sehr moralisch.

Ich wusste nur nicht so genau, wo.

Er dozierte weiter: »Entweder wir lassen die Leute verschwinden oder die Hostien.«

»Das werden sie nicht zulassen. Wenn wir die Hostien einfach schnappen und abhauen, lynchen sie uns. Wenn wir ihnen sagen, sie dürfen bitte keine Hostien essen, weil die vergiftet sind, lachen sie uns aus.«

»Es muss doch noch was Drittes geben.«

Ich dachte nach. Und hatte plötzlich eine Eingebung, die so genial war, dass sie nur von der Schwarzen Madonna stammen konnte.

Ich nahm Marlein beiseite und raunte ihm meine Idee ins Ohr.

Sie waren beim dritten Vers von *Heilig, heilig, heilig* ...

Marlein hörte konzentriert zu, schaute entsetzt.

Sagte: »Du bist völlig verrückt! Das ist zu krass!«

Ich sagte: »Es ist unsere einzige Chance!«

Er sagte: »Das kann ich nicht bringen!«

Ich sagte: »Dann mach ich's allein! Halt du mir den Rücken frei!«

Wir rannten durch den Mittelgang zum Altar.

Ich erklomm ihn, Marlein blieb davor stehen, mit dem Gesicht zur Gemeinde. Als könnte er die Masse mit seinen Blicken abwehren.

Meine Meniskusschmerzen waren weg. Wunderheilung.

»... *nahm er das Bro...*«

Dem Heiligen Vater verschlug es die Stimme.

Er erstarrte.

Seine kleinen Oberbayernäuglein wurden groß und ungläubig.

Er konnte nicht glauben, was er sah.
Er konnte auch nicht wegschauen.
Er sah einen schrägen Typen auf dem Altar stehen.
Anstandshalber drehte ich mich mit dem Rücken zur Gemeinde.
Holte meinen Weihwasserschwengel aus dem Hosentürl und besprengte mit meinem Naturchampagner die Hostien in den vier Silberschüsseln.
Die Gemeinde der Heiligen fiel in Schockstarre.
Tödliche Stille.
Nur das Plätschern des rettenden Strahles, gedämpft durch die Hostien.
Intinktio, dachte ich. Eintunken.
Außerdem fiel mir meine Ordination ein. Vor gut vierzig Jahren. Am Abend vorher leerten wir angehenden Geistlichen noch ein Fässchen oder zwei, und einer fragte: »Was ist dann eigentlich anders ab morgen, wenn wir ordiniert sind?« Einer sagte: »Na ganz einfach. Wenn wir dann pinkeln, ist es Weihwasser.«
Der Papst, vom Anblick meiner Sprenkelanlage tief beeindruckt, murmelte die einzigen Laute, die in der großen Kirche zu hören waren: »*Pater noster, qui es in caelis, sanctificetur nomen tuum. Adveniat regnum tuum. Fiat voluntas tua ...*«
Er wusste noch nicht, dass sein Gebet genau in jenem Augenblick erfüllt wurde.
Ich achtete darauf, dass die Hostien gleichmäßig besprenkelt wurden ... dann wurde meine Aufmerksamkeit gestört.
Unheilige Worte schallten durch den heiligen Raum: »Schweine ... verreckte ... Terroristen ... Protestanten ... schlagt sie tot ...«
Menschen stürzten nach vorn auf den Altar zu. Die Meute der Frommen drängte heran.
»Erschlagt sie ... schlagt sie tot ...«
So musste es bei den Kreuzzügen gewesen sein.
Endlich hatten sie einen guten Grund, zwei Schweine zum Lobe Gottes zu erschlagen.
Sie kamen am Altar an.

Marlein packte eine gepolsterte Sitzbank und warf sie dem Mob entgegen. Das stoppte sie. Kurzzeitig.

Marlein zischte mich an: »Bist du nicht endlich fertig? Ich kann den Pöbel nicht länger aufhalten. Die wollen uns massakrieren. Wir müssen abhauen. Sofort.«

Ich betrachtete die Hostien.

Sie waren gut durchtränkt. Mein Werk war vollendet.

Es ist vollbracht.

Und Gott sah, dass es gut war ...

Ich packte mein Sprenkelgerät weg, schloss das Hosentürl und sprang vom Altar.

Griff noch schnell mit der Hand in eine der Schüsseln und stopfte, was ich zu fassen bekam, in die Hosentasche.

Wir liefen durch das Seitenschiff Richtung Ausgang.

Hinter uns die lynchbereiten Kreuzritter.

Eilten zum Polizeiauto.

»Und jetzt fahren wir zur Polizei und klären alles auf«, keuchte Marlein.

Mussten wir gar nicht.

Die Polizei war schon da.

Kaum waren wir in das Auto gestiegen, wurden wir in grelles Scheinwerferlicht getaucht.

Wir wurden von einem Dutzend Beamten umzingelt, die ihre Waffen auf uns richteten.

Eine Megafon-Stimme: »Hier spricht die Polizei! Kommen Sie sofort langsam und mit erhobenen Händen aus dem Auto und leisten Sie keinen Widerstand! Sie sind verhaftet!«

93 Marlein und die beschissene Lage

Ich saß in einem fensterlosen Raum im Polizeipräsidium von Altötting. In dem Raum befand sich nichts außer einem Plastiktisch und vier Plastikstühlen drum herum. Sowohl der Tisch als auch die Stühle waren am Boden festgeschraubt. Eine Neonröhre an der Decke spendete fahles, künstliches Licht.

Nirgendwo hing ein Bild von der Schwarzen Madonna.
Die profane Seite von Altötting.
Ich saß schon eine ganze Weile da. Sie hatten Bär und mich nach unserer Festnahme voneinander getrennt. Wahrscheinlich saß Bär gerade in einem ebensolchen Raum. Vielleicht wurde er gerade in die Mangel genommen. Vielleicht quetschten sie erst ihn aus und dann mich.

Während ich darüber sinnierte, was ich ihnen erzählen sollte und was nicht, ging die Tür auf, und zwei Bullen kamen herein. Sie setzten sich zu mir an den Tisch.

Der eine war etwas älter, hatte eine untersetzte Figur und blickte so friedlich drein wie der Erzengel Gabriel. Der andere war jünger, hatte die Statur und die Muckis eines Bodybuilders und funkelte mich an, als hätte ich gerade sein Meerschweinchen skalpiert.

Alles klar. Ich wusste aus Erfahrung, was jetzt kommen würde: die Nummer mit dem »bad cop« und dem »good cop«. Der eine Bulle würde den Bösewicht spielen, mich anschnauzen, mich drangsalieren, mich bedrohen, vielleicht sogar handgreiflich werden. Dann würde er verschwinden, und der andere würde übernehmen, nett und verständnisvoll sein und mir Versprechungen und Zugeständnisse machen – und ich sollte, froh und glücklich, an einen solchen Gutmenschen geraten zu sein, mein Herz ausschütten und gestehen.

Der Polizist mit dem sanften Gesichtsausdruck sprach mich an.

»Also gut, Herr Marlein. Wir hätten jetzt ein paar Fragen an Sie und wären Ihnen dankbar, wenn Sie uns wahrheitsgetreu darauf antworten würden.«

Ich blickte irritiert von einem zum anderen.

»Hey, Jungs, ihr macht da was falsch! Das Spiel läuft anders. Zuerst muss mich der Testosteronbolzen einschüchtern.«

Sie warfen einander einen verständnislosen Blick zu, schüttelten die Köpfe, und dann fuhr Gutmensch fort: »Wollen wir zunächst einmal rekapitulieren, warum wir Sie und Herrn Bär in Gewahrsam nehmen mussten.«

Er legte einen Block und einen Stift auf den Tisch.

»Ihr Freund Emil Bär hat sich bei einer Messfeier mit dem Papst vor sechstausend Leuten auf dem Altar entblößt und auf die Hostien uriniert, und Sie haben ihn dabei unterstützt.«
Er schlug den Block auf. Die Seite war leer.
»Anschließend haben Sie beide versucht zu fliehen – in einem Polizeiauto, das Sie zuvor entwendet hatten.«
Er kritzelte irgendwas auf die Seite.
»Und Sie hatten in dem Auto die gestohlene Schwarze Madonna bei sich.«
Ich betrachtete das Gekritzel. Es sah nicht nach einem Bild der Schwarzen Madonna aus. Eher nach satanischen Drudenfüßen.
Gutmensch klappte den Block wieder zu, legte den Stift weg und betrachtete mich wie der Vater den verlorenen Sohn.
»Sehr unschön, das alles. Es sieht nicht gut für Sie aus. Da kommt einiges zusammen. Diebstahl in besonders schweren Fällen, Sachbeschädigung, Erregung öffentlichen Ärgernisses.«
Jetzt schaltete sich erstmals Bösewicht mit in die Konversation ein.
»Wenn Sie keine gute Geschichte auf Lager haben, die das alles erklärt, brauchen Sie sich die nächsten Jahre keine Sorgen darüber machen, wie Sie Ihre Miete bezahlen sollen. Da wohnen Sie dann nämlich auf Staatskosten.«
Ich faltete die Hände. Marlein, die personifizierte Unschuld.
»Kein Problem. Ich *habe* eine gute Geschichte auf Lager, die das alles erklärt.«
Bösewicht und Gutmensch tauschten wieder einen Blick aus.
Bösewicht grinste hämisch. Er spielte seine Rolle wirklich nicht schlecht.
»Dann mal los. Der Polizeialltag ist hart, wir können Abwechslung und ein paar Lacher zwischendurch gut gebrauchen.«
»Abwechslungsreich ist das, was ich Ihnen zu erzählen habe, durchaus, aber ich fürchte, das Lachen wird Ihnen im Halse stecken bleiben.«
Und ich erzählte ihnen alles, was Bär und ich erlebt hatten, seit wir in Altötting angekommen waren. Und alles, was sich

in der Krypta unter der Kirche Mariä Heimsuchung in Unterholzhausen ereignet hatte. Auch die Tat der Posserhofbäuerin. Ich musste bei der Wahrheit bleiben, das war meine einzige Chance. Wenn sie mir an irgendeiner Stelle der Geschichte eine Lüge nachweisen konnten, würden sie mir den Rest auch nicht glauben. Entweder sie schluckten die Story ganz oder gar nicht. Als ich fertig war, sagte Bösewicht zu seinem Kollegen: »Münchhausen ist echt ein Dreck dagegen.«

Gutmensch schob den Block beiseite. Wahrscheinlich hätte er am liebsten meine Hand getätschelt. Er war der gute Hirte und ich das schwarze Schaf, das er trotzdem liebte.

»Sehr interessant. Wir haben da allerdings eine andere Version gehört.«

Er gab Bösewicht ein Zeichen. Dieser ging zur Tür hinaus und kam kurz darauf in Begleitung wieder. Die Begleitung war eine der beiden Marienpolizistinnen. Die jüngere, schlankere mit dem blonden Pferdeschwanz.

Zum Teufel! Dass sie schon wieder auf den Beinen war und eine Gegendarstellung liefern konnte, war gelinde ausgedrückt äußerst ungünstig. Es war genauer gesagt eine Katastrophe.

Und wenn sie wieder auf den Beinen war, war es die fette Kommissarin vermutlich auch. Wir hatten nicht fest genug zugeschlagen. Wir Idioten.

Ich suchte mein Heil in der Offensive.

»Sehr praktisch. Das ist eine der beiden, von denen ich Ihnen erzählt habe. Sie müssen sie nur ein bisschen weichklopfen, dann wird sie singen und Ihnen meine Geschichte bestätigen.«

Gutmensch und Bösewicht starrten sich einen Moment lang ungläubig an. Und brachen dann in schallendes Gelächter aus. Sie amüsierten sich prächtig. Was nicht gerade danach klang, als hätten sie ernsthaft vorgehabt, meinen Rat zu befolgen und ihre Kollegin weichzuklopfen.

Nachdem sie sich wieder beruhigt hatten, machte Bösewicht weiter.

»Dann wollen wir uns doch mal die Version unserer Kollegin anhören. In dieser Version taucht übrigens ein überaus interessanter Gegenstand auf.«

Er hob eine durchsichtige Plastiktüte hoch und hielt sie mir vor die Nase.

»Schon mal irgendwo gesehen?«

In der Plastiktüte war meine Pistole – die mir die Marienbrut nach meinem K.o. im Keller abgenommen hatte.

So langsam begann die Sache richtig ungemütlich zu werden.

»Ja, so was hab ich schon mal gesehen – in Krimisendungen im Fernsehen.«

Bösewicht lächelte – böse. Jetzt hatte er seinen großen Auftritt.

»Hören Sie endlich auf, uns zu verarschen, Marlein. Wir wissen, dass das *Ihr* Schießeisen ist. Und jetzt wollen wir doch mal hören, was *wirklich* geschah.«

Bösewicht nickte seiner Kollegin zu, und sie begann zu erzählen.

Je länger sie sprach, umso schlechter wurde mir.

Die Geschichte, die sie erzählte, lautete folgendermaßen: In Unterholzhausen hatte ein ganz normaler Mariengottesdienst stattgefunden – ganz ohne Orgien und kleine Kinder, die geschlachtet werden sollten, einfach nur mit frommen, gutchristlichen Marienverehrern. Beim Verlassen der Kirche hatten Gottesdienstbesucher eine weibliche Leiche zwischen den Grabsteinen vorgefunden und die beiden Polizistinnen, die sich gerade zufällig vor der Kirche aufhielten, zu Hilfe gerufen. Eine erste Untersuchung der Leiche hätte ergeben, dass die Frau Stichverletzungen aufwies – und mit einem Schuss in die Schläfe erschossen worden war. Die vermutliche Tatwaffe lag neben der Toten: die Waffe in der Plastiktüte – meine Waffe. Als die beiden Polizistinnen sich im Umkreis der Kirche umgesehen hätten, seien sie von mir und meinem Kumpan angefallen und niedergeschlagen worden.

Als sie geendet hatte, war ich dran mit Lachen.

»Wenn ich Münchhausen war, dann waren das hier die gesammelten Märchen der Gebrüder Grimm in der Version von Walt Disney.«

Dann wurde ich ernst.

Ich sprach die Polizistin an: »Soso, ihr habt der Zullinger

also noch einen Kopfschuss aus meiner Waffe verpasst, nur um mir einen Mord anhängen zu können. Das habt ihr euch fein ausgedacht, ihr verfluchten Luder. Aber mit dieser perfiden Nummer kommt ihr nie im Leben durch.«
Ich blickte in die Gesichter von Gutmensch und Bösewicht, um Zustimmung heischend. Aber die Verachtung, die mir daraus entgegenschlug, sagte mir, dass die Polizeimaria wahrscheinlich doch mit ihrer Nummer durchkommen würde. Selbst Gutmensch sah jetzt gar nicht mehr gut aus, sondern wie jemand, der sich wünschte, dass für Typen wie mich der elektrische Stuhl auch in Deutschland eingeführt wurde.
Ich lehnte mich zurück und atmete tief durch.
Meine Trommel war leer. Ich hatte meine Patronen verschossen.
Ich hatte auch kein Ass mehr im Ärmel. Ich war blank.
Meine Lage war mehr als beschissen. Ich stand nicht mehr nur mit dem Rücken zur Wand, ich war schon in die Wand eingemauert.
Jetzt konnte uns nur noch ein Wunder retten.
Jetzt konnte uns nur noch die Heilige Maria raushauen.
Oder aber der Unheilige Emil.

94 Bär klärt auf

Der nächste heilige Ort war das Polizeipräsidium.
Der Polizeipräsident von Altötting beehrte mich persönlich.
Ich war in Handschellen.
Und alleine.
Man hatte mich von meinem neuen Bruder Philipp getrennt.
Diese Schweine.
Ich hockte auf einem Plastikstuhl, vermutlich von Obi, in einem Verhörraum.
Der Polizeipräsident paradierte vor mir hin und her.
Er hatte einen roten Kopf und eine Stinkwut.
Tobte.

»Ihr verdammten Wichser, ihr verdammten. Ich lass euch einbuchten wegen Erregung öffentlichen Ärgernisses, Landfriedensbruch, Hausfriedensbruch, Gotteslästerung, Majestätsbeleidigung ...«

Ich fragte: »Welche Majestät bitte?«

»Der PAPST natürlich.«

Er sprach PAPST mit Großbuchstaben aus.

»Schon anno 2006 war er da. Hat seinen Ring, den wo er bei der Papstwahl getragen hat, hiergelassen ...«

Als wäre der Papst sein persönlicher Freund.

Ich, ungerührt: »Vielleicht hat er ihn vergessen und holt ihn sich heut zurück.«

»Halt's Maul!«, fegte mich der Polizeipräsident an, sagte: »Sogar der Ministerpräsident hat angerufen. Persönlich.«

Ich: »Meinen S' g'wiss den Horsti?«

»Halt dein Maul!«, plärrte er mich an. Konnte mich nicht erinnern, dass ich ihm das Du angeboten hätte.

Kam auf mich zu. Holte mit dem Arm zum Schlag aus.

»Für dich, du verbrunztes Arschloch, du asoziales, immer noch der Herr Ministerpräsident.«

Ich: »Hat er sein Spielen mit der elektrischen Eisenbahn wohl unterbrechen müssen. Was hat er denn wolln?«

»Das geht dich an Scheißdreck an, du Drecksau. In die Hostien brunzen!«

»Ich bin protestantisch ...«

»Eine abartige Schwuchtel bist du, eine ... eine ...«

Er kam mir vor wie ein Bub in Rage, der keine Schimpfwörter mehr findet. Ich machte mich auf einen Faustschlag gefasst. Aber der Hundling drehte sich nur rum – und auf einmal hatte ich seinen Ellbogen im Gesicht. Meine Nase krachte. Ich jaulte auf.

Drohte: »Das gibt eine Anzeige!«

Der Herr Präsident lachte hämisch.

»Anzeige wegen was? Das war gar nix. Das war ein ganz sportlicher Ellbogencheck. Wie im Fußball. Und wenn du weiter so frech bist, laufst gleich in den nächsten Ellbogencheck.«

Er schnaufte wie ein Stier.
Ich schwieg. Der Klügere gibt nach.
Das Blut rann mir aus der Nase, tropfte auf mein Hemd.
»Außerdem werdet ihr teuer bezahlen für den Diebstahl der Schwarzen Madonna.«
Ich protestierte.
»Wir haben die Schwarze Madonna nicht geklaut. Wir haben sie wiedergefunden. Wir wollten sie gerade abliefern. Dafür haben wir den Finderlohn verdient. Fünfhunderttausend Euro.«
»Die könnt ihr euch ins Haar schmieren. Außerdem habt ihr ein Polizeiauto gestohlen. Und Sachbeschädigung begangen. Und Körperverletzung.«
»Wieso, wen haben wir denn körperverletzt?«
Der Präsident ging zur Tür, öffnete sie und rief jemanden.
Herein trat die mollige Polizistin aus Kempten.
Sie sah tatsächlich etwas ramponiert aus.
Ihr dicker Marienklunker um den Hals war weg.
Wahrscheinlich würden sie uns auch noch diesen Diebstahl in die Schuhe schieben.
Ich sagte: »Ich verlange einen Staatsanwalt.«
Der Polizeipräsident und seine Kommissarsschlampe in Uniform schauten sich fragend an.
»Wieso Staatsanwalt? Einen guten Rechtsanwalt braucht ihr. Am besten gleich eine Kanzlei. Den Bossi aus München. Aber so was haben wir nicht hier in Altötting. Jedenfalls nicht für zwei kriminelle Säcke wie euch.«
»Ich verlange einen Staatsanwalt. Weil wir zu Protokoll geben werden, was los war. Und dann Anzeige erstatten.«
Die Tür ging wieder auf.
Aller Augen gingen zur Tür.
Meine Nase wurde augenblicklich beschwerdefrei. Mein Knie auch.
Der Polizeipräsident stand stramm in Habachtstellung, als wäre der Führer persönlich vor ihm erschienen.
Die Kommissarin straffte ihren Busen.
Eine Frau stand in der Tür.
Mit Aktenkoffer.

Schwarzes Kostüm. Tailliert.
Ich saugte mich am Ausschnitt fest.
Schätzte auf Körbchengröße XXL.
Ein Hals wie ein Schwan.
Haar wie ein Engel. Blond. Gelockt. Bis auf die Schultern.
Das Christkind. Wahrscheinlich vom Nürnberger Christkindlesmarkt eingeflogen.
Sie sagte mit glockenklarer Stimme: »Dr. Lauthauser-Schmarrenberg von der Staatsanwaltschaft.«
Der Polizeipräsident schlug die Hacken zusammen, sagte stramm: »Der Staatsanwalt kommt ... oh. Sie sind wohl seine Sekretärin ...«
Der kühle Rauschgoldengel lachte himmlisch, sagte: »... und trage seine Aktentasche voraus.«
Der Polizeipräsident nickte.
Der Engel sagte, ganz wie »Der eiskalte Engel«: »Ich bin die Staatsanwältin.«
Der Präsident verfiel in Schnappatmung.
Schlug die Hacken zusammen.
»Selbstverständlich, Frau Staatsanwalt. Ganz zu Diensten.«
Sie setzte sich auf einen Obi-Plastikstuhl, nahm einen Notizblock aus ihrer Aktentasche, zückte einen Fünfhundert-Euro-Kugelschreiber von Montblanc, schaute in die Runde, fragte: »Um was geht's denn?«
In dem Ton von: »Vom Himmel hoch, da komm ich her«.
Und hab keine Ahnung.
Der Polizeipräsident räusperte sich und hub an zu reden.
»Sechstausend Leute sollten ermordet werden«, warf ich in die Pause zwischen Räuspern und Reden.
»Ha!«, entfuhr es dem Präsidenten, und er machte mit seinen Händen einen Scheibenwischer vor den Augen.
Ich sagte: »Ja, sechstausend Leute. Vergiftet. Mit Hostien. In der Messe.«
Der Polizeipräsident sagte zur Staatsanwältin: »Der ist kriminell und verrückt. Der da war ja schon in Kaufbeuren.«
Die Staatsanwältin ließ ein Fältchen auf ihrer Engelsstirn erscheinen, fragte: »Kaufbeuren?«

Ich sagte: »Da ist die Allgäuer Aktienbrauerei zu Hause. Geiles Bier.«

»Da sehen S'«, sagte der Polizeipräsident, »übergeschnappt ist er. Ein Irrenhaus ist in Kaufbeuren. Er spinnt.«

Die Staatsanwältin beugte sich leicht vor, ich kam in den ansatzweisen Genuss ihres Staatsbusens, kriegte die Augen kaum hoch, sagte erklärend: »Ich hab nämlich Myasthenia gravis.«

»Gell, ich hab's gleich gsagt«, blökte der Polizeipräsident dazwischen, »jetzt sagt er schon selber, dass er verrückt ist. Schwere Mysterie.«

Die Staatsanwältin lächelte milde, ignorierte den Deppen, sagte zu mir: »Myasthenia gravis – das ist doch eine Muskelerkrankung, die in den Augenlidern anfängt.«

Ich nickte. Hob gewaltsam den Kopf, setzte meinen Schlafzimmerblick auf, um die Diagnose zu bestätigen, sagte: »Der Lauf meiner Ermittlungen führte mich unter anderem auch in das Bezirkskrankenhaus Kaufbeuren.«

»Er wurde hingefahren, weil er gesponnen hat«, warf die Kommissarin ein. »Der isch net recht im Kopf!«

Sie hätte ruhig weitersprechen können, denn keiner beachtete sie.

Die Staatsanwältin lächelte mich an, mir wurden die Knie weich, mein Meniskus benahm sich mit einem Schlag vorbildlich, und sie fragte mich: »Was haben Sie denn ermittelt?«

Ich sagte: »Bei uns in Kempten sind in kurzer Zeit vier Neugeborene tot aufgefunden worden. Tot ist ein Euphemismus.«

Die Staatsanwältin legte ihre zarte Stirn in Fragezeichen. Sagte: »Geht's denn schlimmer als tot?«

Ich sagte: »Ja. Allen vieren war das Herz rausgerissen.«

Sie schaute, als würde ihr das Herz herausgerissen.

Ich sagte: »Sorry ... haben Sie Kinder?«

Eine Träne rann ihr die glatten Wangen hinab. Sie räusperte sich, sagte: »Das spielt jetzt keine Rolle. Erzählen Sie weiter!«

Egal, ob sie Kinder hatte oder nicht, sie hatte ein Herz. Ich wünschte mich dreißig oder vierzig Jahre zurück. Wir hätten gut zusammengepasst.

Ich sagte: »Das Komische war, dass keine Mütter für die

toten Säuglinge aufzufinden waren, bis auf eine, die Lea vom Posserhof. Und dass junge Frauen auf einmal verschwanden oder komisch wurden, in Depressionen verfielen und in Maiandachten liefen.«

»Was ist besonders an Maiandachten?«, fragte sie.

»Die Maria. Maiandachten sind Marienverehrungsfeten. Ich ging der Sache nach ...«

Sie, ganz professionell: »Sind Sie sicher, Sie konstruieren da nicht Zusammenhänge, wo keine sind?«

Es blökte wieder: »Ich hab ja g'sagt, der spinnt.«

Ich ignorierte den Arsch in Uniform, sagte: »Ich hatte Beweise, dass ich auf der richtigen Spur war.«

»Beweise, welche?«

»Ich wurde in einer Tour zusammengeschlagen, vor Züge geschubst und bekam einen toten Hund vor die Tür gelegt. Ohne Herz. Normal hat sogar ein Hund ein Herz. Die sichersten Zeichen, dass man auf der richtigen Spur ist, ist, wenn sie einem an die Gurgel wollen.«

Die Staatsanwältin schaute auf die Uhr.

Ich verstand und fuhr fort: »Dann erhielt ich von einer Mutter den Auftrag, nach ihren beiden Töchtern zu suchen. Die huldigten auch dem Marienkult. In Kempten, Tal, Füssen, Maria Rain. Das ganze Allgäu ... Die Spur führte nach Altötting.«

Ich räusperte mich bedeutungsvoll.

»Auf dem Weg dorthin traf ich zufällig den Herrn, den Sie zusammen mit mir verhaftet haben. Philipp Marlein, Privatdetektiv aus Fürth. Wir stellten fest, dass wir es mit ähnlichen Fällen zu tun hatten. Er hatte in Fürth einen Auftrag bekommen. Eine schwangere junge Frau war auf einmal nicht mehr schwanger, aber das Kind fehlte. Er suchte die junge Frau. Er fand sie. Aber ohne Kind. Was er aber fand, war, dass die Frau zu einer fanatischen Gruppe gehörte. So eine Art Taliban für die Maria. Die Göttin Maria. Ganz Franken ist verseucht davon. Gößweinstein, Marienweiher, Bamberg, Nürnberg, Fürth.«

Niemand unterbrach mich.

Also fuhr ich fort.

»Wir taten uns zusammen. Und fanden schließlich die ganzen Marienmädels in Altötting. Es gelang uns, ihren geheimen Kultort herauszukriegen: in einer Krypta unter der Kirche Mariä Heimsuchung in Unterholzhausen. Wir wurden Zeugen einer mörderischen Kultfeier. Mit der Hohepriesterin. Und der geklauten Schwarzen Madonna. Dort fanden wir auch das Kind, nach dem Marlein suchte. Es sollte geopfert werden. Herz raus.«

Die Staatsanwältin schüttelte ungläubig ihre goldenen Locken. Sie schaute stirnrunzelnd skeptisch. Nicht gut für ihre schöne Stirn.

Ich legte nach.

»Wenn Sie mir nicht glauben, fragen Sie die Frau Kommissarin hier. Sie war auch dabei. Sie gehört zu dieser Mariensippe.«

Der Polizeipräsident machte wieder den Scheibenwischer.

Die Kommissarin rollte die Augen, hatte Schweißperlen auf der Stirn.

Ich legte noch eine Schippe drauf: »Und wir kriegten raus, dass der Papst und die ganze Wallfahrtsgemeinde heute Morgen umgebracht werden sollten. Mit vergifteten Hostien.«

Die Staatsanwältin sagte schlicht: »Können Sie all diese ungeheuerlichen Vorwürfe beweisen?«

Sie glaubte mir nicht. So schön und doch so dumm. Blödes Weib.

Ich sagte: »Sie brauchen nur ein paar von ihren Leuten nach Unterholzhausen schicken. Unter der Kapelle, in der großen Gruft, werden Sie allerhand Sachen finden. Lauter Beweise!«

Die Staatsanwältin sagte: »Herr Polizeipräsident, schicken Sie Leute hin. Spuren sichern.«

Er nickte der Kommissarin zu, sagte: »Mach du das, Resi!«

Die Kommissarin ließ ein triumphierendes Lächeln über ihr Gesicht huschen.

»Gern«, sagte sie schnippisch und zog ab.

»Und die Hostien, die angeblich vergifteten?«

Ich sagte: »Ich hab zur Sicherheit welche mitgenommen. Spurensicherung.«

Ich hielt die Luft an, griff in die Hostentasche und zog einen verpappten Brei heraus, hielt ihn der Staatsanwältin hin, sagte: »Die Hostien. Ein paar davon.«

»Hostien?«
Ich erklärte: »Die sind aufgeweicht. Vom Schwitzen.«
Sie nahm den verpappten Brei mit spitzen Fingern. Ich stellte mir vor, was diese feingliedrigen Finger alles Gutes tun könnten. Zum Beispiel an mir.
Ich wischte mir die rechte Hand gründlich an meiner Jeans ab.
»Ha, vom Schwitzen«, blökte der Präsident. »Einibrunzt hadda, die Drecksau, die dreckate.«
Die Staatsanwältin nahm im Gesicht die Farbe der grauweißen Wände an, roch an dem Zeug, sagte ungläubig: »Sie meinen doch nicht etwa ...«
Ich sagte: »Wir mussten sicherstellen, dass die Leute die Hostien auf keinen Fall essen. Überzeugen hätten wir sie nicht können. Nicht verbal. Und ich dachte, wenn nicht verbal, dann eben genital. Urethral ... wenn Sie verstehen, was ich meine ...«
Der Präsident kam offensichtlich bei unserer gepflegten akademischen Unterhaltung nicht mit, er geiferte: »Neibrunzt hadda, die Sau.«
Die Staatsanwältin schüttelte sich angewidert, reichte dem Präsidenten die verbrunzten Hostien, sagte: »Labor!«
Der uniformierte Depp sagte: »Da brauchen wir kein Labor. Es gibt sechstausend Zeugen. Sogar der Papst. Der hat da hinein... vorm Papst!«
Ich sagte: »Und es hat geholfen. Keiner hat eine einzige Hostie angelangt. Nicht einmal der Papst.«
Der Weihnachtsengel sagte: »Ich habe die Logik begriffen. Es geht auch nicht um die Bru... um den Urin, sondern ob sie vergiftet waren oder nicht, die Hostien.«
Sie hielt dem Präsidenten das Zeug hin, sagte noch mal, Befehlston: »Labor!«
Der Präsident schluckte.
»Wenn die Frau Staatsanwalt meinen ...«
Er nahm die heiligen Hostien in Breigestalt widerwillig entgegen und entsorgte sie an einen Polizisten vor der Tür mit den Worten: »Labor. Aber plötzlich.«

Ich zog mein Taschentuch raus, bot es der Staatsanwältin an, sagte: »Hier, zum Abwichs... äh ...«, merkte, wie ich rot wurde, »äh ... zum Abwischen. Ist zwar schon gebraucht ... aber nicht verbrunzt.«
Sie lächelte gequält.
»Danke, ich hab mein eigenes. Frisch.«
Es sah aus wie ein heiliges Tuch. Schneeweiß. Frisch. Gestärkt. Und mir fiel ein Vers aus meiner verpickelten Jugendzeit ein, im Takt vom Roider Jackl seinen Gstanzln:

Und der Pfarrer von Kempten,
der stärkt seine Hemden
mit eigenem Samen.
In Ewigkeit, amen.

95 Marlein und die verwirrende Entdeckung

Als ich mehrere Stunden später endlich das Polizeipräsidium von Altötting verlassen durfte, saß Bär vor dem Gebäude auf einer Bank.
Ich setzte mich zu ihm.
Wir schwiegen eine Weile.
Brüder verstehen sich ohne Worte.
Irgendwann sagte Bär, in die Stille hinein: »Ich habe schon gedacht, sie behalten dich.«
Ich blinzelte, musste mich erst an das Tageslicht gewöhnen nach dem langen Aufenthalt im fensterlosen Verhörraum.
»Wartest du schon lange?«
»Geschlagene zwei Stunden.«
»Zuletzt haben sich alle auf mich gestürzt. Sogar der Polizeipräsident und die Staatsanwältin.«
»Geile Maus, die Staatsanwältin, nicht wahr?«
»Ist mir zu glatt. Aalglatt. Synthetisch. Wahrscheinlich ein totaler Flop im Bett. Kannst du haben. Aber zurück zum Thema. Zum Schluss haben alle nur noch mit mir gesprochen. Was hast

du gemacht, du Kameradensau? Zu Protokoll gegeben, dass ich der Anführer bin?«
»Ich glaube, ich habe sie mit meinem verrotzten Taschentuch vergrault. Oder mit meinen verbrunzten Hostien.«
»Auf deine verbrunzten Hostien lasse ich nichts kommen, Emil. Die haben uns den Arsch gerettet.«
Wir schwiegen wieder eine Weile vor uns hin. Spirituelle Meditation in Altötting. Allerdings nicht in der Gnadenkapelle, sondern vor dem Polizeipräsidium.
Nach einigen Minuten fragte Bär: »Und? Wie ist das Ganze jetzt ausgegangen?«
Ich zog einen Flunsch.
»Es sah verdammt schlecht für uns aus.«
»Ja.«
»Alles sprach gegen uns: das gestohlene Polizeiauto, die gestohlene Madonna im Polizeiauto, die Pinkelaktion in der Basilika.«
»Ja.«
»Und vor allem die Aussagen zweier Polizistinnen.«
»Ja.«
»Kannst du auch mal was anderes sagen als ›ja‹?«
»Nein.«
»Die Kommissarin hat natürlich auch alle Spuren in der Gruft in Unterholzhausen verwischt. Hat alle Beweise, dass dort eine Orgie und eine Opferhandlung stattgefunden haben, beseitigt.«
»Wie bei mir in der Mariengrotte in Tal.«
»Das kommt eben raus, wenn man die Tatortuntersuchung vom Täter selbst durchführen lässt.«
»Schlecht.«
»Die Leiche der Zullinger lag auf dem Friedhof vor der Kirche. Sie haben ihr mit meiner Pistole noch einen Kopfschuss verpasst und meine Pistole neben die Leiche gelegt.«
»Ganz schlecht.«
»Ihre Ermordung wollten sie also auch noch uns in die Schuhe schieben.«
»Elendes Pack!«

»Es sah zappenduster für uns aus.«
»Klingt so.«
»Was uns letztlich rausgehauen hat, war tatsächlich der Laborbefund.«
»Was stand drin?«
»Die üblichen Ingredienzien von Oblaten. Dazu zwei ungewöhnliche Substanzen.«
»Welche?«
»Zum einen Harnsäure.«
»Wenig überraschend. Und zum anderen?«
»Zyankali!«
»Wahnsinn!«
»Ja. Und das hat sie alle stutzig gemacht. Allen voran deine kleine geile Staatsanwältin. Jetzt wusste sie, dass etwas dran war an unserer Geschichte, dass wir nicht gelogen hatten.«
»Was passierte dann?«
»Sie nahmen ihre eigenen Mädels in die Mangel – die beiden Marienpolizistinnen. Die verstrickten sich mit ihrer Märchengeschichte immer mehr in Widersprüche – und brachen schließlich ein. Legten die Wahrheit offen. Gestanden alles. Bestätigten unsere Version.«
»Und was sind die Konsequenzen?«
»Die beiden Polizistinnen wurden verhaftet. Nach Lena Wiga und anderen führenden Mitgliedern der Religio Mariae wird gefahndet, darunter die Mörderinnen der Säuglinge vom Allgäu. Sie sind gestern aus der Psychiatrie ausgebüchst, um an der Zeremonie teilnehmen zu können. Ihr Marien-Fanatismus war offenbar doch stärker als das schlechte Gewissen.«
»Werden Käsi und Maja auch gesucht?«
»Nein, da konnte ich einen Deal aushandeln. Sie werden nur als Sympathisantinnen gewertet und laufen gelassen. Auch die Posserhofbäuerin hat nichts zu befürchten – dass sie die Zullinger abgestochen hat, wird man als Notwehr und Rettungstat hinstellen.«
»Und das Kind von Lena Wiga?«
»Kommt zunächst in eine Pflegefamilie und wird dann zur Adoption freigegeben.«

»Also Sieg auf der ganzen Linie!«
»Nicht auf der ganzen.«
»Wer sind die Verlierer?«
»Wir.«
»Inwiefern?«
»Sie hängen uns nichts an – aber wir bekommen auch nicht den Finderlohn für die Wiederbeschaffung der Schwarzen Madonna. Das ist der Preis dafür, dass sie bei Käsi, Maja und der Posserhofbäuerin beide Augen zudrücken. Das und der Ruhm – in der offiziellen Aufklärungsversion, die sie jetzt an die Presseagenturen in aller Welt rausschicken, hat es einen Bär und einen Marlein überhaupt nie gegeben.«
Bärs Blick verfinsterte sich.
»Wir haben die Schwarze Madonna aus den Fängen einer Sekte befreit und damit verhindert, dass sie auf Nimmerwiedersehen verschwindet, wir haben die Morde an vier Säuglingen aufgeklärt, und wir haben einem Baby, dem Expapst und sechstausend Gläubigen das Leben gerettet – und gehen leer aus?«
»Die Welt ist schlecht.«
Bär nickte resigniert.
»Abgrundtief schlecht.«
Mehr gab es dazu nicht zu sagen.
Wir saßen wortlos da, brüteten still vor uns hin, suhlten uns in Melancholie und Selbstmitleid.
Ich steckte, nur um überhaupt irgendetwas zu tun, eine Hand in meine Manteltasche und stieß auf etwas Hartes.
Ich zog das Etwas heraus. Es war die Sektenbibel der Zullinger, die ich in der Krypta in Unterholzhausen hatte mitgehen lassen.
Ich hatte sie völlig vergessen.
Ich schlug sie auf. Auf der leeren Innenseite des Einbandes gab es einen handschriftlichen Eintrag.
Ich las ihn.
Zunächst konnte ich das, was ich las, nicht recht einordnen. Es verblüffte und verwirrte mich nur.
Dann setzte sich das Räderwerk in meinem Gehirn in Bewegung. Und plötzlich war da dieser Geistesblitz, der die Dinge in den richtigen Zusammenhang brachte.

Ich erschauderte. Konnte das wirklich möglich sein …?
Gab es tatsächlich noch eine Wahrheit hinter der Wahrheit?
Wir hatten gedacht, dass wir diesen Fall komplett aufgeklärt hatten – aber hatten wir etwa nur an der Oberfläche gekratzt? Hatten wir nur das gesehen, was wir hatten sehen sollen? Waren auch wir nichts anderes als Marionetten, die von einem Strippenzieher hinter den Kulissen so bewegt wurden, wie er es wollte? Waren wir nur Schachfiguren in einem Spiel, nur Elemente eines geheimen Masterplans, dessen Inhalt und Ziel wir nicht kannten?

Ich musste es unbedingt herausfinden!

Ich sprang auf wie vom Hafer gestochen.

»Ich muss los, Emil! Sofort! Die Geschichte ist noch nicht zu Ende! Ich muss unbedingt noch etwas erledigen!«

Bär guckte, wie ein ehemaliger Papst guckt, wenn vor seinen Augen jemand auf den Altar steigt und in die Hostienschale pinkelt.

»Wo willst du denn hin? Und was ist denn plötzlich in dich gefahren?«

»Ich muss dir das alles in Ruhe erklären – hinterher. Wie kann ich dich erreichen?«

Bär fummelte eine Visitenkarte aus der Hosentasche, auf der seine Telefonnummer stand. Ich steckte sie ein.

»Okay, ich melde mich. Ach ja, und kümmer dich doch bitte um die Posserhofbäuerin. Wir haben ihr ja versprochen, dass wir sie wieder vom Krankenhaus abholen.«

Dann wandte ich mich ab und rannte, so schnell ich konnte, zum Bahnhof von Altötting, wo mein Auto stand.

96 Bär rupft

Jetzt hatte er ihn doch noch erwischt.
Der Wahnsinn.
Den Marlein. Meinen Blutsbruder Philipp.
Posttraumatische Belastungsstörung.

Wie von der Tarantel gestochen rannte er in Richtung Bahnhof.

Ich dachte, hoffentlich wirft er sich nicht hinter einen Zug oder vor ein Auto oder säuft sich zu Tode. Mit Mineralwasser.

Er musste in dem kleinen Buch, dieser Sektenbibel, etwas gelesen haben.

Oder der Junge war einfach durchgedreht.

Ich hockte da.

Sitzen gelassen.

Ach ja, die Posserhofbäuerin.

Mit ihrem Baby.

Eigentlich das Baby von Lena Wiga.

Ich machte mich auf den Weg nach Norden.

Zur Kreisklinik Altötting.

Eine Gesundheitsfabrik mitten auf der grünen Wiese.

Angelegt wie Stonehenge in England. Irgendwie kreisförmig.

Wo die Medizinmänner hausten.

Das medizinische Pendant zum Kapellplatz.

Ich ging zur Information, eine blonde Madonna schaute mich misstrauisch an.

Ich sagte: »Ich suche eine ältere Frau mit einem Baby.«

»Und wia hoaßt's nacha, die ältere Frau?«

Es klang nicht nach Informationsfrage. Mehr Kontrollfrage. Sie schaute mich an, als wäre ich ein prügelnder Vater, der Mutter und Kind verfolgt.

Ich sagte: »Ach ja, meine Nase ... Das war ein kleiner Unfall. In der Gnadenkapelle. Ich war so arg in Andacht versunken, dass ich gegen die Tür gelaufen bin ... deshalb ...« Ich deutete auf die Blutflecken auf meinem Hemd.

Sagte weiter: »Die ältere Frau ... das ist nämlich die Oma von dem Baby ... und ich weiß nur, dass sie aus der Gegend von Kempten kommt und Posserhofbäuerin heißt.«

»Und das Kind, das Baby?«

»Ja ... halt Posserhofbaby ...«

»Und wann sollen die hier eingeliefert worden sein?«

»Heut in aller Herrgottsfrüh.«

»Und auf welche Station?«

Ich überlegte kurz, sagte: »Wenn's um Mutter und Kind geht, wahrscheinlich in die Geburtshilfe.«
»Wannst moanst ... Ich ruf einmal an, ob die was wissen.«
Sie tippte eine Nummer ein, sagte: »Habts ihr heut in aller Herrgottsfrüh einen Zugang g'habt, Mutter oder Großmutter und Kind, Baby?«
Sie horchte.
»Ja ... ja ... also doch! Welches Zimmer?«
Sie schrieb eine Zahl auf einen Zettel, schob ihn mir unter der Glasscheibe durch, sagte: »Halten S' Ihnen an die Wegweiser zur Geburtshilfe. Zimmer Nummer 666.«
Ich erschrak. Sagte: »Nein!«
»Doch, Zimmer 666. Ich bin doch nicht schwerhörig.«
Ich sagte: »Die Teufelszahl ... die Zahl des Biestes! Offenbarung 13.«
Sie schaute mich mit ihren großen Rehaugen an.
Fragte: »Wollen S' nicht lieber ins Bezirkskrankenhaus nach Haar?«
Sie meinte die Psychiatrische in München.
Für mich.
Ich sagte schnell: »Nein, danke. Ich schau jetzt nach der Oma mit dem Baby. Ich bin nämlich der Opa.«
Ging schnell Richtung Geburtshilfe.
Zimmer 666 bot ein Bild wie Weihnachten.
Maria und ihr Kind.
Ohne Josef.
Die Posserhofbäuerin saß in einem Sessel, wiegte das Lena-Wiga-Baby in ihren Armen.
»Grüaß di, Posserhofbäuerin!«
»Grüaß di, Bär.«
Ich sagte: »Wir haben nicht viel Zeit. Ich bin gekommen, weil ich dich zum Bahnhof bringen will.«
»Mit dem Kind?«
»Ohne!«
»Ich lass das Kind nicht allein zurück.«
»Das Kind wird adoptiert.«
»Auch recht. Ich adoptier das Kind!«

»An Dreck adoptierst du. Das geht nicht!«
»Warum nicht?«
»Es ist mir ja peinlich zu sagen ... aber ... das Alter!«
»Wieso das Alter? Ich bin über fünfundzwanzig.«
»Wer hätte das gedacht, Posserhofbäuerin? Ich meine nicht das Mindestalter, sondern die obere Grenze. Der maximale Altersunterschied zwischen Eltern und Kindern soll laut Adoptionsrecht vierzig Jahre nicht überschreiten ...«
»Aber ich lass das Kind nicht allein. Ich kann bei ihm bleiben, bis ...«
»Posserhofbäuerin, du musst weg hier. Die Polizei weiß, dass du die Hur mit der Mistgabel erstochen hast. Sie wollen aber ein Auge zudrücken ... Warum, das ist jetzt zu kompliziert zum Erklären, aber du musst weg, bevor die sich das noch mal anders überlegen ... und du im Zuchthaus landest.«
»Und das Kind?«
Die Posserhofbäuerin bekam wässrige Augen.

Ich hustete, meine Stimme wollte nicht so recht, was rauskam, war ein kümmerliches: »Die Krankenschwestern kümmern sich ...«
»Die haben keine Zeit, die Krankenschwestern.«
»Aber ...«
»Ich lass das Kind nicht im Stich!«
Ich schnaufte tief durch. Ich kriegte die Posserhofbäuerin nicht von dem Kind weg. Was tun?
O Maria hilf!
Maria half.
Mit einer Idee.
Ich sagte: »Wart einen Augenblick, ich organisier schnell was!«
Sie war schon wieder in ihr Baby vertieft.
Ich ging zur Stationsleitung.
Sagte: »Ich brauch dringend die Klinikseelsorge!«
Wenn im Krankenhaus niemand zuständig ist, ist die Seelsorge zuständig. Kannte ich aus eigener Erfahrung.
»Den Pater Nepomuk?«
»Nein ... habts denn keine Seelsorgerin? Es geht um eine Frauengeschichte. Sie wissen schon ...«

»A ... so ...«
Keine Ahnung hatte sie.
Sie sagte: »Dann käm die Priscilla Damaris in Frage, die Pastoralreferentin!«
»Genau die!«
Hatte noch nie von ihr gehört.
Die Pastoralreferentin war innerhalb von zehn Minuten da.
»Grüaß di, Prissi!«, rief ihr die Stationsleiterin zu.
Ihrem Namen nach musste die Prissi Griechin sein.
»Hei!«, rief die Griechin im Vorbeigehen zurück.
Sie war eine junge, resolute Frau mit Holz vor der Hüttn und Hirn im Kopf.
Sie begriff sofort, was ich von ihr wollte, sagte: »Des kriag ma scho!«
Wir gingen wieder auf Zimmer 666.
Patoralreferentin Priscilla Damaris überfiel die Posserhofbäuerin mit einer Charmeoffensive.
Sie drückte das Kind an ihren Busen, juchzte: »Des is ja a ganz a Liaba!«
Das Kind lachte.
Ich nahm die Posserhofbäuerin an die Hand.
Sagte zu ihr: »Die kümmert sich drum. Die Frau Pfarrerin. Die kann das. Hat selber Kinder!«
Dichtung ohne Wahrheit.
Die Seelsorgerin herzte das Kind, schaute der Posserhofbäuerin tief in die Augen, sagte: »Ich kümmer mich um den Kleinen, den Süßen!«
Ich sagte: »Vergelt's Gott ... uns pressiert's.«
Ich schleppte die Posserhofbäuerin ab.
Wir liefen schweigend zum Kapellplatz zurück, Richtung Bahnhof. Was in ihr wohl vorging? Hatte Tochter, Enkel und Mann verloren.
Sie hielt sich aufrecht.
Tausende von Menschen wuselten durch Altötting. Business as usual.
Wir kamen an der Bank vorbei, wo Marlein und ich gesessen und Bilanz gezogen hatten. Bis er auf und davon gerannt war.

Ich hätte ihm noch sagen wollen: »So. Jetzt haben wir unseren Auftrag fast erfüllt. Du kannst deiner Auftraggeberin sagen, wo das Kind geblieben ist. Und ich kann meiner Nachbarin sagen, wo ihre zwei Mädels, die Maja und die Käsi, sind und was sie getrieben haben.«
Er hätte gefragt: »Wirst du es ihr sagen? Alles?«
»Ja und nein«, hätte ich geantwortet. »Ich werde ihr sagen, wo sie gewesen sind. Nein, ich werde ihr nicht alles erzählen. Nichts werd ich ihr erzählen. Warum auch? Wem tät das was nützen? Niemandem!«
Ich war in Gedanken versunken.
Plötzlich stieß mich die Posserhofbäuerin mit dem Ellbogen in die Rippen.
»Da schau her ... die kenn ich doch!«
Ich folgte ihrem Blick. Sagte: »Die Maja und die Käsi!«
»Ja, die Mädchen von der Biselalm.«
»Da hab ich für dich gleich einen neuen Auftrag.«
»Auftrag?«
»Ja, die beiden brauchen zu ihrer eigenen Sicherheit einen Babysitter. Du musst sie nach Hause bringen. Ich kenn keine bessere Babysitterin als dich!«
Sie wusste nicht, was sie sagen sollte. Lob war sie nicht gewohnt.
Ich ging auf Maja und Käsi zu, sagte: »Hallo, ihr Hübschen. Zeit zum Heimgehen. Die Mama wartet auf euch.«
Sie schauten mich entsetzt an.
Ich sagte: »Los, packt eure Sachen und fahrts heim nach Kempten, nach Tal, auf eure Biselalm.«
Die frisch initiierte Käsi sagte: »Du hast uns nix zu sagen!«
Ich schaute ihr tief in die Augen, sagte: »Mein Hasilein, aber deiner Mama hab ich was zu sagen. Eine ganze Menge. Alle Einzelheiten. Kinder schlachten. Auf dem Altar rumvögeln. Kiffen. Saufen. Lügen.«
Käsi wurde schneeweiß. Vielleicht war sie schon schwanger. Wahrscheinlich hatte sie Angst vor ihrer Mama und einer Tracht Prügel.
Auch Maja schaute mich mit großen Augen an, sagte: »Nein!

Die Mama kriegt einen Herzanfall, die hat's in letzter Zeit mit dem Herz.«

Ich: »Sei froh, dass sie noch ein Herz hat. Das kann man nicht von allen euren Marienschwestern behaupten ... Also: Ihr fahrt jetzt heim, und ich halt meine Klappe, und der Käs ist g'essen!«

»Wirklich?«

»Ja, Ehrenwort.«

Sie wollten mich überfallartig umarmen.

Ich wehrte ab, sagte: »Eines müsst ihr mir noch sagen: Wer hat mir den Hund ohne Herz und Kopf vor die Tür gelegt? Wer hat ihn wieder weggebracht? Und meinen Fußabstreifer gereinigt? Wer hat mich in der Mariengrotte in Tal vermöbelt? Wer hat in meinem Auto die Kabel abgeschnitten? Wer hat mir die Autoreifen zerstochen? Wer hat mich vor den Zug gestoßen?

Maja sagte: »Ich nicht.«

Käsi sagte: »Ich auch nicht.«

Ich sagte: »Hab ich auch nicht behauptet. Also wer?«

Sie drucksten herum. Maja sagte: »Den Fußabstreifer, den haben wir wieder sauber gemacht. Picobello.«

»Stimmt, das könnt ihr von jetzt ab jede Woche tun! Aber wer hat den Hund vor die Tür gelegt?«

Käsi sagte: »Wir haben da ein paar Burschen vom Fußballverein ... und von der katholischen Landjugend ... die helfen uns aus ... bei den Maiandachten und so.«

»Die Aushilfe kann ich mir gut vorstellen! Es ist also quasi euer Schlägertrupp, zuständig für das Grobe ... wie Hunde schlachten, Rentner verprügeln und vor den Zug stoßen, Einbrüche machen und Autos demolieren.«

»Ja ... schon ...«

»Und wie kommen die in mein Haus rein? Und ihr?«

Die beiden betrachteten den Altöttinger Fußweg, als wäre es heiliger Boden.

Maja sagte: »Die Mama, die hat doch den Schlüssel von deiner Alm ...«

»Und den habt ihr geklaut ...«

Sie nickten in den Boden hinein.
»Irgendwer muss das doch alles anordnen und organisieren. Wer?«
»Die Schwester Zilli. Unsere Hohepriesterin.«
»Die kann das nicht allein ...«
»Unsere Gauleiterin ... die Pia aus Maria Rain ...«
»Die bei den Pius-Brüdern arbeitet?«
»Ja, die ... die sagt immer der Schwester Zilli Bescheid, was alles los ist, wenn sie in München ist, und die Schwester Zilli gibt dann ihre Anweisungen, und die Pia macht, was die Schwester Zilli ihr anschafft. Und außerdem hilft die Schwester Resi.«
»Welche Schwester Resi?«
»Die Schwester Resi von der Polizei. Die Kommissarin ...«
Ich schlug mir mit der Hand an die Stirn.
Erinnerte mich an mein seltsames Gefühl, als ich die schicke Schwester Pia in München verlassen hatte.
In meinem Kopf spulte sich ein Replay ab:
Auf Wiedersehen. Kommen S' gut heim auf Ihre Biselalm!«
Ich sagte »Pfüad Gott« und trat hinaus in den Schwabinger Hinterhof.
Irgendwas war nicht in Ordnung.
Aber ich wusste nicht, was.
Jetzt wurde mir klar: Wie konnte die Dirndl-Pia wissen, dass ich auf der Biselalm wohnte? Natürlich wusste sie es von Käsi und Maja. Und nicht nur das ... Sie pflegte mit der Resi-Kommissarin einen regen Informationsaustausch. Und die Kommissarin hielt die Dr. Zilli auf dem Laufenden. Da ist die NSA ein Dreck dagegen.
Ich sagte: »Okay. Ich behalt das alles für mich. Nicht wegen euch. Wegen eurer Mutter. Sonst kriegt die einen Herzkasperl.«
Die Mädchen atmeten tief durch, schauten wieder auf, mir in die Augen, hauchten: »Danke, Dr. Bär!«
Ich war gerührt. Fast.
Sagte: »So, das ist jetzt alles Vergangenheit. Ihr fahrt jetzt heim zu eurer Mama und seid ausnahmsweise nett zu ihr. Und

die Posserhofbäuerin passt auf euch auf. Geleitschutz. Dass ihr auf keine depperten Gedanken kommt.«
Die Posserhofbäuerin meldete sich: »Ich bring euch heim. Zu eurer Mama ... Keine Widerred!«
Sie war einen Kopf größer geworden, stand aufrecht, eine gestandene Allgäuer Bäuerin, zwanzig Jahre jünger als das Häuflein Elend, das ich vor ein paar Wochen kennengelernt hatte. Was so ein Mistgabeljob doch bewirkt!
Ich sagte zu ihr: »Posserhofbäuerin, pass mal geschwind auf die Maja auf. Ich muss mit der Käsi noch ein Hühnchen rupfen. Dauert nicht lang.«
Maja fragte: »Welches Hühnchen?«
Ich sagte: »Das geht nur mich und die Käsi was an. Wir sind in fünf Minuten wieder hier.«
Ich nahm die Käsi an die Hand, schleppte sie ab.
Nach zwei Minuten waren wir an der Marien-Apotheke, in der ich erst gestern noch Geschäfte getätigt hatte.
Die Apothekerin erkannte mich wieder.
Schnitt ein süßsaures Gesicht.
Schaute entsetzt auf mein Hemd.
Ich hatte ganz vergessen, dass es immer noch voller Blut war. Von der Nase.
Sagte: »Ich war erst gestern hier. Sie haben mich so gut bedient. Viagra, erinnern Sie sich ... Es war wunderbar ... für meine Haushälterin und ihren Mann!«
»Ja, ich erinnere mich ... an Ihr Gesicht. Heut sind Sie ja in Zivil. Aber was ist Ihnen denn passiert ...?«
»Unfall. Verkehrsunfall. Mit der Tochter meiner Haushälterin.« Ich deutete auf Käsi, raunte ihr zu: »Du halst dei Maul, gell!«
»Und was kann ich heute für Sie tun?«
»Ich brauche ein Medikament.«
»Dafür sind wir da. Was für eines soll's denn sein?«
»Die Pille danach.«
Sie schluckte.
»Die gibt's nur auf Rezept.«
»Verdammt, Sie haben recht. Ich hab meinen Rezeptblock

vergessen. – Ach, entschuldigen Sie, ich hab in der Aufregung ganz vergessen, mich vorzustellen: Bär. Dr. Emil Bär.«
Ich schob ihr meine Visitenkarte hin: *Dr. Emil Bär. Consultant Bistum Augsburg.*
Stammte noch von meinem ersten Fall in Tal.
Sie schaute auf die Karte.
Ob sie nach dem »Dr.« fragen würde?
»Dr. phil.« ist nicht gleich »Dr. med.«.
Ich sagte: »Es pressiert. Können Sie mir geschwind einen Rezeptblock leihen?«
Käsi fing an zu heulen.
Schlaues Kind!
Ich setzte meinen Märtyrerblick auf, sagte: »Bitte, Frau Apothekerin! Um des Kindleins willen ...«
Sie schob mir einen Rezeptblock zu, ging zu den hinteren Regalen.
Ich kritzelte auf den Block, unleserlich: »Abortiopostcoitum«.
Die Apothekerin schob mir ein Schächtelchen über den Tresen.
Ich sagte: »Sie sind ein Engel!«
Sie sagte: »Neunundzwanzig fuchzig.«
Ich schob ihr einen Fünfziger zu, sagte: »Passt scho!«, schnappte mir die Pille, Käsi hörte augenblicklich auf zu heulen, und draußen waren wir.
Käsi lutschte noch an ihrem Jungfrauenbonbon, als wir zurückkamen.
»So, jetzt zum Bahnhof«, kommandierte ich.
Die Posserhofbäuerin und ich nahmen Maja und Käsi in die Mitte.
Am Bahnhof angekommen, sagte die Posserhofbäuerin: »Fährst du nicht mit, Bär?«
Ich schüttelte den Kopf.
»Nein, ich hab noch was zu erledigen. Ich komm nach. Später. Oder morgen. Oder in ein paar Tagen.«
Sie fragte nicht weiter nach. Gut so.
Als der Zug nach Kempten abfuhr, winkte mir die Posserhofbäuerin, flankiert von den beiden Mädchen, zu.

Ich atmete tief durch.
Eine Sorge weniger. Oder sogar drei Sorgen weniger.
Die vierte blieb: In welchen Jagdgründen trieb sich Bruder Philipp Winnetou Marlein herum?

97 Marlein und die geistige Brandstiftung

Ich klopfte an eine Tür, an die ich erst am Tag zuvor schon einmal geklopft hatte.
Als er öffnete, machte er große Augen.
»Sie schon wieder?«
Nicht feindselig, einfach nur überrascht.
»Ja. Ich schon wieder. Philipp Marlein.«
»Was liegt an?«
»Das können wir schlecht zwischen Tür und Angel besprechen. Darf ich hereinkommen?«
Professor Schowin ließ mich in sein Büro in der Münchner Ludwig-Maximilians-Universität und bat mich, Platz zu nehmen.
Die Überraschung war verflogen, jetzt spiegelte sich Neugier in seinem Gesicht.
»Lassen Sie mich raten: Es geht wieder um die Religio Mariae Dea Magna Madonna Nigra.«
»Richtig geraten.«
»Haben Sie etwa neue Erkenntnisse über diese Sekte gewonnen?«
»Das kann man wohl sagen. Ich habe so was wie einer Mitgliederversammlung beigewohnt. Einer zentralen Kultfeier mit Teilnehmern aus ganz Bayern.«
Er war begeistert.
»Tatsächlich? Das ist ja brillant! Sie müssen mir unbedingt alles erzählen, was Sie gesehen und gehört haben. Alle Informationen, die ich bisher über die Religio Mariae habe, stammen aus zweiter Hand. Ein Augenzeugenbericht wäre Gold wert für meine Studien.«

»Was ich erlebt habe, ist reichlich unappetitlich.«
»Kein Problem, ich habe einen guten Magen. Außerdem ist die Beschäftigung mit Sekten in den seltensten Fällen eine Gutenachtgeschichte. Ich bin einiges gewohnt.«
»Also gut.«
Und dann erzählte ich es ihm. Alles, was Bär und mir in Altötting widerfahren war. In allen Einzelheiten, ohne etwas auszulassen.
Das heißt, ein winziges Detail ließ ich unerwähnt. Das wollte ich mir aufsparen.
Für eine gesonderte Diskussion.
Professor Schowin war schwer beeindruckt.
»Meine geschätzte Kollegin Zullinger eine Kindsmörderin und Hardcore-Feministin – wer hätte das gedacht! Dabei hat sie immer so getan, als wäre sie eine überzeugte Verfechterin des Patriarchats. Da hat sie also allen was vorgespielt. Und die ganze Religio Mariae eine Mörderbande! Ich habe mich in meiner Einschätzung ganz offenkundig schwer getäuscht.«
Ich lächelte müde.
»Nein, Sie haben sich überhaupt nicht getäuscht. Es ist alles nach Plan gelaufen für Sie.«
Er runzelte die Stirn.
»Nach Plan?«
»Ja, nach Plan. Nach *Ihrem* Plan. Es war mehr oder weniger ein Zufall, dass ich darauf gestoßen bin, aber ich habe Sie durchschaut. Sie, Professor Schowin, sind der große Strippenzieher in dieser Geschichte. Sie haben einen perfiden, mörderischen Masterplan ausgeheckt, und er ist perfekt aufgegangen.«
Er sah mich an, als würde ich nicht ganz richtig ticken.
»Erlauben Sie, dass ich jetzt herzhaft lache?«
»Nur zu. Das Lachen wird Ihnen schon noch vergehen.«
»Wenn ich Sie recht verstehe, beschuldigen Sie mich, ein teuflischer Bösewicht zu sein, der für die Taten der Religio Mariae verantwortlich ist.«
»Exakt.«
Schowin grinste von einem Ohr zum anderen.
»Das ist so abstrus und absurd, dass es schon wieder amüsant

ist. Ich bin doch nur ein harmloser kleiner Universitätsgelehrter, der keiner Fliege etwas zuleide tun kann.«
»Der Wolf im Schafspelz.«
»Ich sitze von morgens bis abends hier in diesem Büro und lese und schreibe. Wie soll ich da den Schurken geben?«
»Sie sind ein Schreibtischtäter. Und das sind meist die Schlimmsten.«
»Herr Marlein, das ist hochgradig albern, was Sie hier veranstalten. Entweder Sie drücken sich konkreter aus in dem, was sie mir – unberechtigterweise – eigentlich vorwerfen, oder Sie gehen wieder und rauben mir nicht weiter meine kostbare Zeit mit Kindergartenmätzchen.«
»Okay. Werden wir konkret.«
»Dann bin ich mal gespannt auf Ihr Märchen.«
»Ich bin ein großartiger Märchenerzähler. Sie müssen nur mal die Polizei in Altötting fragen. Die waren erst total begeistert von mir. Leider wurden sie am Ende bitter enttäuscht – als sich herausstellte, dass das gar kein Märchen war, was ich ihnen erzählt hatte, sondern blutige Realität.«
»Ich höre.«
Ich lehnte mich zurück und faltete die Hände. Marlein, der Märchenonkel.
»Alles, was diese verrückten Marienhühner getan haben – also auch die Sache mit der Opferung aller männlichen Erstgeborenen –, basiert auf einem seltsamen kleinen schwarzen Buch, das für sie ihre Heilige Schrift, ihre Bibel, ist. Ich war eigentlich felsenfest davon ausgegangen, dass Frau Zullinger als absolute und unangefochtene Sektenführerin dieses Buch verfasst hat – aber als ich sie darauf angesprochen habe, hat sie die Autorenschaft abgestritten. Stattdessen hat sie erklärt, dass sie das Buch geschenkt bekommen habe und dass sie glaube, die Gottesmutter selbst habe es verfasst.«
»Daran sieht man, dass sie offenkundig geistig umnachtet war.«
»Von der Sache mit Maria als Schriftstellerin abgesehen war ihre Geschichte aber durchaus plausibel. Und vor allem konnte ich ihren Wahrheitsgehalt durch handfeste Beweise erhärten.«

Ich griff in meine Manteltasche, zog die Zullinger-Bibel heraus und warf sie auf den Tisch.
»Schon mal gesehen?«
Er betrachtete das Buch, als wäre es ein Schleimmonster, das gerade aus der Kanalisation gekrochen war.
»Was soll das sein?«
»Die Bibel der Religio Mariae Dea Magna Madonna Nigra. Das Exemplar von Frau Dr. Zullinger. Das Original. Alle anderen Ausgaben sind Nachdrucke, Faksimiles. Die Zullinger hat behauptet, sie hätte es von einem Kollegen geschenkt bekommen. Und tatsächlich, es steht eine Widmung drin.«
Ich schlug den Umschlagdeckel auf, las den Text auf der Innenseite.

Für Zilli – ein außergewöhnliches und inspirierendes Buch für eine außergewöhnliche und inspirierende Frau. Mit den besten Wünschen!

Ich klappte das Cover wieder zu.
»Leider kein Name.«
Ich holte tief Luft.
»Aber ich habe Ihre Handschrift trotzdem wiedererkannt. Sie, Professor Schowin, sind der Kollege, der Frau Dr. Zullinger dieses Buch geschenkt hat.«
Er tat so, als würde er nachdenken.
»Ja, jetzt erinnere ich mich. Ich habe es ihr vor ein paar Jahren zu Weihnachten geschenkt. Ich habe es selbst überhaupt nicht gelesen.«
»Die Zullinger hat davon gesprochen, dass es Ihnen unter skurrilen Umständen in die Hände gefallen sei.«
»Das kann man wohl sagen. Eine junge Frau hat es mir in die Hände gedrückt, in der Fußgängerzone. Sie wissen schon, eine von diesen Leuten, die religiöse Schriften umsonst verteilen, um neue Anhänger für ihren Glauben anzuwerben. Ich habe zu Hause nur ein paar Seiten oberflächlich überflogen und mir gedacht, von der Thematik her wäre das doch etwas für unsere Matriarchatsforscherin. Zilli war mir beim Wichteln innerhalb

unserer Fakultät zugelost worden, und da hatte ich doch gleich ein passendes Geschenk für sie. Ich wusste damals noch nicht, dass mir da die Bibel einer neuen Sekte in die Hände gefallen war.«

Ich schüttelte den Kopf.

»Mir haben Sie's vorgeworfen. In Wirklichkeit tun Sie's. Und zwar ganz dicke.«

»Was?«

»Märchen erzählen.« Mein Tonfall wurde schärfer. »Ich glaube Ihnen kein Wort. Ich glaube, diese ganze Story mit der jungen Frau in der Fußgängerzone ist erstunken und erlogen.«

Ich betrachtete Schowin. Er zeigte keinerlei Gefühlsregung.

»Was nicht heißt, dass es nicht tatsächlich eine skurrile Geschichte um dieses Buch gibt. Nur eine andere eben. Ich kann Ihnen auch sagen, was das Skurrile an dem Buch ist: dass *Sie selbst* es geschrieben haben!«

Schowin mimte erneut den Ahnungslosen.

»Wie kommen Sie auf diese Schnapsidee? Und warum sollte ich das getan haben?«

»Zu Frage zwei habe ich keine sichere Antwort, sondern nur eine Vermutung, und ich würde mich freuen, wenn Sie mir bei der Beantwortung behilflich sein könnten. Zu Frage eins: Dieses Buch kann nur ein absoluter Marienexperte geschrieben haben, jemand, der noch mehr über die Marienverehrung weiß als beispielsweise die Zullinger. Jemand, der mehrere Werke darüber verfasst hat. Und dieser Jemand sind Sie, Professor Schowin.«

Ich schlug mit der Hand auf den Tisch.

»Sie haben mir eine große Show vorgespielt, als ich das erste Mal bei Ihnen war. Sie brauchen gar nicht über die Zullinger zu lästern, denn Sie haben genau dasselbe gemacht wie sie: Sie haben versucht, alle zu täuschen und hinters Licht zu führen. Der Witz an der ganzen Geschichte ist, dass Sie beide, die Zullinger und Sie, sich, ohne es zu wissen, mit der wahren Identität des jeweils anderen getarnt haben. Die Zullinger hat auf Fan männlicher Dominanz gemacht, war aber in Wirklichkeit eine glühende Anhängerin der Großen Göttin. Und Sie, Professor Schowin, haben so getan, als fänden Sie die Marienverehrung schön und gut – aber in Wirklichkeit sind Sie ein gnadenloser Hardcore-Patriarch, der alles Weibliche am liebsten zum Teufel wünscht.«

Ich blickte ihm direkt in die Augen.

»Ist es nicht so?«

Professor Schowin schwieg eine Weile. Er schien einen inneren Kampf auszufechten, schien sich unsicher zu sein, ob er weiter das Unschuldslamm spielen oder die Karten auf den Tisch legen sollte.

Als er schließlich antwortete, war der Kampf offenbar eindeutig entschieden worden. Seine Stimme war fest und klar.

»Ja, Sie haben recht. Ich wünsche diesen ganzen Marien-Hokuspokus in der Tat zum Teufel – weil er vom Teufel kommt!«

Ich war verblüfft. Mit so einer krassen Aussage hatte ich dann doch nicht gerechnet.

»Wieso vom Teufel? Maria ist die Mutter Jesu – und als solche doch sicherlich verehrungswürdig!«

Der feingeistige Professor geriet in Wallung, polterte los.

»Unsinn! Marienverehrung ist Götzendienst! Das Weib ist ein Werkzeug Satans! Wir wurden nur deshalb aus dem Paradies vertrieben und müssen ein qualvolles Leben im Jammertal führen, weil Satan über das Ur-Weib Eva Adam dazu verführt hat, den Apfel vom Baum der Erkenntnis zu stehlen und damit das Vertrauen des Vaters zu missbrauchen. Und Maria war keine wirkliche Mutter, sie empfing unbefleckt, sie war jungfräulich, ihr Schoß war nur der Kanal, durch den Gott seinen Sohn aus dem Himmel auf die Erde schickte. Jesus hat durch seinen Opfertod am Kreuz die Tat der Eva wiedergutgemacht und uns wieder mit dem Vater versöhnt; aber wenn wir die satanische Schwarze Madonna auf den Thron setzen, der Gottvater gebührt, begehen wir zum zweiten Mal die ultimative Todsünde.«

»Verstehe. Sie sind ein Ultra-Macho. Wenn Frauen den Wunsch nach einer eigenen weiblichen Spiritualität verspüren und diesen Wunsch in der Verehrung der Jungfrau Maria und der Schwarzen Madonnen in aller Welt ausleben, empfinden Sie das sofort als ernsthafte Bedrohung Ihres verkrusteten männlichen Machtgefüges.«

»Überhaupt nichts verstehen Sie, Marlein. Sie haben überhaupt keine Ahnung. Es geht hier nicht um Macht oder Männlichkeit, es geht um die Verfälschung und Sabotierung der Grundlagen und Fundamente des christlichen Glaubens. Bedauerlicherweise gilt immer mehr, was schon Erasmus von Rotterdam festgestellt hat: ›Wenn es nach der Meinung der Masse geht, vermag die Gottesgebärerin fast noch mehr als der Sohn.‹ Ich habe prinzipiell nichts gegen die Marienverehrung – nur gegen ihre *Auswüchse*. Ich habe etwas gegen Gebete, Lieder, Bräuche, Feste und Kirchen, in denen nicht der allmächtige und unsterbliche Gott verehrt wird, sondern ein schwacher und sterblicher Mensch wie Maria. Ich habe etwas dagegen, wenn die Maiandacht wichtiger wird als die Eucharistiefeier. Ich habe etwas dagegen, wenn der christliche Glaube so pervertiert wird, dass er nicht mehr die Verkündigung Jesu, sondern die Verehrung seiner Mutter zum Inhalt hat. Ich habe etwas dagegen, wenn ein Mensch in einem Akt von Hyperdulia, einem Superkult, zu einem Gott erhöht wird. Ich habe etwas dagegen, wenn Maria zur neuen Großen Göttin verklärt wird, denn die heidnischen Göttinnen sind nie Mensch geworden, und der Mensch Maria wird nie Göttin werden. Ich habe etwas dagegen, wenn die Gottesmutter mehr angebetet wird als Gott selbst. Ich habe etwas dagegen, wenn das Geschöpf Maria über den Schöpfer gestellt wird. Kein wahrer Christ würde dies tun, denn all das ist frevlerischer Götzendienst und abergläubische Abgötterei – und so sind es denn auch keine wahren Christen, die Maria derart fanatisch verehren, sondern Esoteriker und Satanisten, denen es nur darum geht, das Christentum zu zerstören und ihre alte heidnische Gottheit wiedereinzuführen. Und das dürfen wir unter keinen Umständen zulassen.«

Er atmete schwer. Ein Fanatiker in Rage.

Ich nahm die Zullinger-Bibel in die Hand.

»Etwas habe ich noch nicht ganz kapiert. Sie hassen die Marienverehrung, weil sie für Sie Teufelswerk, Götzendienst, Blasphemie und Ketzerei ist, Sie wollen einen Kreuzzug gegen sie führen und sie vernichten. Warum schreiben Sie dann ausgerechnet ein Buch, in dem Maria zur Göttin erhoben wird?«

»Ja, das mag widersprüchlich, paradox, geradezu schizophren klingen – aber die Erklärung ist eigentlich ganz einfach. Wie macht man Leuten etwas abspenstig, das sie begehren? Nicht indem man es ihnen vorenthält, denn dann werden sie sich immer danach sehnen – sondern indem man es ihnen gibt und sie spüren lässt, wie schädlich es ist. Ich habe diese Bibel geschrieben in der Hoffnung, dass sie bei Marienanhängerinnen auf fruchtbaren Boden fällt und ihre theoretischen Inhalte dann auch praktisch von ihnen umgesetzt werden. Und meine Rechnung ist aufgegangen – die Zullinger ist tatsächlich voll darauf abgefahren und hat das Buch zur Grundlage für ihre Mariensekte gemacht. Meine Aktion wird ihr Ziel erreichen: Wenn erst bekannt und von allen Medien breitgetreten wird, dass die Religio Mariae hinter den Herzausreißungen steckt und dass die Marienverehrung in letzter Konsequenz zur Schlachtung von Säuglingen führt, ist der Marienkult im Christentum ein für alle Mal erledigt.«

Ich ließ meinen Blick durch das Büro schweifen – nur um sicherzugehen, dass keine Kameras installiert waren und ich mich nicht einfach nur im falschen Film befand.

»Und nur wegen Ihrer persönlichen Abneigung gegen Marienverehrung mussten kleine Kinder grausam sterben.«

Schowin schüttelte unwirsch den Kopf.

»Nein, es geht nicht um meine persönliche Abneigung; es geht um die Rettung des Christentums – und dafür ist kein Opfer zu groß. Was sind schon ein paar Babys von verrückten, unreifen Teenagern, die eh ein schreckliches Leben vor sich gehabt hätten, gegen die Erhaltung der einzig wahren Religion?«

Ich steckte das Buch zurück in meine Manteltasche.

»Ich werde nicht zulassen, dass Sie ungeschoren davonkommen.«

Er lachte laut.

»Was wollen Sie denn machen? Mich anzeigen? Sie können mir nichts anhaben. Ich habe nur ein Buch geschrieben. Das ist nicht strafbar. Wir leben in einem Land mit Meinungsfreiheit.«

»Richtig. Und genau das werde ich mir zunutze machen. Ich werde nicht zur Polizei gehen, sondern zu den Medien.

Und dort werde ich meine Meinung äußern. Ich werde die Geschichte hinter der Geschichte erzählen. Ich werde publik machen, dass der geistige Brandstifter hinter diesen Kindsmorden ein Repräsentant der katholischen Kirche ist. Auf solche Storys stehen die Jungs und Mädels von der Boulevardpresse und von den Klatschsendungen. Ich werde mich kaum retten können vor Mikrofonen und Schreibblöcken. Und deshalb muss ich jetzt gleich los, es gibt viel zu tun. Leben Sie wohl, Professor Schowin!«

Ich stand auf, drehte mich um und ging zur Tür.

Schowin sprang auf, stürmte an mir vorbei und stellte sich zwischen mich und die Tür.

»Sie bleiben hier!«

Jetzt war es an mir, unwirsch den Kopf zu schütteln.

»Wir haben in diesem Land nicht nur Meinungsfreiheit, sondern auch Freizügigkeit. Ich kann gehen, wann und wohin ich will. Sie können mich nicht aufhalten.«

Ein seltsamer, befremdlicher Ausdruck erschien auf seinem Gesicht.

»Ich nicht – aber das hier!«

Er zog eine kleine Pistole aus der Jackentasche und richtete sie auf mich.

Ich trat zwei Meter zurück.

Ich war ehrlich überrascht.

»Eine Knarre, Schowin? Das passt aber nun nicht so ganz zu Ihrem Selbstverständnis vom vergeistigten Bücherwurm, für den Gewalt ein Fremdwort ist.«

»Besondere Umstände erfordern besondere Maßnahmen. Ich habe mir eine Waffe besorgt, weil ich damit gerechnet habe, dass ich angefeindet werde, wenn meine Autorenschaft herauskommt.«

Ich konnte es nicht fassen. Darauf war ich nicht vorbereitet gewesen.

»Und was haben Sie jetzt vor?«

Seine Mundwinkel zuckten.

»Ich werde Sie erschießen.«

Mir wurde flau im Magen.

Verdammt flau.
»Können Sie überhaupt mit so einem Ding umgehen?«
Er klammerte sich an die Waffe wie an einen Rettungsanker.
»Keine Angst, Marlein. Ich bin kein Experte, aber ich habe mich einweisen lassen. Ich beherrsche diesen Apparat so weit, dass ich weiß, wie ich Ihnen damit ein Loch von der Größe eines Gullydeckels in den Bauch machen kann, und das sollte genügen.«
Ich kämpfte gegen das Gefühl der Übelkeit an, das meinen Körper durchflutete und mir das Sprechen schwer machte.
»Dann sind Sie wegen Mord dran.«
Er verzog keine Miene.
»Nein. Es war ein Raubüberfall. Universitätsprofessoren sind beliebte Opfer von Kleinkriminellen, die klamm sind und schnell zu Geld kommen wollen. Ich habe in Notwehr gehandelt.«
Ich würgte die Worte aus meinem Mund, als wären es Bleikugeln.
»Aber – *warum* wollen Sie mich töten?«
Professor Schowins Stimme klang wie Donnergrollen.
»Wenn Sie an die Öffentlichkeit gehen, würde das all meine Bemühungen zunichtemachen. Der Armageddon ist da, wir befinden uns in der Entscheidungsschlacht gegen den Antichrist. Und der gefährlichste Angreifer ist nicht der Atheismus oder der Islam, sondern der alte Kult der Großen Göttin. Die heidnischen Hexen dürfen nicht siegen, und wenn Sie mit ihnen paktieren, stehen Sie auf der gegnerischen Seite. Was Sie vorhaben, ist ein Angriff auf unseren Glauben, und deshalb habe ich das Recht auf Verteidigung. Was ich gerade über Babys von unreifen Teenagern gesagt habe, gilt auch für das Leben eines miesen kleinen Privatschnüfflers. Ich werde Sie jetzt eliminieren.«
Ich hob die Hände.
»Hören Sie, Schowin, machen Sie keinen Unsinn und lassen Sie uns reden. Wir können uns einig werden. Wir könnten –«
»Kein Geschwätz, Marlein. Sie wollen mich nur austricksen. Je eher Sie tot sind, desto besser.«
Ich versuchte fieberhaft, die Lage zu checken.

Ich stand mitten im Raum, und es gab nichts, was ich hätte greifen und auf ihn schleudern können.
Schowin versperrte mir die Tür, sie war genauso unerreichbar wie die Fenster, die mehrere Meter entfernt waren.
Ich wusste, wenn ich mich irgendwohin bewegen würde, wäre ich tot.
Schowin visierte sein Ziel genauer an – meinen Oberkörper.
Er murmelte: »Ich tue das nicht gerne, oh Vater im Himmel. Aber nicht mein Wille geschehe, sondern der deine.«
Dann krümmte sich sein Finger.
Auch wenn ich mich nicht mehr bewegte, war ich gleich tot.
Mein vorletzter Gedanke war: Du bist ein Vollidiot, Marlein, unbewaffnet und vor allem unbegleitet hierhergegangen zu sein. Vollidioten verdienen den Tod.
Mein letzter Gedanke war: Es würde das Letzte sein, was ich in diesem Leben tat, und es war ebenfalls vollkommen idiotisch, aber ich musste es tun.
Und dann tat ich es.
Ich schrie, so laut ich konnte: »O MARIA HILF!«

98 Bär sucht

München gewitterte.
Ich stieg aus dem Zug.
München Hauptbahnhof.
Wenigstens überdacht war er.
Es gewitterte in mir.
Hier steh ich nun, ich armer Tor ...
Die Fäuste in den Hosentaschen.
Vor anderthalb Stunden noch war ich am Bahnhof Altötting gestanden.
Hatte der Allgäu-Fraktion der Marienschwesternschaft a. D. nachgewunken.
Sogar die Posserhofbäuerin hatte mitgewunken. Nachdem sie mir einen Zettel zugesteckt hatte.

»Tust mir einen Gefallen?«
»Ja, natürlich.«
Ich steckte den Zettel unbesehen in die Brusttasche. Konnte warten.
Dann stand ich da.
Mein Knie pochte.
Ich brodelte. Wohin jetzt?
Dieser Vollidiot von Blutsbruder.
Wortlos sprang er auf – und davon. Kein Wort, wohin.
Aufs Klo?
Auf die Polizei?
Auf den Parkplatz?
Sein Auto stand jedenfalls nicht mehr da.
Wo war er hingedüst?
Ich kam mir vor wie der letzte Depp.
Eine Mordswut im Bauch. Auf ihn.
Angst. Um ihn.
Er würde doch keine Dummheiten machen!
Ich wusste nicht einmal, welche Dummheiten er machen könnte.
Ich konnte nicht mehr denken.
Vor Angst und Wut.
Ich hinkte Richtung Gnadenkapelle.
Keine Ahnung, warum.
Stand auf einmal in der dunklen Kapelle zwischen die Pilger gequetscht wie Sardinen in der Dose.
Sah die Herzurnen, die silbernen.
Schauderte.
Sah im Geiste noch mal die kleinen Herzurnen in der fackelerleuchteten Gruft von Mariä Heimsuchung in Unterholzhausen. Der Film lief noch mal ab, typisch Trauma, mir wurde übel, mein Gott, ich darf nicht in der Gnadenkapelle die Anbetenden vollkotzen. Ich stoppte den Film im Kopf, richtete den Blick auf die Schwarze Madonna.
Sie war schon wieder im Original installiert.
Fixe Truppe, die Altöttinger Polizei. Oder der Klerus. Oder das Tourismusbüro.

»Heilige Maria, Muttergottes ...«
Ich fing an, einen Rosenkranz zu beten ohne Rosenkranz. Einfach so. Im Kopf.
Hörte mich wortlos sagen: »Heilige Maria ... nur einen kleinen Gefallen. Kein großes Wunder. Für meinen Meniskus komme ich später noch mal her ... Für meinen neuen Bruder ... Sag nur ein Wort ... wo ich ihn finde ...«
Ich schämte mich. So weit war's mit mir also gekommen. Irgendwo musste ich meine theologisch-psychoanalytische Arroganz verloren haben.
Hilflos war ich.
Nicht mal mehr die Wut half.
Auch nicht die Angst.
Es war die blanke Hilflosigkeit.
Ich horchte. Wartete, bis in meinem leeren Hirn das erlösende Wort der Heiligen Jungfrau Maria landete.
Nichts landete.
Mein Kopf war wie die Landebahnen des neuen Berliner Flughafens: leer.
Dann eben nicht!
Ich schmollte, dachte: kein »Vergelt's Gott« von der Muttergottes. Kein Fetzen Dankbarkeit. So sind die Jungfrauen von heute ... selbst die heiligen ... Wo wir uns den Arsch für das Luder aufgerissen haben ... Dann kannst mich auch ...!
Heiliger Zorn.
Ich drehte mich um, stieß frontal mit einer bayerischen Trachtenwampe zusammen.
Er raunzte mich an: »Denken!«
Ich war gegen die Menschenströmung angelaufen.
»Denken!«
Arschloch in Lederhosen.
»Denken!«
Ich ließ mich von der schweigenden Menge in Richtung Ausgang schieben.
»Denken!«
Wie ein Ohrwurm setzte sich das Wort in meinem leeren Kopf fest.

Die Tür nach außen ging auf, und mit dem ersten Sonnenstrahl ging mir ein Licht auf: »Denken!«
Sprich nur ein Wort, so wird meine Seele gesund.
»Denken« war das Wort. Von der heiligen Maria, Muttergottes.
Ich hinkte zurück zum Polizeipräsidium.
Hockte mich auf die Bank, auf der wir nach getaner Arbeit die Bilanz unseres glorreichen Einsatzes gezogen hatten. Die Bank als Erinnerungshilfe.
Ich griff an meine Brusttasche, vielleicht half eine Zigarette. Fehlanzeige. Es waren keine Zigaretten mehr drin.
Stattdessen spürte ich einen Zettel.
Ach richtig, den von der Posserhofbäuerin.
Ich schaute drauf.
Las: *Bitte lass mir eine Votivtafel malen und häng sie in die Gnadenkapelle. B. W.*
Ich bitte wendete und sah eine Skizze, naiv gemalt:
Eine kleine Kirche. Darunter eine Krypta. Darin ein Dreizack.
Ich schaute genau hin: Der Dreizack war eine Mistgabel.
Über allem schwebte: die Maria.
Unter allem stand: *Die Posserhofbäuerin.*
Inschrift: *Maria hat geholfen beim Mordüberfall.*
Ich lachte.
Das war schon ein Mordsweib, die kleine Posserhofbäuerin!
Ich dachte.
Ich konnte wieder denken!
Wo war die Angst? Weg war sie. Wie von der Mistgabel verscheucht.
Ich steckte den Zettel weg. Die Votivtafel musste warten.
Erst musste ich meinen staubigen Bruder finden.
Ich hinkte zum Bahnhof von Altötting. Kaufte eine Fahrkarte nach München.
In München angekommen, stieg ich aus dem Zug und rannte.
Rannte zur Uni.
Rannte ein paar Exemplare von Deutschlands studierender Zukunft um, stürmte durch die Aula.

In den Seitenflügel.
Die Treppen hoch, scheiß auf den Meniskus.
Völlig außer Puste stand ich vor ihrem Büro.
Das Schild an der Tür war noch an Ort und Stelle. Anders als die Zilli.
»Dr. Zilli Zullinger. Matriarchatsforschung.«
Ausgeforscht.
Ausgemistet. Mit der Mistgabel von der Posserhofbäuerin.
Ich klopfte an die Tür.
Ich wartete auf ein »Herein«.
Es kam keines. Von wem auch?
Ich drückte auf die Klinke.
Abgeschlossen.
Ich ging ganz nah an die Tür heran, rief: »Philipp? Bist du dadrin? Ich bin's, Emil.«
Keine Antwort.
Scheiße.
Dabei hätte ich schwören können, dass ich am richtigen Ort war.
Hatte gedacht. Kombiniert. Wie von der Schwarzen Madonna befohlen.
Das Letzte, was Marlein auf der Bank vor dem Altöttinger Polizeirevier getan hatte, bevor er wie von Sinnen auf und davon stürmte: Er hatte in dem Zullinger-Buch gelesen. Also musste seine Aufregung mit der Zullinger zu tun haben.
Es wäre logisch gewesen, dass er sich jetzt im Büro der Zullinger aufhielt, um es zu durchsuchen. Vielleicht.
Dummerweise ist das Leben selten logisch.
Aber Marlein im Büro der Zullinger zu suchen war meine einzige Idee gewesen. Eine andere hatte ich nicht.
Da stand ich nun, ich armer Tor, und war noch blöder als zuvor.
Mein Knie stach, ich war sauer auf Marlein, den sturen Hund mit seinem Alleingang.
Ich wandte mich vom Zullinger-Büro ab, schlich wie ein geschlagener Hund zurück zur Treppe – und blieb wie angewurzelt stehen.

Gestoppt von einem markerschütternden Schrei: »O MARIA HILF!«
Und die Stimme, die diesen Schrei ausstieß, kannte ich.
Sie gehörte Marlein. Er war also doch hier!
Allerdings kam der Schrei nicht aus dem Büro der Zullinger, sondern aus dem Raum daneben.
»Ich komme, Bruder!«
Ich stürzte auf die Tür des Nebenzimmers zu und riss sie auf.

99 Marlein und der unappetitliche Abgang

Und Maria half tatsächlich!
Sie rammte Professor Schowin die Tür in den Rücken – gerade in dem Moment, als er abdrückte.
Er wurde nach vorne geschubst, und die Kugel, die mich töten sollte, landete statt in meiner Brust im Fußboden.
Ich reagierte blitzschnell, stürzte mich auf Schowin und wuchtete ihm mein Knie dahin, wo es beim Mann besonders wehtut. Er jaulte auf wie ein Hund, ließ seine Knarre fallen, sackte zusammen. Ich verpasste ihm einen weiteren Tritt mit dem Fuß auf den Hinterkopf, der ihn endgültig zu Boden schickte.
Dann schnappte ich mir die Waffe und richtete sie auf Schowin.
»Liegen bleiben und keine Bewegung!«
Schowin regte sich nicht, machte keine Anstalten, Widerstand zu leisten.
Ich blickte zur Tür.
Da stand Emil Bär mit offenem Mund.
Ich musste lachen.
»Die Wege des Herrn sind unergründlich – die der Madonna allerdings auch. Dass Maria ausgerechnet dich als Werkzeug benutzt, um mich zu retten, hätte ich nun wirklich nicht gedacht.«
Bär trat ein und schloss die Tür hinter sich.
»Wer ist das? Der Sektenexperte, von dem du erzählt hast?«

»Ja, genau. Professor Schowin.«
»Wollte der dich tatsächlich abknallen?«
»Sieht so aus.«
»Und warum?«
Ich erzählte ihm in kurzen Worten, was Sache war.
Bär pfiff durch die Zähne.
»Deswegen bist du also hierhergekommen. Und ich dachte, wegen der Zullinger.«
»Falsch gedacht.«
»Aber der Ort war trotzdem der richtige.«
»Zum Glück. Sonst würde ich jetzt die Radieschen von unten betrachten.«
Schowin rappelte sich auf. Ich hielt die Pistole auf ihn gerichtet.
»Keine Faxen, Professor. Wir rufen jetzt die Polizei. Selbst wenn ich Ihnen die Mariengeschichte nicht anhängen könnte, jetzt kriege ich Sie auf jeden Fall dran – wegen Mordversuch. Ich habe sogar einen Zeugen.«
Schowin sah kurz zu Bär, dann starrte er mich an.
»Das könnte Ihnen so passen, Schnüffler. Ich werde Ihnen einen Strich durch die Rechnung machen. Die Marienbrut wird auf keinen Fall siegen.«
Er wankte durch das Büro.
Ich brüllte ihn an.
»Bleiben Sie stehen, Schowin, oder ich schieße Sie über den Haufen!«
Er blieb stehen, drehte sich zu mir um und lächelte.
»Nur zu. Sie würden mir einen Gefallen tun.«
Er ging weiter, blieb erneut stehen, drehte sich erneut um.
»Ich habe getan, was ich konnte, ich habe alles versucht, aber es hat nicht gereicht. Ich gehe jetzt heim zum Vater im Himmel. Aber auch Sie, Marlein, werden irgendwann Ihre letzte Reise antreten müssen, und diese Reise wird Sie schnurstracks in die Hölle führen.«
Dann rannte er zum Fenster, öffnete es, und ehe wir etwas dagegen unternehmen konnten, sprang er kopfüber hinaus.
Bär und ich stürzten zum Fenster und sahen hinunter.

Was wir erblickten, war nicht sehr appetitlich. Es war nur ein Stockwerk, aber Schowin war mit dem Schädel auf dem Pflaster aufgeschlagen. Sein Kopf lag in einer riesigen Lache aus Blut und Matsch.

Ich zog Bär vom Fenster weg.

»Dieser verdammte Hurensohn! Er hat sich seiner Verantwortung entzogen.«

Bärs Blick bekam etwas Verklärtes.

»Sieh es anders, Philipp: Er hat sich selbst gerichtet. Ja, er ist mit dem Verfassen dieses Buches der geistige Brandstifter der Marienbrut. Er hat die Säuglinge und die Dr. Zilli auf dem Gewissen. Aber rein strafrechtlich hätte man ihm nichts anhaben können. Außerdem muss er sich jetzt seiner Verantwortung anderswo stellen. Und ich bezweifle, dass *dieser* Richter ihn mit dem Paradies belohnen wird.«

»Es sei denn, der Richter ist ein patriarchalisch gesinnter alter Mann mit langem weißen Bart.«

Bär nickte.

»Es könnte aber auch eine Richterin sein. Eine matriarchalisch gesinnte junge Frau mit Krone und Zepter.«

Ich steckte Schowins Knarre, die ich immer noch in der Hand hielt, in meine Manteltasche und bewegte mich zur Tür.

»Komm, Emil. Wir müssen jetzt sofort von hier verschwinden. Wir hängen schon in genug üblen Geschichten drin. Mit der Münchner Polizei können wir im Gegensatz zur Altöttinger sicherlich keinen Deal einfädeln.«

Wir vergewisserten uns, dass niemand auf dem Gang war, der uns sehen konnte, und verließen dann das Zimmer, das Stockwerk und die Uni. Wir schlenderten dabei betont langsam, um nicht den Eindruck zu erwecken, wir wären auf der Flucht – zwei nette Jungs, die kein Wässerchen trüben konnten.

Als wir uns langsam immer mehr vom Unigebäude entfernten, ohne dass ein Sondereinsatzkommando mit quietschenden Reifen vor uns hielt, um uns zu überwältigen, fragte Bär: »Wohin jetzt? Nicht doch zum Polizeipräsidium?«

»Nein. Sonst kommen wir am Ende vielleicht nicht mal mit einer schwarzen Null aus der ganzen Geschichte raus, sondern werden noch eingebuchtet. Es ist alles getan, was getan werden musste. Die Sekte ist zerschlagen, das Kind ist gerettet, die Morde sind aufgeklärt, die Bösen verhaftet oder tot.«

»Dann also ab nach Hause?«

»Ja. Mein Auto steht in der Nähe. Ich bringe dich zum Hauptbahnhof.«

»Und du?«

»Ich fahre anschließend zurück nach Fürth.«

»Was machst du, wenn du wieder in Fürth bist?«

»Erst mal ins Bett legen und komatös schlafen, schließlich bin ich seit gestern früh um fünf Uhr auf den Beinen. Dasselbe würde ich dir übrigens auch empfehlen, bei dir wird es nicht viel besser aussehen – vergangene Nacht haben wir ja durchgemacht und keine einzige Minute gepennt, sondern stattdessen Kinder und Madonnen befreit und uns mit Sektenmitgliedern und Polizisten herumgeärgert.«

»Stimmt. Ich bin auch todmüde. Wir leiden an Insomnie. Schlaflosigkeit. Hat mir erst kürzlich eine Ärztin diagnostiziert.«

»Und wenn ich ausgeschlafen habe, gehe ich als Erstes zu meiner Auftraggeberin, Frau Gaulstall, und informiere sie. Das bin ich ihr schuldig, sie ist schließlich meine Klientin.«

Ich steckte eine Hand in die Hosentasche und befühlte meinen Geldbeutel. Er litt ganz offenkundig an Schwindsucht.

»Außerdem geht es für mich um sechs Monatsmieten.«

Bär grinste kurz, dann wurde seine Miene ernst.

»Wirst du ihr etwa alles erzählen?«

»Um Gottes willen, nein. Ich will ja nicht, dass wir morgen dann doch in der Bild-Zeitung stehen. Ich berichte ihr nur, dass ich das Kind gefunden habe und dass es in Sicherheit ist. Was die näheren Umstände betrifft – nun, da werde ich mir wohl eine nette, zuckersüße Geschichte ausdenken.«

Als wir an meinem Auto ankamen, blickte Bär noch mal zurück in Richtung Uni.

»Die katholische Fakultät ist jetzt ganz schön verwaist. Zwei Abgänge in zwei Tagen.«

Ich fummelte den Schlüssel heraus.

»Vielleicht setzt man Zullinger und Schowin gemeinsam bei.«
»Und ihre Herzen sollte man in Herzurnen bestatten. Aber nicht in silbernen, sondern in schwarzen.«
Ich nickte.
»So schwarz wie ihre Seelen.«
Bär nickte ebenfalls.
»Und wie die Schwarze Madonna.«

100 Bär schnäuzt

Wir standen am Münchner Hauptbahnhof vor meinem Zug. Marlein hatte mich zum Bahnhof gebracht. Ich fuhr nach Kempten, er nach Fürth.
Wir mussten uns irgendwie verabschieden.
Ich bin nicht gut im Verabschieden.
Marlein schien auch nicht besser zu sein in dem Geschäft.
Er trat von einem Fuß auf den anderen.
Eigentlich wollte ich ihm sagen, dass er ein Mordskerl ist und ich ihn gern an Sohnes statt adoptiert hätte.
Und dann wollte ich ihm sagen, dass es toll war, mit ihm zu arbeiten.
Und dass ich ihn gern wiedersehen täte. Auf meiner Alm. Oder in der Fürther Gustavstraße auf ein Guinness.
Und dass ich ihm wünschte, dass er Glück hat – mit dem Job und mit den Frauen und mit seiner Miete und mit überhaupt allem.
Und dass ... und so weiter.
Ich sagte: »So!«
Dann sagte ich: »Verreck, jetzt ist mir doch grad noch was ins Auge geflogen, so ein Scheiß!«
Er schnäuzte sich, sagte: »Allmächt! Ich glaub, ich hab mich erkältet!«
Siebenundzwanzig Grad im Schatten.
Dann die Lautsprecherdurchsage.

»Achtung auf Gleis fünf. Der Regionalexpress RE 666 nach Kempten fährt in wenigen Augenblicken ab. Bitte einsteigen und die Türen schließen.«
Die Erlösung.
Oder das Gegenteil? Schon wieder die 666! War das Biest hinter mir her?
Ich sagte: »Ich steig jetzt ein. Sonst lässt er mich stehen. Der Zug.«
Wir hoben gleichzeitig die rechte Hand.
Ganz lässig.
Wie man einen Revolver zieht.
Ich sagte: »Servus dann! Und meld dich mal.«
Er sagte: »Ja, ich meld mich. Ade!«
Ich verschwand im Waggon.
Habe selten so einen heißen Abschied erlebt.
Ich warf einen letzten Blick nach draußen und sah Philipp Marlein in der Menge verschwinden.
Und plötzlich wusste ich ganz sicher: Ja, wir werden uns wiedersehen.
Wir hatten nur kurze Zeit zusammen verbracht, aber in dieser Zeit hatten wir Dinge erlebt, die wir niemals vergessen und die uns für immer zusammenschweißen würden.
Blutsbrüder waren wir geworden.
Ich hoffte allerdings, dass unsere nächste Begegnung weniger aufregend und mörderisch verlaufen würde als die Jagd nach der Schwarzen Madonna.
Aber wenn man denkt, es kann nur noch besser werden, kommt es meistens noch viel schlimmer ...

Nachwort

Beim Schreiben dieses Kriminalromans ist uns etwas Seltsames passiert.

Wir glaubten beim ersten Phantasieren, eine ziemlich ausgefallene Theorie zusammenfabuliert zu haben, eher eine »Schnapsidee«, und mussten dann feststellen, dass es diese Theorie schon lange gibt, ja mehr noch, dass es sich nicht nur um eine Theorie handelt, sondern um gelebte Praxis.

Am Anfang war der Plan, einen Krimi zu schreiben, in dessen Mittelpunkt eine Sekte steht, die die alte vorchristliche »Große Göttin« verehrt. Da dieser Roman in Bayern verortet sein sollte, kamen wir auf die – uns äußerst verwegen erscheinende – Idee, zwischen der in dieser Region so traditionellen und weitverbreiteten Verehrung der christlichen Maria und der heidnischen Figur der Großen Göttin eine Verbindung herzustellen.

Es folgten ausführliche Recherchen – Lektüre von Büchern über beide Themen, Studium von Religions-, Kunst- und Kulturgeschichte, Besuche von Marienkirchen, Wallfahrtsorten und alten Kultstätten. Und die völlig überraschende Erkenntnis, dass wir diese Verbindung gar nicht erfinden mussten – sie war seit Jahrhunderten real existent. Vom »Opfer«-Kapitel abgesehen, basieren alle Artikel bzw. Behauptungen der »Sektenbibel« auf anerkannten populärwissenschaftlichen Werken zur Marienverehrung und zur Göttinnenhistorie.

Die Handlung dieses Romans und seine Protagonisten sind fiktiv – die Schauplätze hingegen (außer einer unterirdischen Krypta, von der wir nicht wissen, ob es sie gibt ...) sind wahrheits- und wirklichkeitsgetreu beschrieben, und wir können die Leser der »Schwarzen Madonna« nur ermuntern, sie zu besuchen und sich selbst ein Bild zu machen, inwieweit die in diesem Buch beschriebenen Thesen und Fakten tatsächlich zutreffen. Außerdem hoffen wir, dass unsere Leser auch nur annähernd so viel Spaß und Überraschungen erlebt haben wie wir beim »Dichten« und Schreiben.

Xaver Maria Gwaltinger und Josef Rauch

Xaver Maria Gwaltinger
KRUZIFIX
Broschur, 208 Seiten
ISBN 978-3-95451-150-1

»*Spannung mit dickem Ende.*« Das schöne Allgäu

»*Auch für Nordlichter ein wirkliches Lesevergnügen.*« ekz

www.emons-verlag.de